Nir Baram
Der Wiederträumer

Roman

Aus dem Hebräischen
von Lydia Böhmer
und Harry Oberländer

Schöffling & Co.

Deutsche Erstausgabe

Erste Auflage 2009

Abweichungen der vorliegenden Übersetzung von der Originalausgabe wurden mit dem Autor abgestimmt.
Die Übersetzung wurde freundlicherweise gefördert vom Institute for the Translation of Hebrew Literature.
Originaltitel: *Machsir Hachalomot*

Satz: Reinhard Amann, Aichstetten
Druck & Bindung: Pustet, Regensburg
ISBN 978-3-89561-490-3

www.schoeffling.de

Inhalt

DRITTER TEIL

Lobpreisungen Jerusalems

Eines Nachts Ende 1990 offenbarte sich ihm zum ersten Mal seine Begabung. Die Begabung gab seinem Leben Orientierung, sie bestimmte seinen Alltag, ob er wollte oder nicht. Nebelschwaden hüllten die Straße und das letzte Haus ein, das sich an ein tiefes Wadi schmiegte. Das Wadi blieb nachts vor Blicken verborgen, war schwarz und gab nichts preis. In der oberen Etage des Mehrfamilienhauses aus Jerusalemer Steinen, die mit den Jahren nachgedunkelt waren, erwachte Joel in dieser Nacht aus traumüberladenem Schlaf.

Ein Leib aus überschäumender Jugend, voll Liebe und Lust, die Nächte voll Sehnsucht. Er erwachte. Sein suchender Blick fand die kleine Lampe am Fußende des Betts.

Seine tastenden Finger hätten bestimmt auch den Schalter gefunden, wenn seine Mutter ihm nicht verboten hätte, während der Schlafstunden Licht brennen zu lassen. Ihr Schlaf glich einer leichten Mahlzeit, gewürzt mit häufigem, lästigem Erwachen. Sogar durch die Wände konnte sie noch schwaches Licht wahrnehmen, selbst beleuchtete Fenster in der Nachbarschaft, die von ihrem aus zu sehen waren, verstörten sie. Wie einem Strom überließ sich die Mutter der Nacht, in ihren dunklen Schoß rollte sie sich ein. Sie besaß eine Liebe zur Nacht, die nichts und niemandem erlaubte, deren Herrschaft zu sabotieren.

Im Licht der Straßenlampen, die einen Hauch von Fett auf den Scheiben reflektierten, ging er zur Tür, im dunklen Korridor blieb er stehen. Einige Lichtflecke suchten sich ausgerechnet die Nachbarschaft einer briefmarkengroßen Miniatur aus, die an der Wand befestigt war. Die Miniatur zeigte ein Reliefportrait von Urgroßvater Gerschon, dessen Kopf bis ins Gesicht von dickem, weißem Haar bedeckt war. Bartbüschel brachen aus Ohrmuscheln und Nasenlöchern hervor und aus den Augenlidern stachen krause Spitzen in die Höhe. Die Farben der Miniatur waren weiß und schwarz. Weshalb hatte sie ihn immer erschreckt? Urgroßvater Gerschons Augäpfel enthielten keinerlei Weiß. Man erzählte, seine Iris sei grün gewesen, aber das Portrait gab darüber keinen Aufschluss. Auch wo Augen sonst weiß waren, waren seine schwarz.

Im Jahre 1919 verließ Urgroßvater Gerschon das Schtetl. Eine Frau beschuldigte ihn, er habe ihren Ehemann stumm gemacht. Dieser Ehemann hatte die Angewohnheit, seine Frau zu beleidigen, wenn er nachts von der Arbeit in der jüdischen Bibliothek heimkehrte. Was auch immer sie tat, es gefiel ihm nicht. Zu den erhabenen Gewissheiten des Schtetl gehörte, dass die Begabung, andere zu beleidigen, eine Gottesgabe war, ein Wunder. Die Schtetl-Jungen trieben gern ihren Scherz mit ihm, umringten ihn und drückten ihm eine Münze in die Jackentasche. Als Gegenleistung beleidigte er alle, wie sie da waren, in einem Satz. Sein unglückliches Eheweib – im Schtetl nannte man sie »die Frau, die die Beleidigung geheiratet hat« – wurde gratis beleidigt. Trotzdem war es wirklich nur ein Scherz, als sie Urgroßvater Gerschon bat, ihrem Gatten die Zunge abzuhexen.

Die Gemeindeältesten bestanden jedoch auf der Frage: »Wenn es keine Hexerei war, wieso verstummte dann eines Tages die scharfe Zunge des Mannes?« Urgroßvater Gerschon verteidigte sich mit dem Argument, die Ehefrau verleumde ihn, weil sie unglücklich sei. Er habe sie doch nur freundlich in seinem Haus empfangen und ein offenes Ohr für ihre Beschwerden gehabt. Er kannte keine Furcht, nicht einmal vor den Ältesten. Er brachte eine Gegenfrage vor: »Glauben denn die verehrten Friedensrichter an Hexerei und Magie?« Bei diesem Prozess wurde nie ein Urteil gefällt. Im Hinterzimmer fassten die Honoratioren den Entschluss, Urgroßvater Gerschon aus dem Schtetl zu verbannen. Sollte er sich weigern zu gehen, drohte man, ihn unter dem Vorwurf, er habe abartige Rituale vollführt, der Tscheka zu übergeben. Sie versuchten, die Sache durch ein paar versöhnliche und tröstende Worte zu mildern.

Aufgewühlt und ins Herz getroffen, gab er ihnen jedoch keine Antwort.

Urgroßvater Gerschons schwangere Ehefrau blieb im Haus ihrer Eltern zurück. Am Tag seines Abschieds ließ er die Vignette mit seinem Konterfei prägen, ging von Haus zu Haus und verteilte sie. Auf der Vignette stand die Klage zu lesen: »Meine Begabung habt ihr gewollt, zum Dank habt ihr mich verjagt …« Mitten in der Nacht verließ er das Schtetl. Als er ging, war er immer noch verwundert, dass keiner der Honoratioren von ihm verlangt hatte, er solle dem Kerl die Zunge zurückgeben. Nach diesem Vorfall führte er ein Wanderleben in Europa, fortgeschwemmt und gebeutelt, fern von Weib und neugeborenem Kind. Im ersten Jahr seiner Wanderschaft schrieb er ihnen jede Woche, danach am ersten Tag eines jeden Monats. Im Schtetl spottete man über Gerschon. Er wandere von einer Gemeinde zur anderen, um Gericht zu halten und Rache zu üben an hartherzigen grausamen Ehemännern. Auch kamen Gerüchte auf, er habe überall in Europa Gemeindegelder veruntreut. Eines Tages legte man seiner Frau ein Telegramm mit der trockenen Mitteilung in die Hände, die Leiche ihres Ehemanns sei in einem billigen Hotel in Wien aufgefunden worden. Er war vierzig Jahre alt, als er starb. Es war das Jahr 1922.

Joel stand wie festgenagelt vor der Miniatur und strich sich über den orangefarbenen Aufdruck auf seinem Hemd. Ohne Zweifel das schönste *Gazoz-Sunsation-Shirt* im ganzen Viertel. In der Ferne jenseits des Wadi fauchte leise ein Sturm vorbei. Ihm war, als blähe sich der Sturm auf und nähme zu. Zuweilen durchbrach entferntes Motorengebrumm die nächtliche Ruhe der Stadtviertel. Erste Böen, die den kommenden Tumult ankündigten, rissen die Stille auf. Die Eukalyptusbäume bewegten sich, die gebündelten Lichtstrahlen der Straßenlampen wichen zurück, das Haus wurde zum schwarzen Labyrinth. Eine Art Schwebe erfasste ihn. Er spürte, wie seine Füße die Bodenhaftung verloren. Er fühlte sich, als habe er den eigenen Körper am Abend dem Schlaf überantwortet und sei nun als anderer Mensch erwacht. Verborgene Laute lockten ihn zum Zimmer der Eltern. Ein paar Mal lähmte ihn ein seltsamer Schreck, der ihn aufforderte, innezuhalten, aber die unaufhaltsame Bewegung kannte nur eine Richtung, vorwärts, und riss alle Zweifel mit sich. An der Schwelle des Elternzimmers blieb er stehen.

Er betrachtete die magere Gestalt seiner Mutter, die zusammengerollt auf der rechten Seite des Bettes lag, ihr Körper geschützt von den dicken Laken, ihr Kopf darin verschwunden, als sei sie im Bett begraben. Am Morgen hatte die Mutter ihre engste Freundin, die Nachbarin Atara Savion, zu Grabe getragen. Sie war letztes Jahr an der Krankheit, deren Namen man nicht aussprach, erkrankt. Zahllose Ärzte, die sie aus allen Ecken und Enden des Landes herbeigerufen hatte und denen sie nach und nach ihr ganzes Vermögen ausgehändigt hatte, konnten nicht helfen. Das Jahr des Kampfes war vorüber und am Morgen hatte man ihr das Geleit zum Berg der Toten gegeben. Einige Freunde und Freundinnen, beide Söhne mit ihren Frauen – vier Rechtsanwälte – und hundertvierzig Kinder aus Abu Gosch scharten sich um die Anführer des Trauerzugs, den greisen Muchtar des Dorfes und Fuad Adjami, den Chef der örtlichen Arbeitspartei.

»Die Reinen übergibt man Gott, aber die Hunde und die Niederträchtigen lässt man hier …«, dichtete mürrisch die Mutter, die mit Atara jahrelang einen heimlichen Wettlauf veranstaltet hatte: Wen holt der Tod zuerst ein? Wer ist diejenige, mit der das Schicksal zuletzt und am Ende grausamer abrechnen wird?

»Wir bedauern die Toten, als fühlten sie den Tod, und die Toten haben doch Frieden«, zitierte Fuad Adjami Hölderlin. Es war das erste Mal, dass Joel den Verlust wahrnahm, von dem das rot angelaufene Gesicht seiner Mutter gezeichnet war. Als hätte sie plötzlich die Ewigkeit begriffen, in die Atara, die Nachbarin, die Verbündete und Feindin, Liebende und Intrigantin, verschwunden war. In ihre Ohren hatte sie ihre Beichten abgelegt, in ihrem Wohnzimmer hatte sie sich vor dem Leben versteckt. Zuweilen hatte sie sie bei Bekannten beschimpft, zuweilen sie vollkommen ignoriert.

Während ihrer letzten Tage hatte sie Atara einmal heimlich beobachtet, wie sie sich die Treppen hinaufmühte. Auf jeder Stufe hatte sie innegehalten und eine kleine Pause gemacht. Wenn ihr Körper nach hinten sackte, lehnte sie sich an die Wand. »Zwei Stockwerke in acht Minuten, die Arme …«, flüsterte Joels Mutter ihm zu, und purpurne Traueräderchen schwammen in ihren Augen. Während des ganzen Abends zählte sie Ataras Verdienste auf. Wie sie ihnen an jedem Geburtstag Kuchen gebacken hatte, wie klug sie war, und welch eine Verehrung ihr die Araber in Abu Gosch entgegenbrachten. »Mit starker Hand hat sie ihre Schule geleitet … und die Perücke? Schöner als das echte Haar, das ihr ausgefallen ist.«

Jahrzehnte war es her, dass seine Mutter und Atara hierher gezogen waren. Beide waren verheiratete Frauen Anfang zwanzig, die unentwegt Abschied nahmen: von der Schönheit der Jugend und dem Rosenglanz der Mutterschaft, von treulosen Kindern und Ehemännern. Tür an Tür, gemeinsame Wände, das Klackern hochhackiger Schuhe und klassische Musik. Dann wieder heulende Kinder, die sich an sie schmiegten oder quengelten. Geschrei und Gezänk in der einen Wohnung schlugen die Bewohner der anderen in ihren Bann. Samstage, an denen die Liebe zur Ruhe kam. Und siehe, all das wurde an einem Tage zu Staub. »Die Toten, sie haben vielleicht wirklich ihren Frieden gefunden … Und die Lebenden? Wo ist der, der für das Wohlergehen der Lebenden verantwortlich ist?«, rief seine Mutter am Abend nach dem Begräbnis aus.

Da lag jetzt sein Vater, eingerollt auf der anderen Seite des Bettes. Er schaute den Körper an, den es zum Schoß seiner Frau zog, der ihre Wärme begehrte und doch vom anderen Körper abgewiesen wurde, sogar im Schlaf zu einem Fremden degradiert. Vielleicht wegen des Schnarchens? Das Schnarchen seines Vaters war furchterregend, mit Geräuschen, die auch Joel nachts aus dem Schlaf rissen. Manchmal kapriolten die Schnarcher zwischen den Zimmern der Wohnung wie eine melancholische Melodie hin und her, manchmal waren sie schrill wie ein Trompetenstoß. Die Mutter hatte sich angewöhnt, den Vater an den Bettrand zu schieben, wenn sie den Eindruck hatte, dass sein Schnarchen bis in die Wohnungen der schlafenden Nachbarn drang. Sie drückte sein Gesicht zwischen Kissen und Laken, um die Schnarchgeräusche zu dämpfen. »So bleibt uns ein Stückchen Nacht zum Schlafen übrig ...«

Joel, der sich sonst eher schwerfällig bewegte, tänzelte heute elegant durch die Schatten und beherrschte die Finsternis. Das Gesicht seines Vaters war zwischen den Kissen verborgen, eine graue Haartolle klebte an der weißen Schlafzimmerwand. Jeder Schnarchlaut ließ das Bett erzittern und die schweren Atemzüge hörten sich an wie das Röcheln eines Sterbenden. Joels Blick blieb. Er ging näher an ihn heran. Vielmehr hätte er schwören können, dass er durch die Luft getragen wurde. Ob das die Begabung war, was er da in sich aufsteigen fühlte? Für kurze Zeit stand er über den Vater gebeugt. Schließlich kniete er auf den Fliesen nieder und legte sein Gesicht an den Kopf des Schlafenden, er küsste ihn geradezu. Und er träumte. Ein Zimmer, aber kein richtiges. Etwas zwischen Schulsporthalle und Kinderzimmer. Draußen ist ein schöner Tag, man sieht es durch die vergitterten Fenster. Drei Kinder spielen. Ihr Spiel ist nicht zu sehen – man weiß aber, dass sie spielen. Eines von ihnen raucht eine Zigarette. Sie tragen graue, abgewetzte Anzüge und schmale Krawatten. Der Träumende kommt ihnen näher. Er kennt sie oder kannte sie zumindest. Der Träumer ist kein Kind mehr, sein fünfzigstes Lebensjahr naht. Der Träumende bleibt bei ihnen stehen. Eine uralte Wut lässt die Zornesfalte auf seiner Stirn hervortreten. Die Kinder schauen ihn an während ihres Spiels, das fröhlich ist und noch unbefangen. Während die da noch spielen, schwinden seine Jahre dahin. In die Wut mischt sich Angst, fast Schrecken, sogar Ehrfurcht wie vor einem Feind, der einem genügend Niederlagen verpasst hat, dass man seine Überlegenheit anerkennt. Die Kinder werfen gelangweilte Blicke auf den Näherkommenden. Es scheint, als hätten sie ihn erwartet. Er steht vor ihnen und kennt jedes mit Namen. Gleich darauf kann er sie nicht mehr voneinander unterscheiden, alle drei haben das gleiche Gesicht. »Die Gang« nannte man sie in der Grundschule. Der Träumende spricht zu ihnen, und etwas an seinem Sprechen irritiert ihn. Plötzlich beherrscht er die Sprache nicht mehr, er stottert. Er fasst Mut, weiß jetzt, was er will: Er wurde hierhergeführt, um einen historischen Schlachtruf auszustoßen: Der Träumende selbst ist der Schlachtruf, er selbst ist die Botschaft. Das muss niemand den Kindern erklären. Sie verstehen es von selbst.

»Seht mich an …« Der Träumende sagt es nicht, doch was er denkt, hallt laut durch den Raum. »Von uns allen habe ausgerechnet ich einen weiten Weg zurückgelegt, da staunt ihr, was? Ich bin der Alleinvertreter von ›Philip Morris‹ im Land, kennt ihr ›Philip Morris‹? Habt ihr gehört, dass ich sie repräsentiere? Lest ihr die Zeitungen? Und auch Mark Rudermann. Ja, den, der sich gerade jetzt eine Hotelkette in Israel kauft. Aber das wisst ihr ja sowieso …«

»Rudermann, ist der nicht durch Porno-Filme reich geworden?«, kichern sie, und der Träumer wundert sich, dass sie seine Gedanken hören können. Er versucht ihnen zu erklären, das sei so nicht richtig, sondern eine hässliche Verleumdung seitens evangelikaler Organisationen. Früher, in den Siebzigern, hat er mal irgendeinen Kurzfilm finanziert. Es gab immer Jahre, in denen alle sich mit Pornos befasst haben. Jedenfalls ist er nicht dadurch reich geworden, sondern durch zwei Hotelketten, vierzig Fitness-Clubs … Aber die Kinder hören schon nicht mehr zu, sie titulieren Rudermann als »der blaue Mann«, »Mark Pimmelmann« und »onanierende Ratte.« Sie schütteln sich vor Lachen. Da, jetzt kommt sie wieder, seine alte, bekannte Lähmung. Jetzt verhöhnen die Kinder die Zigarettenfirma. »Hast du nicht in der Zeitung gelesen, dass Rauchen der Gesundheit schadet?«, predigt der Junge, der die Zigarette hält, streng. »Zigaretten? Das ekelt mich an …«, deklamiert ein anderer. Jetzt lachen sie nicht mehr, jetzt haben sie sich schon zum Kampf aufgestellt. Sie würden ihn gerne fragen: »Hast du denn wirklich geglaubt, dieser Kampf könnte anders enden?«

Der Träumende hat das Gefühl, sich in Luft aufzulösen. Er

scheint noch zu atmen, steht aber nicht mehr, sondern liegt in Zuckungen ihnen zu Füßen. Und die Drei stürzen sich auf ihn, ihre gebleckten Zähne reißen ihm Streifen aus der Haut. Eigentümlich, er spürt keinen Schmerz. Das laute Geräusch des zerfleischten Körpers überflutet das Zimmer. Die Melodie eines alten Kriegsmarsches summt sich von selbst in ihm.

Und Joel – wird er ihm barmherzig die Hand reichen? Aber wenn er am Boden liegt, wer würde ihm die Hand reichen?

Wer zum Teufel ist es, der immer noch hier steht? Der Saal wird zur einförmigen Ebene und vor den Fenstern hat man die schwarzen Vorhänge zugezogen. An dem Platz, wo der Erwachsene stand, steht nun ein mageres kleines Kind, es trägt einen Tennisschläger und zwei Bälle, seine Augen starren die Überreste des Erwachsenenkörpers an, die auf dem Parkett verstreut liegen. »Du bist der Mann, der du immer warst«, flüstert ihm eines der Kinder zu. »Der Mann, der du warst, ist der Mann, der du bist und der du immer sein wirst«, vollendet der rauchende Junge den Satz, etwas traurig und doch zufrieden mit der Formulierung. Und das Kind? Es will gar nichts sagen, ihm ist das Proklamieren vergangen, es will nur unversehrt nach Hause.

Stille. Jetzt scheint alles vertraut. Die Kinder haben ihm die Haarsträhnen abgeschnitten, die Kleider zerrissen, seinen erwachsenen Körper gefressen und das Kind zurückgeholt, das er einmal war. Ihre Gesichter erstrahlen vor Wahrheit, vor letzter Gewissheit. Sie haben Schuldgefühle, bestimmt werden sie ihn auffordern, mitzuspielen. Am Ende fordern sie einen immer dazu auf. Was nützt ihm ihr Schuldgefühl, das ist es nicht, was er sucht. Er will noch etwas sagen, aber entweder hören sie ihn nicht oder er hat schon gar keine Stimme mehr.

Wie kommt es, dass den Träumern immer die Stimme versagt?

Der Vater erwachte. Seine schweren Atemzüge gingen im Pfeifen des Sturmes unter. Seine Finger rieben sich die Augen. Joels Arme waren klebrig vom Schweiß des Vaters. Der Vater wand seinen Körper schwerfällig aus dem Laken und richtete sich auf dem Bettrand auf. Erst jetzt entdeckte er seinen Sohn.

Warum bin ich nicht gegangen, dachte Joel. Der Vater musterte ihn mit einem seltsamen Blick, seine Stimme war wie zerschlagen. »Wieso bist du hier?«

»Ach, einfach so. Zufällig bin ich aufgewacht und wollte …«, entschuldigte er sich. Er wurde vom starken Wunsch erfasst, dem Vater wieder näher zu kommen und ihn zu umarmen, den Schweiß in sich aufzunehmen, den er während des Traums vergossen hatte. Er suchte fieberhaft nach Worten. »Es regnet in Strömen, hat Mutter Wäsche aufgehängt?«

»Nein. Geh wieder schlafen.«

»Bist du in Ordnung, Vater?«

»Jaja!«

Ein folgsamer Junge. Er tat, was der Vater wollte.

Während er sich entfernte, schoss ein gewaltiger Schmerz durch seine Augen, dieser uralte Schmerz, den er in der Kindheit gespürt hatte, wenn er mit offenen Augen zum Boden des Schwimmbeckens hinabgetaucht war. Durch sein Bewusstsein rauschte der Traum mit einer Klarheit, die er nie gekannt hatte. Sogar der Rauch der Zigarette schien sich an seinen Kleidern festgesogen zu haben.

Wieder stand er im Korridor und blickte direkt auf Urgroßvater Gerschons Miniatur, die wie ein Funke strahlte. Kein Weiß in den Augen. Heftig rieb er die eigenen Augen und es kam ihm vor, als habe sich darin Feuchtigkeit gesammelt. Was er an seinen Händen spürte, fühlte sich seltsam an. Plötzlich kam ihm der Verdacht, die Flüssigkeit, die seine Finger aus den Augen gerieben hatten, sei undurchsichtig. Er rannte ins Badezimmer. Er, der eingefleischte Spiegelhasser, richtete sich vor dem Spiegel auf, sah sich in die Augen und war erschüttert. Das Weiß des Augapfels war rot wie Blut.

Er kam dem Vater nicht noch einmal beim Schlafen nahe. Vielleicht hätte er irgendwann der Verlockung nicht widerstehen können, aber sein Vater ging noch am Ende des gleichen Jahres von dieser Welt.

»Herrscher verfolgten mich grundlos«, klagte der Rabbiner am

Grab. »Herrscher verfolgten mich grundlos«, murrte die Stimme des Vaters in ihm. Am Grab schwor sich Joel, die Begabung, in seine Schuld verpackt wie in dicke Tücher, an einem sicheren Ort ruhen zu lassen. War es denn überhaupt seine Schuld?

Die Jahre zogen ruhig vorüber und die Gabe schien verschwunden. Siebzehn Jahre waren seit jener Nacht vergangen. Er zählte diese Jahre und gedachte ihrer und ihrer Geschichte. Er war wahrhaftig ein zuverlässiger Zeuge des eigenen Verfalls. Er war keiner, dessen Weg zum Tod mit Illusionen gepflastert war. Bald würde er selbst nur noch eine Erinnerung sein.

Erster Teil

Der Wiederträumer

1. Mai

Er lag an der Seite des eingerollten, reglosen Körpers, von dem er sich verraten fühlte. Joel Kadmon, dem Wiederträumer, schien es, als ob sich ihr Körper starr und protestierend von ihm abwende. Manchmal war ihr Schlaf ein Varieté aus Schaukelbewegungen, dumpfen Reflexen, Flüstertönen, Schmatzen, sogar von amüsanten Verwünschungen. Während des Schlafs führte Rachel immer eine zügellose, laute Existenz. Von weitem hörte er eine Sirene heulen. Er schleppte sich zum Fenster und sah unweit der Allee eine Ambulanz halten. Näher konnten sie wegen des Hochwassers auf der Straße nicht heranfahren. Einige Leute sprangen aus dem Wagen und tauchten in die Allee ab, menschliche Schatten. Das Sehen fiel ihm schwer, deshalb konzentrierte er sich auf die gedämpften Laute. Die Leute mit der Trage waren schon da, hoben den toten Körper auf und legten ihn darauf ab. Sein Blick blieb an der Allee hängen, an dem Wenigen, das für ihn noch sichtbar war: die hin und her laufenden Schatten und der eingerollte tote Körper. Für den Bruchteil einer Sekunde fiel ein eigenartiges Licht auf die Allee, weiß der Teufel, woher es kam, und für einen Augenblick verharrte sein Blick auf dem Toten, bohrte sich in ihn hinein. Ein Albtraumbild blitzte in ihm auf, sein Körper erschauerte und schon war die Allee wieder dunkel und der Leichnam verschwunden.

Der Blick des Wiederträumers wanderte vom geräumigen Balkon im dritten Stock zum Himmel über der verregneten Stadt. In seiner Erinnerung breitete sich ein dichtes Netz aus Tausenden von Sternen aus, glänzend wie damals in seiner Kindheit über dem Wadi an der südlichen Grenze. Einladend sah das aus, die Himmelskuppel mit ihren erhabenen Sternen – es schien, als schmiegte sie sich an den oberen Rand des Gebäudes. Das Ewigkeitsgefühl schützte seine bloßen Gliedmaßen vor den Böen einer neuerlichen Jerusalemer Unwetterfront. Nacht um Nacht war der Balkon, waren das Wadi und die Sterne an ihrem Platz verankert. War es nicht kindische Vermessenheit, zu glauben, der blau getönte Teppich, übersät mit den Diamanten der Nacht, werde sich auch noch in ein oder zwei Jahren ihm zu Ehren entfalten? Konnte denn irgendetwas den Strom der Zeit bezwingen und genau das bleiben, was es gewesen war? Als Kind erträumte er sich phantastische Dinge wie die Vernichtung der widerlichen Beth-Hakerem-Gemeinde, aber genauso innig wünschte er, sie möge genau das bleiben, was sie war. Nachdem er zwanzig geworden war, zog er mitten in eine dicht bevölkerte Wohnsiedlung Tel Avivs. Die Stadt am Meer war das Mekka der Israelis, die sich mehr und mehr verwestlichten. Sie alle klopften an ihre Tore. Darunter waren diejenigen, die ihre Jugend in den Vorstädten verbracht und sich immer nach ihr verzehrt hatten. Sie glaubten an ein stürmisches Leben dort. Darunter waren aber auch diejenigen, die von der Furcht getrieben wurden, sie könnten abgehängt werden, und schließlich auch solche, die wie er selbst jede Erinnerung an ihre Kindheit spurlos tilgen wollten, um neu geboren zu werden.

Manchmal traf er auf der Straße Bekannte von damals. Die meisten von ihnen hatten die Gelegenheit zur Wiedergeburt genutzt. Die Schöngeister und die Gewitzten hatten ihre Vergangenheit, die er nur allzu gut kannte, den gegenwärtigen Erfordernissen von Tel Aviv angepasst.

Sie schilderten ihr Heldenleben als glatten, einheitlichen Ablauf ohne Lücken. Die Schlichteren betonten unverfroren die neuen Manieren, die ihre reorganisierte Persönlichkeit sichtbar machten, und quasselten viel in einem Jargon, mit dem sie Kindheit und Herkunft verleugneten. Er hingegen, der böse Bube der Gemeinde von Beth-Hakerem, hatte sich als Kind damit getröstet, ausgegrenzt zu sein, sich genetisch von den anderen zu unterscheiden, die ihre Kindheit meist in starrem Gehorsam gegenüber ihren Eltern verbrachten. Das war eine Illusion, wie sich herausstellte. Die kleinlichen Einzelheiten, die alle zur menschlichen Existenz gehören, verschreckten ihn. Ganze Tage beschäftigte er sich mit Wasser- und Elektrizitätsrechnungen, errechnete Steuern und verplante sein Geld für Einkäufe oder Vergnügungen. Seine berufliche Zukunft machte ihm Angst, das Gebirge der Alltäglichkeiten drohte ihn zu erdrücken. Für andere waren es Schritte in eine faszinierende Zukunft, für ihn nur die nackte Tatsache, irgendwie weiterzuexistieren.

In den ersten zwei Jahren in Tel Aviv hatte er die fixe Idee, alles, was er erreicht hatte, werde am nächsten Tag oder in der nächsten Woche verschwunden sein. Ungeachtet des Bewusstseins dessen, was er erreicht hatte, erwachte er jeden Morgen in einer Welt, in der es keine Gewissheiten gab, nicht eine einzige Gewissheit.

Sein erster akademischer Titel in Kommunikationswissenschaften und respekteinflößende Noten brachten ihm ein Festmahl mit seiner Mutter in einem japanischen Restaurant im Norden Jerusalems ein. »Dein Vater wäre stolz«, beteuerte sie und er entschied sich, ihr zu glauben. Sein erster Arbeitsplatz war das Archiv des ersten Fernsehprogramms in Romema. Er kehrte nach Jerusalem zurück und mietete eine Wohnung in Beth-Hakerem, im Hochhaus über dem maroden Einkaufzentrum. Das Ereignis, das er sich als erschütternde Überraschung dachte – die Rückkehr des Rebellen ins Königreich des Bösen –, wurde von der Gemeinde schlicht ignoriert. Dann und wann nickten ihm die Feinde aus der Kindheit grüßend zu oder wechselten einige Worte mit ihm. Aber im Allgemeinen bewegte er sich auf den Straßen so anonym, dass er sich nach dem Stand der Verachtung sehnte, den er in der Kindheit innehatte.

Im Januar 2002 kehrte er als Dreißigjähriger nach Tel Aviv zurück. Er fand eine Stellung zum Mindestlohn im Produktionsbüro J.S.S. Das Produktionsbüro befasste sich mit elektronischer Kommunikation und künstlerischen Initiativen. Zehn kleine Zimmer, in denen je zwei Angestellte saßen, waren in vier fiktive Bereiche unterteilt, die jeweils als Filialen des »Allgemeinen Sekretariatsdienstes« agierten. Zum Direktionsbereich gehörten die Räume des Generaldirektors, des Vizedirektors, des Projektkoordinators und ein blau tapezierter Sitzungsraum, der mit bunten, schwarz gerahmten Photos geschmückt war. Jedes der Photos hielt den exzentrischen Gesichtsausdruck einer der Berühmtheiten fest, die Teil eines »Projektes« der Organisation waren. Ganz unterschiedliche junge Leute liefen im Büro herum: Zugereiste und Städter, verträumt oder getrieben, »etwas Interessantes zu tun«. Treibsand, von einer Organisation zur anderen, von einem Projekt zum nächsten fließend, künstlerisch ambitioniert, fest entschlossen, der Welt ihre Botschaft zu verkünden. Die meisten von ihnen waren fleißig, investierten in ihre Arbeit viele Stunden, die sich in ihren spärlichen Gehältern nicht niederschlugen. Sie sprangen von einer abgeschlossenen Produktion mitten in einen brodelnden Ameisenhaufen von Recherchetätigkeiten, die Augen ununterbrochen auf »neue Ereignisse« und ihre Kunden gerichtet, die sekundenschnell von einem Büro ins nächste wechselten. In den Produktionsbüros, die Anfang der neunziger Jahre auftauchten, waren die Arbeitsverhältnisse des alten Israel vergessen. Die Angestellten unterschrieben kurzlebige Einzelverträge, und die Fluktuation unter den weniger Wichtigen war, auch nach westlichen Maßstäben, hoch. Nur selten traf er einen Bekannten, der nach einem Jahr noch im selben Büro arbeitete. Die Verpflichtung galt dem Projekt, nicht der Organisation. Nach etwa zwei Jahren, eine Woche nach seinem zweiunddreißigsten Geburtstag, wurde er persönlicher Assistent von Jehoschua Salomon-Mandelbaum, dem Projektkoordinator der Organisation.

Er wandte sich vom Fenster ab und legte sich wieder ins Bett. Es war Morgen. Er könnte seinen Finger in Richtung Wecker schieben und das bevorstehende Heulen verhindern, doch er blieb träge liegen und hörte der »Sirenenuhr« zu, wie die Träumende sie nannte. Sie füllte den dunklen Raum mit heulenden Geräuschen, die er leibhaftig zu sehen glaubte, wie rauchfarbene Schläuche, wie Staubkrümel sahen sie aus, die plötzlich von einem

Lichtstrahl angesengt wurden. Schon immer hatte er Geräusche gern mit Formen verglichen. Er streichelte die Haut der Träumenden. Anfangs verharrte sie in der Welt des Schlafs und rührte sich nicht. Eine Minute verging und die »Sirenenuhr« heulte immer noch markerschütternd. Da öffneten sich ihre Augen.

»Schon Morgen?«, fragte sie aus trockener Kehle, jede Silbe ein heiserer Ton.

»Es ist schon zwanzig nach acht«, antwortete er schulmeisterlich. Tadelte er sie dafür, dass es schon spät war? Sie hatte doch keinen Grund, aufzustehen.

»Draußen ist alles Nacht ...«

»Ja«, bestätigte er und sah zum Fenster, wo er vergeblich nach einem schwachen Lichtabdruck suchte, der das Aufleuchten des Morgens signalisiert hätte.

»Hast du etwas gesehen?«, fragte sie, und ihre Stimme lud sich mit Argwohn auf. Einen Moment lang wollte er sich unwissend stellen, so tun, als hätte er die Frage nicht verstanden. Aber dann kam ihm der Trick jämmerlich vor, eine Beleidigung ihrer gemeinsamen aufrichtigen Geschichte.

»Diesmal nicht, ehrlich nicht.« Die Verneinung war schon rechtzeitig vorbereitet. Spinnerin, Größenwahnsinnige, ärgerte er sich. Sie weigerte sich, zu glauben, dass er manchmal in Gedanken versunken war, die nichts mit ihr zu tun hatten. Als ob er selbst keine anderen Aufgaben hätte, als durch die Tore ihrer Welt zu treten und sich danach wie ein Dieb wieder hinauszustehlen.

»Hast du etwas gesehen? Wenigstens ein bisschen?«, fragte sie ihn zweifelnd und auf ihrem Gesicht lag der feindselige Ausdruck, der ihm neuerdings die Morgenstunden vergällte.

Wieder identifizierte er das bekannte Misstrauen. Noch bevor er eine unverfängliche Antwort geben konnte, hörten sie ein Klopfen an der Tür.

»Bestimmt ist sie es«, stellte er erleichtert fest und stand schnell vom Bett auf, um einem weiteren mürrischen Blick auszuweichen. Bald war es neun Uhr, wenn er sich nicht beeilte, würde er zu spät kommen. Er kehrte in Begleitung einer jungen Frau ins Zimmer zurück, die die Träumerin höhnisch »das Kindermädchen« nannte. Er bemerkte, dass auch dieser Morgen den Uhren nach vorhanden war, draußen aber nicht: Der Winter weigerte sich zu weichen. Der April war vorbei, doch es war selbst bei genauestem Hinschauen schwer, am Himmel irgendeine Helligkeit auszumachen. Währenddessen schwoll der Sturm an und forderte täglich weitere neue Opfer. Gestern, hatte er gehört, sei ein Wagen über eine Hauptstraße durch die Luft geflogen, »regelrecht wie ein Drachen«, sagte ein Augenzeuge. Er erinnerte sich, dass er jetzt wieder nicht mit dem Auto ins Büro fahren konnte: Wasserströme in der Farbe des »Schwarzen Goldes« flossen die Allee hinab und rissen die ganze Welt mit sich.

Der Wiederträumer war außer Haus. Windstöße pfiffen entnervend und schmerzten ihn auf der Haut. Er blieb gebeugt stehen und verbarg das Gesicht im Pelzkragen seines Mantels. Dann quälte er sich schwerfällig die Allee hinauf, verschlossen gegen alle Bilder, mit einer Leidensmiene, als müsse sein Gesicht das Gehen gemeinsam mit den Füßen bewerkstelligen. Allerdings zeigte es auch Anzeichen der Erleichterung, nachdem er sich so rasch aus seiner Wohnung befreit hatte. Er genoss die kalte Luft, die er einatmete, den Regen, der seine Lippen netzte, und die verborgenen Lüste, die in ihm erwachten – auf dem Grünstreifen in der Allee zu liegen, der in diesem Winter so üppig geworden war, oder auf einem schönen Frauenkörper. Er wünschte sich, das Beste aus dem Überfluss der Welt zu saugen. Doch am Abend würde er sich davon wieder abwenden: Wer, wenn nicht er, war der Brandstifter, der allabendlich dahin zurückkehrte, wo er das Feuer entfacht hatte?

Wie tötet man eine Geliebte?

Die beste Methode war, sie ohne Bosheit und ohne eine Spur von Vorsatz zu erlösen. Selbstverständlich war die anständigste Form des Tötens die ohne rohe Gewalt. Es ging darum, die Identität der Geliebten zu vernichten, ihre Gestalt verschwinden zu lassen. Es ging darum, ihr Äußeres nebulös werden und aufweichen zu lassen, ja sogar das Gesicht auszuradieren, wie es sich im flatternden Blick eines Fremden spiegelte.

Ob sie es sieht? fragte er sich, während er sich durch eine Warteschlange vor den Taxis drängte. Der traurige Ausdruck auf den Gesichtern brachte ihn auf. Absichtlich summte er vor sich hin. Trotz der Störungen kam er nicht umhin, diese Wintertage zu genießen. Die Sehnsucht nach Rückkehr der Sonne verstand er überhaupt nicht. Sie walkte doch jeden Anblick flach. Mit ihr gab es keine Dimensionen, keine Schatten, nichts Geheimnisvolles, alles sah gleich aus, es gab keine Nähe und keine Ferne, die Gesichter waren ohne Tiefe, überall breitete sich der Himmel ohne Grenzen aus. Sehnsüchtig dachte er daran, wie ihn in New York Himmelsfetzen angeschaut hatten, zwischen den Wolkenkratzern, die den Glanz filterten. Sie hatten Schatten geworfen, aber hier, unter dem Wüstenhimmel, machte der Glanz sich überall breit und machte alles hässlich.

Ob sie merkte, wie sie sich veränderte? Der allmorgendliche Blick in den Spiegel gibt Veränderungen nicht wirklich preis. Der alltägliche Blick kann sie nicht feststellen: Genau hier war etwas und jetzt ist es anders. Doch obwohl er sie jeden Morgen und jeden Abend sah, kam er nicht umhin, die Veränderungen zu bemerken.

Er hatte die Träumende beobachtet, wie sie zu Hause monatelang in immer demselben Trainingsanzug herumlief, ihr Haar wirr und zersaust. In den Morgenstunden summte sie Lieder und in ihren Augen erkannte er den alten, geliebten Blick, eine feine Mischung aus Spott und Reue. Je älter der Tag wurde, desto mehr wuchs ihre Müdigkeit. Sie verlor sich in den Weiten der Wohnung, ihre Augen wurden glasig und was sie auch sah, quittierte sie mit dem immergleichen Gesichtsausdruck. Abend für Abend wurde sie von einer neuen Attacke gequält, schlief ein, erwachte und schlief sofort wieder ein. Sie wehrte sich gegen den Schlaf und verlangte, er solle sie wecken und ihr die schreckliche Müdigkeit nehmen.

Manchmal, wenn sie den nutzlosen Kampf gegen den Schlaf satt hatte, richtete sich ihr Scheitern gegen ihn. Sie schrie nicht.

In gemessenem Ton, an dem gerade die zwanghafte Zurückhaltung quälend war, machte sie ihn nieder, zerkrümelte ihn, machte aus jeder gemeinsamen Erinnerung eine Farce: jedes Erlebnis, alle Geständnisse, die er ihr früher gemacht hatte, die glühenden Umarmungen, als er sie noch grenzenlos liebte. Es ist die Freiheit des Opfers, grausam zu sein. Sie verstand, sie zu nutzen.

Manchmal richtete sie ihren Zorn gegen das Bettzeug, verknitterte die weißen Laken, die Kissen, riss Löcher in die Matratze, die sie gemeinsam aus dem Haus seiner Eltern in Jerusalem geholt und hier die Treppe hinaufgetragen hatten. Dann wieder schlug sie mit einem Bügeleisen oder einem Hocker auf imaginäre Köpfe ein. Wie das zerknautschte Bettzeug, erwischte es meistens auch ihn. Manchmal ließ er sich halbherzig auf den Kampf ein, als ob er sie an den Unterschied zwischen ihm und den gefolterten Gegenständen erinnern wollte.

Das Taxi fuhr durch die Straßen, die im Regen verschwammen. In dem weißen Landrover saßen vier Fahrgäste und ein Fahrer. Der Fahrer warnte vor Straßen, wo tosende Sturzbäche und Hochwasser das Fahren zum Lotteriespiel machten. »Lieber ein Umweg und nicht stecken bleiben. Vorerst ist das Fahren in den Hauptstraßen noch erlaubt. Hoffentlich kriegen wir keine weitere Scherereien …« Die Arbeitsplätze der Fahrgäste befanden sich innerhalb derselben zwei Quadratkilometer, und der Fahrer war einverstanden, Fahrgäste an zwei Haltepunkten herauszulassen, zum Preis von fünfundvierzig Schekeln pro Person. Er verfluchte die stockende Scheibenheizung. Dampfstreifen beschlugen wieder die Fenster. »Ich fahre blind«, feixte der Fahrer. Die meisten Ampeln waren ausgefallen und auf jeder fünften Kreuzung war ein Verkehrspolizist postiert. Auf den anderen Kreuzungen steckten die Wagen in einem unübersichtlichen Durcheinander fest. Er schaute auf seine Uhr. 9.22. Bestimmt war sie wieder in Schlaf gesunken.

Überall schlief sie ein: auf dem Sofa im Wohnzimmer, in dem winzigen Arbeitszimmer, zwischen den kleinen Holzstühlen, die im Korridor zum Schlafzimmer standen, den Kopf eingezwängt zwischen Lehne und Wand. Von Zeit zu Zeit streckte sie sich auf dem Fußboden aus, vor dem Heizofen, und wenn sie dann erwachte, war ihre Haut rosig und warm. Auch wenn sie wach war, war sie mit ihrem Schlaf beschäftigt, besprach den Schlaf, der gewesen war, oder den, der sein würde. Es sah so aus, als würde sie sich nur selten wirklich von den Fesseln des Schlafs lösen.

Ihre ständigen und dadurch abstumpfenden Klagen über Müdigkeit wurden zur Organisationsgrundlage ihres gemeinsamen Lebens. Wenn er in den Abendstunden die Treppe zur Wohnung hinaufstieg, hungrig und müde nach einem langen Arbeitstag, stellte er sich nicht vor, wie sie auf ihn wartete, sondern eher, welche Form ihre Müdigkeit heute annehmen würde. Er fragte sich, wie ihr Zurückweichen ins Dämmerlicht neuerlichen Schlafs diesmal aussehen würde. Er rechnete damit ebenso wie mit dem kranken Erwachen, das er nicht heilen konnte, auch wenn er sich zu ihr niederbeugen und sie streicheln und ihr Worte ins Ohr flüstern würde. Jedes Aufwachen war, als sei darin die Zeit destilliert, während der sie vom Schlaf gefangen gehalten worden war, als hätte sie ihm Ausmaße verliehen, mit denen man sich nicht abfinden konnte. Plötzlich schienen ihm die Stufen zu breit. Manchmal fiel ihm ein, dass er keine Zigaretten und keinen Wein gekauft oder dass er den deutschen Journalisten von nebenan schon lange nicht mehr besucht hatte. Er verweilte ein wenig dabei. Stufenweise kletterte er dann hinauf, während das Licht im Treppenhaus ausging. Die Nacht, verstärkt von der Kälte und dem immer stärker niederprasselnden Hagel, galoppierte ins Treppenhaus und besiegte die letzte Helligkeit. Er erstarrte, ihm wurde schwindlig. Bisweilen schleppt sich so ein Mensch die Treppe hinauf und gesteht sich ein, dass er die Einsamkeit der Rückkehr zu seiner Geliebten vorzieht.

Der Wiederträumer stieg als letzter aus dem Taxi aus und betrat das Bürohaus. Der hoch gewachsene Sicherheitsmann am Tor ignorierte ihn geflissentlich. Die Sicherheitsleute verabscheuten ihn. Sie glaubten, er flüstere dem Generaldirektor ein, dass manche Angestellten die Gewohnheit hatten, in den späten Abendstunden einen kleinen Büroschlaf zu halten. Tatsächlich hatte er sie gar nicht gemeldet, sondern die Denunziation lediglich befürwortet.

Er wählte seine Telefonnummer und die Träumerin nahm ab. »Schwöre, dass du heute Nacht nicht wieder kneifen wirst.« Ihre Stimme war tadelnd und sehnsüchtig zugleich. Trotz allem verlangte sie, die »Nachtwelt« zu behalten. Je härter und leidenschaftlicher sich sein Vorsatz verfestigte, sie zu vernichten, umso fester klammerte sie sich daran. Sie waren wie Verbündete, deren Vision in Erfüllung gegangen war. Aber als die Vision einen untragbaren Preis forderte, wie es oft vorkommt, wurden aus Erfüllungsgehilfen Geiseln. Beiden war klar, dass sie einander brauchten, um die Vision weiter zu nähren. (Seltsam, dass er an seine Begabung wie an ein Raubtier dachte, das Fütterung verlangt.) Manchmal fragte er sie: »Brauchen wir das noch immer?« Doch sie stellte klar, dass sie keinen Grund sah zu bleiben, falls die »Nacht« aus ihrer Welt gerissen würde. Sie erklärte leidenschaftlich, dass sie nahe dran war, sehr nahe, noch einige Tage nur, einige Wochen, höchstens einen Monat. Nahe an was? Eines Nachts sagte sie ihm, dass sie Splitter aus ihrem Gedächtnis bei ihm zurückkaufe. »Der Dienstleister« nannte sie ihn liebevoll und sagte, Erinnerungen zu kaufen mache süchtig, man wolle immer mehr, dem anwachsenden Haufen noch einen verlorenen Krümel hinzufügen. »Bald wird es ohnehin vorbei sein«, gelobte sie, »jetzt ist es sowieso zu spät, aufzuhören.«

Kurz nach fünf verließ er sein Büro und stellte ärgerlich fest, dass er seinen Arbeitstag nicht ordentlich genutzt hatte, ganz und gar nicht. Viel zu viele Angestellte hatten sich krank gemeldet, der Empfang der Mobiltelefone war grässlich gewesen, beide enthusiastischen Filmemacher aus Arad hatten den Termin abgesagt, weil sie vier Stunden in einem Bus am Stadtrand stecken geblieben waren. Als er mit leisen Schritten am erleuchteten Büro des Generaldirektors vorbeiging, schien es ihm, als sei dieser sich seines Scheiterns bewusst.

Die letzten Gerüchte besagten, dass der Generaldirektor im Begriff war, seine Stelle aufzugeben, in den Büros herrschte hektischer Aktionismus und mindestens zwanzig Nachfolgernamen wurden gehandelt. Viele Tage lang widmete er sich der Vorbereitung auf den neuen Direktor und entwarf Pläne, wie er jedem einzelnen der genannten Anwärter gefallen könnte. Grundsätzlich verachtete er Menschen, die sich aus Sorglosigkeit oder im naiven Glauben an ihre Fähigkeiten über kommende Ereignisse nicht genug Gedanken machten. Diese verwöhnten Kerle – wie armselig waren sie in seinen Augen – waren die meiste Zeit mit trivialen Dingen beschäftigt. Eines Tages würden die Walzen der Industrie sie überrollen und in alle Winde verstreuen. Er selbst hatte nicht die Absicht, zu verschwinden, sondern durchzuhalten und weiter nach oben zu klettern. Wenn Menschen von seinem Schlag durchhalten, steigen sie danach sowieso auf. Eine neue junge Angestellte, man sagte von ihr, sie sei gerade aus dem Dienst in der Luftwaffe entlassen worden, hatte sich bereit erklärt, ihn fast bis ans Haus zu fahren; sie wohnte nicht weit und in naher Zukunft würden sie sowieso zusammen arbeiten, vorausgesetzt, eine der Fernsehstationen würde die Güte haben, Bukobosas und Agabessas Projekt zu erwerben. Der lila Jeep fuhr durch die schweigende Stadt, im Autoradio hörten sie die »Winterstunde mit Neil Young«. Durch die Fensterscheibe sah er die Regentropfen. Dort, wo die Tropfen mit dem Asphalt zusammentrafen, sah die Fläche aus wie von Insekten überschwemmt, die wie wahnsinnig zappelten. Wo waren all die Lichtblitze, die bis vor kurzem hier herumgetanzt waren? Die purpurnen Schilder, die Lichter der Geschäfte, die Lichtgarben der Straßenlaternen, das helle Lila der Spielklubs. Wie kam es, dass die Stadt wie ein Vorort aussah, der schon um sechs Uhr abends den Tag weggepackt hat?

Jeden Abend um sieben setzten sich die Träumerin und er zum Abendessen hin. Eine gemeinsame Tradition, mit der sie die allzu freie Zeit, die sie hatten, in eine Form zwangen. Früher hatten sie darauf geachtet, jede Woche Bekannte aus dem Büro zum Abendessen einzuladen, aber die Mahlzeiten waren kein Vergnügen und sie fühlten sich fehl am Platz. Seine Anstrengungen, zu gefallen und alle Geladenen zufrieden zu stellen, und ihre Anstrengungen, an seinen Bekannten Interesse zu zeigen, hatten etwas Affektiertes, das alle belastete. Aber obwohl jedes Abendessen belastender wurde als das vorhergehende, bemühten sie sich, die Kontakte mit dem kleinen Freundeskreis nicht abreißen zu lassen. Nach und nach wichen ihre Bekannten den Einladungen aus, jedenfalls schien es so, und die Sache wurde aufgegeben.

Danach gingen sie zu Hause immer sofort an die Vorbereitungen des Essens. Während der gemeinsamen Arbeit wechselten sie eine Menge Worte und das Gespräch plätscherte dahin. Es schien, als ob die vorübergehend unterdrückte Auseinandersetzung mit dem Problem der Nächte Raum für Nähe geschaffen hatte. Immerhin waren da zwei Hungrige im Begriff, sich ein Essen zu machen. Während sie sich damit beschäftigten, fühlten sie sich geschützt, und sie handelten wieder wie ein einziger Körper. Die Träumerin rührte eine Pastasauce zusammen und er, mit einem Holzlöffel im Topf, riet ihr, noch etwas Sahne hinzuzufügen. Er schnitt Tomaten, Gurken und Zwiebeln und die Träumerin fragte, ob er auch etwas scharfe Paprika hinzugefügt habe, und nach zwei Minuten fragte sie wieder, weil »man sich manchmal nicht erinnert«. Sie zogen diese schützende Beschäftigung endlos in die Länge. Jeden Abend gaben sie ihr sich aufs Neue hin und fürchteten sich davor, sich davon zu verabschieden.

Allmählich kam die Nacht, und die Träumerin verlor das Interesse am Essen. Während er mit seiner Gabel hantierte, mit dem Salat spielte, ihn in kleine Gruppen aufteilte, aufhäufte und die Haufen wieder auseinandernahm, wich er ihrem wartenden Blick aus. In dieser Stunde schien ihr Körper schon von der »Nacht« verhaftet worden zu sein, als verzehre sie sich nach ihr. Wie kleine Steine, die einen Augenblick lang Schaum erzeugen und dann in den Tiefen eines Stroms versinken, lagen die hohlen

Worte zwischen ihnen. In den ersten Monaten, als sie noch Partner in der »Nacht« waren, ließ ihre gemeinsame Begeisterung jede andere Angelegenheit unwichtig werden. Die Träumerin blieb in jenem Ort versunken, gefangen von seinem prächtigen Zauber. Er wollte etwas von der Welt, die vor der »Nacht« war, zurückholen, etwas, das den zwei Menschen gehörte, die einmal hier gewohnt hatten, genau hier, in dieser Wohnung. Doch wenn er versuchte, irgendeine traumverlorene Erinnerung in ihr wachzurufen, die Wärme und Zuneigung hätte auslösen können, leugnete sie die Partnerschaft der gemeinsamen Erinnerungen. »Nostalgiker« nannte sie ihn dann.

Nun kehrte die Bedrückung zurück. Es gab keinen Abend ohne sie. Sie stumpfte seinen Widerstand ab, und er war wie ein blutender Boxer, der für eine weitere Runde in den Ring steigen muss. Als ihm klar wurde, wie sehr sie sich nach der »Nacht« sehnte, wusste er, dass er sie nach einer Woche der Verweigerung nicht noch einmal enttäuschen durfte. Er hatte ihr doch nichts anderes zu bieten. Wenn er ihrem Flehen nachgab, würde sie ihn umarmen, seine Zunge würde wieder leicht in ihrem Mund spielen und Worte, die ein Paar in der Stunde der Nähe wechselt, würden eine Ahnung ihrer alten Liebe heraufbeschwören. Wie leicht könnte er sich dem Reiz einer trügerischen Gewissheit hingeben, seinen Körper ihren Händen überlassen, sich dem Schmelz ihrer Stimme ausliefern. Sie waren dieselben Menschen, die sie früher gewesen waren, dieselbe Liebe, dieselbe Haut, dasselbe Streicheln, dieselbe Art, ihm ihren Körper hinzuwerfen, damit er sie umarme, dieselbe Wohnung, dieselbe Stadt, und seitdem war kaum Zeit vergangen.

Gerade jetzt, während er sie umarmte, während ihre Körper sich an tausend Punkten berührten, während sie verzaubert waren von den Tiefen der Leidenschaft, wurde ihm mehr denn je bewusst, dass er sie allmählich vernichtete. Das war nicht mehr die Frau, die er kannte, es war nur ihr Schatten. Nachdem er ihre gemeinsame Gestalt in der Welt der Nacht geschaffen hatte, litt er Qualen. Auch sie wusste um seine Leiden. Der Wahnsinn ließ Strecken von klarem Bewusstsein zu, und wenn sie sich des ganzen Geschehens bewusst war, achtete sie darauf, seine Verantwortung dafür zu betonen. Er hatte die Welt der Nacht erdacht. In seiner Kindheit, in seiner Jugend, in der Stadt Jerusalem, die sie nicht kannte, war die »Nacht« erschaffen worden. Und jetzt bereute er, verfluchte den Tag, an dem er sie der »Begabung« ausgesetzt hatte.

Weshalb hatte er es ihr verraten? Weshalb hatte er sein Geheimnis nicht gehütet? Er hatte doch geschworen, es zu bewahren. Seit jener Nacht in seiner Jugend hatte er der Verlockung der Begabung nicht mehr nachgegeben. Und dann? Und dann gab es eine Minute, in der seine Schutzmechanismen versagten, eine einzige Minute nach dem Liebesakt. Ihre nackten Körper ineinander verschlungen, ihre Haut schweißtriefend. Es war zu kurz gewesen, aber ihre Liebe zu ihm wuchs gerade dann, wenn er schwach war. Es schien, als wären sie für immer und ewig vereint. Er leckte ihre Haut, kniff ihre Brüste, seine Finger bewegten sich behutsam in ihren Säften und sie stöhnte. All seine Wehklagen aus Kindheit und Erwachsenenzeit, all die aufgestaute Einsamkeit wurden von ihrer Haut absorbiert und schienen spurlos zu verschwinden. Da war eine Minute, in der es nichts auf der Welt außer der Träumerin gab, da schien es ihm, als wären all die Jahre des Wanderns und der Heimatlosigkeit nur ein stickiger Korridor gewesen, der zu ihrem liebenden Blick führte, zu ihrem Gesicht, das so aufregend glühte, wenn sie errötete. Es war ein Schwindel erregender Augenblick, in dem die Geheimnisse ganz nebenbei hervorgespült wurden, unbewusst wie das Atmen. Er lernte seine eigenen Worte neu, nachdem sie schon eine selbstständige Existenz auf der Welt erlangt hatten. Ihr Gesicht drückte Verblüffung und Spannung aus und ihre Augen sahen ihn an wie einen Fremden, und eine trübe Stimme flüsterte in ihm, jetzt werde sich alles verändern. Er wollte widerrufen, die Begabung leugnen, doch das Gesagte ließ sich nicht mehr ungesagt machen. Kann ein Mensch sich seinen eigenen Träumen entziehen?

Nie wird Joel den Tag vergessen, an dem er Maurice Sadowski zum ersten Mal traf. Maurice saß im Wohnzimmer, dessen Wände mit bunten Ölgemälden überladen waren. Er wirkte wie der Botschafter einer anderen Welt: ein gut aussehender, hoch gewachsener, feingliedriger Mann mit glatter Haut und geöltem Haar. Dass er ein wenig schielte, wurde nur von denen bemerkt, die es genau nahmen. Wenn er lächelte, erschienen zwei Grübchen und brachten Frauenherzen zum Schmelzen, hauptsächlich die von Lehrerinnen. Das graumelierte Kinnbärtchen ließ sofort den Verdacht aufkommen, der Mann färbe sein Haar schwarz.

Er war Repräsentant einer französischen Investment-Gesellschaft, die Möbel des Wohnzimmers hatte ein französischer Designer entworfen, der auch die Wohnungen der Direktoren seiner Gesellschaft eingerichtet hatte.

Damit nicht genug. Zu aller Verdruss musste er unbedingt auch noch einen schwarzen Chevrolet fahren, der träge durch die Straßen glitt. Er lockte aufgeregte Kinder an, die sich wünschten, eine Runde mitzufahren, und zog finstere Blicke der Eltern auf sich, Besitzer weißer japanischer Kleinwagen, die ihre Kommentare hinter vorgehaltener Hand abgaben und Strategien entwickelten, um das Übel auf den Straßen auszumerzen.

Das war das Beth-Hakerem der achtziger Jahre: Eine Schlangenlinie von Hauptstraße, die zum Schutz vor der Mittagssonne zu beiden Seiten von einer dichten Kohorte treuer Bäume gesäumt wurde. Funkenglanz loderte zwischen den Bäumen, tobende Farben versteckten sich hinter Zweigen und Blättern, Sonnenstrahlen spieen flimmernde Fünfecke und träge Vierecke aus und dennoch schien es, als blieben der klare frühlingshafte Glanz, der lachende Stadthimmel, das kraftvolle Blau und das Sonnenlicht, das die ganze weite Welt umspülte, immer außerhalb der schattigen Allee.

Die Pionierstraße ist das geographische Zentrum von Beth-Hakerem. Kleine, dem Auge verborgene Gassen umgeben sie, schmale Passierzungen, geschmückt mit Obstbäumen in graugrüner Vegetation, umgeben von schützendem Laub, Häusern und Zäunen mit Schildern, die vor bissigen Hunden warnen. Pfade, Gärten und Stufen verbinden Straßen miteinander, zwischen denen es scheinbar gar keine Verbindung gibt: Du springst über die Mauer und schon bist du in einer anderen Straße, hüpfst über die Stufen und findest dich in einer Gasse wieder, die eigentlich sehr entfernt schien. Ein verzerrter Raum, dessen Gesetze man nur mit viel Zeit erlernt. Wie es aussieht, treiben sich die Kinder vor allem im Schatten herum, auf Spielplätzen zwischen den Hauptstraßen, in der Welt der Gassen und kurzen Wege, nur sie verstehen die Markierungen.

Selten verließ Joel die Grenzen des Viertels. An Samstagen zum Beispiel, wenn Maurice seinen Sohn Amir und ihn zum Schießen in die Judäische Wüste einlud. Er besaß ein altes Jagdgewehr (»Anno 1789 schoss man damit«, prahlte er gerne, »zehntausend Franc habe ich diesem Bettler gezahlt, dem Ehemann der alten Enkelin des General Boulanger …«), ein mit echtem Gold überzogenes Holzgewehr, das beide Kinder ehrfürchtig gemeinsam trugen. Sie glaubten fest daran, dass sich ihre kleinen Finger am Abzugshahn über den Spuren verschollener Helden krümmten.

Vater Sadowski war erstaunlich großzügig und gab gern mit seinem Geld an. Amir bekam von ihm so viel, dass er sowohl sein eigenes Mittagessen im Einkaufszentrum als auch das von zwei, drei anderen Kindern bezahlen konnte. Nicht, dass es in diesem Einkaufszentrum viel Auswahl gab: italienische Pizza, üppig belegte, tropfende Sandwiches. Es war ein neuer Hamburger-Laden, keine Filiale von »Burgeranch« oder »MacDavid«, sondern eine eigenständige Mutation, die große Begeisterung bei den Kindern auslöste. Die Besitzer wurden von der friedlichen Gemeinde hypnotisch angezogen, deren hohe Zahlungsmoral ein sicheres Geschäft versprach. Die Vertriebsstrategie wurde den örtlichen soziologischen Verhältnissen peinlich genau angepasst und stellte sie auf den Kopf. Jeder, der wollte, bekam Kredit. Zwei Monate nach dem offiziellen Eröffnungsabend liefen im Viertel acht- bis zehnjährige Kinder mit Schulden herum, die sie bis zur Volljährigkeit kaum würden begleichen können.

Sadowski junior war das erste Kind, das aus der Kinderclique ausgeschlossen wurde. Das Kibbutz-Trio, nämlich die Väter von Jonathan, Uri und Udi, waren Leute, die den Kibbutz des Haschomer-Hatza'ir verlassen hatten. Sie, die in allerlei verschiedenen Ausschüssen der Gemeinde als Administratoren dienten, waren der Meinung, Amir bringe die Kinder auf die schiefe Bahn. Er spendiere ihnen kostenlose Mahlzeiten, ermuntere sie, zu Videospielen ins Stadtzentrum zu fahren, und lege abstoßende, unsittliche Musik für sie auf. An Samstagen schließlich locke er sie mit seinem Vater sogar in einen gemieteten Jeep, um in gefährlichem Tempo durch die Judäische Wüste zu brettern (in Wahrheit war nur Joel einer der wenigen, die sich an diesen Fahrten beteiligten), und das alles nur, um dort mit einem Gewehr zu schießen und ein zigtausend Schekel teures Modellflugzeug fliegen zu lassen.

Schließlich entschied ein Ereignis vor einem Wettlauf in der Schule über Amir Sadowskis Schicksal. Jonathan war der beste Läufer seiner Altersstufe, ein sommersprossiges Bübchen, dessen üppiges Haar intensiv mit Babyöl bearbeitet wurde und sogar noch nach einem Fußballspiel glänzte. Man konnte ihn so schon von weitem erkennen, lange bevor man seinen kleinen Kopf und die verschmitzten Kätzchenaugen wirklich sah. Amir fragte, ob er und Jonathan gemeinsam laufen durften, im Doppel sozusagen. Joel, der als Zuschauer daneben stand, begriff nicht, weshalb Amirs Vorschlag Jonathans Vater aus der Ruhe brachte. Diese zwanghafte Ruhe war berüchtigt und allen Kindern des Viertels unheimlich. Jehoschua Oren war ehemals Mitglied des Haschomer-Hatza'ir, mittlerweile Besitzer eines Aluminiumwerkes in Kiriat Scha'ul und Oberhaupt der Gemeinde. Genau genommen hatte Amir Sadowski das Prinzip des freien Wettbewerbs verraten, indem er seine verschwitzte Freundeshand ausgestreckt hatte. Das war der Vorwand, ihn auszuschließen.

Der wahre Grund blieb unausgesprochen: Die Eltern fürchteten, ihre verwöhnten, vergnügungssüchtigen und sorglosen Kinder, die aus dem Mutterleib direkt ins bürgerliche Leben gepurzelt waren, könnten sich so ganz ohne moralisches Gepäck von der Stammesgeschichte völlig entfremden und werden wie ... Amir Sadowski. Diese Furcht war auch der Grund dafür, dass Eltern und Kinder sich samstags nachmittags in einem ihrer Wohnzimmer trafen, die zu nichts anderem gut waren, als mit Nippes aller Art ausstaffiert zu werden.

Dort lauschten sie dann den Vorträgen von befreundeten Akademie-Mitgliedern, die immer die Anfangstage des Staates zum Thema hatten. Der einprägsamste Vortrag war der des Professors David Lukmanow zu dem Thema: »Lenin und Berl, ein zionistischer Aufruf im Entstehungsverlauf des Nationalen Israelischen Sozialismus?« Für die Kinder ein Vortrag zum Gähnen. Aber jedes Mal, wenn der Professor mit heiliger Ehrfurcht ausrief: »Be-r-l«, klang es in seiner undeutlichen Aussprache wie »Bell ... Bell ...«, so dass sie ihn mit Klingellauten nachäffen konnten.

Allen war außerdem bekannt, dass Sadowskis Name zu seiner ewigen Schmach in den Polizeiakten vermerkt war. Vater Sadowski verwaltete die Investments mehrerer Kibbutzim. Gleichzeitig fungierte er hinter den Kulissen als Berater einer Baugesellschaft, die den Wettbewerb für den Bau zweier neuer Wohnsiedlungen bei Aschkelon gewonnen hatte, worauf ihre Aktien in den Himmel geschossen waren. In den achtziger Jahren lief er im Viertel in auffallenden italienischen Anzügen herum, gefertigt aus hauchdünnem Tuch, und gab den Männern, die ihm kühl zunickten, Ratschläge in Sachen Aktien. Im Winter schmückte er sich mit cremefarbenen Kaschmirmänteln, deren aufgestellte Kragen wie Pelerinen die Weiten von Supermarkt und Einkaufszentrum durchwehten. Obwohl er niemals ein Pferd geritten hatte, erschien er gelegentlich in einem weißen Reitanzug, und seine Frauen wechselte er mit hoher Frequenz.

Im Jahre 1983 rutschten jedoch an der Börse die Aktien schrecklich glatte Abhänge hinab, unter ihnen die Aktien von »L.A., Erbauer des Südens«. Es wurde beklagt, Sadowski senior trage zwei Hüte gleichzeitig, den Investoren- und den Baufirmen-Hut. Er wurde wegen Missbrauchs von Insider-Informationen verurteilt. Unklar blieb, wie er es am Ende schaffte, seinen Kopf aus der Schlinge zu ziehen und mit einer geringfügigen Strafe davonzukommen. Musste ein so zwielichtiger Mensch von den Gemeindegliedern nicht mit Argwohn angesehen werden? Jedenfalls ging Sadowski, anders als andere Väter, gern mit fremden Kindern um. Jedes Mal, wenn er Joel traf, umarmte er ihn, drückte das kleine Gesicht an sein Hemd, das roch, als hätte man es mit Kölnisch Wasser aufgebürstet, zauste kräftig seine Haare und zwickte ihn in die Wangen. Joel mochte seine schweren Arme, seinen durchtrainierten Körper, seinen festen Griff. Immer umwarben ihn die Sadowskis. Er solle doch bleiben, zum Abendessen, zum Schlafen in ihrem Haus, zum Ausflug morgen früh. Immer folgte einer Einladung die nächste.

Jehoschua Oren, der heimlich Gekrönte des Viertels, dessen Tante in einem Kibbutz im Norden wohnte, war einer von denen, dessen Namen irgendwie in diese Affäre geraten war. Bei der letzten Sitzung des Elternbeirats verweigerte er Sadowski den Händedruck und warf ihm einen bösen Blick zu, den Sadowski fröhlich, mit zwei Reihen strahlend weißer Zähne erwiderte. Bei früheren Sitzungen des Elternbeirats hatte Sadowski häufig Vorschläge zur Aufwertung der örtlichen Grundschule gemacht. Zur Verblüffung aller brachte er diese Vorschläge mit einem schrillen französischen Akzent vor, den er sich zugelegt hatte, seit er mit französischen Gesellschaften Handel trieb. Unter anderem schlug er vor, eine große Cafeteria zu bauen, den Basketball-Spielplatz zu renovieren, in den Klassenzimmern Klimaanlagen einzubauen, Pausen von fünfundzwanzig statt zehn Minuten einzuführen. All diese Vorschläge brachten den Elternbeirat gegen ihn auf. Vor allem das Trio des Haschomer Hatza'ir sah darin jene neureichen Verwöhnmaßnahmen, die Sadowski selbst verdorben und infiziert hatten, ein Virus, mit dem er nun andere anstecken wollte.

Deshalb wurde auch Amirs großzügige Geste, was den Wettlauf betraf, abgelehnt, wie alle anderen Gesten auch, die Sadowski in herzzerreißender Verzweiflung ersonnen hatte, um sein schlechtes Image in der Umgebung loszuwerden. Im Nachhinein wurde klar, dass all diese Gesten nichts anderes waren als ein weiterer Stein im Turmbau seiner diabolischen Täuschungen. »Nicht nur korrupt ist er«, sagten sie, »ein Rattenfänger ist er auch …« So war Sadowskis Sohn zum Zombie geworden. Er existierte zwar, aber nicht richtig. In den Häusern der Freunde wurde er nicht mehr gesehen, zu den Schabbat-Vorabenden nicht mehr eingeladen. Einigen Kindern war es verboten, sich mit ihm abzugeben, und die anderen hielten sich ebenfalls daran, ohne zu wissen, warum. Während einer Sitzung des Elternbeirats im Jahre 1985, die im Nachhinein wie ein Requiem auf die Tage der Sadowskis in Jerusalem erscheint, setzten sich Amir Sadowski und Joel ans Fenster im Kellergeschoss. Amir hatte darauf bestanden, sich in der Nähe seines Vaters aufzuhalten. Gegen Ende der Sitzung bat Vater Sadowski ums Wort. Er erzählte, sein Sohn werde zu Schabbat-Vorabenden nicht eingeladen, auch nicht zu verschiedenen Treffen und Geburtstagsfeiern, er werde meistens, wenn man eine Mannschaft für ein Fußballspiel zusammenstellte, nicht ausgewählt. Nur wenige seien zur Party erschienen, die die Sadowskis anlässlich des Unabhängigkeitstags gegeben hatten. Er habe »viel teures Weißes Steak, also Schweinefleisch, aus Paris mitgebracht und der persische Reis aus dem Restaurant ›Spektcooler‹ musste von den Katzen verputzt werden«. Dieser Scherz mit vorwurfsvollen Untertönen kam nicht an. »Mes Amis, nicht gut, klein Sohn meiner hier, man gibt ihm nich, ander Kinder, Rezbekt. Guter Junge, etwas scheu, Fan von Tobn und Spieln.«

»Toben und Spielen«, korrigierte ihn Frau Herschkowitz, Abteilungsleiterin bei der »Jewish Agency«. »Ihr Beitrag hat mit dem Thema der Sitzung nichts zu tun!«, ertönte Jehoschua Orens, des Ausschussvorsitzenden, Stimme. »Falls Sie Interesse daran haben, eine Stellungnahme bezüglich eines Fahrradständers am nördlichen Tor abzugeben – bitte.« Dies wurde in gemessenem Tonfall vorgetragen, die Worte Silbe für Silbe betont, mit einer Spur bewusst folkloristischer Lässigkeit. Auch den kleinen Lauschern im Kellergeschoss war klar: Das war der richtige Ton für einen Vater.

»Ihr versteht nicht …« – der heisere Blueston in Sadowski

seniors Stimme stockte, sogar die Spuren des gewissen Zungenschlags schienen bis auf weiteres vergessen zu sein. »Ich habe hier ein Haus gekauft, weil ich wollte, dass der Junge in einem ruhigen Wohnviertel aufwächst … Mit Gärten, Grundstücken, mit Straßen, wo man gefahrlos herumlaufen kann … Jetzt muss ich sagen, dass mein Sohn in Not geraten ist, er leidet. Er will hier weg, weil eure Kinder sich benehmen wie ehem … Europa hat die Juden gedemütigt …!« Ein hysterisches Zucken ließ seine Stimme abbrechen. Verblüfft lauschten Joel und Amir den Schnauflauten von Sadowski senior. Dann standen sie gleichzeitig auf, vom selben Impuls geleitet: Sie wollten nicht Zeugen der Schwäche dieses Mannes sein, der sonst so lässig und machtvoll wirkte und an dem sie sich in den letzten Monaten festgehalten hatten. Mit weichen Knien überquerten sie den dunklen Spielplatz. Ihre Blicke blieben an den orangefarbenen Ringen der Basketballkörbe hängen, an Zypressen, deren zugespitzte Wipfel diese Nacht reglos blieben. Sadowskis Sohn warf noch einen letzten Blick auf das vergitterte Fenster am rechten Rand des ersten Stocks, und als sie sich durch die Gartengitter zwängten, begriff Joel, dass Maurice Sadowski in dieser Nacht besiegt worden war.

Die Sadowskis verzogen sich nach Raanana, einen Ort, wo eine stolze exklusive Bürgerschicht, nicht deren verschämte Kopie, den Salon von Maurice und Blanche zu schätzen wissen würde. Da wurde Joel, es lässt sich nicht leugnen, zum neuen Zombie des Viertels. Er wurde berüchtigt als »Schandmaul«, einer, der außergewöhnlich oft fluchte, und in der Schule häuften sich die Beschwerden. Alles empörte ihn: die beflissene Folgsamkeit, mit der die Kinder am Abend den Spielplatz räumten, um sich zur rechten Stunde zu Hause einzufinden, die ermüdenden Ausflüge an Samstagen, die Pfadfinderappelle und Pfadfinderlieder, die klobigen, kratzenden Pfadfinderuniformen und die Tatsache, dass die Kinder dem Roten Oron, der immer wieder beim Diktat durchfiel, nie die bittere Wahrheit sagten: »Du bist halt ein unverbesserlicher Idiot.« Es fiel Joel schwer zu verstehen, warum seine Schulkameraden aus steinreichen Häusern von ihren Eltern so kurz gehalten wurden. Warum war der Kauf eines jämmerlichen Stücks Pizza im Einkaufszentrum mit endlosen Überlegungen und Beratungen verbunden? Die Freigebigkeit der Sadowskis hatte ihn verzaubert. Bei ihnen war der Mammon nur ein Mittel zur Erfüllung aller Wünsche, die das armselige Einkaufszentrum weckte.

Im Gedächtnis der Gemeinde wurden alle Ereignisse Punkt für Punkt gespeichert, sogar die zufälligen. Es häuften sich Schlägereien im Fußball-Kurs, es kam zum Rausschmiss bei den Pfadfindern, es fand ein weiterer Besuch des Vaters in der Schule statt, und da war natürlich seine innige Freundschaft mit den berüchtigten Sadowskis. All das prägte sein neues Image in den Augen der Gemeinde. Daraufhin gab er sich nur noch Mühe, ihre Erwartungen zu erfüllen. Ihre? In seinen Augen waren das nicht »sie«, sondern »die da«. Die Gemeinde war zweifellos Teil der Jerusalemer Außenwelt, doch für die Kinder waren die Grenzen dieser Gemeinde die Grenzen der Welt überhaupt. Sie lernten sehr wohl zwischen Fremden und Bekannten zu unterscheiden, zwischen Gemeindekindern und Einwanderern, die hier heimisch werden wollten. Aber wie so häufig bei derart Zusammengewürfelten versammelten sich in der Gemeinde Leute, deren Biographien sich da und dort berührten. Bei den Sitzungen des Schulelternbeirats, bei Hochzeiten und Beschneidungsfesten oder bei freundschaftlicher Geselligkeit kamen mehr als einmal gemeinsame Wurzeln aus Russland und Polen, Ungarn, Rumänien oder Österreich zur Sprache: Amnon Wakschaleks Vater war der hochverehrte Lehrer von Daniela Kowarskis Mutter in der »Tarbut«-Schule in Lwow gewesen, der Wiener Cousin von Jehoschua Oren war Mieter eines Kontors in einem Gebäude gewesen, das den Eltern von Alona Oron gehört hatte, die Großväter von Weinstein und Zaban waren bei den Streikenden dabei gewesen, die an einem Sonntag im Jahre 1905 zum Winterpalais des Zaren Nikolai marschierten. Sie hatten es überlebt.

Die meisten Gemeindemitglieder waren Akademiker, viele kamen aus Kibbutzim, sie bewegten sich über und unter dem oberen Rand der Mittelschicht. Sie erwarben Gemälde, handelten mit Antiquitäten und liebten das Schreiben. Jehoschua Oren hatte das Buch »Wir waren dort« verfasst, das die Heldentaten der Oren-Dynastie in Wien schildert. Immer und ewig würden sie das Hohelied des Kibbutzlebens singen. Doch in den Achtzigern war Beth-Hakerem weit entfernt vom Kibbutz. Die neue Ökonomie Israels ließ die Kindheitsträume der Elterngeneration zerschellen – all derer, die sich bei den jugendbewegten Zeremonien ihrer Kinder und Folkloreabenden die Kehlen über Gleichheit und Gerechtigkeit heiser schrien. Die alte Welt zerfiel in ihre Bestandteile, sie wieder zusammenzufügen war nicht mehr möglich. So hatten sie auf einmal die Wohltat der Fragmentierung erfahren. Von den moralischen Standpunkten der Vergangenheit bewahrten sie Reste in ihre Seele, vom Lebensstil, den Kinder und Jugendliche von »sozialistischen« Eltern lernen, auch aus Zeitschriften der Arbeitsparteien Mapam und Mapai, durch beharrliches Lesen der Schriften von Berl und A.D. Gordon, Altermann und Schlonski und, soweit übersetzt, von Großmeistern des sozialistischen Realismus. Der Staat aber veränderte sich mit ihnen. Die achso natürliche und spontane Fröhlichkeit des Konsumierens sprengte die geizig geschlossene Faust der Mapai. Sie hatten jetzt ihren Spaß daran, Dinge zu kaufen, die niemand wirklich brauchte.

Den Autos, den Farbfernsehern, den Videogeräten, den Stereoanlagen folgten Lautsprecher auch in den Autos, Espressomaschinen, elektrische Jalousien, kleine Computer, kleinere und kleinste Computer. Die Kinder wollten Nike-Sachen haben, Nike-Air, Nike-Air-Jordan, Levys 501, wollten durch die Straßen Londons schlendern, New York sehen, das Dallas der Ewings und das Denver der Carringtons. Die Eltern hatten unerwartet genug Bares, um ungeachtet der Parole »Verbrennt die Paläste der Bourgeoisie!« aus ihren streng gläubigen Kehlen bei jedem Marsch zum 1. Mai nun durch die Tore ebendieser Paläste zu stolzieren.

Die Bourgeoisie, war sie nicht letzten Endes eine nette Sache? Wie viele Unterschicht-Generationen ohne Geschick in finanziellen Dingen, blind für einmalige Chancen, hatten wohl auf einen warmen Aufwind gewartet, der sie in immer höhere Höhen trüge, und die Bourgeoisie mit begierigen Augen angestarrt? Sie lebten ein Leben voll Schweiß und Tränen, aber sie, die Bourgeoisie, war eine unnahbare Herrin und nahm es mit den Gästen, die in ihren Salon eingeladen wurden, reichlich genau.

Welches Schicksal wartete indes auf jene, die voll Scham, voll von Schuldgefühlen zur Bourgeoisie stießen, die viel Zeit darauf verwandten, ihre neue Identität zu kaschieren? Die Wirtschaft der achtziger Jahre hatte sie zu ihrer Zufriedenheit weich gepolstert, doch in der neuen Umgebung erkannte man sie an dem verkniffenen, mürrischen Gesichtsausdruck, der im Kibbutz diejenigen traf, die sich vor der Arbeit drückten. Sie spielten das Spiel der neuen Wirtschaft mit, aber mechanisch, als hätten sie keine andere Wahl. Amerika hatte penetrant und unaufhaltsam ihr Leben durchdrungen und immer mehr Bastionen besetzt. Allmählich verschwanden die Symbole der Vergangenheit aus dem öffentlichen Raum. Fernsehserien, Kinofilme und Werbevorfilme, die Wirtschaft des Ministers Aridor, Poster in grellen Farben, die in den Kinderzimmern hingen, die anspruchsvollen Wunschlisten, die ihnen ihre Kinder ins Jackett schoben.

Doch die Eltern leugneten beharrlich die Existenz einer neuen Welt. Sie glaubten, man könne eine Weltform schaffen, in der Vergangenheit und Gegenwart sich trafen und einen Kompromiss schlossen, eine stillschweigende Übereinkunft zwischen Amerika und dem Kibbutz mit seinen Werten. Das hieß: billige japanische Autos, schmales Taschengeld für die Kinder, das strikte Festhalten am Ritual des Ferienjobs, Widerstand gegen Markenartikel und Restaurantbesuche, das Verbot, moralisch verderbliche Fernsehsendungen anzuschauen, preisgünstiges Mobiliar Marke Blau-Weiß, die ererbten Sofas und dazu hochmütiger Ekel vor jenen, die sich an diese Regeln nicht hielten.

Ach ja, ihre Moral, ihre Gesetze … Der Kodex, der von den Großeltern an die Eltern und von den Eltern an die Kinder Beth-Hakerems vererbt worden war, bestand aus nebulösen Paragraphen.

Beispielweise sah man in Beth-Hakerem nur selten Menschen, die werktags mit nacktem Oberkörper auf dem Balkon die Sonnenstrahlen genossen, oder Menschen, die einfach nur im Café saßen und ein Buch lasen.

Die Menschen waren werktätig und energisch, die Tage voll von Aktivitäten, selbst die Samstage vorbildlich organisiert. Sogar die Alten machten einen energischen Eindruck, waren immer mit irgendwas beschäftigt, hatten keine Zeit mit Lappalien zu verplempern. Arbeitslose, Parasiten, Verrückte waren allgemein bekannt und stigmatisiert, man prägte sich die Namen der Sünder und ihre Sünden ein.

Die Kinder achten streng darauf, zur festgesetzen Zeit nach Hause zu gehen. Man geht Wandern im Schoß der Natur, besonders an Samstagen, wenn der Stadthimmel den Horizont mit blauem Glanz verziert, wie mit dem Pinsel gemalt. Man wirft weder achtlos noch absichtlich Müll auf die Straßen, man klaut nicht im Supermarkt, man mogelt nicht beim Fußball, man schreckt vor jeder Spur von Angeberei zurück, vor jeder Art von Exhibitionismus, man bleibt der Gerechtigkeit treu und führt ein Leben in angemessener Ordnung, das sich überall und jederzeit sehen lassen kann.

Joel war der Lebensstil der Gemeinde verhasst. Aber je weniger er ihn sich aneignen konnte, umso unumstößlicher kam er ihm vor. Er fand den hohen Preis berechtigt, den er für seine Teilnahme am Gesellschaftsleben der Kinder zahlte. Ihrer Fähigkeit, die Regeln einzuhalten, selbst wenn es sich nicht lohnte, begegnete er mit Ehrfurcht, er, das Ketzer-Kind in einer tiefgläubigen Welt.

Einige Monate nach dem Weggang der Sadowskis verjagte der arabische Putzmann in Uri Großmanns Haus die Fußball spielenden Kinder aus dem Korridor. Da nannte Joel ihn »kleiner Araberwichser«. Die Kunde davon schoss durch die schummrigen Wohnzimmer wie Wasser durch die Kanalisationsrohre. Keine zwei Tage waren vergangen, da hatte sich schon eine Elterndelegation formiert, um Joels Vater über die Einzelheiten der Geschichte zu unterrichten.

Rückblickend war dieses Treffen für Joel das Aus in der Kinderclique. Rückblickend bedauerte er, dass seine ganze Kindheit aus lauter solchen »Rückblicken« bestand. Er saß im Wohnzimmer, als die Elterndelegation erschien. Erst später erfuhr er, dass das Treffen nach dem üblichen förmlichen Reglement anberaumt worden war. Sie stellten sich mitten im Wohnzimmer auf. Über ihnen hing der staubige Lüster, ein Erbstück aus der Sippe seiner Mutter, das Herz des ganzen Hauses. Die Eltern legten theatralisch ihre Mäntel ab, dann tauschten sie flüsternd anerkennende Kommentare über die Pracht der Wohnung aus. In Joels Ohren klang dieses Flüstern wie das Fauchen der Kater, die sich nächtens in den Hinterhöfen bekämpften. Es fiel ihnen nicht leicht, hier einzudringen: in das Heim desjenigen, der in der Post-Sadowski-Ära die Rolle Mephistos spielte. Aber schnell genug fiel ihnen wieder ein, dass das Haus des Feindes schließlich doch Teil ihres eigenen Territoriums war.

Joel sah, wie sie ihre aufgeplusterte Scheinheiligkeit inszenierten, hier in dem einzigen Raum, wo er sich vor der Kinderclique geschützt fühlte, geschützt vor ihren Eltern, geschützt vor dem ihm zugedachten Platz in ihrem Wertekatalog. Als er sah, dass die Intriganten nicht in ihren fernen Häusern und Gärten standen, solchen mit üppigen Topfgeranien und Rosmarinbüschen und provisorischen Hundehütten am Tor, sondern in seinem eigenen Wohnzimmer ihre Positionen festklopften, verstand er plötzlich, dass es auf dem Gebiet dieser verfluchten Gemeinde keinen einzigen geschützten Ort gab. Diese Gedanken bereiteten ihm körperliche Schmerzen. Stur versuchte er standhaft zu bleiben, sein Atem ging schwer, er war deutlich hörbar. Trotz der Kälte draußen kam es ihm im Wohnzimmer heiß vor, er spürte den Schweiß vom Körper durch die Kleidung dringen. Sicher bemerkten sie es. Sie bestanden darauf, dass er blieb und zuhörte. Es gehörte zur üblichen Vorgehensweise, das Kind an der Problematik teilhaben zu lassen. Er phantasierte, eine ganze Palette von Fluchtmöglichkeiten kam ihm in den Sinn. Sogar der Wald am Ende der Schachar-Straße, aus dem ein bedrohlich klingendes Konzert aus Knurren, Jaulen und Keuchen drang, für die Kinder ein Wohnort Satans, schien ihm als Zuflucht tauglich. Die ganze Zeit hoffte er auf ein Zeichen von Rückhalt in den Augen seines Vaters. Der aber ignorierte beharrlich Joels Existenz. Seine ganze, wenn auch zeitlich begrenzte Aufmerksamkeit richtete er auf die anderen Eltern.

Dem ersten Vortrag, gehalten von einer Psychologin, der Mutter von Uri Großmann, hörte Joels Vater noch zu. Sie war eine zart aussehende Frau, die sich vieler kleiner Höflichkeiten befleißigte, wobei ihr kurzes Haar gemäßigt frech auf- und abwippte. »Elegant, schlicht geschminkt«, hieß es über sie. Ihre Eltern waren Angelsachsen, Besitzer eines Luxushotels in London. Die Bewegungen ihres Körpers waren eine Hymne auf viktorianische Pracht. Ihrem Benehmen und ihrer Kleidung konnte man ansehen, wie sehr sie die Schlichtheit der Frauen von Beth-Hakerem verachtete, deren bäuerliche Grobheit, die Jeans und geknöpften Blüschen, die Kostüme aus viel zu billigem, zu dickem Tuch, die neueste Mode baumwollener Pseudo-Zigeunerkleider oder den Mischmasch leuchtender Lila- und Rosafarben, all die Garderoben, die von der Großmutter an Tochter und Enkelin vererbt worden waren. Mitgeerbt hatten sie die Befürchtung, sie könnten durch ein allzu erlesenes Schmuckstück oder Kleid auffallen. Die Psychologin war entschuldigt, wenn sie sich herausputzte. »Sie ist so eine Art London-Frau.« Das Verständnis konnte zweifellos nicht verhindern, dass bei den Frauen Beth-Hakerems der Neid auf sie im Verborgenen blühte.

Allgemein bekannt war »Frau Großmanns Fahrkrankheit«. Da, da raste sie wieder mit atemberaubender Geschwindigkeit durch die gewundenen Straßen. Nach jeder Fahrt sah man sie staunend an, tadelte sie, aber taktvoll. Kaum eine Woche später schlingerte der weiße Subaru wieder mit einem Affenzahn durch die Pionierstraße, das heftige Hupen riss Alte und Junge aus dem Mittagsschlaf, sogar die Straßenkater.

Bedauerlicherweise war Joels Vater heute ungeduldig, ohnehin kam er schon jede Nacht müde und verärgert nach Hause. Frau Großmann ließ es sich nicht nehmen, über den »kleinen Araberwichser« diverse Interpretationen zusammenzuspinnen und einen Haufen Andeutungen über »den moralischen Standpunkt, den Eltern ihren Kindern vermitteln« einfließen zu lassen. Die Andeutungen waren derartig höflich und mit derartig vielen Wenns und Abers verbrämt, dass der Bezug zum vorliegenden Fall verschwamm. Auf die Zuhörer machte das keinerlei Eindruck.

»Im vorliegenden Fall«, konstatierte sie, tiefe Sympathie gegenüber Vater und Sohn im Blick, »scheint es, dass ich hier etwas von klassischem Format … dem ich oftmals auch bei meiner Arbeit begegne … Selbstverständlich bin ich aber keine Sachverständige auf diesem Gebiet, sondern nur eine etwas besorgte Zuschauerin … Ich kann Joel nicht klar als Teil dieser Gruppe definieren, und dennoch bitte ich um die Erlaubnis, die gesamte Struktur aufzuzeigen … Nun wollen wir alle vorsichtig gemeinsam überlegen, in welchen Punkten sie dennoch passt … Selbst wenn wir später zu dem Ergebnis kommen sollten, dass sie hier ganz und gar fehl am Platze ist …«

Dann verstummte sie und nahm einen Schluck Kaffee. Joels Vater sah man an, dass er die Katastrophe immer noch nicht verstand. Zwei Mal hatte er schon darum gebeten, einen beruflich notwendigen Anruf ausführen zu dürfen, zwei Mal entschuldigte er sich und schloss sich in der Toilette ein. Und jedes Mal, wenn sein Vater das Wohnzimmer verlassen hatte, waren sie freundlich zu Joel, überschütteten ihn mit Fragen zur Schule oder dem Fußballkurs und luden ihn zu sich nach Hause ein. Doch Joel war viel zu verängstigt, um zu antworten.

Die Erinnerung an Vater Sadowskis Demütigung war noch in ihm lebendig. Er antwortete leise und undeutlich und währenddessen interpretierte er die Bedeutung des ganzen Abends: Sein offizieller Ausschluss aus dem Kreis der Kinder. Lange hatte er darauf gewartet und nun war es soweit. Zwar ein in viele Höflichkeiten verpackter Ausschluss, nicht aus Herzenslust, sogar mit Bedauern. Aber doch ein Ausschluss.

Man sah seinem Vater an, dass er die schicksalhafte Bedeutung, die sein Sohn diesem Treffen beimaß, nicht begriff. Als er ins Wohnzimmer zurückkehrte, nachdem er, um ein paar Minuten Zeit zu gewinnen, ziellos in den Korridoren der Wohnung herumgelaufen war, signalisierte er durch ein knappes Brummen Einverständnis. Schließlich zog er sich in den Schaukelstuhl zurück, demonstrativ schaukelnd wie ein eben gescholtenes Kind. Joel beobachtete ängstlich sein Verhalten mit einem Rest unterdrückter Hoffnung, es könne dem Vater doch noch gelingen, das Urteil abzuwenden. Es schien, als sei die Elterndelegation nicht unbedingt darauf erpicht, dieses Urteil zu fällen. Sie erwartete wohl einen Vorschlag für eine außergerichtliche Einigung. Er war doch immerhin einer von ihnen, im Gegensatz zu den Pariser Eindringlingen. Zu Gunsten eines Kompromisses wäre ein gewisses Maß an Kühnheit seitens des Vaters nötig gewesen, manipulative Entschiedenheit, scharfe Bezeugung von Missbilligung seinem Sohn gegenüber und gleichzeitig das Herausstreichen seiner Stärken und guten Charakterzüge. Auch eine Garantieerklärung für das künftige Wohlverhalten des widerspenstigen Sohns wäre hier vonnöten gewesen. Aber Joels Vater mochte keine Verpflichtungen. Seine Sprache, die zwar bild- aber nicht wortreich war, schrumpfte jedes Mal zu wunderlicher Winzigkeit, wenn die Rede von dieser oder jener Verpflichtung war, nicht nur von solchen, die etwas mit Geld zu tun hatten, sondern auch von solchen, die mit einer künftigen Europareise, mit einem Besuchstermin bei Freunden oder dem Mitfahren im Auto zu tun hatten. Die meisten Leute lavieren zwischen Verpflichtungen und ihrer Erfüllung herum. Bei seinem Vater hingegen galt jede Verpflichtung unumstößlich. Sogar einem Bekannten auf der Straße, der ein zufälliges Treffen mit Worten wie »Also, vielleicht rufe ich nächste Woche mal an und dann können wir irgendeinen Termin vereinbaren ...« abschloss, antwortete er ernst: »Was die nächste Woche betrifft – mir scheint es nicht möglich, ich werde ziemlich beschäftigt sein.«

Das war der Grund für seinen Wunsch, genau zu erfahren, was diese Leute von ihm wollten. Als sich dann Jehoschua Oren einmischte und energisch erklärte: »Wir sehen in Machmud keinen kleinen Araber und bestimmt keinen Wichser, sondern einen erwachsenen, ehrenwerten Mann«, nickte Joels Vater, aber so bedächtig, als sei er schon eingeschlafen. Das hätte ihm auch als Spott ausgelegt werden können. Als niemand direkt zu ihm sprach, fiel er zweimal unwillkürlich in Kurzschlaf. Ab und zu sah Joel das Profil seines Vaters, das dem eines schlecht gelaunten kleinen Jungen glich, der gegen seinen Willen in einer langweiligen Unterrichtsstunde sitzen muss. Genau zu diesem Zeitpunkt kam Jonathan Orens Mutter, die gerade in diesem Jahr ordentliche Dozentin für Literatur an der Universität geworden war, zu der Verhandlung hinzu und berichtete, man habe ihren Hassan zu Kinnerets Hochzeit eingeladen. Joels Vater demonstrierte, wie sehr ihn diese Tatsache rührte, indem er eine weitere Zigarette anzündete, nun schon die vierte. Als Uris Vater die Frau seines guten Freundes unterbrach und erklärte, dass das »Ausgehverbot« wegen Hassan leider nicht aufgehoben werden würde, und alle mit ein paar Schweigesekunden dem Ausgehverbot ihren Respekt zollten, bohrten sich der Blick seines Vaters in den abgeschalteten Fernseher, als könnte er damit neues Leben auf die Mattscheibe bringen.

Von seiner Mutter, die sich unsichtbar machte, in ihrem Zimmer geblieben war und verlauten ließ, sie sei schwer erkältet, erwartete Joel keine Hilfe. Seine Mutter hielt sich von den Frauen des Viertels fern. Freundinnen hatte sie im Büro, in dem sie arbeitete. Sie nörgelte dauernd an den Regeln und Gewohnheiten der Frauen von Beth-Hakerem herum.

Als er acht Jahre alt war, sollte Uri Großmann einmal bei ihnen übernachten, und Uris Mutter erschien am Abend zusammen mit ihm. Saß im Wohnzimmer, trank Kaffee, plauderte mit Joels Mutter und stellte vermutlich zu viele Fragen über die Hausbewohner. Als sie sich endlich davongemacht hatte, sagte Joels Mutter spöttisch: »Wollte uns prüfen, die Madame Psychologin, hat mich einem Test unterzogen, ob ich gut genug dafür bin, dass ihr Sohn eine Nacht bei uns schläft ...«

In dem anstehenden Fall konnte seine Mutter einen noch größeren Schaden anrichten als sein Vater, denn sie mochte keine Augenwischerei und legte Wert darauf, jedermann mit Anstand zu begegnen. »Von Lug und Trug halte dich fern«, predigte sie ihm immer. Ohne Zweifel wäre sie fähig gewesen, die Leute zu beleidigen, sie sogar rauszuschmeißen. Was die Situation nur umso schwieriger gemacht hätte.

Nach etwa achtzig Minuten hatte die Versammlung begriffen, dass Joels Vater sich weigerte, die Geschichte ernst zu nehmen. Befremdet verabschiedete man sich und schaute verwundert und mürrisch drein. Nach diesem Treffen wurde der Junge nur noch in eins mit seinem Vater betrachtet. Die Schuld wurde auf beide verteilt. Letztendlich sei Joel nur ein Kind, und was könne man von einem Kind schon erwarten. Wie sollte das Kind denn nicht über die Stränge schlagen, wenn schon der Vater ein so schweigsamer, wunderlicher Mann war, dessen Meinung keinem erklärt werden kann. Und so haben wir die offizielle Bestätigung für unseren Verdacht. Etwas Verdorbenes hat die ganze Sippschaft an sich, das Kind ist nicht aus der Art geschlagen, in diesem Haus ist so ein Kind die Norm. Kinder kann man vielleicht noch zum rechten Weg führen, aber Eltern sind schon eine verlorene Sache. Damit war ihnen der Stempel aufgedrückt: Diese Leute sind nicht aus unserem Holz geschnitzt.

Zwei Monate später, als er die Ausgrenzung aus der Kinderclique endgültig satt hatte, erklärte Joel seinem Vater, dass ihm sein Benehmen während der Zusammenkunft der Eltern nicht gefallen habe. Er schlug vor, sie zu einem klärenden Gespräch einzuladen. Der Vater antwortete, es sei zwar sehr bedauerlich, aber man müsse im Leben zwischen Tatsachen und Ereignissen unterscheiden. Ein Ereignis sei etwas, das im Geschehen begriffen sei, eine Tatsache sei ein Zeugnis, das die historische Wahrheit eines vollendeten Geschehens beinhalte und höchstens noch irgendwelche Schlussfolgerungen erlaube.

Lior

1. Mai

Das Ächzen der Zweige mischte sich unter die Traumbilder, störte die Schlafenden, schreckte sie auf aus dem unruhigen Dämmerzustand zwischen Traum und Erwachen. Ziellos irrte Liors Blick hinaus und sank hinab in die Dunkelheit des frühen Morgens, wo die Farben Nuance für Nuance verschwammen, ohne ihre Vorherrschaft über den Himmel einzubüßen. Aus der Weite zogen schwere Wolken heran, über zwei Türme hinweg, deren Spitzen in den Dunst ragten. Weiter oben schwebten noch ein paar Sterne, deren Glanz schon verblasste. Wieder rumorte der Sturm, dass die Erde bebte, ein Geräusch wie zerspringendes Glas, ein Schrei wie von einem Menschen – dann das Decrescendo. Ihre Haut schauderte unter den Böen, sie rauschten über sie hinweg, als flüsterten sie einander Geheimnisse zu. Pfeilgerade schoss der Regen die Glasscheibe hinab. Sie stellte sich vor, wie sie die Pfeile einzeln mit den Fingern zerquetschte, um dem Unwetter die Stirn zu bieten.

Ein Blick auf den Wecker: 7.34 Uhr. Unglaublich, sie schüttelte ihn. Die Sache war gestern Diskussionsgegenstand auf verschiedenen Fernsehkanälen gewesen. Die Tage kamen täglich mit immer mehr Verspätung, als gäbe es nicht schon lästiges Warten genug, nicht genug Widerwärtigkeiten im Alltag der Stadtbewohner.

Letzte Woche hatte um diese Zeit, um 7.34 Uhr, schon der Morgenhimmel die Dunkelheit abgelöst, mit schwarzpulverfarben hingetupften Winterwolken bemalt, hatte er die letzten Reste der Nacht getilgt. Aber heute traf ihr Blick aus dem Fenster nur auf Finsternis. Der Regen peitschte ans Fenster, und ein Sturmwirbel schrie vor der Außenwand. Zu spät hatte sie entdeckt, dass das Fenster nicht geschlossen war. Dünne Bäche flossen ihr entgegen. Noch unter dem Schock des wirren Erwachens ließen sie ihren Körper erstarren. Schon war sie nass bis auf die Haut. Trotzdem hielt sie ihre Augen halb verschlossen, um sich die Illusion zu bewahren, sie schlafe noch. Ihr Körper nahm eine gebeugte Haltung ein, zum Selbstschutz, bereit für einen weiteren Schlag. Der Straßenlärm floss um sie herum, als habe sie jemand samt dem Bett aus dem Zimmer auf die Straße gezerrt und sie dort liegen lassen wie die letzte Bettlerin.

Lior trat barfuß auf den Boden und die Haut zitterte vor Ekel, als sie das Wasser spürte. Neben dem Bett hatten sich Pfützen gebildet. Sie richtete sich auf und eilte ins Wohnzimmer.

Im Wohnzimmer zerknäulten ihre Finger die welken Blätter der Orchidee im Blumentopf, während der Wind sich in ihren Körper krallte. In der Kälte fühlte sie sich nackt, genau wie er. Unwillentlich trieb es sie in sein Zimmer. Nacht um Nacht trieb es sie dorthin, wo Leere sie umfing mit Schreckensbildern, mit fatalistischen Projektionen, absolut logisch und unlogisch zugleich.

Sie konnte die nächtliche Geometrie seines Zimmers aus dem Gedächtnis zeichnen: Die Wände, mit den Jahren vergilbt und in Schichten verstaubt, schimmerten in der Dunkelheit. Ein weißes Laken. Der stets eingeschaltete Rechner, an dem ihr Bruder Alon sich mit seinen Übersetzungen abmühte. Ein Aschenbecher voll Kippen am Fußende des Betts. Schwarze Gardinen, teilweise aufgezogen. In der Mitte rotteten sich weiße Lichtkörnchen zur Form eines Zauns oder Tors zusammen. Sie kamen vom Wächterhäuschen hinten am Parkdeck. Ein paar Bücher gaben dem verdreckten Fußboden ein Tigermuster. Als Hindernis für Störenfriede stand halb versteckt ein Heizofen in der Nische zwischen Wand und Tür. Sie stand in der Mitte des Raums und atmete ihre Kindheit ein. Sie bemühte sich, nichts anzufassen, zugleich genoss sie es, Herrscherin über das Zimmer zu sein. Sie hatte das erhebende Gefühl eines Eroberers, der einen Moment lang König eines verbotenen Landes war. Seit sie keine Kinder mehr waren, hatte er sie von seinem Zimmer ferngehalten. Man hatte ihm ein Direktoren-Diktiergerät gekauft, mit dem schloss er sich in den Abendstunden ein und nahm seine beschissenen Reden auf. Hebräisch verflocht er mit jenem Arabisch, das er so gern in den Abendnachrichten des jordanischen Senders hörte. Dann hörte er die Reden ab, löschte Teile zugunsten neuen Geflüsters. Sie belauschte ihn heimlich, Ohr und Nase an der Wand, und staunte über das krause Rauschen, das sich nach Gebeten oder Zaubersprüchen anhörte.

Modergeruch strömte ihr entgegen. Eine Kombination aus Schweiß und Mief von feuchten Kleidern, die Stickigkeit durch fehlende Luftzufuhr vermischt mit Zigarettenrauch, der in Bettzeug und Kleidungsstücken hing. Diese Koje (manchmal hatte sie hier das Gefühl, in einen Milchkarton gesperrt zu sein) war typisch für den persönlichen Raum des wirklich Einsamen. Nur völlige, unbeeinträchtigte Einsamkeit machte ein Existieren in einem solchen Loch überhaupt möglich.

Nachts haute Alon ab. Sie horchte, er kam nicht zurück, stundenlang nicht, zumindest nicht, solange sie wach blieb und noch nicht vor dem Schlaf kapitulierte. Schon immer war er gern abgehauen – Flugdrache nannten ihn die Kinder im Kindergarten. Sie hatten Angst vor ihm, sonst hätten sie den Spitznamen gern beim Wort genommen und ihn ziehen lassen. Die Kindergärtnerin gab ihnen sogar recht. Sie erklärte ihren Eltern, dass »Kinder manchmal intuitiv spüren, wenn uns etwas davonfliegt«. Wenn er seinen Körper reckte, war nie klar, wo die begonnene Bewegung hinführen sollte. Unzufrieden wanderte er zwischen den Zäunen herum, als würde er gleich verschwinden. Niemals hatte sie erlebt, dass er einen Erfolg feierte oder eine Niederlage beklagte. Solche Brennstoffe für das aggressive Feuer, das ein Kind braucht, um seine Feinde zu schlagen, füllte er nicht nach.

In ihrer Kindheit war sie morgens, wenn sie jeder im eigenen Zimmer aufwachten und sich anzogen, zu ihm hinüber geschlichen. Während er sich organisierte, schaute sie ihn an. Sie stellte sich dann vor, er lege außer der Kleidung noch eine Schale um die Haut, an der Verpflichtungen abprallten und die ihm den

Rücken freihielt, um Ruhe zu haben in seiner eigenen Welt. Manchmal lag in seinen Bewegungen eine geschliffene Glätte, eine Art energischen Zupackens. Er sprang dann plötzlich auf. Er wirkte ziellos, aber ihr war immer erschreckend klar, dass er sein Ziel sehr genau kannte. In Bewegung war seine Gestalt ein herzergreifender, hypnotisierender Anblick. Aber darauf folgte ein Malheur nach dem anderen: Fliegt zum Tor des Kindergartens hinaus und ist verschwunden. Klettert auf den winzigen Zaun und weg ist er. Sie erinnert sich an Suchaktionen ohne Ende. Die Erinnerungen klumpen sich im Hals zusammen, lassen nicht locker. Die Orte, wo sie ihn suchte, steigen in ihrem Gedächtnis auf: die schmalen Straßen um die Allee herum, die stark bevölkerte Dizzengoff-Straße, die kleinen und großen Parkanlagen in der Raschi und das King George, die Gegend beim Habima-Theater. Manchmal überquerte er die Kaplanstraße und näherte sich der Schnellstraße, blieb an der einen Ampel stehen und schaute zu, wie die Farben wechselten, zählte die Sekunden zwischen Rot und Grün. Seine Neigung, sich mit Fremden anzufreunden – er vertraute ihnen mehr als denen, die er kannte –, hatte sie schon immer entsetzt. Am Mittag so manchen Sommertages war sie allein auf den Spuren des »Flugdrachens« unterwegs. Sie schleppte sich schnaufend voran, ihre entblößte Haut wurde rot und der Schweiß floss ihr den Bauch hinunter. Die Straßen verzweigten sich, und alle Nase lang tauchte eine neue auf, die gleich wieder in Gassen mündete. Wie viele Verstecke gab es in einer Hauptstraße? Manchmal schlossen sich ihr Kinder an, aus Abenteuerlust. Manchmal nahm sie den Wagen des Vaters. Wo war er heute?

Sie hörte im Rücken ein Geräusch. Die Tür hatte geknarrt, sie beruhigte sich. Kurz ruhten ihre Augen auf Alons Portrait, das ein Obdachloser gezeichnet hatte, ein Bewohner der Victoria Station in London. Nun konzentrierte sie sich, versuchte, das Bild zu erfassen. Sein strenges, verschlossenes Gesicht löste ein Erstickungsgefühl aus. Sie verließ sein Zimmer, blieb neben der Eingangstür stehen, und im Kopf zündete ein einziger Gedanke: Ihn suchen, jetzt. Sie legte den weißen Pelzmantel um und zurrte ihn eng um ihren Körper, um den Hals wickelte sie einen Schal. Sie sprang die Treppe hinab, hinaus auf die Straße, die sie mit dem gewohnten Lärmen des Sturms empfing. Abgeschreckt vom schweren Regen, wich sie zurück und fand Schutz unterm Parkdeck neben dem Haus. Ihr tränten die Augen, die Stirn spannte vor Kälte. Während sie noch im Kälteschock die Straßenszenerie wahrnahm, holte ihr Gedächtnis schon den vergangenen Abend hervor.

Der Abend vor der letzten Aprilnacht gestern war überraschend und herzerfrischend frühlingshaft gewesen, nach vielen Wochen, in denen Tel Aviv von lauter Winterwundern attackiert worden war. Am Morgen war leichter Regen gefallen, der zur Mittagszeit in einen vielfältigen Hagelschwall überging. In der Stadt hatte man schon gelernt, den Hagel zu sortieren: Kategorie A kam dem Regen am nächsten, Kategorie D ähnelte schon Eisenkugeln. Dann das Aufleuchten von Blitzen, Donnergrollen: Sturzbäche in den Straßen schwemmten Autos fort, Bäume stürzten um und Menschen erfroren. Aber dann, im Schutze der überraschenden Feuerpause, die der Sturm gewährte, stiegen die Menschen in die Straßen hinab, um lang entbehrten Vergnügungen nachzugehen. Wie frisch Verliebte mit der Begierde, die Haut und den Körper des anderen restlos zu genießen – Berührungen, die in gewisser Hinsicht den Seelenaufruhr unbefriedigt lassen –, strömten die Städter in den Straßen zusammen, wild entschlossen, nichts zu versäumen. Die Stadt war an diesem vergangenen Abend tatsächlich ein einziger Genuss gewesen.

Doch heute Morgen hielt der Sturm die Stadt wieder in seiner Umklammerung. Die alte Ordnung war wiederhergestellt, rachsüchtig und wie es schien voll Hohn und Spott über ihre Untertanen, die gewagt hatten, eine andere Herrschaft herbeizusehnen. Sie starrte enttäuscht die Zwangsjacke an, die die Himmelskuppel verhüllte. Kein Fetzen Helligkeit, als sei die Dunkelheit des Weltalls über dieser Stadt zusammengeströmt. Wohin man sich auch wandte, über der ganzen Breite des Himmels lag Nacht, herrschte die Diktatur einer einzigen Farbe. Langsam ließ der Regen nach und das Blickfeld hellte sich auf.

In der Allee konnte sie einen merkwürdigen Menschenauflauf erkennen. »Der Bettler hier hat sich womöglich etwas erkältet, was?«, sagte ein junger Brillenträger. Angewiderte Blicke ließen sein Lachen sofort gefrieren.

Das Gesicht des Toten wirkte eigentlich recht frisch. Eine dicke Schlammschicht hatte sein Haar verfärbt, er erschien jünger, als er war. Die Augen waren geschlossen und der Schlamm zog dick die Augenbrauen nach, vergrößerte sie zu einem kleinen Kreis um jedes Auge. Seine Haut war nicht überall verblasst, sie war reichlich mit roten Narben gesegnet, die den Verdacht auf eine Hautkrankheit nahelegten, für die Umstehenden ein provozierender Widerspruch zu dem eben festgestellten Tod. Etwas Bläuliches, Rotweißliches hätte man erwartet, Farben, die nicht zum Kreis der Lebensfarben gehörten. Man erwartete Blässe und eine bizarr eingefallene Gesichtshaut, irgendeinen extremen Ausdruck, mit dem das Gesicht den Tod quittierte. Aber der Bettler hatte Wert darauf gelegt, bescheiden dahinzugehen. Sein Tod sah aus wie Schlaf, Ohnmacht oder Vollrausch. Das herabhängende Kinn war ziemlich merkwürdig nach links gebogen. An der schlaffen Haut zeichneten sich feine Aderlinien ab. Im weiteren Verlauf den Hals hinab wurden sie dick und gespannt, als sei ihre Kapazität bis zum Limit ausgereizt worden. Das Seltsamste aber waren die nackten Fußsohlen des Toten. Sie wirkten wirklich sehr kurios angesichts der vollständigen Kleidung: Hemd, Pullover, Armeemantel Kategorie B, Schal und schwarze Wollmütze, grauer Trainingsanzug und anthrazitfarbene Damenhandschuhe aus Leder. Die Blicke der Leute musterten ihn von oben bis unten. Eine blonde junge Frau, die einen verschlafenen Kater im Arm hielt, kniff kummervoll die Augen zusammen. Während sie dem Tier das Fell kraulte, schüttelte sie traurig den Kopf.

»Wir haben ihn oft hier gesehen«, stellte sie fest.

»Logisch, der sitzt hier ja auch schon ein ganzes Jahr«, antwortete zänkisch ein alter Mann mit Hut. Der Saum seines Detektivmantels kroch wie eine Schlange im verschlammten Rasen hinter ihm her. Aufmerksam beobachtete er die Umstehenden. Wenn sein Blick zufällig einen anderen traf, nahm das Gesicht des Alten den Ausdruck tiefer Trauer an, und pflichtgemäß reagierten die anderen mit einem ähnlichen Blick.

Ob der Tod sie selbst nichts anging? Ein energischer junger Mann, die Aktentasche unter den Arm geklemmt, rauchte übelgelaunt eine Zigarette. Plötzlich packte ihn eine verdächtige Eile. Er drängelte sich durch die Versammlung, mit den Armen stieß er die Fremden und Neugierigen zur Seite und bahnte sich einen Weg direkt zur Leiche. Im diffusen Licht, schwach wie sonst nur bei Sonnenuntergang, warfen die aufgereihten Feigenbäume noch Schatten, so dass die Versammelten nicht gut sehen konnten. Trotz solcher Umstände konnte es keiner lassen, beharrlich die Botschaft des Todes zu suchen. Das Gesicht eines verstorbenen Verwandten oder Liebsten behelligt man nicht mit aufdringlichen Blicken, um sein Ableben zu verstehen. Zu sehr schockiert und quält einen der Tod eines Nahestehenden. Wenn man ihn ganz aus der Nähe betrachtet, spricht sein Gesicht vom vergangenen Leben und weckt Erinnerungen. Kurz, die persönlichen Dinge zwischen Leiche und Lebenden verstellen den forschenden Blick. Das hier hingegen war die Gelegenheit, dem Tod mit unverhohlener Neugier zu begegnen.

»Seinen Namen, kennt den jemand?«, fragte endlich der junge Mann.

Noch vor einer Antwort kam in kurzer Entfernung mit quietschenden Reifen eine Ambulanz zum Stehen. Die Leute mit den blauen Kitteln stiegen aus. Zögernd näherten sie sich dem Toten, sie hatten es nicht eilig. »Tot?« Und gleich wurde die Trage in die Waagerechte gebracht. Man trug ihn zur Ambulanz. Man nahm ihnen den Toten weg. »Tot?«, wagte sich die blonde junge Frau an den Fahrer der Ambulanz heran. »Tot«, antwortete er schlecht gelaunt. »Tot, und nochmals tot.« Murren im Publikum. »Tot … tot vor Kälte?«, beharrte sie. Der Fahrer nickte, drehte seine Handflächen nach oben. Die übliche Geste, um klarzumachen, dass sie immerhin versucht hatten, den Mann angemessen zu behandeln. Allerbeste Behandlung. Aber sie hatten hier keine Möglichkeit mehr, zu helfen. Er war tot, und das war's. Sie waren keine Zauberer, sondern auch nur Menschen. Auch ihnen wurde im Winter kalt, und eine Menge Leute starben gerade jetzt. Und während die Leiche des Bettlers auf der Trage weggebracht wurde, reinigte einer der Kittelträger mit einem Taschentuch das Gesicht des Toten. Jetzt, wo das bärtige Antlitz vom Schlamm befreit wurde, flackerte in Liors Bewusstsein ein flüchtiges, verstörendes Licht auf. Die Allee lag im Schatten und doch entzündete dieses Bild einen Lichtstrahl im Raum ihres Gedächtnisses. War das Gesicht des Toten eines der vielen Durchschnittsgesichter, die das Auge sieht, deren sich das Gedächtnis schnell entledigt, wie man Abfall entsorgt? Oder spannte sich zwischen ihr und der Leiche nicht vielmehr ein Tau? Die drohende Erkenntnis hob die Distanz auf und wollte etwas bedeuten: Diesen Toten habe ich schon einmal gesehen …

Geflissentlich gab das Publikum die Arena frei. Umherschweifende Blicke trafen auf ihn. Er überquerte einen kleinen verschlammten Hof, sprang über das verschlossene Tor, strebte die Straße hinab, schlängelte sich zwischen Autos hindurch, die den überdachten Parkplatz schon länger als zwei Wochen nicht mehr verlassen hatten.

Ihr prüfender Blick sah einen Körper, aufgerieben vom Winter, eingehüllt in den schwarzen, abgewetzten Wollmantel, der schon die meisten Knöpfe verloren hatte. Sie richtete den Fokus auf die Vorderseite des Mantels und den etwas entfernteren linken Ärmel. Schien alles verschlammt zu sein – keine kleinen Schlammflecken, sondern eingetrockneter, harter Schlamm auf der ganzen Vorderseite des Mantels, als habe er sich im Schlamm gesuhlt. Der Anblick des Mantels brachte sie in Rage. Ihr Blick blieb an seinen Händen hängen, sie vermied es, ihm ins Gesicht zu sehen. Wie eh und je seine Hände, fleischige Handflächen, die in dicken Fingern endeten und so ganz und gar nicht zu seinem Körper passten.

Die Hände in den Taschen, presste Alon den Mantel fest an seinen Körper. Schaudernd nahm sie an seinen Bewegungen etwas wie Zackigkeit wahr. Die anfängliche Verwunderung schlug um in kaltes Grauen – ihr wurde klar, dass sie dieses Grauen von nun an täglich erleben würde.

18. Mai 2008

Woher stammte der Schlamm auf dem Mantel? Eingetrocknete Sandflecken auch am Hals und rechts, nahe den Lippen, eine Schramme, aus der er blutete. Wie immer in letzter Zeit, die ewige Wiederkehr seiner Nächte.

Zwischen ihrer Geburt und seiner lagen nur Minuten, am 2. Juni 1984. Manchmal, wenn ihr die Last zu schwer wurde, richtete sie die Gewissheit auf, dass sie, die als erste aus dem Mutterleib gekrochen war, damit eine unbezweifelbare Verantwortung zu tragen hatte, damals wie heute.

Sie blieb ihm immer auf der Spur. Aus der Nähe verfolgte sie ihn mit den Augen; wenn er nicht da war, verfolgte sie ihn in Gedanken. Von Kindheit an war die weite Welt für ihn eine schattige Spielwiese für seine Verrücktheiten, und ihre Aufgabe war es, den Wahn zu beschwichtigen, wenn sein seelischer Aufruhr vor dem Ausbruch stand.

Zuweilen beklagte sie den Verlust der Kindheit. Nicht aus Nostalgie, sondern weil die Keime der Katastrophe damals noch wirkten, als könne man sie an der Wurzel packen und ausreißen. Er war damals ein zwanghafter Leser, der die Bücher und Artikel der Mutter, hauptsächliche psychologische Theorien, quer las, also nicht wirklich. Prinzipiell tauschte er sich mit den anderen Kindern wenig aus. Wenn er überhaupt zur Kommunikation aufgefordert wurde, gab er gewundene Sätze von sich, endlose Girlanden rhetorischer Fragen und fruchtloser Erwägungen. Bei seinen Zuhörern riefen sie nur Müdigkeit hervor. Es schien, als wollte er sie absichtlich langweilen, sie so tief in seine Labyrinthe führen, dass sie nicht nach mehr verlangten. Kinder wie er bewegen sich so schwerfällig, dass man sich fragt, ob sie einfach nur plump sind oder von fernen Rändern der menschlichen Gesellschaft stammen.

Der alte Mann hielt den Gürtel des Mantels in den Händen und versuchte, ihn mit Spucke zu reinigen. Sie und er waren die Letzten in der Allee. Sie schaute auf die Fassade des Hauses, in dem sie beide wohnen, aus dem Alon verschwunden war. Ihr wurde schwindlig, sie musste sich auf eine Bank setzen. In der Allee war es still geworden. Sie sahen sich an und ihr Blick wurde starr. Früher hatte sie verschiedene widersprüchliche Phantasien gehabt, Szenarien seiner nächtlichen Wanderungen, deren wirklicher Verlauf ihr unklar blieb. Wo treibt er sich herum, wie sieht er aus, wandert er denn allein? Jetzt aber zwang sie der wirkliche Anblick des Alten, Alon zu sehen, wie er sich durch die Gassen schleppte, Hose und Mantel voll Schlamm, am Hals blutend. Eine Flutwelle von Erklärungen und Schlussfolgerungen, ein Gefühl für die Gefahren und die Dringlichkeit, etwas zu tun, erfasste sie. Auf einmal offenbarte sich ihr ein Imperium tatsächlicher Ereignisse. Wo war er in den Nächten?

Sie stand auf, stammelte unverbindliche Höflichkeiten, entschuldigte sich und machte sich davon, ließ den Alten mit seiner Trauer allein. Inzwischen hatte sie sich ausgerechnet, dass sie es noch schaffen konnte, Alon abzufangen, bevor er sein Zimmer erreichte. Sie stieg langsam die Treppe hinauf. Bei den Schlammspuren, die seinen Weg markierten, hielt sie inne. Dann ging sie leise den Korridor entlang. Nur ein wenig Wasser. Die Schuhe hatte er außerhalb der Wohnung ausgezogen. Sie kam vor der geschlossenen Tür seines Zimmers zum Stehen.

Sosehr sie im Verlauf ihrer Kindheit versucht hatte, ihn zu verstehen, so sehr sie ihn zum Reden brachte, Erklärungen verlangte und heimlich in seinem Zimmer herumkramte, so sehr blieb ein Stück von ihm unzugänglich. Das wurde ihr im Rückblick völlig klar.

Es gab Wochen, da schien sich die Stille auf seinem ganzen Körper auszubreiten. Aus ihrer Sicht: Schweigen bis zum Ersticken. Aus seiner Sicht: Schweigen gehörte einfach zu ihm. Und je besser er verstand, wie sehr Camouflage seinen Zielen dienen konnte, desto mehr ließ er aus seinem Schweigen heraus winzige Sätze fallen, die geeignet waren, das Schweigen zu tarnen. Keiner konnte ihn festnageln, keiner konnte sagen: da, jetzt schweigt Alon. Es gab Berater und Ärzte und allerhand Psychologen, Medikamente und eine stationäre Behandlung in einer Kinderabteilung. Man achtete streng darauf, den Namen der Krankheit weder zu Hause noch im Auto auszusprechen und ganz bestimmt nicht, wenn sie in der Nähe war. Er kam wieder nach Hause, weil er sich vorbildlich benommen hatte in diesem »Krankenhaus«, wie die Eltern die Psychiatrie beschönigend nannten, die an der Peripherie Jerusalems lag. Die Erinnerung an die stummen Fahrten dorthin blieb eine ihrer klarsten Kindheitserinnerungen. Sein Betragen dort war tadellos, er half anderen Kindern; denjenigen, die nicht lesen konnten, las er vor, er inszenierte Fernsehgeschichten, die sie nicht verstanden hatten, noch einmal extra für sie und brachte, kaum zu glauben, die Schweiger zum Reden. Als er entlassen wurde, schenkten sie ihm ein rotes Album, in das ihm fast alle Kinder und viele vom Personal Abschiedsworte hineingeschrieben hatten. Sie waren so schmeichelhaft und liebevoll, dass seine Eltern besorgt nachfragten, ob er sie etwa gefälscht habe. »Sie sind von deinem Zwillingsbruder mächtig beeindruckt«, flüsterte er ihr bei einem ihrer letzten Besuche zu. Manchmal fiel ihr ein, dass ihr damals im Krankenzimmer schon der Verdacht gekommen war, dass er sein Verhalten gezielt steuern konnte.

Es gab einen weiteren Grund für seine Entlassung. Der war sie selbst. Zwölf Jahre alt war sie damals. Im Vergleich zu anderen Mädchen war sie hoch gewachsen. Sie legte viel Wert auf die Kleidung, die sie morgens anzog. Sie lehnte es ab, ihre Haare jemals zu einem Zopf zu flechten. Zu den Sportstunden erschien sie nicht, und ihr Hals war meistens rot von Mückenstichen. »Ein verantwortungsbewusstes und sehr ordentliches Mädchen«, stellte die Klassenlehrerin bei der jährlichen Elternversammlung fest. »Und um Alon kümmert sie sich wie eine Mutter. Aber sie ist stur wie Granit und wenn sie etwas nicht tun will, hilft kein Gott und kein Gericht.« Mit nur zwölf Jahren kämpfte sie hingebungsvoll für ihn. Jeden Tag sprach sie über ihn, schilderte seine Probleme und sammelte Zeitungsartikel über Misshandlungen in solchen schrecklichen Heimen. Damit zog sie den Vater allmählich auf ihre Seite und machte mit ihm Front gegen die Mutter. Na'ama war eine schwächliche Frau und agierte aus Panikattacken heraus. Sie stellte Spielregeln auf, die zum elterlichen

Liberalismus nicht passten: Aus der Schule kommt man sofort nach Hause, man sieht kein Fernsehen nach zwanzig Uhr, nach siebzehn Uhr verlässt man das Haus nur in Begleitung eines Erwachsenen. Hätte sie an diese Regeln wirklich geglaubt, hätte man es ihr nachsehen können, aber die Verlogenheit machte Lior zornig. Nach einer Panikattacke vergaß sie die Ver- und Gebote, während der nächsten verhängte sie völlig neue. »Es gibt Mütter und es gibt Frauen, die Muttersein nur vorspielen«, beschwerte sich Lior beim Vater, der zur Antwort nur murmelte: »Wie, zum Teufel, soll man das unterscheiden?«

Während Alon im Krankenhaus seine letzten Tage zählte, war die Mutter wieder in ihre eigene Welt getaucht. Die Vorbereitung auf ihre Doktorarbeit war die Hauptsache, und die Frage, ob man Alon zurückholen solle, blieb in der Schwebe. Schließlich fehlten der Mutter Geduld und Wille, Liors ständigem Druck standzuhalten. Sie hatte es satt, als Rabenmutter dazustehen, als Mutter mit einem Herzen aus Stein. Lior klebte ihr im Zorn solche Etiketten an, nicht nur innerhalb der Familie, sondern auch in Gegenwart von Freunden und Bekannten. Erst lange nachdem zwischen ihr und ihrer Mutter alles erledigt war, konnte Lior vor sich selbst zugeben, dass sie diesen Kampf nicht allein für Alon geführt hatte. In jenen Tagen hatte sie nicht wirklich etwas dagegen, wenn die Mutter ums Kinn herum zitterte, wenn ihre Beleidigungen trotz Mutters Maske aus Spott und Arroganz ihr Ziel trafen.

Dann kam die Nacht, als ein dritter Mensch in Liors und Alons exklusive Beziehung eindrang. In dieser Nacht erfuhr Lior, dass Alon sich in eine Frau verliebt hatte. Selbstverständlich hatte es in ihrer Umgebung Freunde und Bekannte, Mädchen wie Jungen, gegeben, die gelegentlich bei ihnen auftauchten und für ein paar Tage oder Wochen blieben, manchmal auch länger. Sie machten Eindruck oder auch nicht. Irgendwann verloren sie das Interesse oder wurden selbst uninteressant, gingen freiwillig oder wurden davongejagt. Lior und Alon herrschten im eigenen Haus, wo alle anderen unbestritten nur Besucher waren. Lior war einem Wirbel widersprüchlicher Gefühle ausgesetzt, als ihr klar wurde, dass von nun an nichts mehr so sein würde wie zuvor. Konnte tatsächlich jemand daherkommen und sich in ihre intime Zweisamkeit einschleichen? Dabei wahrten beide ihre Autonomie, waren zwei, die ihre eigene Sprache sprachen, eigene Verabredungen trafen und ihren Tagesablauf regelten. Jetzt wollte Alon das Feld für eine andere Zukunft bereiten. Was sonst sollte der Grund sein, so feierlich und zeremoniell daherzukommen?

Die Nacht eines Mittwochs im letzten Jahr. Zwei Jahre und neun Monate waren vergangen, seit ihre Mutter das Haus verlassen hatte. Mit dem Fortgang der Mutter tat sich ein Abgrund von Schuld für sie auf. Ihr Bündnis mit Alon war, seit sie sich erinnern konnten, die stabile Basis ihres Lebens gewesen. Über das Thema zu schweigen, um es nicht zu gefährden, war sinnlos. Jede zufällige Erwähnung des Namens der Mutter würde sie sofort und ohne weitere Worte in Ankläger und Angeklagte verwandeln. Beide konnten die Klage auswendig hersagen. So oder auch indirekt? Lior war der Meinung, sie hätten schon längst verstehen müssen, dass Anschuldigungen sinnlos waren, dass sie die offenen Fragen, die sie spalten würden, auf sich beruhen lassen sollten. Mehr als alles andere war sie auf sein wohlwollendes Gesicht angewiesen, und brauchte er nicht ebenso ihren freundlichen Blick?

Späte Nachtstunde, Mittwoch, der erste Monat des letzten Jahres. Er erschien in ihrem Zimmer. Seine Locken nach hinten geglättet, wahrscheinlich mit Creme, auf seiner platten Nase glänzte eine tiefe Schramme. Seine dunklen Augen waren klar und das goldene Licht des Zimmers spiegelte sich in ihnen. Wie schön sind seine Augen, dachte sie. An der Silberkette um seinen Hals baumelte ein Medaillon mit einer Nachbildung des Tempels, ein Erbstück ihrer Großmutter.

Sein Körper schien geschrumpft unter dem bizarren Outfit. Ein dickes violettes Samtjackett lastete schwer auf den Schultern. Er hatte es aus dem verwaisten Kleiderschrank des Vaters entliehen. Eine breite Jacke, die seinen mageren Körper geschluckt hatte und ihm eine Fülle gab, die ein genauer Blick als Lüge durchschaute. Dieses Jackett hatte ihr Vater einst von einem Mann auf der Straße gekauft. Der hatte behauptet, er habe früher in einem Theater in Moskau gearbeitet. Zum Jackett trug Alon hellblaue Cordhosen und ein Hemd mit Goldpailletten, das ihm ihr Vater, der »Handelsvertreter«, gekauft hatte. Die Kombination des schimmernden Jacketts mit dem goldenen Glitzerhemd gab ihm ein beschwingtes Aussehen, das zu Herzen ging. Er stellte sich in der Mitte des Zimmers auf und sprach mit leiser Stimme. Offenbar wollte er seine Botschaft nicht allzu laut verkünden, um nicht das Schicksal herauszufordern.

Zuerst schien er noch nach passenden Worten zu suchen, um ihr das Glücksgefühl, das ihn in den letzten Wochen getragen hatte, wenigstens annähernd zu vermitteln. Jetzt verstand sie, dass er mit seinem seltsamen Aufzug die Feierlichkeit des Ereignisses unterstreichen wollte, quasi als Ersatz für die gestotterten Worte. Tatsächlich klangen seine überschäumenden Lobreden übertrieben. Er, der mit Worten immer vorsichtig umgegangen war, nahm sie schnell zurück und ersetzte sie durch andere, die unzulänglich und auf die Liebe bezogen sogar verächtlich wirkten. »Sie ist ein Mädchen, verstehst du, das sehr gut für mich taugt«, stieß er hervor. »Mutter hätte sie geliebt.« Sie antwortete: »Mutter? Mutter hat gehasst, nicht geliebt, hast du das noch nicht begriffen?«

Danach schämte er sich für den saloppen Ton, den er angeschlagen hatte. Offenbar wollte er sie an dem Ereignis tatsächlich teilhaben lassen, sie in die Bucht tragen, in der er jetzt ankerte. Kapierte er denn nicht, wie fruchtlos diese Idee war? Er schien es schließlich doch noch zu begreifen und gab das Verlangen auf, sie mit seiner Verliebtheit anzustecken. In präzisen Worten erzählte er einfach, was geschehen war. Sein innerstes Gefühl nannte er »Liebe«. Sie wurde ganz wehmütig bei dem, was ihr da dämmerte. Er selbst kam in seiner Erzählung gar nicht vor: nicht seine Attraktivität, nicht seine Schönheit, nicht seine Persönlichkeit. Alles war nur ein wundersamer Zufall, Schicksal, das ihm mehr schenkte, als er verdiente. Er richtete sich wieder stur nach dem Schatten, der ihm im Nacken saß, im Guten wie im Bösen. »Eines Tages wird sie verstehen, dass ich nicht wie all …« Den Satz sprach er nicht zu Ende.

Sie beobachtete ihn und verstand, dass ihm gerade in diesem Augenblick ein Bild durch den Kopf ging. Seine Geliebte, die seine Fremdheit entziffert und beim Namen nennt. Diesen Blick kannte sie zur Genüge. Wenn sie in ihrem Zimmer zusammenhockten oder nebeneinander vor dem Fernseher, war sein Körper ununterbrochen in Bewegung, er verschränkte die Hände, die Finger bewegten sich wie angetrieben, falteten sich zusammen, streckten sich und knackten. Ein Schatten war auf seine Augen gefallen, in ihnen sah man etwas Gehetztes. Er entschwebte in andere Gefilde, hörte nicht, wenn man seinen Namen nannte. Sie fragte sich, wo er in solchen Zeiten herumwanderte. Sie rief ihn dann laut oder schüttelte ihn. Wenn er wie aus einem Albtraum erwachte, tröstete sie ihn.

»Hör auf mit dem Gefasel, du bist absolut in Ordnung, schau doch, was du da alles in der Übersetzungsarbeit zustande bringst.«

»Ich übersetze Kinderbücher«, antwortete er, »das verlangt wenig Disziplin.«

»Trotzdem«, beharrte sie, fest entschlossen, die Debatte zu beenden. »Du funktionierst sehr gut.«

Er starrte einen Punkt auf dem Fußboden an, mit Augen, die sagen wollten, Noa zu lieben ist eine erschöpfende Arbeit. Sie sei ein Straßenmensch wie er und liebe die Nacht. In der Allee habe er sie kennengelernt. Eines Nachts war der Himmel golden vor Sternen gewesen und der Kioskbesitzer hatte gesagt: »Ein Sternenbüffet. Schauen und genießen, aber nicht anrühren. Etwas Schönes, das man nicht erobern kann. Meine ganze Kindheit lang hingen meine Augen an den Sternen am Himmel, das einzige Kind in Tiberias, das davon träumte, Neil Armstrong zu werden.« Gedankenverloren war er die Allee entlanggegangen und da hatte er sie gesehen, wie sie mitten in der Allee ein Teleskop aufstellte. Ihr Großvater war eine Art Wissenschaftler gewesen. Als er an ihr vorbeiging, hatte sie ihn gefragt, ob er nicht die Baumwipfel verschieben könnte, sie störten ein wenig. »Ich verstand sie nicht. Sie war völlig in ihre Sache versunken. Ich verstand nicht, warum sie lachte.«

Sein Bericht war trivial, er handelte von einer Begegnung, wie sie sich zwischen Menschen ständig ereignet. Aber für ihn war das ja neu und er wollte nur wie die anderen sein. Ihr selbst war so etwas nicht passiert, noch nie hatte sie geliebt. Bis zu diesem Tag war noch keine Bedrohung, männlich oder weiblich, in ihrer Welt aufgetaucht. Ja, dann und wann war etwas aufgeblitzt, aber unerheblich geblieben: kindliche Schwärmerei für den Schwimmlehrer Dorian Smith, der sich einen Tag vor Ende des Sommercamps aus Liebeskummer das Leben nahm, einige Jugendlieben, eine Woche mit einem vierzigjährigen verheirateten Mann, kein nennenswertes Ereignis in den letzten zwei Jahren.

Heute Nacht sollte es anders sein. Beiden war die Veränderung bewusst, die ihrer Beziehung bevorstand. Sie trieb jetzt schon woandershin. Wie ein Kind hoffte Lior, dass die unbekannte Noa Alon erlösen würde, während in ihr zugleich eine tiefsitzende Angst vor dem Tag aufbrach, an dem die Liebe enden würde. Während sie sein Glück jetzt geradezu mit dem Atem einsog, schien alles, was es bisher gab, anders zu werden als vorher – das hübsche Haus, der gemeinsame Lebensablauf, die Rituale seit ihrer Kindheit. Sie erhob sich und lockerte ihre Muskeln. Immer reagierte sie radikal auf neue Ereignisse, war voller Misstrauen. Sofort erfand sie lauter Horrorszenarien, die kaum zum realen Geschehen passten. Überhaupt traute sie dem Neuen nicht, sondern zog das Altbewährte vor.

Wieder wurde sie von einer alten Erkenntnis überwältigt: Das Leben ist immer das Leben der Anderen. Es tobte, wo sie nicht war. Was für ein Leben war das, von dem sie ferngehalten wurde? Bewegung, hauptsächlich Bewegung. Jene Welt, in der Menschen sich umarmen, Menschen sich mit Menschen mischen und etwas Neues entsteht. In seinem Geständnis lag auch ihre Chance, sich aus dem jahrelangen Rollenverhalten zu befreien, das so viel Frustration erzeugte. Wie ist es gekommen, fragte sie sich, dass ich wie erfroren bin, dass ich plötzlich die bin, die nur bewahrt, und er der, der verändert?

Sie beugte sich zur verschlossenen Tür seines Zimmers. Gerne hätte sie seine Atemzüge gehört, vernahm aber nur die Straßengeräusche. Ihre Finger stießen leicht an die Tür, sie klopfte nicht, aber vielleicht würde er es hören. Bewusst rief sie wieder Erinnerungen auf. Sie betrieb ein regelrechtes Erinnerungstraining, indem sie versuchte, möglichst klare Bilder aus jener Nacht zu gewinnen. Sie bemühte sich um den genauen Ablauf der Szene, prägte sich Gesichtsausdrücke ein, rekonstruierte Wortwechsel. Da stieg zum ersten Mal die Erinnerung an jene Nacht tatsächlich auf, doch sofort bestürmten sie andere Erinnerungen, die sie gar nicht gerufen hatte.

Aus den Augenwinkeln konnte sie hinter dem Wohnzimmerfenster die Allee sehen. Dort gingen die Menschen entlang, ohne zu wissen, was sich dort abgespielt hatte. Schon acht Uhr? Das war traurig, bald musste sie sich am Arbeitsplatz zur Stelle melden. »Alon«, flüsterte sie. Sie hörte ein Geräusch im Zimmer ihres Zwillingsbruders. »Alon!«, rief sie. Das Bett knarrte, ein Stuhl schlug auf dem Boden auf. Vorsichtig öffnete er einen Spaltbreit die Tür. Sein Gesicht war trocken, das Haar darüber nass. Es sah aus wie angeklebt. Er wand sich unter ihrem Blick, fuhr sich zerstreut durchs Haar und erkannte, dass er ertappt worden war. »Lior …«, brummte er. Den Ton kannte sie. Wenn er sie »Lior« nannte und nicht »Liori«, war das ein Anzeichen, dass er ihr ausweichen wollte.

»Bist du eben zurückgekommen?«, fragte sie möglichst unschuldig, die Hand am Türrahmen, als ließe sich verhindern, dass die Tür geschlossen wurde.

»Ich bin früher aufgewacht, habe draußen eine kleine Runde gedreht«, antwortete er.

Bedrückendes Schweigen machte sich breit wie immer, wenn eine glatte, allzu glatte Lüge die Nähe zwischen zwei Menschen zerschlägt.

Eindrücke aus einem Sturm: Serge der Prophet

Überall in der Stadt notierten Menschen peinlich genau die Uhrzeit des Morgengrauens – 7.46 Uhr, 7.58 Uhr, 8.10 Uhr, 8.22 Uhr. Welche Abgründe würden sich durch diesen Missstand in der Stadt noch auftun? Tatsache war zweifellos, dass vor allem Tel Aviv-Jaffa und Umgebung davon betroffen waren. Zwar hatte sich auch in anderen Städten der Morgen verspätet, allerdings weniger eindeutig. Genauer gesagt: An dem Tag, als der Morgen in Tel Aviv-Jaffa zwischen 8.14 Uhr und 8.26 Uhr graute, begann er in den Scharon-Städten durchschnittlich um 7.32 Uhr, in Jerusalem um 7.14 Uhr, in Haifa um 7.07 Uhr, in Tiberias um 6.28 Uhr, in Kiriat Schmona um 6.00 Uhr und von Aschkelon bis Eilat zwischen 5.20 Uhr und 5.50 Uhr.

In den ersten Wochen beschäftigte man sich ausgiebig mit diesem Phänomen. Die Morgensendungen machten sich die Mühe, die Zeitspanne zu dokumentieren, in der es so schien, als wollte sich die Nacht vom Himmel verabschieden. Wissenschaftler und Wetterexperten aus Gegenwart und Vergangenheit wurden eingeladen, Astrologen, die das Problem schon in den achtziger Jahren vorausgesagt hatten, auch Geographen, Philosophen, Theologen, Mystiker, Ernährungswissenschaftler, Ärzte und dermatologische Forscher, Erfinder und Patent-Inhaber, die allerlei Ideen hatten, wie mit dem schwarzen Morgen umzugehen sei. Ein sprudelnder Quell von Warnungen, Lösungen und Ratschlägen, samt den damit einhergehenden Meinungsverschiedenheiten. Lautstarke Konfrontationen überwanden die Grenzen der Ministerien und Forschungsinstitute, schwappten über in die Fernsehstudios und Zeitungsredaktionen. In erster

Linie befasste man sich mit der folgenden Frage: Deutete man das Phänomen richtig, wenn man lediglich davon ausging, dass der Morgen sich tatsächlich verspätete, oder musste man die schiere Existenz des Morgens anzweifeln? Anders ausgedrückt: Tilgte die Schwärze des Himmels den Morgen als solchen, oder durfte allenfalls von dunklen Morgen die Rede sein? Naturgemäß ergaben sich daraus eine Reihe weiterer Fragen: Wann ist der Morgen ein Morgen? Ist das wichtigste Kriterium die Uhrzeit oder das Licht? Ist ein nachtschwarzer Morgen immer noch ein Morgen?

Es begab sich aber, dass die geistigen Aristokraten des Landes, die Wissenschaftler und Intellektuellen, keine Lösungen fanden, und also wurden vorwurfsvolle Trauerreden auf das Ableben des Jüdischen Genies gehalten. Zugleich strömten zahlreiche Forschungsteams, Wissenschaftler und Berater aus dem Ausland in die erschöpfte Stadt. Sie wurden mit Informationen gefüttert und sammelten selber welche. Sie zitierten Präzedenzfälle. Den meteorologischen Karneval, emotional aufgeladen und von historischen Rivalitäten belastet, bereicherten sie um den Klang fremder Sprachen, der klassischen Sprachen europäischer Weisheit: Französisch, Englisch und Russisch. Sie saßen in Ausschüssen, gaben Zeitungsinterviews, übernachteten in den teuersten Hotels der Stadt, produzierten Memoranden und gaben Empfehlungen.

Es ist unmöglich, den geheimen Mechanismus zu ergründen, der den einen als Medienstar in den Himmel hebt, während der andere bei gleicher Befähigung für immer in die unteren Ränge der Hierarchie verbannt ist. Dort läuft er herum und verflucht jene, die seinen Höhenflug verhindert haben. Genauso unergründlich blieb, weshalb von allen »Fremden« ausgerechnet Professor Serge Kerkden als Einziger die Herzen der Israelis eroberte. Serge, gebürtig in Genf, hatte jüdische Wurzeln, die niemals auch nur erwähnt worden waren, bevor er in Israel auftauchte. Nun berichteten die Zeitungen, dass seine Einbürgerung bloß eine Frage der Zeit sei. Drei Mal war er schon Nobelpreiskandidat gewesen, beim vierten Mal hatte er verlangt, aus der Liste der Finalisten gestrichen zu werden. Sein Brief an die Jury war kurz und seinerseits nobel: »Mir scheint, dass ich auch in diesem Jahr nicht würdig genug bin«, schrieb er. In den Zeitungen hieß es, er sei »vielleicht der großartigste Experte unserer Zeit in Wetterfragen«. Bestimmt aber war er der jüdische Experte Nr. 1 auf diesem Gebiet. Dieser Serge war hoch gewachsen und schlaksig, er hatte ein kantiges Gesicht mit schwerem Kinn. Um seine magere Gestalt voller erscheinen zu lassen, staffierte er sich mit dicken Wollanzügen aus. Stets trug er einen Aktenkoffer bei sich, der seinen zerbrechlichen Körper zu einer Seite herabzog. Schon als er in Israel landete, lächelte er unübersehbar von den Titelseiten der Tageszeitungen. Die gelehrten Falten um die Augen traten besonders deutlich hervor und verstärkten den Gesichtsausdruck, der »scheu« genannt wurde. Hunderte von Briefen lagen schon für ihn bereit, als er im King-David-Hotel in Jerusalem ankam, wo er sich auf ein Treffen mit dem Staatspräsidenten, dem Minister für Wissenschaft und Energie sowie einigen Wissenschaftlern vorbereitete. Warmherzige Tel Aviver verwöhnten ihn, auf den sie ihre Hoffnungen setzten, mit Rosensträußen, mit poetischen Poemen, mit Kuchen, Küchlein und Aufläufen. Jerusalemer Restaurants kämpften um das Privileg, ihn zu bewirten, man schlug ihm gute Partien vor, bot ihm den Ehrendoktortitel der Universität Tel Aviv an, man lud ihn ein, ehrenhalber ein Fußballspiel anzustoßen, und hätte der werte Herr nicht auch Interesse am Vorsitz des »Vereinigten Israelisch-Skandinavischen Handels- und Öko-Investmentsvereins«? Er bekam auch Briefe von verzweifelten Tel Aviver Kindern. Ihre Haut war blass, ihre Schwermut besorgniserregend, ihre Fettschichten waren talgig geworden, denn es mangelte ihnen an Aktivitäten auf dem Fahrrad, beim Fußball, bei Himmel und Hölle und Räuber und Gendarm und weiß der Teufel, was diese Banditen heutzutage noch alles spielten. »Jedes Kindertreffen wird zu einem Riesenakt wie eine Filmproduktion oder so was«, klagten die entnervten Eltern. »Sonst sitzen sie nur allein und gelangweilt zu Hause herum.«

»Die Internet-, SMS- und ICQ-Generation will die guten alten

Straßenspiele«, schrieb eine Tageszeitung süffisant, aber nicht ohne Stolz. In kindlicher Unschuld hingen nun ihre Hoffnungen am »Propheten Serge«. Vollkommen klar, dass die gemeine Nobelpreis-Jury ihm Unrecht getan hatte. Eine Tageszeitung veröffentlichte in ihrer Wochenendausgabe das Ergebnis einer Umfrage: »Hat sich die Nobelpreis-Jury geirrt, als sie Serge ablehnte?« Achtzig Prozent der jüdischen und achtundvierzig Prozent der nichtjüdischen Bevölkerung antworteten mit »Ja«. Sie riefen ihren Propheten an, er möge ihnen den Morgen zurückgeben und den quälenden Sturm davonjagen.

»Prof. Kerkden liest die Briefe nicht persönlich«, erzählte sein Sprecher, »unter anderem auch, weil er kein Kenner der heiligen Sprache ist. Trotzdem hat er die Bücher der Propheten gelesen. Sie haben ihn stark beeinflusst und er hat sich vorgenommen, sich daraus Fertigkeiten anzueignen. Die Briefe werden von Assistenten gelesen. Zwei, die für diese Aufgabe eigens ausgebildet wurden, lesen sie und halten ihn auf dem Laufenden. Solche Gesten gehen dem Professor zu Herzen. Sie machen ihm klar, wie viele Hoffnungen das Volk in Israel auf ihn setzt.«

Nach vier Tagen seit seiner Ankunft hatte der Professor die Präsidenten-Suite des King-David-Hotels noch kein einziges Mal verlassen. »Er bewältigt die Zeitumstellung, er entwickelt Strategien«, sagte sein Sprecher.

Auf der Pressekonferenz, die er schließlich einberufen hatte, wirkte er recht energisch. Mit einem blauweißen Seidentuch, einem Geschenk des Oberrabbiners, wischte er sich die Tränen aus den Augen und gestand, der Empfang habe ihn sehr gerührt. Er verpflichtete sich, in spätestens zwei Wochen seine Schlussfolgerungen vorzutragen. Prompt ging das Gerücht, der Oberrabbiner habe ihm von der Donnerstagskatastrophe, die die Propheten verheißen hatten, berichtet. Wie es im Buche stand, seien es die Heuschrecken, die Armee des Himmels, die das Land verdunkelten, die Armee des Himmels sei die Ursache der Finsternis. »Sonne und Mond verdunkeln sich, und die Sterne ziehen ihr Licht ein.« Serge war offenbar von den Worten des Oberrabbiners beeindruckt, denn in der zweiten Woche seines

Aufenthaltes suchte er ihn in seinem Haus auf. In vielen Gemeinden diskutierte man schon offen über den besagten Donnerstag und das große Ungemach, das er mit sich brachte, das aber gleichzeitig eine große Erlösung ankündigte. In öffentlicher Diskussion erhoben Persönlichkeiten der Öffentlichkeit, Rabbiner, Funktionäre und Philosophen bereits ihre Stimme. Man habe die Pflicht, zu begreifen: Das Ende sei nahe, man müsse sich schleunigst wieder zu Gott wenden.

Serge, ein flüchtiges Bild, verschwand wieder aus dem Blickfeld.

Hin und wieder wurde er noch photographiert, wenn er Beobachtungen am Strand von Tel Aviv machte und eine Handvoll Sand ausgrub, wenn er auf einem Hochhausdach hockte, wenn er auf der Chaussee Tel Aviv – Haifa der Musik des Asphalts lauschte. Dass es sich um Beobachtungen handelte, schlossen die Tageszeitungen aus den Photos. Serge sei eine Art moderner Gallileo: Anstatt in der »Kampfzentrale« der Regierung zu arbeiten, tastete er die »Stoffe, aus denen die Welt gemacht ist« mit eigenen Händen ab. Einer der Publizisten nannte ihn einen »volksnahen Wissenschaftler, der sich seiner Wurzeln bewusst ist«.

Im Detail hieß das, er war ein Globalisierungsgegner, ein Urbanisierungsgegner, ein Gegner der Schwerindustrie. Ein Verfechter des Lebens, das der Moderne, der Verstädterung und Industrialisierung voranging, ein Angehöriger der romantischen Schule, der häufig Wordsworth, Keats und Schiller zitierte, dem die Symbiose von Mensch und Natur heilig war und der wie Sören Kierkegaard glaubte, die Institution der Ehe sei sakrosankt. In der zweiten Woche seines Aufenthaltes hielten die Kameras fest, wie er mit einer nicht identifizierten jungen israelischen Frau in einem teuren Moderestaurant speiste. Zwei Tage später wurde ihr Name bekannt: Ayelet Schealtiel aus Ramat Hascharon, eine talentierte Architektin aus dem Büro »Rutenberg-Mendelson-Gaon«. Man photographierte ihn, als er die Knesset besuchte oder die Museen, oder auf einer Cocktail-Party in der spanischen Botschaft. Doch die Wahrheit muss gesagt werden:

Auf den beiden letzten Photographien, die am Meer und die auf dem Dach des Hochhausturms (später stellte sich heraus, dass sich dort im einundzwanzigsten Stock das Büro »Rutenberg-Mendelson-Gaon befand) war sein Ausdruck freudlos, das eilig aufgezogene Lächeln, als er mitbekam, dass er verewigt wurde, war nicht mehr das, das die Massen am ersten Tag bezaubert hatte. Zweifellos sah Serge äußerst beunruhigt aus. »Ist er traurig über die Ergebnisse oder gibt es einfach keine Ergebnisse?«, war in einer Tageszeitung unter dem Photo seines deprimierten Gesichts am leeren Meeresufer zu lesen.

Nach drei Wochen legte er seinen Bericht vor. »Enttäuschend, blass, bringt uns nichts Neues!«, ließ ein Beamter des Wissenschaftsministeriums gleich verlauten. »Kein Novum, keine Weitsicht, es wird kein Schuh draus.« »Zweitausend Schekel in den Sand gesetzt«, oder » ein Dreigroschengutachten«, wie ein Professor der Hebräischen Universität im Morgenprogramm giftete. Tags darauf erschienen in den Morgenzeitungen Karikaturen. Eine zeigt Serge, wie er eine Handvoll Sand am Strand ausgrub, der sich in Hundertdollarscheine verwandelte. Abfällige Artikel über Serge und die Verantwortlichen, die ihn geholt hatten, erschienen. Bei der schweizerischen Botschaft gingen Schmähschriften ein. Ausschnitte aus seinem Bericht erschienen in den Zeitungen unter Überschriften wie »Die schlimmste Verschwendung von 80.000 Dollar in der Geschichte des Staates« oder »Die große Entdeckung Kerkdens: Der Winter ist kalt – der Sommer ist heiß!«

Kerkden verließ Israel noch am selben Tag. Im Wohnzimmer seines Hauses in Basel gab er eine Pressekonferenz. Bärtig, mit verschwiemeltem Blick und kleinen Rissen im weißen Hemdkragen, unterstrich er erneut seine Sympathie für das Volk in Israel, vor allem für die Bewohner Tel Avivs, die er als seine Freunde ansah. Abschließend teilte er mit, er werde die Beleidigungen ignorieren und die Hälfte seines Honorars freiwillig den Kindern von Tel Aviv spenden. Er dankte auch dem Oberrabbiner, der ihn beeindruckt und dazu bewogen hatte, sich gedanklich wieder der jüdischen Religion zuzuwenden. In den Zeitungen stand, dass ihm das Geld, von dem er so gerne etwas zurückzahlen wollte, gar nicht erst ausgezahlt worden sei.

Serge Kerkden war die Symbolfigur des letzten Gefechts gegen ein Gottesgericht. Nun ging es mit Fragen und Fakten in den Medien weiter. Regierungsinstitute hielten Tagungen über die Angelegenheit ab, Konferenzen und Seminare kreisten um die Frage: Steht Tel Aviv eine schreckliche Zukunft bevor? Was die Massen betraf, war Serge die letzte Enttäuschung. Plötzlich war allen klar, dass die erwünschte Rückkehr zur alten Ordnung verwehrt war.

Das Thema Sturm hatte sich allmählich verbraucht. Mit welchen anderen Waffen als mit denen der Gewöhnung kann man ein solches Unheil bekämpfen? Der Mensch ist doch verpflichtet, seine tägliche Existenz zu behaupten. Es gibt keinen Tag ohne Pflichten und Aufgaben. Ein Mensch muss sich um seine Kinder kümmern, um seine Lieben, muss Rechnungen bezahlen, muss arbeiten, ruhen, schlafen und aufwachen, seinen Hunger stillen. Bald herrschte eine Art wortloses Einverständnis, dass Sturm und fehlendes Licht auch nichts Anderes waren als weitere schwerwiegende Mängel einer seit eh und je fehlerhaften Welt.

Anders wäre es den Bürgern Tel Avivs schwergefallen, die Fülle von Unheil und Katastrophen, die über ihre Stadt gekommen war, zu ertragen. Der Winter fiel brutal über die Vorboten des Frühlings her: Straßen und Wohnungen wurden überflutet, Bäume brachen zusammen, Gegenstände wie Flaschen, Öfen, Schulranzen und Einkaufswagen flogen ununterbrochen umher und gefährdeten Passanten. Im Lauf eines einzigen Monats ertranken fünfunddreißig Kinder, starben achtundzwanzig Bettler auf der Straße.

Das gewohnte Ordnungssystem war ins Wanken geraten, und die Menschen griffen zu äußerst einfachen Lösungen: Emigration, vorübergehender Ortswechsel, endgültiges Wegziehen, Rückkehr ins Elternhaus außerhalb der Stadt. Die, die blieben, zogen sich in ihre vier Wände zurück und mussten sich anpassen. Sie fassten nur kurzfristige provisorische Entschlüsse und warteten ansonsten, bis etwas Neues geschah. Sie mussten sich eingestehen, dass sie unfähig waren, das Licht am Himmel zu entzünden, den Regen zu entwaffnen, die Flüsse trockenzulegen oder die Bäume am Zusammenbrechen zu hindern.

Einen Monat nach Serges unrühmlichem Abgang wurde ein Brief von ihm veröffentlicht, den er an einen englischen Professor gerichtet hatte. Dieser verkaufte ihn eilig an eine Israelische Zeitung, die ihn unter der Überschrift »Das Kuckucksnest« druckte. »In Tel Aviv haust eine Art dumpfer Bosheit«, schrieb Serge. »Es handelt sich um ein Phänomen, mit dem es westliche Rationalität nicht aufnehmen kann. Ich nahm dort etwas Merkwürdiges wahr, das von gewaltiger Präsenz ist. Ich will es nicht benennen. Es tut mir leid, dass ich Ihnen dies schreiben muss. Ich hoffe, Sie halten mich nicht für verrückt. Bringen Sie meine Worte nicht in Zusammenhang mit dem Tratsch über mich und mein letztes Buch, in dem ich tiefen Respekt gegenüber der Schamanen-Kultur zum Ausdruck gebracht habe. Die in Tel Aviv brauchen keine Wissenschaftler und Wetter-Experten, sie brauchen Schamanen, Teufelsaustreiber, sie brauchen Gottes Gnade.«

Lior

5. Mai

Lior war seit zwei Stunden kraftlos im Sofa versunken. Es war mit schwarzem Tuch verhüllt, um das weiße Leder zu schonen, dessen Pracht schon seit Jahren kein menschliches Auge gesehen hatte. Lärmende Böen zerrissenen jegliche Stille, hämmerten gegen das breite Fenster, das auf das Nebengebäude mit seinen rußgefleckten schwarzen Steinen ging. Die Scheiben zitterten. Die Häuser standen hier so dicht, dass die Fenster schamlos in die Wohn- und Schlafzimmer der gegenüberliegenden Wohnungen schauten. Der Küchendunst fetter Gewürze vom ersten Stock mischte sich mit dem Marihuana- oder Zigarettenrauch vom zweiten. Laute Musik, das Klappern von Stöckelschuhen, das Jaulen eines Katers, der ausgerechnet in den frühsten Morgenstunden endlose Symphonien anstimmte, und ein cholerischer Hund, der diese Symphonie mit einer eigenen Interpretation begleitete. Gebäude, viel zu dicht beieinander, ein Wald aus Steinen. Die Bewohner atmeten einer den Atemhauch des anderen. Menschen sind nicht dafür gemacht, in so drangvoller Nähe zueinander zu leben, dachte sie, besonders wenn die Einwohnerschaft so heterogen war: Drei Immigrantenkinder treppauf, treppab in den späten Nachtstunden, dicht daneben wohnten junge Paare, die den Krach satt hatten. Im ersten Stock ein städtischer Funktionär, wichtig und bedeutend in den sechziger Jahren, der unlängst seinen siebzigsten Geburtstag gefeiert hatte. Im obersten Stock Eltern mit zwei, drei Kindern und unterm Dach ein Dichter in den Vierzigern, den das Liebesgestöhn aus dem ersten Stock irritierte. Besser, wenn jeder einen geeigneten Ort für sein Leben hätte, überlegte sie, die Alten im Altersheim, Kinder mit ihren Eltern im Bavli-Viertel oder in der

Dan-Siedlung, die Kleinkinder in der Florentinstraße, in der Scheinkinstraße und im Süden der Stadt, die dichtenden Junggesellen in einem Studio in der Schokenstraße, und wir hier.

»Es ist schon Anfang Mai, und wo bleibt der Frühling?«, fragte der Sprecher im Radio besorgt. Träge zündete sie ein Streichholz an und hielt es an den alten Gasofen. Es war aufgestaute Sehnsucht nach der Wärme der Kindheit, wenn sie sich neben den Ofen legte und sich wollüstig dem Hitzestrom hingab, ihren Körper die Wärme genießen ließ, bis er glühte.

Auf dem Fußboden Müllkollektionen, Cola- oder Wasserflaschen, eingetrockneter Schlamm, Zigarettenasche, die manchmal sogar an den Wänden graue Streifen hinterließ. Das Haus erschien ihr wie ein uralter Feind, wenn es so verdreckt war.

7.48 Uhr. Um 8.30 rechnete man in dem Haus dort mit ihr. Eine berufstätige Frau eben. Viermal in der Woche pflegte sie die kranke junge Frau. Wenn sie sich verspätete, zürnte ihr Ehemann wortlos. Er war ein genauer Mensch. Morgens zog er einen billigen Anzug an und verfügte über allerhand helle Hemden, die niemals einheitlich gebügelt waren. Dann eilte er an seinen Arbeitsplatz.

Schon 7.55 Uhr. Dürftige Helligkeit legte sich über die Stadt, die sich nun träge und lasziv räkelte. Lior rührte ihre Gliedmaßen, eine nach der anderen, kuschelte sich ans Licht. Plötzlich streckte sie sich bis zum Horizont aus. Dort beugte sich ein silbriger Morgenhimmel mit Resten von Nacht über sie. Alon würde auch bald zurückkehren, ein kurzes Leuchten in den Augen, wenn er sah, dass sie gewartet hatte, aber bald würde er sich auch wieder einigeln. Seit langem hatte sie ihn nicht mehr umarmt. Es schien, als habe er Angst vor dieser Nähe, vor den Fragen, die sie stellen würde, oder vielmehr vor den Antworten, die sie von ihm erwartete. Dahinter stand die Furcht, sie würde die Mauer aus kleinen Täuschungen einreißen, die er um seine Nächte errichtet hatte. Sie wusste, das es eine andere Zeit gegeben hatte, in der keine Geheimnisse sie trennten, in der sie eins waren und die Welt der Ort, wo ihre Einheit wahr wurde.

Absichtlich ließ sie sich wieder in den Schlaf sinken, obwohl man sie am Arbeitsplatz erwartete.

Es klopfte. Sie wachte erschrocken auf und eilte zur Tür. Als sie den jungen Mann mit üppigem krausen Haar sah, in einer billigen Jeansjacke, mit einer dünnen Goldkette um den Rollkragen des Pullovers, zersprang etwas in ihr. Sie wollte dringend etwas fragen, bereute es aber sofort und wiederholte stumm den alten Befehl, abzuwarten.

»Ist der Papa zu Hause?«, fragte der Mann.

»Nicht im Land. Und Sie …?« Lior bemühte sich, ihre Stimme unerschrocken klingen zu lassen.

»Avraham Galai«, antwortete er. »Ich hoffe, ich habe dich nicht geweckt?«

»Nein«, log sie. »Ein bisschen … vielleicht.«

»Ich bin von der Polizei«, sagte er trocken.

»Ist etwas passiert?« Die Frage konnte sie nicht zurückhalten.

»Passiert?« Er stellte sich dumm. »Nicht wirklich. Zumindest nichts Besonderes.«

Augenblicklich legte sich ihre Anspannung. Nun wusste sie, dass Alon bald zurückkommen würde, vielleicht sogar schon da war. Er hatte eine weitere Nacht schadlos überstanden. Sie wurde geradezu übermütig.

Der Polizist musterte die Wohnung. Vor Bewunderung spitzte er die Lippen zu einem zynischen Pfiff. »So ein ordentliches Heim hab ich im Leben noch nicht gesehen. Wohnt hier überhaupt jemand? Das ist keine Wohnung, das ist ein Museum.«

»Tut mir leid. Ich habe es nicht geschafft, aufzuräumen,« entschuldigte sich Lior.

»Soll ich ein andermal kommen, wenn der Papa da ist?«

»Vielleicht kann ich helfen«, schlug sie vor, jetzt, wo sie sich befreit fühlte. »In diesem Haus hilft man Polizisten.«

»Kennst du Polizisten überhaupt?«

»Wissen Sie, aus dem Fernsehen.«

»Ein Blues für die blauen Uniformen?«

»Blues … und welche Uniformen?«

»Du gehörst tatsächlich zu einer anderen Generation.«

»Ja«, nickte sie, »unsere nostalgischen Gefühle sind ganz andere.«

Er wurde ernst. Vielleicht hatte ihn die Erkenntnis irritiert, die Tatsache, dass auch seine Nostalgie schon veraltet war. »Um es kurz zu machen, kennst du den Bettler, der hier in der Allee hauste?«

»Ja, er ist gestorben …« Noch amüsierte sie das, vielleicht eine Spur zu sehr. »Ich habe gesehen, wie man ihn abgeholt hat.«

»Ja. Weißt du, wie er gestorben ist?«

»Das ist einfach. Gestern erst hat irgendein Reporter in den Nachrichten des zweiten Programms gesagt, dass siebenundzwanzig Bettler im April vor Kälte gestorben sind und dass viele andere weggehen, um in wärmere Orte zu ziehen …«

»Aber Jonathan ist nicht an der Kälte gestorben.«

»Jonathan heißt er?«, fragte sie überrascht. Sie hatte eher einen fremden Namen erwartet, vielleicht einen mit russischem Klang.

»Ja, wusstest du das nicht?«, fragte er leicht kritisch. »Er war doch Vorsitzender der Bettlerorganisation und ist sogar zweimal im Fernsehen aufgetreten.«

»Gerade das habe ich nicht gesehen«, murmelte sie und versuchte, dem Gespräch eine andere Wendung zu geben. »Wollen Sie einen Kaffee?«

»Nein, nein, ich muss weiter.«

»Warten Sie«, hielt sie ihn auf und bereute zugleich, dass sie ihn nicht hatte gehen lassen. Aber sie war viel zu neugierig und ging das Risiko ein, ihn nicht loszuwerden. »Also, ich verstehe nicht, warum Sie überhaupt hier sind.«

»Walla!«, erinnerte er sich. Plötzlich rastete sein Hirn bei einer Szene aus dem »Blues für die Blauberockten« ein, keine Szene aus dieser Fernsehserie selbst, sondern wie sie sein Vater kommentiert hatte. Der war ein schlecht gelaunter Polizeirentner, ein Kriminologe im weißen Bademantel, ein herzkranker Kettenraucher, der keine Folge der Serie ausließ und immer etwas zu meckern hatte: »Das ist nicht logisch, der ist ein Blödmann, das soll ein Verhör sein? Das sollen Polizisten sein? Der da will ein Kommissar sein? Nicht mal ein Kaugummiverhör würde ich denen überlassen.« »Kaugummiverhör« nannte man in der Abteilung des Vaters Ermittlungen über Mieterbeschwerden, telefonische Belästigungen, Kofferverluste und dergleichen mehr. Wohin bloß war diese Zeit geraten? Weit weg, schrecklich weit weg war sie und entfernte sich weiter. »Dieser Bettler, den du gesehen hast und der an der Kälte gestorben sein soll, ist nicht wirklich an der Kälte gestorben. Verstehst du?«

»Hat er sich umgebracht?«, fragte sie nach und das Entsetzen stieß ihr sauer auf. Dem Polizisten entging, dass ihr gruselte. Zwar schaute er ihr in die Augen, wie es sich gehört, denn ein Mensch kann nicht mit einem anderen sprechen, wenn er auf die Schuhe blickt, aber er war mit dem leichten Schmerz beschäftigt, der plötzlich und ohne Vorwarnung jeden Fall bedeutungslos machte.

Auf die Szene mit dem »Blues« folgte eine Flut von Erinnerungsbildern, die mit seiner Aufgabe kollidierten und mit dem Mann, der nicht an der Kälte gestorben war – jetzt verstand er überhaupt nicht mehr, weshalb sich irgendjemand für die Sache interessierte.

»Nein. Jemand hat ihn erwürgt!«

»Tatsächlich ...«, stammelte sie entsetzt.

»Ja, tatsächlich. Jemand hat ihn von hinten erwürgt, schon in der Ambulanz hat man die Würgemale erkannt ... Von diesem Tod haben die Journalisten jedenfalls eingehend berichtet. Den ganzen Morgen habe ich ihre verdammten Fragen beantwortet. Ich wundere mich, dass du nichts darüber gelesen hast, fette Schlagzeilen vom Kaliber: ›Bettler für ein Paar Schuhe erledigt?‹«

»Er war wirklich barfuß«, erinnerte sie sich.

»Richtig«, bestätigte Avraham Galai, »aber das bedeutet noch lange nicht, dass man ihn nur wegen der Schuhe getötet hat.«

»Das ist wirklich seltsam. Schuhe, das verstehe ich noch, aber auch die Socken sind geklaut worden ...«

»Ich habe meine Zweifel, ob er überhaupt Socken anhatte«, antwortete Galai. »Die Sache ist nur die, wenn es ein Kleiderraub war, weshalb hat man dann Mantel, Schal, Mütze und Pullover dagelassen?«

»Vielleicht fehlten jemandem nur Schuhe?«

»Ein Mensch, der keine Schuhe hat, hätte auch den Rest geklaut und die Kleider verkauft oder getauscht«, stellte der Polizist fest. »Da er schon getötet hat, würde er keine Klamotten dalassen, auch wenn sie nur einen Schekel wert sind.«

»Vielleicht hat ihn jemand überrascht und er kam nicht mehr dazu, Jonathan auszuziehen.«

»Vielleicht. Aber in diesen Nächten treiben die Leute sich nicht auf den Straßen herum. Bestimmt nicht um vier Uhr früh ... Das war mehr oder weniger seine Todesstunde.«

Lior schwieg.

»Irgend etwas ist mit deinen Augen.« Er dachte nach. Ein Schatten zog über sein Gesicht: Welches Licht spielte da Schattenspiele? »Grau, nicht wahr?« Er nahm seinen Mut zusammen. »Sie haben etwas Forderndes, eigenartig.«

Sie antwortete nicht und er verlangte auch keine Antwort. Es sah so aus, als habe er die Frage schon bereut.

»Sie sind also hier, um zu fragen, ob jemand etwas gesehen hat?« Die Trockenheit in der Kehle schien den Hals hinab auf den ganzen Körper überzugreifen. Jetzt verlangte ihr alles Anstrengung ab, der Blick in seine Augen, das Aufrechtstehen, der gelassene Tonfall, der ihm ein nur mäßiges Interesse suggerieren sollte.

»Ja. Wir befragen Anwohner mit Fenstern zur Allee, es gibt einundzwanzig solcher Wohnungen«, hörte sie ihn sagen. »Und alles nur wegen des Medienrummels. ›Vorsitzender des Bettlerverbandes liquidiert!‹. Die Polizei wird verleumdet, Verschwörungstheorien. Irgendein Zeitungskommentator hat ihn heute mit diesem Typen aus Amerika verglichen, den Jack Nicholson in ›Einer flog übers Kuckucksnest‹ gespielt hat. Kapierst du? In einer Zeitung auf Seite vier: ›Jude tötet Juden für ein Paar Schuhe ...‹ Kurz, wir sind gezwungen, diesen Vorfall so zu untersuchen, als ginge es um einen Promi. Sonst schreibt die Presse, es sei der Polizei egal, wenn ein Bettler umkommt.«

»Aber der Polizei ist es doch wirklich egal, oder?«

»Genau!«, erklärte er, »aber diesmal nicht.« Er war zufrieden mit seiner überraschenden Ehrlichkeit, meinte, er habe sie damit verblüfft. »Alle hier in diesem Staat beschäftigen sich mit Lappalien«, schob er noch einen Satz in das beginnende Schweigen nach. Er beachtete ihn selber kaum, und auch sie hörte ihn schon reden, wie man ein Autohupen von der Straße hört, das man einfach hören muss. Beide wollten ihrer Begegnung endlich entkommen.

»Ich habe nichts gesehen, frage aber meinen Vater, wenn er zurückkommt…« Das Wort »Vater« kam lustlos über ihre Lippen, knapp.

Die Allee war ein reißender Fluss, der mit seinen Wassermassen in einen See mündete, der an der Kreuzung entstanden war. Seit Wochen bildete das Rauschen des fließenden Wassers den vertrauten Grundton der Straße. Auf der ganzen sichtbaren Fläche gab es nur wenige Fahrzeuge, keine flackernden Scheinwerfer, und wo war der Ruß von den Bussen geblieben? Einige Leute hasteten vorbei, sprangen wie bei dem Spiel Himmel-und-Erde auf die trockenen Stellen, die immer weniger wurden. Lior ging durch eine Welt, die in einen durchsichtigen Mantel aus Frost gehüllt war. Man konnte meinen, der Lärm sei aus der Stadt verbannt worden und mit ihm das Gedränge der bunten Menschenschwärme, die durch die Straßen gezogen waren. Plötzlich konnte man die leiseren Töne hören, Katzenmusik am Morgen, Streit in den Häusern um die Kreuzung herum, Klavierspiel, einen schreienden Säugling, einen pfeifenden Wasserkessel.

Lior kaufte in einem kleinen Laden Zigaretten, Milch und Diät-Cola. Der Verkäufer saß beim Ofen, trank Tee, ein bärtiger Mann mit weißen Augenbrauen so borstig wie eine Zahnbürste. Auf seinem Kopf mit den gelblichen Haaren saß ein breitkrempiger Cowboy-Hut. Er rührte sich nicht, auch als sie schon an der Kasse stand. »He«, rief sie ihm zu, »wird heute nicht gearbeitet?«

»Etwas stimmt nicht…«, presste er hervor. » Die Menschen hier hauen ab.«

»Hauen ab? Wohin?«

»Was weiß ich ... Zu Onkels, zu Großmüttern, in Hotels, zu den Kindern, nach Jerusalem, an Orte, wo man die Sonne sieht.«

»Übertreiben Sie nicht?« Sie mochte es schon immer, mit dem alten Querulanten zu schäkern.

»He, Mädchen!«, erhob er die Stimme. »Ich kenne Leute, die hier in den letzten zehn Jahren jeden Tag aufgetaucht sind. Im letzten Monat waren von denen vielleicht noch zwanzig Prozent da, und das ist schon eine Übertreibung. Hast du heute den Oberrabbiner nicht gehört? Er hat irgendeinen Propheten zitiert: ›Denn nah ist der Tag des Ewigen, der Tag von Dunkel und Finsternis, der Tag von Wolke und Nebel. Die Sonne wird sich verwandeln in Finsternis, und der Mond wird sich verwandeln in Blut.‹ Hast du in der Schule nichts gelernt?«

»Doch, jetzt erinnere ich mich, hört sich ziemlich schrecklich an ...«

»Der Rabbiner sagte, dass der Tag Gottes der Tag sei, an dem Gott beschließt, sich in unsere Angelegenheiten einzumischen.« Seine Stimme wurde heiser. »Das ist der Tag, an dem alle Rechnungen beglichen, alle Sünder betraft werden!« Er wurde hitzig. »Und hauptsächlich der Tag, an dem Gott sich an unseren Feinden rächt. Er wird sie richten im Tal des Gottesgerichts.«

»Irgendwas stimmt nicht«, bestätigte sie. Will der den Tag Gottes? Soll er ihn doch haben.

»Irgendwas stimmt nicht«, ließ er sich beruhigen, »aber nach dem Tag Gottes wird hier kein einziger Araber mehr am Leben sein.«

Wieder auf der Straße, suchten ihre Augen die vertraute Stadt unter der Regenhülle: Da, da sind die Flecken, die Zigarettenstummel hinterlassen haben, festgetreten vom Gewicht der Schuhe, da Ölspritzer und Teerkreise und noch anderer Abfall, der an den Bürgersteigen kleben geblieben ist. An normalen Tagen verschandelte er den Sonnenschein, den er reflektierte. Sie zog an einer weißen Wand vorbei, deren Putz abblätterte. Da aber, plötzlich und ohne Vorwarnung, geschah etwas, dass die

Menschen zuzugeben zwang, dass sie ihre Stadt nicht wirklich verstanden. Die Wand färbte sich in fröhliches, sommerliches Orange, verziert mit ein paar blutenden Sgraffiti. Vor der Tür eines Gebäudes, in dem mit Hämmern und Bohrern die Wände niedergerissen wurden, sah sie prätentiöse Marmorplatten. Mitten in die dichte Häuserreihe auf der anderen Straßenseite wurde eine Lücke geschlagen, durch die der Glanz eines kleinen Feldstücks sichtbar wurde. Wilde Gräser wuchsen dort in eine phantastische Höhe. Die Läden, alte und neue, die aussahen, als gehörte jeder in eine andere Epoche, standen in nachbarlicher Harmonie nebeneinander. Jeden der Passanten, die daran vorbeigingen, hätte man einem anderen Teil dieser Straße zuordnen können. Für einen Augenblick hatte die Straße ihr übliches Bild geboten. Jetzt verschwand es schon wieder in den Tiefen des Sturms, in ihrem Versteck hinter den Regengardinen. Allmählich verschwamm es und ging Lior verloren. Wieder stand sie wie angewurzelt auf der Straße. Ströme und Spiegelbilder in den Pfützen, alles voll Wasser, das alte Bilder wegspülte und selbst in neuen Fluten unterging.

Nach der Nacht, als Alon ihr seine Liebe gebeichtet hatte, sprachen sie fast nicht mehr von jener Noa. Als sie ihn noch einmal nach ihr befragte, wich er aus, und als sie auf einer Beschreibung von Noa bestand, formte sich seine Erzählung zu diffusen Haufen, lauter nichtigen Einzelheiten, mit denen man im Büro einen Arbeitgeber oder auf der Straße einen zufällig vorbeikommenden Bekannten abfertigt. Grüne Augen, schwarzes Haar, Einzelkind. Der Vater ein aufstrebender Funktionär und Mitglied irgendeines Direktoriums, die Mutter Lehrerin. Sie sind geschieden und der Hund heißt Tommi. Kaum ein Monat war seit jener Nacht vergangen, als er voller Ehrfurcht von seiner Liebe sprach, und schon war zu spüren, dass seine Beschreibungen schmucklos wurden. Es fehlten die kleinen Verzögerungen, die Zeit für das kostbare, besonders liebevolle Detail, das die geliebte Gestalt auszeichnet, die glanzvollen Besonderheiten, die man bei keiner anderen Person wahrnimmt. Er sah sie schon nicht mehr mit dem Blick des Liebenden für die Geliebte. Vielleicht war er einfach so, sogar in der Liebe. Er war schon immer so gewesen, kein Mann der Worte oder gar Wortspiele. Nur nicht zu viele davon, das mochte er nicht, da gab er nichts drauf.

Lior bekam sie niemals zu Gesicht. Wenn seine Tür nachts verriegelt wurde, folgerte sie, die beiden hätten sich dahinter zurückgezogen. Trotzdem klopfte sie manchmal an die Tür. Mal erhielt sie eine Antwort, mal nicht. Angeblich hatte er geschlafen. Lior erkannte, dass er immer alleine schlief. Ein- oder zweimal hörte sie in den frühen Morgenstunden Schritte, fließendes Wasser, leise Stimmen, zufallende Türen. Möglicherweise phantasierte sie auch, denn ein lebendes Wesen sah sie nie. Nach dem nächtlichen Geständnis versuchte er offenbar, Noa von ihr fernzuhalten. Statt der jungen Frau ihre gemeinsame Welt nahezubringen, hielt er sie möglichst weit von zu Hause fern. Er schnitt ihr jede Möglichkeit ab, die Autonomie der Geschwisterbeziehung zu stören. Vielleicht sah er darin auch eine Möglichkeit, die alten Arrangements beizubehalten.

Zunächst nahm sie an, dass Noa und Alon die gemeinsame Zeit in Noas Haus oder auf der Straße verbrachten. »Wie beherrscht dieser Junge die Straße«, hatte ihr Vater einmal gestaunt. Wahrscheinlicher war, dass sie gar nicht viel Zeit miteinander verbrachten. In den Wochen nach der Beichte begriff sie, dass Alon und diese Noa – für Lior nicht einfach Noa, sondern »diese Noa« – eine Beziehung hatten, die ihr flatterhaft und leicht vorkam. Noa war in ihrem Haus nicht gegenwärtig. Nicht mit Worten, nicht körperlich, nicht in Telefongesprächen, nicht durch Gegenstände. Alon seinerseits änderte seine festen Gewohnheiten nicht sonderlich. Da er immer schon die meiste Zeit außerhalb des Hauses verbracht hatte, konnte man nicht in Erfahrung bringen, ob er da draußen nun allein oder mit Noa zusammen war. Wäre da wirklich eine Frau in seinem Leben, hätte er das nicht verbergen können, am allerwenigsten vor seiner Zwillingsschwester.

Allmählich entfernte sich Noa wieder aus Liors Leben, verschwand vollkommen, wurde nicht mehr erwähnt, weder positiv noch negativ. Es gab keine Verabredungen mit ihr, keine Telefonate über sie, keine Bemerkungen, keine kleinen Geschichten. Nach einiger Zeit schrieb Lior die Sache als Jugendverliebtheit ab, die mit der gleichen Leichtigkeit abgebrochen wurde, wie sie begonnen worden war. Zwar hatte es die Beichtnacht gegeben. Aber so sind die Liebenden eben: Niemals sehen sie die Liebe als etwas, das enden könnte, die Liebe ist zeitlos für sie, sie schwören, Liebende zu bleiben, bis zum Ende aller Tage. Liebende dürfen jeden heiligen Eid schwören – und wenn dann zwei Wochen vergangen sind, ist es so, als wäre alles nie gewesen. Soll ja vorkommen, sagen die anderen dann.

Einige Monate waren vergangen, als er beiläufig erwähnte, Noa habe ihn verlassen. Lior wunderte sich, was sie natürlich verschwieg, wunderte sich aber sehr – ihn verlassen …? Wie, zum Teufel? Wann war sie denn überhaupt mit ihm zusammen gewesen? Anfangs hatte sie seinen Bericht mit ironischem Lächeln quittiert, dem Unglücklichen sogar etwas Mitleid gezeigt. Doch unbeirrt baute er seiner Liebe Türme, in denen er den Verlust betrauern konnte. Und das Lächeln verging ihr bald.

Ausgerechnet durch ihren Abschied drang Noa heftig in die Welt der Zwillinge ein. Sie füllte sie aus, war tagtäglich gegenwärtig, störte brutal ihren Frieden. Jetzt sprach Alon von Noa wie ein Hinterbliebener in Trauer. Er verschwand in den Nächten, in jeder einzelnen Nacht, und schien außer seinen Nächten nichts mehr zu haben. Lior sah zu, wie er »dokumentierte« und sich ganz der Erinnerung hingab. Staunend musste sie zugeben, in eine Affäre geraten zu sein, die sie ganz und gar nicht verstand.

In den Monaten nach der Trennung lief etwas mit der Kommunikation grundsätzlich schief. Einmal widersprach sie ihm wegen einer Belanglosigkeit und sie bekamen einen schrecklichen Streit. Schon in ihrer Kindheit hatten ihren Streitereien etwas Eigenartiges an sich. Sie selbst beendete sie wie erschlagen und voller Reue, während er hellwach aus ihnen hervorging, mit zufriedener Miene und einem kleinen, entschuldigend gemeinten Lächeln. Weshalb waren sie in diesen Streit geraten? Vielleicht weil Noas Existenz so unwirklich gewesen war, so schemenhaft und unscheinbar, dass Lior voreilig Alons Trauer anzweifelte. Jetzt erinnerte sie sich, dass ihr Vater einmal abfällig bemerkt hatte, er treffe manchmal solche Typen wie Alon: Nichtsnutze, die ihr Nichtstun mit grandiosen alltagsfernen Projekten tarnten, die keiner außer ihnen verstehe. Tatsächlich hatte Alon ihr einmal erzählt, er habe in der Zeitung von einem Mädchen aus Long Island gelesen, das in der Kindheit von der Mutter verlassen worden war. Siebenundzwanzig Jahre lang habe es nach ihr gesucht. Er hatte zugegeben, diese Margret zu beneiden. Gut, gut, sagte sie mürrisch. Ihr Vater war immer der Verantwortung ausgewichen, schon als Alon klein war. Er redete sich damit heraus, er könne Alon nicht verstehen. Jeder beschäftige sich sowieso damit, jeden zu charakterisieren, Konturen zu ziehen, Typen zu katalogisieren, Schicksale vorherzusehen. Dabei könne man nie wissen, wo die Wahrheit liege.

Wo war sie denn überhaupt, wenn er nicht da war, wenn es gar keinen zu geben schien, für den man da sein musste? Selbst in ihren eigenen Träumen war sie nicht die Protagonistin, sondern Komparsin in den Abenteuern eines anderen Helden: Alons, ihres Vaters, ihrer verlorenen Mutter. Ein flüchtiger Liebhaber, alte Freunde oder ein Biograph, alle beraubten sie ihrer Träume, benutzten sie für ihre eigenen Zwecke.

In den ersten Jahren ihres Zwillingsdaseins investierte sie einen Teil ihrer Persönlichkeit in diese endlose Bereitschaft für ihn. Die Flügel ihrer und seiner Seele schlugen in ihr wie die eines einzigen Seelenpaars. Seine Seele hatte sich bei ihr eingenistet, sein Sprechen, das derart schreien konnte, dass die andere, schwächere Stimme, ihre eigene, verstummen musste. Wenn er in ihrer Kindheit krank zu Hause blieb, stellte sie sich seinen Tagesablauf immer in allen Einzelheiten vor. Sie hörte im Unterricht nicht zu, spielte nicht mit den Mädchen. Sie saß alleine und stellte sich seinen Tag vor: Jetzt wacht er auf, bestimmt tut ihm der Hals weh, jetzt nippt er am Tee mit Honig, den man ihm gekocht hat, dann wird er vom Vater ins Badezimmer gezerrt – er hasst es, die Zähne zu putzen. Bald rollt er sich wieder in seine

Decke, schluckt Medikamente, verflucht den Sirup – er flucht manchmal gern – und schläft wieder eine Weile.

Ungefähr um elf Uhr wacht er wieder auf und verschlingt Butterbrote mit Honig. Dann sieht er fern, will, dass sie schon zurückkommt. Sein fernes Flehen lässt sie zittern. Sie stellt sich vor, wie ihre Eltern um ihn herumtanzen, konzentriert sich auf ihre Mutter – mit unzufriedenem Gesicht, sparsam im Mitfühlen.

Von jenen Schultagen war kein einziges Bild geblieben, nur Ereignisketten von Alons Krankheiten hatten sich in ihr Gedächtnis eingebrannt. War es nicht jetzt schon so, als hätten sie zusammen im Krankenbett gelegen? War das Echo der Stimme ihres Zwillingsbruders, der Stimme, die in den wortlosen Kellergewölben der Seele lag, nicht leichter auszumachen als das ihrer eigenen, die immer etwas verschwommen klang? Manchmal schrie seine Seele in ihr auf, drohte, machte Pläne, nahm Standpunkte ein, mit denen der leibhaftige Alon nichts zu tun hatte. Manchmal dachte sie, dass sie ihn als ewigen Kranken immer neu erschuf, um ihre eigene Welt mit ihm zu füllen, ja zu überfüllen, bis es keinen Raum mehr gab. Nun konnte sie schon gar nicht mehr unterscheiden, wer der Bedrohlichere war, der Alon in ihr oder der leibhaftige Alon.

Seit wie vielen Stunden lief sie schon durch die Straßen? Der Tag war verflogen und sie hatte es nicht bemerkt, zur Arbeit war sie nicht gegangen. Es dämmerte, und die Dunkelheit brach fast ungehindert über der Stadt herein, da die Straßenbeleuchtung fehlte. Man konnte nichts sehen. Wo befand sie sich überhaupt? Wenn seine Welt wieder in ihr tobte, entfernte sie sich manchmal unabsichtlich kilometerweit vom Haus. Diesmal war sie in der Nähe geblieben. Sie überquerte die Straße, lief schnell durch die Allee, die dunklen, verletzten Baumwipfel bewegten sich hin und her, das Getöse des Sturms schluckte ihr Ächzen. Sie sprang die Treppe hinauf, ihre Muskeln schmerzten ein wenig. Ein kleiner See, vermischt mit Urin, hatte sich im zweiten Stock angesammelt. Jeden Tag tropfte etwas Anderes in diesem Gebäude.

Sie hatte das Gefühl, nur er und sie seien noch hier geblieben, die letzten Getreuen des Sturms. Noch ein Bild stieg in ihr auf. Sie konnte es dem Polizisten nicht direkt erzählen, raten sollte er es, wissen, sie davon erlösen. Es war das Bild von der Nacht, in der man den Bettler erwürgt hatte, den Anführer der Organisation, Jonathan.

Hatte man ihn erwürgt? Erwürgt, war das denn nicht ein wohltuendes Wort? Es schob die Verantwortung weit weg von uns, direkt zu unbekannten Übeltätern ohne Mitgefühl für den Schwachen, den Armen. Ein Verzweiflungsschrei blieb ihr im Halse stecken, ein gebrochenes Stöhnen. Sie hatte sich so viel Mühe gegeben, ihr Heim von der Geschichte ihrer Eltern frei zu machen, ihre und Alons eigene Gegenwart davon abzutrennen. Nun brachte dieses Zuhause ihren Schrei zum Ersticken. Hier durfte sie nämlich nicht schreien; der Einzige, der hier schrie, war Alon.

Am Ende entschloss sie sich, den schlafenden Zwilling hinter der Tür noch nicht aus dem Schlaf reißen. Als Kinder schlossen sie sich ganze Tage in ihrem Zimmer ein und bauten zusammen Paläste aus Knete. In den torlosen Riesenmauern wollten sie wohnen bis ans Ende aller Tage. Sie und der Junge, der ihr zum vierzehnten Geburtstag ein Rosenkörbchen geflochten hatte, der junge Mann, der ihr eines Nachts seine Liebe zu Noa eingestand.

Der Mann der Nacht. Der Bettlermörder. Der Würger.

Alon

Februar

Alon holte ein Unterhemd aus dem Schrank, zog ein Hemd darüber und einen gestreiften Beamtenpullover, den er sich aus dem Kleiderschrank seines Vaters entliehen hatte. Neuerdings entwendete er häufig dessen verwaiste Kleidungsstücke. Er legte einen schwarzen Mantel um und setzte eine Wollmütze von »Dynamo Kiew« auf; um den Hals schlang er einen Schal aus grober Wolle. Unter diesem Haufen Kleider fand er seinen Körper nicht mehr wieder. Es war eigenartig, wie genau er es mit seiner Kleidung nahm. Würde Lior sehen, wie akkurat er bei seinen Vorbereitungen vorging, wäre sie vielleicht beruhigt.

Mittags, nachdem er aufgewacht war, wanderte sie um ihn herum und erzählte unaufhörlich in allen Misstrauen erregenden Einzelheiten, dass sie beobachtet hatte, wie der Nachbar Jochanan Ben-Eser eilig ins Krankenhaus abtransportiert worden war. Danach kramte sie in Alons Gesundheitsschubladen herum – wahrscheinlich hatte sie wieder die Warnungen vor Krankheiten und anderen Sturmgefahren im Fernsehen gesehen. Vielleicht war sie jetzt vom Verdacht befallen, dass er krank sei, betroffen von der bedrohlichen Epidemie, von der in den letzten Tagen auf den Straßen gemunkelt oder lauthals geredet wurde. Für Lior stand fest: »Jochanan sieht aus, als sei er an der Epidemie erkrankt …«

»Jochanan war vor der Gründung unseres Staates in der Etzel, der radikalen, rechtsgerichteten Untergrundorganisation, er ist ein sehr alter Mann.«

»Ich verstehe nicht, weshalb man es im Fernsehen dauernd verleugnet«, klagte Lior. »Erst diese Woche wurden Ärzte und Wissenschaftler dazu interviewt, und alle behaupteten, es sei ein

Wintermärchen. Weiß schon nicht mehr, woran ich glauben soll.«

»Jeden Tag glaubst du an etwas anderes«, antwortete er, »je nachdem, welchen Sender du siehst.«

»Auch deinetwegen interessiere ich mich«, verteidigte sie sich. »Du bist doch dauernd auf der Straße.«

»Wenn es eine Epidemie gäbe, wäre ich längst schon krank.« Diese Schlussfolgerung klang logisch.

»Übrigens, Papa hat angerufen.«

»Sehr schön. Wo ist er diese Woche?«

»In Moskau. Er hat viel nach dir gefragt. Die ganze Zeit Alon und Alon.« Sie behauptete immer, Papa habe nach ihm gefragt.

»Und jetzt frage ich dich nach ihm.«

»Prinzipiell ist alles bei ihm in Ordnung, aber er klang nicht wirklich gut.«

»Sehr gut«, stellte er fest.

Nach einigen Minuten tauchte sie wieder in seinem Zimmer auf. Er hatte sich gerade in eine Decke eingerollt und hörte seine Musik. Wie immer brachte der tumultartige Lärm seiner Musik die dünnen Wände des Hauses zum Beben, quälte und verärgerte die Nachbarn, die bald an die Tür hämmerten. Lior stellte sich in die Mitte des Zimmers und rief: »Vor lauter Lärm werden hier noch Zähne fliegen!« Das war eindeutig kein zufälliges Gleichnis, sondern eine sorgsam gewählte Bemerkung. Sie hatte das Ziel, die Affäre der Zähne hier und jetzt zum Tanzen zu bringen. Ihm kam das lächerlich vor: gemeinsame Kindheitserinnerungen zu benutzen, um sich mit ihm zu besprechen.

Er war damals sieben Jahre alt und an einer leichten Grippe erkrankt. Die überlasteten Eltern hatten ihn für eine Woche zur Erholung ins Haus der Großmutter Alisa Melamed in der Y.-Alon-Straße in Givatayim gebracht. Mutter war der Ansicht, der Aufenthalt im Haus der Großmutter würde ihm eine Dosis der guten alten Werte einflößen. Sie selbst opponierte zwar aus ideologischen Gründen prinzipiell dagegen, wollte aber, dass man sie ihren Kinder verabreichte. Eines Abends saß er im Wohnzimmer und schaute fern. Großmutter schlief schon in ihrem Zimmer. Um sieben lag sie im Bett, »Gott selbst würde nicht wagen, sie zu stören!«, pflegte seine Mutter zu klagen. Plötzlich sah er am Hocker neben dem Fernseher zwei lachende Reihen wohlgeordneter gelber Zähne in schimmernder Einsamkeit neben dem Aschenbecher liegen. Er fiel vor lauter Schreck zu Boden, nahm seinen Mut zusammen und kroch zu den Zähnen hin. Er starrte sie neugierig an, fürchtete sich aber, ihnen zu nahe zu kommen. Ihm schien, als ob sie sich dauernd bewegten, als ob sie jeden Augenblick zum Leben erwachen könnten. Wie waren die Zähne ins Wohnzimmer gekommen? Siebzig Kindermärchen rasten durch seinen Kopf: Die Zähne haben Großmutter umgebracht, die Zähne sind vor Großmutter geflohen, weil sie eine egoistische Hexe ist, wie Mama immer klagt. Außerirdische klauen nachts die Zähne der Menschen und werden auch ihn bald finden. Gerade wollte er zu Hause anrufen, da kapierte er, dass es Großmutters Zähne waren. Aber weshalb lagen sie so allein im Wohnzimmer herum? War Großmutter etwas zugestoßen? Zu Hause ging keiner ran: Die Eltern waren im Theater, Lior schlief. Eine Zeitlang rang er mit sich, dann raffte er sich auf und holte mutig ein Handtuch aus dem Bad, packte damit die Zähne und rannte ins Schlafzimmer. Er wedelte mit den gelben Zähnen herum, die sich in seinen Händen lebendig zu bewegen schienen. Er stürzte sich auf die Schlafende. »Großmutter, Großmutter … Da sind die Zähne.« Die Alte erwachte.

Voller Entsetzen riss sie die Augen auf, als ihr die gelben Zähne in den Mund gedrückt wurden. Eine fremde Hand fingerte tief in ihrem Gaumen herum, versuchte hartnäckig, die Zähne einzusetzen, genau da, wo sie hingehörten. »Es tut nur ein bisschen weh, Oma, nicht so schlimm«, flüsterte er. »Hauptsache, sie sind am Platz.« Die Alte, noch ganz benebelt, wurde aus ihren Träumen gerissen. Weiß der Himmel, in welchen Gefilden sie gerade unterwegs war, als Alon sie mit den weißen Zähnen blendete, die ihr vor den Augen verschwammen. Künstliche Zähne, Zubehör eines abgenutzten Körpers, der in seine Einzelteile zerfiel, der seinem Ende entgegenging. Sie riss den Mund auf, der zahnlos wie ein schwarzer Abgrund aussah, und schloss ihn wieder mit aller Kraft. Aber anstatt auf Alons Finger zu beißen, verschluckte sie beinahe die Zähne. Ihr Kopf schlug gegen das hölzerne Kopfende des Betts. »Yimach Essmack, Verflucht sei dein Name, ja Madjnun, du Irrer«, schimpfte sie auf Arabisch. Ihre Tränen rannen an seinen Armen hinab, und er verstand überhaupt nichts mehr. Statt als Held stand er als Schurke da, mit Flüchen bedacht, wie er sie noch nie gehört hatte. Als er zurückschrak, fielen die Zähne heraus. Sie wurden von den Laken verschluckt, Großmutter tastete im Dunkel nach ihnen und haderte mit der ganzen Welt, beschimpfte Alons Mutter und ihn selbst, jammerte, nannte ihn »Irrer« und »Mörder«. Erschrocken und gekränkt rannte er ins Wohnzimmer und legte sich ins Bett. Er hörte sie im Haus herumlaufen und ihr grässliches Schicksal beklagen, ihren maroden Rücken, den toten Großvater, bis er einschlief.

Am Morgen erwähnte Großmutter den Zwischenfall nicht mehr. Sagte, sie werde am nächsten Tag zu Tante Rachel nach Haifa fahren. Er möge bitte seinen Eltern ausrichten, dass es ihr leid tue.

Lior war gegangen, und er schlief wieder ein, hatte schreckliche Träume, wachte kurz nach sieben Uhr abends auf. Aus der Stille im Wohnzimmer schloss er, dass Lior nicht da war, sonst würde der Fernseher lärmen. Er schleppte sich ins Bad, wusch sein Gesicht mit kaltem Wasser ab und ging in denselben Kleidern, in denen er geschlafen hatte, hinunter auf die Straße. Er kannte die Stellen schon, an denen das Wasser auf Stiefelhöhe stand. Leichtfüßig manövrierte er zwischen Bächen, Flüssen und Seen. Schließlich war er ein Mann der Straße. Draußen war keine Menschenseele. Ende Januar, an den ersten Tagen des Sturms, hatten die Bewohner von der Stadtverwaltung gefordert, die Straßenlampen auch am Tag brennen zu lassen. Der Bürgermeister hatte eingewilligt, doch seither war schon ein Monat vergangen, und die meisten Straßenlampen hatten inzwischen den Geist aufgegeben.

Er beeilte sich. Zweihundertundneunzig Tage waren schon verloren gegangen, seit er Noa zum ersten Mal berührt hatte.

Die Erinnerung an jene Tage erzeugte geradezu eine Sogwirkung dieser vergangenen Zeit. Seine Morgen- und Mittagsstunden waren damals zu verzauberten Zeiten des Stillstands geworden, in denen es nichts zu tun gab, als genüsslich auf den Abend zu warten, an dem er sie wieder treffen würde.

Er erinnerte sich, wie sie sich beide auf dem Bett zusammengerollt hatten, dem kleinen Ventilator so nah wie möglich. Das Teleskop, das sie von ihrem Großvater geerbt hatte, hatte sie auf den bewölkten Stadthimmel gerichtet. Es war spät nachts, im Hintergrund dröhnte die Stimme ihres Vaters, ein aufsteigender Funktionär der Regierungspartei, der sein Büro zu Hause eingerichtet hatte.

»Schmuel, schade um dieses Telefonat, glaube Dudi doch … Schmuel … Schmuel! Schade um deine kostbare Zeit, ich und alle Genossen in der Ortsgruppe stehen zu dir bis zum Ende, geben dir ihre ganze Seele …«

Noa verzog ihr rundes Gesicht und küsste ihn. »Ich bin mit ganzer Seele bei dir!« Ihre Haut wurde warm unter seinen Fingern, ihre Augen, ein goldener Punkt glänzte in ihrer Mitte, strahlten ihn an, ihr sandfarbenes Haar kitzelte seine Haut. Er atmete sie ein, und in ihrer Berührung lag eine besondere Art von Ruhe. Jetzt rumorte nichts in ihm.

Die Erinnerung verschwand. Von wann stammte sie? Er war allein auf der Straße, trug die gemeinsamen Erinnerungen. Er hörte Noas Stimme und brachte das scharfe Kreischen in seinem Kopf zur Ruhe. Währenddessen tanzten in seinem Gedächtnis all die jungfräulich-neuen Erfahrungen, die die Zeit ihres Kennenlernens markiert hatten. Wie man manchmal aus Ignoranz die seelische Anatomie des geliebten Menschen verletzt, wie man aus dem fiebrigen Wunsch, ihn ganz zu erfahren, mit ungeschickten Fingern schmerzende Stellen berührt, wie man um kleine Fehler in der Persönlichkeit Umgehungsstraßen baut, wie man ganze Seen mit Zuneigung für das geliebte Wesen füllt, auf dass es darin eintauche und aus vollen Händen unseren guten Willen empfange.

In den Monaten, als er Schutz im Schatten ihrer Liebe fand,

war der innere Lärm verstummt. Es waren die ersten sorglosen Monate seines Lebens. Ein fremdes, berauschendes Gefühl, als wäre nach den Jahren des Aufruhrs etwas in seinem Körper zur Ruhe gekommen. Sorglosigkeit? Nicht ganz, denn damals schlief er immer sorglos ein, wachte aber von der Angst gepackt auf, eines Morgens aufzustehen und sie wäre nicht mehr da. Doch diese Angst lernte er zu mögen, zumindest war sie bestimmt, erklärbar. Was es bedeutete, dass das Toben im Inneren aufgehört hatte, konnte er sich nicht erklären. Ein Psychologe, mit dem Lior und der Vater ihn nach der Trennung der Eltern verkuppelt hatten, nötigte ihm eine Erklärung ab. Der Unterschied zwischen dem Dasein mit oder ohne Noa sei wie der zwischen Freitagnachmittag auf der Dizzengoff-Straße und der Nacht in der Anstalt. Der Unterschied glich der verrückten Kluft zwischen einer Unmenge verschiedener Laute, die kein Ohr unterscheiden kann, und der Stille, die noch dem Klimpern eines zu Boden fallenden Bleistifts die Ehre der Wahrnehmung gibt. Noa hatte die Visionen gestoppt, den Lärm, der ihm brennend unter die Haut ging und dort Blasen warf, bis es kein Entrinnen gab außer Schlaf. Manchmal fand man selbst dort keine Heilung. Mit welcher Leichtigkeit vertrieb Noa Bilder, die Weiten zu überwinden, Zeiten zu durchqueren vermocht hatten: Den Blick eines kleinen Mädchens, in die Ferne gerichtet; die Gesichtszüge der Mutter, überschattet von dem eleganten Hut, den sie am Tag, als sie ging, trug; Lior, wie sie das Haus für immer im Stich ließ, abgewiesen, geküsst, umarmt, der Straße preisgegeben, alternd. Als es schien, es richte sich alles auf ihn, als stünde er auf einer Kreuzung, die den Lärm etlicher Eisenbahnen zu ihm trug, als Träume die Form von Visionen annahmen, als Halluzinationen ihm die Straße stahlen und mit einer anderen vertauschten. Als er Moti Kraus aus seiner Grundschulklasse wiedererkannte, der beim Militär durchgedreht war, sich in Venezuela niedergelassen hatte und in irgendeinem See ertrunken war. Als er die Kunstlehrerin seligen Angedenkens vor sich sah, als junge Frau in der Anstalt, schon vierundzwanzig Jahre alt und immer noch in der Kinderabteilung. Sie war ziemlich schön, jedenfalls immer dann, wenn sie sich nicht gerade die Haare mit der Schere abgeschnitten hatte. Sie hatte behauptet, ihr Vater habe ihre beste Freundin umgebracht, und das Mädchen, das sie immer in der Anstalt besuchte, tue nur so, als ob es noch lebte. Diese Bilder schienen ihn geradezu zu überfallen, sein Bewusstsein mit Krallen zu packen, und er versuchte vergeblich, ihnen zu entfliehen. Alle redeten gleichzeitig auf ihn ein: Lior, Moti, die junge Frau aus der Anstalt, der Hut seiner Mutter, die Kunstlehrerin. Wie Straßenverkäufer schrien sie ihm die Halluzinationen entgegen. Damals war er ein Golem mitten im Kreis. Aus allen Räumen überfielen ihn verzerrte Erinnerungen, flatternde Halluzinationen. Die Flammen aller Feuer brannten um diesen Golem.

Er setzte sich auf die Bank einer Bushaltestelle. Sitzen tat gut. Eine Frau setzte sich neben ihn, verschlang ein Würstchen in einem Brötchen und sah ihn drohend an. »Hör auf zu glotzen, ich will dein Brötchen nicht«, murmelte er, massierte sich beide Gesichtshälften und rief damit eine Erinnerung zurück. Die Übung hatte sich bewährt, wenn er einen einzigen Gegenstand festhalten wollte. Sehr mächtig. Elisabeth enttäuschte ihn nie.

»Seit wann bist du hier?«

»1477, erinnerst du dich nicht?«

»Weißt du, weshalb du hier bist?«

»Gut, also, im Jahre 1937 bin ich zweigeteilt worden ... Ronald Reagan war der Richter in meinem Prozess ... Man hat mich verurteilt und aufgehängt. Ich und Mamas Sohn bekamen unseren Körper zurück. Ich bin auch Polizistin! Vorsicht bitte! Ich bin mit einer unsichtbaren Schreibmaschine bekleidet, und im Gegensatz zu den Gerüchten, die du verbreitest, bin ich nicht die Hure aller Federn dieser Stadt!«

Sie war schizophren, Anfang vierzig, und alle nannten sie Elisabeth. Zwar gehörte sie zu einer anderen Abteilung, aber dennoch sahen sie sich ab und zu. Als sie ihn das erste Mal sah, schaute sie ihn begeistert an. Es war der erste lüsterne Blick, der auf ihn gerichtet wurde. »Our golden boy«, rief sie ihm zu und hob ihr Kleid. So entdeckte er, dass manche Leute ihre geheimsten Körperteile nicht mit Gardinen verhängten. Seine Eltern zum Beispiel schliefen stets in Pyjamas, und im Haus herrschte das unausgesprochene Verbot, sich in Unterwäsche zu bewegen. Als sie zwölf Jahre alt waren, hatte Mutter mit Lior geschimpft. »Wie oft habe ich dich schon gebeten, dich nach dem Duschen im Badezimmer anzuziehen. Lauf mir nicht mit Handtüchern herum, das hier ist kein Country-Club.« Lior stand mit dem Handtuch um ihre Hüften da, Wasser floss ihren Körper hinab auf den Fußboden, sie schlug die Augen nieder. Ihre Schultern, vom heißen Wasser stark gerötet, zitterten. Er schaute sie von weitem an und fragte sich, wieso er bis dahin nicht bemerkt hatte, dass sie nur ein kleines Kind war wie er selbst. Er begriff, dass Lior es ihrer Mutter niemals mehr verzeihen würde, wenn sie jemals erführe, dass er sie so dort hatte stehen sehen.

Die zufällige Begegnung mit Elisabeth verursachte eine historische Veränderung in seinem Sexualleben. Ihre Gestalt wurde zur Hauptinspiration seiner intimen Genusszeremonien: Er liebte die Ruhe, wenn er dalag, die Beine gespreizt, der Körper entspannt und das einzige hörbare Geräusch jenes bekannte Reiben. Die Finger bewegen sich auf und ab, am »Zauberer von Oz« entlang, wie sein Vater das männliche Glied nannte. Plötzlich war es, als würde sich der ganze Körper mit dem Zauberer verhärten und anspannen. Seine Lippen unterdrückten einen Schrei, während die Flüssigkeit am Bauch hinablief. Süße Trägheit ließ Bauch und Schenkeln vibrieren.

Mindestens bis zu seinem sechzehnten Lebensjahr nährte Elisabeth das Onanie-Unternehmen. Immer im wehenden Kleid, immer entblößt in blendender Nacktheit, die ihn anlachte und ihm zeigte, dass sie nur auf ihn wartete. Manchmal ließ er sie vorübergehend im Stich, zugunsten von Schauspielerinnen aus dem Fernsehen oder aus Zeitschriften à la »Penthaus«, »Hustler« oder »Playboy« mit dem »Mädchen des Monats an den Stränden Sydneys«, oder zugunsten irgendwelcher Mädchen aus der Schule. Aber junge Mädchen liebte er nicht besonders, er zog vor allem reife Frauen in Frühlingskleidern vor, Frauen mit Reifefältchen um die Augen, mit dicken Hüften, satten, runden

Unterschenkeln, deren Kurven alle ein Aufruf an ihn waren, sie zu nehmen.

Elisabeth verschwand. Nun traf er seinen Vater, der sehr krank war und sich in London oder vielleicht in St. Petersburg befand. Sandfarbene Luftzüge verdunkelten den Himmel über ihm. Eilig suchte er Schutz in einer Nebenstraße. Ein Mann rief ihm nach, ein Bettler winkte ihm zu, vielleicht wollte er Geld. In der Gasse begegnete er Elisabeth wieder.

»Bist immer noch mit Jerucham Meschel verheiratet?«, fragte der Doktor sie im Traum.

»Nein, mag keine Männer. Habe befriedigende Arrangements mit dem Sohn meiner Mutter. Er ist trallala und impotent. Ich bin nur eine Junggesellin.«

»Wieso bist du hier, Elisabeth?«, knurrte Alon. »Hierher habe ich dich nun nicht bestellt.«

Gesichter und Hüte, Würstchen und Kleider, Schenkel und Himmel eilten vor ihm her, umkreisten ihn, plötzlich rollte ein Donner in seinen Ohren, wurde mächtig wie der näher kommende Stiefelschlag marschierender Soldaten beim Appell. In solchen Augenblicken hatte er das Gehör eines Hundes. Als er den Mischmasch aus Stimmen und Bildern nicht mehr ertragen konnte, versteckte er sich in der Gasse, schloss die Augen, horchte auf seinen Atem, bis etwas in ihm platzte: Er hörte seinen eigenen gellenden Schrei.

Als Noa ihn ein Jahr zuvor verlassen hatte, hatte er sie Nacht für Nacht verfolgt. Ab sieben Uhr Abends wartete er. Manchmal beobachtete er sie in ihrem Zimmer. Das Licht ging an, das Licht erlosch, manchmal verließ sie dann das Haus und er begleitete sie. Selten hatte er das Gefühl, sie habe ihn gesehen und nur nicht angesprochen. Es gab da ein paar Männer: einen Photographen mit einem Aufkleber des zweiten Programms auf dem Auto, in dessen Haus in der Jabotinski-Straße sie einige Male übernachtete, einen jungen Mann aus Ramat Aviv, der sie mit dem Direktorenschlitten seines Vaters abholte.

Er prägte sich all ihre Kleider ein: Das schwarze oder das rote mit den schwarzen Kreisen drauf, den blauen Rock und die Blusen mit Zahlen- oder Buchstabenmustern, ihr loses Haar, das sich frech den Hals entlangschlängelte, ihre dünne Silberkette für seriöse Veranstaltungen: Caférendezvous, Abendessen, Cocktails in der Wohnung des Photographen. Breite Jeans, Tops und hochhackige Sandalen waren für Pubs, Performances und Nachtlokale, Jogginganzug und ein einfaches, weißes Hemd für schnell einen Videofilm zurückbringen, Zigaretten oder Bier kaufen, eine Freundin in der Umgebung besuchen.

Manchmal kam sie im Kleid auf die Straße herunter. Wie die Falten an ihrem Körper hinab fielen! Sie verhexte ihn mit ihren Kleidern, der Eleganz, mit der sie auf die Straße trat. Versteckt hinter Zäunen, zwischen Bäumen, studierte er die Art und Weise, wie sie den Fußweg überquerte, wie in einer einzigen vollständigen Bewegung, die Augen auf die Straße gerichtet, der Körper enthusiastisch und schnell vorwärtsstrebend. Diese Hochherrschaftlichkeit! So war sie: Sie stand fest auf beiden Beinen, die Welt sollte sich gefälligst Mühe geben, sie zu amüsieren! Jedes Mal überraschte ihn dieses Hochherrschaftliche an ihr aufs Neue. Gleichzeitig erinnert er sich gut, wie sehr sich diese Herrin manchmal nach Mitgefühl gesehnt und in seinen Armen Tränen vergossen hatte.

Als Zaungast der Geschehnisse, aus denen sich ihre Abende zusammensetzten, leistete Alon Widerstand gegen den Verlust und erhielt etwas von der Ruhe jener Monate zurück. Die Existenz am Rand war sein Mittel, ihr Entweichen aus seiner Welt aufzuhalten. Allerdings war das nicht wirklich eine Verfolgung, sondern eher eine, die sporadisch wie ein Blitz aufleuchtete, bis er müde wurde oder bis ihr Leben, das auch ohne ihn erfüllt zu sein schien, ihn ausspie, weit weg aus ihrer Welt. Intensiver als alles andere erlebte er die Stunden des Wartens, bis – wenn überhaupt – sie das Haus verließ. Dann folgte er ihr bis ans Ziel, zu dem sie ging oder fuhr. Um die Verfolgung in Schwung zu bringen, kaufte er ein Fahrrad. Manchmal wartete er im Schatten, ließ sich zwischen Autos, Bäumen und fremden Menschen nieder, bis er sie wieder einmal sah. Dies Sich-Versenken in ihre Welt bewirkte, dass er in seiner eigenen Stadt die Orientierung verlor, denn jeder hat seine eigene, persönliche Stadt: die Bereiche, wo er sich überwiegend aufhält, die eigenen Bahnen, seine Läden, seine Busstationen, seine Straßen, seine Cafés und Restaurants, seine Parks und Bäume, seine Alleen und seine Wege von da nach dort, zum Arbeitsplatz, ins Einkaufszentrum, zu den Häusern von Freunden und Geliebten. Je mehr er sich in ihre Stadt versenkte, desto mehr entdeckte Alon eine bedrohliche Fremdheit in dieser vieldeutigen und verzweigten Stadt. Manchmal kam es ihm vor, als würde Noa ihn absichtlich von einem Ort zum anderen schleifen, auf dass er, der Eindringling, dort verloren ginge. Oft war er wie aus einem Wachschlaf aus dieser Verfolgung aufgewacht. Dann wusste er weder, wo er sich befand, noch wie er sich befreien konnte, um zurückzukehren in eine andere Gegend, die er besser kannte, zurückzukehren in die eigene Stadt.

Die letzte Verfolgungsnacht hatte er noch gut in Erinnerung. Es war im letzten Sommer. Er bemerkte plötzlich, dass er über Hügel aus Sand und Müll stieg, seine Schuhe und Socken waren voll Sand, sein Körper verschwitzt. Es war dermaßen heiß, dass er das Gefühl nicht los wurde, hinter dem Nachthimmel sei die Sonne verborgen und peinige ihn. Er war hier, nur wo war dieses Hier? Er hörte gedämpfte Musik, wahrscheinlich war ein Nachtlokal in der Nähe. Urplötzlich musste er eingeschlafen sein, wusste aber nicht wie. Er schien sich nah beim Meer zu befinden, doch das Meer war nicht zu sehen. Er war von abgestellten Autos umzingelt und musste sich zwischen ihnen durchzwängen.

Plötzlich entdeckte er Noa. Sie saß auf einem Auto und quasselte in ihr Mobiltelefon. Er näherte sich ihr und hörte, wie sie die Worte hervorbrachte, in kurzen Silben, immer heiserer gegen Ende, er kannte das. Sehnsüchtig erinnerte er sich an seine Gewohnheit, ihre Absichten zu deuten. Er sah sie in dem roten Kleid, das sich an ihren Körper schmiegte: hohe Taille, die kurzen Ärmel bestickt mit klassischen Ornamenten. Durch das Kleid glänzte der weiße Büstenhalter, den ihre Mutter ihr zum Geburtstag gekauft hatte. Die starke Rötung der Wangen ließ ihr Gesicht fremd und künstlich erscheinen. Ihre Hand spielte mit dem Riemen ihrer Sandale und ihr Blick war in die Ferne gerichtet. Ein vorüberfahrendes Auto warf einen Lichtstrahl auf sie. Sie schreckte zurück, als würde sie davon durchbohrt, und riss die Hand hoch, um die Augen zu schützen. Unbemerkt von ihr fiel die Sandale in den Sand. Er starrte auf die Haut unter ihren Augen, schwarze Schatten, auf die sie Make-up geschmiert hatte, das nun zu sandfarbenen Kristallkrümeln mutiert war. Mit den Fingern der linken Hand griff sie an den Saum des Kleides, als wolle sie sein Flattern verhindern, und die goldenen Härchen sträubten sich auf dem Arm, den sie gegen die Taille drückte. Das Auto war vorbeigefahren, Noa blieb wie gelähmt zurück. Eine Minute verging. Mit dem Gesichtsausdruck einer Besiegten bückte sie sich, um nach ihrer Sandale zu tasten. Eine Stimme drängte Alon, sich ihr zu nähern. Sein Körper bewegte sich in ihre Richtung und er phantasierte schon, alle Landschaften ihres Körpers zu berühren, alle, an denen sie Berührungen liebte. Aber da blieb er stehen. Seit Monaten war er ihr nicht mehr so nah gewesen. Es war gerade diese Nähe, die gnadenlos die Grenze aufzeigte, die er nicht überschreiten durfte. Er begriff, dass er weit von ihr entfernt war, ihr die Hand nicht reichen konnte, ihr keinen Trost zuflüstern und sich von seinem Mitgefühl nicht erleichtern konnte.

Er beobachtete, wie sie mit schwachen Bewegungen den Sand aus ihrer Sandale schüttelte. Wie gern hätte er es übernommen, die Sandale vom Sand zu säubern und sie ihr zärtlich überzustreifen. Sein Blick erhob sich nach oben, zum Algol, der in der Perseusgruppe glänzte und den sie Nacht für Nacht mit dem Teleskop zu orten versuchte. In früheren Zeiten wurde er »der Satansstern« genannt, weil sich das Ausmaß seiner Helligkeit unentwegt änderte. »Jahrhundertelang dachte man, die Rede sei von einem einzigen, merkwürdigen Stern«, erzählte sie ihm, »bis man eines Tages entdeckte, dass es eigentlich zwei Sterne sind, die einander umkreisen. Das war der Grund der Veränderungen, der dunklere der beiden verdunkelt den helleren.«

Als der goldene Scheinwerferkegel in seine Richtung schwenkte, machte er sich schnell aus dem Staub. Es kam ihm vor, als säße in jedem Auto einer, der ihn auslachte. Wie ein Blinder schlich er in der Sandlandschaft herum. Es dauerte einige Zeit, bis er sich dort hinausgearbeitet hatte. Stolpernd überquerte er fremde Straßen, mühselig und im Zickzack kam er zur ursprünglichen Straße zurück, bis er nach einer weiteren Runde keuchend am Ende der Yarkonstraße stand.

Ungefähr eine Stunde nach Mitternacht kam er von den Sanddünen nach Hause. Er sah Lior auf dem Sofa liegen und die Tageszeitung lesen. Seit ihrer Kindheit mochte Lior Zeitungen und Fernsehnachrichten. Die Frage des Vater: »Und wie steht's im Lande?« beantwortete sie am Telefon immer in allen Einzelheiten. Als hätte ihn jemals etwas Anderes interessiert als sein verdammtes Geschäft. In ihren Antworten setzte sie ihm genau auseinander, um nicht zu sagen: las sie ihm vor, was während der ganzen Woche in den Schlagzeilen gestanden hatte, entsetzt über den aktuellen Skandal, den die Massenmedien gerade in Gang gesetzt hatten. Dazu passte auch ihre Angewohnheit, zu trauern, wenn eine wichtige Persönlichkeit, ein berühmter Schauspieler oder Sänger, das Zeitliche gesegnet hatte. Einmal hatte er sie sogar dabei erwischt, wie sie in irgendeinem Internetportal reagierte und ihre Anteilnahme zum Ausdruck brachte. Mutter hatte immer behauptet, Lior sei viel zu konservativ. »Ihr Konservativismus ist Rebellion gegen unsere Freizügigkeit«, gab sie feierlich zum Besten.

Der Wunsch, seine neusten Erlebnisse mit Lior zu teilen, zu erzählen, wie ihm die Nacht verloren gegangen war und welchen Preis er dafür zu zahlen hatte, dass er im Leben der Abwesenden herumwühlte, gab ihm ein Gefühl von Nähe. Doch eine Stimme rief ihn, er solle in sein eigenes Zimmer zurückkehren. Außerdem hallten Zweifel in ihm nach. Wenn Lior hören würde, was alles geschehen war, würde sie doch nur wünschen, ihn von der Verfolgungsobsession zu befreien. »Kann man denn nicht anders trauern?«, würde sie fragen. Dann würde sie ihm predigen, dass zwischen dem wirklichen Ereignis und den Lobeshymnen, die man darauf sang, nachdem es verflogen war, eine Kluft bestand. »Seit deiner Kindheit verliebst du dich in Ereignisse, die für dich nur deshalb wirklich werden, weil sie vorbei sind«, würde sie feststellen. (Wieso? Woher wusste er, dass dies ihre Worte sein würden? In seinem Gedächtnis hallten dauernd Zitate anderer Leute wider.) Bestimmt würde sie Noas Namen nicht erwähnen, sie war sehr vorsichtig. Mit ihr zu verhandeln war aussichtslos, so viel war ihm klar. Wie hätte er ihr erzählen können, was Noa, noch als Abwesende, die er verfolgen musste, für ihn war. Er nickte Lior zu und ging schnell in sein Zimmer. Er spürte ihren gekränkten Blick wie einen Ball im Rücken, hielt kurz inne und wartete auf ihren Ruf. Doch sie schwieg. Er legte sich in den Kleidern aufs Bett. Der Sand, der an seinen Kleidern klebte und seine Schuhe füllte, breitete sich auf dem Laken aus, sein Rücken juckte, und im Zimmer war es heiß. Kleine Ironie, dachte er: Jahrelang waren sie nun schon miteinander verkettet, hatte Lior seine Geschichte dokumentiert. Sie kannte jede Hürde und war Zeugin seines inneren Aufruhrs. Genauestens war sie darauf bedacht, alle Bewegungen und Ströme seiner Seele zu deuten. All dem zum Trotz musste erst Noa kommen, plötzlich in seiner Welt auftauchen, ganz unbeleckt von seiner Vergangenheit, ohne die leiseste Ahnung von seiner Zeit in der Anstalt, von Enttäuschung und Verrat, um den Aufruhr in seiner Seele zu beruhigen. Wie kam es, dass ihre fordernde Persönlichkeit, oft ohne Geduld für sein Leiden, ihm herzerfrischend leicht innere Ruhe schenkte? Seine großen Ängste machte sie mit wüstem Spott lächerlich, und er schloss sich ihrem Hohn darüber an.

In dieser Nacht sah er ein, dass die Verfolgung der Verlorenen sinnlos war. Eine Änderung der Strategie musste her, die Rückkehr zu etwas Bekanntem, etwas, das ihnen beiden, ihm und Noa, gehörte. Jedes Ding im Zimmer stand in Zusammenhang mit ihnen beiden – von der Tastatur des Rechners bis zu den Wänden, auf denen sich die Schatten ihrer beider Körper vereinigt hatten. Die Erinnerung sehnte sich nach ihren gemeinsamen Tagen. Wo immer er hinging, beschwor er sie herauf, ihre Wirkung auf jeden Gegenstand in seinem Zimmer war geblieben. Er erinnerte sich an einen Satz seines Vaters: »Gegenstände, die keine Erinnerungen hervorrufen, sind den Toten vergleichbar.«

Er stand bei der Eiche am Ende der Straße, drückte die Wollmütze von »Dynamo Kiew« in die verfrorene Stirn und starrte auf das blaue Eisentor, das in ihr Haus führte. Er erinnerte sich, wie Noa einmal, gekleidet in graue Hosen und ein weißes Leibchen voller Farbflecken von ihrem Malerhobby, ungeschminkt und mit wirrem Haar und wie erschlagen und zornig von einer »Sonntagsmahlzeit« bei ihren Eltern zurückgekommen war. Ihre Eltern gehörten zu der Art geschiedener Ehepaare, die befreundet bleiben. Seit einigen Jahren versammelten sie sich jeden Sonntag zu einem gemeinsamen Mittagessen. Meistens kochte ihr Vater Zwiebelcremesuppe und im Ofen gebratenes Huhn, dazu gab es eine Flasche Rotwein. Trotzdem sah Noa am Ende jeder dieser Mahlzeiten völlig fertig aus. Etwas an ihrem stumpfen Gesicht erinnerte ihn an die Gesichter der Jungen, die an der Universität arbeiteten und meistens fröhlich und voll guten Willens aussahen. Aber manchmal, wenn ihre Hilfe nicht gefragt war, verschwand der beflissene Ausdruck und an seine Stelle trat der Ausdruck von Leuten, die schon zu viel gesehen und das Interesse verloren haben. Noas Umarmung war flüchtig und ihre Augen, die in dieser Nacht sehr dunkel geworden waren, schienen in Bildern und Gedanken verfangen zu sein, die ihrem Gesicht einen asketischen Ausdruck verliehen. Im Herzen bedachte Alon Noas Eltern mit allen erdenklichen Flüchen, zum Teufel mit dieser seltsamen Scheidung und all ihren Zeremonien.

Sie liebten es, in der Stadt herumzuziehen, manchmal führte er, manchmal sie. Sie liefen auf den Straßen herum, am liebsten auf der Dizzengoff-Straße. Im Laden kauften sie Zigaretten und Wasser, dann bogen sie nach rechts auf die Schnellstraße ab, die zur Universität führte. Dann schien sie sich allmählich zu erholen. Sie spielte mit einem Stück Holz, warf es auf die andere Straßenseite und er sah, wie sie die Schlappheit abschüttelte, sich aufrichtete und auflebte. Als er begriff, dass er sie in dieser Nacht wieder aufgerichtet hatte, erfüllte ihn dies mit Wärme und vergnügter Angriffslust. Zusammen schienen sie unbesiegbar.

Dann wurden sie müde und gingen nachdenklich zurück. Sie

hakte sich bei ihm ein und fragte unentwegt, ob es noch weit sei … Sie schleppte sich hinter ihm her bis in die Dizzengoff-Straße, in dieser Nacht von lauter Hunden bevölkert und erfüllt von Staub, den die Reifen der Busse aufgewirbelt hatten. Sie erzählte von ihrem Vater und ihrer Mutter und von den sonntäglichen Mittagessen, an denen es manchmal so aussah, als ob die beiden sich noch immer liebten. Doch dann verzog sich ihre Mutter immer wieder und die Verbindung brach für eine Woche ab. Vor einem Schaufenster mit bunten Lampenschirmen blieben sie stehen. Sie drückte ihr Gesicht gegen die Glasscheibe und streichelte sie mit den Fingern. Dann setzte sie die Wasserflasche an und ließ das Wasser über ihr Top hinab fließen, so dass ihr Bauchnabel sichtbar wurde. Ein paar kurz geschorene laute Kinder, die Französisch miteinander sprachen, stellten sich in einer Reihe auf wie eine Ehrengarde, starrten sie an und klatschten. Als die Kinder das Interesse verloren und weiterzogen, stopfte sie den Saum ihres T-Shirts eilig in die Hose. Sie marschierten weiter. An der Kreuzung Dizzengoff-Ben Gurion ging ein einarmiger kleinwüchsiger Trödler mit bloßem Oberkörper an ihnen vorbei. Er schob einen Holzwagen mit mürben Sesam-Brezeln vor sich her, und als Noa seine Ware betrachtete, schlich sich dieser Konflikt-Blick, den er so gut kannte, in ihre Augen. Prinzipiell fiel es ihr schwer, sich bei Lappalien zu entscheiden –, auf welche Uhrzeit den Wecker stellen, die Mobiltelefonnummer ändern oder nicht, weißes oder schwarzes Brot kaufen –, bei lebenswichtigen Angelegenheiten hingegen nahm sie, ohne zu zögern, ihren Standpunkt ein. Als die Eltern sie von ihrer Scheidung unterrichteten und sie baten, darüber nachzudenken, wo sie …, unterbrach sie und antwortete: »Bei Vater.« Ihr trauriger Blick begleitete den Straßenhändler, während er sich mit seinen Brezeln entfernte, und er sah, dass Staub vom Schaufenster an ihrem Gesicht klebte und ihre Nase grau färbte. Mit einem Finger rieb er an ihrer Nase, bis der Staub weg war.

Seltsam. In der Erinnerungslandkarte, die er sich zurechtgelegt hatte, gab es keine Spur von Staub. Es machte ihm immer Spaß, wenn er feststellte, wie das Rekonstruieren die Erinnerung in Gang brachte und Bilder hervorholte, deren Existenz ihm gar nicht bewusst war.

Am Ende jenes Sommers war der Verkehr ein lauter, mächtiger Strom gewesen, doch jetzt war das Wasser in den Seitenstraßen, in den Gassen, an Stellen, wo die Drainage schlecht funktionierte, schon fast bis an die Wagenfenster gestiegen. Die Ursache der Nässe, die damals ihre Körper und Kleider überzog, war die irritierende Luftfeuchtigkeit einer klebrigen Sommernacht nach der anderen gewesen. Heute Nacht war es der Regen, der die Kleider am Körper kleben ließ. Damals waren die Cafés voll, jetzt waren sie leer. Gestern Nacht waren zwei Bäume in der Parallelstraße im Sturm umgeknickt, am Morgen hatten die Stadtangestellten die Wipfel abgesägt.

Er schleppte sich zu der Bank, auf der sie gesessen hatten, nachdem sie keinen Platz in einem der Cafés gefunden hatten. Ihre Lippen waren trocken gewesen und er hatte noch Wasser gekauft.

In solchen Nächten, wenn die kalten Windstöße ihm Lippen und Gesicht austrockneten und die Regentropfen auf seiner Haut glänzten, kehrte etwas von der damaligen Ruhe zu ihm zurück. Sammeln, verdichten, anhäufen – diese besonderen Tage, die die Unruhe vertrieben hatten.

Wenn es keine andere Leidenschaft gab als die, Noa zu sehen, nur zu sehen, wenn sein erster Gedanke bei jedem Erwachen nur der an ihre Abwesenheit war, blieb ihm nichts als das Rekonstruieren. Nach der Nacht in den Sanddünen hatte er begriffen, dass er keinen Platz in ihrer Stadt hatte, in ihrem Leben ohne ihn. Welchen Sinn konnte ihm ihre Welt schon bringen? Ihm war klar geworden, dass Verfolgung die falsche Strategie war. Viel besser war die Rekonstruktion.

Seine Wiedererinnerung – wie mit einer Flamme holte er die verborgene Tinte, mit der ihre Geschichte geschrieben worden war, wieder hervor, hielt er das Verschwinden zurück, eignete er sich die gemeinsamen Tage wieder an, die gemeinsame Stadt, die nach ihrem Ebenbild erschaffen war. Diese Tage existierten doch noch irgendwo. Jetzt sammelte und katalogisierte er sie. Für jede

Nacht, die sie miteinander geteilt hatten, gab er eine eigene her, tauschte die neue Zeit gegen die alte. Manchmal musste er an Ireneo Funes, den Erinnerer, denken, den Inhaber des vollendeten Gedächtnisses, der mehr als einmal im Konflikt mit dem Erinnern stand, weil er einen ganzen Tag der Gegenwart brauchte, um einen ganzen Tag der Vergangenheit zu rekonstruieren. »Mein Gedächtnis ist eine große Mülldeponie«, klagte Funes. Alon fand, dass Funes das Wesentliche nicht begriffen hatte: Ein derart geordnetes Gedächtnis ist eine Bibliothek, keine Mülldeponie.

Damit ihm noch ein wenig Gegenwart blieb, rekonstruierte er nur Nächte und opferte nur Nächte dafür. Neunzig Nächte hatte er schon rekonstruiert. Er kehrte zu jeder Straße zurück, zu jeder Fensterscheibe, zur Parkbank in der Allee, zum Gehweg im Park, zu Ladenzeilen und zu den übervölkerten Vergnügungsmeilen, wo das gedämpfte Licht von Pubs und Nachtklubs Tigermuster auf die Bürgersteige streute. Am frühen Morgen wiederum ging er in Gedanken dahin, wo sie meistens geschlafen hatte, zu ihrem Zuhause. Aber was war mit den Abenden, an denen sie sich nicht getroffen hatten? An denen sie beschäftigt gewesen war oder müde? Musste er diese aus der Erinnerung streichen? Eigentlich schon, aber von dem Augenblick an, als er mit der Rekonstruktion begonnen hatte, konnte er »freie Nächte« nicht ertragen. Nur durch Rekonstruktion kam er zur Ruhe. Deshalb ersetzte er »freie Nächte« einfach durch die Rekonstruktion von solchen, die er besonders geliebt hatte, oder bereitete sein Gedächtnis auf die Rekonstruktion der darauf folgenden Nacht vor. Für jede Nacht machte er rechtzeitig eine Liste mit den zentralen Ereignissen, damit nichts in der Glut des Rekonstruierens verschwand. Es war, als habe er sein Gepäck ins Erinnerungsgebiet geschafft und dort seinen Wohnsitz eingerichtet. Die Bilder der Erinnerung kamen nicht, um wieder zu verschwinden, sie blieben die ganze Zeit da, legten sich nachts mit ihm zum Schlafen nieder, woben ihm Träume, wachten mit ihm am Morgen auf, wenn der Geschmack der Träume noch auf seiner Zunge lag. Sie waren da am Morgen, am Mittag und am

Abend. Und er? Er war und blieb ein Flüchtling in der Welt der Erinnerung: ohne Stimme wie ein Flüchtling, gehorsam wie ein Flüchtling, verängstigt wie ein Flüchtling. Sein Festhalten an Symbolen, Ritualen und an seinen Rekonstruktionen war eine Kampfstrategie. Das Leben als Untertan eines wild gewordenen, grausamen Gedächtnisses, das ihn mit vergifteten Filmszenen überschwemmte, war einfach zu qualvoll. Also versuchte er, das Gedächtnis wenigstens bei Nacht chronologisch zu organisieren und seinem Regime zu unterwerfen.

Es kam manchmal vor – wie jetzt in dieser Nacht, der neunzigsten –, dass die Erinnerungsarbeit fast vollendet war. Die fragliche Nacht stieg wieder auf, glanzvoll und klar in ihrer ganzen Pracht. Jede Einzelheit, sei sie auch noch so winzig, trat scharf ins Bild. Wenn sich für ihn eine solche Nacht ergab, verblüffte sie ihn mit ihrer Fülle: Ihr jubelnder Gesichtsausdruck, der sich im gleichen Augenblick in einen mürrischen verwandeln konnte, die Farben der Kleider, die unter den Lichtern der nächtlichen Straße wie Schmuckstücke erschienen, das unbändige Haar, ihre Angewohnheit, gegen Steine zu treten, eine Sache, über die er sich immer noch wunderte, die Art und Weise, wie sie mit dem Rauch ihrer Zigarette im Mund Ringe formte, ausstieß und im Raum verfliegen ließ. Dann packte er jedes Detail wie ein Kater, der sich an einem Baum festkrallt. In solchen Zeiten hallte ein Satz in ihm nach, den Kafka seiner fernen Geliebten Felice geschrieben hatte: »... ich bin ganz unmusikalisch, aber wenn dazu nicht Musik gehört!«

Wenn er sich verwundert der Erinnerung an diese Nacht, die einmal gewesen war, und an ihren Körper hingab, war seine Leidenschaft für sie dieselbe. Ob das Werk des Erinnerns vollständig war oder nicht, sein Verlangen blieb. Er wollte ihr alle Kleider ausziehen, die er auswendig aufzählen konnte, wollte mit seiner Zunge ihren Körper reizen, der wieder bei ihm zu sein schien. Am Ende jedoch blieb nichts als Sehnsucht, selbst in den besten Nächten, wenn die Erinnerung vollständig war. Verzweifelt drehte sich seine Leidenschaft um die rekonstruierte Nacht, ein trauerndes Begehren, das ins Leere ging.

War eine Erinnerung trügerisch oder widerspenstig oder blieb einfach aus, so nahm die Welt um ihn wieder ihr bekanntes Gesicht an: das eines Feindes, der ihn mit einer Fülle von Bildern überflutete und in ihm tobte, bis er das Gefühl hatte, unter seiner Kopf- und Gesichtshaut zerspränge eine Glashülle in winzige Scherben. Ohne Erinnerung war er wie ein Gefangener in einem Fahrstuhl voller Menschen, die einander die Luft zum Atmen nehmen. Er hatte das beklemmende Gefühl, die Haut der Fremden berühre seinen Körper und trockne ihn aus. Er war nervös. So eine Phase war zu nichts gut. Nur das Wissen, dass sie schnell vorübergehen würde, ermöglichte es ihm, seinen Zustand hinzunehmen. Was für ein Schicksal drohte jenen, deren Fahrstuhl nicht zum Stehen kommt? Für die diese Fahrt keine Übergangsphase war, sondern ein Dauerzustand? Er saß im Kino und war außerstande, gleichzeitig Untertitel zu lesen und den Bildern zu folgen. Selbst Lesen war eine sinnlose Übung. Seit seiner Kindheit hatte er Trost in Büchern gesucht und seit seiner Kindheit war er enttäuscht, wenn er ihm versagt blieb. Wie kann man von einem Menschen verlangen, ein Wort zu lesen und noch eins und noch eins, Sätze mit anderen Sätzen zu verknüpfen, Seite um Seite? Wie kann man selbst die einfachsten Dinge verlangen, etwa ein Kleidungsstück aus dem Schrank zu holen, zu wissen, wann man eine Straße überqueren kann, einem zufällig auf der Straße angetroffenen Bekannten ein oder zwei Worte zu sagen, zuzuhören und zu reden?

Alon

27. April

Wann ist er ihm zum ersten Mal begegnet? In der Nacht, in der das Zelt gen Himmel fuhr. Gen Himmel fuhr? Es schoss plötzlich in die Höhe, erlitt zweihundert erderschütternde Böen, blieb aber an seinem Platz. Erst bei Böe zweihunderteinundeins, ungefähr um Mitternacht, sprang es in den Raum, stieg es zwischen den Gebäuden empor. Für einen Augenblick stieg es hoch, stolz, beschirmend, teils im Himmel und teils im Schlamm, der es umfing. Erst dann schwebte die Dachplane in Richtung Straße. Die wilde Kaskade peitschte sie, verschluckte sie und zog sie hinab. Zwei Zeltbewohner, offensichtlich die, die als erste aufgewacht waren, leisteten Widerstand. Sie liefen dem Dach hinterher, das sich davonmachte, rannten und schlitterten die Allee entlang. Sie verloren es aber in den Stromschnellen. In der Zwischenzeit riss der Sturm die vier Seitenwände raus. Eine von ihnen wurde gesehen, wie sie als Drachen in Richtung der grollenden Wolken flog, eine andere verhedderte sich in den Ästen eines Baumes. Das Inventar des Zeltes, lauter Spenden, flog weiß der Teufel wohin: zwei Öfen von der »Vereinigung für den Soldaten«, ein elektrischer Wasserkessel von der Staatslotterie, Konservendosen von einer Supermarktkette, Wolldecken vom Überschusslager der Armee, Matratzen aus dem Fundus der Tel Aviver Stadtverwaltung, elektrische Wärmesäckchen, ein neues Weltpatent, Holzhocker und kleine Stühle von der Schreinerei »Schumacher und Söhne«. Eine Wand, vermutlich die westliche, war die einzige, die nicht verschwand. Sie blieb zwischen zwei Parkbänken stecken. Irgendjemand faltete sie zusammen: Vielleicht würde sie ihm eines Tages nützlich sein.

Das Zelt hatte ein Verbund von Gastwirten am Morgen des

zweiten April aufgestellt. Die Nacht davor war frostig gewesen. Eine so kalte Nacht hatte es in der Geschichte der Stadt noch nicht gegeben. Zwar regnete es nicht, der Himmel war klar, aber die Temperatur hatte den Nullpunkt unterschritten und war immer weiter gesunken.

Am Morgen hatten städtische Arbeiter in verschiedenen Teilen der Stadt acht Leichen gefunden.

Ein Aufruhr war losgebrochen.

Alle Nachrichtensendungen in Radio und Fernsehen widmeten sich ausführlich diesem Phänomen. Minister und hohe Beamte wurden interviewt, Ärzte, die den Tod der Unglücklichen festgestellt hatten, Leiter von Obdachlosenasylen, Intellektuelle und der Vorsitzende des Verbands der Wohnsitzlosen – einer Körperschaft, die noch am selben Morgen eilig ins Leben gerufen worden war. Begriffe wie »Jüdisches Erbarmen«, »Soziale Fürsorge«, »Bittere Armut«, wurden Anfang April zu Modeworten im örtlichen Dialekt. Die Schlagzeilen der Tageszeitungen beklagten die »Opfer des Sturms«. Auf den Innenseiten wurden menschliche Einzelschicksale beschrieben und Anekdoten erzählt. Jede der acht Bestattungen bekam einen würdigen Rahmen. Geldtransfers wurden angekündigt, ein Knesset-Ausschuss und wahrscheinlich auch das Kabinett setzten das Thema auf die Tagesordnung, der Staatspräsident schlug vor, wieder ein Ministerium für Wohlfahrt und Soziales einzurichten, und erhielt dafür viel Unterstützung. Noch am gleichen Tag organisierte sich eine Gruppe Tel Aviver Restaurantbesitzer, die ankündigten, sie würden schon am nächsten Tag ein Zelt in der Allee aufschlagen, »unterstützt von und in Zusammenarbeit mit der Stadtverwaltung«. Mit eigenen Händen würden sie es errichten, als Ausdruck eines neuen lokalen Zionismus, der menschliche Wärme, Bindung an die Gemeinde und private Initiative in sich vereinte. Den »Tel Aviver Zionismus« hatte ein Zeitungsjournalist erfunden, und die Restaurantbesitzer hatten sich dieses Etikett schnell zu eigen gemacht.

Sofort wurden ein Generator gespendet, zwei Öfen, ein Fernseher, massenweise Konserven. Die Armee stellte Schlafsäcke und gefütterte »Bärchen«-Jacken zur Verfügung. Der Kommandeur der militärischen Versorgungseinheit ließ den Obdachlosen kistenweise Paracetamoltabletten und Verbandsstoff aushändigen. Ausführlich wurde von einem Treffen berichtet, bei dem der Kommandeur dem Vorsitzenden des Verbandes erzählte, exakt vor einer Woche habe er fünfundzwanzig solcher Kisten an Kinder aus Flüchtlingslagern in der Westbank verteilt.

Am Tag, als das Zelt errichtet wurde, bekamen die Versammelten eine Mahlzeit, die ein neues Restaurant für Fischspezialitäten gespendet hatte. Der Kommandeur der Militärversorgung nebst Ehefrau und Büroleiterin fanden sich ein, Persönlichkeiten des öffentlichen Lebens, Schuldirektoren, der Leiter der Kulturabteilung der Stadtverwaltung Tel Aviv und sämtliche Mitglieder des Stadtparlaments. Journalisten waren da, Photographen, Tontechniker und Neugierige, sogar jemand von »Fox news«.

Sie interviewten einen jungen, hoch gewachsenen Mann in silbernem Anzug und weißem Ledermantel, der sich als alleiniger Vertreiber der elektrischen Heizsäcke vorstellte, eines neuen Patents aus Polen. Die einzigartige Erfindung war ein schwarzer, dicker Doppelsack, der die Beine bis über das Gemächt einhüllte und warme Luft nach innen blies. Dieser Sack komme bereits in siebzehn Staaten zum Einsatz, er wolle ihn für die israelischen Soldaten liefern, die unglücklichen Soldaten in eisigen Nächten, nicht wahr? Es sei ja sehr kalt in Ramallah, Gaza und im Libanon. Na gut, er war halt nicht ganz auf dem Laufenden. Erstmal spendete er zehn Säcke für die Leute im Zelt.

Fünfundzwanzig Tage stand das Zelt. Als es in Fetzen flog, baute es niemand freiwillig wieder auf. Der zweite Tempel in Jerusalem war ja auch nicht gleich wieder errichtet worden, und wer garantierte denn, dass ein neu errichtetes Zelt nicht wieder auseinanderflöge? Dann etwa noch ein Drittes bauen? Die Restaurantbesitzer hatten sowieso dringendere Probleme – wie den stetigen Rückgang ihrer Einnahmen. Konnte vielleicht mal eine andere Gruppe den Stab übernehmen? Dann und wann wurden im Dämmerlicht der Morgenstunden zwar noch weitere Leichen eingesammelt, aber an sie hatte man sich inzwischen gewöhnt, schließlich starben weltweit Menschen in Stürmen und niemand war dafür verantwortlich, dass der Frühling im Sturm verschwand. Abends verödeten die Vergnügungsmeilen. Auch weil die Straßen der Stadt für den Autoverkehr gesperrt worden waren. Eine Untersuchung wurde veröffentlicht, die einen Besorgnis erregenden Anstieg der Gewalt in den Familien verzeichnete. Eltern und Kinder verbrachten einfach zu viel Zeit in den gleichen Räumen, das führte zu Streit und Chaos.

Die Textilgeschäfte vermeldeten »einen Umsatzrückgang von dreißig Prozent bezogen auf den Vergleichszeitraum des vergangenen Jahres«, berichtete das Fernsehen. Es wurde auch weniger getankt, in Kinos und Theater fielen die Besucherzahlen »um circa vierzig Prozent im Vergleich zum vergangenen Jahr«. »Ein weiterer vernichtender Schlag gegen die israelische Kultur«, stellten Schauspieler, Regisseure und Intendanten fest. Sie riefen eine Interessengemeinschaft für Sturmgeschädigte ins Leben. Und die Bauunternehmer? Konnte man unter so schrecklichen winterlichen Bedingungen bauen? Selbst Gastarbeiter und Araber reagierten auf solche Arbeitsangebote mit Hohn. Ganz zu schweigen von den unglücklichen Hotelbesitzern, die einen weiteren Lobbyistenverein gründeten. Es gab immer mehr Kranke. Täglich bescherten kranke und krankfeiernde Mitarbeiter der Wirtschaft schwere Verluste. Im Raum Tel Aviv konnte nicht Fußball gespielt werden, so dass man auf Spielorte außerhalb der Stadt ausweichen musste. »Ein doppelter und vierfacher Schlag«, erregten sich die Vereinsbosse und gründeten, angeführt von einem Exminister, umgehend eine Lobby für den Fußball von Tel Aviv. Dagegen florierten die Buchläden, allen voran die Kochbuchsortimente: ein Umsatzplus von dreißig Prozent. Auch Video-Verleiher, Hostessenagenturen, Ofenhersteller, Elektriker, Supermärkte, Verkaufsketten für Haushaltswaren und Textilfabriken profitierten. Von einer Krise der Spielhallen in der Stadt konnte keine Rede sein – »Glücksspiel brummt immer«.

»Von einer Wirtschaft internationaler, globaler, hyperkapitalistischer Konzerne kann man keine Gerechtigkeit erwarten!«, erklärte ein gelehrter Universitätsdoktor, ein Sozialist. »Aber gab es denn in der alten Wirtschaft diese Möglichkeit?«, fragte seltsam aggressiv der verschwitzte Moderator mit der faltigen Haut. Er war bereits erschöpft von der langen Live-Sendung. Zwei Stunden und siebenundzwanzig Minuten lang Klagelieder, Beleidigungen und Predigten, wechselnde Gesichter, Pannen und ein beschissener Sound. Er schien drauf und dran, dem Universitätsmenschen an die Wolle seiner europäischen Anzugjacke zu gehen und ihm in sein fleischiges Ohr zu schreien: »Wann, verehrter Herr, an welchem Punkt der menschlichen Geschichte, auf welchem Kontinent, in welchem Staat, welcher Stadt, welcher Straße, gab es auch nur irgendein abgefucktes Etwas, das den Sozialisten, Marxisten und Linken gut genug gewesen wäre?«

Alon sah die Bettler in der Nacht, nachdem das Zelt weg war. Auseinandergerissen zerstreuten sie sich in alle Winde. Sie trugen Rucksäcke und ein paar Habseligkeiten, die sie noch hatten einsammeln können. Unter dem Schock, dass ihr Zelt plötzlich in Persenning-Fetzen verwandelt worden war, verabschiedeten sie sich wortlos. Vielleicht waren sie auch einfach an Abschiede gewöhnt, jedenfalls entfernten sie sich mit gehetzten Schritten aus der Allee. An der Ecke sah er den Vorsitzenden der Organisation, er kannte ihn vom Fernsehen und wusste, dass er Jonathan hieß. Der Vorsitzende in gebeugter Haltung schleppte sich mehr dahin, als dass er ging.

»Und du? Wohin?«

»Journalist?«, knurrte der Vorsitzende ihn an.

»Nein!«

Der Vorsitzende der Organisation setzte sich auf der Bank hinter dem Parkplatz und schaute melancholisch auf die Allee. »Eine Zigarette vielleicht?«, fragte er, und Alon gab ihm eine. Der Vorsitzende kramte eine weiße Streichholzschachtel hervor, »China-Grill« stand drauf. Für einen Moment erfasste

Alons Blick auf dem weißen Kellnerhemd unter seinem Mantel eine rote Stickerei, das englischsprachige Logo »The Pasta People«.

Er haute Alon nicht an. Einige Scheine vom Fernsehen besaß er noch. Als Geste des guten Willens hatte man ihm den Sondertarif für die Taxifahrten von der Hauptstadt zur Küstenstadt bar ausbezahlt, und er war im Wagen eines Mitarbeiters nach Tel Aviv mitgefahren. So saßen sie da. Ein paar Worte, ein paar Schweigeminuten, so wurden sie etwas vertrauter miteinander. In Wahrheit kannten sie sich schon. Der Vorsitzende hatte Alon nachts schon in der Gegend herumstreichen sehen. Anfangs hatte er Alon für einen von ihnen gehalten, vielleicht zu scheu, vielleicht in Erwartung, eingeladen zu werden, aber eines Morgens folgte er ihm mit den Augen und sah, wie er in einem Gebäude verschwand. Es hieß, er sei mondsüchtig.

»Man kommt nicht zur Ruhe. Suchst du sie auf der Straße?«, fragte der Vorsitzende.

»Man kommt nicht zur Ruhe«, bestätigte Alon.

Der Vorsitzende nahm die Mütze ab. Sein Haar war ordentlich frisiert, an den Schläfen professionell abrasiert. »Ja«, sagte er, als müsse er sich dafür entschuldigen, »ach so, das Haar. Im Fernsehstudio in Jerusalem haben sie mich ein bisschen in Ordnung gebracht.«

Sie saßen da und zwischen ihnen gab es nicht viel. Dem einen war jenseits des Flusses wie in einer anderen Welt das Haus davongeflogen, nicht einmal Erinnerungsstücke waren ihm geblieben und er war nackt an den Nullpunkt zurückgekehrt. Der andere hatte seine Arbeit an der Rekonstruktion nur für eine Atempause unterbrochen. Das intensive Sortieren der kontinuierlich aufblitzenden Bilder hatte ihn innerlich ausgehöhlt. Die klaren Erinnerungen an Noa waren zu eintönig, zu plakativ geworden. Neuerdings fühlte er sich wie ein Gefangener seiner Rekonstruktion. Jetzt dachte er darüber nach, dass es manchmal nützlich sein kann, die Zerstörung des Lebens der Anderen zu sehen. Es mildert die eigene Reibung an der Welt.

Nachdem es schien, als habe der Sturm alles davongetragen,

entstand eine Stille, die Alon in einen neuen Strudel sog. Wo das Zelt gewesen war, sah er seine Mutter in den Schatten. Sie hatte Noa nie gesehen, obwohl er wollte, dass sie sie traf. Aber sie war weggegangen, weggefahren, hatte ihre Fahrt manchmal »Pause«, manchmal »Auszeit zu Arbeitszwecken« genannt. Berlin sei ziemlich nah, hatte sie verkündet, »dort werde ich mit meiner Doktorarbeit Fortschritte machen können«. Alonchen wisse doch, dass sie schon seit fast zwei Jahren feststecke, weil ihr Deutsch nicht gut genug sei und sie viel Zeit brauche, um Texte zu lesen. Außerdem sei sie auf die Berliner Archive angewiesen. Schon im nächsten Sommer werde sie ihn nach Berlin einladen. »Es gibt heute keine lebendigere Stadt in ganz Europa, so kultiviert, so voller Möglichkeiten ...«, hatte sie entzückt geflüstert.

Er rannte in Liors Zimmer, um seine Neuigkeiten mit ihr zu teilen. Sie lag eingerollt in ihren Mantel im Bett, denn sie trug am liebsten auch im Haus einen Mantel. Sie starrte auf den Fernseher. »Es hat einen schrecklichen Anschlag gegeben«, sagte sie, als wolle sie ein Geheimnis verraten, »in Haifa ...« Ihre Schlangenzunge leckte die winzigen Halwa-Krümel auf, die an ihren Lippen klebten. Im Bett neben ihr lagen leere Halwa-Schachteln neben einer Flasche Weißwein. Die Nachricht vom Weggang der Penner nahm sie nicht zur Kenntnis. Sie deutete auf ihre Körbchensammlung und prahlte, sie habe ein neues ergattert. Dauernd erstand oder sammelte sie etwas, Kleingeld, Alben, Bilder, Körbchen, Briefe. Seit Jahren hatte sie nichts weggeworfen, und dennoch war ihr Zimmer immer noch bestens organisiert, wirkte keineswegs überladen. Hässlich, diese weich geleckten Halwa-Krümel, immer will sie alles restlos verschlingen. Er setzte sich ans Fußende ihres Bettes. Gemeinsam mit ihr schaute er auf die Straße in Haifa zur Dämmerstunde: die Polizeiwagen und Ambulanzen, das Blaulicht, das mit blauroten Linien die Wände ihres Zimmers schraffierte. Menschen rannten hin und her, Kinder winkten, damit Vater und Mutter sie im Fernsehen erkannten, eine kleine Menschenmenge, hauptsächlich Jugendliche in Pfadfinderuniformen, schaute dem Aufruhr wortlos zu. Diffuser Lärm, bestimmt gab es Ausschreitungen dort. Sie schaltete den

Ton aus und rückte näher an ihn heran. Der Saum eines Kleides aus hauchdünnem Stoff wehte um seine Finger. Sie zappte durch die Programme. Er hielt den Blick fest entschlossen auf die Mattscheibe gerichtet, um sie nicht ansehen zu müssen. Ihre Finger spielten gedankenverloren mit seinem Haar und demonstrierten die uralte Zuneigung, der er sich stets überließ. Er übersetzte die Berührungen, den bösen Zauber ihrer Finger, in Worte. Sie liebte ihn immer noch, nur sie liebt ihn immer, an welche andere Liebe als an ihre sollte er glauben, wirklich glauben?

Doch ihr Streicheln war zu mechanisch, sein Genuss war gestört. Sein Verlangen nach einem Blick drohte ihn zu lähmen. Er kehrte ihr den Rücken zu und brachte angesichts ihrer Gleichgültigkeit seine Abneigung nicht zum Ausdruck. Er richtete seinen Blick auf den Wandspiegel, in dem sich ihr Körper spiegelte, konzentrierte ihn auf ihre Brüste. Zahllose Male hatte er sie schon gesehen, und dennoch sahen sie jetzt anders aus, nicht zufällig entblößt, sondern genau so, wie sie sie zeigen wollte, exhibitionistisch inszeniert. Er riss seinen Blick vom Spiegel los und schloss die Augen. In seiner Phantasie inszenierte er, was die Augen ihm nicht zu sehen erlaubten. Kein Kind, kein Mädchen, keine Zwillingsschwester.

Die Frau.

»Es wäre besser so«, stellte sie mitleidslos fest. Plötzlich verstand er. Man konnte ihm nicht vorwerfen, dass er nicht früher verstanden hatte, sich entschieden hatte, nicht zu verstehen.

Wenn Lior ihr zu anstrengend wurde, nannte Mutter das immer ihre Jugendkrise. »Es gibt doch Gesellschaften auf der Welt, die den Begriff Pubertät gar nicht kennen.« Wann nimmt aber eine Jugendkrise zwischen Mutter und Tochter eine neue Form an? Wann überschreitet sie alle Spielregeln, alle Grenzen, wann wird sie hässlich und hinterlässt Falten aus Verzweiflung im Gesicht, wann weckt sie Rachegelüste? Kann man die Zeit auf den Tag genau bestimmen, von dem an etwas nicht mehr vertraut ist, den Filmen und Büchern und den Geschichten von Freunden nicht mehr ähnelt? Man konnte Alon oder seinem Vater nicht vorwerfen, dass sie die feinen Unterschiede nicht erkannt hätten. Beharrlich hatten sie darauf gewartet, dass der Kampf verebbte. Als Alon dann glaubte, dass er tatsächlich verebbt war, als die Arena vom vergifteten Staub gereinigt war, der sich auf das ganze Haus gelegt hatte, war es wieder ein Irrtum, wahrscheinlich der letzte. Und so fügten sie sich ins Unvermeidliche.

Alon war sich seiner neuen Unruhe bewusst, das Rekonstruieren verschaffte ihm keine Befriedigung mehr. Zu lange rekonstruierte er schon, kämpfte er mit versiegenden Erinnerungen. Jetzt trieb das Verlangen nach Noa ihn wieder um, plötzlich stellte er sich ein Wiedersehen mit ihr vor, heute oder morgen. In Gedanken hielt er schon verführerische Reden, seine Finger hatten schon das Gefühl, sie zu streicheln.

Während er noch mit seinen Erinnerungen beschäftigt war, erzählte der Vorsitzende ihm etwas. Er erzählte von einem Traum. Er war auf dem Friedhof, am Grabstein seines Vaters. Der Vater war in Aschkelon gestorben, hatte aber testamentarisch verfügt, in Jerusalem begraben zu werden. Für diesen Zweck hatte er eigens Geld hinterlassen. Jonathan sah sich am Grab stehen, einen Rosenstrauß in der rechten Hand, und seinem Vater Worte zuflüstern. Eine frostige Nacht, es regnet, so wie jetzt, er ist allein auf dem Friedhof. Von weit her, vielleicht aus einem vorbeifahrenden Auto auf der Schnellstraße nach Tel Aviv, ist eine Todessonate zu hören. Zum ersten Mal seit langem hat er ein gutes Gefühl. Sogar der Schüttelfrost, den die Kälte verursacht, symbolisiert für ihn ein kleines, aber notwendiges Opfer zu Ehren des toten Mannes.

Auf einmal tritt im Traum eine Differenzierung ein. Statt selbst die trauernde Gestalt zu sein, beobachtet Jonathan sich von weitem, prüft sein Alter ego, das sich an den Grabstein drückt. Ein boshafter Lichtstrahl beleuchtet seine schlaffe Gestalt. Er deckt die Stumpfheit seines Gesichtsausdrucks auf, die Maskenhaftigkeit seiner Trauer. Das unterstreicht, dass die Regie seines Traums geschlampt hat, dass seine geflüsterten Phrasen am Grab keine Bedeutung hatten.

Keine Wahrheit ist in dieser Trauer enthalten, kein Schmerz, sogar die Steinchen, die er gesammelt hat, sind keine wirklichen

Steine, sondern sehen wie Muscheln aus. Der Rosenstrauß ist verwelkt und auf dem Friedhof ist es nicht wirklich kalt. Plötzlich ist nicht einmal mehr klar, ob der Grabstein der richtige ist. Schlagartig verschwimmen Hunderte dicht stehender Grabsteine ineinander, schlängeln sich, dehnen sich, als seien sie aus Gummi. Leuchtend weiße Pfeile schießen durchs Dunkel wie Meteore, wie Feuerwerk, wie die Lichter Jerusalems, die man in der Ferne sieht.

Hier sucht jemand einen Freund, dachte Alon. Warum aber meint der Bettler, dass er für dieses Geschwätz der Geeignete sein könnte? Er hat genügend eigene Träume, tausend Dank, keinerlei Interesse an den Träumen anderer. Und warum spielt jetzt ein spöttisches Lächeln auf den Lippen dieses Herrn? Warum bemüht sich der freche Typ nicht einmal, es zu verbergen? Nicht nur das, er raucht sogar eine zweite Zigarette! Vielleicht hat er gelogen, hat den Traum erfunden. Dann freut er sich jetzt über die Naivität des Zuhörers, der an seine Ehrlichkeit geglaubt hat. Macht sich lustig über die Träume, die Träumer. Schade, dass er ihm nicht einen Teil seiner eigenen Träume übertragen kann … Dann würde er schon sehen. Er bekam Lust, es dem da zu zeigen, damit ihm das Grinsen verginge. He, werter Herr, sehen Sie diese Allee hinterm Fluss? Sie ist kein Zuhause mehr. Sie war es, ist es aber jetzt nicht mehr. Auch vom Fernsehen ist heute keiner gekommen, offensichtlich ist Ihre Zeit als Star vorbei … Und wo schlafen wir wohl heute Nacht?

Zufrieden damit, diese Provokation zumindest in Gedanken ausgeführt zu haben, blieb er neben dem Bettler sitzen, der in der Zwischenzeit zu anderen Dingen übergegangen war. Sie hatten mit dem Traum nichts zu tun.

Oder doch?

Jonathan

Januar

Jonathan saß in der Allee – das schien lange her. Es war ein schöner Tag, große Sonne, blauer Himmel. Seither hat es keine solchen Tage mehr gegeben. Damals war er lediglich ein Bettler, es gab noch keine Organisation. Plötzlich trat ein Mann mit Brille an ihn heran, jung, Anfang dreißig, eingezwängt in einen dunklen Angestelltenanzug. Er biederte sich ihm regelrecht an, und es stellte sich heraus, dass er in dieser Gegend wohnte. Jonathan hatte ihn nie zuvor gesehen, dabei war er einer, der sich an Gesichter erinnerte. Die Gesichter der Allee hatte er alle gespeichert, kannte die meisten Leute, die vorbeiliefen. Das ersparte Zeit und Peinlichkeit. Leute, die Bettlern aus Prinzip nichts gaben, bedachte er mit keinem Blick, sondern lauerte nur auf solche, die bereit waren, ihm etwas hinzuwerfen. An diesen Mann erinnerte er sich nicht. Vielleicht weil er ein Gesicht hatte, an das man sich nicht erinnern kann, ein Gesicht, das man zeichnen würde, wenn die Standardzüge eines jungen, modernen Mannes gefragt wären. Der Mann setzte sich zu ihm und faselte etwas Abfälliges über den Grünstreifen in der Allee. Er antwortete ihm und der Mann schien zufrieden, wahrscheinlich wollte er prüfen, inwieweit der Bettler normal war.

»Und da sagt man noch, alle Bettler seien Spinner und Alkoholiker«, lächelte der Mann höflich. Es war ihm anzusehen, dass er eine Abneigung gegen Bettler hatte. Jonathan lächelte nicht, ließ den anderen einfach auflaufen. Der Mann wich nach dieser Niederlage ein Stück zurück, betrachtete die Bäume und starrte die Bänke an, bis er sich mit einem sehr merkwürdigen Vorschlag an Jonathan wandte: Jonathan möge ihn in sein Haus begleiten. Er sei nicht direkt Arzt, aber so ähnlich, und würde ihn gerne für eine kurze Recherche in Anspruch nehmen. Jonathan lehnte sofort ab, solche Geschichten las man doch in der Zeitung. »Ich bin kein Versuchskaninchen!«, schnappte er wütend. In seiner Phantasie sah er Dutzende von Mäusen an Elektrokabeln hängen, Ratten mit durchbohrten Augen, beinamputierte Schweine, sogar geklonte Schafe. »Soviel ich weiß, benutzt man Mäuse und Hamster für so was!«

Der Mann ließ ein weinerliches Lachen hören, prustete es ihm direkt ins Gesicht. Jonathan fühlte, dass dieser Mann sich tief im Inneren damit abgefunden hatte, dass die Leute ihn nicht mochten. Der Mann erklärte, dass er unter Recherche nicht solche Versuche verstehe, sondern psychologische Fragen, wie sie zwischen Therapeuten und Patient üblich seien. »Und sind Sie Psychologe?«, fragte Jonathan.

»Nein, nein«, antwortete der Mann hastig.

»Geht das nicht hier?«, fragte Jonathan verwundert. Der Mann verneinte. Er verbürge sich dafür, dass es nichts sei, was ihm schaden könne. »Wenn Sie, werter Herr Bettler, das Gefühl haben, irgendwas stimmt nicht, können Sie sich jederzeit verziehen. Wenn Sie aber bis zum Ende der Recherche durchhalten, kriegen Sie hundertundfünfzig Schekel.« Hundertundfünfzig!

Also gingen sie wie zwei alte Freunde in das Haus des Mannes. Er wohnte ganz nah bei der Allee. Die Wohnung im dritten Stock war dunkel, die Fenster hinter schwarzen Gardinen, die das Tageslicht fernhielten, waren verschlossen, und vier Kerzen verbreiteten eine düstere Aura. Sie setzten sich ins Wohnzimmer und der Mann reichte ihm ein Glas mit Rotwein, den er hastig austrank. Erst dann sah er die Frau.

Sie saß an der Seite und beobachtete sie. Sie sah älter aus als der Mann, etwas über dreißig, leicht gebräunt, rötliches, wallendes Haar, dezent geschminkt, sie hatte ein schönes Gesicht. Ihr zierlicher Körper verschwand unter einem weiten Beduinengewand. Ihre Augen wirkten stumpf. Sie sah ihn freundlich an, aber dennoch war klar, dass er für sie nicht existierte.

Sie verlangten von ihm, er solle schlafen. Er wehrte sich: »Von Schlafen war in der Abmachung nicht die Rede.« Das mussten sie schon verstehen: Was ist Schlaf anderes, als sich völlig preiszugeben, als sich jedem ihrer Einfälle auszuliefern? Doch er ließ sich beschwichtigen, schließlich winkte viel Geld. Außerdem sah er dem Doppelbett, das sie für ihn vorbereitet hatten, mit den glatt gestrichenen, an der Matratze festgezurrten Laken, die vorbildliche Präzision an, die kaum zum Rest der Wohnung passte. Die Kühle im Zimmer machte ihm Lust, sich auf dem Bett breitzumachen und dort auf bessere Zeiten zu warten. »Aber was hat das alles mit Schlaf zu tun?«, fragte er nach. Wenn er wieder aufgewacht sei, würde er es ihm erklären. Die Frau sah den Mann an. Sie schien daran zu zweifeln.

Er zog seine Schuhe aus, legte sich ins Bett. Die Berührung des Bettes weckte in ihm die Erinnerung an das Schlafzimmer seiner Eltern. Plötzlich war da Not, er wurde von Bildern getroffen, die sein Gedächtnis sonst gut vor ihm versteckt hielt. Seine Mutter liegt im Bett, steht nicht mehr auf. Sie ist stark abgemagert. Innerhalb weniger Monate ist sie um zehn Jahre gealtert. Sie liest Zeitschriften, hauptsächlich lokale, und trinkt Tee aus weißen Tassen, die noch von ihrer Hochzeit stammen. Sie ist in die Stille verliebt, klagt selten. Sie versteht nicht, weshalb sich sein Vater umgebracht hat. Er selbst versteht das wenigstens ein bisschen. »Kein Misserfolg ist einen Selbstmord wert«, sagt sie, aber er fragt sich, ob sie wohl recht hat: Vielleicht gibt es Misserfolge, die einen Selbstmord rechtfertigen, vielleicht rechtfertigen zu viele Misserfolge einen Selbstmord.

Ein weiteres Bild stieg in ihm auf. Madeleine, die Nachbarin, die im ersten Stock wohnt und ihren Lebensunterhalt mit Heimbäckerei verdiente, erscheint in der Tür, an der Hand einen Verehrer, den sie fest entschlossen und ohne Umschweife bis ans Bett von Jonathans Mutter führt. Sie hat seit langem damit gedroht, dass sie dies eines Tages tun werde. »Du bist Witwe, er ist Witwer«, stellt sie mit zwingender Logik fest. Der Mann ist älter als Mutter. Er hat runde schwarze Augen und dicke, gelbliche Augenbrauen. Seine Schritte hallen auf dem Fußboden der Wohnung und erfüllen Jonathan mit Zuversicht. Da kommt ein anderes Leben daher, mit lauten Tritten unter einer schweren Last.

So nähert er sich dem Bett der Mutter, die vermutlich gleich davon erwacht. Jonathans Mutter sei einmal schön gewesen, die Nachbarin schwört einen heiligen Eid darauf.

Der Mann war Leiter der Instandhaltungsabteilung einer Schule, achtundsechzig Jahre alt. Anfangs schwieg der Leiter der Instandhaltung; der Schreck war ihm in die Knochen gefahren, wie man seinen Augen ansehen konnte, die zwinkerten und zuckten. Er setzte sich nicht, sondern blieb am Ende des Zimmers stehen. Er spielte an den Knöpfen seiner Jeans herum, befühlte sein kurzes Adidas-Trikot und jedes Mal, wenn er sich eine Zigarette zwischen die Lippen schob, erhob Jonathans Mutter den Zeigefinger. Beflissen unterwarf er sich dem Verbot.

Einige Wochen später hatte sich ein lockerer Plauderton zwischen den beiden eingestellt. Verständnis und gegenseitiger Respekt keimten zwischen zwei Menschen, die schon genug erlebt und trotz allem überlebt hatten. Hier gab der Zufall eine Gelegenheit, Trost zu finden, vielleicht die letzte. Aus dem anderen Zimmer hörte Jonathan seine Mutter sogar manchmal lachen. Doch von ihrem Bett stand sie nicht auf. Der Verehrer erschien nun an jedem Schabbat und blieb bis zum Abend im Haus. Mutter blieb zwar bettlägerig, doch ihren Lippen bekamen etwas Farbe. Sie machte ihre Zöpfe mit der Bürste zurecht und steckte sie mit Haarnadeln fest. Ihm zu Ehren legte sie auch Wert darauf, Kleider zu tragen. Einmal brachte er ihr eine kleine, dampfende Schüssel mit einer Gemüsesuppe nach einem Rezept seiner verstorbenen Mutter. Er stellte die Schüssel mitten aufs Bett und setzte sich selbst auf dessen Vaterseite. Dann löffelten beide einträchtig. Stille, nur die kurzen eintönigen Laute des Schluckens waren zu hören, dann und wann ein Hüsteln, ein Atmen, ein Herumrutschen. Ein winziges Zimmer, von den anderen Räumen des Hauses nur durch einen Vorhang getrennt, ein knarrendes Bett. Wenn die Sonne unterging, zündete man Kerzen an. Es gab keinen Strom, weil man es nicht geschafft hatte, die Rechnung zu bezahlen, morgen würde man das tun. Und die Toten waren rundum anwesend: Mit der Suppe die verstorbene Mutter des Verehrers, der sein Leben lang bei ihr gewohnt hatte, mit der verkrumpelten Bettseite Jonathans Vater, der sich umgebracht hatte. Und ziemlich bald würden auch sie beide sterben. Eines Tages tauchte der Verehrer nicht mehr auf. »Hat's aufgegeben!«, maulte die Alte von nebenan. »Du bist Witwe, er ist Witwer, aber was machst du? Du stehst nicht auf vom Bett.«

»Charam!«, fluchte er auf Arabisch: »Verflixt!«, und kämpfte mit Halluzinationen, die das Spinngewebe seines Schlafs durchdrangen. Er erschrak bei der Befürchtung, die Vereinbarung würde annulliert werden. Er lauschte im Wohnzimmer ihrem Flüstern. Manchmal erhob die Frau leicht die Stimme. Eine Stunde verging und er schlief immer noch nicht. Der Mann tauchte plötzlich im Zimmer auf und reicht ihm eine Schlaftablette. Wieso wusste der, dass er nicht schlief?

Er wachte in die Nacht hinein.

Die Dunkelheit, in die das Zimmer gehüllt war, und die Augen, die ihm zufallen wollten, erzeugten eine doppelte Finsternis. Er sah nicht und hörte nicht, spürte aber so intensiv wie ein Schwimmer das Wasser, dass er nicht allein im Zimmer war. Sein Körper war immer noch warm von den wohltuenden Laken, als sein suchender Blick eine Gestalt am Fenster fand. Die Gestalt saß aufrecht da und schaute ihn an. Es war der Mann. Zu Jonathans Überraschung gab er ihm den eigenen Blick zurück. Er rollte die Augen, schaute verwirrt, wie er selbst. Jonathan erschrak und unterdrückte einen Schrei. Da taumelte der Mann hinaus. Jonathan wollte sich auf und davon machen, aber die Frau und der Mann warteten im Wohnzimmer auf ihn und boten ihm Kaffee an. Er solle in Ruhe zur Besinnung kommen, da sei das Badezimmer ... Sie drängten ihn nicht. Sie hatten eine Menge Zeit. Er rührte den Kaffee nicht an. Sein Körper glühte aufgrund eines Vorgangs, den er nicht verstand, jede Bewegung strengte ihn an. Er fühlte etwas wie einen Stolperstein zwischen seinem Selbst und dem Wachzustand.

Als er wieder zu ihnen zurückkehrte, saß die Frau immer noch ganz am Rand des Wohnzimmers. Der Mann wirkte erschöpft, sein Gesicht war fahl. Die Frau rutschte aufgeregt hin und her und raufte sich immer wieder die Haare.

Der Mann saß nah bei Jonathan, sehr nah. Er sah ihn mit ausdruckslosen Augen an. Das waren nicht die Augen, an die er sich erinnerte, nicht die von der morgendlichen Begegnung in der Allee. Der Blick des Mannes bohrte sich jetzt in seine Augen, er konnte sich nicht davon losreißen. Zuerst verstand er nicht, um was es ging. Das Verständnis kam wie in einem Kristallisationsprozess, wie Noten einer zunächst fremden Musik, die schließlich zu einer bekannten Melodie werden. Allmählich begannen die Wörter eine Abfolge von Bildern zu erzeugen. Das Aufleuchten der Erinnerung erzeugte einen starken Schmerz, der sich in seinem Körper breitmachte. Wie von harten Krallen gepackt, stieg die Angst in ihm auf, die Urangst eines Kindes, das nicht mehr glaubt, dass noch ein Morgen folgt.

Plötzlich sank Totenstille auf das Wohnzimmer, schwebte nieder wie Schneeflocken, die lautlos ganze Städte weiß färben. Er glitt wie ein Taucher in ein kraftloses Dasein hinab. Geradezu entsetzlich, vollkommen unbeherrschbar, sah er sich selbst wie eine fremde Gestalt, die eine Straße entlangflieht oder eine Rutsche hinabgleitet. Er konnte sich seine Körpergefühle nicht merken. Undeutlich konnte er nachvollziehen, dass er kein Gefühl mehr in seinen Gliedern hatte, dass der Körper erstarrte und keinerlei Kälte oder Wärme, Schmerz oder Genuss mehr spürte wie sonst. Gleichzeitig war er hellwach. Vielleicht war er hypnotisiert worden. Plötzlich wurde er mit großer Macht in die Mitte des Traums geschleudert; mit einem Schlag landete er auf dem Grund. Vage begriff er, dass man ihn neu platziert hatte, an einen Ort, der keinem Ort glich, den er kannte. Bis zu diesem Augenblick hatte er nicht gewusst, dass Träume wie Tonfilme sein konnten. Diesmal, nachdem der Mann ihm seinen Traum zurückgegeben hatte, kamen in ihm die Töne zum Klingen. Sehr eigenartig. Das Wohnzimmer, der Mann und die Frau, das Sofa und der Tisch, alles zerfiel nun zu feinem Staub. Auf einmal verschwanden die Bilder. Die Veränderungen, die Zeit, die vergangenen war, hinterließen in ihm keine Spuren.

Dann erwachte er: keuchend, innerlich zerrissen, zu Tode erschrocken. Ihm war schwindelig, seine Gliedmaßen waren schlaff und eingeschlafen, bewegungsunwillig. Dann dämmerte ihm, was geschehen war. Er begriff, dass ihm der Traum, den er zuvor geträumt hatte, der im Erwachen verloren gegangene, der schon vergessene Traum, zurückgegeben worden war. Sein Traum war ihm wiedergegeben worden, aber nicht wie eine verlorene Geldbörse oder ein Mantel, die man unverändert zurückbekommt. Dieser Traum war makellos gewesen: eine Klarheit wie nie zuvor, ohne Schatten und Vernebelungen, mit einer Farbigkeit, die winzige Nuancen erkennen ließ. Es war, als hätte er in eine andere Welt geschaut. Vorher hatte er versucht, dem Traum zu entkommen. Aber wo findet ein Mensch im Traum ein Versteck vor dem Traum? Wo kann er sich vor solch einer schrecklichen Klarheit verbergen, die gewöhnlichen Träumen vielleicht gar nicht erlaubt ist?

Der Mann und die Frau fragten ihn nicht nach dem Traum. Die Antwort stand ihm ohnedies ins Gesicht geschrieben. Die Frau war entzückt, sie warf bewundernde Blicke auf den Mann, doch zeigten sich auch Verlegenheitsfalten auf ihrer Stirn. Sie wirkte wie berauscht von diesem Ereignis, wie ein Mensch, dessen Hoffnungen und Befürchtungen gleichermaßen wahr geworden sind. »Wir haben uns jetzt einen Wein verdient«, rief sie und eilte hinaus. Vergnügt kam sie mit einer Flasche Wein wieder herein. Sie hatten schon daran genippt, als ihnen einfiel, dass sie sich zuprosten sollten. Er seinerseits wollte sie nicht mit Fragen belasten, ihm war schwindlig. Er erkundigte sich aber, ob sie ihm irgendwelche »elektrischen Dinge« in den Kopf eingepflanzt hätten. Der Mann schwor, dass er das nicht getan habe. Er habe das Talent, Träume zurückzuholen, seit seiner Kindheit. Jetzt, wo sich der Traum in Jonathans Bewusstsein entfaltet und geordnet hatte, antworte er dem Mann verärgert, er müsse sich dann aber in einigen Einzelheiten schwer geirrt haben. Das war eine glatte Lüge, aber er sprach sie aus, um die Selbstzufriedenheit des Mannes zu erschüttern. Der Mann lächelte. Zumindest lächelten seine Lippen. Die Augen richtete er auf das Weinglas, das die Frau nicht auf den Untersetzer gestellt hatte. Er schien etwas abzuwägen. Schließlich beugte er sich vor und stellte das Glas an seinen Platz. Jetzt sah er weniger irritiert aus, sogar recht zufrieden, und er belehrte ihn, Irrtümer habe es höchstens deshalb gegeben, weil er sich schon jahrelang nicht mehr mit diesen Dingen beschäftigt habe. »Eine solche Begabung verkümmert wie jede andere, wenn man sich nicht die Mühe macht, sie aufzupolieren.«

Sie behandelten Jonathan äußerst zuvorkommend, die Frau überschüttete ihn geradezu mit Freundlichkeiten und der Mann stand ihr kaum nach. Was für ein netter Traum, befand er, so malerisch und reichhaltig, so differenziert und dennoch authentisch. »Wollte Gott, dass ich selber solche Träume hätte! Wir sind arme Spießbürger, unsere Träume sind kraftlos. Tagsüber arbeite ich und nachts träume ich davon.«

Jonathan musste über die Art nachdenken, wie der Mann »Spießbürger« sagte, so vergnügt und selbstironisch. Klar, er wollte damit im Wohnzimmer punkten und die Anwesenden überzeugen, dass er in Wirklichkeit keiner war.

Seine Frau machte einen unzufriedenen Eindruck. Sie unterbrach ihn, indem sie sich an Jonathan wandte. Sie hoffe, sie hätten seine Privatsphäre nicht allzu sehr verletzt und ihm keine allzu großen Schmerzen zugefügt. Sie entschuldigte sich auch sehr dafür, dass sie zuvor so unnahbar gewesen sei, die ganze Sache habe sie sehr bedrückt. Sie strahlte Ehrlichkeit, zumindest ehrliches Mitgefühl aus. Es war lange her, dass ihn jemand so angesehen hatte, mit einem Blick, der weder flatterte noch abgewendet wurde, einem Blick, der wirklich standhielt. Aber Jonathan ließ sich von ihr nicht verführen, sondern trank schweigend den Wein. Sie hörten nicht auf, ihn zu beschwichtigen. Offenbar hatten sie das vage Schuldgefühl, ihn ausgebeutet zu haben. Nun stellten sie ihm Fragen, natürlich zartfühlend. Wie war er denn auf die Straße geraten, wann war denn bloß alles mit ihm schiefgegangen?

Er antwortete nicht. Er hatte nicht mal Worte, um einfach nur die Zeit totzuschlagen. Er stand nackt vor ihnen, und seine

Scham galt der Fälschung, die der zurückgeholte Traum aufgedeckt hatte, die missratene Trauerdemonstration. Sie mussten doch denken, er sei ein Mensch, der nicht einmal imstande war, ehrlich um den eigenen Vater zu trauern. Mehr würde er nicht preisgeben, sie hatten schon mehr als genug erfahren. Verzweiflung packte ihn. Dieses Haus rief Bilder in ihm wach, die ganze Zeit. Mutter, Vater und der Verehrer, der kam und ging. Olivgrünes Licht sickerte in spärlichen Tropfen aus der alten Lampe ins Wohnzimmer. All das zusammen verfolgte ihn, ein Bild vertrieb das andere, bis sie ihn alle überschwemmten. Seit Monaten hatte er nicht mehr so getrauert wie hier und jetzt im Wohnzimmer.

Er erhob sich. Noch fiel ihm die Bewegung schwer, aber er war zum Rückzug fest entschlossen. Mehr würde er ihnen nicht von seinem Kummer zeigen. Sie baten ihn inständig, noch zu bleiben, wollten noch nicht allein sein. Aber sein Groll blieb. Nun würde ihn die Scham überallhin verfolgen. Sie hatten doch gar kein Interesse mehr an ihm. Hätte er doch bloß einen tauglicheren Traum geträumt, dachte er traurig, der ihm in ihren Augen Achtung verschafft hätte. Draußen waren die drückende Luft, die einem am Körper klebt und nicht loslässt, die einen zigmal nachts aufwachen lässt, und der säurehaltige scharfe Ruß, den die Busse ihm frühmorgens ins Gesicht bliesen, auf einmal reizvoll für ihn, weil sie ihm Schutz gewährten.

Der Wiederträumer und die Träumerin

Januar

Etwa eine Stunde nachdem der Bettler abgezogen war, hörte man ein erstes Donnergrollen, ein Rütteln an den geschlossenen Rollläden, es begann zu regnen. Mit einem Schlag sank eine seltsame Kälte auf das Haus herab. »Kommt da ein Sturm?«, wunderte sich die Träumerin. »In letzter Zeit waren die Tage so schön gewesen …«

Sie saßen im Wohnzimmer auf dem Sofa, eingehüllt in Wolldecken, auf dem Tisch standen Kaffeetassen, eine Weinflasche, zwei Tabletts. Plötzlich ließ ein Donnerschlag die Wände beben. Die Weinflasche rollte vom Tisch und zerbrach auf dem Fußboden in Scherben, die Tabletts mit den Resten des Abendessens sprangen hoch, durch die Ritzen des Rollladens drang der Glanz des Blitzes. Sie zitterte. »Hörst du die Tiere draußen quieken?«

Er umarmte sie. Ihm war, als ob das Zittern ihres Körpers durch alle Poren seines eigenen drang. Sie wagten nicht zu reden. Sie saßen schweigend im Wohnzimmer, bis der Morgen graute. Dann und wann traf ihn ein vorwurfsvoller Blick von ihr, aber vielleicht bildete er sich das nur ein. Im Nachhinein wurde ihnen klar, dass dies der erste Tag des Sturms war.

»Die Welt der Nacht« wurde am selben Abend ausgerufen, da sie jetzt wussen, dass seine Begabung weder den Atem versteinerte, noch den Geist verwirrte oder lebensbedrohlich war.

Lange Zeit hatte sich der Wiederträumer geweigert, ihr Träume zurückzubringen, aber allmählich fiel es ihm immer schwerer, ihrem Flehen zu widerstehen. Seine Ausreden wurden dürftig, sein Widerstand wurde schwächer, und manchmal gab er sich einem Anflug von Begeisterung hin. Offenbar wühlte ihn das Thema auf: Er hatte schon immer eine verleugnete Neigung zur Träumerei gehabt, die Sehnsucht nach einer anderen Existenz. Sonst ging er zielgerichtet vor und eine aggressive Präzision, die das Träumen verachtete, zeichnete seine Bewegungen aus. (»Du bist der Inbegriff von Effizienz«, schmeichelte sie ihm während der Hochzeitsvorbereitungen.) Mal kam es vor, dass er laut wurde, dass er schrie, er habe diese Sache satt, sie sei zu gefährlich. Mal machte er der Träumerin Hoffnung, mit der halbernsten Bemerkung, es könne ja spannend werden, sich mit ihren Träumen einen Spaß zu machen.

Im Januar erreichten sie einen Kompromiss: Der Wiederträumer würde einem unbekannten Menschen den Traum zurückgeben. So würden sie die Gefahren der Begabung testen. Aber konnte ein einziger Test ausreichend sein? Ein kritischeres, weniger interessegeleitetes Auge hätte die Logik dieser Vorstellung wohl bezweifelt. Was war schon daraus zu schließen, dass der Bettler nicht mit einer Raumfähre gen Himmel gefahren oder vor ihren Augen zu Staub zerfallen war? Seine Zurechnungsfähigkeit war offenbar nicht beeinträchtigt worden, aber wie konnten sie das wissen? Zwar gibt es Wahnsinn, der eindeutig aus dem Leben ausschert – etwas geschieht und der Geist eines Menschen verwirrt sich –, doch meist treibt er seine Spielchen mit den Menschen: In Nächten der Verwirrung brüllen sie wie die Esel, aber am Morgen strömen sie an ihren Arbeitsplatz mit der Plakette für den vorbildlichen Arbeitnehmer.

Doch sie wollten die Illusion der Risikominimierung, ein Test sollte die Beliebigkeit verringern, sie brauchten einen Rahmen, der ihnen eine gewisse Sicherheit gab.

Vierzehn Nächte waren vergangen, seit sie dem Bettler begegnet waren und die »Welt der Nacht« proklamiert hatten. Der Sturm hatte seitdem etwas nachgelassen, war aber nicht zum Stillstand gekommen. Seitdem war, peinlich genug, nicht ein einziger Traum zurückgeholt worden. »Der erste Traum, den ich dir zurückgebe, wird ein besonderer sein … nicht einfach irgendeiner«, versprach ihr der Wiederträumer, »sondern ein Traum, der sich für immer ins Gedächtnis brennt. Und solange arbeite ich schwer in den Nächten, suche ich in deinen Träumen diesen einen.«

»Willst du damit sagen, dass ich eine langweilige Träumerin bin?«, fragte sie beleidigt.

»Keineswegs, aber ich suche einen Traum von einer bestimmten Sorte. Vielleicht einen, der uns beide zufrieden stellt«, beschwichtigte er sie schnell.

»Ich bitte um Beeilung«, drängte sie ihn. »Die Geduld geht mir aus.«

Schon vierzehn Nächte schlief sie, während er wach war und mehr denn je versuchte, dem zu lauschen, was in ihren Tiefen umging. Er blieb hingebungsvoll an der Seite seiner Träumerin, weil er fürchtete, ihre Träume könnten an der Nahtstelle zwischen ihm und ihr verschwinden und ihm so für immer verloren gehen. Er zweifelte an seiner Begabung und entdeckte sie doch jede Nacht aufs Neue. Jede ihrer Bewegungen – das Dehnen des Rückens, das Krümmen der Schulter, das Wenden des Kopfes – beantwortete er mit einer eigenen Bewegung. So waren sie im Bett in einem wilden Tanz gefangen, die Schlafende führend und der Wachende ihr folgend. Wenn sie ihren Körper nach rechts wendete, war er zu ihrer Rechten, wenn sie sich nach links wälzte, überholte er sie von links. Bei alldem war er wie ein Kind, das in eine Szene eintrat, die nicht für es gedacht war. (Ein Elterntreffen im Wohnzimmer und man drückt sein Ohr an die Wand oder schleicht sich vom Balkon heran.) Das vage Bewusstsein, dass der Aufenthalt am Rande der Szene nicht legitim war, rief Zweifel und Scham in ihm hervor. Zugleich machte das Verbotene das Schauspiel in der Phantasie erst recht verführerisch. Selbst wenn es um etwas ginge, das man im Alltag kaum beachten würde, würde man es in solcher Situation gierig aufsaugen und bereitwillig jegliches Leid oder jede Langeweile dafür in Kauf nehmen.

In der zehnten Nacht versetzte ein schrecklicher Traum sie in unruhigen Schlaf. Sie rennt darin durch eine breite Allee, von Kälte geschüttelt. Zwei Hunde mit viereckigen, rötlichen Schnauzen, wie Schweine sie haben, rennen hinter ihr her und rufen sie dauernd bei ihrem Namen, die Stimmen sind anbiedernd, väterlich. Weit weg auf einer Seitenstraße entdeckt sie den alten Citroën ihrer Mutter, der ohne Fahrer unterwegs ist. Sie rennt dem Wagen hinterher, ihr schlafender Körper krümmt sich nach rechts, biegt sich rund, rollt nach links und dehnt sich wieder. Beim Verfolgen ihrer Bewegungen stieß er mit dem Ellbogen gewaltsam an ein Bild, das über dem Bett hing, so dass die Glasscheibe zerbrach. Blut floss von seinem Ellbogen herab.

In der vierzehnten Nacht weckte der Wiederträumer sie zum ersten Mal auf. Während sie langsam dahinschwebte, schon weit vom Traum entfernt, schon auf dem Weg zu anderen Träumen dahinglitt, schüttelte er sie. Sie beeilte sich nicht, aufzuwachen, wollte noch einige Minuten Schlaf herausschlagen. Aber um den Traum seinem rechtmäßigen Besitzer vollständig zurückzugeben – ausgefeilt bis in die kleinen Details –, musste man ihn so nah wie möglich an seinem Ende packen, das wusste er. Nicht nur die Träumerin verlor die Erinnerung an einen Traum, sobald die ersten Farben des nächsten Traumes sprühten, er selber verlor sie mit jeder vorübergehenden Minute auch. Als er so an ihr rüttelte, fragte er sich, ob er hier am Ende des Traums, während sie schon das Tor zu einem neuen durchschritt, nicht vielleicht einen noch faszinierenderen Traum verhinderte.

Anstatt sie zu wecken, wollte er nun ihren Schlaf nur noch stören, aber nicht völlig beenden. Er trug sie auf den Armen ins Wohnzimmer und spürte, wie sich die Haare auf ihrer Haut sträubten, als er mit ihr durch den kalten Korridor ging. Als sie so in seinen Armen lag und ihr Gesicht an seiner Brust rieb, betastete er ihre Schenkel, ihren Bauch und ihre Arme plötzlich mit großer Sorge. Ihm fiel auf, dass sie in letzter Zeit stark abgemagert war, wahrscheinlich wegen des angespannten Wartens. Auf dem Weg zum Wohnzimmer überfiel ihn Einsamkeit: Es war eine Zeit, in der er mit ihr zusammen war, sie aber nicht mit ihm. Er fragte sich, wohin die Welt der Nacht sie beide wohl tragen würde und wohin er sie jetzt überhaupt trug.

Im Wohnzimmer brannte orangenfarben der Heizofen und verbreitete einlullende Wärme. Er lud sie auf dem Sofa ab. Als wollte sie sich im Sofa vergraben, versteckte sie ihre Arme unter den Kissen. Er setzte sich zu ihr, nah beim Heizofen. Seine Finger strichen über ihre bloßen Füße, denen die Feuerfarben des Ofens eine verführerische sommerliche Bräune verliehen. Die Minuten verstrichen. Anfangs verharrte sie im Schlaf, aber er rüttelte sie behutsam und je weiter die Zeit verstrich, desto mehr näherte sie sich dem Wachzustand. Als sie sich schließlich erheben wollte, drückte er ihren Körper eilig in das Sofa, um sie wieder in die Nähe des Schlafs zu bringen. Nun sah es so aus, als hätte ihr Körper die empfindliche Phase zwischen Schlaf und Wachzustand erkannt: die Stelle, wo nichts sie irritiert, wo jeder flüchtige Gedanke ihr wie geträumt erscheint und eine süße Entspanntheit sie umfängt. Umgeben von Wärme, sich ihrer Schläfrigkeit bewusst, gab sie sich dem Wohlgefühl hin. Seine liebende Hand verscheuchte die Unbilden der Welt. Hier wurde sie geliebt, hier gab es nichts außer ihr.

Nicht von ungefähr nahm er es mit den Ritualen sehr genau – mit der Nähe zum Traum, mit ihrem Verbleib im Schoß des Zwielichts zwischen Schlaf und Erwachen, mit der Regulierung der Wärme im Wohnzimmer. Sie hatten die Nachtwelt nicht errichtet, um sie zur passiven Zuhörerin des eben geträumten Traumes zu machen. Wiederholen des Traumes hieß, dass sie genau zu dem Zeitpunkt, an dem der Traum zurückgeholt wurde, wieder träumte, sich in einer Art Bewusstlosigkeit befand, die kein Schlaf war und auch keine Hypnose. Und der Traum, der gewesen war, stieg auf und überschwemmte sie.

Der Ort, an dem sie sich bewegt, ist nicht ganz ihr Zuhause. Dennoch wird sie dort wie eine verlorene Tochter aufgenommen, die alle Geheimnisse und jeden Winkel kennt. Die Aufteilung der Zimmer ist so geblieben, wie sie war, aber es haben sich viele Dinge geändert. Die Zimmer sind renoviert worden – die Wände leuchten weiß, keine Spur mehr von Rissen in der Decke, die im Winter zu klaffenden Bruchstellen werden, die alten Deckenlampen sind ausgetauscht worden, in jedem Zimmer gibt es jetzt einen Fernseher, die Sofas in der Mitte des Wohnzimmers sind neu und auch der Balkon ist anders. (Der Wiederträumer:

Ganz eindeutig hat hier in den »prosperierenden Neunzigern« jemand den Balkon verglasen und zum Zimmer machen lassen.)

Sucht sie irgendwen? Zunächst steht sie wie angewurzelt am Ende eines schmalen Korridors, der das Wohnzimmer mit dem Kinderzimmer verbindet. Ein älterer Mann nähert sich. Sie weiß, dass er an ihr nicht vorbeigehen kann – für zwei Menschen gibt es im Korridor nicht genug Platz. Er ist klein, seine Nase ist gebogen und von Pickeln übersät, seine Augen sind tief schwarz, ein Schwarz, das im Gedächtnis haften bleibt. Sie werfen ängstliche Blicke nach allen Seiten. Er trägt kurze Stoffhosen, sein Oberkörper ist nackt, das trübe Licht einer herbstlichen Nachmittagsstunde bürstet hauchdünne Streifen über seine gebräunte Haut.

Als er sie sieht, lacht sein Gesicht, wird breit und selbstzufrieden. »Racheli, wo warst du, Süße? Wir haben dich schrecklich lange nicht gesehen«, sagt er und setzt ihr zuliebe einen spaßigen Gesichtsausdruck auf, wie ihn Erwachsene zuweilen für Kinder aufbieten. Sie gibt einen verwunderten und doch einladenden Blick zurück. (Der Wiederträumer sagt sich: Der Stiefvater, nicht der biologische Vater. Der ist, als sie klein war, abgehauen.) Bei seinem Anblick ist sie tatsächlich froh, ärgert sich aber zugleich über sich selbst. Das ist ein erstaunlich bekanntes Gefühl, schon ist sie wieder freundlich zu ihm, schon verdrängt sie wieder alles, was er ihr angetan hat. Reicht denn seine schwache ferne Liebe zu ihr, eine Zuneigung, wie man sie für ein Nachbarskind empfindet, aus, dass sie ihm verzeihen kann? Hat sie denn die Erklärungen ihres Stiefbruders Scha'ul vergessen? (Der Wiederträumer: Die Erklärung ist einfach. Scha'ul erzählt immer vom besonderen Geschick seines eigenen, also ihres Stiefvaters, unverbindliche Beziehungen zu Freunden und Bekannten zu pflegen. Meistens gefällt er Leuten, die ihn nur oberflächlich kannten. »Schalom, Schalom, auf Wiedersehen – Grüße an alle, auch an die Großmutter, wie steht's mit dem Sohn? – Fallschirmjäger? Unser ganzer Stolz! – Bei den Panzern? Unsere Männer aus Stahl ...«)

Ihr Stiefvater küsst sie flüchtig auf ihr Haar und verschwindet in der Wand. Noch wundert sie sich, wohin er wohl gegangen ist, da tritt eine Frau in einem blauen, zerschlissenen Kleid eilig heraus. Ihre dürren Geisterfinger spielen mit einem schweren, laut klimpernden Schlüsselbund, ihr Gesicht ist völlig ungeschminkt. Das lockige Haar ist so kurz geschnitten wie bei Rekruten der Armee und vor allem: Es ist ergraut. Schrecklich ergraut. An den Ohren trägt sie silberne Ringe, am linken schimmert schon schwarzer Rost. Ihre Mutter ist nicht wirklich glücklich mit ihr, setzt aber eine höfliche Miene auf, wie ein Hausherr, der dem Gast mit pflichtschuldiger Höflichkeit begegnet, auch wenn dieser gar nicht geladen war. Die Träumerin selbst aber demonstriert Begeisterung, auch wenn es ihr schwerfällt. Denn die Fremdheit und der Wunsch, sie endlich loszuwerden, mit denen ihre Mutter sie empfangen hat, die alte Kränkung brennt in ihrem Körper. Sie lässt sie dort einige Sekunden wirken, um zu zeigen, dass sie bereits immun dagegen ist. Doch gleich darauf befreit die Kränkung sich wieder aus dem Verlies und schlägt ihr auf den Magen. Nein, sie liebt sie nun nicht mehr, diese Frau, doch die ganze Zeit ist ihr bewusst, dass ihre Mutter nicht schuld ist.

(Der Wiederträumer war aufgebracht: Nicht schuld … Wieso? Diese Kränkung ist doch schon ein Teil der Träumerin geworden, und es ist ja auch nicht bei einer einzelnen Kränkung geblieben. Dennoch fiel sein Urteil nachsichtig aus: Diese Frau ist unfähig, überhaupt Verantwortung zu tragen …)

Die Mutter sagt mit arabischem Einschlag: »Allah yichfatk, schade, dass du vorher nicht Telefon gemacht hast.« (Der Wiederträumer: Wieso zum Teufel sollte sie sich ankündigen? Das ist doch ihr Zuhause …) Wieder dieser Zungenschlag, der mit jedem Wort Fremdheit demonstriert. Seitdem sie sich an ihre Mutter erinnert, lässt diese bei jedem Satz irgendein hebräisches Wort weg: Neunundzwanzig Jahre lebt sie schon hier und beharrt immer noch darauf, es sei nur vorübergehend.

Die Träumerin antwortet: »Ich habe angerufen, aber es hat niemand abgenommen …« Kurzes Schweigen. Dann fragt sie: »Wo ist er?« Die Mutter deutet in eine bestimmte Richtung. Ihr

Stiefbruder Scha'ul liegt in seinem schmalen Bett, das nah bei der Nordwand steht. Rote Haarspitzen schlängeln sich zwischen den Laken. Sie stolpert über verborgene Steine, die mit einem Wust aus Kärtchen bedeckt sind. Tausende verknitterte Pappkärtchen häufen sich zu Türmchen, die fast bis zu den Knien reichen: Die Bildkärtchen der Fußballer in Montreal 1982, auch Bildkärtchen von örtlichen Fußballern oder Fernsehstars oder der Gurkentruppe. Seit Jahren handelt er damit: Hat einen einmaligen, gut geölten Konzern zum Handel mit Bildkärtchen gegründet. Kauft günstig und verkauft teuer, kauft vier alte für eine neue, und wenn die alten aus der Landschaft verschwunden und zu Raritäten erklärt worden sind, bringt er sie wieder auf den Markt – verkauft eine alte für zehn neue. An den Seiten des Zimmers sind zwei Tore aus Mispelkernen aufgebaut. Er spielt wieder Fußballturniere mit den Karten nach, dachte sie, das Team der Weltmeisterschaft 1982 gegen das Team der israelischen Fußballstars – das ist das Derby, das er mehr als alle anderen liebt. Diese Erinnerung droht sie aus seinem Zimmer zu verjagen, doch sie ist hartnäckig, nicht bereit, sich an die Verwüstungen der Vergangenheit zu gewöhnen. Sie will mit dem Liegenden sprechen.

Scha'uls Gesicht ist hübsch, seine Augen versprühen ein Rasengrün, sein rötliches Haar ist voll und seine Wangenknochen eine beneidenswerte Skulptur. Dabei verunstalten Wülste sein Gesicht und kleine Narben durchziehen den Bereich zwischen Hals und Schultern wie Furchen. (Der Wiederträumer spottet: Herzergreifend. Zweifelsohne. Er hat eine Schönheit, die mühelos strahlt, trotz der kleinen Makel.)

Sie zieht die Laken weg und sieht, wie dick er geworden ist. Das überrascht sie. Es scheint, als habe die Tatsache, dass er so dick geworden ist, sie voneinander entfernt. (Der Wiederträumer versteht: Ein unerwartetes Merkmal hat sich bei ihm aufgetan, das die Nähe, die sie jetzt wiederaufbauen möchte, beeinträchtigt. Die Tatsache, dass er jetzt älter sein würde, hat sie vorausgesehen, aber hier war ein Detail, das ihr in ihrer Kindheit entgangen ist. Es beeinträchtigt die Aura ihrer gemeinsamen

Vergangenheit.) Die Träumerin wartet auf den Augenblick, an dem sie die Frage stellen kann, die sie zu ihm geführt hat und sie nicht loslässt.

Aus dem Korridor stürmt ein Junge ins Zimmer, groß für sein Alter, in Sportkleidung, mit den Händen umklammert er einen Basketball. (Der Wiederträumer wunderte sich: Die Rede war doch immer von vieren, Vater und Mutter in zweiter Ehe und zwei Kinder, eins der Mutter, eins des Vaters, wer ist also der zusätzliche Junge?) Die Haut des Jungen ist braun, seine Augen ähneln denen Scha'uls. Er klagt mit weinerlicher Stimme: »Scha'ul, du hast versprochen, den letzten Tag der Sommerferien mit mir zu verbringen.« Er weigert sich, sie zur Kenntnis zu nehmen, und würdigt sie keines Blickes. Scha'ul deutet auf sie und richtet einen kurzen Satz an ihn. Niemals hatte Scha'ul sich in ihren Kampf eingemischt, nie sich verpflichtet, Stellung zu nehmen. Er zieht es vor, diesen Kampf als Störung zu betrachten, die mit der Kindlichkeit der Streitenden zu tun hat. Da richtet der Knirps erstmals seinen Blick auf sie. Diese Begegnung lässt die Erinnerung an den Hass, der da gewesen ist, wieder in ihr aufsteigen, nur nicht mehr so heftig wie damals. Sein kränkliches Aussehen, seine knarrende Stimme, die ohne Vorwarnung säuglingsartige Kreischtöne hervorbringt! Ihr Hass aufeinander ist total.

Sie und Scha'ul befinden sich jetzt in einem anderen Zimmer. Verschwommen hören sie die Schreie des Jungen, der Scha'ul sucht. Er schreit: »Ihr seid Huren … Huren … Hurensöhne!«

Jetzt sprechen sie miteinander.

»Wir haben uns lange nicht gesehen«, sagt sie.

»Es ist wirklich lange her.«

»Wann hast du es geschafft, dick zu werden?«

Sein Vater kommt wieder und blickt sie überrascht und fröhlich an, als hätte er sie vorher nicht gesehen. Seinen Sohn bedenkt er mit einem anderen Blick. Zum ersten Mal ist sie Zeugin des Ausdrucks, von dem Scha'ul geschworen hat, dass er in den Tiefen des freundlichen Gesichts seines Vaters verborgen sei.

Die dicken Augenbrauen richten sich auf, die schwarzen Augen treten aus ihren Höhlen und füllen das halbe Gesicht, Zuckungen erschüttern es an wechselnden Stellen: Die Nase wendet sich nach rechts, das Ohr springt in die Höhe. Danach – und das ist nun wirklich erschreckend – verschwinden die Lippen. Scha'ul umklammert ihre Hand und seine Fingernägel kratzen an ihrer Haut. »Ich hab's dir gesagt«, flüsterte er mit weinerlicher Zufriedenheit. Da schüttelt der Vater sich und lässt von Scha'ul ab, betrachtet Rachel nun wieder mit schwarzem, schmeichelndem Blick. Sie denkt, was sieht er jetzt? Wie alt bin ich in seinen Augen? Wieder das spaßige Lächeln. »Die Schöne von der Straße, oder was?« Er wendet sich seinem Sohn zu und deutet auf sie. »Schließ den Deal mit ihr schon jetzt ab. Glaub mir, mein Sohn ...«

Er wendet sich von ihnen ab, geht zum Bett und zieht den Rest seiner Kleider aus. Sie schauen still und entsetzt sein nacktes Hinterteil an. Er legt sich in das ungemachte Bett, und mit schläfriger Stimme sagt er etwas wie: »Ihr könnt bleiben und reden ... ich schlafe nur ein wenig.«

Wieder im Korridor. Sie zwängen sich durch die Küche zwischen Mutter und Wand. Die Mutter steht am Bücherregal, blättert nervös in einem der Bände der »Kultur-Enzyklopädie«, sucht hebräische Wörter, murmelt Verwünschungen.

Die Träumerin ist fast schon im Begriff, Scha'ul in ihre Geheimnisse einzuweihen, wenn er nur einen Augenblick innehalten würde. Ihre Mutter sieht sie vom Ende des Korridors tadelnd an, auf ihren Schultern blühen blau-gelb-rote Wundmale, und sie sagt: »Schade, dass du dich nicht früher gemeldet hast ... Einen Stuhl für einen Dinar hätte ich dir gegeben.« Nach ihnen rast der Junge vorbei, den Ball fest umklammert. (Der Wiederträumer war aufgewühlt: Wer ist dieser Junge? Gibt es noch einen Jungen? Einen weiteren Sohn ihres Stiefvaters? Wo ist er bei all den Erzählungen gewesen?) Sie beschleunigen ihre Schritte – sie und Scha'ul – und flüchten vor seinem Genöle, so wie früher, so wie immer. Jetzt sind sie wieder in Scha'uls Zimmer. Die Kärtchen füllen es bis zu Decke, ein dichter Wald von Kartenbäumen, von denen Zweige herabhängen, die sie in alle Körperteile stechen. Scha'ul sagt: »Die Karten sind vergiftet. Sei vorsichtig.« Sie glaubt es nicht, wahrscheinlich übertreibt er wieder. Die Kartenbäume beherrschen den Raum, sie bilden Himmel und Erde, sie sind der südliche und der nördliche Horizont. Sie hören die Schritte des Jungen. Auch er ist in diesem Wald gefangen, nahe bei ihnen und dennoch unsichtbar. Er ruft nach ihnen, schon nicht mehr wütend, in flehendem Ton. Er hat Angst. Bald wird es Nacht werden. Sie genießt den Ton seiner Stimme, lässt sich aber dieses verbotene Vergnügen nicht anmerken. Dann und wann trifft der Schlag einer Karte ihr Gesicht. Mal ist es Bonjek, der Nationalstürmer der Polen, mal ist es die Karte von einer Gurkentruppe. Scha'ul wendet sich zu ihr und sagt: »Ich will ihn suchen, das ist schon kein Spiel mehr.« Große Sorge malt sich auf sein Gesicht, und es scheint, als stünden Tränen in seinen Augen. Er sagt: »Wir haben uns nicht richtig verhalten!« Die Träumerin weiß, dass er ihr die Schuld gibt. Sie schleppt sich hinter Scha'ul her, hat Mühe, bei seinem Tempo mitzuhalten. Zuweilen verschwindet sein Körper zwischen den Bäumen. Einer der Zweige schlägt heftig an seine Brust, es ist der Zweig, an dessen Ende sie Flaco von der brasilianischen Mannschaft, Régis Genaux (Belgien) und noch einen erkannt hat. Scha'ul schreit vor Schmerz auf. Sie eilt zu ihm. »Bist du okay, Scha'ul?«, schreit sie. Von außerhalb des Waldes ist die donnernde Stimme des Vaters zu hören: »Scha'ul, Adam, wo seid ihr? Kommt sofort wieder zurück. Mama hat scharfes Gemüse-Rührei gemacht. Das Essen wird kalt.« Die Mutter flüstert ihm zu: »Jakov, Racheli ist jetzt auch da, du hast gesagt, sie darf nicht ...« Der Vater antwortet grob: »Schweig schon, nichts habe ich gesagt«, und fügt sarkastisch hinzu: »Du bist vielleicht eine Mutter, du. Sie ist immer eingeladen ... Stell noch einen Stuhl dazu.« Und wieder ruft er: »Kinder, wo seid ihr? Auf der Stelle hier melden!« Die Träumerin meint das Brutzeln der Eier in der Pfanne zu hören, die sich mit dem goldfarbenen Öl vermischen und allmählich stocken. Sie ist sehr hungrig.

Die mächtige Stimme des Vaters, die ihnen vom Ende der Allee entgegenhallt, lässt Scha'ul erstarren, doch bald reißt er sich wieder zusammen und rudert weiter nach vorne. »Weiter, weiter«, feuert er sich an, doch kollidiert er gleich mit dicken Kartenzweigen, die seine Schritte behindern. Er schlägt mit blutenden Händen auf sie ein, fegt sie zur Seite oder zerhackt sie mit einem Kartenschwert: Viele Karten sind zerstört, der Wald füllt sich mit Pappkrümeln, Fetzen rollen vor seine Füßen. Er schreit: »Haut ab!«, und versetzt den Resten seines Kindheitswerks zornige Tritte. Jetzt ist es zu spät zum Reden. Sein ganzes Interesse gilt dem Jungen. Er ruft ihn wieder und wieder, und der Ton seiner Stimme ist warm und werbend. Sie kommen voran, und aus der Entfernung von einigen Metern sehen ihre Augen den zappelnden Umriss des Jungen. Er bringt keinen Laut hervor. Sein Körper geht in einem Meer aus Karten unter. Er rudert verzweifelt mit den Armen. Scha'ul steht über ihm wie eine Salzsäule und reicht ihm keine Hand, als habe er sich mit dem Unvermeidlichen abgefunden. Die Erkenntnis, dass er nun das, was sie ihm sagen wollte, nicht mehr hören wird, kommt ihr allmählich zu Bewusstsein.

Plötzlich war es zu spät.

Die Träumerin murmelte etwas, und ihr Kopf schoss nach vorne. Der Wiederträumer hielt sie fest, es fiel ihm schwer, weiter so grausam zu ihr zu sein. Er erwog, aufzuhören. Dann entschloss er sich anders, denn sie hatte ihn doch beschworen, nicht mittendrin aufzuhören, schon gar nicht beim ersten Traum. Er hatte Mitleid mit dem angegriffenen, geliebten Körper. Ohne Zweifel zahlte sie einen schweren Preis für jedes Traumbild, das er ihr zurückgab.

Auch ihm forderte es ein hohes Maß an Überwindung ab. Was war er anderes als ein hingebungsvoller Folterer? Wie jeder Folterer, der den Schmerz immer weiter verstärkte, verschärfte er die Qualen ihres ohnmächtig daliegenden Körpers. Wieder sprühte ihr sein Atem Speichelpartikel ins Gesicht. Er konnte nicht mehr, hielt inne, wollte den Traum aus ihrem Körper verjagen. Plötzlich, mit einer einzigen schwerfälligen Bewegung, schüttelte sie den Schlaf ab. Ihre Augen blitzten ihn an, machten ihm Schuldgefühle, und ihr Haar klebte am geschwollenen Gesicht. Er erschauerte, als er sah, wie viel Selbstbeherrschung sie aufbringen musste, um sich nicht auf ihn zu stürzen, wie gerne sie auf ihn eingeschlagen hätte. Unwillig musste sie klein beigeben, aber ihren Augen war abzulesen, dass sie wusste, dass der Rest des Traumes verloren war, der Teil, den er ihr nicht zurückgegeben hatte. Niemals würde sie das Ende des Traumes erleben, dabei sehnte sie sich so sehr danach. Sie nannte ihn »Dieb«, »Betrüger«, schrie »Lügner!« und schlug seine Hand aus. Dann begann ihr Zorn sich mit Resignation zu mischen, mit dem Gefühl der Vergeblichkeit.

Plötzlich schöpfte er Mut. Ihr Traum ordnete sich vollständig in seinem Bewusstsein, überaus hell. Als sei er selbst das Kind, roch er den Staub ihres Zuhauses, den Schweiß des Vaters und genoss das Leiden des verdammten Jungen, den sie gehasst hatte. Es schien ihm, als wären sie noch nie derart vereint gewesen wie in diesem Augenblick. Wie lange hatte er darauf gewartet? Jahre waren vergangen, seit er sie kennen gelernt hatte, und schon damals wusste er, dass er seine Begabung nicht verleugnen würde. Ihre Zeit würde noch kommen – Zeit für einen Traum, der Stücke aus ihrer Vergangenheit aufhäufen und in seine Hände legen würde. Wie beim ersten Traum seines Vaters, den er damals in seiner Jugend gesehen hatte, an dem Tag, an dem die Begabung zutage trat. Fünf Jahre lang hatte er nachts mit ihr geschlafen und gewartet. Doch nie zuvor hatte es einen solchen Traum gegeben. Nach siebzehn Jahren Verdrängung wurde er daran erinnert, wie sehr er seine Begabung liebte, die Begabung, Herrscher über die Nacht zu sein.

Alon und Jonathan

27. April

Woher wissen Sie, dass ich Träume überhaupt brauche?«, fragte Alon.

»Sie vielleicht nicht«, antwortete der Bettler gleichgültig, »dann wird es halt ein anderer sein.«

»Und diese Fertigkeit, woher kommt die?«

»Hab ich von dem Mann gelernt, der mir meine Träume zurückgegeben hat.«

»Nur ein Traum war's!«

»Später hat er weitere zurückgegeben.«

»Haben Sie sich noch mal getroffen?«

»Ja, es gab noch einige Treffen.«

»Wenn es so schrecklich war, den ersten Traum zurückzubekommen, wieso haben Sie dann noch weitere verlangt?«, versuchte Alon ihn zu provozieren, während ihm klar wurde, wie töricht diese Frage war.

»Es war wirklich sehr merkwürdig«, gab der Bettler zu, von Albträumen bedrängt. »Später tauchte er manchmal auf, sehr früh am Morgen, vier Uhr, vielleicht fünf Uhr, allein, ohne sie, sah immer gehetzt aus, die Augen verschreckt, immer starr auf die Fenster seiner Wohnung gerichtet, rückte etwas Geld raus und verlangte von mir zu träumen. Das letzte Mal war vorige Woche, aber ich habe ihn aus dem Zelt gejagt …« Seine Stimme mobilisierte etwas wie Stolz.

»Ich verstehe das nicht«, wunderte Alon sich. »Hat er Ihnen regelmäßig Träume zurückgegeben?«

»Nein. Beim letzten Mal wollte er unsere Träume nur klauen.«

»Dieser Kerl«, fragte Alon. »Ist er sehr seltsam?«

»Noch nie bin ich jemandem begegnet, der dauernd nur Fragen stellt«, maulte der Bettler.

Der Bettler stand um zwei Uhr nachts einfach so in der verödeten Allee, da, wo vor ein paar Stunden noch das Zelt gestanden hatte. Sein Blick kam aus Augen, durch die das Schicksal getanzt war, mit einem bloßen Zucken quittierten sie, was sich ereignete. Zwar fühlte er sich ab und an verleitet, etwas zu erhoffen, aber selbst die Hoffnung war schon von der Gewissheit durchtränkt, dass sich für ihn nichts auf der Welt mehr einrenken lassen würde. In verschiedener Hinsicht war er für immer an diesen Ort gebunden. Während er akribisch mit Zahnseide seine Zähne von Keksresten säuberte, machte der Bettler Alon einen Vorschlag. Nachdem er ihn an dem sehr persönlichen Traum vom Grab seines Vaters hatte teilnehmen lassen, schien er davon auszugehen, dass sie nun Freunde waren. Sein Gesicht nach vorne gerichtet, redete er mal inbrünstig, mal skeptisch. Alon fiel es schwer, die Wörter sinnvoll zusammenzureimen. Aber er hatte keine Wahl: Sein Erinnerungsvermögen schlug neuerdings mehr Kapriolen denn je. Es riss die Nacht mit Noa aus der Reihe der Nächte, zeichnete nur sie in großer Klarheit, isolierte sie vom Zusammenhang mit den vorangegangenen und nachfolgenden Ereignissen. Es stattete sie mit unendlich vielen Farben und Lauten aus. Dagegen ergraute und verstummte alles andere. Diese eine Nacht war da, anderen Nächten verweigerte sich die Erinnerung, gab nur verschwommene, flüchtige Szenarien preis. Von wiederum anderen Bildern, Bildern aus frühen Tagen, offenbarte sie nur Spuren. Und selbst manches Bild der letzten Tage trieb ihm den Schweiß aus den Poren, wenn er es fassen wollte.

Er starrte in das Geflecht der Nacht. Es hatte die dunklen Farben aufgesogen, die schon seit Wochen den Himmel über der Stadt bedeckten. Wolkengewölbe schluckten den Glanz der Sterne. Er blickte prüfend in den Sturzbach, der die Allee hinabtoste. Schon auf den ersten Blick konnte er Gegenstände erkennen. Die Stromschnellen rissen sie mit, dann und wann sprangen sie wie Delphine empor, hielten sich einige Sekunden in der Luft, um sogleich wieder in den Tiefen zu verschwinden: Mäntel, Hemden, Bettlaken, ein einzelner Schuh, Teile eines Aschenbechers, ein Videoband, eine schwarze Lautsprecher-Box, Teile eines Einkaufswagens vom Supermarkt, eine Puddingschüssel aus Plastik.

Der Bettler inspizierte eingehend seine Zahnseide und deutete dahin, wo die Hauptstraße einen ebenen Verlauf nahm: »Dort stehen seit zwei Wochen Autodiebe und sammeln ein.«

»Ganze Autos werden weggespült?« Alon bezweifelte das.

»Nicht jeden Tag«, antwortete der Bettler und verwahrte die Zahnseide in einem Taschentuch. »Von einem habe ich gehört …, waren zwei vielleicht.«

Alon fiel auf, dass der Bettler erkältet war, häufig wischte er seine Nase mit den Ärmeln des Mantels ab. Auch klang seine Stimme brüchig, die Erkältung spaltete die Laute, die ihm zäh über die schmalen Lippen kamen. Seine Sätze wurden von Hustenanfällen unterbrochen, die Brustkorb und Gesicht erschütterten. »Vielleicht habe ich es nicht genau verstanden«, knurrte Alon. »Nachts schlafe ich. Na gut, ich träume eine Menge Träume und erinnere mich nicht an sie. Oder ich erinnere mich nur an einen, den letzten. Ich soll mir von dir die Träume zurückholen lassen, an die ich mich nicht erinnern kann?«

»Weiß nicht, ob du sollst oder nicht«, antwortete der Bettler. »Tatsache ist, dass du dich nicht erinnerst.«

»Also, wenn ich richtig verstanden habe, erwartest du, dass ich dich dafür bezahle, dass du mir die Erinnerung an Träume verschaffst, an die ich mich sonst nicht erinnern würde?«

»Nicht nur das. Auch solche Träume, an die du dich zu erinnern glaubst. Du erinnerst dich aber nicht wirklich an sie. Von denen hast du nichts als ein paar schwache Bilder und Erinnerungsblitze. Aber ich … aber ich … a-a-auch die Träume, an die du dich nur schwach erinnerst, werde ich zurückholen, vom Anfang bis zum Ende.« Der Bettler keuchte schwer. »Du bekommst sie genau, wie du sie geträumt hast, und noch viel wahrhaftiger.«

»Aber du verstehst eins nicht!«, brach es aus Alon hervor, auf dessen Gesicht Regen und Schweiß sich zu dünnen Rinnsalen vermischten. »Ich arbeite im Dienste der Erinnerung, ich arbeite an Ereignissen, die wirklich geschehen sind!«

»Ach ja, und wieso arbeitest du daran?«, mokierte sich der Bettler. »Warum beschäftigst du dich mit Dingen, die einmal waren? Du hast ein schönes Heim und Geld, also mach es dir doch vergnüglich.«

Alon schwieg mürrisch und der Bettler lenkte schnell wieder ein, um ihn zu beschwichtigen. »Na gut, na gut, auch das Erinnern ist sehr nett, wenigstens fürchtet man sich da nicht vor bösen Botschaften. Dann also – vielleicht beschenkt dich der Traum mit neuen Erinnerungen, in deren Diensten du dann arbeiten kannst.«

»Aber der Traum beschenkt einen nicht mit wahren Erinnerungen!«, rief Alon verzweifelt.

»Dann hast d-d-du d-d-das vielleicht nicht nötig.« Jetzt setzte der Bettler sich neben ihn.

In der Allee rotteten sich Hunde und Katzen zusammen. Sie umringten eine Holzkiste voll Käse, die sich zwischen zwei Barrieren verfangen hatte. Heulen, Wimmern und Knurren wurde laut. Die Katzen waren nah bei den Hunden, wagten es aber nicht, der Kiste näher zu kommen. Die Hunde drängten sich vor. Zu Alons größter Überraschung leckten sie den Käse ordentlich auf, geradezu vorbildlich. Ein Kater, dessen Fell von roten Striemen aufgerissen war, wagte es, sich ihnen zu nähern. Er wurde davongejagt. Beschämt gesellte er sich zur Meute der klagenden Katzen, die zwei dichte Reihen bildeten wie der Chor einer griechischen Tragödie.

»Und woher weiß ich, dass du kein Betrüger bist?«

»Den Verdacht verstehe ich. Wenn ich ein solche Geschichte gehört hätte, würde ich sagen, dieser Kerl erzählt tolle Märchen.«

»Das soll eine Antwort sein? Dass du selbst meinen würdest, ein Lügner zu sein?«

»Sei nicht a-al-allzu besorgt.« Den Bettler befiel wieder ein heftiger Hustenanfall. »Ich könnte nur … einmal lügen … o-o-oder zweimal, nicht mehr.«

»Leuchtet mir nicht ein. Es gibt grenzenlos viele Geschichten, die man erfinden kann.«

»Das hat der Wiederträumer gut erklärt«, erinnerte sich der Bettler. »Er hat gesagt, jeder Mensch kennt seine Träume. Wenn du befürchtest, ich könnte Träume einfach erfinden … Diese Furcht beruht auf einer Fehleinschätzung. Du würdest den Betrug sehr schnell erkennen.«

»Während du kassierst«, kommentierte Alon mürrisch.

Den Bettler packte plötzlich die Redelust, vielleicht um der Erinnerung an den Wiederträumer zu entgehen. Während Alon sich noch im Käfig seiner eigenen Gedanken aufhielt, legte er los und ging zu anderen Dingen über, Erinnerungen, Erinnerungen, jetzt hatte er welche. Hatte er Alon schon den Traum vom toten Vater erzählt? Oder sollte er nicht besser erzählen, wie der Vater im Leben war, Alon arbeitete doch im Dienste der Erinnerung, stimmt's? Na bitte, also, dann soll er mal ein wenig im Dienst der Erinnerung des Bettlers arbeiten.

Als sich der Vater des Bettlers das Leben nahm, war er vierundzwanzig Jahre alt. Der Vater war ein dickleibiger Mann, mittelgroß, ein runder, fröhlicher, gutherziger Mensch, wie es schien. In Wahrheit war er vor allem ehrgeizig. Sein Hauptziel war, seine Familie zu erlösen, die von der Arbeitslosen-Unterstützung lebte. Er trieb sich viel in Einkaufszentren herum, studierte, wie Geschäfte funktionierten, von denen er gehört oder in der Zeitung gelesen hatte. Manchmal verbrachte er acht Stunden in einem Baufachgeschäft, einer Bäckerei, der Filiale einer Modekette, in einem Textilwerk, bei einer Autovermietung. Er notierte, wie der Laden aufgebaut war, wo die Fehler lagen, an welchen Punkten Vorteile nicht genutzt wurden. Einmal bot er seine Aufzeichnungen dem Leiter eines Baufachgeschäfts an. Gut gelaunt kam er nach Hause, weil der Leiter versprochen hatte, das Dokument aufmerksam zu lesen. Niemals versäumte er Seminar-Veranstaltungen: »Wie gründet man ein Unternehmen?« – »Wie reduziert man die Risiken einer geschäftlichen

Initiative?« oder »Wie gründet man sein Geschäft auf ein wirtschaftlich solides Modell statt auf Wunschdenken?«. Kredite zur Finanzierung kleinerer Unternehmen, Stiftungen zur Förderung privater Initiativen – all das kannte er bestens. Er versäumte keinen Fernsehauftritt von Unternehmern, die er bewunderte, er las alle Berichte in den Zeitungen und studierte eifrig die Wirtschaftsspalten. Über alles bewunderte er das Buch »Der Lügenmythos von der Trennung des Menschen von seinem Unternehmen« des Autors Jonathan Passos, Besitzer des Riesenkonzerns S.P.P. Der erste Leitsatz von Passos lautete: »Der Mensch und sein Unternehmen sind ein einziger Körper. Der Ruin des Unternehmens ist im Wesentlichen ein Scheitern der Persönlichkeit, nicht das Ergebnis dieser oder jener Umstände, kein Zufall und nichts von dem, was uns New Yorker Psychologen, diese Trödler von Mist, vorplappern. Der Triumph des Unternehmens ist also auch ein großer Sieg der Persönlichkeit, eine Erhebung der Seele.«

Der Vater des Bettlers hängte sich an Erfolgsmenschen nicht aus Verehrung, sondern aus Entschlossenheit. Die Entschlossenheit war eine Mischung von Blauäugigkeit und Organisationsreligion, dem Glauben an Hierarchien und an die Logik der Geschäftswelt. Er glaubte weder an »zufällige Gelegenheiten« noch an riskante Einsätze. Sag zu ihm einen Satz wie »Mit ein wenig Glück …«, und er wird dich fortjagen. Er glaubte an Untersuchungen, an Marktanalysen, an umfassende und eingehende Geschäftspläne. Er sprach immer vom Geschäft zur richtigen Zeit am richtigen Ort.

»Er war ein Esel«, klagte seine Witwe. »Selbst wenn er sich mal ein gutes Konzept ausgedacht hatte, hatten vierzig andere es schon geklaut, bevor er einen Entschluss fasste.«

Die meiste Zeit seines Erwachsenenlebens verbrachte er mit kleinen Unternehmungen, die stets erfolglos blieben: Die Fabrikation feuchter Papiertücher, ein Second-Hand-Laden für Haushaltsgeräte, eine selbstständige Vertriebszentrale von Werbeanzeigen in einer örtlichen Zeitung und als Krönung, die wirklich große Schulden verursachte, eine Fabrik, die Gummi für Sportbekleidung herstellte. Sämtliche Unternehmen scheiterten, und jedes Scheitern brachte neue Hoffnungen hervor, klare Schlussfolgerungen, schicksalsschwere Einsichten über die unternehmerische Richtung, die unserer Epoche entsprach. In jedem Scheitern lag schon die Saat des künftigen Scheiterns.

Nachdem sich sein Vater im Badezimmer mittels zweier Wickelseile aus dem Lager der bankrotten Firma erhängt hatte, waren der Bettler und seine Mutter im Erdgeschoß eines kleinen Mehrfamilienhauses geblieben. Seine Mutter hatte Schulden bei Gläubigern zu zahlen und musste die Wohnung schließlich verkaufen. Er selbst verstand von Geschäftsdingen nichts. Ihn interessierten Menschen. Das hörte sich merkwürdig an, aber er hatte die Fähigkeit, tief in die Geheimnisse ihrer Herzen einzudringen. Er sah einem Menschen an, wie dieser in zwanzig Jahren sein würde. Den Tod seines Vaters hatte er seine ganze Jugend hindurch vorausgesehen und zwar genauso, wie er dann kam, durch Erhängen im Badezimmer. Danach riss das Leben ihn in die Gosse und er hörte auf, Visionen zu haben. Bis er den Wiederträumer traf.

Mit dem Tod seiner Mutter verlor er sein Zuhause. Er beschloss, ins Zentrum des Landes zu ziehen und Arbeit zu suchen. Er wurde Wachmann, Putzer in einem Altenheim, Hilfskraft bei einem Bäcker, in einer Schreinerei, in einer Werkstatt zur Verwertung alter Autoteile. Er begann in Arbeiterheimen zu übernachten, manchmal auf der Straße. Es gab Abende, an denen es ihm schwerfiel, etwas zum Essen aufzutreiben. Ungefähr zwei Monate, nachdem er sich auf die Straße begeben hatte, begriff er, dass er bald sterben könnte. Schlicht und einfach. Bis dahin hatte er nicht ein einziges Mal an diese Möglichkeit gedacht. Das war, nachdem Gemini gestorben war. Sie schliefen häufig nebeneinander auf der Treppe des Schalom-Tower. Eines Nachts hörte er ihn Entschuldigungen murmeln, als bitte er seine Mitmenschen um Vergebung. Namen tauchten auf und versanken wieder, Vater, Mutter, immer wieder kam eine Loretta vor. »Ein alter Mann … alter Mann …« Um vier Uhr morgens ungefähr bat Gemini mit knarrender Stimme einen gewissen

Michael um Vergebung. »Das hast du zurückgebracht?«, jammerte er. »Du Wichser ... bring's jetzt zurück, spätestens bis morgen früh!« Und gegen fünf rief er: »Mama, Papa, Joe!« Wahrscheinlich hatte er kapiert, dass es keinen gab, der ihm antworten würde. Während der ganzen Zeit war Jonathan sein einziger Zuhörer. Stur in seinen Schlafsack eingerollt, stellte er sich taub gegen die Rufe seines Freundes, der in den Tod hinabglitt. Am Morgen stellte er fest, dass Gemini nicht mehr unter den Lebenden weilte. Später tat ihm leid, dass er ihm die Augen nicht zugedrückt, die kleine Gefälligkeit für den Toten versäumt hatte. Wenigstens hätte er nicht wie einer aussehen sollen, der von der Welt noch etwas verlangte.

Ende des vierten Jahres auf der Straße wurde er zum Vorsitzenden gewählt. Die Organisation war nach der Nacht, in der viele Bettler gestorben waren, ins Leben gerufen worden. Hier, in dem Zelt hier – er deutete auf die Stelle, als stünde das Zelt noch da – fanden viele Bettler der Stadt zueinander, sie lernten sich kennen, tauschten sich aus über ihre Beschwernisse. Während der ersten Debatten begeisterte er die Freunde mit seinen Reden und fand Anerkennung beim alten Alexander Lasarow. »Das ist der geeignete Mann, um der Organisation vorzustehen«, entschied Lasarow, und seine Befehlsempfänger, darunter Schimon Mag-Mag, der Hund, nickten gehorsam. Anfangs hatte er an die Organisation geglaubt, hauptsächlich weil einige junge Leute dabei waren, Leute wie er, von der letzten Rezession auf die Straße getrieben. Das waren Leute von besonderem Schlag. Sie hatten in der Armee gedient, manchmal sogar in den kämpfenden Einheiten. Die meisten hatten verschiedene Berufstätigkeiten hinter sich, einige waren gebildet und hatten acht, zehn, manchmal zwölf Jahre Schulausbildung vorzuweisen. Sie setzten sich keine Spritzen und tranken auch nicht wie die Irren. Im Fernsehen hieß es, in England habe die Gemeinde der Wohnsitzlosen eine Zeitung. Er begeisterte sich für diese Idee, fand aber keine Sponsoren. Das Problem war, dass die Jüngeren meist irgendwann begriffen, dass der Sturm sie ohne ein Arrangement, ohne Arbeit, ohne Hilfe irgendwann umbringen würde. Dann hauten sie aus der Stadt ab. Er war mit den »Festen« geblieben. Die meisten waren krank, Alkoholiker oder Schweiger, die wochenlang keinen Ton von sich gaben. Er kannte Leute, die schon seit Jahren durch die Straßen glitten, die nicht mehr von dieser Welt waren, die sich in Halluzinationen bewegten. Gott allein weiß, welche Stimmen sie hörten. Es gab auch zu viele Sprachen: Hebräisch, Arabisch, Russisch, Rumänisch, Portugiesisch, Chinesisch. Du setzt ein Treffen an und bekommst ein Symposium. Sprichst du Hebräisch, schreien die einen, sie verstünden nichts, und wenn sie dann selbst ihr bekloptes Englisch reden, verstehen die Israelis und Araber nichts, du hörst Portugiesisch von links und Rumänisch von rechts, wie soll man unter solchen Umständen eine Organisation führen?

In der letzten Woche gab es einen furchtbaren Streit, und der alte Lasarow verließ mit seinen Freunden das Zelt. Lasarow boykottierte auch das letzte Treffen des Organisationsrates. Des Bettlers letzte Getreue waren der Vertreter der Russischsprechenden und sein bester Freund, der für die Essensbeschaffung verantwortlich war. Der Vertreter erzählte ihm, er habe Lasarow zufällig getroffen. Lasarow habe wie ein Besessener auf den Bettler geschimpft, ihn Lügner und Schlitzohr genannt, einen Dieb, der nur im Fernsehen auftreten wolle. Er habe sogar in Frage gestellt, dass er überhaupt ein Bettler sei. Lasarows Meute habe geschworen, mit ihm abzurechnen. Er hatte die Organisation jedoch nicht verraten, nicht direkt jedenfalls. Er hatte nur recht bald einfach begriffen, dass er keinerlei Änderung der Lage der Bettler erreichen konnte. Die Stadt fiel auseinander und keiner war an ihnen interessiert. Man hatte ihnen das Zelt gegeben und das war's auch schon. Als er merkte, dass alle Tore zugefallen waren, begann er zu planen, seinem Schicksal zu entrinnen. Das gab er zu. Zuletzt hatte er vorgehabt, etwas Geld zu beschaffen und nach Aschkelon zurückzukehren.

Die Lektion, die ihm die Straße erteilt hatte, war zwingend: Das Schlimmste überhaupt ist es, etabliert zu sein und dann alles zu verlieren. Nach einem Jahr auf der Straße hatte er nämlich etwas Bargeld organisiert. Davon hatte er eine Erdgeschosskammer in der Schonzino-Straße gemietet, die zugleich als Lagerraum eines Wett-Etablissements diente. Im ersten Stock gab es zwei Wett- und Spielsäle, in denen die Nacht hindurch gelärmt wurde. Im Laufe der Zeit begann er, den Krach zu mögen. Als er diese Behausung verloren hatte, versank er in die schrecklichste Verzweiflung seit Beginn seines Straßenlebens. Er wollte nicht verarmt nach Aschkelon zurückkehren. Deswegen mühte er sich ab, geeignete Kleidung zu kaufen und ausreichend Geld zu horten, um mindestens zwei Wochen durchhalten zu können: Zweihundert hatte er vom Fernsehen, hundertundfünfzig vom Wiederträumer bekommen, einiges durch Putzen erworben, pro Treppenhaus vierzig Schekel, vierhundert würde er von Alon für den Traum bekommen, seinen Schlafsack wollte er für fünfzig Schekel verkaufen. Einiges würde natürlich vorher noch draufgehen. Seiner Reise nach Aschkelon zuliebe reduzierte er seine Ausgaben sehr. Schluss mit dem Luxus.

Apropos Filme und Kameras, er hatte vom Fernsehen eine Videokopie des Programms mit seinem Interview bekommen, aber wo konnte er sie ansehen? Die anderen Bettler hatten ihm Komplimente gemacht – hatten es im Fernseher des Zeltes gesehen: »Guter Auftritt«, »Sehr schön …« Sie pfiffen, klatschten, prosteten ihm zu. Schon seit zwei Wochen wollte er das Video sehen. Ob er nicht vielleicht auf einen Sprung in Alons Wohnung kommen könnte? Nur fünf Minuten …

»Zum Beispiel dieser Traum, den der Wiederträumer zurückgeholt hat …«

»Meinst du diese Geschichte vom Friedhof?« Alon schien mit einem Mal hellwach und genussvoll die Worte zu gebrauchen, die der Bettler nicht hören wollte.

»Ja, die«, konstatierte der Bettler trocken. »Heute steht dieser Traum so klar vor mir wie eine wirkliche Erinnerung. Keine verschwommenen Traumbilder, ich erinnere mich an ihn mit der gleichen Klarheit, mit der sich eine große Erinnerung einbrennt. Ich erinnere mich an diesen Traum genauso gut, wie ich mich daran erinnere, als ich zum ersten Mal zur Thora aufgerufen wurde … Ich erinnere mich klarer daran als an den gestrigen Tag.«

»Genau genommen«, widersprach Alon, »hast du eine bestimmte Geschichte gehört. Aber eine Erinnerung ist das Ergebnis eines eigenen Erlebnisses. Es hinterlässt eine Abfolge von Bildern und Tönen. Ein Traum, nicht einmal dein eigener, kann nicht plötzlich Erinnerung werden!«

»Da irrst du dich, du Klugscheißer!«, rief der Bettler überheblich, während er flink ein kurzes Hemd aus seiner Tasche fischte und es um seine schwarzen, einst sicher sehr attraktiven Haare wickelte. »Der Traum, den er zurückgeholt hat, war nicht irgendeine Geschichte, die ich von irgendwem gehört und mit Bildern bestückt habe. Als er ihn zurückholte, habe ich mich erinnert, habe rekonstruiert, war unterwegs in ihm. Ich habe ihn nicht ›irgendwie bebildert‹. Die Bilder gab es schon. Er hat sie selbst wieder geträumt und mir so zurückgeholt, dass sie Teil meiner Erinnerung wurden. Das ist der Grund, weshalb ich ihn ›Wiederträumer‹ nenne. Und du, hast du denn nicht behauptet, du würdest mit Erinnerungen arbeiten?«, spottete er. »Scha-schau … ein ausgezeichnetes Geschäft, wir we-werden zusammen arbeiten und du wirst … neue Erinnerungen haben.«

Der Regen setzte genau da wieder ein, als er damit fertig war, das Hemd zuzubinden. Alon berührte es merkwürdig, dass der Bettler das sekundengenau vorausgesehen hatte. Der ganze Raum um sie herum tönte: das Trommeln des Hagels, die Schreie der Katzen, das Bellen der Hunde, das Brüllen der Luft, das Donnern, als würde die Erde wie eine Nuss geknackt. Die Bäume wurden wild geschüttelt, sie wehten wie Fahnen an einem Wintertag und ließen es aus Blättern und Zweigen regnen.

Zehn Meter entfernt von ihnen war das letzte Knarren eines sterbenden Baumes zu hören. Der Laut übertönte den ganzen Tumult um sie herum. Der Baum wankte, kämpfte, rückte nach hinten und hielt immer noch, doch plötzlich spaltete der Stamm sich und neigte sich nach rechts dem Unvermeidlichen zu. Trotz der Entfernung schrak Alon zurück. »Vielleicht – sollten – wir – rennen – weg – hier!!!«, schrie er.

Im Treppenhaus des Gebäudes, das direkt neben dem Alons lag, fanden sie Unterschlupf. Sie zündeten trocken gebliebene Zigarettenstummmel an, wischten sich mit den Ärmeln die nassen Gesichter ab. Sie saßen dicht beieinander auf einem Schafsack, jeder hüllte sich, so weit es ging, mit einem Ende des Schlafsacks ein. Sie achteten darauf, dem anderen genug davon zu lassen, doch der Schlafsack war nass und verdreckt wie ein Lumpen, mit dem man eine ganze Straße abgewischt hatte. Alon rang mit sich, ob er nicht in dieser Nacht lieber nach Hause gehen sollte. Es war ohne Zweifel die schrecklichste Nacht des Sturms, zumindest bis zu diesem Zeitpunkt. Er stellte sich Liors Reaktion vor, wenn sie den Bettler Kaffee trinkend im Wohnzimmer sehen würde. Wahrscheinlich würde sie durchdrehen. Er beschloss, bis zum Morgen zu warten. Seitdem Noa ihn verlassen hatte, konnte er die Nacht einfach nicht akzeptieren. Er saß zu Hause und war entsetzt, wenn sie hereinbrach. Er empfand sie als ein Wesen, das ihn verfolgte, das in seinem Haus, seinem Zimmer, seinem Bett wohnte. Wo versteckte man sich vor der Nacht? Ohne das andauernde Rekonstruieren wäre er schon längst in der Nacht verloren gegangen.

»Wenn ich das, was du gesagt hast, richtig verstehe …«, hörte er seine eigene Stimme sagen. Manchmal sprach er absichtslos, die Bedeutung seiner Worte blieb ihm unklar. Es war, als sei die Stimme herbeigeeilt, um ihn aus den Abgründen zu retten, in die ihn seine Gedanken führten.

»Du verstehst sehr wohl, was ich gesagt habe!«, sagte der Bettler mit schmerzverzerrtem Gesicht.

»Ja … klar, das war es, was ich gesagt habe, nicht wahr? Ich wollte fragen, wie heißt denn dein Wiederträumer?«

»Du weißt doch, dass ich das nicht verrate.«

»Wirklich, weiß ich das?«

»Wenn er erstmal erfährt, dass auch ich das kann und diesen Dienst auch an andere verkaufe … Er hat mich doch gewarnt, hat gesagt, es lohnt sich für dich, alles geheim zu halten. Manchmal begegne ich ihm noch. Er ist da und dort, taucht auf und verschwindet, benimmt sich, als hätte er mich nicht gesehen. Ich bin jetzt ein total Fremder für ihn. Letzte Woche tauchte er mitten in der Nacht plötzlich in unserem Zelt auf, als alle schliefen. Du hättest seine Augen sehen sollen, als er drohte ...«

»Du bist besorgt«, begriff Alon sofort. »Er macht dir Angst ...«

»Bübchen, ich fürchte mich vor niemanden«, erklärte der Bettler, und es war ihm anzusehen, dass er in seinem Stolz getroffen war. »Ich habe mit ihm gerungen, habe ihn aus dem Zelt gejagt, ich ganz allein. Es ist einfach so, wenn ich dir seinen Namen verrate, wirst du dich an ihn wenden, und ich verliere das Geld.«

»Auf jeden Fall wirst du sehr schnell diesen Lohn verlieren!« Die Härte, die sich in der Glut der neuen Nähe scheinbar aufgelöst hatte, kehrte in Alons Stimme zurück.

»Vielleicht lassen wir das?«, sagte der Bettler und vergrub sein Gesicht im Schlafsack.

»Der Wiederträumer hat sich doch nicht freiwillig bereit erklärt, dir seine Fähigkeit beizubringen«, beharrte Alon. »Du warst da und hast gelernt. Genauso werde ich es von dir lernen, wenn ich deine Dienste in Anspruch nehme. Danach werde ich dich nicht mehr brauchen.«

»Das sind Illusionen«, sagte der Bettler. Er schien nun der Traumangelegenheit und Alons müde geworden zu sein. »In dir ist das nicht vorhanden, man sieht es gleich, für's Feuer braucht man den Funken, mein Lieber, so wie der Schekel hundert Agorot braucht. Ich war schon immer anders als andere Kinder, ich sah Dinge, die niemand sieht.«

»Was für Dinge?«, spottete Alon. »Teufel und Geister und solches Zeug?«

»Ich hab dir schon gesagt, ich habe Dinge bei Leuten gesehen, die nur sie selber kannten«, stellte der Bettler mit größtem Respekt für sein Thema klar. »Ich sah in sie hinein. Ich wusste, welchen Satz sie sagen würden, was sie verstecken würden, für welche Gedanken sie sich schämten. Solche Dinge.«

»Gut, in Ordnung, Hexer aus Aschkelon«, Alon hatte einen Anfall von Großzügigkeit, »so soll dein Wort das letzte sein, wie es geschrieben steht.«

»Und nimmst du dich vor der Epidemie in Acht?«, fragte der Bettler.

»Es gibt keine Epidemie, das sind Gerüchte aus dem Internet und vielleicht auch aus den Zeitungen.«

»Es gibt keine Epidemie?«, donnerte der Bettler. »O Herr, sie haben Augen, aber sie sehen nicht! Ich habe sie gesehen! Nicht in irgendeiner beschissenen Zeitung von ihr gelesen. Mit eigenen Augen habe ich es gesehen. Zwei unserer Mitglieder sind daran erkrankt.«

»Und wo sind sie jetzt? Hat die Regierung sie verschwinden lassen?«

»Ganz und gar nicht!«, antwortete der Bettler. »Hunderte haben sich an der Epidemie infiziert... Ich war... teilweise hat man sie in Krankenhäusern aufgenommen und einfach gewöhnliche Krankheiten diagnostiziert... Andere Leute bekamen Tabletten und wurden sofort rausgeworfen, auf die Straße, oder nach Hause entlassen. Ein Teil ist auf der Straße verreckt. Keiner wagt, zuzugeben, dass es die Epidemie gibt, die haben Angst.«

»Aber woher weißt du, dass es eine Epidemie ist? Eine Epidemie ist etwas Ansteckendes und das hier hört sich nicht so an...«

»Weil es immer die gleichen Symptome sind«, unterbrach ihn der Bettler und sah mit einem Mal ratlos aus, sogar verängstigt. Er ballte die Fäuste. »Auch die Ärzte wissen das... Die Kranken sind Leute, die verrückt geworden sind, weil der Morgen nicht rechtzeitig kommt, sondern jeden Tag später. Viele von ihnen funktionieren nicht mehr. Nachts schlafen sie nicht, sie fürchten sich, aus dem Haus zu gehen, sie können kein Auto mehr fahren und nicht arbeiten.« Dem Bettler entging, wie belustigt Alon ihn ansah. »Sie halluzinieren, jeder Gedanke an die Zukunft entsetzt sie... Sie sprechen nicht, manchmal erheben sie sich tagelang nicht aus dem Bett, behaupten, ihr Körper weigere sich, die alten Organisationsformen beizubehalten... Sie kotzen und scheißen Blut. Jedes Mal, wenn sich der Morgen verspätet, zittern sie, schreien und jammern.«

Die apokalyptische Rede des Bettlers, den die Krise erschütterte, in die brave Stadtbürger geraten waren, verblüffte Alon. Das hörte sich derart grotesk und unlogisch an, dass Alon es zunächst für eine Satire hielt, für Spott über Hausbesitzer und Autohalter, die von den neuesten Irrungen und Wirrungen ihres Leben verschreckt waren. Schnell begriff er, dass der Bettler sich keineswegs amüsierte, sondern wirklich besorgt war. »Vielleicht sind es nur Fälle von besonders starker Depression«, tröstete ihn Alon.

»Es ist eine Epidemie, die Menschen tötet«, sagte der Bettler entschieden.

»Wieso tötet?«, wunderte sich Alon. »Sind deine Kumpels denn nicht im Krankenhaus aufgenommen worden?«

»Einer ist noch dort. Er hatte sechs Tage lang hier in der Allee gelegen, eingerollt in den Schlafsack wie eine Leiche.« Der Bettler deutete auf den Katzenchor mitten in der Allee. »Sie haben ihn dann gerettet, die Ärzte. Aber Schlomo Ben Dor, kennst du ihn? Wohnte direkt hier, war Leiter einer Reiseagentur, toller Kerl, reich, kaufte uns immer Brot, als wir im Zelt waren. Eines Tages erkrankte er an der Epidemie und sprang vom Dach eines Hauses in Natania. Später sagte man, es sei das Haus seiner Eltern gewesen.«

Schon war es morgens um sieben und das Ende Nacht noch fern. Der Bettler war unvermittelt eingeschlafen. Sein Körper krümmte sich über die Stufen, geschützt von einem Armeemantel. Er schloss die Augen und taumelte in den Schlaf. Alon musterte ihn eingehend. Er trug alte Armeestiefel und Armeekleidung, offensichtlich aus Läden, die mit Armeeüberschüssen handelten. Er trug eine rötliche Armbanduhr aus Plastik, die an eine Kinderuhr erinnerte, und um den Hals eine dünne Silberkette ohne Medaillon. Seine Lippen waren von rot-violetten Kältepickeln umrahmt, die zum Teil weißlich-eitrig schimmerten. Seine Haut, besonders im Ansatz zwischen Hals und Gesicht, hing schlaff herab und sah aus, als hätte sie jemand nachlässig an den Körper geheftet. Seine Nase passte nicht zu seinem Gesicht. Sie war wie gemeißelt, geradezu aristokratisch. Seine Hände waren schlaff und schlammverdreckt, und die vom Frost trockenen Finger waren, wie Alon schon vorher bemerkt hatte, in einem Winkel von neunzig Grad gekrümmt. Er konnte sie nur mühsam bewegen.

»In Ordnung.« Alon schüttelte den schlafenden Bettler. Der wachte sofort auf, ohne verwirrten Blick, ohne die typische Schläfrigkeit eben Erwachter, richtete sich auf und sah Alon konzentriert an. Seine Lippen zitterten im schweißtriefenden Gesicht. Alon sah, dass er wirklich krank war und dass es umso besser wäre, je früher er sich von ihm seine Träume zurückgeben ließ. »Angenommen, ich brauche nur bestimmte Träume, also Träume von einer ganz bestimmten Art, alle anderen will ich nicht haben. Die Frage ist, ob du fähig bist, mir nur die Art Träume zurückzubringen, die ich verlange?«

»Wie kannst du Träume bestellen?«, wunderte sich der Bettler.

»Na, es ist doch klar, dass ich das nicht kann«, sagte Alon. »Aber ich sage dir gleich, ich will nur Träume, in denen eine bestimmte Gestalt vorkommt.«

»Eine interessante Idee … Nur, ich muss die Träume sortieren, wenn ich später nur die bestimmten zurückgeben soll. Deshalb muss ich in allen deinen Träumen sein. Das heißt für mich, dass die Zeit, die ich da investieren würde, dieselbe Zeit ist wie für ausgewählte Träume.«

»Die Zeit, die der Verkäufer investiert, wenn ich mir im Laden ein Hemd kaufe, bezahle ich auch nicht. Ich zahle für das Hemd, nicht für die Zeit, die der Verkäufer im Laden sitzt. Stimmt's?«

»Wenn man den Preis für ein Produkt kalkuliert, dann enthält dieser auch die Zeit, die der Verkäufer investiert«, griff der Bettler erneut an.

»Nur in einer sehr bestimmten Hinsicht! Nicht wahr?«, rief Alon.

»Dann lass uns vielleicht so verfahren«, schlug der Bettler in versöhnlicherem Ton vor. Er schien nicht zu verstehen, weshalb Alon sich mit zwanghafter Neugier in die Traumangelegenheit vertiefte und gleichzeitig in der Frage des Preises so kleinlich war. »Für die Zeit, die ich investiere, bekomme ich einen bestimmten Betrag, eher nur einen symbolischen. Aber für die Art von Traum, die du wünschst, setzen wir einen Sondertarif fest.«

»Hört sich recht annehmbar an«, nickte Alon.

»Endlich ein vollständiger Satz ohne Frage am Ende«, stöhnte der Bettler und ließ den Kopf nach vorn fallen.

»Hier kommt noch einer«, lachte Alon. »Den April habe ich schon immer gehasst. Gut, dass er gleich um ist.«

Träume wird Alon ihm geben. Nicht die Sorte Erinnerungen, die er selbst rekonstruiert. Wenn es davon noch mehr gäbe, hätte er die Träume, die der Bettler ihm jetzt zum Verkauf anbot, wahrscheinlich nicht nötig. Plötzlich fühlte er einen von körperlichem Erwachen begleiteten seelischen Höhenflug, den man vielleicht »Glück« nennen konnte. Es war doch reiner Zufall, dass er in dieser Nacht dem Bettler begegnet war. Wäre das Zelt nicht davongeflogen, hätten sie nicht miteinander gesprochen. So hatten sich ihre Wege gekreuzt. Nun wird der Bettler es ihm ermöglichen, Noa wiederzutreffen. Für ihn war die Hauptsache, sie nicht zu verlieren, eine ›Sie‹ zu bewahren, der er dienen konnte. Denn die Noa der Erinnerung, der er all seine Nächte auf der Spur geblieben war, ging zuletzt langsam ein. Jetzt wird es eine andere geben, unbekannt und neu, das heißt, nicht wirklich neu, ein wenig noch die alte. Ein Glück, dass er ihm begegnet war, dem Unglücklichen. Er warf einen Blick auf den Bettler, der gebrochen und schmerzvoll auf der Treppe lag und erneut einen Hustenanfall hatte. Alons Körper füllte sich mit Leben, als er an die kommende oder die darauf folgende Nacht dachte. Erstmals seit langer Zeit hatte die Zukunft, die ganze Palette möglicher Ereignisse, die noch nicht stattgefunden hatten, wieder Bedeutung für ihn.

Lior

9. Mai

Sie stand früh am Morgen auf und lief gefühllos in der Wohnung herum. Sie sammelte Abfälle ein, schrubbte Schränke und reinigte alle Ecken, wo sich Staub angesammelt hatte. Den Hass auf Staub hatte sie von ihrer Mutter geerbt. Ihr fiel auf, dass die strikte Disziplin, mit der sie in ihrer Wohnung auf Sauberkeit geachtet hatte, nachließ. Sie gab ihm die Schuld daran. Er nahm es nicht mehr so genau wie früher. Nach vierzig Minuten sah die Wohnung wieder so aus, wie sie auszusehen hatte. Wenn er etwas rebellisch wurde, nannte Alon sie manchmal einen »Sauberkeitsfreak«. Vielleicht war da was dran. Nachdem sie das Putzen erledigt hatte, beschloss sie, die Wohnung möglichst bald zu verlassen. Der Gedanke war, dass die Wohnung sauber bleiben würde, wenn sie selbst fort war. Alon war in seinem Zimmer gut aufgehoben und würde es nicht wagen, Dreck zu machen. Heute arbeitete sie nicht. Joel, ihr Arbeitgeber, hatte sich zwei Tage frei genommen und pflegt seine Kranke selbst.

Wie gewohnt schaute sie sich erst das Morgenprogramm im Fernsehen an. Dieser Tage war sie damit voll beschäftigt, die alte Ordnung wiederherzustellen und vielleicht auch ihr gemeinsames Zuhause. Ein wenig Kummer machte ihr, dass bestimmte Bettler nicht mehr ins Leben zurückkehren würden. Inzwischen wurde jeder zum Hoffnungsträger, der dem Wust an Ratschlägen und Lösungsvorschlägen neue hinzufügte, egal ob es ein Phantast oder Scharlatan war oder ein Sachverständiger, dessen Ansichten man längst kannte.

Da, jetzt kam der Werbespot wieder, der immer wieder ihre Aufmerksamkeit fand. Da warb eine frisch gegründete Gesellschaft mit dem Patent für ein neues Produkt. »Hol dir die Sonne zurück.« In der Dunkelheit erwacht eine junge Frau, ihre Augen sind vor einem riesengroßen Fenster zum Himmel gerichtet. Dann blickt sie zur Uhr und erschrickt. In Nahaufnahme sieht man, wie sie vor Aufregung ihre Lippen zusammenpresst, die mit rotem Sekretärinnen-Lippenstift nachgezogen sind. Sie rüttelt den schlafenden Ehemann. »Süßer, es ist schon acht Uhr … Du kommst zu spät zur Arbeit!« Der Ehemann richtet sich verschlafen auf, sein glattes Haar leuchtet in der Dunkelheit. »Aber wo ist das Licht, Süße?«, wimmert er. Da kommt aus dem Off die väterliche Stimme eines berühmten Fußballreporters. »Suchen Sie die Sonne?«, fragt er dümmlich. Das Paar ist von seiner Stimme hypnotisiert und nickt. Plötzlich fällt von der Zimmerdecke ein erster morgendlicher Strahl und füllt den Raum mit gleißenden Licht, nicht so matt wie Lampenlicht, sondern voll von sommerlicher Helligkeit. Während Ehemann und Ehefrau sich verblüfft anschauen, deklamiert die glückselige Stimme: »Wollt ihr die Sonne wieder? Wählt 1800-50-55-60. Sunshine bringt euch Sonne zurück.«

Plötzlich bekam sie Lust, lauthals nach ihm zu rufen, wie sie es als Kind getan hatte, wenn etwas im Fernsehen sie begeisterte: »Alon, Alon, das musst du sehen!« Erst wenn er zur Stelle war, war sie zufrieden. Aber bald verging ihr die Lust, ihn zu rufen. Seit letzter Woche ging er nachts nicht mehr aus. Er blieb in seinem Zimmer, was ihr Misstrauen nur vergrößerte. Was tat er? Lag er friedlich im Schlaf oder arbeitete er? Er hatte in dieser Woche den Auftrag angenommen, ein neues Buch zu übersetzen, ein Gruselbuch für Kinder: »Die Hexereien des Opa Franz«.

Als Junge hielt sich Alon viel in der Nähe der Mutter auf, die damals emsig an ihrer akademischen Karriere arbeitete. Einmal hörte sie, wie ihr Vater die Mutter »Dilettantin« nannte. Damals verstand sie das Wort nicht. Erst einige Jahre später fand sie heraus, dass Vater auf Mutters Neigung abgezielt hatte, sich Monat um Monat ein neues Thema für ihre Doktorarbeit auszudenken. Im April wollte sie noch in Deutschland das »Hiki-Kimuri-Phänomen« untersuchen, das eigentlich in Japan entdeckt worden war und von Kindern handelte, die sich wegen Schulversagens oder Scheiterns in der Gesellschaft monate-, wenn nicht jahrelang in ihr Zimmer einschlossen. Deutschland, weil deutsche Härte japanischer Härte dem Wesen nach nahe sei. Im Juli und August nahm sie sich die deutsche Literatur vor. Wie war der Literaturkanon in der zweiten Hälfte des vergangenen Jahrhunderts beschaffen? Um das Wesen der deutschen Literatur zu analysieren, musste sie herausfinden, nach welchen Kriterien der Kanon zustande kam. Für sie stand fest, dass er ein direktes Resultat von Nazismus, der Schoa und Zweitem Weltkrieg war. Bisher hatte man immer Schriftsteller herausgestellt, die Nazigegner waren, aber sie interessierte sich für die Sympathisanten des Regimes und diejenigen, die aus Feigheit in Deutschland geblieben waren. Sie unterschied Mitläufer, passive und aktive Nazis, einzelne innere Emigranten oder solche in Gruppen und Zirkeln. Sie suchte nach gemeinsamen Merkmalen für ihre Aufnahme in den Kanon. An einen konnte sich Lior erinnern: An Arnolt Bronnen, den Autor des Theaterstücks »Vatermord«. Es kostete ihre Mutter viel Überwindung, sich eine alte Videokassette mit dem Stück anzusehen. Ende August kam sie dann zu dem Schluss, das Thema sei zu vielschichtig.

»Dieses Zuhause tut mir nicht gut«, sagte sie und beschloss, nach Berlin zu ziehen, um ihre Deutschkenntnisse zu vertiefen und sich in Archiven und Bibliotheken aufzuhalten. Vorher hatte sie dem wissbegierigen kleinen Alon Deutsch beigebracht, so dass seine Kenntnisse heute ausreichten, für einen unbedeutenden Verlag im Süden Tel Avivs zu übersetzen: Kinderbücher, kleine Reiseberichte und Reiseführer.

Sie sprang die Treppe hinab und hört das Klappern der Tasten aus Alons Zimmer. Nicht einmal verabschiedet hatte sie sich. Seit neuestem waren sie auf Abstand gegangen, sie achtete streng darauf. Weshalb hatten sie sich voneinander entfernt? Der Besuch des Polizisten hatte sie offenbar veranlasst zu glauben, dass Alons Zeit allmählich ablief. An dem Abend, als sie mit Sol vom Abendessen beim Biographen nach Hause marschiert war, hatte sie ihn doch gesehen, wenn auch nur flüchtig. Sie hätte schwören können, dass er und kein anderer es war, der neben dem Bettler saß. Dann waren ein paar Tage vergangen. Am Morgen nachdem der Sturm überraschend eine Feuerpause eingelegt hatte – die Zeitungen schrieben von der »Weißen Nacht Tel Avivs« –, war der Bettler tot.

Er hatte den Bettler umgebracht.

Schon legte sie für ihn das Geständnis ab.

Immer wenn sie auf Distanz waren, hatte sie sich ihren kindlichen Glauben an ein gutes Ende bewahrt. Die Phantasie gaukelte ihr Tag und Nacht Szenarien vor, die das Ende der Entfremdung herbeiführten. Stets war die Gelegenheit günstig, sich zu vergeben und zu versöhnen. Aber dieses Mal erkannte sie ihren Irrtum. Immer wenn sie ihn sah, und sei es, dass sie zufällig und grußlos im Korridor aneinander vorbeigingen, begriff sie, dass die Kindheit unwiderruflich vorbei war. Woher kam diese absolute Gewissheit? Sie fand nicht den leisesten Zweifel an dem Geständnis, das sie für ihn formuliert hatte. Hatte sein Mord eine Mauer zwischen ihnen errichtet? So ein Mord ist ja kein jäher Gewaltausbruch, schon gar keine Frechheit oder Beleidigung, ist keine im Streit zerschlagene Schüssel.

Am hauchdünnen unsichtbaren Rand dieser Angelegenheit fand sie die Chance, sich selbst zu erlösen: von der Aufgabe, die sie hingebungsvoll seit Beginn ihrer gemeinsamen Zeitrechnung erfüllt hatte. Schon ihre früheste, kleinste Erinnerung zeigte die ganze gemeinsame Geschichte. 1987, sie waren fünf Jahre alt, es war ein glühender Sommertag. Im Krankenhaus am Sterbebett der Großmutter fragt er: »Oma, liegst du wirklich im ...« und sie hält ihm den Mund zu. In ihrem Handteller reißt er ihn auf. Keine Minute vergeht, da hämmert er mit einer Gabel an den Bettpfosten. Sie nimmt ihm die Gabel ab. Zwei Minuten Ruhe, dann schreit er: »Ich habe Hunger!« Sie packt ihn am Arm und führt ihn in die Cafeteria.

War jetzt nicht eine einmalige Gelegenheit gekommen, mit einem einzigen Schnitt den Knoten zu durchtrennen, der sie an ihn oder ihn an sie, jedenfalls beide aneinander fesselte? Hatte er ihr mit dieser unverzeihlichen Tat nicht zum ersten Mal Gelegenheit gegeben, seine Seele, die in ihr wohnte, zu packen? Ihr unmissverständlich zu sagen, meine Liebe, bis hierher und nicht weiter! Das kann ich nicht auch noch in mir aufnehmen? Sie in den Würgegriff zu nehmen und sie, während sie noch zappelt, aus dem eigenen Körper zu werfen, sie in die Welt da draußen zu jagen? In eine Welt, in der es keine Zweisamkeit gibt und in der der Mensch dazu verurteilt ist, allein zu sein? War das nicht ein unterdrückter Ruf aus einem unbekannten Winkel ihrer Seele? Der Ruf nach einem Tag, an dem er todkrank oder zu einem unverbesserlichen Sünder werden würde? Der sie von der Verantwortung befreien würde, die sie sich gesucht oder in die sie sich verirrt hatte, früher vor langer Zeit, sie konnte sich nicht mehr erinnern, wann.

Auf der Straße schaute sie zu seinem Fenster hinauf. Sie stellte sich die Rauchkringel vor, die von dort aus gen Himmel schwebten. Sie beeilte sich, in das Haus am Ende der Straße zu kommen, das ihr manchmal ein zweites Zuhause war. Während sie sich näherte, überlegte sie, ob sie ihre Last mit ihm teilen könnte. Sie klopfte an der Tür des Biographen. Er war einer ihrer wenigen Freunde, bestimmt ihr engster. Sie kannte ihn, seit sie Kind war, kaum zehn Jahre alt. Schon mehr als zehn Jahre alt war ihre Freundschaft. Wie fanden sich zwei solche Menschen überhaupt? Man könnte sagen: Hunde paaren sich auf die aberwitzigste Weise.

Als Kinder hatten die Zwillinge ein kleines Hündchen mit weißem Fell. Es wurde Gumba genannt, nach einem Wesen mit winzigem Köpfchen aus einem Abenteuerfilm aus Hollywood. Der Biograph seinerseits hatte einen Boxer gekauft, weil der Filialleiter der nahen Bank ihn vor einer Räuberbande gewarnt hatte, die in der Umgebung ihr Unwesen trieb. Im zarten Zwielicht der Abendstunden trafen sie sich in der Allee, saßen auf einer Bank, streckten ihre Glieder und genossen die Brise, die vom Meer herwehte. Nach einigen Monaten mussten die Herrchen sich von den Hunden trennen: Gumba starb durch einen Unfall und der Boxer riss aus und zog in ein anderes Revier.

Auch ohne Hunde trafen sie sich weiter, täglich zur gleichen

Uhrzeit in der Allee. Manche angenehmen Gewohnheiten behält man gerne bei, auch wenn die Umstände andere geworden sind. Im Sommer pflegte sie kurz im Wohnzimmer des Biographen vorbeizuschauen, um sich dort etwas von der schwülen Luft zu erholen und mit Tee und Honig und selbstgebackenen Pflaumenküchlein verwöhnen zu lassen. Manchmal vergingen Wochen und Monate, ohne dass er sein junges Mädchen zu Gesicht bekam. Aber jeden Freitagabend telefonierten sie. Der Biograph kam dann aus der Synagoge zurück und rief an, um dem Fräulein einen friedvollen Schabbat zu wünschen. Er hielt sich nicht fromm an die Gebote des Schabbat, respektierte ihn aber in hohem Maße. Es gab ausufernde Dialoge bis in die Nacht hinein. Er sprach und steigerte sich in Vorträge hinein, die man nicht unterbrechen konnte, ohne sein Selbstwertgefühl zu verletzen. Immer erwartete er sie, war immer auf sie eingestellt, weil sie gern zuhörte und sich bereitwillig der Welt eines anderen überließ. Er konnte schon ahnen, wenn sie etwas zu beichten hatte. Dann behandelte er sie mit weihevoller Vorsicht, ermutigte sie, zeigte wohlwollendes Verständnis und kommentierte mit Humor. »Erzähl alles, Meidele«, bat er dann, »alles interessiert mich ...« Er bemühte sich, keinerlei Druck auszuüben, damit sie nicht verstummte, und Monate vergingen, bis sie es wagte, wiederzukommen.

Sie klopfte an die Tür, dann hämmerte sie dagegen, aber es kam keine Antwort. Seit einer Woche versuchte sie, ihn anzurufen, bekam aber keine Antwort. Wohin mochte er verschwunden sein?

Seit sie ihn zuletzt gesehen hatte, waren zwei Wochen vergangen. Der Biograph hatte sie zum Abendessen eingeladen, um den Abschluss seiner Biographie Abba Gordins zu feiern. Er wartete mitten in seinem Wohnzimmer auf sie. Seine braunen Augen standen so weit auseinander, dass man nicht gleichzeitig in beide sehen konnte. Sie leuchteten fröhlich. »Welch eine Kälte, welch eine Kälte«, murmelte er jedes Mal voller Pathos, wenn er die Eingangstür öffnete. »Alle Tage machen mich die schrecklichen Winde stöhnen, wie Leichenfledderer wehen sie zu mir herüber, heulen und heulen und durchbohren meinen Kopf.«

Die geladenen Gäste waren seine ganze Welt. Die kleine kolumbianische Putzfrau Soledad, genannt Sol, trug auf den Locken ein buntes Kopftuch zum Schutz vor dem Regen. Zur Feier des Tages hatte sie sich ein ockerfarbenes Kleid mit gesäumten Spitzen gekauft. Ihre Füße steckten in Stöckelschuhen, mit denen sie auf einmal den Hausherrn überragte. In diesem feinen Aufzug sah sie überaus rührend aus. Timor, ein Hundemonster von siebzig Kilo Lebendgewicht mit der stolzen Größe von einem Meter zehn gehörte Dafna Misrotzki, einer jungen Börsenmaklerin Ende zwanzig. Dafnas Oberkörper war durch eine weiße, transparente Bluse ganz gut sichtbar, die oberen zwei Knöpfe waren offen und ließen etwas von ihrem bestickten Büstenhalter sehen. Ein schwarzer Rock floss ihre hübschen Beine hinab bis zu den königlichen Fesseln. »Wahrhaft majestätisch«, rühmte der Biograph. Als Gegenleistung für seine Bereitschaft, tagsüber auf Timor aufzupassen, besuchte Dafna ihn häufig und weihte ihn in die Geheimnisse der Börse ein. Dann war da der Nachbar Aharon Nachmias, ein leichtgewichtiger, langbeiniger Mann, die Haut gesprenkelt mit Altersflecken, in den blauen Augen ein gewisser steter Groll. Wenn er damit manchmal einen Menschen fixierte, hatte der gleich das Gefühl, all seine Schandtaten und bösartigen Gedanken seien durchschaut. Der stilisierte Schnauzbart verlieh ihm eine Aura männlicher Eleganz. Früher war er Betriebsratsvorsitzender der Stadtverwaltung von Rehovot gewesen. Als er in Rente ging, zog er nach Tel Aviv, um in der Nähe seiner vier Enkel zu wohnen. Schon seit Jahren konkurrierte er mit dem Biographen erbittert und stur um die spröde Gunst der Börsenmaklerin. Im Wohnzimmer des Biographen lag so manches herum: Portraitphotos, Steinskulpturen und alte Zeitschriften. Es gab einen Schrank mit jiddischen Büchern und einen mit hebräischen sowie einen roten Lampenschirm. Ein Kunstwerk aus zusammengeklebten Streichhölzern stellte die Umrisse eines Zweihorns dar: breiter Leib, kleiner Hals und ein Nashornkopf mit zwei geraden Hörnern. Nachmias gab immer zum Besten, so ein Tier habe es nie gegeben, das sei eine empörende Lüge.

»›L'heureux désordre des figures‹, würden Franzosen mein Wohnzimmer nennen, ›fröhliche Unordnung‹ …«

Über den riesigen Arbeitstisch in der Mitte des Wohnzimmers war eine weiße Tischdecke gebreitet. Darauf standen ein Haufen billiger schwarzer Teller und Schüsseln mit den vier Gängen des Festmahls. Der Biograph hatte zwei ganze Tage lang mit Eifer das berühmte Hühnersuppenrezept seiner Mutter realisiert. Zwei Tage lang reduzierte und reduzierte er, fügte neues Hühnerfleisch hinzu und neues Wurzelwerk. Zum krönenden Abschluss kreierte er noch die »Lockschn à la Mamma Gitta«, Nudeln nach Mutter Gittas Art. Der alte Nachmias konnte nur ein einziges Gericht zubereiten. Es war auch eine Hühnerspezialität, aber keine polnische wie die des verdammten Korczak, des Biographen, der mit seinen Reduktionen dem Vogel alles Leben entzog. Das Huhn von Nachmias schrumpelte vor lauter Salz ein, lag einsam zwischen lauter Salzhaufen im Ofen. Ob es knusprig wurde? In unserem Streik 1984 gegen die Stadt brachte schon der Gedanke an das Huhn die Lippen aller Betriebsräte zum Schmatzen. Dafna Misrotzki brachte aus dem Restaurant bei ihrem Arbeitsplatz Rucolasalat mit rohen roten Tunfischscheiben mit. Sie war dann auch die einzige, die diese Delikatesse genoss, denn die anderen Gäste verabscheuten rohen Fisch. Lior war für die Nachspeise verantwortlich: Alons Lieblingsdessert, Schokoladensoufflé, außen bröckelnd, innen zerlaufend. Es musste aus besonderer Bitterschokolade sein, die es nur in einem feinen Delikatessenladen in der Lewinskistraße gab, der vor kurzem wegen der Überschwemmungen und der Verluste geschlossen wurde. »Sol ist vom Kochen befreit«, erklärte der Biograph. »An diesem einen Tag im Jahr ist sie mal unser Gast.«

Um des lieben Friedens willen aßen sie gemächlich. Beim ersten Gang gerieten der Biograph und Nachmias wegen des Templerordens aneinander. Nachmias argumentierte, Jacques de Molay hätte unbedingt den Vorschlag des Papstes zur Vereinigung mit den Johannitern akzeptieren müssen. Der Biograph neidete Nachmias dessen stattliche Rente, weil er selbst mehr schlecht als recht von der Erbschaft seines Vaters zehrte. Er entgegnete gereizt, er schlage einen Kompromiss vor. Wenn Nachmias zugeben könne, dass er die Stadtverwaltung Rehovot mit seiner übertriebenen Rente bestehle, sei er bereit, ihm bezüglich der Templer recht zu geben. Er fügte noch hinzu, Nachmias sei so reich wie Krösus, er selbst hingegen so weise wie Salomon. Der Rest war längeres Schweigen. Jeder stocherte in seinem Teller herum, nur Lior fiel mit großem Appetit über das Essen her. Schließlich beschwerte Sol sich auf Englisch, dass ihr Sohn sich die ganze Zeit auf der Straße herumtreibe und zu Hause überhaupt nicht helfe. Die Börsenmaklerin stichelte, dass ihre Kollegen immer darüber klagten, ihre Kinder säßen die ganze Zeit am Computer und vorm Fernseher, aber vielleicht sei in Kolumbien ja alles ganz anders. Nachmias gab matt zu bedenken, dass die Kinder von heute sich um schier gar nichts scherten, es gehe nur noch ums Tanzen, um Drogen und Gewalt. Der Biograph wurde wütend und sagte, Nachmias käue nur Zeitungsschlagzeilen wieder. Es gebe keine Gewalt bei Jugendlichen, im Gegenteil, es sei ihre eigene Generation, die dauernd töte. Nachmias kreischte: »Du warst überhaupt nicht hier, du hast vergnügt in Brooklyn gelebt, bis du auf einmal den Bart und die Schläfenlöckchen abgeschnitten hast und Zionist geworden bist. Vielen innigen Dank, dass du hier eingewandert bist!« Der Biograph erhob sich, genoss offensichtlich Nachmias' zornigen Blick und rief: »Nachmias, führt deine Zunge heute Abend scharfe Worte? Na schön, wenn der Schöpfer es will, schießt sogar ein Besen.«

Wie zur Entschuldigung erzählte er, er habe jahrelang die Schriften von Ben Gurion, Pinsker, Nordau und Berl, von Katzenelsson und Abba Achime'ir, von Jehuda Alkalai und Moses Hess heimlich gelesen. Als das rauskam, habe er als Frevler gegolten und sei zur Strafe aus der Gemeinde ausgeschlossen worden. Schon in den Siebzigern, als er noch Synagogendiener war, habe er die Siedler jedes Mal mit ehrerbietigen Worten in sein Gebet eingeschlossen. Und auch diejenigen, die im Krieg 1967 das Land erlöst hatten. Aber alle hatten ihn verspottet und ihn als unverfrorenen Witzbold angesehen. Als er nach Israel emigrierte, habe er immerhin seine Frau und seine acht Kinder verlassen und seitdem nur noch an hohen Feiertagen Höflichkeiten mit ihnen ausgetauscht. Nachmias, der Wähler der Linksparteien war, überhörte das und knackte laut mit seinen Hühnerknochen. Da schnappte sich der Biograph einen Schenkel von Nachmias' Hähnchen, schnitt es in kleine Würfel und gab sie dem Hund. Nachmias, der diese Beleidigung nicht ertragen konnte, wandte sich vom Biographen ab, als wolle er sagen, mit einem solchen Menschen habe ich nichts zu schaffen. Sol klopfte ärgerlich auf ihr Mobiltelefon und beschwerte sich, dass es keinen Empfang gab, sie wolle nach Hause telefonieren. Die Börsenmaklerin erklärte, der Sturm störe die Mobiltelefone. Gerade werde eine Firma gegründet, die ein Patent für genau dieses Problem vermarkten wolle. Lior hatte im Fernsehen erfahren, die israelische Regierung wolle von Serge Kerkden die Rückzahlung aller Einnahmen fordern. Sie zählte alle Punkte des Vertrags auf, die er nicht eingehalten hatte. In dieser Sache waren sich alle einig, nickten zufrieden und beschimpften Serge Kerkden. Nur die Börsenmaklerin pfiff ostentativ die Melodie eines Sommerhits vor sich hin. Der Biograph schaute sie liebevoll an und sagte, dieser Serge sei ein Lügenbold, ein Esel, der Unsinn verkünde. Für einen Augenblick fühlte sich Lior im Schoß der allgemeinen Zufriedenheit geborgen. Das Thema, das sie eingebracht hatte, provozierte da und dort Gelächter. Beschwipst vom Wein, hörte sie zu und genoss die Zusammenkunft sehr. Nach dem Essen räumten Lior und der Biograph Teller und Tabletts zum Spülbecken. Der Biograph erhob sich und kündigte mit bewegter Stimme eine Ansprache an. »Heute bin ich aus dem einfachen Grunde betrübt, weil Abba Gordin hier noch einmal gestorben ist.« Er deutete auf sein Manuskript im Umschlag. »Noch einmal ist er in diesem Buch beerdigt worden. Kennt ihr ihn? Habe ich von ihm erzählt? Bestimmt. Hier ist eine Kurzfassung seines erneuten Todes. Er war der Sohn des berühmten Litauer Rabbiners und großen Meisters Leyb Gordin. In Russland organisierte er eine pananarchistische Bewegung und steckte seine

Nase auch in die Winkelzüge der Bolschewiken im Oktober 1917, hörst du, Nachmias? Das waren noch echte Betriebsräte damals! Dort ging man in den Hungerstreik! Im Gulag, nicht in Rehovot! Nach einigen Monaten ging er in die Opposition. Von der Tscheka verfolgt, floh er aus Moskau und ließ sich schließlich in den USA nieder. Dann emigrierte er nach Israel und gründet eine jiddische anarchistische Zeitung. Da, da liegen einige Kopien. In blumigeren Worten würde ich sagen, dass er ein begabter, wenn auch triebhafter Mensch war. Sein Geist war gestört, aber seine Wirkung war hypnotisierend. Niemals akzeptierte er etwas als selbstverständlich. Der Zweifel, der Widerstand gegen das Selbstverständliche, waren das Herz seiner Existenz: Hörst du, mein verehrter Nach …?«

Aus dem Mobiltelefon der Börsenmaklerin tönte eine fröhliche Hip-Hop-Melodie, und im Wohnzimmer bereitete sich gespannte Stille aus. Nachmias und der Biograph blickten geschlagen auf das Mobiltelefon. Die Börsenmaklerin lachte und flüsterte hinein.

Nachmias wusste, dass der Biograph seinen literarischen Geschmack für plebejisch hielt. Er antwortete: »Ich höre, ich höre. Nur verstehen kann ich dich nicht. Du und deine Sprache der Träume. Bist du ins Land gekommen, um Hebräisch aus dem Wörterbuch zu sprechen und in fremden Sprachen zu schreiben?«

»Jochanan, Chapeau für Abba Gordin, dafür, dass du es geschafft hast. Hört sich bezaubernd an«, sagte Dafna und leckte die Schokolade vom Löffel.

»Was heißt hier bezaubernd …« Nachmias pustete Soledad seine Bierdämpfe ins Gesicht. »Unser Freund Jochanan Korczak dreht sich im Kreis. Nach meiner Theorie, die er weder dementiert noch bestätigt, ist Abba Gordin ein entfernter Verwandter von Ruschka Korczak. Ihr jungen Frauen werdet sie nicht unbedingt kennen. Sie war eine faszinierende Frau, eine Partisanin, die wie durch ein Wunder das Ghetto von Wilna überlebte. Sie gehörte zur radikalen Linken, stand Chajka Grossman und der linken »Haschomer Hatza'ir«-Arbeiter-Jugendbewegung nahe.

Mein Vater war 1945 beim sechsten Kongress der Jewish Agency, als Sekretär des Arbeiterrats von Rehovot. Ruschka Korczak erzählte, was sie durchgemacht hatte. Sie sprach Jiddisch. Ben Gurion, der nach ihr das Wort hatte, beleidigte sie zutiefst. Ihre Sprache sei disharmonisch, einfach nicht flüssig. Armes Ding, er hat ihr richtig eine reingewürgt. Aus dem Publikum schrie man ihm zu, er solle sich schämen. Da war der Aufruhr groß in der Siedlergemeinde. Es wäre ja psychologisch verständlich, dass unser Freund Jochanan davon beeinflusst ist ...«

»Na bitte, seht mal an, da haben wir einen Ziegenbock mit reichen Kenntnissen in neuer Psychologie«, knurrte der Biograph. »Wag es bloß nicht, mein Leben mit Kommentaren zu versehen, die du aus den Psychosendungen hast, die du dir immer reinziehst.«

»Alles in Ordnung, Jochanan, die Vergangenheit spielt keine Rolle, nicht wahr?«, spottete Nachmias. »Hauptsache, man liest dich, oder? Die Frage ist, ob du hier und jetzt Einfluss nehmen oder Wegweiser in eine Welt sein willst, die es nicht mehr gibt?«

»Great chicken, really great«, wandte sich Sol freundlich an Nachmias.

»Thank you, my love.« Nachmias schmatzte mit den Lippen, als wolle er andeuten, sie könne ihm nichts vormachen.

»Nachmias, sag mir bitte, was ein Wegweiser in eine Welt ist, die es nicht mehr gibt?«, fragte der Biograph und zündete hastig eine Zigarette an. Wie gewohnt, biss er hinein, um zu testen, ob sie fest genug gestopft war.

»Ein Grab, mein Freund.« Nachmias atmete aus. »Ein Grab ist der Wegweiser für eine Welt, die mal da war und nun nicht mehr ist.«

»Jetzt wird es etwas plump, nicht wahr?«, stöhnte Dafna im Ton eines verwöhnten Mädchens.

»Ich bin der erste, der dir da zustimmt«, sagte Nachmias.

»Gewiss, gewiss«, pflichtete der Biograph ihm bei. »Unsere Abrechnungen erledigen wir später, nicht wahr?«

»Welche Abrechnungen, Jochanan?« Nachmias hob seine Bierflasche. »Ich freue mich mit dir. Prost, mein Freund. Du hast eine Biographie fertig gestellt, wie viele Jahre sind da vergangen? Vier? Auf die Biographie, die war, ist und noch kommen wird.«

»Noch eine wird's nicht geben«, antwortete der Biograph und sein Gesicht spannte sich vor Entschlossenheit. »Das war die letzte.«

»Ich sage immer, heute ist der letzte Tag dieser Arbeit«, mischte sich die Börsenmaklerin ein.

Lior machte es traurig, dass der Biograph das Ende verkündete und so die Zukunft ausradierte.

»Damit hat das nichts zu tun. Ich bin einfach fertig mit den Biographien. Ich bin ein müder Sammler, ich muss mich dringend von diesen Leuten befreien«, erklärte der Biograph und ließ sich zurücksinken. Lior konnte ihn verstehen. Jede neue Biographie riss ihn aus seiner kleinen Welt. Für einige Monate verschwand er aus dem Blickfeld seiner Umgebung, bis er sich etwas einverleibt hatte. »Einverleibt ist nicht ganz präzise«, hatte er ihr einmal erklärt. »Ich mache der Sache nur ein wenig Platz. Versuche, mir eine Kleinigkeit anzueignen, etwa die Art, wie einer sprach, wenn er wütend war, eine typische Bewegung, eine Grimasse, einen Schluckauf. Eine Einzelheit an mir, die der Andere ist. Ein junges Fräulein versteht sicher nicht, weshalb ein Mensch einen anderen in seine Seele lässt ...«

Manchmal verletzen Menschen die einsamsten Gefühle anderer und verstehen nichts. Und manchmal versteht gerade ein junges Fräulein doch.

Wie gerne würde sie ihm erzählen, dass sie einander ähnlich waren, er und sie. Manchmal wollte sie ihm sagen, dass sie in ihrer Art nicht allein stand: immer vor irgendeiner Front, einem Konglomerat von Strategien gegenüber. Sie konnte kaum glauben, dass sie in der Welt auch Gefährten hatte, Menschen, die ähnlich tickten wie sie. Sie konnte sich vorstellen, einen Beruf zu haben, konnte sich in einen Vertreter hineinversetzen, der sich erschöpft spätnachts auf den Hocker einer Imbissstube hievt. Da begegnet sein Blick dem eines anderen Menschen, der ebenfalls sein Tagewerk beendet hat. Ihre Blicke teilen schreckliche Müdigkeit. Der eine setzt sich nieder, der andere will gerade gehen, für einen Augenblick begegnen sie sich und auf einmal entsteht ein Hauch von Erleichterung. Wie die ganze Welt sind beide doch aus tausend Atomen zusammengesetzt. Die Ahnung, wie schwer das Erwachen am Morgen fallen wird, ist in ihrer Müdigkeit schon enthalten. Sie ist nichts Besonderes. Unendlich viele Müde wie sie sitzen in Imbissstuben, fahren spätnachts nach Hause und fallen mit zerschlagenen Körpern ins Bett. Auf Befehl des Morgens werden sie dann wieder aus der Wärme der Laken ausgespuckt und von Straßen und Kreuzungen verschluckt. Sie erwog kurz, ihm diesen Plot ihrer Phantasieproduktion zu erzählen, auf den sie ein wenig stolz war. Sie hielt sich aber lieber zurück, erst recht, da sie von so vielen Fremden umgeben war.

Spätnachts stieg sie dann mit der etwas angetrunkenen Sol die Treppe hinab und begleitete sie bis ans Ende der Straße. Es regnete fürchterlich, vom Himmel fielen bauchige Tropfen auf sie herab und der Wind war mächtig. Sol beklagte sich, ihr Kleid werde nass und sie würden gleich sowieso weggeweht. Sie deutete auf die Allee und fragte erstaunt: »Wohin ist denn das Zelt verschwunden?« Lior regte das Verschwinden nicht weiter auf, man habe das Zelt vielleicht woanders hingebracht. Sol fand es sehr merkwürdig: Als sie abends um acht hier vorbeigekommen sei, habe es noch an seinem Platz gestanden. Während Sol noch nach Bettlern und Spuren suchte, sah Lior auf der anderen Seite der Allee zwei Menschen sitzen und rauchen. Der eine sprach und der andere schwieg. Der Sprechende sah wie ein Bettler aus, sie sah ihn im Profil. Seine Nase, die feine, schöne Nase fiel ihr besonders auf. Der Schweigende war Alon.

Sie trat von der verschlossenen Tür des Biographen zurück. Zu Nachmias wollte sie nicht gehen, und die Börsenmaklerin war bestimmt auch nicht zu Hause, sondern bei der Arbeit. Lustlos ging sie wieder auf die Straße. Außer beim Biographen gab es keinen Ort, an dem man sie heute aufnehmen würde. Sie hatte keine andere Wahl, als zu schauen, wie man in der Stadt auf die Ereignisse reagierte. Der Regen war schon fester Bestandteil der

Landschaft geworden, sie war daran gewöhnt. Aber niemals würde sie sich mit der Eiseskälte abfinden, die ihr draußen schmerzhaft entgegenschlug. Wo auch immer sie hinsah, gab es die gleichen Szenen, das gleiche Schweigen, die gleichen Mienen. Die Menschen bewegten sich inzwischen auf den Straßen, als sei es ein Tag wie jeder andere. Sie eilten zur Arbeit, zum Einkaufen. Sie horteten immer mehr Waren. Sie hatten die neue Routine gelernt. Lior sah sie an und fühlte sich wie ein Waisenkind. Am liebsten hätte sie alle geschüttelt und aus ihrer Resignation gerissen. Wohin des Wegs, ihr kleinen Lasttiere? Seht ihr denn nicht, versteht ihr denn nicht, dass hier etwas Schreckliches geschieht?

An einer anderen Kreuzung standen zwischen den Ampeln betende Menschen auf der Straße. Sie richteten verschleierte Blicke gen Himmel. Sie waren in feierliche weiße Hemden gehüllt und trugen Kipas auf den Köpfen. Einer, dessen Stimme heiser und krank klang, sprach das Gebet, und doch betete er, so laut es ging. Sein Gebet wurde von aufgeregten ›Amens‹ begleitet. Mit ihm stieg der dringende Ruf der Menschenkinder, erhört zu werden, in die Höhe. Auf der anderen Straßenseite saßen zwei Restaurantbesitzer und tuschelten. Das Licht im Restaurant war schwach. Die Kellnerin stand hinter dem Tresen und las Zeitung. Die Besitzer zündeten sich gegenseitig die Zigaretten an. Für ihre Notlage machten sie offensichtlich die Passanten verantwortlich. Sie warfen ihnen vorwurfsvolle Blicke zu, während diese Blinden an den Restaurants vorbeiliefen, als ob sie beide gar nicht existierten.

In der Jarkonstraße schossen Böen frostige Pfeile in schutzlose Gesichter, lähmten die Haut wie ein Betäubungsmittel. Die Menschen zogen an Lior vorbei, im Bann des Frosts, der immer noch unwirklich erschien. Sie marschierten schnell, einige von ihnen gebeugt und ergeben, einige aufrecht, mit dem Rücken gegen den Wind. Ihre geschwächten Körper steckten in mehreren Schichten dicker Wolle. Waren sie nachdenklich, besorgt, lebhaft, bösartig oder verträumt? Die Augen der Passanten sprachen von nichts mehr als dem Ziel, auf das sie sich konzentrierten. Viele Geschäfte, einst Autoverleih, Wechselstube oder Immobilienagentur, standen nun leer, nur weiße Wände waren geblieben.

Sie kam an den verlassenen Strand, schaute aufs Meer hinaus, das dem sehnsüchtigen Auge einen irreführenden Anblick bot: klar und fest. Ja, die Last war schwer und wurde schwerer. Die Erkenntnis, dass es weder Rat noch Hilfe gab, wurde immer stärker. Niemand würde ein gutes Wort für sie finden, ihre Fürsorge für den Bruder loben. Sie war mit Alon in einem Raum gefangen, der immer enger wurde. Keine Chance auf Befreiung; am Ende wäre kein Platz mehr für sie auf dieser Welt.

Abends kam sie erschöpft heim. Die Tür war nicht verschlossen. In der Wohnung brannte Licht, als hätten die Wände beschlossen zu feiern. Am Eingang des Korridors stand ein allzu bekannter Koffer und aus dem Schlafzimmer kam eine Stimme. Wie wohltuend sie auf einmal klang. Lior wusste nichts mehr, erinnerte sich an nichts, wischte die Vergangenheit weg, die Geschichte, das Scheitern. Sie ließ sich von der Überraschung überfluten und begeistern. Blitzartig sah sie die Zukunft voraus, entwarf Szenarien von übertragener oder wenigstens geteilter Verantwortung, von Veränderungen im gemeinsamen Zuhause. Die vielen Lichter würden Alons dunkle Geheimnisse vertreiben. Sie setzte alles auf diese Stimme, forderte sie auf, sie zu verführen und sich neu zu entfalten.

Sie ging weiter, entledigte sich ihrer Schutzmechanismen und unterwarf sich der Stimme. Als wäre sie unvermittelt wieder das Kind geworden, das sie einmal war. Als hätte sich alles zusammen in einer einzigen Tatsache aufgelöst:

Vater war wieder da!

Zweiter Teil

Vater

Mai

Das Haus war ihm fremd. Früher war es sein Haus gewesen, jetzt nicht mehr. Schon lange nicht mehr. Sie schmerzt, die Rückkehr an einen Ort, der früher die ganze Welt für dich war und jetzt nichts mehr. Eine Rückkehr zu den Orten der Kindheit, um darin zu wühlen. Die Augen suchen nach Spuren, winzigen, für Fremde unsichtbare Spuren der Welt, die es hier einmal gab, nach einem Beweis, dass wir hier einst gewesen sind. Vielleicht gibt es doch noch ein klitzekleines unvergängliches Element. Eine Wand, von der sich Farbe pellt, eine angebrochene Stufe, Spuren der Messerschneide, mit der etwas in einen Baumstamm geritzt wurde: »Ich und du oder du und ich, Januar, November 1960, 1976, für immer vereint, in Liebe.« Er suchte nach irgendetwas, was der Flut der Zeit standgehalten hatte, eine Ader, die die Erinnerung mit der Gegenwart verbände.

Ein hoch gewachsener Mann mit einer zarten Säuglingshaut. Vierundfünfzig Jahre und immer noch plump und ungelenk, kollidierte er mit Menschen und Türen. Entfernungen schätzte er nicht besonders gut ein. In Geschäftsdingen sah er zu, mit seinen Partnern fair umzugehen, mit seinen Gegnern und den Behörden natürlich nicht. Doch das tat er nicht aus der Überzeugung, andere würden sein Vertrauen honorieren und ihn genauso behandeln, sondern in der Absicht, Alternativen zu begrenzen, Fragen zu eliminieren und Konflikte auszuschließen. In dieser Welt musste der Mensch Grenzen ziehen, sonst gäbe es keine Verbindlichkeit und jede Entscheidung, auch die einfachste, wäre zeitraubend und beunruhigend. Sagen wir mal, du belastest deine Ehe nicht mit Affären, kaufst keinen französischen Käse und jonglierst im Beruf nicht mit widersprüchlichen Versprechen. Du definierst dich als A oder wenigstens als Nicht-B. Das bedeutet die Eingrenzung von Möglichkeiten und führt dazu, dass es wenigstens für einige alltägliche Konflikte vorbereitete Antworten gibt. Das Streben nach Anstand verpflichtet zu Sorgfalt und erlaubt es nicht, »ein Auge zuzudrücken«: Wo Selbstprüfung punktuell bleibt, herrscht »der Anstand der Schlitzohren«, wie er es nannte.

Ein Mensch, der sich an verschiedenen Orten aufhält, zwischen denen der Übergang mal ganz einfach, mal wie zugemauert ist, muss ein Geschäftsmann sein, der in Europa Handel treibt. Gefragt, wer er sei, würde er nach kurzem Nachdenken seine Tätigkeit beschreiben. Anders kann er sich nicht ausweisen.

Es begann Ende 1986. Gorbatschows Feldzug gegen den Alkoholismus hatte seinen Höhepunkt erreicht. Der Alkoholverkauf war bis zwei Uhr mittags verboten, die Einkaufsmöglichkeiten wurden reduziert und die Preise nach und nach erhöht. Am ersten August 1986 schossen die Alkoholpreise um zwanzig Prozent in die Höhe. Zu dieser Zeit lernte ein junger Mann, Nikolai Janikolopow, einen hohen Beamten des Außenhandelsministeriums namens Alexej Techanow kennen. Auch die Väter der beiden arbeiteten in diesem Ministerium. Nikolai, nach eigener Ansicht bereits ein westlicher Geschäftsmann, brauchte kein besonderes Gespür, um für den Verkauf alkoholischer Getränke auf dem Schwarzmarkt eine Blütezeit vorauszusehen. Zu dieser Zeit stand Techanow kraft Amtes mitten in Verhandlungen über den Kauf Tausender moderner Photokopierer von einem englischen Produzenten. Den Vorgaben seiner Vorgesetzten folgend, hatte er bis dahin das Tempo der Verhandlungen gedrosselt. Generell war das die politische Linie des Außenhandelsministeriums, das den Tausch von gutem Alten gegen möglicherweise besseres Neues als kapitalistische Spielerei ansah. Das hartnäckige Gerücht, dass durch Gorbatschows Reformen russische Unternehmen bald direkt mit ausländischen Firmen verhandeln dürften, ohne vorher die Dienste des Ministeriums in Anspruch zu nehmen, war schon Ende 1986 zur Tatsache geworden. Die

Macht des Ministeriums war in entlegenen Kolchosen noch legendär, doch die meisten Beamten sahen ihr Ende schon nahen. Auf der Straße war vom Ende einer Epoche die Rede.

Es war in Moskau Ende Dezember 1986, als Alexej Techanow einen gewissen Schlomo Amir, also ihn selbst, das erste Mal traf. Schlomo hatte die Struktur des russischen Außenhandelsministeriums eingehend recherchiert und seine Schlussfolgerungen in einer Magisterarbeit dargestellt. Ausschnitte daraus waren in westlichen Zeitschriften publiziert worden. Eine englische Produktionsfirma machte ihn zum Chefberater ihres Verhandlungsführers. Sie hofften, er könne den Verlauf der Verhandlungen beschleunigen. Zu dritt beschlossen Amir, Nikolai und der Beamte Techanow den Import kleiner hochprozentiger Flaschen, die leicht zu verstecken waren, mit Kleintransportern von Ort zu Ort gebracht und günstig verkauft werden konnten. Nikolai besaß ausreichend Startkapital, um die Sache zu finanzieren, Schlomo selbst und Techanow investierten je zehn Prozent. Die Ware bestand hauptsächlich aus Miniflaschen mit schottischem Whisky. Im schottischen Domberton kannte Nikolai Whiskybrennereien, die er als gute Partner einschätzte. Zur allgemeinen Verwunderung war inzwischen auch der Vertrag über die Transaktion der Photokopierer unterzeichnet worden. Amirs Aufgabe war es nun, von England aus den Transport der Flaschen in einem Schiff zusammen mit den Kopiergeräten zu organisieren. Für das Ausschleusen der Ware aus dem russischen Schwarzmeerhafen war natürlich der Beamte Techanow verantwortlich, während Nikolai sich um Vertrieb und Verkauf kümmerte.

In den ersten Jahren blühte das Geschäft. Nikolai brachte die Ware auf den Schwarzmarkt, günstigen Whisky für schlichte und nicht besonders wählerische Käufer, denen »westlicher Geschmack« genügte, sei er nun amerikanisch oder eben schottisch: Auf Nikolais Etiketten prangten jedenfalls beide Flaggen, »Whisky-Taufe« nannte er das. Die Kundschaft waren Unternehmer und Hotelbesitzer, Schichtleiter, Betriebsräte, Kleinhändler, Studenten und kleine Beamte, Mitglieder der Akademie und illegale Schnapsbudiker. Die Transporte wurden mit Schiffen abgewickelt, die zugleich offizielle, vom Außenhandelsministerium genehmigte Transporte in die Sowjetunion brachten. Techanow verteilte großzügig Schweigegelder, er genoss das Vertrauen seiner Partner.

Nach dem Sturz des kommunistischen Regimes wurde das Geschäft legal und wuchs. In den neunziger Jahren importierten sie Whisky, Bier und Zubehör, Glaskelche in vier Größen, Holzständer für Flaschen und Tassen, kleine Snacks in Tüten. Techanow wurde nach der Auflösung des Außenhandelsministeriums eigentlich nicht mehr gebraucht, er bekam die neue Aufgabe, die Weiten Russlands zu bereisen und neue Märkte zu erschließen. Nikolai war für das Löschen der Waren zuständig sowie für die Verteilung und den Verkauf in Großstädten. Amir war mit einer Gruppe junger Investoren aus London für alle Arrangements in England und Schottland verantwortlich. Zudem war er als Finanzchef der Firma allein zeichnungsberechtigt.

Der Vertrag aus dem Jahr 1986 war immer noch in Kraft. Darin waren die Verantwortungsbereiche der Gesellschaft festgehalten. Techanow starb im Jahre 2000, und sein Sohn verkaufte seine Anteile von siebzehn Prozent an Nikolai, der sie seinerseits an die englische Investorengruppe weiterverkaufte: »Ohne Prozente arbeiten die nicht … Um zwei Uhr mittags liegen diese beschissenen Engländer schon besoffen in ihren Pubs. Danach kehren sie rot angelaufen wie der Himmel in der Hölle in ihre Büros zurück und verkaufen für ein Pfund ihre eigene Mutter.«

Ein Schattenmann. Ohne menschliche Kontakte war er auf Flughäfen unterwegs und bewohnte Hotelzimmer weit außerhalb der lärmenden Hauptstädte. Fortbewegung war sein Zuhause, ihr hielt er die Treue. Seine Schuhe hatten die Straßen einer Stadt kaum berührt und schon war er wieder weg.

Ein vorsichtiger Mann, der seine Worte sorgfältig wählte. Er beging wenige Fehler und hielt sich mit Prahlereien zurück. Niemals hätte er ohne Not Informationen preisgegeben, er nahm das Vertrauen äußerst ernst, das in ihn gesetzt wurde. Die Notizen in seinem Terminkalender waren detailliert: Aufgaben – Anweisungen – Fragen. Ungelöste Probleme markierte er mit einem

X. Tüchtig im Führen von Zwiegesprächen mied er, verhinderte er Stille. Er trank viel, manchmal zu viel, hauptsächlich an Wochenenden. Er interessierte sich für Sport und verstand auch sehr viel vom Kino, in erster Linie vom amerikanischen Film. Er hatte ein einzigartig gutes Gedächtnis, das war schon in seiner Kindheit festgestellt worden.

Gefragt, welcher Film, Regisseur oder Hauptdarsteller im Jahre 1932, 1944 oder 1962 mit dem Oskar ausgezeichnet worden war, wüsste er vermutlich immer die richtige Antwort. Aufgefordert, die Filme mit Vivien Leigh oder James Mason in den Hauptrollen oder die mit Buster Keaton oder Orson Welles als Regisseure zu nennen, würde er mit einer vollständigen Liste aufwarten. Auch seine eigene Vergangenheit hatte er klar vor Augen. Er war keiner dieser Menschen, die mit der Zuordnung von Ereignissen zu ihren genauen Datierungen schlampig umgehen. Der Kreis seiner Freunde war, wahrscheinlich mit Absicht, sehr klein. Nikolai gehörte dazu, außerdem kannte er eine gewisse Dame in Mailand, Alexandra in St. Petersburg, und er hatte zwei Jugendfreunde in Tel Aviv. Wenn er in die Stadt zurückkehrte, rief er sie immer an und vereinbarte ein Treffen im Café oder Restaurant. Nachdem er kurz das Gefühl hatte, fehl am Platz zu sein, ließen die Fremdheit und die Wehmut allmählich nach. Er sah ein, dass es nicht mehr als flüchtige Bekanntschaft geben konnte. Er machte sich nicht auf die Suche, trauerte nicht um die Freundschaft von einst, die es so nicht mehr gab. Er nahm es hin, man muss es hinnehmen.

Ein Mensch, der seiner Geschichte ausgewichen war. So weit wie möglich, dass sie nicht in ihn drang. Dass man sich ihren Stachel vom Leib hielt, ihren aggressiven Atemhauch. Konnte man sie nicht mit ein wenig Logik aufputzen? Er war verheiratet und Vater von Zwillingen, war Teilhaber eines erfreulichen Geschäfts in Europa, das allen gutgetan hatte. Erfüllte die Konstruktion nicht alle Wünsche? Zwei Gehälter, eine Wohnung in der Stadt (obwohl seine Frau sich eine Neubauwohnung in Ramat Aviv gewünscht hatte), gute Schulen. Er finanzierte großzügig alle Freizeitkurse und alle kindlichen Verrücktheiten: erst eine Gitarre, später eine Orgel, dann einen Dudelsack für Alon. Einen Pelzmantel, ein Krönchen mit zwei Halbedelsteinen und Givenchy-Parfum für die siebenjährige Lior. Damit wollte er seine häufigen Abwesenheiten wiedergutmachen. Er verpasste kein einziges Geburtstagsfest, keine Feier im Kindergarten, keinen Auftritt Liors im dramatischen Zirkel, keinen hohen Festtag und war heute stolz darauf: »Ich habe zugesehen, so oft wie möglich da zu sein, und wenn ich zurückkam, war wenigstens ich mit ihnen zusammen. Ganz im Gegensatz zu ihr. Sie war immer vor Ort, aber viel zu selten mit ihnen zusammen.«

Sich auf den Augenblick zu konzentrieren, wenn die Dinge durcheinandergeraten, hilft Ordnung zu schaffen. Man errichtet einfach eine Mauer zwischen der alten und der neuen Geschichte. Etwas war zu Ende gegangen, etwas Anderes musste beginnen. Hätte ihr reizendes Projekt weiterhin bestehen können, wenn er selbst sich entschlossener eingemischt hätte? Oder: Wie viel Schuld lud er seinem Gewissen unnötig auf? Er wusste es nicht. Früher dachte er viel darüber nach. Heute nicht mehr. Reue passte nun nicht mehr in seine Welt. Zum Teufel, es gab eine Überschwemmung, und er war fortgeschwemmt worden. So ist das Leben, oder etwa nicht? Es regnet, du wirst nass. Ein Müllwagen knautscht den Fond des Taxis in St. Petersburg zusammen. Sitzt du drin, steckst du fest. Die Sonne brennt, dein Körper glüht. Man schießt auf dich, du stirbst. Aus der Entfernung von heute erschien der Zerfall eine logische Folge der Ereignisse.

Es begann mit Klagen, wenn sie im Bett lagen, kurz vor dem Einschlafen. Relativ alltägliche, über die konfrontationsreiche Beziehung zwischen Mutter und Tochter. »Von allen Freunden höre ich solche Geschichten«, tröstete er sie. Dann trat eine Veränderung ein. Die Klagen seiner Frau waren erst mit verhaltener, dann böswilliger, dann sogar hasserfüllter Bitterkeit grundiert. Kurzgefasste Feststellungen wurden ihm präsentiert, nackte Tatsachenberichte. Er, der sich kleinen Veränderungen vollkommen hingeben konnte, sagen wir mal, dem bescheidenen Wachstum, das eine Zeitspanne von nur wenigen Tagen am Gras in der Allee bewirkt, oder dass man in Heathrow einen Spielautomaten woanders hingestellt hatte, vertiefte sich in die Frage, wie das möglich war? Wie konnte es sein, dass nach nur zehn Tage Abwesenheit sich so vieles verändert hatte? War das nicht ein zu schneller Niedergang? Ein Beweis dafür, dass einem die Worte davongaloppieren, den Zusammenhang mit den Ereignissen verloren haben? »Ist das nicht alles sehr übertrieben?« Während er noch Beweise sammelte, die er später vorbringen wollte, dass nämlich die Unterschiede zwischen ihren Argumenten der jetzigen und der vergangenen Woche viel zu radikal waren, ließ ihre Stimme schon die Katastrophe erahnen.

»Lies das Buch ›Zehn Tage, die die Welt veränderten‹, du Blödmann! Dinge geschehen manchmal einfach schnell, du Lahmarsch«, schrie sie ihn an. Dabei hatte er nicht einmal ihre Argumente selbst in Frage gestellt, sondern nur die Heftigkeit, mit der sie sie vorbrachte.

Wenn sie alle in einem Restaurant saßen, schaute er häufig seine Frau und Lior an. Sie saßen allein wie im Nebel, voneinander getrennt. In den Blicken, die Na'ama Lior zuwarf, lag stumme Panik. Ein zwanghafter Versuch zu begreifen. Jede Bewegung, jeder Blick, jedes Wort konnte ein weiterer Beweis in der Anklageschrift werden, die hier und heute im Restaurant und schon die ganze über Zeit verfasst wurde. Zwischen Na'ama und Lior war nichts Natürliches. Jede Geste, jeder Blick war kalkuliert, ausgerichtet auf die Reaktion der anderen Seite. Lior hatte etwas an sich, das seine Frau weit von ihnen wegrückte, ihre Ruhe störte, ihr Lachen beeinträchtigte und den Fluss ihrer Sätze durcheinanderbrachte. Dabei liebte sie doch die Sprache sehr. Anfangs schien sie sich gegen dieses Gefühl noch zu wehren. Sie bestand nicht nur darauf, immer dabei zu sein, sondern initiierte auch Treffen dieser Art. Alle vier zusammen sahen sie sehr hübsch aus: Ehemann, Ehefrau, Zwillingsjunge und Zwillingsmädchen. Selbst die Kellner bestätigten das. Doch das, was sie so gerne bei diesen Treffen zuwege gebracht hätten, wurde durch sie vernichtet. Das Bild, das von weitem so schön aussah, hatte eine Art Farbfehler. Ein- oder zweimal traf der Blick seiner Frau den Alons, der auf Lior gerichtet war. Er suchte Hilfe oder Bestätigung oder Wohlwollen und akzeptierte damit ihre Herrschaft über ihn. Liors Augen brannten: Aufrecht, angeblich in ihre Welt versunken, summte sie ostentativ Tschaikowsky vor sich hin. An ihren Augen ließ sich schon die Geschichte des nahenden Weggangs ablesen. »Wir haben ihn an sie verkauft«, brach es bitter aus seiner Frau hervor, »wir haben ihn verkauft, und jetzt will ihn die kleine Megalomanin nicht zurückgeben.« Gesetzt antwortete er, vielleicht übertreibe sie da. Sie sah ihn angewidert an und sagte: »Weißt du was, ich verstehe das wirklich nicht. Das heißt, ich verstehe das historisch, aber nicht moralisch. Wie kommt es bloß, dass Frauen immer die Gastgeberinnen der Männer sein müssen, sogar zu Hause?«

In den Nächten klagte sie, sie erkenne Lior nicht mehr wieder, in der eigenen Wohnung verhalte sie sich wie eine vollkommen Fremde. Alon höre nur auf Lior, er sehe in ihr die Erlöserin. Das habe ganz plötzlich begonnen. Sie könne ihn nicht verstehen, er nehme sie überhaupt nicht mehr wahr, erkenne sie nicht mehr an. Wenn sie ihre beiden Kinder betrachte, wolle sie am liebsten wegfliegen. Sie sei schon lange keine Mutter mehr, auch wenn sie es sich noch so sehr wünsche. Sie habe nun keine Kinder mehr. Niemand umarme sie. Wenn man sie umarme, sei das wie ein Hurenlohn oder die milde Gabe für eine Bettlerin. Das gemeinsame Zuhause, sah er denn nicht, dass es dunkel war, selbst wenn alle Lichter brannten? »Schlomo treibt sich herum, er fehlt die ganze Zeit …« Jedes Mal, wenn die Nacht kam, jedes Mal, wenn die Tür geschlossen wurde, wusste sie, dass sie hier eingesperrt war bis zum Morgen. Dann konnte sie hinausstürmen, zur Universität, zum Archiv, zu Bekannten, Hauptsache raus.

»Ihre Frau verbringt viele Stunden im Institut«, sagte ihm eine Dozentin, mit deren Ehemann er befreundet war. »Manchmal sitzt sie abends allein in der Cafeteria, wenn alle schon zu Hause sind. Sie liest ein Buch und sieht traurig aus. Ich frage sie: ›Meine Liebe, haben Sie Unterricht?‹, und sie murmelt irgendwas, mal wartet sie auf diese, mal auf jene …«

Lior schien konsequent den Lebensraum ihrer Mutter zu besetzen. Eigenschaften, die früher für seine Frau typisch waren, besaß seine Tochter jetzt in Hülle und Fülle und zögerte nicht, damit anzugeben. Vielleicht hatte Lior keine Schuld, vielleicht waren die Vorzüge ihrer Mutter von selbst verflogen, Opfer der Zeit. Aussehen, Schönheit der Jugend waren nur Oberfläche. Aber Lior bekam dazu Alons Liebe und Bewunderung, die Aufmerksamkeit von Bekannten, lernte die bekannte männliche Selbstverleugnung beim Anblick einer schönen Frau kennen. Das Interesse von Fremden galt nun der Tochter, nicht der Mutter. Liors Erwachsenwerden war ein schleichender, tagtäglicher Angriff auf das Kernterritorium ihrer Mutter, die das Gefühl hatte, Lior breite sich über das ganze Haus aus. Bei allem, was Alon betraf, weigerte Lior sich, sich der Autorität der Eltern zu beugen. Seit ihrem siebten, achten Lebensjahr verlangte sie, in all seinen Angelegenheiten mitzureden. Schließlich kannte sie ihn, die Zeitspannen, die sie miteinander verbrachten, waren lang, seine Liebe zu ihr und sein Verlangen nach ihrer Nähe waren groß. »Als sie klein waren, konnte man sich noch darüber lustig machen«, sagte seine Frau. »Hätten wir jedes Mal, wenn Alon ›Wo ist Lior?‹ fragte, einen Schekel bekommen, bräuchte ich keine zwei Monate, um mir ein Penthouse im Ramat – Aviv zu kaufen.« Schließlich, und das war Liors Hauptargument, waren die Eltern damit gescheitert, ihn therapieren zu lassen. Je älter sie wurde, umso entschiedener wurde ihre Forderung. Sie war dagegen, ihn in einem Sanatorium in Jerusalem unterzubringen. Während sie ihrem Vater mit einer Mischung aus Wohlwollen und Geringschätzung begegnete und schon deshalb keine Hoffnungen in ihn setzte, weil sie in ihm einen Menschen sah, der keinerlei Befähigung zur Vaterschaft hatte, beschuldigte sie ihre Mutter, Alon im Stich gelassen und sich aus ihrer Verantwortung für ihn gestohlen zu haben. Lior wollte Alons Schutzschild sein, nicht nur vor der Außenwelt, sondern auch vor den Eltern.

Als das Ende schon recht nahe war, gab seine Frau sich geschlagen. Sie hörte auf zu kämpfen und stürzte sich noch intensiver in ihre Arbeit. Nichts hielt sie mehr in der Wohnung, sie sah zu, so oft wie möglich weg zu sein. Ganze Tage verbrachte sie im Goethe-Institut oder in der Universitätsbibliothek Tel Avivs, sie kehrte heim wie eine Verjagte, wie ein Mensch in Angst vor Veränderungen, die nicht er bewirkt, sondern die andere herbeigeführt hatten.

Aber manchmal unternahmen sie noch einen Versuch. Lior und ihre Mutter verabredeten sich, nur sie beide, nahmen sich Zeit zum Einkaufen, zum Flanieren fürs Kino. Der Vater blieb zu Hause. Die Zeit verging, eine Stunde, zwei Stunden. Dann kamen Wunschvorstellungen in ihm auf. Wie weit kann man sich im Laufe zweier Stunden näherkommen? Wie viel kann man in zwei Stunden verstehen? Wie viel Liebe bringt man in hundertundachtzig Minuten füreinander auf? Er saß, stand auf, ging auf und ab. Er registrierte die kleinste Zeiteinheit, nahm die Sekunden einzeln wahr, er spürte die Zeit, die in Partikel auseinanderbrach. In den Bruchteil einer Sekunde passte doch die ganze Welt – ein verstehender Blick zwischen Frau und Tochter, ein Blick für die Not der Anderen –, und alles würde sich ändern.

Wenn sie dann nach Hause kamen, weckte ihr Mienenspiel vorübergehend Hoffnung, sie waren sich wohl nähergekommen. Aber beide schienen erschöpft von den wechselseitigen Gesten der Zuneigung. Dann entfernten sie sich wieder, um den Misserfolg möglichst schnell hinter sich zu lassen. Am liebsten hätte er sie gekniffen und angeschrien. »Ist es denn wirklich so unmöglich, sich etwas zu lieben?«

Vom letzten Versuch der Versöhnung, dem größten, erzählte ihm seine Frau eine Kurzfassung. Sie machten eine Reise nach Rom. Sie fuhren los, um die Risse zu kitten, setzten große Hoffnungen in diese Reise, vier Tage, nicht zu lang. Noch am Flughafen kaufte Lior kurze Kleider und Stöckelschuhe. Nie zuvor hatte sie solche Kleider getragen. Schon am ersten Tag flirtete sie mit allen: dem Kellner im Restaurant, dem Türsteher im Hotel, dem Taxifahrer, den Straßenkünstlern. Manchmal überzog sie ihre Mutter mit Beleidigungen, deren Fröhlichkeit sie sprachlos machten. Als sei weit weg von zu Hause, wo niemand zuhörte, alles erlaubt. Er hörte sich das an und dachte: »Sie übertreibt mal wieder.« Er warf ihr immer vor, zu übertreiben. »Gib mir ein Beispiel«, verlangte er.

»Wir begegneten einem Straßenmaler«, sagte seine Frau müde, »und nach fünf Minuten rief sie: ›Mit Dir will ich rumziehen, Bambino, wir werden eine gute Zeit haben. Aber meine Mutter ist hier, ist vielleicht bei deinem Vater Platz für uns?‹ Am Abend des zweiten Tages verschwand sie mit dem Barkeeper des Hotels. Das war wirklich besser für uns beide. Bis zu unserer Abfahrt haben wir uns nur noch morgens im Frühstücksraum gesehen.«

Er verdächtigte seine Tochter, sie habe die Schwäche ihrer Mutter erkannt und sich dafür entschieden, erst recht Pfeile auf sie abzuschießen, als sie sich schon nicht mehr verteidigen konnte. Jedes Mal, wenn er dieses Problem mit Lior erörtern wollte, versteinerte sie. Die ganze Zeit betonte sie, das alles sei normal, üblich und komme häufig vor. Sie brachte viele Beispiele von gestörten Beziehungen zwischen Müttern und Töchtern. Sie reagierte gewollt kindlich und spitzfindig, als sei ihr der Verfall der Beziehung unangenehm. Aber sie verhielt sich auch so, als müsse sie verbergen, dass sie einen endgültigen Entschluss gefasst hatte.

War Schlomo Amir denn nicht Meister im Komponieren von Partituren aus den Herzensgeheimnissen Anderer? Magister unter den Zuschauern, der die Wünsche der Streitparteien formuliert? Lior und ihre Mutter, verschanzt in die Gräben des Wohnungskriegs oder in Guerillaüberfälle unterschiedlicher Heftigkeit, und er, der historisch-soziologische Chronist ihrer Schlachten, bläst den Schofar, schwenkt frisch geschlachtete Hühner und begrüßt sie als Vermittler, der soeben zurückgekehrt ist aus der europäischen Zivilisation mit hübschen Gaben für beide Seiten: Kosmetika, Kleider und Schmuck. Auch für den jungen Alon, der offenbar dann und wann auf das Schlachtfeld gerät: ein gefangener Säugling, Liebe und Wärme überschütten ihn, strömen ihm von beiden Seiten zu. Er, der Vermittler, kartographiert das Schlachtfeld in seinem Haus: Kohlezeichnungen mit besetzten Gebieten, den Daten ihrer Eroberung, wo ein Waffenstillstand zu erwarten ist und wo die Verluste am höchsten sind. Das Schlachtfeld hat sich ja während seiner Abwesenheit formiert. Ein Mensch ist für die Grausamkeit anderer nicht verantwortlich. Bestenfalls kann er Abscheu demonstrieren und Hilfe anbieten.

Nachdem seine Frau die Familie verlassen hatte, änderte sich alles. Als hätte sie damit endlich alles auf den Punkt gebracht.

Auch er kannte die zwei nicht mehr, die bei ihm zu Hause herumlungerten, kannte sie nur wenig, kannte sie nur manchmal. Die Wahrheiten, auf die er gebaut hatte, Vater-Sein, Ehemann-Sein, waren durch einen zufälligen Windstoß erschüttert worden. Ein Mensch wacht morgens auf, betrachtet seine Umgebung, und der Anblick ist nicht mehr vertraut. Alon sah mürrisch und verletzt aus und zog sich in sein Schweigen zurück, er sprach fast überhaupt nicht mehr mit dem Vater. Wenn er zu Hause war, wartete er ausschließlich auf Lior. Die hatte ihrerseits die Schule verlassen und lernte extern. Nachträglich erfuhr er, dass sie die Putzfrau entlassen und stattdessen einen jungen Mann engagiert hatte. Für Alons Zimmer hatte sie einen neuen Fernseher gekauft (natürlich von Vaters Geld); den Computer, den Drucker und die Bücher, die die Mutter hinterlassen hatte, hatte sie verkauft und dafür einen kleinen Billardtisch, ein Fitness-Fahrrad und eine Dartscheibe mit Pfeilen angeschafft. »Wir werden uns eine Art Spielhölle einrichten«, strahlte sie ihn voller Unschuld an. Wenn sie sich nahe waren, führte sie den Vater in die Irre. Vielleicht war das unabsichtlich. Aber sie war fähig, begeistert von der Pointe aus einer Jugendserie im Fernsehen zu erzählen und mit einer nachlässigen Überleitung fordernd und aggressiv davon zu sprechen, wie mit Alon umzugehen sei.

Als es die Putzfrau noch gab, war ihre Welt noch halbwegs normal. Sie war wie die anderer Leute auch, jedenfalls nicht sehr viel anders. Zweifellos waren sie Teil der allgemeinen Ordnung. Lior war seine Tochter so wie Maja die Tochter Amnons war und

Revital die Tochter Mordis. Alon war sein Sohn so wie Juval der Sohn Mattis war. Väter stehen an der Seite von Söhnen oder Töchtern beim Pfadfinderappell herum, sitzen im Kreis beim Jahresausflug und riskieren Seitenblicke, wie es in anderen Häusern so zugeht. Schauen ein wenig nach anderen Vätern, vielleicht hört man, wo sie gesündigt haben, vielleicht dass sie noch mehr gesündigt haben als man selber.

Einige Monate nachdem seine Frau weggegangen war, saß er mit Lior in einem Restaurant am Hafen. Sie hatte ein »Entrecôte Medium« bestellt, er »Hühnerbrust in chinesischer Zitronensauce mit einem Schuss Granatapfelkonzentrat«.

»Manchmal tut es mir leid, dass deine Frau weggegangen ist«, sagte sie, während sie das Fleisch in blutige Würfel zerlegte und die neue Anordnung auf der Holzplatte mit Wohlgefallen betrachtete.

»Du meinst, dass deine Mutter weggegangen ist«, korrigierte er sie.

»Ich meine, sie hat in erster Linie dich verlassen, in zweiter Linie uns«, antwortete sie in einem ihm bekannten Ton. Sie hatte immer Recht. Selten würde sie einen Irrtum zugeben und auch das seelenruhig.

Er wurde wütend. So, da teilt man ihm also mit, ihm sei die Frau davongelaufen, und wer überbringt die Kunde? Die Vergraulerin der Nation, das Kind, das, noch bevor es achtzehn wurde, die Mutter verleugnete. Lior streute Salz auf die Fleischwürfel, die inzwischen braun geworden waren, und betrachtete lüstern das Fleisch. »Sie hatte es sehr schwer, mit ihrer Ehe, mit all deinen Reisen, wie oft hat sie sich beklagt.« – »Vielleicht beißt du mal in das Fleisch?«, murmelte er schlecht gelaunt. »Das Zeug da wird sonst noch erfrieren.«

Lass dir das alles mal ohne Hast durch den Kopf gehen, sagte er zu sich, ohne vor der Anschuldigung zu erschrecken. Diese junge Frau hier, Inhaberin akademischer Grade in Manipulation, beschmutzt dich und wäscht ihre Hände in Unschuld. Was für eine unerträgliche Niedertracht! Wo ist hier die Wahrheit? Wo sind die wirklichen Ereignisse? Seine Frau soll sich bei Lior über ihre Ehe beklagt haben? Sehr interessant. Er konnte sich jedenfalls an kein einziges zwangloses Gespräch zwischen den beiden erinnern. »Mutter hat dir das gesagt?«, spottete er.

»Sehr oft«, antwortete Lior fröhlich, während sie die Fleischwürfel mit den Zähnen zermalmte.

War da nicht dringend Klärung vonnöten? Ihm war, als liege diese Forderung sogar im Blick des Kellners. Er hatte doch niemals behauptet, seine Ehe sei ausschließlich aus den Fasern reiner Liebe gewoben. Früh am Morgen, am Tag ihres Weggangs, hatte sie ihm etwas Schreckliches gesagt. »Wir sind in Sünde geboren, vielleicht zahlen wir den Preis dafür.« Es war sehr seltsam. Seine Frau war versiert in der verschlungenen Sprache der postmodernen französischen Philosophie und hatte den Kanon der deutschen Literatur erforscht. Nun hörte er sie faseln wie ein altes Weib, das sich bei der lokalen Radiostation von irgendeinem hergelaufenen Mystiker Rat holt.

»Wir sind in Sünde geboren?« Mit etwas Humor konnte man die Sache für eine komische Affäre halten, vielleicht auch als Beispiel für ein moralisches Gebot von höchster Stelle. Wenn wir völlig auf Selbstironie verzichten – sie hatte stets nur über andere gespottet –, wenn wir locker und schlagfertig mit fremden Angelegenheiten und ernsthaft mit allen eigenen umgehen … vielleicht sind wir dann in Sünde geboren.

Ihre erste Begegnung hatte 1974 stattgefunden, im Elternhaus des Oberfeldwebels Raviv. Nach dem Krieg, in dem er durch einen Granatsplitter leicht verletzt worden war, hatte man ihn zum Reservedienst im Büro des Stadtkommandanten Tel Avivs abgestellt. Im Rahmen seiner Aufgaben musste er sich ins Haus der Eltern des Oberfeldwebels begeben. Ihm war auferlegt, ihnen mitzuteilen, dass der Leichnam ihres Sohnes an Israel zurückgegeben worden war. Der Sohn war im Sinai auf Posten an der Barlev-Linie gefallen. (Barlev-Linie … Barlev-Linie … krächzten vor Trockenheit kranke Kehlen nachts in der Wüste Sinai.) Zwei Beduinen hatten den Leichnam zurückgebracht und verlangten hundert Dollar dafür. In seinem Befehl war vermerkt, er müsse den Eltern von den hundert Dollar berichten.

Da war nun auch Na'ama Melamed, die Geliebte des Oberfeldwebels Raviv. Vierzehn Monate waren seit seinem inoffiziellen Tod vergangen, und er schien nach wie vor ihr Geliebter geblieben zu sein. Ihr magerer Körper steckte in einem anliegenden, cremefarbenen Kleid, das mit grün-gelben Blättern bestickt war. Ihr Haar wurde von vier vergoldeten Klammern zu einem aristokratischen Knoten zusammengehalten, ähnlich dem der Mutter Ravivs. Ihre halbgeöffneten Lippen verliehen dem Gesicht eine herzergreifende Note des Erstaunens. Sein Blick wanderte hinab zu ihren Schenkeln. Nachlässig lag sie auf dem Sofa. Das Gewebe des Kleides spannte sich so, dass er ihre Kurven überdeutlich erkennen konnte. Seine Leidenschaft erwachte und ein Hauch von Braun am Unterleib ließ sein Glied steif werden.

Man kochte für sie schwarzen Kaffee und servierte ihnen Ma'amull-Plätzchen, auf deren dreieckigen Spitzen Puderzucker glänzte. Sie waren das Werk der libanesischen Großmutter. Man zeigte ihnen Photographien des Gefallenen. Zufrieden stellte er fest, dass der Junge sehr klein gewesen war und eine gekrümmte Nase hatte. So viel stand fest, die Nasenlöcher waren nicht auf gleicher Höhe im Gesicht. Schulamit Raviv, die Mutter, las dem Team, zu dem außer ihm noch ein Arzt, ein weiblicher Offizier und der Chef, ein Psychiater, gehörten, Gedichte ihres Sohnes vor. An einen Satz erinnert er sich noch heute. »Meine Haut habe ich mit den Falten des Alters gemästet.« Schöne Zeile ... »Hast Haut mit Falten gemästet, Oberfeldwebel Raviv, mit Kummer geschlagener Kämpfer, wozu, zum Teufel?«, dachte er und riskierte einen weiteren Blick auf die trauernde Geliebte. Jaakov Cheklinewicz, der Arzt, sagte, die Zeilen erinnerten ihn an einen gewissen K.A. Bertini.

Im Februar 1977 heirateten sie im Kings-Hotel in Jerusalem. Edna Melamed, die Mutter der Braut, war mit den persischen Hotelbesitzern verwandt. Er glaubte sich zu erinnern, dass sie Umid hießen. Sie hatten ihnen eine Prachthochzeit zu Nachsaisonpreisen ausgerichtet: Pilav und gebratene Hühner und als »Hochzeitsspecial« Hühner, innen mit Honig eingerieben und mit einer Füllung aus schwarzem Reis, Rosinen und Mandeln.

Er erinnerte sich, wie aufgeregt seine Mutter beim Anblick der bunten Salatgebirge war, die auf jedem Tisch auf die Gäste warteten. Edna Melamed war in den frühen Siebzigern Sekretärin im Büro des Ministerpräsidenten gewesen. Sie rief Golda Me'ir an, die im Haus ihrer Tochter in Ramat-Aviv wohnte, um sie zur Hochzeit einzuladen. Golda Me'ir sagte ihrer ehemaligen Sekretärin, wenn das für Edna so wichtig sei, würde sie gerne kommen. »Aber es wird mir schwerfallen, bis nach Jerusalem zu fahren.«

»Um diese Schurken, Dajan und Gorodisch, und um den, der letztes Jahr im Schwimmbad ertrunken ist, habe ich nicht getrauert … Die und Se'ira, diese Mikrobe, haben Golda die Lust am Leben verdorben«, klagte Edna Melamed nach einigen Gläsern Rotwein. Am Ende der Nacht, als klar war, dass Golda Me'ir nicht mehr auftauchen würde, jammerte sie: »Was versteht sie schon von Armeen, von Raketen und Panzern? Man hat ihr erzählt, dass die ägyptischen Hunde von den Kommunisten Raketen gekauft haben, mit denen man Panzer von der Schulter aus erledigt. Deinen ersten Freund haben sie auch auf dem Gewissen. Golda war Weltmeisterin in Diplomatie, sogar diesem Hund Nixon konnte sie Schuldgefühle machen … Schade, dass sie nicht hier bei uns ist … Nicht mal eine Entschuldigung hat sie geschrieben.«

»Papa, ich habe alles aufgegessen, wie ein braver Junge«, sagte Lior. Als sie noch auf Zuwendung aus war, mochte sie es, wenn man sie maskulin ansprach. »Aber du hast dein Huhn nicht einmal angerührt. Schau, die Sauce ist schon steinhart. Lass uns den Kellner rufen und ihn bitten, dir das Huhn ohne Sauce aufwärmen zu lassen …« Ihr Gesichtsausdruck sollte wohl fürsorglich sein.

»Gut, in Ordnung … Ich hab Lust auf etwas Rotwein, sollen wir bestellen?«

»Ja, ich will auch«, freute sie sich, auf einmal wieder ein kleines Mädchen.

Vom Geld, das sie zur Hochzeit geschenkt bekommen hatten, und mit einer Hypothek der »Arbeiterbank« kauften sie ihre erste Wohnung in Tel Aviv, einen Altbau, vier Zimmer mit hohen Decken, die Probleme bei den Rohrleitungen verursachten, immer Probleme mit den Rohrleitungen. Nach vielen ärztlichen Behandlungen wurden im Frühling 1984 die Zwillinge geboren. Ihre Miene verfinsterte sich, als sie erfuhr, dass sie zwei Babys austrug. »Hoffentlich sind sie nicht eineiig«, flüsterte sie, »mit eineiigen Zwillingen gibt es schrecklich viele Probleme.« Sie waren einander nicht ähnlich, ganz und gar nicht ähnlich, niemand hätte Zwillinge in ihnen erkannt.

Ihre ersten Jahre waren Jahre des Aufbaus und der Beerdigungen. Akademische Titel, erste Arbeitsplätze, die Zwillingsgeburt, der Kauf von Wiegen, Strampelhosen und winzigen Schuhen. Die Welt ging ihren üblichen Gang. Sie ließen Gräber ausheben. 1984, 1987, 1989 Jahre des Abschieds von den Eltern. Die einzige, die ein weiteres Jahrzehnt überlebte, war Edna Melamed. Die Hochzeitsphotos: Bräutigam und Braut, zwei strahlende Elternpaare und der Oberrabbiner Jerusalems umarmen einander jeweils. Edna Melamed hält ein rotes Etui mit Geldcouverts fest, sein Vater im graubraunen Jackett hat sich extra weiße Mokassins gekauft, sie sehen wie Tennisschuhe aus. Er liebte seinen Vater, alle liebten seinen Vater. Der war ein guter Ehemann, hatte nichts mit Frauen und hielt sich möglichst viel zu Hause auf.

Er weihte sein Frau in die Geschäfte mit Nikolai und Techanow ein. Nicht in die Einzelheiten, aber abgesehen davon, dass das Unternehmen sich »nicht ganz im Rahmen der Legalität bewegte«, wie er und seine Partner das nannten, wusste sie Bescheid. Vor allem beschrieb er ihr seine Funktion im System. Sie machte ihm Mut. Ihr gefiel es, dass sein Gehalt schon nach sieben Monaten verdoppelt wurde. Aus den Alkoholgeschäften konnten sie den Kauf einer neuen Wohnung finanzieren, diesmal direkt vom Bauunternehmer.

Ihre Probleme ließen ihnen wenig Zeit für Intimität. Wo war das Feuer des Anfangs geblieben? Wie viel hatten sie geopfert?

Wie viel hatte er geopfert? Was tun angesichts ihrer Niederlagen? Die Einweisung Alons in die Psychiatrie war ihre grausamste Niederlage. Die elf Jahre des Abschnitts ihrer Ehe unterteilte er in drei Lebensbereiche: die Geschäftsreisen nach Europa, den häuslichen Alltag mit Frau und Kindern, die intimen Momente. Natürlich waren diese Bereiche nicht voneinander getrennt, sondern korrespondierten mit Schuldzuweisungen und Giftspritzen, aber es gab sie.

Um die Intimität hatten sie sich wirklich bemüht, indem sie sich daran erinnerten, wie heftig sie sich geliebt hatten, und versuchten, sie wiederherzustellen. Sie gingen auf Entdeckungsfahrten und erkundeten Israel mit seinen vielen Tälern, Feldern und Städten. Zweisamkeiten in Hotels im Norden, Stippvisiten in nördlichen Kibbutzim, das Auto holperte über die Serpentinen der Golanhöhen. Mußestunden an galiläischen Bächen, Freizeit in teuren chinesischen oder arabischen Restaurants, gieriges Schlemmen orientalischer Spezialitäten unter einem Sonnendach aus Stroh. Der Blick fiel auf Felder, so weit das Auge reichte, und seine Frau war begeistert: »Sieh doch, wie diese grünen Linien in der Sonne glühen.« Also gut … Er war kein Naturfreund. Er hatte die Romantiker gelesen und blieb dennoch misstrauisch, wenn es um die Pracht der Natur ging. Manchmal kam es ihm vor, man verlange von ihm, Anblicke zu bestaunen, an denen wenig dran war. An einer schönen Aussicht im Norden des Landes stand rechter Hand ein schnurrbärtiger Mann in blauem Trainingsanzug, der einer Gruppe älterer Frauen genüsslich die Ohren volljaulte. Sie trugen Kappen mit der Aufschrift »Bezirksrat Tor des Negev«. »Seht euch all diese Schönheit an, die aus der Erde emporsteigt, einem Mantel gleicht in allen Farben des Regenbogens.« Auch seine Frau war entflammt: »Was für ein schönes Tal. Komm näher, von dieser Seite ist der Anblick noch schöner.«

In den neunziger Jahren begann seine Frau, sich für die »Befreiung der Seele« zu interessieren: Sie fuhren zur Entschlackung auf ein »Rohkostwochenende« am »Meer der Gesundheit«, wie sie das Tote Meer nannte. Sie lernten »Salsa« bei einem Seminar

»Tanz im Sand« in der Judäischen Wüste. Sie gaben sich in einem Dorf dem »Lachen, das in jedem von uns verborgen ist«, hin. Sie suchten im Carmel-Wald das »Kind in dir, auf dass es dein Kind berühre«. Sie mischten in den Höhlen Beth Govrins bei der »Antiurbanen Sexualität« mit. Sie ruhten sich im Winter Eilats bei »Männer lernen Kochen« aus.

Im Schatten ihrer Aktionen zur Rettung der Ehe entging ihnen ihr Leben. Sie lebten immer im Zweifel. Es gab Phasen, da garantierten das Zuhause, die Kinder und die Schulden ihre Paarbeziehung. Es gab auch Atempausen, in denen sie sich akzeptierten. Er liebte diese Pausen, sah ihre Nüchternheit positiv. Darin lag das Einverständnis, dass die eigene Ehe, für die sie selbst verantwortlich waren, nichts Schlechtes an sich hatte. Sie war selbst gemacht und so unzulänglich wie die Welt, in der sie lebten, nicht anders als andere Ehen, die wir bei Festen und Freunden erleben und aus Gerüchten kennen, die allesamt unzulänglich sind. Ehen beginnen im Lauf der Jahre unter Arterienverkalkung zu leiden. Eheleute sind erwachsene Menschen, die voll im Leben stehen, dabei aber viel zu nostalgisch. Sie rekonstruieren die Tage der Verliebtheit, die Jahre der Neugierde aufeinander. Wohin ist das alles verschwunden? Eheleute sammeln wie Historiker Beweise und Belege dafür, dass die Gegenwart ernüchternd und die Vergangenheit zauberhaft war. Soweit, so gut, aber wie holt man diese Verzauberung zurück? Das geht einfach nicht.

Auch die erste Liebe mit all ihrem Glück hat nur in den Erinnerungen der Liebenden Bestand, und jeder hat seine eigenen. Na'ama und er, der ihr darin folgte, sehnten sich vergeblich nach Beweisen ihrer jungen Liebe. Sie fuhren wieder in dasselbe Hotel in Prag, wo sie in den Flitterwochen gewohnt hatten. Dasselbe Hotel, dasselbe Zimmer: von ihrer Liebe keine Spur. Rilke fragt, ob Liebende sich die Liebe beweisen können. Die Beweise gibt es nur im Museum der Liebenden, das die Erinnerung ist. Deshalb muss man lernen, den Glanz der Jugendliebe zu ersetzen, so wie man lernen muss, das Erwachsenwerden und sogar das Altern anzunehmen. Es gibt nur eine Konsequenz, so schwer sie auch fällt. Stell dich der Zeit nicht entgegen. Befrage sie nach ihren Geheimnissen, doch bitte sie nicht um Widerruf. Na'ama war jedoch von Natur aus ein stürmischer Mensch, neigte zu Übertreibungen und erforschte und durchsuchte hartnäckig alles Vergangene. Im Streit rief er einmal aus: »Wenn wir jetzt wären, wie wir mal waren, wäre das reichlich ausgefallen … Es ist normal, dass sich zwischen uns vieles geändert hat – oder eigentlich alles.«

Die Hühnerbrust hatte man ihm nicht zurückgebracht. Er hatte wieder Hunger. Seine Tochter trank Rotwein und rauchte eine Zigarette. Sie schaute ihn konzentriert und prüfend an. Sie wirkte ein wenig betrunken. Er gab sich geschlagen. »Lass mich doch teilhaben an dem, was du von deiner Mutter erfahren hast.« War das schon ein Eingeständnis von Schuld? War es nicht besser, sich wie vorher darüber zu mokieren, Lior sei wohl kaum die Vertraute ihrer Mutter gewesen?

»Das ist doch völlig unwichtig … Vielleicht habe ich nur phantasiert«, lächelte Lior und kraulte ihm das Haar. »Ich will, dass wir noch etwas für dich bestellen, Vater. Vielleicht Schokoladenkuchen mit Waldbeeren?«

In Träumen oder Gedanken, angeschnallt im Flugzeug oder unterwegs im Zug, beschlich ihn manchmal der Verdacht, er sei ein zufälliger Besucher in einem Leben, das gar nicht das eigene war. Das Leben disziplniert, man ordnet es und lernt, Versäumtes zu verschmerzen. Zuweilen entsteht aber ein Übermaß an unausgelebten Leidenschaften und erschüttert den gewohnten Ablauf. Die Leidenschaft packt den Menschen ohne Rücksicht auf das Leben, das er gelebt hat, ohne Rücksicht auf seine Erfahrungen.

Er hatte keinen Standpunkt zum Leben als solchem. Er ahmte Gestik und Mimik und Redensarten anderer nach, ohne eine Ahnung davon zu haben, dass es Nachahmungen waren. Meist hatte er interessiert irgendjemandes Lebensbeichte angehört und darin einen Kern gesucht, der ihm in Zukunft vielleicht nützlich sein konnte. Stoisch und skeptisch war er ein guter Zuhörer, der sich selten mit anderen identifizierte. Er hatte sich eine Nomadenideologie zurechtgelegt, war in Bewegung verliebt, ins Provisorium. Zwischen Verbindungen und Trennungen machte er keinen Unterschied, sie schienen einander zu gleichen.

Er verliebte sich leicht. Wie man ein Feuerzeug mit dem Daumen anschnipst und damit eine Kerze, eine Zigarette anzündet im Restaurant, bei Geschäftsterminen, an der Bar, im Flughafen. Verlieben schlug ihn in Bann, machte ihn zum Sklaven. Plötzlich hatte er eine Zauberpforte entdeckt, die letzte Gelegenheit, vom Weg der Einsamkeit abzuweichen, als gäbe es sonst keine Frauen mehr. Meistens tat sich dann gar nichts, nicht einmal verstohlene Blicke. Er aber war der Frau bereits auf Gedeih und Verderb verfallen. Dann schwor er einer, die in der ersten Reihe im Flugzeug saß, einer, die auf ein Taxi wartete, einer, die gerade die Zeitung aus der Hand legte, oder einer, die im Kino ihren Liebhaber streichelte, ewige Treue. In seine Phantasien stieg er ihr nach, bis er sie durch eine andere ersetzte. Selten aber geschah etwas.

So war es in der Nacht, als er von Nikolai zur Premiere des amerikanischen Spielfilms »Spiderman« mitgeschleppt wurde. Die kleine Frau, die die Geladenen mit Getränken versorgte, war Ende dreißig, hatte krauses, schwarzes Haar, ein lachendes Gesicht und trug ein blaues Kleid mit roter Schürze. Er konzentrierte sich auf ihre dicken, ungeschminkten, geradezu weißen Lippen. Wenn sie mit leerem Tablett zur Bar zurückkehrte, waren ihre Augen dunkel, vielleicht vor Müdigkeit. Er sah sich den Film nicht an. Aufgewühlt wartete er draußen auf sie. Als sie im bodenlangen Mantel an der Bushaltestelle vor dem Eingang des Kinos stand, sprach er sie an und lud sie zu einem Drink ein. Das geschah nach vielen verpassten Gelegenheiten. Aus Furcht, etwas zu versäumen, wurde Mut. Sie tranken Wein in einer Bar in der Nähe. Es war nett. Er wusste ja, wie man Dialoge führt. Trotz ihres gebrochenen Englischs konnte er mit ihr einen reizenden Dialog führen. Danach ging sie mit ihm auf sein Zimmer. Stumm legten sie sich aufs Bett und sahen eine Folge von »Buffy, die Vampirjägerin«. Er glaubte sich zu erinnern, dass Lior diese Serie mochte. Das hemmte ihn. Es gelang ihm nicht, das zwanglose Gespräch von vorhin in der Bar wiederaufzunehmen. Still und ehrfürchtig betrachtete er ihre Finger, wie die einer Heiligen. Sie war jetzt keine bestimmte Frau mehr, sondern die Summe all seiner zufälligen Verliebtheiten. Doch als er sie berührte, als er ihr die Stiefel auszog, als er ihr dunkles Haar ergriff, ihre Finger küsste, als sie seine Brust streichelte, seinen Hals küsste, hatte er das Gefühl, er habe sich vollkommen gereinigt. Die weißen Hotellaken waren krumpelig. Sie entfernten sie. Kalte Luftstöße trafen durch das offene Fenster auf ihre nackten Körper. Sie schlossen es. Einige Zauberminuten später hatten sie Pfützen auf dem Bauch. Die kleinen Schwierigkeiten schienen ihnen zu gefallen, als sei es in ihren Augen logisch, dass ein Liebesakt unvollkommen ist. Er küsste ihre Zehen, konsequent, eine nach der anderen, betrachtete jede für sich, als wolle er sie erst in der Vorstellung genießen und dann im Handeln. Im Gegensatz zu den früheren Erlebnissen auf Flughäfen, in Kaffeehäusern und Museen gab sich ihm dieser Körper, den er begehrte, wirklich hin. Während er sich verhielt wie jemand, der eine dringende Aufgabe zu erledigen hatte, musste sie lächeln. Ihren Augenwinkeln konnte man die Überraschung darüber ablesen, dass er so viel Zeit in jede einzelne Zehe investierte, sie leckte und daran saugte, als wolle er sie verschlingen. Er schien sich ganz mit diesem Teil ihres Körpers zu begnügen.

Seine Liebe ließ ihn aufblühen. Das war eine helle Zeit, eine Zeit, in der sein Sehvermögen schärfer war und sein zerrissenes Dasein wie geplant und berechnet aussah – so dass es legitim erschien, seine alte Welt zu verlassen. Nach langer Zeit berührte ihn ein Ereignis unter Menschen, ließ ihn nicht gleichgültig bleiben: eine seltene Begegnung. Wenn er nach St. Petersburg reiste, fuhr sie nun immer mit. Er wollte sie sogar nach London mitnehmen. Sie lehnte ab, weil es da ein fünfjähriges Kind aus ihrer Ehe gab. Aber das störte ihn nicht. Er war bereit, es ihretwegen zu lieben. Nach acht Monaten trennten sie sich. Nichts Besonderes, sie erloschen gemeinsam. Sie hatte den Entschluss gefasst, er akzeptierte. Sie blieben Freunde. Alle paar Monate rief er sie an und sie gingen gemeinsam essen. Manchmal gesellte sich auch das Kind hinzu oder irgendeine Kollegin oder Nikolai.

Eines Nachts nahm er sich das Leben.

Das war letztes Jahr im Winter. Er hatte an den Strom der Zeit eine Aufforderung gerichtet: Steig an, überflute mich, vernichte mich. Er lag wartend im Bett, in einem kleinen Zimmer in einem grauen Hotel in St. Petersburg. Niemand ist da, niemand wird kommen. Er war vierundfünfzig Jahre alt und wollte sich nicht mehr davonschleichen. Er forderte Abrechnung. Wann war all das geschehen? Da war er, allein auf seinem Hotelbett, angezogen mit nichts als einem Paar lilafarbener Boxershorts mit der Aufschrift »Pick the name – be a man« auf dem Gummizug. Mit stinkenden Fingern drückte er auf seinem Bauch herum, die Nägel schnitten ins schlaffe Fleisch, die Handflächen pressten das Gewebe zusammen und dehnten es, das böse Licht vom Fernsehschirm fiel auf seine gelben Zehen. Warum musste das so abstoßend aussehen? Ein dumpfes Rauschen in der Brust ließ ihn zittern. Vielleicht das Herz? Es war kein vorübergehendes Rauschen, sondern anhaltend, und klang wie das Geräusch zerbrechender Zweige. Es wurde begleitet von kurzen Stichen. Auch sein Rücken schmerzte wieder. Wie war bloß sein Körper in diesen jämmerlichen Zustand geraten? Warum hatte er seine sportlichen Aktivitäten aufgegeben? Früher hatte er in jedem Hotel Gymnastik und Hanteltraining getrieben, war in Begleitung fröhlicher Discomusik schnell auf der verdammten Maschine marschiert. Er hatte Lust auf ein paar Bauchübungen – vielleicht würde ein wenig Schweiß aus dem Körper fließen und die Symptome des Alters auflösen.

Und da erschienen sie, die Schatten der Vergangenheit. Anfangs traten sie zurückhaltend auf, wie uralte Feinde auf der Hochzeit dessen, der sie am meisten hasst. Furchtsam sahen sie sich nach allen Seiten um, um die Falle zu entdecken. Will der uns tatsächlich haben? Einer nach dem anderen ließ die Frage wie einen Tropfen fallen, und er nickte. Nun hatten sie seinen Segen, nun gab es kein Halten mehr. Die Wächter haben wir verschwinden lassen, die Tore haben wir aufgebrochen, die Mauern niedergerissen. Eine Feuersbrunst haben wir angefacht, Flammen hoch wie Wolkenkratzer. Sie werden die Fehler aus zehn, zwanzig Jahren sichtbar machen, in ihrem Licht gibt es kein Versteck mehr. Jeder Satz, der ihm einmal dumm und gemein über die Lippen gekommen war, erscheint nun, jeder verpasste Traum, jeder Mensch, der verloren ging, jedes verzerrte Ereignis. Gutes, das sich in Böses verwandelte, Tote, die er begrub, Bekannte, die zu Toten wurden, die Bodensätze der Kindheit, kleine Kränkungen, manches, das er hätte verstehen sollen und nicht verstand, zu spät verstand, die schreckliche Sehnsucht nach seinem Vater, die sich nicht stillen ließ. Ohnmächtig liegend, streckte er die Arme aus und überließ seinen Körper den Schatten: Fliegt ihn an, dringt in ihn ein, schlagt Wunden und kriecht tief hinein, wandert durch seine Adern, lasst euch in den Blutströmen treiben, die die Tiefen des Körpers erreichen und jedes Gliedmaß berühren. Gebt Erläuterungen, lauter Erläuterungen: Wie ist ihm all das zugestoßen, warum war alles, was war?

Er will sehen, wie sie lachen, wie sie das Spiel genießen. Stürmt los, der Befehl ist schon gegeben. Spielt mit mir, mit dem bewegungslos daliegenden Mann, der seinen jämmerlichen Körper betrachtet und fast vergnügt seine vielen Fehler genießt. Zu lange hat er sich nur in der flüchtigen Gegenwart aufgehalten und sich wie ein Fremder von allem, was vorher war, ferngehalten. Jetzt will er seine Sünden bekennen, sein Versagen: Die Leugnung der Vergangenheit, den alten Mechanismus kann er nicht mehr in Gang halten. Jetzt ist es Zeit, gebeugt an die Orte zurückzukehren, die er einst im Stich gelassen hat.

Er will verstehen. Nicht einmal alles, er will keinen lückenlosen Verlauf, nicht mal eine vollständige Geschichte. Er braucht viele Ursachen, Hypothesen und Erklärungen. Was bedeutet dieses Bett für ihn? Wie ist er in dieses Hotel geraten, in diese Geschäftsdinge, in diese Stadt, in diese Welt, an Nikolai? Wohin ist seine Exfrau verschwunden? Woher stammt die Verrückung von Alons Welt? Den Namen seines verstorbenen Vaters hat er beschworen, warum hat das Glück nicht gereicht für ihn und seine Geliebte?

Wenn es kein ordentliches Verfahren gab, wenn es nur ein Mosaik aus Motiven gab, dann wollte er es jetzt in alle Einzelteile zerlegen. Die Schatten flogen durchs Zimmer wie Fledermäuse, sollten sie doch sein Leben interpretieren, ihre Logik, seinen Mangel an Logik. Die ganze Vergangenheit pochte in ihm, schüttelte ihn, überflutete ihn, ließ ihn ersticken oder ertrinken. Der Junge, der er gewesen, der Sohn, der er gewesen, der Liebende und Geliebte, der er gewesen, der Vater, der er gewesen, alle waren aufgestellt. Er stand vor Gericht. Was war die Schuld? Natürlich war er schuldig. Er wollte von der Welt gekreuzigt werden, die ihm den Strom der Zeit verborgen hatte. Es war die endgültige Sehnsucht, nicht zu sein.

Das heißt? Er hatte keine Antwort. Das heißt? Gott allein hat die Lösung.

Vielleicht sollte er sich unter die Klauen der Vergangenheit legen und in wohligen Kinderschlaf gleiten, den letzten. Das heißt?

Eindrücke aus einem Sturm: Die Epidemie

Eines Morgens wachte Anatoli Iwanowitsch auf – ein dickleibiger Hüne, Eli genannt, das Kinn seines rosafarbenen Gesichts umkränzt von einem dichten, fettigen Bart – und stellte fest, dass sein Laken schweißgetränkt war. Er stieg aus dem Bett, hüllte sich in einen wollenen Morgenrock ein, um sich vor der beißenden Kälte zu schützen, und ging ins Bad. Er konnte sich kaum auf den Beinen halten. Als er sein Gesicht im Spiegel sah, erschrak er: Er war totenblass, selbst die dicken Lippen waren bleich. Seine Arme waren voller Flecken, und ein Teil des Bartes, auf den er so stolz war, war ausgefallen. Ein starker Schmerz ließ seinen Körper erzittern. Anatoli hielt sich den Bauch und schrie. Er legte sich auf den Bauch und drückte ihn mit aller Macht gegen den Fußboden. So kroch er langsam ins Wohnzimmer, und jede Bewegung löste Todessehnsucht aus. Lieber sterben, als diesen Schmerz ertragen. Er griff zum Telefonhörer und rief seinen Freund Oved Seri an, mit dem er am Band arbeitete. Oved hatte ein Jahr zuvor eine Cousine des Fabrikbesitzers geheiratet, war aber trotzdem an seinem Arbeitsplatz geblieben.

Oved brachte den Freund in die Ambulanz. Die Ärzte waren nicht allzu besorgt, und nachdem er ihre Meinung gehört hatte, fuhr er heim. Er döste zwei Stunden, wusch sich dann mit kaltem Wasser, summte eine Melodie dazu und legte den blauen Arbeitsanzug an. Der trug das Emblem des Werks, einen vergoldeten Hammer auf der israelischen Fahne. Auf dem Weg zur Bushaltestelle beschloss er, auf einen Sprung nach seinem Freund zu sehen. Zwar würde er sich im Werk etwas verspäten, aber immerhin arbeitet er schon seit vier Jahren mit Eli zusammen. Die Schichtleiter hatten neuerdings sowieso Respekt vor ihm …

»Verheiratet mit dem Hertzikowitz-Clan, du hast's geschafft, Seri …« Um acht kam er in der Ambulanz an. Er schritt leichtfüßig auf Elis Bett zu, in der Manteltasche hatte er zwei Tafeln Schokolade, Elis Lieblingsschokolade. Er stellte sich vor, wie Eli die Schokolade mampfte, mit verzücktem kindlichem Gesicht. Er erinnerte sich, dass es Elis größtes Verlangen war, zu heiraten und Kinder zu haben. Schon lange habe ich ihn nicht mehr zum Schabbatessen eingeladen, dachte er. Das Leben schleppt sich voran, die Ehe trägt dich davon, es gibt viele Dinge, die dir einfach so passieren. Elis Bett war leer. Seri wartete einige Minuten. Als der Arzt mit einem Rattenschwanz von Studenten in weißen Kitteln und Notizblöcken in der Hand vorbeikam, fragte er ihn, ob Anatoli Iwanowitsch schon entlassen worden sei.

»Sind Sie ein Verwandter?«, fragte der Arzt und strich seine Haare zurecht.

»Ein naher Freund«, sagte Seri. »Seine Mutter ist auf Besuch in Russland.«

Der Arzt sah ihn prüfend an, als wollte er den Grad seiner Nähe zum Patienten genau ergründen. Dann sagte er: »Anatoli ist heute Morgen verstorben, es tut mir leid …«

Anatolis mysteriöser Tod sprach sich schnell herum. Gerüchte kamen auf. Der Pesthauch, der zwischen Himmel und Erde schwebte, über Straßen und Grundstücken, zwischen Bäumen, Häusern und Wolkenkratzern, der war es, der hatte Anatoli, den Riesen, umgebracht. Tatsächlich sah man in ihm das erste Opfer. Er war doch über zwei Meter groß? In der russischen Armee war er Boxer gewesen. Als seine Eltern vom Blitz getroffen umkamen, war Anatoli bei ihnen und nicht einmal umgekippt. In seiner Kindheit hatte er davon geträumt, Stierkämpfer zu werden. Eines Tages rammte ihn ein Ochse – und Anatoli? Fiel nicht um. Als Diskuswerfer hatte er sich beinah für die Olympiade in Atlanta qualifiziert. »Schade, dass er nicht schon als Kind ins Land gekommen ist«, wurde im Sportteil der Zeitungen lamentiert. »Vielleicht hätten wir dann endlich einen Olympiasieger in Leichtathletik gehabt.«

Die Krankheit kam also aus der Luft. Man konnte sie nicht

befragen, befühlen oder ansehen, ihre Absichten waren verborgen. Sie biss so unberechenbar zu, wie Blitze einschlugen. Kein Wunder, dass die Forscher, die ihr auf der Spur waren, nichts zuwege brachten. Ungewöhnlich war, dass das böse Wesen, das man verfolgte, die Verfolgung völlig beherrschte. Wenn ein Detektiv nach einer Person fahndet, deren Steckbrief auf jeden zweiten Passanten passt, ist die Person auch kaum zu identifizieren. Aber hier kam hinzu, dass sie, kaum hatte man sie erkannt und beschrieben, sich schon wieder veränderte. Der neue Hauch ihres Zorns traf an ganz anderer Stelle Opfer, auf die das alte Patientenprofil nicht passte. Zuerst traf er Männer, die wie der unselige russische Riese körperlich gearbeitet hatten, danach hauptsächlich Frauen. Die dritte Gruppe waren Menschen, deren Lebensumstände durch Sturm und Dunkelheit am Morgen durcheinandergekommen waren, die vierte waren Rentner und Kinder, Bettler und Poeten. In der fünften Variante bestand nur selten Lebensgefahr, in der sechsten gab es Leichen an allen Enden der Stadt. Die siebte Welle führte zu inoffiziellen Theorien, die Infektion werde wie Malaria, Pest oder Typhus von Mücken, Läusen und Fliegen übertragen, doch schon die achte warf all diese Hypothesen wieder über den Haufen. Wenn man schon nach Vorbildern in der Geschichte greife, ähnele die Seuche eher Nahrungsmittelepidemien wie der Salmonelleninfektion, die von Bakterien in Eiern und Fleisch ausgelöst werde, dem Aniskiasis-Wurm, den sich der Mensch aus rohem Fisch holt, oder der Trichinose-Made. Aber die macht sowieso nur die Goyim, also Nichtjuden, krank, denn sie stammt vom Schwein. Bei der neunten Welle kam man dann zu dem Schluss, dass all das nur Märchen waren. Es gab überhaupt keine Epidemie.

Es waren Behörden, die nun eine Pressekonferenz mit hochrangigen Wissenschaftlern einberiefen, um ihre Existenz zu leugnen. »Es gibt zu viele Theorien über diese angebliche Epidemie, die einander widersprechen. Die Argumentationen entbehren der Logik. Weder wurde ein Wirt für ein Virus oder Bakterium gefunden, noch lassen die Unterschiede zwischen den Patienten den Schluss auf eine einheitliche Krankheit zu. Man benötigt keine komplizierten Theorien, wenn es eine einfache Erklärung gibt: Im Winter werden Menschen krank und in einem schweren Winter werden sie sehr krank.«

Wissenschaftler, Regierungsbeamte und Ärzte verstanden es wohl, die Krankheit in unterschiedliche Gruppen einzuordnen, die natürlich alle in Verbindung mit dem üblen Winter der Erschöpfung standen, mit dem zu spät eintretenden Morgen. Auch das Fehlen von geeigneter Nahrung angesichts der Kälte wurde angeführt. Darauf hatten Obst- und Gemüsezüchter sofort eine passende Antwort, eine Werbekampagne im Radio mit dem Slogan: »Tomaten, Orangen und Gurken – schützen vorm Winter, dem Schurken!«

Es ist keine Epidemie, sagten die Wissenschaftler, es sind verschiedene Krankheiten mit diesen und jenen Symptomen, es sind verschiedene Erreger. Es sind bekannte Wintererkrankungen, die nur verstärkt auftreten und einhergehen mit einer »Winterdepression«. Die israelische Lebensart, vor allem in Tel Aviv, ist für einen derart schweren Winter nicht gemacht.

In Tel Aviv ging das Gerede von der Epidemie unterdessen weiter. Sie war die Königin aller Gerüchte, aller Prophezeiungen, allen Klatsches. Sie beherrschte Cafégespräche und private Zusammenkünfte, das Getuschel in Krankenhauskorridoren, die ersten vorsichtigen Dialoge zwischen Fremden. In offiziellen Verlautbarungen bestritten, tauchte sie tagtäglich aus dem Untergrund in verschiedenen Stadtteilen auf und gleichzeitig in Gemeinden, die keine Verbindungen miteinander hatten. Die Gerüchte wurden vor allem von denen am Leben gehalten, die nicht zum Establishment gehörten: Arme, Anarchisten, Bohemiens, Leute, die gerade erst eingewandert waren. Die Fabrikarbeiter, die Eli Iwanowitsch gekannt hatten, erinnerten sich, dass er vier Jahre lang keinen einzigen Arbeitstag gefehlt hatte. Es gab Leute, die während dieses Winters ihre Wohnung verloren. Vor allem in Erdgeschossen ärmerer Stadtviertel, wo Mangel herrschte und man sich nicht auf den Winter vorbereitet hatte, traten in den brüchigen Wänden Risse auf. Die Wohnungen wurden vom Wasser überflutet. Mit jedem Regen kamen neue Katastrophen.

Die Stadtbediensteten pumpten von morgens bis abends das Wasser ab, aber schon am nächsten Tag wurden sie erneut überflutet. Ein Teil der Opfer wurde provisorisch in Hotels und Gemeindezentren untergebracht, aber wer sich in leer stehenden Häuser oder Lagerhallen eingenistet hatte, wurde nun vollends obdachlos.

In diesen Gruppen kursierten ohne Ende neue Gerüchte von der Epidemie. Damit wurde nicht nur Angst verbreitet, sondern auch eine makabre Heiterkeit, denn selbst die wohlhabenden Stadtviertel waren betroffen. Es gab auch ein Gefühl von Einigkeit und Schicksalsgemeinschaft, denn die Angst vor der Krankheit machte alle gleich. Am besten hatte der junge Josef Du'ek das Gefühl zusammengefasst, als er über die einzige übrig gebliebene Wand seines eingestürzten Elternhauses schrieb: »Manchmal ist es erlaubt, zu leben, und manchmal ist es Pflicht, zu sterben.« In der Nacht sprang er nackt ins Meer und kam nicht wieder.

Die Epidemie kam auf den Flügeln ihrer Verleugnung machtvoll heran. Sie scharte immer mehr Gläubige hinter sich, die sie des Morgens aufgehen sahen, wie es die Sonne hätte tun sollen. Die Gläubigen verspotteten die Ungläubigen. Wie blöd musste man sein, um ihre Existenz zu leugnen? Sie war doch ein Teil von ihnen geworden, sie waren doch an sie gefesselt. Sie suchte die Menschen mit ihrem Todeshauch auf, sie spielte mit ihren Schwächen, hörte nicht auf, Körper zu verkrüppeln und zu verbrennen. Wie konnte man das verleugnen?

Tat man das wirklich? Überwiegend schon. Doch manchmal bekam die Hülle des Leugnens Risse. Wenn das Auge des schwachen Menschen ihn einmal wirklich vor sich sah: den kranken leidenden Menschen mit einem Gesicht, das vom Unbekannten wie von einem Wahn verzerrt wurde, den Menschen, der jetzt noch da war, den Menschen, der gleich verschwinden würde: Das war eine schlichte Wahrheit, der man nicht mehr ausweichen konnte.

Wenn die Epidemie nicht überall und nirgends war, zu keiner Zeit und zu jeder Zeit, dann musste sie doch in der Atemluft sein. Doch sie war nicht ständig da, ihr Hauch traf nicht jeden. Wie wählte sie denn ihre Opfer aus? Epidemie oder nicht, eine einzige Epidemie oder hundert kleine, in der Luft oder in der Erde, die wichtigste Frage blieb: Steht mein Name auf ihrer Liste?

Im Mai wurde in der medizinischen Fakultät der Universität Beerscheva die WKGE, »Wissenschaftler für den Kampf gegen die Epidemie«, gegründet. Es versammelten sich achtundzwanzig Wissenschaftler und Ärzte, die überzeugt waren, dass in der Stadt Tel Aviv eine Epidemie ausgebrochen war. Am Ende der Tagung übergaben sie der Presse ein Schreiben, das alle unterzeichnet hatten. Es war an die Staatsführung gerichtet. »Nach meiner Auffassung waren da hauptsächlich Not leidende Wissenschaftler, die jeden Monat versuchen, zehn Patente eintragen zu lassen, und Kassenärzte für Hals, Nasen und Ohren«, spottete der Sprecher des Gesundheitsministeriums. Gleichzeitig betonte er: »Der Minister liest natürlich aufmerksam jede Empfehlung, die ihm übermittelt wird.« Zentraler Vorschlag war, Tel Aviv befristet unter Quarantäne zu stellen.

Niemand wisse, so führten die Wissenschaftler aus, ob die Epidemie in Tel Aviv bereits ihrem Ende entgegen gehe oder gerade erst begonnen habe. Es bestehe in jedem Fall die ernste Gefahr einer Ausbreitung und des Übergreifens auf andere Orte. Ende des zweiten Jahrhunderts habe sich eine Schwarzpockenepidemie von den Provinzen aus bis nach Rom ausgebreitet und Millionen dahingerafft. Erreger, die die spanischen Eroberer in Amerika einschleppten, hätten Menschenleben in großer Zahl vernichtet. Es sei denkbar, dass die Epidemie in einer weniger modernen israelischen Stadt mit schlechterer medizinischer Versorgung noch verheerender ausfallen würde. Die Unkenntnis über die Epidemie übertreffe bei weitem das, was man von ihr wisse, und deshalb sei es nötig, umgehend Schutzmaßnahmen zu treffen.

Es verging kein Tag, da wurden sie schon bezichtigt, die ursprünglich aus Europa stammenden Aschkenasi zu hassen, eine fundamentale Abneigung gegen das Bürgertum zu haben, dem Marxismus zuzuneigen, dem teuflischen Darwinismus zu frönen, Angst zu verbreiten, um sich zu bereichern, und einen Mangel an »Jüdischem Mitgefühl« an den Tag zu legen. Die Tatsache, dass sie schreckliche Epidemien in der menschlichen Geschichte angeführt hatten, wurde als geschmacklose Manipulation missbilligt, mit der sie nur Aufmerksamkeit schinden wollten. Politiker, Wissenschaftler und Journalisten titulierten sie als Antisemiten, Schurken, Geldgierige, Steinherzen, Technokraten ohne jegliche Humanität, ohne Gefühl für Gerechtigkeit und Brüderlichkeit.

Der Wiederträumer und die Träumerin

März

Die Träumerin steht an der Bushaltestelle. Auf der Bank sitzt aufrecht eine Gestalt, die ihrem Stiefvater und auch Rafi, dem Leiter des Jugend- und Sportzentrums, ähnelt. Zu beiden Seiten der Gestalt sitzen Scha'ul und Adam, und die Hände der Gestalt halten die kleinen Hände der beiden fest umklammert. Alle warten auf etwas, vielleicht auf den Bus. Ein alter Herr, elegant gekleidet – schwarzer Anzug und weißer Zobelmantel – stellt sich zu ihnen und spricht mit ihrem Stiefvater. Als sie seinen Mantel sieht, erinnert sie sich, dass Winter ist, und wird mürrisch: Wieso haben die sich in Mäntel eingemummelt und ich bin im Sommerkleid? Rundum rauschen die Zweige dunkler und feuchter Bäume. Dünner Nebel verfliegt langsam und mit ihm eine Haube aus erdnahen Winterwolken. Vorhin, als Scha'ul seine Hand hob, schien ihr, seine Finger würden von den Wolken verschluckt. Der Himmel hebt sich wieder. Der Mann deutet auf sie. Er habe Lob über sie gehört, »geradezu Ausgezeichnetes«, von den Lehrerinnen in der Schule. Ihr Vater antwortet ihm mit triumphalem Flüstern. »Na gut, es ist leicht, Erfolg beim Lernen zu haben, wenn sie dauernd zu Hause sitzt und keine Freunde hat.« Wie quietschend hört sich doch sein Flüstern an, denkt sie, Leute wie er wissen nicht, wie man flüstert. Sehr merkwürdig, in der Vergangenheit hat er sie nie beleidigt, sie nur gerühmt und ihre Vorzüge dargestellt und die Fehler seiner Söhne dagegen gehalten. In gemessenem und gelassenem Ton sagt sie, ohne sich ihm zuzuwenden: »Wenn deine Söhne nur ein Zwanzigstel meiner Begabung hätten, würden auch sie Erfolg beim Lernen haben.« Sie schauen sie an: der Ausdruck von Verraten-Sein auf Scha'uls Gesicht, das zufriedene Schmunzeln Adams und ihr Stiefvater – »besiegter Despot« steht ihm ins Gesicht geschrieben.

Sie befinden sich auf dem Parkplatz, und sie steht abseits neben der jungen Grammatiklehrerin Zehava Enosch. Alle bereiten sich auf das Festessen vor. Ihr Stiefvater sitzt im Auto neben der Mutter. Auf dem Rücksitz drängeln sich Cousins und andere Verwandte, mindestens zehn. Bekannte Gesichter, verzerrt in den Scheiben, fließen mit anderen Gesichtern zusammen und neue Formen entstehen: Arschgesichter, ein Gemenge aus Armen und Schuhen, Strumpfhosen und Abendkleidern, keuchende Erstickende. Sie weiß, dass er allen erzählt hat, wie sie seine Söhne beleidigt hat. Weshalb sonst sollten sie derart obszöne, verärgerte Gesichter zeigen? Schon immer haben sie geklagt, die Träumerin sei hochnäsig, wisse immer alles. Da, da schweben Augen über dem Rücksitz, losgelöst aus dem Gesicht, das rechtmäßiger Besitz ihres Cousins ist, des Metzgers Avraham-Chayim. Sogar diese Augen schauen sie streng an. Nur ihre Mutter rührt sich nicht.

Nachdem alle den Wagen verlassen haben, steht das Urteil fest: Es ist ihr verboten, am Essen teilzunehmen. Die Träumerin tobt und schreit. Sie werde jetzt von hier abhauen und die Finsternis möge sie alle verschlucken – ein Fluch, den sie von ihrer Mutter gelernt hat. Bis jetzt war sie erst zwei Mal in einem Hotel oder einem Restaurant, zu einer Bar-Mitzwa und bei der Hochzeit der Mutter mit dem Stiefvater. Heute hat sie zum ersten Mal das weiße Kleid an, das ihre Großmutter ihr vererbt hat. Den ganzen Tag hat sie sich für das Festessen schön gemacht. Aber niemand lässt sich von ihrem Schreien beeindrucken, außer der Grammatiklehrerin, die ihren Arm streichelt. Sie marschieren in Reih und Glied zum Haupteingang und lassen sie brüllend zurück. Rachegelüste vernebeln ihre Sinne. Sie beschließt, der Festgesellschaft zu folgen. Träumerin und Grammatiklehrerin durchschreiten den großen Saal des Hotels und setzen sich an einen Tisch hinter den anderen. Die Wände des Saals sind aus grünen Blöcken gebaut, und der Fußboden besteht aus schwarzem Parkett, von dem sich cremefarbene Marmorsäulen, verziert mit griechischen Buchstaben, abheben. Als die Träumerin merkt, dass die anderen sie weiterhin ignorieren, muss sie wieder schreien, bebend vor Wut. Sie zerreißt ihr Kleid und fegt das Porzellangeschirr vom Tisch, ergreift die Hand der Grammatiklehrerin und schleift sie hinaus. In der Eingangshalle treffen sie Mordechai Salomon, den Besitzer des Hotels, zudem Bauunternehmer und in der Stadt wohlbekannt. Früher war er mit ihrem Stiefvater befreundet – bis er reich wurde und Freund wichtiger Leute, auch zum Stadtrat und Vizebürgermeister gewählt wurde. Mordechai Salomon behandelt sie beide mit ausgesuchter Freundlichkeit. Man merkt, dass ihm die Ereignisse im Saal noch nicht bekannt sind. Sie hofft, dass niemand ihm von dem Porzellan berichtet, das sie zerschlagen hat. Er lädt sie zu einer Hochzeit auf dem Hotelrasen ein. »Es wird ein prächtiges Essen geben«, er streichelt ihr Haar, »Delikatessen, die du noch nie gesehen hast, acht Stufen erlesener als der Schmurgel da oben.« Sie sucht in seinen Augen nach Anzeichen dafür, dass er von dem Skandal gehört hat, doch die Augen sind voll von gutem Willen und Zuneigung. Mordechais Sohn, Joav Salomon, groß und kräftig und doch leichtfüßig wie ein Tänzer – tatsächlich hat er früher mal Jazztanz geübt –, trägt ein blaues Seidenhemd, das sein vollendet schönes Gesicht mit Wangenknochen wie von Künstlerhand gemeißelt noch hervorhebt. Sie denkt, wie sehr habe ich dich geliebt, als ich ein kleines Mädchen war, und wie viel schöner bist du seitdem noch geworden. Joav reicht ihnen beide Hände und sagt zur Träumerin: »Du bist groß geworden, aber immer noch eine freche Göre.« Sie möchte ihm die Hand drücken, aber seine Hand ist zu hoch. Er steht auf Stelzen, wie im Zirkus. Die Träumerin und die Grammatiklehrerin folgen den Salomons. Je näher sie der Rasenfläche kommen, umso fröhlicher wird die Träumerin. Der Rasen wird von kleinen Glühbirnen in allen Farben beleuchtet, die Tische mit silbernen Tischdecken verhüllt. Dort stehen prächtige Gerichte, nur erkennt sie kein einziges. »Das sind alles französische Delikatessen«, flüstert Mordechai ihr stolz zu. »Oben zahlt man schon fünfunddreißig Dollar pro Kopf für einfaches Backhähnchen mit weißem

Reis.« Ihr wird schwindlig von solcher Fülle. Die Grammatiklehrerin strahlt und bedankt sich für die Einladung. Sie setzen sich an einen Tisch und trinken süßen Wein. Ein Kinderorchester spielt ein vertraut klingendes Adagio. Sie starrt nach oben, zum Fenster des großen Saals. Der Saal sieht so ärmlich aus. Nachts wird sie Scha'ul erzählen, was ihm entgangen ist, als er sich entschied, an der Seite des Vaters zu bleiben.

Der Wiederträumer weckte sie und die Wohligkeit des unterbrochenen Schlafs erfüllte sie noch. Traumfetzen drängten sich zusammen und in ihr Bewusstsein. Laute und Bedeutungen stiegen in ihr auf. Niemand konnte sie fangen, nur er natürlich. In den ersten Wirbeln des Erwachens klammerte sie sich an ihnen fest, wie alle, die von keinem Bildfetzen lassen können, der vom letzten Traum noch geblieben ist. Allmählich verstummende Träume noch zu packen, fordert dem Bewusstsein akrobatisches Geschick ab. Doch nun, nach dem ersten Schreck, legte sich die Träumerin vergnügt wieder auf den Rücken. Sie genoss die Wärme, die sich in ihrem Körper in ihrer ganzen Fülle ausbreitete. Sie hatte es ja nicht nötig, Bruchstücken ihres Traums atemlos nachzujagen – zu ihr kehrten die Träume zurück.

Ihr Blick blieb an der weißen Zimmerdecke hängen. Das Bild des gepflegten Rasens und des freundlichen Mordechai Salomon kam ihr zu Bewusstsein. Zufriedenheit erfüllte sie. Ihr Gedächtnis führte sie über den Rasen, an den Fußsohlen spürte sie die Feuchtigkeit des frisch gemähten Grases. Die Aromen der französischen Saucen vermischten sich mit dem Salzgeruch des Meeres, herangetragen von wilden Böen, zu betörendem Geruch. Die Farbenpracht der Glühbirnen blendete ihre Augen, sie hörte leise Geigenmusik und summte mit. Für solche Träume lebte man. Wie klar sie den Traum erinnerte, klar wie das Meer. Wie armselig war dagegen der verdammte Wachzustand, um den sie dennoch kämpfte. Dafür gab es einen verborgenen Grund, oder auch einen gar nicht so verborgenen. Ihr Leben lang war sie auf Wachsein gedrillt worden. Sie erinnerte sich an einen Satz aus einem Buch: »Wohin er im Traum auch reisen mag – die Orte, an die er gelangt, werden seine Welten sein.«

»Du hast ihn auf perfekte Weise zurückgeholt«, murmelte sie, grenzenlos zufrieden. »Das ist so wundervoll, diese Sache, deine Begabung.«

In den ersten Wochen und Monaten kultivierte sie ihre Traumwelt mit der Hingabe eines Gärtners für seine Pflanzen. Nachdem sie Zugang zur geheimen Welt der Nacht gefunden hatte, schien sie dies nicht als Abenteuer zu betrachten, als seltsame Zeit, die die Normalität verzögert und aus der man an am Ende ins gewöhnliche Leben zurückkehrt. Vielmehr sah sie darin eine neue, völlig andersartige Lebensform für sich. Zumindest am Anfang gab sie sich ihr in voller Liebe hin, in glühender Treue, die keinen Zweifel aufkommen ließ. In den frühen Mittagsstunden freute sie sich schon auf die Nacht, und der Traum der vergangenen versüßte ihren Tag. Außer den geträumten Träumen und denen, die noch kommen würden, gab es nicht viel. Ihre Hauptbeschäftigung bestand darin, den Traum zu rekonstruieren, bis ein anderer ihn ersetzte. Sie wies ihm im Bewusstsein einen Platz zu, den sie immer wieder änderte. Einmal im Depot der zurückgeholten Träume, fragte sie sich, in welche Rubrik er wohl gehörte und welche anderen Träume ihm verwandt waren, ihm ähnlich, mit ihm verbunden. Sie gab sich den Erinnerungen und Gedanken hin, die er erweckte.

Ein Mensch kann friedlich zu Hause sitzen, sich um seine Angelegenheiten kümmern und keinem Lebewesen etwas zuleide tun. Plötzlich wird er von einer unerwarteten Erinnerung heimgesucht – vom toten Vater, von einer Frau, die er kannte, von einer Jugendliebe oder einem Hassobjekt. Oder wir nehmen einfach nur die Erinnerung an eine schweigende Fahrt auf einer Straße, die er schon lange nicht mehr gesehen hat. Genau so wurde auch das Bewusstsein der Träumerin manchmal aufgerufen, einem plötzlich aufgetauchten Traum zur Verfügung zu stehen. Das waren Zeiten, die sie am meisten begeisterten, denn dann bekam sie das Gefühl, sich von der vorherigen Welt gereinigt zu haben. Das Aufbrechen der Träume in ihr und die zurückkehrende Erinnerung bezeugten, dass sich in ihrem Bewusstsein eine Veränderung vollzog. Träume bekamen darin einen Ehrenplatz. War das nicht längst überfällige Gerechtigkeit? War denn der Traum keine Erinnerung?

Zufrieden dachte sie: Bereichert sich das Bewusstsein denn nicht immerzu? Füllte es sich denn nicht täglich mit neuen Erlebnissen? Hätte ihr denn die Außenwelt so prachtvolle Geschichten liefern können? Ein Arbeitstag etwa, wie er ihn erlebte, in den armseligen Studios? Ihre wahren Traumgeschichten hatten dagegen ein atemberaubendes Tempo. Während sie noch um die Aufnahme des einen Traums bemüht war und damit, ihn in ihr System einzuordnen, wurde in ihr bereits ein neuer aufgeführt. Wer würde ein solches Angebot schon ablehnen?

Sie schlängelte sich durch die Höhlen des Traums von einem Bild zum anderen, sie flog himmelhoch und fiel abgrundtief, sie berührte Visionen, deren frühen Verlust sie längst nicht mehr betrauerte, sie schritt durch die Gefilde der Kindheit, als wären es nicht Erinnerungen, sondern als wäre sie dort noch zu Hause. Staunend geriet sie in Welten, die sie sich nie vorgestellt hatte, inszenierte seltsame Plots, die sie nicht verstand. Jedes einzelne Traumbild, das ihr der Wiederträumer geschenkt hatte, wollte sie behalten. Selbst als sich finstere Albträume in der Traumhöhle breitmachten, hielt sie an ihrer Liebe fest, immer noch berauscht von dem Abgrund, der sich zwischen ihr und der Außenwelt aufgetan hatte. Vom Fenster im fünften Stock sah sie auf die Menschen hinab, wie sie des Morgens oder Mittags immer kleiner und dünner wurden, wie aufgescheuchte Hühner umher hüpften, sich erfolglos vor dem Regen zu schützen versuchten. Ihre Schritte waren breit und ungelenk, ihre Hände trugen Tüten, Taschen, Koffer. Sie betrachtete und sortierte sie: Die da kommen von der Arbeit, die da hasten zur Arbeit hin, diese zum Rendezvous, jene in die Mittagspause, auf die dort warten zu Hause Kinder, ein Mann oder eine Frau, mehr oder minder geliebt. Schließlich war da noch einer, dessen Zickzack Gang mit Unterbrechungen jeden Abend plakatierte und herausposaunte, dass niemand auf ihn wartete. Leute ohne Träume (sie erglühte vor Mitgefühl), Leute, die jeden Morgen ihre Träume verloren, einen oder zwei davon. Was für einer Existenz opferten sie die Welt der Träume? Manchmal war sie ihretwegen traurig. Wohin lenken sie ihren Alltag?, fragte sie sich. Wann haben sie mal eine oder zwei Minuten frei? Und sie selbst? Es war doch klar, dass sie keine von denen war!

Immer mehr Zeit widmete sie der Beobachtung dieser Leute. Manchmal wandelte sie die Sehnsucht an, sie zu retten. Sie wollte sie in ihre Welt einladen, Träumer aus ihnen machen und wenn auch nur für ein einziges Mal. »Sie aus dem Müll draußen rausholen, in die Welt, die du eröffnest«, sagte sie zum Wiederträumer. Der hatte sich angewöhnt, ihren Vorträgen über die Erlösung der Massen nicht wirklich zuzuhören, um schließlich zu versichern, das sei eine ausgezeichnete Idee. Sie sei geradezu inspirierend, aber da es sich um eine Megaproduktion handele, müsse man das ein andermal eingehend erörtern. Kaum war der Satz ausgesprochen, traf ihn ihr verärgerter Blick. Sie hatte ihm verboten, im Gespräch mit Fachausdrücken aus der Fernsehwelt um sich zu werfen. »Ein Mal in einer Million Jahren erwachen, nur für einige Minuten, nur um zu wissen, dass ich anschließend eine weitere Million Jahre schlafen werde«, zitierte sie Coleridge. Er hasste solche Zitate, mit denen sie andeutete, dass sie in höheren Sphären schwebte, während er sich durch die Niederungen der Fernsehwelt wühle. Manchmal bist du Narziss und manchmal Mutter Theresa, lachte der Wiederträumer innerlich. Er wollte demonstrieren, dass er sprachlich mithalten konnte, hatte aber das Interesse verloren und entgegnete nichts.

Je weniger er geliebt wurde, desto mehr wurde er zum Erlöser. Während er treu die Bewusstsein erhellenden Flammen über dem schattigen Boden der Traumwelt brennen ließ, verlor der »Dienstleister« die meisten seiner anderen Funktionen. Wie eine Puppe wurde er Opfer eines begeisterten Kindes, das nacheinander alle Gliedmaßen ausriss. Er war immer weniger der Liebhaber, immer weniger der Freund, immer weniger auch der Geliebte. Mehr und mehr wurde er der Wiederträumer. Der

Träger eines solchen Amtes konnte kein anderes Amt bekleiden neben diesem. Alles, was geschah, wurde von der Träumerin geprüft. Kam er betrübt nach Hause, stellte sie sofort eine gedankliche Verbindung zum nächstmöglichen Traum her. Konnte er sich weigern, ihren Traum wiederzuträumen? War er gedankenverloren oder sah es so aus, als würde er ihre Nähe nicht wünschen, wie konnte er ihr dann bloß nachts ihren Traum bescheren? Wenn sein Körper abends schwer in den schwarz gestrichenen Strohsessel fiel, seine Augen ihre Traurigkeit verbargen, wenn seine Arbeitskleidung wie zerrupft aussah, musste er da nicht zu müde sein, ihren Träumen zu folgen? Wenn er sich verspätete, nistete sich bei ihr gleich schon die Furcht ein, er käme in dieser Nacht gar nicht zurück; war er mal krank, richtete sie ihre Pflege an dem Ziel aus, ihn für die Nacht wieder funktionsfähig zu machen.

Gleich zu Beginn, als sie ihm erlaubt hatte, ungehemmt in ihrem Bewusstsein herumzustreifen, gab es bereits Anzeichen eines Endes. Es gab von Anfang an eine Kluft zwischen ihnen, die nur immer tiefer wurde: Er sah im Wiederträumen lediglich ein Mittel. Es gab einen immer neuen Code, um zugelassen zu werden, die erste Stufe auf einem Pfad, der mit Hindernissen übersät war, aber zu neuem Verständnis führen sollte. Er versuchte, ihre Träume von allen bunten karnevalistischen Merkmalen zu reinigen: der Unzahl schwankender Gestalten, den fernen, irrealen Gefilden, den für einen Traum typischen zerhackten Rhythmen. Er sah darin bloß Werkzeuge. Mittels ihrer Träume bahnte er sich einen Weg zu ihr, suchte fieberhaft nach ihr. »Wer ist dieses Kind Adam?«, fragte er wieder. »Du hast nie von ihm erzählt. Träume lügen nicht. Dein Stiefvater hatte zwei Söhne, du hast aber nur von Scha'ul erzählt.« Er forschte in den Träumen ihre Geheimnisse aus, kramte darin herum und fahndete unter den Gestalten. Er verlangte Klärung. Sie hingegen betrachtete ihre Träume als Raum, den jeder von ihnen einzeln aufsuchte. Sie und er waren doch zwei getrennte Wesen, nicht wahr? In ihrer Vorstellung waren ihre Träume ein Haus mit zwei Türen: eine hintere, seine, und eine vordere, ihre. Beide hatten die

Erlaubnis, sich im Haus zu bewegen, doch jeder besichtigte es allein. Seine Position bezüglich ihrer Träume war für sie ein Angriff, der ständige Selbstverteidigung erforderte. Sie wich seinen Fragen aus und beantwortete seine Angriffe mit Gegenangriffen. Sie argumentierte, seine minutiösen Interpretationen lösten den Traum in seine Bestandteile auf und vernichteten das Erlebnis. Das Erlebnis des Traums wühlte sie auf und war zum Zentrum ihrer Welt geworden. Das war durch allgemeine Erklärungen, die auch in Büchern zu finden seien, nicht zu ersetzen. Sie wollte alle Spuren verwischen, wollte in die Weiten des Traums zurückkehren, nur um Träumerin zu sein. Auf diese Weise klärten sich ihre Geschäftsbeziehungen.

Je mehr er sich mit seinem Amt als Dienstleister abfand, desto klarer wurde ihm, welche Macht er innehatte. Wenn er Dienstleister war, gab es jemanden, der seine Dienstleistung benötigte. Wenn er weder Geld noch Liebe für seine Dienstleistungen bekam, dann war er doch wenigstens berechtigt, ein knappes Maß an Traumdeutung zu verlangen. Es wurde kein wirkliches Ringen. Es kam zu einem unausgesprochenen Kompromiss, den beide aus Mangel an Alternativen akzeptierten. Jeder kam dem anderen etwas entgegen. Wenn sie der Traumanalyse längere Zeit durch erschöpfende und kleinkrämerische Verhandlungen über den geträumten Traum auswich, hielt er sich mit dem Erbringen seiner Dienstleistung zurück.

Seine Macht war, rein geschäftlich betrachtet, beinahe absolut, wie er im Laufe der Zeit feststellte. In ihrer gemeinsamen Welt war sie aber ohne wirklichen Wert. In Liebesbeziehungen, auch wenn sich die Leidenschaft schon verabschiedet hat, entsteht wirkliche Macht am Rande des Wahnsinns, an der Schwelle vor dem Zusammenbruch. Wer fähig ist, sich im Labyrinth des Wahnsinns zu verlieren, hat letzten Endes Macht.

Auch wenn anfangs noch nicht klar ist, wer sich das Recht nimmt, dieses Feld zu besetzen, wird es sich in diversen Auseinandersetzungen und ihren Interpretationen herausstellen. Es gibt allerdings nur wenige, die die eigenen Schwächen und Ängste und die Gefahr, sich in der Finsternis des Wahnsinns zu verlaufen, leicht genug nehmen. Hat einer die Herrschaft über dieses Feld errungen, hat der andere die Verantwortung, ihn vor den drohenden Schatten zu bewahren, sein Leid und seine Qual zu mildern. Der Verantwortliche darf die Beherrschung nun nicht mehr verlieren, nicht mit eigenen großen Leiden aufwarten, denn beide wissen: Egal, wie er sich verhalten wird, er würde derjenige sein, der am Ende die Scherben einsammeln musste. Hier trug er die Verantwortung.

Das Signal am Ende der ersten Phase war grenzenlose Müdigkeit. Ob er eben aufwachte, sie vom Büro aus anrief oder nach der Arbeit nach Hause kam, immer fand er sie schlafend oder dösend vor oder gerade dabei, sich aus dem Schlaf herauszuwinden. Anfangs verstand sie es gut, diese Veränderung zu kaschieren – sie hatte immer ein Sortiment an Ausreden parat, die mit der Traumwelt nichts zu tun hatten: Kälte, Hunger, Krankheitsschübe, ein Sammelsurium aus körperlichen Unzulänglichkeiten. Doch allmählich schüttelte sie diese Versteck-Strategie ab und begann, offensichtlich in Panik, ihre Wachphasen zu messen. Sie wurden stetig kürzer. Was sagt dein Coleridge dazu, dachte er, doch bald überwog Mitleid gegenüber seiner Bosheit.

Ein Ritual ersetzte das andere und veraltete wie das vorherige: Nach der Arbeit kam er in den späten Nachmittagsstunden nach Hause. Sie setzten sich zu einem frühen Abendessen zusammen. Das gemeinsame Essen war in letzter Zeit kürzer als früher, ohne Kaffee und Süßigkeiten zum Abschluss. Das Geschirr wurde abgeräumt und ordentlich gespült. Alles war so organisiert, dass er von sieben bis Mitternacht schlafen konnte und fit war für die Nacht. Die Träumerin achtete streng darauf, dass er lange genug schlief. Wenn er um Mitternacht vom jubilierenden Wecker nicht wach wurde, klopfte sie zart an seinen Nacken. Wenn er sich weigerte, zur Stelle zu sein, war das für sie Verrat. Schließlich hatten sie eine Abmachung. Mitternacht war die Zauberstunde, in der sie sich dem Schlaf zuwandte, dem Traum, während er sich zusammenriss, um wach zu sein für das Wiederträumen.

Die Tage und die Nächte des Monats März krochen träge voran. Jeder Tag war eine kleine Odyssee. Zwischen dem mühsamen Aufstehen am Morgen, dem Arbeitstag und dem Versinken in ihre Träume in den späten Nachtstunden schienen ganze Wochen zu vergehen. Je abgestandener das alte Ritual wurde, desto mehr sehnte er sich nach den ersten Tagen, als alles noch aufregend war und ihnen eine neue Welt bevorzustehen schien.

Eines Nachmittags hielt sie sich im Schlafzimmer auf, während er reglos im Wohnzimmer saß. Ihn beunruhigte ein Streit mit einem jungen Schreiber aus der Produktion. Er hatte den Schreiber gerügt und der hatte ihn angeraunzt. Danach übersah ihn der Schreiber ostentativ. Gewiss, eine Lappalie. Doch er wanderte den ganzen Tag verschreckt in den Korridoren umher, suchte Zeugen des Streits, Angestellte, die sich in solchen Affären auskannten, denn allmählich wurde der Streit zur Affäre. Er hatte bereits einen Plan zur Versöhnung mit dem Schreiber gemacht, dachte sogar daran, ihn in einer anderen Produktion unterzubringen. Gleichzeitig schämte er sich dieser Schwäche, die ihm nur allzu bekannt vorkam. In Beth-Hakerem, seiner ersten Heimat, hatte er genug Feinde, um mit ihnen eine Turnhalle zu füllen. Jetzt hatte er gar keine mehr, da er jeder Anbiederung auswich und Streitgespräche mied. Zum Kampf aufgefordert, zog er sich nach Möglichkeit ehrenhaft zurück. Wenn er keine andere Wahl hatte, versuchte er, die Konfrontation so kurz wie möglich zu halten und persönliche Untertöne durch strikte Sachlichkeit zu vermeiden. Ständig lebte er in der Furcht vor Intrigen.

Manchmal kam er sich vor wie Ton in Töpferhänden. Niemals äußerte er Präferenzen, wenn es darum ging, mittags ein Restaurant auszusuchen, niemals eine dezidierte Meinung zu einer Person, von der die Rede war. Er glättete alles, indem er mit Wörtern jonglierte. Wie ein Kuss berührten sie das Ohr und waren gleich wieder verflogen. So war er gestrickt. Er meinte, er könne alles lernen und lieben und alles im gleichen Maß. Er hatte keine fest gefügten Ansichten, weder in privaten noch in öffentlichen Angelegenheiten, vom glühenden Hass auf Selbstgerechte und

Moralprediger einmal abgesehen. So kam es, dass er manchmal den schlichten Wunsch nach Gerechtigkeit als Versuch interpretierte, ihm einen Moralkodex aufzuzwingen. In solchen Augenblicken ließ er alle Vorsicht fahren. Er wurde bösartig und grausam. Er wurde zynisch. Nicht um zu unterhalten, um Gelächter zu provozieren oder sich zu verteidigen, sondern um mit Witz und Gemeinheit seinen inneren Widerstand zu kaschieren. Tausendmal am Tag wachte er aus der schläfrigen Monotonie des kleinen Angestellten auf, der beflissen alle beschwichtigte. Dann erkannte er diesen Mann, der seinen Namen trug, nicht wieder. Einmal erzählte ihm eine Arbeitskollegin in der Mittagspause, dass man über ihn spreche. Irgendetwas an seinem Benehmen sei verstörend, man habe bei ihm das Gefühl, man müsse auf der Hut sein. Das verzieh er ihr nicht.

Er wollte sich den beleidigten Schreiber, die klatschsüchtige Kollegin und seine potenziellen Feinde aus dem Kopf schlagen und verschob das Nachdenken auf die gemeinsamen Nächte. Die Nachtwelt befreite ihn von den üblichen Sorgen im Büro, also ging er froh zu ihr. Sie war in das Laken eingerollt, wälzte sich im Bett hin und her und verfluchte ihren Körper. Jedes Mal, wenn er sie so sah, dachte er: Nicht so schlimm, Kleines, bald ist Mitternacht. Wir geben dir einen Traum zurück und schon füllst du dich wieder mit Liebe. Schnell wies er sie ab, wie üblich, wenn sie fragte: »Und gibt es denn sonst gar nichts mehr?«

Jetzt bat sie ihn, ihr dabei zu helfen, wach zu bleiben, den ganzen Tag habe sie geschlafen und könne nun nicht mehr.

»Wie kann ich dir da helfen?«, fragte er verwundert und gutwillig. Er bemerkte, dass seine Stimme Furcht in ihr hervorrief.

»Ich will von Beth-Hakerem hören«, verlangte sie.

»Ich habe dir schon so viel davon erzählt.«

»Die Hauptsache hast du aber nicht erzählt.«

Aber was war denn die Hauptsache? Lass dich durch ihre sanftmütige Stimme jetzt bloß nicht beirren, nicht du bist diese Hauptsache, sondern deine Begabung ist es. Wie hast du sie entdeckt? Wann genau? Wer war dein erster Träumer?

»Ich kann mich an nichts erinnern.« Seine Stimme war steif, er spürte, wie seine Schulter ebenfalls steif wurde.

»Gut … Dann etwas anderes vielleicht?« Sie wich zurück. Jedes Mal, wenn sie sich dem Kern seiner Begabung näherte, verspannte sich sein Körper und in seiner Stimme fiel etwas ins Schloss, als müsse er sein Haus vor Feinden schützen.

»Habe ich dir von Amir Sadowski erzählt?«

»Okay, okay, oft genug, alle deine Geschichten haben irgendwie mit diesem Sadowski zu tun.«

Sie will keinen Sadowski und keine Kindheitsmärchen, sie ist fest entschlossen, einen Tunnel zum Herzen seiner Begabung zu graben. Sadowski, so viel hat sie schon begriffen, hat mit der Sache nur mittelbar zu tun.

»Gut, dann erzähle ich dir, was geschah, nachdem er weggegangen war.« Jetzt fiel ihm ein, dass sie ihn jedes Mal, wenn er von seiner Kindheit erzählte, systematisch ausfragte und ihn außerdem ständig aufforderte, klare Schlussfolgerungen zu ziehen, auch wenn dafür mehr Grausamkeit gegenüber seinen Eltern und sich selbst erforderlich war. Das Erzählen von dieser Zeit wurde ihm manchmal zur Qual.

»Muss nicht sein«, sie klang nicht allzu begeistert. »Einen Teil der Geschichten kenne ich schon.«

»Welche kennst du denn?«

»Kann mich nicht erinnern … Das ist jetzt auch egal.« Sie drehte sich zu ihm um. Diese Bewegung nannte er »sich anschnuckeln«. Ihm kam der bösartige Gedanke, dass ihr »Anschnuckeln« etwas Despotisches an sich hatte, dass sie damit ihrem Stiefvater ein wenig ähnlich war.

»Na gut. Ich erzähle dir, wie die Sache mit den Träumen begonnen hat.«

Das reichte schon aus, damit die Träumerin hellwach wurde. Sie richtete sich auf, rückte nach hinten und lehnte sich an die Wand.

»Es sieht so aus, als ob du jetzt schon wach wärst«, lachte er vergnügt. »Vielleicht ist es schon gar nicht mehr …«

»Sei kein Arsch!«

»Aber denk dran, in den Kindheitsgeschichten bin ich das Talent, nicht du. Hör erst zu, bevor du unterbrichst.«

»Gut, gut, du bist das Talent, du bist das Talent.« Hätte er nur den Glanz dieser listig funkelnden Augen für immer und ewig bewahren können. Ihre Haut schimmerte rosig in diesem Wachzustand. Ein kurzer Blick genügte, um zu wissen, dass der Preis, den die Welt der Nacht forderte, übertrieben hoch war: Sie nahm die Tagwelt weg und hinterließ nur ihre Konturen.

Als damals klar wurde, dass er sich weigerte, in den Spiegel zu schauen, schickte man ihn zu einer Psychologin. In Wahrheit weigerte er sich nicht immer, sondern nur bei Licht. Er hatte sich eines Tages in der Grundschultoilette vor den Spiegel gestellt. Gerade an diesem Morgen waren dort Renovierungsarbeiten abgeschlossen worden. An Stelle der kleinen Funzel, die dort zuvor nur spärliches Licht gespendet hatte, war jetzt ein neues Lichtsystem aus starken Neonleuchten installiert worden. Ungewollt stand er plötzlich in flammendem Licht da.

Er sah sich prüfend an, was für ein Gesicht ihn da aus dem Spiegel heraus ansprang. Nie zuvor hatte er das gesehen, nie in einem solchen Licht. Die Gesichtshaut war rot und entzündet, die Augen waren ungleich – das eine schwarz, das andere fast grün. Der Außenwelt präsentierte er eine Maske, die seine wahre Persönlichkeit oder das, was er dafür hielt, verwischen sollte, egal wie. Die Finger, die die dünnen Haarstoppel berührten, wurden fettig. Das Gesicht war zu breit. Unter dem Baldachin aus Neonlicht starrte es vor Hässlichkeit. Es hatte etwas Abstoßendes. Etwas schrie in ihm: Hau ab … geh weg! Mach das Licht aus. Schau dein Gesicht woanders an, bei anderem Licht. Doch er konnte es nicht lassen, er näherte sich dem verräterischen Spiegel, um seine Hässlichkeit vollständig bloßzulegen, noch einen und noch einen Makel, bis er dem Spiegel schließlich so nahe gekommen war, dass sein Gesichtsfeld sich in Nebel auflöste.

Seitdem hatte er sein Spiegelbild nur manchmal noch im Halbdunkel angeschaut, weich gezeichnet im spärlichen Lichtfluss vom Korridor her. Dabei hatte er immer die Furcht gehabt, Vater oder Mutter könnten vorbeikommen, während er noch im Badezimmer war, ihn fragen, weshalb er das Licht nicht einschaltete, und leichtfertig mit einem Fingerdruck sein ungeschütztes Gesicht unter volles Licht setzen.

Dann war die Psychologin gekommen. Eine nette Frau aus der Geistertalstraße mit Wohnung, Garten, Zitronenbaum und Eiche, mit Kindern und Ehemann, mit blauen Seefahreraugen, mit reserviertem Parkplatz am Anfang eines Gehwegs aus Jerusalemer Stein, umgeben von Rasenflächen, auf denen Kinderspielzeug verstreut lag, mit einer Wäscheleine, an der bäuerliche Kleider im Wind wehten. Aber in Wahrheit hatte er sie nie richtig gesehen, denn er hatte jedes Mal darauf bestanden, dass das Licht im Kellerraum, in dem sie sich trafen, abgeblendet wurde. Manchmal hatte er das Licht ganz ausgelöscht, und sie ärgerte sich.

Die Tatsache, dass er bei einer Psychologin in Behandlung war, hatte allerdings sein Prestige in der Gemeinde erhöht. Zwar vertraute die Elterngeneration ihr eigenes Seelenleben keineswegs den Psychologen an, sie hielten sich dafür zu alt – hatten sie etwa nicht ein ganzes und nicht mal schlechtes Leben ohne deren Hilfe gemeistert? –, aber die Seelen der Kinder konnten so vielleicht doch Erlösung erfahren. Neuen Erkenntnissen zufolge, wonach es Aufgabe der Eltern sei, mehr zuzuhören, mehr Verständnis zu haben, in das Leben des Kindes stärker eingebunden zu sein, wurden die Jungen und Mädchen der Gemeinde zu den besten Psychologen in und um Jerusalem geschickt. In den Wohnzimmern der Eltern wurden ohne Ende psychologische Themen durchgekaut. Dr. A. sei ein Halsabschneider, Dr. B. sei zwar nett, das Kind sage aber, sie sei etwas bekloppt, der Sohn von Dr. C. habe die Armee verlassen und sei in Indien verschollen, Dr. D. gebe fünfzig Minuten für zweihundertundachtzig, das Mädchen mache Fortschritte, werde aber nicht wirklich geheilt, gebe sich Mühe vielleicht, werde wohl eines schönen Tages auch noch ein Mensch werden. Bei den üblichen Kämpfen zwischen Eltern und Heranwachsenden waren unentwegt Sätze zu hören wie: »Schon acht Monate zahle ich Esther/Matti/Amnon mehr als tausend Schekel monatlich, und wofür …?«

Die Gegner der Kinderpsychologie wurden zum Schweigen gebracht, als unmodern etikettiert, eine aussterbende Spezies von Eltern, bei denen man bekümmert mit ansehen musste, dass sie – wenn auch ohne böse Absicht – das Leben ihrer Kinder gefährdeten. Wörter wie ›irreparable künftige Schäden‹, ›Narben, die nie verheilen werden‹, Bewusstsein, Unterbewusstsein, Unbewusstes, Ödipus, Elektra, Freud und Jung für die Massen, Melanie Klein, ›Winnicott und seine Spielchen‹ und – für die Gründlicheren – Kohuts Selbstpsychologie flogen durch den Raum. Die Welt unterschiedlicher Behandlungsmethoden, die Welt der Kinderpsychologie, schien als erste würdig zu sein, das Vakuum zu füllen, das der sozialistische Zionismus nach seinem Zusammenbruch hinterlassen hatte. Mehr als einmal verwandelten sich friedliche Freitagabendtreffen in eine Kampfarena. Jede Seite argumentierte, die Behandlungsmethode der anderen sei veraltet, krank, katastrophenträchtig ... »Die Kognitiven behandeln Patienten wie Tiere«, urteilte Uri Großmanns Mutter und entfachte damit einen Sturm der Entrüstung. Die Erinnerungen aus der Kibbutz-Epoche verblassten Ende der achtziger Jahre, wurden zu einer Art irrealer Volksmärchen, die den gelangweilten Kindern apologetisch und in sehnsüchtigem Ton erzählt wurden: jenen Kindern, bei denen Spitzenpsychologen bereits Hyperaktivität, Depressionsneigung und Konzentrationsstörungen diagnostiziert und denen sie eine »mangelhaft entwickelte Fähigkeit zu sozialem Verhalten« bescheinigt hatten. Die Psychologin kramte in seinen Träumen herum. Sie brachte ihm bei, sie aufzuschreiben. Bei jedem Treffen saßen sie zusammen wie Lehrer und Schüler. Sie waren in die aufgeschriebenen Träume vertieft und diskutierten darüber, bis die Zeit um war. Wenn sie auf andere Themen kam, machte er sich mit Rätselspielen einen Spaß daraus: Abwechselnd erzählte er Wahrheiten und Lügen, um sie so lange wie möglich hinters Licht zu führen. Oder er erzählte ihr die Lebensgeschichte eines Jungen aus seiner Klasse und investierte viel Mühe, um dessen Persönlichkeit zu verstehen und die Welt aus seiner Perspektive zu betrachten.

Der Weggang der beiden Sadowskis war ein doppelter Schlag für ihn. Erstens verging kein einziger Tag ohne ein Klagelied über den Verlust. Jeden Morgen, wenn er sich kleinmütigen Schritts dem Klassenzimmer näherte, spielte er mit der Erwartung, Sadowski wieder am gemeinsamen festen Platz in der letzten Bank der rechten Reihe vorzufinden. Er hoffte, dass die Sadowskis beschlossen hätten, zurückzukehren und den Kampf wieder aufzunehmen. Ihrem Wohnhaus in der Schachar-Straße näherte er sich nur ein einziges Mal, eine Woche nachdem sie weggegangen waren. Ganz zufällig ging er an dem Haus vorbei, in dem sich ihre Wohnung befunden hatte. Ein einziger Blick auf den verwaisten Balkon im zweiten Stock genügte, um in ihm das Gefühl auszulösen, er könne dieses Stadtviertel keinen Augenblick länger ertragen. Beth-Hakerem war zur Hand geworden, die seinen Hals zudrückte. Zweitens war er nach dem Weggang der Sadowskis aus der Gemeinschaft der Kinder ausgegrenzt worden.

»Und wie hängt das alles mit den Träumen zusammen?«, bedrängte ihn die Träumerin und missachtete, wie erwartet, wozu sie sich verpflichtet hatte. Sie hatte Verpflichtungen schon immer als Kinderspiel betrachtet.

»Wenn du mich fragst, wie die Begabung aufgetaucht ist«, antwortete er kühl, »so würde ich antworten: An allem sind die Integration und Michael schuld.«

Grundschule Beth-Hakerem. Ende der sechsten Klasse. Die Ferien krochen träge dahin, als habe man alle Zeit der Welt: Kinderfreizeiten an den Vormittagen, Fußballspiele Runde A, Runde B an den Nachmittagen, verträumtes nächtliches Umherstreifen. Selbst in den Mittagsstunden wiegten sich die Wipfel der Bäume im Wind, die wie eine Leibgarde die Gemeinde umstanden. Angenehm streichelnde Luftzüge machten den Kindern Lust, die Straßen zu erobern. Beth-Hakerem war ein Stadtteil, der sich erfolgreich gegen die bedrohlichen urbanen Weiten schützte. Die Grenzen zwischen dem Viertel und der Stadt selbst wurde hauptsächlich in der Vorstellung gezogen, von jedem Einzelnen ein bisschen anders. Dennoch schienen sich alle auf die schnelle und breite Stadtautobahn im Norden, ein breites Wadi im Süden und das viereckige Gebäude der Schule »Neben der Universität« links davon einigen zu können. Dazu kam die Burg des Hexers, die hinter Bäumen verborgen, einsam und unerreichbar am Hang des Wadis stand. Die Augen von Eltern und Kindern waren sehnsüchtig auf sie gerichtet. Im Osten der dichte Wald der Haschachar-Straße, wo weiter aufwärts das Grundstück lag, das sie in den Landwirtschaftsstunden bearbeiteten. Ende der achtziger Jahre wurde das Grundstück dann verkauft und ein mehrstöckiges Gebäude darauf errichtet. Im Westen entstand eine Reihe kleiner, günstiger Läden und hoher Gebäude. Für die Kinder stellten die Grenzen Beth-Hakerems tatsächlich das Ende der Welt dar. Für sie war Beth-Hakerem kein Stadtteil und keine Gemeinde, es war eine Zivilisation.

1986. Ende August sah es so aus, als ginge alles seinen gewohnten Gang. Wegen des nahenden Beginns des Schuljahres drückten sich Eltern und Kinder in den schmalen Gängen des Spiel- und Schreibwarengeschäfts »Spiele und lerne« herum, häuften noch und noch Stundenpläne, Mäppchen, Hefte und Ordner an. Die herrschende Mode waren »Breakdance«, Madonna und Michael Jackson, Pophefte, Rennräder, Surf-Hemden und Marty-Mützen aus dem Film »Zurück in die Zukunft«. Am Ende desselben Augusts verließ seine streng dreinblickende Lehrerin von der ersten bis zur dritten Klasse, Orna Lindenstrauß, die Schule. Im Einkaufszentrum an dem Platz, wo früher der altbewährte Zeitungsladen ihres Ehemanns gewesen war, konnte die ehemalige Lehrerin sich nun rühmen, den ersten Laden für Surferkleidung in Beth-Hakerem zu führen: bunte Hemden, Bermuda-Shorts der Marke »Ocean Pacific«, »Quicksilver«, »Maui« und die von allen am meisten angehimmelte Modemarke »Gazoz Sunsation«. Während die Eltern Orna verwünschten und ihrem Prol-Geschäft den Krieg erklärten (»Wie kann das nur angehen, dass man Kindern in einer Stadt ohne Meer Surfkleidung verkauft, und dann noch als Pädagogin?«), lastete auf ihren Häuptern ein noch schwererer Schlag: Trocken formulierte Briefe der Schulleitung taten den Eltern kund, dass der Mittelstufe bereits im kommenden Schuljahr die Ehre eines Integrationsprogramm zuteil werden würde. »Üble Machenschaft, Überraschungsangriff!«, schrie man in eiligst einberufenen nächtlichen Sitzungen, umweht von Zigarettenrauchschwaden bei gleichzeitigem Ersuchen: »Wenn es irgendwie geht, bitte nicht rauchen.« Rotwein, Whisky und Andeutungen wie: »Amnon, du hast doch gesagt, du würdest nachts nicht mehr trinken«, gefüllte Blätterteigtaschen, Dips und Quiches und Anmerkungen à la: »Wardalein, nach dem letzten Mal hast du mich angefleht, dass ich dich daran erinnere, dass Quiches ...« Sitzungen, die vom Kibbutz-Trio, angeführt von Jehoschua Oren, organisiert wurden, noch bevor die praktische Bedeutung des neuen Programms verstanden worden war. Später, als der volle Umfang des bösartigen Plans aufgedeckt wurde, wühlten die Proteste die ganze kleine Gemeinde auf. Es gab kein anderes Thema mehr, bei zufälligen Begegnungen im Supermarkt, im »Café Treue«, bei den Kaffeekränzchen der Mütter, bei Sportveranstaltungen, beim »Ausschwärmen in die Natur« am Samstag. Es kam heraus, dass Kinder, die bis dahin in einer Klasse zusammen waren, durch einen blinden Säbelhieb, durch eine Verlosung, in zwei Klassen aufgeteilt werden sollten. Jede der beiden Klassen sollte mit fünfzehn Kindern aus Romema, dem Zentrum Jerusalems, aufgestockt werden.

Am Morgen des ersten Schultags passierten ganze Konvois vor Wut bebender Eltern die Tore der Schule und hinter ihnen rotteten sich die Kinder zusammen und genossen den Aufruhr. Die Eltern, ausgenommen nur wenige wie sein Vater, setzten sich demonstrativ in den Schulhof und proklamierten einen Streik. Das Flehen des Direktors half nichts, das der Lehrer und hoher Stadtbeamter, die in schrillen Reden auf dem Schulhof die Vorteile des Programms anpriesen, ebenfalls nicht.

Die Kinder, die integriert werden sollten, ließen sich übrigens nicht in der Gegend blicken. Offenbar hatte man ihnen in Anbetracht des letzten Aufstandes geraten, nicht zum Unterricht zu erscheinen. Auch der zweite Schultag wurde bestreikt, ebenso wie der dritte. Die Eltern hätten nie zugegeben, Gegner der Integration zu sein, ganz und gar nicht. Ideologisch waren sie Befürworter der Idee, Kinder aus verschiedenen gesellschaftlichen Schichten zu integrieren. »Hundert Prozent für die Chancen Not leidender Kinder auf Bildung, damit sie sich in die Gesellschaft einbringen können, anstatt sich mit zweifelhaften Dingen zu beschäftigen. Welch eine zauberhafte Idee!«, erklärte Frau Großmann. Die schludrige Ausführung erregte ihren Zorn. Und tatsächlich, Eltern fürchteten, für schnöde Materialisten oder, schlimmer noch, für Rassisten gehalten zu werden. Das aufgezwungene Schweigen darüber führte zu Schuldkomplexen und die wurden jetzt dem Schuldirektor, Yitzhak Ben-Yitzhak, und den Lehrern zugeschoben. Die Eltern widersetzten sich der Aufteilung in zwei Klassen äußerst vehement: »Sie sind doch alle seit der ersten Klasse befreundet, die meisten schon seit dem Kindergarten, zusammen erklimmen sie die Pfade der Bildung. Sie jetzt zu trennen, sie durch eine beliebige Verlosung auseinanderzureißen, nur weil irgendeine kleine Beamtin Flicken und Fetzen eines amerikanischen Programms zusammengeschustert hat, ist das logisch? Kinder als Versuchskaninchen, soll das Pädagogik sein? Was für ein Beispiel gibt man ihnen damit? Pure Grausamkeit … Pädagogischer Blödsinn … Das ist wie Hirse und Gerste zusammen in einem Feld auszusäen!«

»Wenn wir uns damals gekannt hätten, dann wäre ich nie für die Integration gewesen«, lachte die Träumerin, »aber ich verstehe nicht, wieso sich dein Vater nicht am Streik beteiligt hat.«

»Er war in der Gemeinde nicht engagiert«, stellte der Wiederträumer fest, und es war ihm anzusehen, dass er seinem Vater bis zum heutigen Tag nicht verziehen hatte. »Sie haben ihn gerufen und er tauchte nicht auf. Jehoschua Oren hat ihn am Telefon sogar angeschrien: ›Ein Sympathisant, der kein Mitglied ist, ist besser, als ein Mitglied, der kein Sympathisant ist‹, das ist so ein Ausdruck, ein Arbeiterparteiausdruck.«

»Hat dein Vater denn nicht begriffen, dass es für dich wichtig war, für deine Position, besonders nach jenem Treffen in eurem Haus?« Der spöttische Ton, den ihre Stimme angenommen hatte, irritierte ihn. Er fand darin die Verachtung wieder, die sie immer, wenn sie von seinem Vater sprachen, an den Tag legte. Es ärgerte ihn, dass sie ihn respektlos behandelte, dass sie sich in seine Welt stürzte und sich besserwisserisch darin bewegte, als sei es ihre eigene.

Bald wurde klar, dass ein Streik kein lohnendes Unterfangen war, und die Dinge wurden geregelt wie geplant: Den Kindern aus Romema wurde der Eintritt in die Gemeinde gewährt. Nach einigen Monaten zeigte die Integration Wirkung, allerdings in ungeahnter Richtung. Die Kinder Beth-Hakerems begannen, in den Läden der Innenstadt Jeans mit ausgestellten Hosenbeinen zu kaufen, schwarze Gürtel mit glänzenden Silberschnallen, »Crocker«-Hemden und -Mützen. Silber- und Goldkettchen verzierten nun weiße Kragen, und aus den Fenstern tönte orientalisches Musikgekräusel. Kassetten mit orientalischer Musik wurden zu Spottpreisen eingekauft, um die Lücken musikalischer Bildung zu schließen. Im Gegensatz zu den elterlichen Prognosen, die sich die zwei Gruppen in ständigem Krieg vorgestellt hatten, gab es Integration: von einer einzigen, homogenen Gruppe, von einem kleinen Gremium aus Romema mit starker Hand geführt, mit den Kindern aus Beth-Hakerem, die als untergeordnete Mitläufer fungierten.

Die meisten Beth-Hakerem-Kinder, besonders die Jungen, ahmten die Invasoren sklavisch nach. Unter anderem erfüllten sie sich entschieden den Wunsch, sich an Wochenenden in den Hallen des »Exposees«, einer bei den Eltern verrufenen Diskothek, zu amüsieren. Die Mitte der King-George-Fußgängerzone, beim Plattenladen »Giddi On«, wurde zum Modetreffpunkt an Freitagnachmittagen und Samstagabenden. Es kam so weit, dass der Teil der Beth-Hakerem-Kinder, dem Fußball nicht besonders am Herzen lag, aus Fans von »Hapoel Jerusalem«, dem Verein der linken Arbeitspartei, zu Fans von »Beitar Jerusalem«, dem florierenden Konkurrenzverein des rechten Likud, wurden.

Die neuen, radikalen Neigungen waren stärker als der Widerstand der überraschten Eltern. Sie waren dagegen, ihre Kinder mit Accessoires der schönen neuen Welt zu bestücken, zu denen die Kinder aus Romema sich bekannten. Sie trafen damit auf unerbittliche Kritik seitens ihrer Kinder. Sogar aus dem Munde solcher Kinder, die früher alle Anweisungen kleinlaut befolgt hatten, kamen nun Beleidigungen. Das goldene Zeitalter der Eltern war zu Ende. Überall herrschte lautstark eine neue, herrschsüchtige Seinsform. Die unsichtbare Mauer, die Grenze, die Beth-Hakerem bisher von der Außenwelt getrennt hatte, wurde zum archäologischen Überbleibsel aus schlechten Tagen, als man noch Weichei war, offen, unschuldig und folgsam. Die Kinder Beth-Hakerems lernten die Jerusalemer Außenwelt kennen und vermischten sich mit ihr in provokativer Ausgelassenheit. Sie verließen die Pfadfinder und den »Haschomer Hatza'ir«, spotteten dem samstäglichen »Ausschwärmen in die Natur«, hielten sich von den Zirkeln des Jugend- und Kulturzentrums »Siw« fern und belegten das Renn- und Lauftraining des Kibbutz-Trios im Universitätsstadion mit einem Bann.

Die Kinder aus Romema waren auf natürliche Art aufsässig gegen Autoritäten und Gesetze, anzuzweifeln innerhalb der Gemeinde bereits einen Tabubruch bedeutete. Sie waren kleine Männer und kleine Frauen, die nur vorübergehend in einer Kinderwelt wohnten. Die meisten von ihnen arbeiteten schon in Buden und Restaurants, sie handelten mit Klamotten und Videokassetten, sie schafften als Lehrlinge in den kleinen Geschäften ihrer Eltern. Jossef Abu arbeitete nachts im Kiosk seines Vaters, Etan Adjami leitete die Wochenendschichten im Restaurant seines Onkels in der King-George-Straße. Sie liefen wie Herren in den Gassen der Innenstadt herum, sie kannten Kleiderläden, in den man Alt gegen Neu tauschen konnte. Einige gründeten sogar eigene kleine Unternehmen: Herzl Mizrachi war Diskjockey bei Geburtstagspartys und Hochzeiten, Rafael Ben-David verkaufte Textilien aus dem Sinai, Revital Mualem hatte zu Hause ein Institut für Maniküre und Schminke eröffnet.

Beth-Hakerem war eine Gemeinde, die stets ein anständiges

Äußeres zur Schau stellte, für Straßenreparaturen kämpfte, zahllose Gärtner beschäftigte, die von der Stadtverwaltung den Neuanstrich der Synagoge, der Zäune und des Geländers am Gemeinschaftshaus forderte, wo der alte Anstrich schon abbröckelte. Sie entfernte Trödler aus dem Einkaufszentrum. Sie rügte die Autofahrer wegen Hupens, Kinder wegen Schreiens, Hunde wegen Kackens, Katzen wegen Jaulens. Sie trachtete danach, das ökologische Bewusstsein der Kinder zu schärfen. Diese Idylle war eine Inszenierung, die die Leute aus Romema ärgerte.

In den Anfangsmonaten äußerten die Eltern noch kein großes Missfallen über die neuen Phänomene. Es gab zwar welche, die Bemerkungen machten, Verbote aussprachen und Strafen verhängten, aber sie wagten es nicht, ihren Kindern den Umgang mit den Integrationskindern ausdrücklich zu verbieten.

Was Joel selbst betraf, so schien ihm die Integration mehr zu schaden als allen anderen Kindern. Bisher hatte er das Image des wilden Jungen der Gemeinde gehabt, des Kindes, das »die Eltern nicht kultiviert hatten«. Er war die Bedrohung, das rote Tuch. An allen Tumulten war er beteiligt, sein Name war immer der erste, der damit in Verbindung gebracht wurde. Er war ein flimmerndes Neonschild in einem von Rasenflächen umgebenen Altersheim, ein hässlicher Fleck in der Mitte einer leuchtend weißen Schabbat-Tischdecke. Vom »Haschomer Hatza'ir« wurde er ausgeschlossen, alle Kinder hatten einen Brief mit dieser Forderung unterschrieben. Die Gründe: Fluchen, Egoismus, Gewalttätigkeit. In der Elternversammlung diskutierte man über seine verdorbene Sprache, seine ansteckende Gewalttätigkeit. In Beth-Hakerem brauchte er keine großartigen Strategien, um seine Stellung zu halten und alle an seine Existenz zu erinnern. Es reichte die Drohung, einem die Augen auszukratzen, ein gemeiner Schlag auf die Schulter, die Beschimpfung eines toten Großvaters, die Beleidigung der neuen Tanzlehrerin (»Ich empfehle den Beitritt bei den Morit-Gewichtsreduzierern«). Seine Stellung außerhalb der Gesellschaft wurde prompt bestätigt.

Doch in den Augen der Integrationskinder war er weder ein Bösewicht noch ein besonders schwerer Fall. Er hatte erwartet, seiner Aufsässigkeit wegen von ihnen respektiert zu werden, doch bald musste er feststellen, dass sie für diese Leute uninteressant war. Auch er verfiel ihrem Jerusalem-Zauber, dem Zauber der Innenstadt, die lauter und bunter war, voll von schrillen Banden. Die Jungen waren geübte Raucher und lässige Jointdreher, Videospieler im »Gipfel«. Beim Snooker wetteten sie um Geld. Die Mädchen stolzierten auf Stöckelschuhen in eng anliegender Kleidung gebräunt und bauchnabelfrei herum. Am Zionsplatz waren Jungen und Mädchen schwarz gekleidet, die Blicke stumpf, von ihren Ohren hingen Ringe herab, ihr Haar war bunt und stachelig oder lang und verfilzt. Unmengen von Käppchen, hauptsächlich schwarze Käppchen auf den orthodoxen Köpfen von lauter Unbekannten. In die Straßen drangen Laute von Druckereien, kleinen Sägewerken, Schreinereien und Bäckereien. Es waren fremde Dialekte zu hören, kehlige Laute, in die belustigte arabische Worten eingestreut waren. Die Kinder Beth-Hakerems lernten schnell, sie nachzuahmen. Horden magerer Jungen in schwarzen Mänteln gingen an den Straßenrändern entlang und sprachen die alte jiddische Sprache. Wunderschöne junge Mädchen in gestickten Kleidern, das Haar zu Zöpfen geflochten, fegten die verdreckte Fußgängerzone und warfen nur selten den jungen Männern, die ihnen begehrlich nachschauten, einen Blick zu. Ganz hinten, versteckt in der Dunkelheit der Seitengassen, waren Marktstände, an denen Filme verkauft wurden, Diskotheken voller Körper, die sich zu den Klängen kratzender Lautsprecher bewegten. Fast jede Nacht gab es eine neu auflebende alte Fehde, die in eine Schlägerei mündete. Für die Kinder Beth-Hakerems war die Innenstadt ein Ort der Befreiung, der Neugier weckte und Lust und Vergnügen bescherte. Genüsslich beobachtete Joel, wie die Anführer aus Romema, Me'ir Mizrachi, Jossef Abu und Revital Mualem, dem verhassten Moralgefüge Beth-Hakerems den Garaus machten. Befriedigt sah er zu, wie die in der Schlacht geschlagenen Eltern miteinander stritten, Beleidigungen schluckten und ihren Einfluss auf die Welt ihrer Kinder verloren.

Eines Morgens im März erwachte er von einem starken Glanz,

der durch das Fenster drang. All seine Gliedmaßen reagierten darauf. Es gab einen kristallenen Augenblick, an dem er wahrnahm, wie dieser Glanz sein Gesicht bloßstellte und seine hässliche ausdruckslose Mimik beleuchtete. Entsetzt betrachtete er seine in Licht getauchten Fingernägel und versteckte sich sofort unter dem Laken. Er stellte sich den Blick eines Außenstehenden vor, eines Kindes wie Jehoschua Orens, oder den seiner Eltern, wie sie am Fenster standen und ihn unter der Scheinwerfersonne betrachteten. Mit geschlossenen Augen tastete er sich voran, schloss die Fensterläden und sperrte die Tür ab. Nun war er im kühlen Schatten versteckt und es ging ihm besser. Er schwor: Hier bleibe ich.

Bis zum Ende des Schuljahres blieb er der Schule fern und auch den größten Teil der Schulferien verbrachte er in seinem Zimmer. Die Eltern, die Berater, die Psychologen nannten es »Schulphobie«, die bei ihm auch noch von Lichtangst begleitet werde. »Anfangs gab es die Sache mit den Lampen, und jetzt noch das«, hörte er seine Mutter am Telefon klagen. »Ein Kind kann sich doch nicht vor der Sonne verstecken.« Seine Therapeutin wurde ersetzt, weil sie vollkommen versagt hatte. Ende November 1987, als die Sonne weggespült worden und weit entfernt war und vor dem Fenster allmorgendlich die Aluminium-Wolken auftauchten, die Beth-Hakerem überschatteten, willigte er ein, wieder in die Schule zu gehen. Sein Vater, der während all dieser Krisenmonate wenig mit ihm gesprochen hatte – von seiner Mutter hatte er erfahren, dass der Vater wegen seiner Krankheit schwer von ihm enttäuscht war –, fuhr ihn bis an das Tor, umarmte ihn und sagte: »Ich bin sehr stolz auf dich, darüber, dass du genesen bist!« Als er die Tür zuschlug, rief er dem Vater unter dem Schutz des Geschreis im Schulhof »fick dich« hinterher, ohne zu wissen, ob er ihn gehört hatte. Jede Nacht betete er um Winter, um grauen Himmel, um Regen, um starke, von weither kommende Stürme. Mochten sie über das Viertel donnern, es überfluten, sich draufhocken und nicht loslassen. In ihrem Schatten, schien ihm, würde seine Schande gut verborgen bleiben. Bald lernte er dem Sonnenlicht auszuweichen. In den Pausen verließ er selten den Korridor, in dem nur spärliches Licht brannte, und vermied den Schulhof, der dem schrecklichen Glanz preisgegeben war. In seinem Zimmer waren im Sommer die Läden zugezogen. Wenn der Abend kam, erwachte in ihm der Wandertrieb und er ging oft im Viertel spazieren. Allmählich wurde ihm klar, dass er es draußen im Sonnenlicht nicht wagte, seinen Freunden entgegenzutreten, denn er erschrak jedes Mal, wenn sie ihn anschauten. Jedes auf ihn gerichtete Augenpaar regte ihn auf. Die bewaldete Pionierstraße war seine Zuflucht, auch die Gehwege zwischen den Straßen. Doch das Wadi, das er so gerne hatte, erschien ihm im Sommer als Teil des Sonnenreiches, als andauernd gelbe Botschaft auf dem Erdball. Ihm näherte er sich nun nicht mehr.

»Das hört sich aber sehr seltsam an«, sagte die Träumerin. »Wann verging das denn?«

»Ich habe nicht gesagt, dass es vergangen ist«, antwortete er.

»Du meinst das wirklich? Nicht vergangen?«

»Es hat sich sehr gebessert und verändert, ist aber nicht vergangen.«

»Das heißt, der Sturm, das Ausbleiben der Sonne«, die Träumerin war verwirrt, »macht dir also nichts aus?«

»Kein bisschen!« Seltene Entschiedenheit lag in seiner Stimme. »Genau davon habe ich geträumt.«

Als er im Oktober in die Schule zurückkam, erfuhr er, dass die Dinge sich auch im Sachunterricht gründlich geändert hatten. Schon am ersten Tag wurde Eli Samarkand aus einer Stunde über die »Geschichte des israelischen Volkes« hinausgeworfen und kam nicht mehr in die Schule zurück. Die Geschichtslehrerin, Hadara Schavit, behandelte das Thema der verschiedenen Einwanderungswellen, da hatte sich Eli Samarkand gemeldet. Weil Eli immer mit seinem Onkel Raffa protzte, der Feldwebel in der Eliteeinheit »Golani« war, wurde er auch »Feldwebel« genannt. Eli bemerkte bissig, dass sein Stamm schon eher, viel eher, da gewesen sei. »Schau dir mal das Buch richtig an, vielleicht steht das dort.« Hadara hörte zu, spielte mit ihrer Zigarette, die sie nie anzündete, und belehrte ihn, dass es hier bis zu den Einwanderungswellen nur Araber gegeben habe und vielleicht auch ein paar Juden. Doch der Junge beharrte darauf: Nicht nur waren sie schon vorher dagewesen, sie hatten auch ein Stadtviertel gegründet, es heiße »Bucharenviertel«, sein Vater habe ihm das erzählt. Hadara stellte sich unschuldig: »Ist denn dein Vater ein Historiker?« Der »Feldwebel« verlor die Fassung, als habe ihm die Geringschätzung seines Vaters einen Schlag versetzt. Er antwortete, allerdings, sein Vater sei inoffizieller Historiker. Zu Hause hätten sie mindestens tausend Bücher. Sein Vater habe auch erzählt, dass es in Jaffa, neben Tel Aviv, einige Amsalegs gegeben habe, die in den vierziger Jahren des vergangenen Jahrhunderts ein eigenes Stadtviertel bewohnten. Hadara blätterte im Buch. Ihre rotlackierten Fingernägel klopften auf die weißen Seiten. In ihren Augen loderte der Blick, der schon viele Generationen von Schülern in Schrecken versetzt hatte und anzeigte, dass sie gerade wieder dabei war, die Fassung zu verlieren. Es war an der Zeit, die Schulkrankenschwester zu alarmieren, um ihr zwei Valium unter die inzwischen weiße Zunge zu schieben. In der Klasse machte sich feindselige Stille breit, denn Hadara war gerade wegen ihrer Verrücktheiten eine beliebte Lehrerin.

Joel verabscheute sie. Er hatte sie in einem Café im Einkaufszentrum beobachtet, wie sie mit Frau Oren plauderte, während Jehoschua – er war Besitzer einer kleinen Aluminiumfabrik, aber auch einfacher Werktätiger – an seinem festen, durch die halbgeöffnete Knopfleiste des verschwitzten, hellblauen Arbeitshemdes in der Sommersonne schimmernden Brustkorb wohlig herumfingerte.

Schließlich schlug Hadara das Buch mit der Bemerkung zu, diese Einzelheiten seien dort nicht vermerkt und hörten sich überhaupt ziemlich dubios an. Großzügig schlug sie einen Kompromiss vor. »Wenn du darauf bestehst, dann soll es halt so sein.« Die Antwort brachte Eli Samarkand noch mehr in Wut. Er stand auf, warf Hadara einen verachtungsvollen Blick zu und sagte, auch für Bücherwürmer wie sie könne es sich lohnen, neue

Dinge zu lernen. »Was für Dinge?«, fragte Hadara in einem Ton, der nichts Gutes verhieß. »Andere Dinge!«, schrie Eli, und brach ab. »Dann zeige doch diese ›anderen Dinge‹ dem Direktor, kleiner Pisser!«, schrie Hadara und schlug auf den Tisch. Eli verließ die Klasse. Er nahm nicht einmal seine schwarze Schultasche mit und ward seitdem nicht mehr gesehen. Man erzählte, er habe mit dem Lernen ganz aufgehört.

Dann kam der Vorfall Michael. Er war um ein Jahr älter als sie alle. In seiner Aussprache schwang ein angelsächsischer Akzent mit. Der Hals auf seinem schweren Körper hatte die Neigung, zu verschwinden, was ihm den Beinamen Pelikan einbrachte, und er interessierte sich für American Football. Lauter Gründe, weshalb die Gleichaltrigen ihn ablehnten. Infolge eines ungeklärten Zufalls wurde er in ihre Gruppe gesteckt. Weil er nicht nur ein Jahr älter war als sie, sondern auch klug, wurde er zum Fußballtrainer der Klasse ernannt. Angesichts der Tatsache, dass Michael keinen Sport mochte außer American Football, war diese Nominierung zwar verwunderlich, aber das Lustige daran war, dass Michael Erfolg hatte. Das erste Spiel, bei dem er als Trainer fungierte, ein Spiel gegen seine alte Klasse, endete mit 4:4 unentschieden, das erste Mal, dass ein Spiel gegen die Älteren ohne demütigende Niederlage endete.

Nach dem Spiel bekam Michael das verlockende Angebot, Trainer seiner alten Klasse zu werden, also wieder in die Gruppe der Gleichaltrigen als erster unter Gleichen aufgenommen zu werden. Nachdem er es angenommen und ihre Gruppe zugunsten der Älteren im Stich gelassen hatte, galt er unter den Jüngeren als das abscheulichste Lebewesen überhaupt. Sein Name wurde von keinem mehr ausgesprochen. Jedes Mal, wenn er im Korridor an seinen ehemaligen Spielern vorbeiging, spuckten sie ihn an und ließen ihn spüren, wie sehr er sie gekränkt hatte. Keinem war es erlaubt, ihn auch nur anzusehen.

Am Festabend des Unabhängigkeitstags liefen sie gelangweilt in der Innenstadt herum. Joel war natürlich nicht eingeladen, doch als er ihnen zufällig begegnete, waren sie schon mit Bier abgefüllt und nahmen es nicht mehr so genau damit, wer sich ihnen anschloss. Als die ganze Meute von Kindern aus Beth-Hakerem und Romema Michael, der bei einer Telefonzelle in der King-George stand, entgegengaloppierte, wurde Joel vom Strudel mitgerissen.

Er war dabei, als sie Michael vor dem Schaufenster einer Parfümerie dingfest machten. Er konnte nicht mehr entkommen. Zusammen mit den anderen brachte Joel Michael zu Fall. Ein rachsüchtiges menschliches Knäuel schlug mit Fäusten und Ellbogen auf den am Boden zusammengekrümmten klobigen Körper, Finger, Ringe und Fingernägel zerkratzten das riesige Gesicht – ein Paar trauriger, tränender Augenhöhlen versteinerten in dessen Mitte und versuchten erfolglos, unbesiegt auszusehen. Joel war längst nicht mehr bewusst, dass er eine schäumende Getränkedose aus Eisen- oder Aluminiumblech in der Hand hielt. Er war der letzte, der das rote Rinnsal aus Michaels Kopfhaut laufen sah. Da es kein Licht gab, hatte es anfangs auch schwarz ausgesehen – Cola vielleicht. Es rann auf den halslosen Körper hinab und wurde von dem weißen, festlichen Hemd aufgesogen. Joel blieb wie abwesend in Michaels Nähe, als die entsetzte Meute die Szene längst aus sicherer Entfernung beobachtete, als hätte sie nichts damit zu tun. Joel berührte Michaels Kopf. Dann schaute er ungläubig seine blutverschmierte Hand an. Ächzend vor Schmerz – wie hypnotisiert kam die Straße zum Stillstand, alle sahen zu –, streckte Michael seine rechte Hand nach dem Körper des Täters aus und traf ihn mit einem lähmenden Schlag auf den Rücken. Der Abdruck auf der weißen Jacke konnte nicht missdeutet werden: Ein Zauberviereck mit Unterbrechungen und fünf rote Finger. Ob mit Absicht oder nicht: Michael hatte den Schuldigen markiert.

Der Fall Michael brachte Joel vorübergehend wieder die alte attraktive Position in der Gruppe ein. Erneut stand er im Zentrum des Geschehens, man sprach wieder über ihn, definierte ihn als Quelle des Bösen. Seinetwegen gab es abends in den Wohnzimmern wieder Gedränge. Selbst ein Teil der Eltern aus Romema wollten ihn sich vornehmen. Mit einem Mal war er der

Kristallisationspunkt geworden, der die Eltern einte. Diesmal war kein Spielraum mehr für Vergebung. Die Eltern richteten die ganze Frustration, die sich durch das Integrationsprogramm aufgestaut hatte, gegen ihn. Niemand hörte auf ihn oder seine Eltern. Die Schulleitung gab dem Druck nach und schloss ihn für zwei Wochen vom Unterricht aus – eine merkwürdige Strafe, wenn man bedenkt, dass er im Jahr zuvor vier Monate von ganz allein weggeblieben war. Die Annalen der Schule verzeichneten nirgends einen ähnlichen Ausschluss. Nach Geheimverhandlungen zwischen beiden betroffenen Elternpaaren wurde auf Anzeige bei der Polizei verzichtet. Gerüchte über angeblich hohe Entschädigungsgelder seitens der Eltern Joels wurden verbreitet. Nach dem Schulausschluss war aber eines klar: Er war jetzt ein Ausgegrenzter genau wie seinerzeit Amir Sadowski. Er stand außerhalb der Gemeinde, es gab ihn nicht.

Er hörte die Träumerin mit den Fingern knacken. Spitzen ihres kurzen gekräuselten Haars klebten ihr an der Stirn. Sie wischte sie schwerfällig weg. Neuerdings, dachte er, ist alle Anmut aus ihren Bewegungen gewichen.

»Du hast ihm den Kopf zerschmettert«, sagte sie, »das ist merkwürdig, so unüberlegt, das bist so gar nicht du …« Am Ende des Satzes stahl sich Wärme in ihre Stimme. Sie rückte dichter an ihn heran, und er spürte ihre heiße, feuchte Haut. Eine Art katzenhafter Geschmeidigkeit mischte sich in ihre Bewegungen. Als würde sie mich wieder begehren, dachte er.

»Also gut, das war nicht unbedingt beabsichtigt«, entschuldigte er sich, »mir war das nicht klar.«

»Das ist ausgezeichnet«, rief sie. »Also, Gewalt ist nicht schön und all das, aber endlich mal etwas nicht Verdrehtes, sondern eine einfache Reaktion, eine urtümliche. Schade, dass ich dich nicht kannte, als du ein Kind warst.«

»Weißt du«, er hatte das dringende Bedürfnis, das Thema zu wechseln, und außerdem nagte plötzlich etwas an ihm, über das er noch mit niemandem gesprochen hatte, »die Mittelstufe war beendet und wir gingen auseinander. Nach einem Jahr war von allen Freundschaften mit den Kindern aus Romema nichts mehr übrig. Sie waren einfach von den Straßen verschwunden, aus dem Einkaufszentrum, vom Spielplatz. Am Anfang kamen sie noch manchmal auf einen Sprung vorbei, zum Fußball oder an Freitagabenden zum Einkaufszentrum. Aber nach einer gewissen Zeit tauchten sie nicht mehr auf, verschwunden, verflogen.«

»Und ihr habt gar nichts mehr über sie gehört?«, fragte die Träumerin demonstrativ gelangweilt. Sie beklagte sich immer über seine Neigung, Synonyme zu verwenden. Das höre sich an wie die billige Rhetorik eines Schauspielers, der sich zum ehrlichen Mann hochstilisiert.

»Es gab ständig Geschichten, Gerüchte«, antwortete er. Es war ihm anzusehen, dass er über diesen Aspekt seiner Kindheit nicht nachgedacht hatte. Wenn er mit sich und seiner Vergangenheit beschäftigt war, dann ausschließlich mit dem Kind, das er einst gewesen war. Von dem neuen, grundlegenden Aspekt, der ihm bisher verborgen gebliebenen war, war er überrascht. »Jemand hat Me'ir Mizrachi zum Bewährungshelfer laufen sehen, man hat Jossi Schitrit im Dienst als Schutzmann in der Knesset getroffen, Eli Samarkand ist reumütig in den Schoß der Religion zurückgekehrt, Jossef Abu hat den Kiosk seines Vaters geerbt, Revital Mualem war vorübergehend Friseuse in der King-George-Straße, Baraschi hat Ingenieurswesen auf der Universität studiert, Scharon war Lehrerin. Einmal erzählte Jehoschua Oren, Herzl sei in seiner Fabrik erschienen, um einen Arbeitsplatz zu ergattern. Er hätte ihn ja gerne beschäftigt, aber Herzl hatte kein richtiges Abitur.«

Am Anfang schrieb er seine Träume sofort nach dem Erwachen auf, wie es ihm seine ehemalige Psychologin beigebracht hatte. Dann merkte er, dass einem nur Splitter des letzten Traums blieben, während man sich aus dem Schlaf wand, und selbst das nur manchmal. Frech, wie er war, wollte er aber die verborgenen Traumgewebe festhalten, die seinen Schlaf beherrscht hatten und am Morgen unwiderruflich verschwunden waren. Deshalb teilte er die Nacht in zwei Teile, vielleicht konnte er so mehr erreichen. Erstes Erwachen ungefähr um zwei Uhr, zweites früh am Morgen. Je länger er so verfuhr, desto mehr wollte er erreichen. Jeden verloren gegangenen Traum empfand er als Niederlage. Er erwachte nun immer öfter, zweimal, dreimal, viermal. In einer psychologischen Abhandlung entdeckte er den Schlafturnus. Ein mit den Eltern befreundeter Psychologe bestätigte die dort angeführten Tatsachen grundsätzlich. Er machte aber die Einschränkung, dass über Fragen des Schlafs als solchem immer noch weiter geforscht werde. In besagter Abhandlung wurde angemerkt, dass der Schlaf in einige Schlafphasen unterteilt werden müsse. Wenn ein Mensch bereits am Ende einer Phase aufwachte, sei er wesentlich wacher als beispielsweise nach vollen zwei Phasen und weiteren 20 Minuten. Sollte das Träumeaufschreiben funktionieren, musste er folglich den Schlaf so kurz wie möglich nach dem Ende einer Schlafphase abschütteln. In der Abhandlung wurde ausdrücklich festgehalten, dass der Übergang von einer Schlafphase zur anderen eine kritische Wende sei. Nach diesem Übergang verschwindet der Traum mit einem Schlag aus dem Gedächtnis, zwei, drei traumfreie Minuten genüsslichen Schlafs und er verflüchtigt sich. Jedes Mal, wenn der Schlaf eines Menschen von einer Phase in die nächsten hinübergleitet, werden Träume begraben.

Der Junge – vom Kind war er nun schon zum Jungen geworden – will in die Welt der Träume eindringen. Er hat die Wachwelt satt, die Gemeinde mit Eltern, Kindern und Regeln. Aber wie verbirgt man sich in der Welt des Schlafs? Die meisten Erzeugnisse dieser Welt verschwinden am Morgen: Für zehn verloren gegangene Träume bekommen wir die Reste eines einzigen. Der Junge versuchte hartnäckig, diese Logik zu besiegen. Er hatte den Begriff R.E.M. gelernt und glaubt nun an die Wunder des R.E.M. Jetzt wollte er am Ende eines jeden Traums aufwachen und schwor sich, keinen Traum verloren zu geben. Nacht für Nacht stellte er seine Stoppuhr so, dass sie alle neunzig oder hundertfünf Minuten klingelte, je nachdem, welches Buch er gerade las.

Er wacht also plötzlich vom Alarm der Stoppuhr auf, die Lippen trocken, die Enttäuschung steckt ihm im Hals wie ein Erstickungsgefühl. Wo war bloß der eben geträumt Traum geblieben? Bereits abgezogen, nichts davon war im Gedächtnis vorhanden. Hatte etwa der Traumschlaf dem Faulschlaf, der alle Träume zerbröselte, Platz gemacht? Er lag zornig im Bett, starrte die weißen Wände an und schmiedete neue Pläne. Morgen war ein neuer Tag. Noch einen Tag später zog er aus dem Misserfolg die Folgerung, dass das mitternächtliche Wecken die Ordnung des Schlafes beeinträchtigte. Wenn sich die prächtigen Träume tatsächlich erst in den letzten Schlafrunden ereigneten, gegen Morgen, dann war das alles ein großer Reinfall.

Er brauchte einen neuen Plan. Es gab Krisennächte, in denen sein geschwächter Körper den Traumjagden nicht mehr standhielt. Die laute, energische Stimme seines Vaters rief ihn morgens aus dem Schlaf, er öffnete die Augen und wurde schon heimgesucht von der Leere des Tages. Wieder stand ein Tag bevor, an dem Gedächtnis und Heftseiten von Träumen leer blieben. Wie konnte er solch dürre Tage bloß durchqueren?

Aber in mindestens drei Nächten pro Woche kam es zum Protokollieren eines einzelnen Traums, eines zweiten, manchmal gar eines dritten. Wegen des häufigen Erwachens schlief und träumte er weniger. Der Mangel an Schlaf, besonders an Traumschlaf, der häufig unterbrochen wurde, ermüdete ihn stark. Er hatte gelesen, dass der menschliche Körper den Traumschlaf braucht. Nimmt man ihm diesen für einige Tage, kommt er nicht mehr wieder. Die Nervosität und die andauernden Schwindelanfälle zwangen den Jungen zu größter Vorsicht bei der Wahl seiner Vergnügungen. Er stürmte nun nicht mehr auf jedes Spiel, auf jedes Abenteuer los. Er programmierte seine Nächte wieder auf zweimaliges Erwachen und beschloss, dass ihm einige bleibende Träume lieber waren, als viele verfliegende. Es war besser, weniger zu träumen und dieses Wenige festzuhalten, als sich von einer großen Zahl prächtiger, flüchtiger Träume blenden zu lassen.

Seine Verbindung zur Außenwelt wurde immer lockerer. Nach außen hin blieb alles wie immer. In der Schule funktionierte er. Wenn die anderen Kinder einverstanden waren, spielte er manchmal mit. Abends saß er mit seinen Eltern vor dem Fernseher. Im Zeugnis hatte er lauter annehmbare Noten. Aber diese Welt sagte ihm nichts mehr. Das war die perfekte Rache. Die Kindergesellschaft hatte ihm Misserfolge und Enttäuschungen beschert. Tag und Nacht hatte er an sie denken müssen. Nun hatte sie jede Bedeutung verloren; wie eine Schlange ohne ihren Giftzahn wand sie sich um ihn. Der Drang, dazuzugehören, keinen hervorgehobenen, aber überhaupt einen Platz in ihr einzunehmen, war zu einer flüchtigen, interesselosen Wahrnehmung geworden. Sie glich dem Blick auf vertraute Bilder: auf den Baum beim Haus, auf die schwarze Tür zum Luftschutzkeller, auf den Fußboden in den Korridoren der Schule. Es war kein wirkliches Hinsehen in diesem Blick, sondern nur die kaum bewusste Kenntnisnahme der Dinge und ihres Daseins. Aber siehe da, die Träume, die er in den ersten Monaten aufschrieb, steckten fest in ihren Abläufen, wie ein vergebliches Anklopfen an immer denselben Türen. Auch in der Welt der Träume war er ein dauerhaft Ausgegrenzter, hechelte er den Geschehnissen hinterher, gehetzt von einer Horde Kinder. Doch ganz allmählich trat eine Veränderung ein. Überrascht fand er heraus, dass die Beschäftigung mit Träumen sie auch entstehen lässt. Seine Entfremdung von der Kinderwelt fand auch in seiner nächtlichen Welt statt und gestaltete sie. Diese Entdeckung erschütterte ihn. Plötzlich tat sich ihm eine neue Welt auf. Die Träume befreiten ihn von den Fesseln seiner Kindheit, von den Eltern, den Wohnzimmerberatungen, der Beth-Hakerem-Zivilisation und vor allem von seinen Misserfolgen in dieser Welt. Natürlich nicht von allen und auch nicht immer. Aber zuweilen tauchten schon andere Träume auf. Sie mischten ihm Geschichten zusammen, in denen er mehr als nur Opfer oder Schuldiger war, mehr als Protagonist oder Verursacher des Unrechts.

»Verstehst du«, rief er der Träumerin zu, die erschrocken aussah. Sie war ihm noch immer sehr nah, doch ihre Haut hatte sich abgekühlt und ihr Blick war wieder prüfend. Er begriff, dass ihr der freie Zugang, den sie ihm zu ihren Träumen gewährt hatte, auf einmal nicht mehr ganz selbstverständlich war. Das war zu erwarten gewesen. Immer, wenn man jemandem, der einem innig zugetan ist, von der eigenen Vergangenheit erzählt, tut sich ein Abgrund auf. Das beruht auf der schlichten Tatsache, dass man sich schon lange ohne den anderen in dieser Welt aufgehalten hat und er die Kräfte nicht kennt, die einen geformt haben. Man hat anderen Geliebten vertraut und sich in unbekannten Gefilden bewegt. Man hat gar nicht gewusst, dass es den anderen gab. Diese Vergangenheit ist ein Riss in der Absolutheit, die Liebende natürlicherweise voneinander fordern.

»Verstehst du«, wiederholte er und genoss es, zu hören, wie die eigene tiefe Stimme das Zimmer füllte. Listig funkelten seine Augen. »Plötzlich atmet der Mensch ein wenig Luft ein.«

Eltern und Kinder

Mai

Am frühen Abend trat Schlomo über die Schwelle seines Zuhauses. Je mehr Jahre er hinter sich gelassen und am Grund seines Gedächtnisses abgelagert hatte, umso mehr Mut erforderte dieser Schritt. Den Koffer stellte er gleich neben die Eingangstür an die Wand als Zeichen für die Bewohner: Er wird ihn bald wieder brauchen. Der Zeitpunkt seiner Abreise stand noch nicht fest, ungefähr zehn Tage wollte er diesmal bleiben. Er kam mit gemischten Gefühlen, typisch für Leute, die etwas verändern wollen, ohne zu wissen was. Jedes Mal wenn er in dieses Haus zurückkehrte, das ihm immer fremder wurde, fürchtete er den Augenblick, in dem die vergrabene und versiegelte Geschichte wie Lava aus dem Boden hervorbrechen und das Haus überfluten würde. Weder liebte er diese Geschichte, noch war er stolz auf seine Rolle in ihr, er mochte sie nicht einmal erklären. Aber die Konsequenz, mit der seine Kinder alle Hinweise darauf verschwinden ließen, ärgerte ihn.

Das Wohnzimmer war ganz anders eingerichtet. Nie hatte es einen Fernseher darin gegeben, weil seine Frau das für vulgär gehalten hätte. Jetzt stand einer an der westlichen Wand und in der Mitte des Raums ein lederner Fernsehsessel. Früher gab es im Wohnzimmer ein Bücherregal. »Ich will keine Schränke, nichts Geschlossenes, sondern etwas Leichtes, Freies«, hatte seine Frau gesagt. Sie hatten einen Schreiner ein Regal mit acht dicken, mit schwarzem chinesischem Lack überzogenen Holzbrettern an die Wand schrauben lassen. Lior hatte die Bretter schnell verschwinden lassen und durch Bilder ersetzt. Statt expressionistischer Gemälde, die seine Frau Ende der siebziger Jahre mochte, und der Popart, die sie in den Achtzigern bevorzugte – »Sehr modern in New York vor allem bei Reagan-Gegnern …« –, hingen Filmplakate aus Hollywood dort, grelle Portraits, alte Poster der »Sex Pistols« und ein Plattencover von »Clash«. Das Wohnzimmer sah geschmacklos und hässlich aus wie in einer Identitätskrise.

Die Wohnung war ein einziger Protest gegen ihn. Eine verborgene Hand schien sogar während seiner Anwesenheit zu wirken und ihn zunehmend vom Hausherrn zum Touristen zu degradieren. Entsprechend reagierte er, indem er tagelang durch die Stadt lief, ins Kino, in Museen, Galerien und Antiquitätenläden ging. Er besuchte Vorträge, ging am Strand spazieren und – weil er sich schon immer für Architektur interessiert hatte – besichtigte neue Bauwerke. Er fuhr nach Jerusalem, nach Haifa und Galiläa, besichtigte neue Einkaufszentren in Herzliah oder Ra'anana. Seit seinem letzten Besuch entwickelte er seine Improvisationstechnik, die Zeit totzuschlagen, noch weiter. Er fuhr bei organisierten Ausflügen mit, wie sie täglich in der Zeitung angeboten wurden. Mit Rentnern besichtigte er die Grabhöhle Machpelah in Hebron, mit einer Pilgergruppe folgte er den Spuren Jesu auf seinem letzten Gang nach Jerusalem. Bei zweitägigen Ausgrabungen in der Judäischen Wüste – »Einmal selbst Archäologe sein!« stand in der Annonce – holte er sich eine Erkältung. Mit einer Mitarbeitergruppe der Stadtverwaltung Tel Aviv machte er eine Erlebnistour, bei der die Schlacht um Latroun nachgespielt wurde.

Am ersten Tag lud er die Zwillinge zum Abendessen ein. Danach ging jeder seinen eigenen Angelegenheiten nach. Es gab ein paar weitere Treffen, und da sie sich immerhin in derselben Wohnung aufhielten, waren Begegnungen ohnehin kaum zu vermeiden. Mit Lior gab es einen festen Termin, um »Laufendes« zu erledigen, meist fand er am zweiten Morgen nach seiner Ankunft statt. Sie setzten sich ins Wohnzimmer, um über die monatlichen Ausgaben zu sprechen. Lior führte ein gut organisiertes Ausgabenheft, in dem sie alles aufschrieb. Das Arrangement zwischen ihnen lautete, dass er an jedem Monatsanfang den Betrag für die laufenden Kosten auf ihr Bankkonto überwies. Lior durfte auch unvorhergesehene Ausgaben abrechnen, wenn sie sie begründen konnte. Er bestand auf einer Erklärung. Wenn ihm etwas überflüssig erschien, nahm er eine klare Position ein. Dann belehrte er Lior, wie man in solchen Zeiten einen Haushalt zu führen hatte. Lior hörte zu. Manchmal entschuldigte sie sich. Bei allem, was mit Geld zu tun hatte, akzeptierte sie seine Autorität und nahm sogar manchen Rat an.

Das ökonomische Schicksal der Zwillinge war an das seine gebunden wie das von Marx an Engels oder wie das von Rilke an Prinzessin Marie von Thurn und Taxis-Hohenlohe. Sollte ein Schiff mit seinen Waren untergehen oder ein billigerer Alkoholhändler ihn vom Markt verdrängen, würde das ihre häusliche Existenzgrundlage schmälern. Man kann nicht sagen, dass er keine Genugtuung empfand, wenn Lior schlecht gelaunt einsah, dass ihre finanzielle Zukunft wie die ihres Bruders allein vom Vater abhing. Nicht etwa, dass das Ausgeben seines Geldes ihr Gewissensbisse verursachte, ganz und gar nicht. Nein, sie traute ihm einfach nicht. Deshalb jobbte sie ja als Kindermädchen. Aus welchen Unternehmen sie finanziert wurde, wusste sie nicht genau, das war Teil einer grausamen Welt mit unbekannten Regeln. Nur seine Expansionsberichte liebte sie über alles. Wenn er die Regale einer kleinen Einzelhandelskette erobert hatte, sah sie ihn mit erneuerter Wertschätzung an, entdeckte ihn geradezu neu. Solche Erfolgsmeldungen nahmen ihr vorübergehend die Zukunftsangst. Sie interessierte sich sogar für Nikolai und die anderen Teilhaber. Sie versuchte zu verstehen, wie selbstsicher diese Leute wohl sein mochten, wie aggressiv, wie grausam. Grausamkeit sei aber das falsche Wort, sagte sie ihm einmal, wenn das Verhalten eine logische Folge des Geschäftslebens sei, wenn man bei geschäftlichen Entscheidungen gar keine Alternative habe. Der Begriff Grausamkeit werde entwertet, wenn man ihn auf ein Verhalten anwende, das einer Norm entspreche. Grausam würden »Schoa« und Weltkrieg genannt. Passender wäre es, von »angebrachter geschäftlicher Härte« zu sprechen. Eine Fernsehserie am Samstag über die Wall Street, von der sie nichts versäumte, war dem vorangegangen. »Und, ist seine Position in der Firma weiterhin stabil? Liebt man ihn?«, fragte sie. War sie mit der Antwort zufrieden, redete sie listig in Wirform weiter, als betrachte sie Vater und Zwillinge als wirtschaftliche Einheit. Schlomo war, was diesen Punkt anging, frei von Illusionen. Liors »wir« meinte sie selbst und Alon. Er war eine Art Filialleiter, der nur dazugehörte, wenn es nicht anders ging oder wenn man ihn beruhigen musste.

Während Schlomo gerade dabei war, seine Kleider in den Schrank zu hängen, kam Lior zu ihm ins Schlafzimmer. Er war verwundert. Als er sie in den Armen hielt, spürte er, dass etwas anders war als sonst. Das war nicht die bekannte Pflichtumarmung. Sie umfasste ihn nicht mit den Armen um die Hüften, sondern schmiegte müde ihr Gesicht an seine Brust. Er spürte ihre Tränen, die durch sein Hemd drangen. Sie atmete, als sei sie krank. »Den ganzen Tag war ich draußen«, sagte sie traurig. »Ich habe das Meer gesehen ... Wasser, wie es in den Himmel schoss ...« Sie redete in Wortfetzen, murmelte etwas von Stille draußen, von Menschen, die mitten auf der Straße beteten, es möge Sommer werden. »Zwei Restaurantbesitzer saßen ohne Gäste da ... habe sie sterben sehen ... sie haben geschlossen. Wo ist Jochanan, hast du ihn zufällig gesehen? Seit einigen Wochen ist er weg ...« Sie hat Angst, er könnte vor Kälte gestorben sein: »Der aus Rechovot, der Nachbar, der es mit dem Streiken hat, ist weg ... alle verschwinden. Der Winter vernichtet sie, der blutige ...«

Sie wartete darauf, dass er sie fest umarmte. Er war verwundert über die ihm plötzlich abverlangte Väterlichkeit und wollte loslassen. Nun versuchte sie erst recht, in den Schutz seiner Arme zu kommen, machte sich immer kleiner. Er verstand nicht, wie er damit umgehen sollte, wie stark die Umarmung sein sollte. Die zurückliegende Zeit hatte ihn so verwirrt, dass er nur zu zaghaften Berührungen fähig war.

In dieser Nacht erzählte sie ihm alles.

Sie hörte erst auf, nachdem sie damit herausgeplatzt war: »Alon hat den Bettler umgebracht.« Er schrak zurück. Nicht körperlich, er blieb bei ihr und hielt sie im Arm. In der anderen

Hand hielt er eine Tasse Tee, die er immer wieder an ihre Lippen führte. Sie hatten wohl gerade einen Pakt geschlossen. Aber seine Gedanken waren ganz woanders. Er dachte an seinen Koffer, sah, wie er ihn durch den Moskauer Flughafen trug. Sah das Hotel Dudek, sah Nikolais Kino. Vielleicht würde er Alexandra anrufen, sie hatten sich lange nicht gesehen. Er dachte sogar an den kleinen Roman, den Jungen mit der Porzellanhaut, der sich für den FC Barcelona begeisterte, für die »New York Nikes«, für Christina Aguilera und für Baseballmützen. Zugleich wurden seine Gefühle Lior gegenüber bösartig.

Jetzt, wo es ihr schlechtging, kam sie zu ihm. Und das mit Alon? Das war doch allein ihr Versagen. Sie hatte doch als Einzige den Zugangscode zu Alons Seele. Die Mutter hatten sie vielleicht zu dritt verjagt, doch wenn man wirklich ehrlich sein wollte, war es hauptsächlich Lior gewesen. Und seit zwei Jahren verjagten die beiden auch ihn. Seit der Kindheit der Zwillinge hatte es nichts als böse Überraschungen gegeben. Wann auch immer Na'ama und er über das Wochenende verreisten oder auch nur ins Kino gingen, machten die Zwillinge gleich ein kleines Feuer in Alons Zimmer, nahmen etwas aus dem Zimmer der Eltern weg und fügten es einer der seltsamen Sammelsurien Liors hinzu, zerbrachen Schüsseln oder verteilten Zettel über die ganze Wohnung. Sie hatten ein Spiel, bei dem jeder Gedanke, der ihnen durch den Kopf ging, sofort für den anderen aufgeschrieben werden musste. Und jetzt, wo alles zu Bruch gegangen war, wollte sie ihr Versagen mit ihm teilen. Er sah ihr Gesicht, es war bewusst kindlich, damit sie bloß keine Verantwortung für das, was geschehen war, übernehmen musste.

Schlagartig wurde ihm bewusst, dass sein Sohn einen anderen Menschen umgebracht hatte. »Was für jämmerliche Geschöpfe die Menschen doch sind«, knurrte er. Die Bosheit ist zweifellos der armseligste Mist, den die Welt überhaupt erdacht hat, fluchte er innerlich. Zur Bestätigung seiner Worte und Gedanken dachte er an Kain, Medea, den heimtückischen Don Carlos und an alle betrügerischen Politiker

Im Schutz des gemeinsamen Schweigens zwischen ihm und

Lior konnte er sich die Sache jetzt nüchtern klarmachen. Der unabwendbare Schicksalsschlag war noch zu undeutlich, um ihn ganz und gar aus der Fassung zu bringen. Alon hatte einen Menschen umgebracht. Wie Lior es gesagt hatte, der er eine gezielt kindliche Wortwahl unterstellte: »Erst hat er den Bettler umgebracht, dann habe ich den Toten gesehen.«

Der Showdown wurde auf zehn Uhr am 11. Mai terminiert, nachdem der erste Schachzug, den sie sich ausgedacht hatten, eine Begegnung unter vier Augen zwischen Alon und Lior, fehlgeschlagen war. Alon leugnete, den Bettler je gesehen zu haben, weigerte sich, über ihn zu sprechen, und äußerte sich verwundert darüber, dass Lior sich für einen derartig nebensächlichen Toten interessierte. Alon hatte gelogen, als er behauptete, er sei dem Bettler niemals begegnet. Das verstärkte ihren Verdacht. Nun war eine waghalsigere Strategie gefragt.

Am Morgen des Showdowns erschienen um halb zehn dotterfarbene Risse am dunklen Himmel, eine zufällige Ansammlung von winzigen leeren Stellen, als würden zwischen den Wolken des Nachthimmels kurz ein paar Sterne aufflammen.

Lior wachte auf und war wie verhext. Sie sah auf die Uhr und ging ans Fenster. Der Himmel befreite sich langsam vom Würgegriff der Nacht. Verschlafen schlurfte sie durch die Räume, ihr roter Pyjama war fleckig von Schweiß und klebte an ihrem Rücken. Ihr Haar stand seltsam und kraus von ihrem Kopf ab, ihre Bewegungen waren abgehackt und trockene Hustenanfälle schüttelten sie. Ihre Schultern hingen herab und sie sah klein und zerknittert aus. Plötzlich fiel es ihr schwer, daran zu glauben, dass sie diese Wohnung all die Jahre beherrscht hatte. Sie verriegelte die Rollläden, einen nach dem anderen, außer in Alons Zimmer, das verschlossen war. Danach ging sie erschöpft zum Sofa des Wohnzimmers und brach dort zusammen, schwer wie ein Betonklotz. In den letzten zwei Tagen war ihre Temperatur ständig gestiegen. Die meiste Zeit hatte sie im Bett gelegen. Jetzt rötete sich ihre Haut, obwohl sie sich das Gesicht mehrmals mit kaltem Wasser gewaschen hatte. Sie war nicht imstande, ihre Zehen zu bewegen, alles juckte, besonders, wenn sie etwas anzog. Am

Hals tauchten blaue Flecken auf, Spuren ihrer Finger, mit denen sie sich immer wieder die zarte Haut kratzte.

Als Alon die beiden im Wohnzimmer auf ihn warten sah, war er zu benommen, um seine Überraschung in Worte zu fassen. Er war grantig wegen der Ruhestörung. Lior kannte doch seinen Tageslauf, er mochte es nicht, früh aufzustehen. Lior hatte sich zurückgelehnt. Sie bekam schwer Luft und räusperte sich ständig. Der Vater saß mit verschlossener Miene da, so dass Alon annahm, er sei bankrott, wie Lior es schon längst vorausgesehen hatte. Nach ein paar tröstenden Worten wollte er weiterschlafen. Er konnte sowieso nichts machen. Wenn kein Geld mehr da war, musste er halt arbeiten. Vater würde bestimmt was anderes finden. Ein Mann mit seinen Begabungen!

Listig steuerte das Schlafbedürfnis seine Gedanken. Er ärgerte sich darüber, wie man ihn geweckt hatte: durch aufgeregtes Hämmern an seiner Tür und lautes Rufen, er solle sofort aufwachen. Er suchte nach knappen, einfachen Antworten, wollte hören, er werde nicht wirklich gebraucht und könne sich zurückziehen. Während er noch überlegte, wie er weitere Erörterungen vermeiden konnte, sprach sein Vater. Anfangs ließ er seine Worte wie ein gelangweilter Schüler an sich vorbeiziehen, doch als er merkte, worauf das hinauslief, war er schlagartig wach.

Vater war aufgestanden, um eine Rede zu halten. Soweit seine Arbeit es ihm erlaube, sagte er und glaubte selbst daran, sei er immer hierhergekommen. Obwohl sie im Laufe der Jahre einige Schwierigkeiten miteinander gehabt hätten, gehe er davon aus, dass sie ihn als Vater akzeptierten. Er dozierte, es gebe viele Arten von Vätern, er habe überall welche gesehen. Die Zeit habe ihn gelehrt, dass das Phänomen Vaterschaft ein komplexes Gemenge sei, also nicht a priori, nichts als autonomes Wesen, das den Ereignissen vorangehe. Ein Mensch sei nicht einfach für sich genommen ein Vater. Er sei immer Vater von irgendwem, Juval oder Matan oder Lior und Alon. Von ihnen beiden werde ihm seine Aufgabe gestellt.

Er gestand zu, dass seine väterliche Autorität erschüttert war, es sei zu viel geschehen. Er bitte aber darum, besonders in Notzeiten, als Vater akzeptiert zu werden, denn Vaterpflichten könnten nicht verfallen. Er sprach so sehnsüchtig, als bade er in nostalgischen Gefühlen. Väter halten quietschende Säuglinge beim Windelwechseln, Knirpse und Väter gehen Hand in Hand, spielen Ball, Geburtstage, erste Tage im Kindergarten, wie viel Leben war da noch einmal lebendig. Er betonte, die Verpflichtung der Mutter sei größer als die des Vaters. Wo seien die Kinder schließlich entstanden, in ihrem oder in seinem Körper? Mehr sagte er nicht über Mutterschaft, er überließ es den Zwillingen, die Frage für ironisch zu halten oder als Kritik zu verstehen. Er glaube nicht, dass Vaterschaft vergehe, je älter die Kinder würden. Der Vater müsse zu seinem Kind stehen, neben ihm schlafen, es schützen, selbst wenn es sich als Skorpion erweise. Selbst wenn sie ihn als Vater ablehnen sollten, wolle er wenigstens als erfahrener älterer Mensch betrachtet werden, von dem sie stets jeden Rat und jede Hilfe bekämen, die sie brauchten. Es spiele keine Rolle, ob die Probleme schwerwiegend seien oder gar unlösbar schienen. Wenn das Leben eine Fabel sei, so sei er die Moral der Fabel. Das heißt, sie könnten von seinen Fehlern lernen.

Eine solche Rede war in ihrem Hause schon lange nicht mehr zu hören gewesen. Vater hatte flüssig und ohne Atempausen vorgetragen, sie hatten still und entsetzt zugehört. Vater kam keuchend zum Schluss, dem Ersticken nahe. Er stürzte sich auf die Wasserflasche am anderen Ende des Glastisches und riss dabei den vollen Aschenbecher zu Boden. Lior entfuhr eine Bemerkung, nicht gegen ihn, nur über das Missgeschick.

Der Vater hatte den Misserfolg seiner Rede vorausgesehen und sie trotzdem gehalten. Die meisten Menschen hätten Schwierigkeiten damit gehabt, wissentlich eine Rede zu halten, die weder beeindrucken noch nützen und von den Zuhörern nur mit Staunen und Verachtung aufgenommen werden würde. Er hatte sich entschieden, trotzdem zu reden. Weil es keine Klarheit zwischen ihm und seinen Kindern gab, hatte er in distanziertem Geschäftston, ohne irritierende Intimitäten gesprochen.

Alon war schlagartig wach. Die Sympome der Schläfrigkeit

waren verschwunden. Sein schlaffer Körper straffte sich so schnell, als habe man ein Radio eingeschaltet oder das Licht angeknipst. Alon fragte seinen Vater freundlich und neugierig, ob auch der Vater eines einjährigen Kindes kein Vater a priori sei? Der liebe Vater kenne sich in diesen Dingen besser aus als sie beide. Ist schon die Beziehung eines Vaters zu einem Einjährigen ein Gemisch aus beiden Persönlichkeiten? Lior hatte gleich gemerkt, dass die Erwähnung der Mutter Alon aufbrachte. Er hatte noch eine Rechnung offen. Der Vater war von Alons Nachhaken irritiert. Er habe hauptsächlich Kinder in fortgeschritteneren Alter gemeint.

»Dann gibt es also ein frühes Stadium, wo die Vaterschaft doch a priori existiert?«, fragte Alon.

»Aber das ist doch nicht das Thema«, warf Lior schnell ein.

»Bei allem Respekt, Liori«, Alon wurde treuherzig und ahmte den Redestil seines Vaters nach. »Ich stelle doch nur eine Frage, oder?«

»Ja, ja, so ein Stadium gibt es«, antwortete der Vater leise.

»Also habe ich dich richtig verstanden. Du behauptest, dass es in dem Stadium, wenn das Kind Gestalt annimmt, eine Vaterschaft a priori gibt?« Nachdem der Vater in die Falle getappt war, änderte sich Alons Tonfall, war nicht mehr warm und werbend, sondern kühl. »Also ist in dem Stadium, in dem die Vaterschaft schon das komplexe Gemenge ist, von dem du vorhin so schön gesprochen hast, das Kind leider schon fertig, nicht wahr? Denkst du nicht so? Fertig aufgrund der Vaterschaft a priori. Ist das so akzeptabel?«

Der Vater putzte konzentriert seine schmutzige Brille. »Ich hatte die Absicht, die spätere Vaterschaft zu erklären«, sagte er lustlos.

»Gut, also das ist jetzt kein Thema. Diese Vaterschaft oder eine andere«, entschied Lior streng. Sie warnte Alon mit einem Blick und fügte hinzu: »Es sind Dinge geschehen, die unsere gemeinsame Aufmerksamkeit erfordern.«

Der Vater wollte die Brille aufsetzen, hielt aber plötzlich inne. Er tastete herum, als könne er sich nicht erinnern, wie man diese einfache Bewegung ausführt. Auf einmal sah er unkonzentriert aus, verletzt. Alons Gesichtsausdruck war voller Abscheu. Er trommelte mit den nackten Füßen auf den Fußboden. Er trug nur einen dünnen Sommerpyjama und rieb sich mit den Händen die nackten Arme. Die Kälte im Wohnzimmer setzte ihm zu.

»Keiner von uns hat einen Menschen, außer … also, außer uns«, sagte Lior. »Wenn einem von uns etwas zustößt, wenn er in Schwierigkeiten kommt, kann er nicht nur, dann muss er, er muss Hilfe annehmen von denen, in deren Adern dasselbe Blut fließt.« Sie machte mit den Armen eine Bewegung, die alle drei umfasste. Dabei machte sie deutlich, dass sie selbst nur unfreiwillig dazugehörte. Sie musste ihre Loyalität vorsichtig verteilen. Die Nähe zum einen durfte nicht zu Lasten des anderen gehen. Es war deutlich, dass Alon jetzt Streit suchte, um den verdammten Förmlichkeiten eine Ende zu machen. Er wolle natürlich diese nette Illusion, die sich da so hübsch emporrankte, nicht zerstören, aber er verstehe leider nicht, was Lior angedeutet habe: »Welche Dinge sind geschehen, die unsere gemeinsame Aufmerksamkeit erfordern?«

»Du musst nicht gleich wütend werden, Alon.« Sie sah ihn an, zeigte auf das Sofa und auf das Gasöfchen, das die gleiche orangefarbene Wärme wie in ihrer Kindheit verströmte. »Vielleicht setzt du dich mal hin, wir wollen doch nur ein bisschen reden, wir drei! Schrecklich lange haben wir nicht mehr miteinander gesprochen.«

»Ich höre wohl nicht richtig. Ihr weckt mich um zehn Uhr früh, damit wir ein wenig miteinander reden? Kann das nicht bis zum Abend warten! Und weshalb sind die Fensterläden verschlossen? Wieder diese leidigen Morgensachen? Beschäftigst du dich nicht ein bisschen zu viel damit in der letzten Zeit?« Seinen Augen blitzten jedoch schelmisch und sein Gesicht hellte sich auf: »Lasst uns Kaffee und Croissants bestellen, wenn ihr mich schon geweckt habt. Man sagt, am Morgen muss man etwas essen. Das wird nett, oder?«

»Nein, das kann nicht warten, keine Sekunde! Wenn du solche Lust auf Croissants hast, dann kannst du dir eins aus dem

Kühlschrank holen und es in der Mikrowelle aufwärmen.« Lior ärgerte sich und wurde deswegen ganz heiser. Sie hasste Alons häufige rhetorische Fragen schon von klein auf, aber er konnte es nicht lassen. Dass er über die verriegelten Fensterläden gespottet hatte, fand sie abscheulich.

Wieder herrschte Stille.

Lior und der Vater sahen sich an, es lief anders, als erwartet. Liors Blick bedeutete ihm, sich von diesem Schlag schnell zu erholen und zur Sache zu kommen, schnell, sonst werde es zu spät sein.

Der Vater war verbittert. »Wir haben miteinander geredet, Lior und ich. Gut, das weißt du schon. Zufällig haben wir Erinnerungen ausgetauscht. Schön, das ist sentimental. Ja, wir haben Lücken geschlossen auf den Spuren der verlorenen Zeit. Ja, unsere Jahre, diese schönen Jahre im Müll.« Er schwor sich, nun nicht mehr Opfer dieses tückischen kleinen Abscheus zu sein. »Wir sind etwas, nein, sehr beunruhigt, wegen dieses getöteten Bettlers, dieses Falls, den die Polizei untersucht. Wir wollen keine Probleme haben. Du weißt, wie das mit Polizisten ist.«

Alon antwortete nicht. Er schien um die beste Reaktion zu ringen. Man konnte an seinen flatternden Augenlidern ablesen, dass er verschiedene Reaktionsmöglichkeiten vorsichtig abwog. »Schon wieder dieser Scheißbettler!«, schrie er schließlich. Er warf einen Seitenblick auf Lior, seine Augen waren dabei ganz weiß. »Du bist vollkommen verrückt geworden! In der Allee ist irgend so'n Bettler gestorben, das interessiert keinen Menschen. Das geht keinen was an! Hier stirbt ununterbrochen irgendwer, was beschäftigst du dich dauernd mit dem?«

»Lior hat dich mit diesem Bettler gesehen«, stellte der Vater fest.

»Jonathan«, sagte Lior.

»Ja, mit Jonathan. Sie hat gesehen, dass du mit ihm unterwegs warst. Aber du hast ihr gesagt, du kennst ihn nicht.«

»Ich habe es vergessen. Ich beherrsche mein Gedächtnis ganz ausgezeichnet, aber auf Nebensächlichkeiten verschwende ich keine Energie«, antwortete Alon steif. »Jetzt erinnere ich mich auch wieder nicht, aber morgen vielleicht. Ist das hier etwa ein Verhör, oder was?«

»Wahrhaftig nicht, mein guter Junge.« Vater spielte die Erschütterung sehr talentiert, als wolle er seinem Sohn damit einen Wink geben. Wenn du Katz und Maus spielen willst, gerne. Aber überleg dir, ob du dann Katze oder Maus bist. Lior fiel ein, dass Vater Alon »Old Sport« und sie, mit schwerem schottischen Akzent, »Mylady« genannt hatte, als sie noch Kinder waren. Lior und Alon schienen von Vaters Entgegnung beeindruckt. »Wir sind einfach besorgt, dass es Ermittlungen gibt«, sagte er. Wenn noch ein anderer Zeuge Alon mit dem Bettler zusammen gesehen habe, würde die Polizei ihn verhören. Da müsse er mit der Frage rechnen, weshalb er nichts gesagt hatte, als alle Bewohner der umliegenden Häuser befragt wurden. Die ganze Geschichte könne sich zu einer unschönen Angelegenheit entwickeln.

»Wieso seid ihr überhaupt zusammen losgezogen?«, fragte Lior.

»Er hat mich um Geld angehauen. Er war aufgeregt, weil das Zelt weggeflogen war. Wir haben uns ein wenig unterhalten. Ein sehr netter Kerl übrigens, schade, dass ihr ihn nicht kennengelernt habt. Er hinterlässt allerdings keinen besonderen Eindruck. Dann bin ich abgezogen.«

»Du lügst immer noch!«, stellte Lior fest und legte sich müde aufs Sofa, drückte ihr Gesicht in die Kissen und wandte den anderen den Rücken zu. Krämpfe schüttelten sie, und sie presste sich die Hände auf den Leib.

Alon antwortete nicht. Zwei Minuten vergingen, bis er sich wieder gefasst hatte. »Vielleicht lüge ich wirklich.« Das klang, als hätte ihn das Verhör so erschöpft, dass er nur noch das Geständnis unterschreiben wollte, um sich aus der Schlinge zu ziehen. Ein leises, gespieltes Schluchzen lag in seiner Stimme. »Ich kann mich nicht mehr erinnern, das alles ist schon so lange her.«

»Du redest einfach dummes Zeug, wieso lange her, was für ein Käse. Du kannst dich an alles erinnern!«, legte Vater nach. Alon traf das wie ein Peitschenhieb, er schien sich zu schämen. Mehr, als er erwartet hatte, bekümmerte den Vater die Art, wie Alon ihn behandelte: Mal so, als existiere er gar nicht, und mal wie einen Feind, den man verspotten und irreführen durfte. Der Vater bemühte sich, seinen Kummer darüber zu verbergen. Er wollte sich stark zeigen und vermied alles, was als Zeichen von Schwäche ausgelegt werden konnte. Er richtete sich immer wieder auf, stellte die Füße zusammen, brachte einen distanzierten, vielleicht sogar etwas belustigten Gesichtsausdruck zustande und hielt seinen bebrillten Blick auf Alon gerichtet. Der Grad von Alons Feindseligkeit, ihre Härte, überraschte ihn. Er suchte nach etwas Verständnis oder Sohnesliebe, fand aber nur gespielten Gehorsam. Wenn er weit von seinen Kindern entfernt war, hatte er die Vorstellung, dass beide sein Verhalten irgendwie verstehen würden. Er gehörte zu den Menschen, die anderen gegenüber nicht nachtragend sind. Solche Menschen vergessen leicht, dass sie auch sich selbst gegenüber nicht nachtragend sind, vor allem dann, wenn sie glauben, Ereignisse unbestechlich zu interpretieren. Das führt zu dem Irrtum, die anderen trügen ihnen auch nichts nach, alles sei ihnen verziehen.

»Übrigens, Lior, die Wohnung ist bestens in Schuss, wie ein Palast!« Vater versuchte, sie ein wenig aufzumuntern.

»Danke«, murmelte sie bescheiden. Schon immer hatte sie Komplimente für ihre Haushaltsführung gemocht. »Alon hilft mir, das heißt, wenn er will.«

»Nur diese Plastikrosen mag ich nicht. Lass uns morgen eine richtige Pflanze kaufen.«

»Ich habe gestern eine schöne in der Gordon-Straße gesehen. Und viele mit grünen, faserigen Blättern, mehrere Arten.«

»Ja, diese Plastikdinger sind schrecklich. Erinnern an Hotels«, bestätigte Vater.

»Angenommen, ich kannte diesen Bettler, diesen Jonathan, der gestorben ist, flüchtig«, Alon redete jetzt wie mit Komplizen, um die Angelegenheit endlich abzuschließen. »Macht das wirklich etwas aus?«

»Aber ja! Es macht etwas aus, wenn du etwas über den Tod

eines Menschen weißt und es den Behörden verschweigst! Das Gesetz ist da sehr eindeutig und du weißt es!« Vater hielt das moralische Banner hoch.

»Weil wir dir helfen wollen, selbst wenn du schlimmstenfalls etwas über seinen Tod weißt und es nicht erzählt hast«, fügte Lior hinzu, ohne sich auf dem Sofa umzudrehen. Sie hatte furchtbaren Durst. Ihre Stimme klang dumpf und zwang die beiden, sich ihr zu nähern, um sie zu verstehen. »Wir müssen wissen, wie das passiert ist!«, sagte sie. »Das verstehst du doch, oder? Genug gelogen jetzt!« Sie weinte. Alles stürzte auf sie ein: die Krankheit, der Vater, Alon und der Morgen, der einen neuen Höhepunkte an Verspätung erreicht hatte. Sie bekam einen Erstickungsanfall. Sie hustete und ihr Kopf fiel auf das Sofa zurück wie ein Stein.

»Es ist nicht nötig, zu toben, Liori, ja? Ich habe den Kern der Sache begriffen«, sagte Alon gelassen. Er ging zu ihr und strich ihr leicht übers Haar. Ihr Ausbruch schien ihm wehgetan zu haben. »Erstens, ich bin schlicht und einfach in nichts verwickelt! Glaubt ihr allen Ernstes, dass ich mit so einer Sache etwas zu tun habe? Denkst du das? Kannst du das?« Er ging wieder weg und setzte sich an die Wand. Je weiter er sich von Lior entfernte, umso mehr schwand das Mitleid aus seinem Blick. Er erinnerte sich an den Pakt, den Lior mit Vater mitten in der Nacht geschlossen hatte. Plötzlich lag wieder Verschlagenheit in seinem Blick. »Ihr wollt mich verstehen? Wir leben ja sowieso nicht zusammen. Ich lebe in einer anderen Zeit als ihr, das versteht ihr doch, oder?«, schnarrte er verächtlich. »Vielleicht hatten die, die ihn umgebracht haben, ja einen sehr guten Grund?«

Lior verblüfften Alons Worte weniger als den Vater. Sie kannte Alons Neigung, seine Zuhörer mit knappen, wahnsinnigen Aussagen zu provozieren. Besonders wenn man ihn genötigt hatte, zu sprechen. Unter diesen Umständen jedoch hatte auch sie Besonnenheit von ihm erwartet. Wozu diese Aussage, die den Verdacht nur erhärtete, wenn er ihn in Wahrheit gar nicht umgebracht hatte? Sie war auch dann überflüssig, wenn er gelogen und tatsächlich etwas mit diesem Tod zu tun hatte. Langsam begriff sie, dass Alon sich einen neuen Handlungsstrang in der Geschichte des toten Bettlers spann. Während sie und Vater sich mit diesem Tod beschäftigten, erzählte er ihnen ganz was anderes. Ob er getötet hatte oder nicht, ließ er offen und genoss, wie sie verängstigt im Dunklen tappten. »Ihr wollt mich verstehen? Ihr wollt euch in meine Welt drängen? Das geht nicht so einfach, meine Lieben.«

Wie lange waren sie jetzt schon hier? Lior erschrak, sie schien ihr Zeitgefühl verloren zu haben. Wie viele Stunden waren vergangen, war es etwa schon Abend geworden? Jetzt tat ihr leid, dass sie die Fenster vor jeder Spur von Himmelsfarbe verschlossen hatte, sonst hätte sie vielleicht zwischen dem Ende der Nacht und dem neuen Abend etwas davon gesehen.

Ihr Vater hatte Alon anders verstanden: »Bullshit, niemand tötet einen Menschen ohne Grund. Aber ich will, dass du etwas anderes verstehst, ja«, schrie er, stand vom Sofa auf und trat ans Fenster. Er war viel zu erregt, um noch eine Taktik zu verfolgen, die den Verdächtigen zum Reden bringen würde. In Vaters Phantasie kamen schon die Szenen der Verhaftung und des Prozesses bis zur Berufung hoch, jahrelang würde diese Sache sie verfolgen. »Lass sofort dieses Gefasel sein, hörst du?«, schrie er. Dabei kam er ins Taumeln. Seine eigenen Glieder schienen die ersten zu sein, die sein Aufschrei traf. Seine Halsschlagadern traten hervor. »Lass den Bullshit und nimm endlich Stellung!«, brüllte der Vater. »Entweder weißt du was oder nicht.«

Lior starrte den Vater an. In ihrem Blick lag Abscheu und zugleich Mitleid. Sie stieß hervor, es sei vielleicht nicht besonders weise, all das in die Welt hinauszuschreien. Der Vater gestand den Fehler sofort ein. Nach kurzem Nachdenken stellte sich ihm sein ganzes Geschrei schon als grenzenlose Torheit dar. Er sah unglücklich, fast verzweifelt aus. Vorher hatte er sich von seinem a-priori-Fehler mühsam erholen müssen. Musste jetzt auch noch diese Blödheit über ihn kommen und ihn derart zurückwerfen?

»Ich habe mit dem Tod des Bettler nichts zu tun«, antwortete

Alon. »Ich habe einen im Verdacht, dass er ihn umgebracht hat. Man nennt ihn den Wiederträumer.«

»Bitte, bitte hör mit diesem Gefasel auf!«, flehte Lior ihn an.

»Vielleicht bestellen wir mal was zu essen, ich habe Hunger«, klagte Alon. »Keine so schlechte Idee«, stimmte der gescholtene Vater zu. »Möchtest du auch etwas, Liori?« »Pasta wäre schön«, sagte Alon. »Lior und ich hatten letzte Woche Pasta mit Tomaten-Sahne-Sauce, Hühnerbruststreifen und schwarzen Oliven, war gut, nicht wahr, Lior? Das Restaurant heißt nach einer italienischen Stadt, Venedig oder Florenz.« »Ich hätte lieber ein ordentliches Stück Fleisch«, sagte der Vater. »Hast du auf irgendetwas Besonderes Lust, Liori?« »Ich habe überhaupt keinen Hunger«, schrie Lior. » Mir wird schlecht, wenn ich an Pasta nur denke. Wie könnt ihr euch jetzt bloß mit sowas beschäftigen?« »Gut, ich rufe gleich dort an«, sagte der Vater. »Lasst uns hier mal zum Schluss kommen.«

Er stand noch immer unter dem Eindruck der Rüge und wechselte daher die Strategie: Aggressivität statt Verzweiflung. Er beschuldigte Alon, jeden, der ihm Hilfe anbot, zu brüskieren. Düster und mit gestrenger Beamtenmiene zählte er alle Wohltaten auf, die er Alon hatte angedeihen lassen. Alon wohne in seiner Wohnung und lebe von seinem Geld. Er zahle alle Rechnungen. Daraus zog er den etwas gewagten Schluss, in einer derart ernsten Sache für Alon gehöre es sich so, dass der Hausherr und Finanzier Bescheid wisse.

Die neue Argumentationslinie setzte die Zwillinge in Erstaunen, besonders Lior, die doch bisher so sorgsam Buch geführt hatte. Ihr Vater merkte nicht, dass er mit seiner brillanten Attacke auf dem Finanzsektor Gefahr lief, Lior als Verbündete zu verlieren. Sie hatte sofort Angst, Vater suche nur nach einer Ausrede, um ihnen das Budget zu kürzen. Der Vater nahm ihr Schweigen als Bestätigung für den eingeschlagenen Kurs und bedauerte, dass er nicht früher darauf gekommen war: Vielleicht hätte ihn sein Kleiner schon eher mit etwas Respekt behandelt.

Der Vater schien sich völlig von dem Wunsch, zu gefallen, befreit zu haben. Er war begeistert von der Aussicht, etwas Gerechtigkeit zu erfahren. Ihm sei klar, klagte er, dass die beiden ihn in den letzten zwei Jahren als Dauerabwesenden betrachtet hätten. Er machte zwischen den Zwillingen keinen Unterschied mehr, sie waren wieder zu einem Körper verschmolzen. Sie seien nun aber mal alt genug, um eines zu begreifen: Er habe sich für die Arbeit im Ausland verpflichtet, damit sie den Lebensstandard halten konnten, den sie gewohnt waren. Solange ihre Mutter noch da war, habe es zwei Gehälter gegeben. Dann sei sie abgehauen. Das Wort »abgehauen« brachte er so offen feindselig heraus, als wolle er andeuten, es sei Zeit, die Masken fallen zu lassen. Er habe nur zwei Möglichkeiten gesehen: den Lebensstandard herunterzuschrauben oder sich für längere Zeit in der Diaspora aufzuhalten und geschäftlich mehr Verantwortung zu übernehmen. Das habe für ihn nicht gerade geringe Vereinsamung bedeutet, den Verlust seiner Kontakte in Israel, erschöpfende Weltreiserei, die für einen Menschen seines Alters ungesund sei.

Ob sie überhaupt wüssten, womit er sich beschäftige? Ein wenig, nicht wahr? Es gebe aber Einiges, was er nie erzählt habe. Warum sollte er eigentlich nicht davon erzählen? Sie seien doch die Nutznießer, also sollten sie auch etwas erfahren. Enthusiastisch beugte er sich nach vorn und zog seinen Stuhl näher an sie heran. Hatten sie denn überhaupt Nikolai kennengelernt, als er im Jahre 1994 im Lande war? Und hatten sie von dessen Vater, Wassili, je gehört? Wassili Janikolopow war in den Achtzigern in einem der russisch-ungarischen Koordinierungsbüros in Budapest tätig gewesen. Er war Spross eines Clans, der in der unteren Beamtenschaft Wurzeln geschlagen hatte. Wassili war ein schöner Mann, gutmütig, wie man so sagt, vernünftig, ein Mensch mit Charakter, mit dem man sich immer gut beraten konnte. Seine erste Frau hatte er davongejagt, als er entdeckte, dass sie ihn betrog. Seitdem hatte er keine an sich heran gelassen. Wassili war einer von sehr vielen russischen Beamten und Repräsentanten in Ungarn. Sein wirklicher Auftrag war, Janos Kadars Reformen zu beobachten. In Russland verdächtigte man Ungarns Staatoberhaupt prowestlicher, das heißt, kapitalistischer Neigungen. In den frühen achtziger Jahren untergliederte Ungarn seine riesigen Monopolgesellschaften in lauter kleinere Einheiten, in Privatunternehmen im roten Gewand. Die Belegschaften durften selbstständig produzieren und am Kapital teilhaben. Plötzlich waren Hunderttausende Ungarn, Kommunisten und Kommunistenkinder, Inhaber unabhängiger Betriebe. Vor Entzücken über die wunderbare Erinnerung schloss der Vater die Augen. Seine langen Wimpern zitterten. Er genoss es, seinen Kenntnisreichtum zu demonstrieren. Alon machte ein erstauntes Gesicht über das Theater, was wiederum Lior amüsierte.

1984 wurde das »Werk für Büromaschinen und Präzisionsgeräte« stillgelegt. Es war kaputt, wie man sagte. Das war der erste offene Bankrott in der Geschichte des Kommunismus. Wassili, ein orthodoxer Kommunist, tobte. Er schrieb Memoranden, klagte an und forderte, etwas gegen die verdammten Ungarn zu unternehmen. Für ihn war jeder Helfer Kadars ein Schleimer, der davon träumte, Donald Trump den Arsch abzuwischen.

»Dann bist du ja wohl auch so einer, oder?«, fragte Lior. Alon hatte offenbar das Interesse an dieser Geschichte verloren. Er spielte mit seinen Locken, band die Strähnen wie Schnürsenkel zusammen, um sie anschließend umständlich wieder zu lösen.

»Ich bin gar nichts, Junge, ich wollte sagen, mein liebes Mädchen … bin nichts, wollte ich sagen«, stotterte der Vater. »Ich habe nur eine kleine Nebenrolle gespielt, Wassili auch. Er verstand das, ihr werdet noch sehen, wie gut er es verstand. Darum ist dieser Mann so eindrucksvoll. Man nennt das die Fähigkeit, sich umzustellen, wenn man begriffen hat, dass man nur Schauspieler ist und sonst gar nichts.«

»Und wo war Nikolai in dieser ganzen Angelegenheit?«, wollte Lior wissen.

»Nikolai«, rief ihr Vater geringschätzig, »war nur ein Bruder Leichtsinn, wie man so sagt, ein unerheblicher Knabe. Wassili hielt ihn für missraten. Es fällt einem Menschen schwer, mit ansehen zu müssen, wie sein Sohn auf die schiefe Bahn gerät. Er fühlte sich allein gelassen, verraten und einsam.« Gezeichnet von Wassilis bitterem Schicksal fuhr der Vater fort. » Eines Tages fällt Wassili tot um, Herzinfarkt. Nur vierundfünfzig Jahre alt war er geworden, ein schreckliches Unglück. Der hinterbliebene Nikolai dachte heftig über seinen Vater nach, bis er zwei Tage später jede Menge Pfandbriefe hinter der Schublade mit den Unterhosen im Wäschekorb fand. Wassili war tot und Nikolai konnte eine hübsche Erbschaft antreten. Ungewöhnlich für einen Beamten niedrigen Ranges. Nikolais Vater war alles andere als der Mann, den Nikolai sich vorgestellt hatte. Das war Wassilis wundersame Wandlung. Er war einer, der nicht mit der alten Welt unterging.«

»Vorher hat er wenigstens an etwas geglaubt,« bemerkte Alon mürrisch. »Die Verwandlung in einen kleinen Gauner ist kein Grund zum Stolz.«

»Ich war auch ein junger Mann, der an etwas glaubte. Typen wie wir verlangen in ihrer Jugend Gerechtigkeit.« Der Vater nahm die Brille ab und putzte sie behutsam. Ohne Brille wirkte sein Gesicht mager. Er blinzelte die Zimmerdecke an. Sein Blick, der nichts fand, woran er sich hätte festhalten können, war resigniert. Sein Aussehen berührte Lior. Da war ein unbestimmter Ausdruck von Sorge, der sie überraschte. »Ja, Typen wie ich wollen Gerechtigkeit, wenn sie jung sind …« Er setzte die Brille wieder auf, rückte sie zurecht und war gleich wieder ein Anderer. »Im Gegensatz zu anderen war ich nicht heuchlerisch genug, mir eine Penthauswohnung in einem Neubau in Ramat Aviv zu wünschen und gleichzeitig Reden über Nationalisierung und gerechte Verteilung von Ressourcen zu schwingen.« Er wurde fröhlich, genoss offenbar seine Schmach. »Jedenfalls hat Wassili die Dinge auch für euch geregelt. Mit den Pfandbriefen besaß Nikolai das Startkapital für unser Unternehmen. Vielleicht besuchen wir mal sein Grab?«

Wider Willen war Lior von seiner Erzählung fasziniert. Früher hatte sie sich stets vergeblich bemüht, ihrem Vater Einzelheiten über seine Geschäft zu entlocken, und jetzt? Einzelheiten in Hülle und Fülle, freiwillig. Sie merkte, dass ihr Vater über Alons Geschichte so entsetzt war, dass ihm seine eigenen Geheimnisse wie Kinderkram vorkamen. Vielleicht versuchte er, Alon zu beweisen, dass er kein moralisierender Beamter war, den jede Abweichung von der Norm in Rage brachte. Mit der für ihn typischen Schwerfälligkeit versuchte er, Alons Vertrauen zu erwerben: Wahrheit gegen Wahrheit. Die zeitweilig herrschende Brüderlichkeit macht es auch Lior leichter, ihre Schmerzen zu ertragen. Die Spannung, die sie schon so lange belastete, ließ etwas nach.

Vater beendete seine Geschichte mit den Worten, er brauche jetzt einen Tee. Fünf Minuten lang war er mit dem Tee beschäftigt. Lior wurde wieder von Schwäche befallen, drückte ihr Gesicht in das Sofa. Ihr Körper war derart verkrümmt, dass ihre Knie gegen die Lunge drückten. Der Vater kam ins Wohnzimmer zurück. Er trug ein Tablett mit drei Teetassen und einer Schale mit Plätzchen und Pralinen. »Mein Tee ist mit Whisky«, warnte er. »Möchtest du auch davon?« Alon nickte. Vater ging zum Getränkeschränkchen und goss in Alons Tee einen ordentlichen Schuss »Enthral-de-Luxe Scotch Whisky«.

Sie tranken Tee und Alon verschlang die Mürbeplätzchen. Und auf einmal, ganz ohne Vorwarnung, verschwand der freundliche Gesichtsausdruck des Vaters. Er richtete sich auf und verkündete Alon, dass er als Hausherr das Recht habe, Grenzen zu setzen. Wenn er das bis dato nicht getan habe, setze er sie jetzt. Daraus folge, dass er von Alon eine Antwort fordere. Er warnte ihn, er solle sich genau überlegen, ob es gut für ihn sei, zu lügen, und deutete an, dass er jetzt nicht mehr nur als Vater und Verantwortlicher frage. War er, Alon, in die Tötung dieses Bettlers verwickelt?

»Jonathan. Ist es denn so schwer, ihn Jonathan zu nennen?«, korrigierte ihn Lior. Ihre Stimme kam wie ein Echo aus der Tiefe der Erde. Sie war schon bei anderen Überlegungen. Weil die wirtschaftlichen Ressourcen auf dem Spiel standen, bereute sie den Pakt mit dem Vater. Alle Enttäuschungen, die ihr Vater ihnen zugefügt hatte, wurden in ihr wieder wach.

Der Vater erwiderte in heftigem Ton. Alon und Lior hatten ihn seit Jahren nicht mehr so erregt erlebt. »Na gut, na gut, Jonathan, der Name spielt keine Rolle.« Zu Alon sagte er: »Vielleicht gibt es einen guten Grund, in die Tötung verwickelt zu sein, wenn es denn diese Verwicklung gibt. Leute auf der Straße leben gefährlich, das ist ein weltweites Phänomen. Erst letzte Woche habe ich in einer russischen Zeitung von einem Bettler gelesen, der mitten in der Nacht Mutter und Tochter auf der Straße umgebracht hat. Er hat ihnen nicht nur ihr Geld, sondern auch die Mäntel, Hüte und Schuhe geraubt. Man muss sich doch um diese Irren kümmern, oder? Die westlichen Gesellschaften müssen sich wehren, wie dieser Giuliani in New York es vormacht. Sonst heißt es doch: im Westen nichts Neues.«

Das kam den Zwillingen bekannt vor: Die Neigung ihres Vaters, sich an weit verbreitete Allgemeinplätze zu klammern, an Klischees, die er von Leuten gehört oder in der Zeitung gelesen hatte. Bei ihm klang es immer belustigt, den Spott lieferte er gleich mit. Im Gegensatz zu ihm hatten die anderen »keine Ahnung«. Er wusste als Einziger, wie man Gegenwart und Vergangenheit interpretieren musste. Ebenso zitierte er in seinen Reden ganz nebenbei die Titel berühmter Bücher. Die Zitate sollten seinen Zuhörern Bedeutsamkeit vorgaukeln, aber das alles war hohl und unverbindlich.

»Das ist eine ziemlich surreale Verhandlung hier, was?«, grinste Alon. Er trank geräuschvoll einen Schluck Tee. »Dein Whisky ist wohl zu stark, was? Ich habe niemanden umgebracht, ich bin in keine Tötung verwickelt, ich habe damit nichts zu tun! Wie kommt ihr auf so eine absurde Idee?«

»Tatsache ist, dass du nachts nicht mehr herumziehst, seit der Bettler tot ist.«

»Also wirklich«, spottete Alon und sah Lior ins Gesicht, während er dem Vater antwortete. »Das hast du wohl von Russland aus beobachtet? Übrigens, du hast Obdachlose gemeint. Nicht?«

»Obdachlose, Bettler ... was macht das aus!« Der Vater war fest entschlossen, in keine Falle mehr zu tappen.

»Selbstverständlich macht das was aus!« Alon schien wieder froh zu werden. »Ein Bettler ist jemand, der der Arbeit des Bettelns nachgeht, und es ist möglich, dass er nach der Arbeit nach Hause geht. Ein Obdachloser hingegen ist ein Mensch, der kein Zuhause hat. Deshalb sind im Winter die Obdachlosen viel gefährlicher als die Bettler, oder?«

»Und der Tote?«, der Vater stellte sich nun seine eigene Falle. »War das ein Bettler oder ein Obdachloser?«

»Nach meinem Verständnis sowohl als auch!«, antwortete Alon. »Alle Bettler sind auch Obdachlose, aber nicht jeder Obdachlose ist auch ein Bettler.«

»Mir scheint, du wolltest sagen, alle Obdachlosen sind auch Bettler, und nicht, alle Bettler sind obdachlos.«

»Na ja, klar«, schnaufte Alon müde. »Genau das habe ich gesagt, nicht?«

»Nein«, korrigierte ihn sein Vater, »du hast es genau umgekehrt gesagt.«

Nach kurzem Schweigen brachte der Vater das Gespräch plump und effizient wieder auf die vorherige Schiene. »Vielleicht hast du die Tatsache, dass du in diese Tötung verwickelt bist, verdrängt, aber das hilft nichts. Ein Mensch kann einen anderen nicht töten und es einfach ignorieren.«

»Woher weißt du das?« Alons gieriger Blick hatte wieder die Beute vor sich, die ihm vermeintlich schon entwischt war. Wenn er sich zuvor bedroht gefühlt hatte, so war die Furcht jetzt verflogen. »Vielleicht bringen bestimmte Menschen andere Menschen um und schlafen dann wie Säuglinge«, sagte er hochmütig. »Kennst du Menschen, die andere umgebracht haben? Hast du jemals jemanden umgebracht?«

»Vielleicht hörst du mit dem Bullshit auf. Wir fragen zum letzten Mal, bist du in die Sache verwickelt oder nicht?«, fragte der Vater. Der Ofen hatte seine fettige Gesichtshaut erhitzt, vor allem zwischen den Augen und dem Haaransatz war das deutlich sichtbar. In dem grauen Pullover, der für seinen massigen Körper zu eng war, sah er blass und alt aus. Lior wurde schlagartig klar, wie sehr er gealtert war. Er würde schleunigst verschwinden, sobald das hier vorbei war. Vielleicht saßen sie alle drei zum letzten Mal zusammen.

»Nein, nicht einfach verwickelt, mehrfach!«

»Tut mir leid, aber ich glaube dir nicht!«

»Dann glaubst du es eben nicht«, sagte Alon geringschätzig. »Auch ich habe nicht geglaubt, was hier in dieser Wohnung alles geschehen würde, und siehe da …«

»Vielleicht lassen wir andere Dinge hier mal raus, bitte!«, schrie der Vater.

Alon wollte wieder schlafen.

Er setzte sich in Richtung seines Zimmers in Bewegung. Vielleicht hatte er erwartet, man würde ihn aufhalten, aber niemand verlangte von ihm, zu bleiben. »Ich gehe wieder schlafen«, rief er in der Tür. Es klang bissig und etwas träge. Man könne ja ein weiteres Symposion über den Bettlertod abhalten, wenn er wieder wach sei, falls ihre Leidenschaft dafür bis zum Abend nicht verflogen sei. Man könne auch aufstehen und für den Bettler eine Schweigeminute einlegen.

Sein Zynismus traf auf düsteres Schweigen, der Verdacht vergiftete noch immer die Atmosphäre. Sie hatten nicht lange zusammen gesessen. Jetzt trennten sie sich und jeder kehrte in seinen kleinen Bereich zurück. So würde es Abend werden, mit dem laufenden Fernseher, einem aufgeschlagenen Buch und Hintergrundmusik. Sie würden sich im Korridor oder an der Badezimmertür über den Weg laufen.

Wie wenig doch Menschen ihre Nächsten verstehen, wie viel Fremdheit liegt im vermeintlich Vertrauten. Wie sollten sie weiterreden, nachdem die Wörter alle verbraucht waren? Wenn der Sturm in samtener Nacht hier einfallen, die Wände niederreißen, die Gegenstände verschwinden lassen und das ganze Haus in den Untergangshimmel der Stadt heben würde, würden sie nur wünschen, der verehrte Sturm möge auch die Erinnerungen mitnehmen, wenn schon, denn schon.

Albträume

April

Die Träumerin findet schon lange, dass die Welt der Träume einem Netz gleicht, das die Fischer auf der blauen Oberfläche des Wassers auswarfen und sinken lassen. Ihr Blick kann die Oberfläche nicht durchdringen, prallt an ihr ab. Sie sieht das Netz nicht mehr, wenn es in den Abgrund getaucht ist, in Tiefen, die so viele Phantasien entzündet haben. Phantasien, blutrot gefärbt, prächtig ausgeschmückt, bevölkert von Wassergeschöpfen. Städte und Länder und Welten haben sie gebaut und das Gebaute wieder zerstört, Welten unter sich begraben und nicht wenige Helden auch. Wie viel Vorstellungskraft ist in diese Tiefen versenkt worden, versenkt und dennoch da, nah und trotzdem verborgen. Die Fischer sehen von ihrem Standort aus die Wassergeschöpfe nicht, die sich in den Maschen verfangen, sehen nicht, wie zahlreich sie sind, sehen ihre Formen nicht. Sie wissen nur, dass sie existieren, die Geschöpfe der unsichtbaren Welt, die unter der blauen verführerischen Hülle wogt. Wenn sie das Netz einholen, birgt es jene, deren Existenz bekannt und dennoch unergründet ist. Jetzt, wo sie gefangen sind, das Auge sie sieht und die Hand sie berührt, sind sie Abgesandte einer vollständigen Welt in den Tiefen. Ihre Gestalt lässt das Mysterium erahnen, das immer unerreicht bleibt. Genau so stellt sie sich die Träume vor. Ist das die Welt, die sie sich gewünscht hat?

Die Jugend schwand dahin. Manchmal spiegelte sie sich noch, wenn auch nicht im eigenen Körper, so doch in fremden Augen. Plötzlich wurde die Welt zur Last, die in der Vergangenheit ein weiter Raum für Spiel und Abenteuer gewesen war und ein Garten der Lüste. Regeln und Einschränkungen summierten sich. Altbekannte Begriffe begannen sie zu bedrängen: Zukunft, Arbeit, Heim, Kinder. »Noch will ich nicht«, verkündete sie und glaubte das wirklich. Sie spielte mit der verflossenen Jugend noch einen Tag, noch eine Woche, noch einen Monat, noch ein Jahr. Wann sah sie ein, dass das vorbei war? Da gab es keinen bestimmten Zeitpunkt. Am Tag, an dem sie heirateten? Gerade da nicht. Die Hochzeit war der Gipfel des Spiels gewesen. Danach gab es einige wichtige Entscheidungen. Plötzlich merkte sie, dass ihr das Jugendkostüm nicht mehr stand. Sie bog den Arm – die Ärmel drückten, sie zog ein Knie an, um damit in etwas hineinzuschlüpfen, und es war *trop petit*, eine kleine Bewegung und es riss entzwei. »Das ist aber die richtige Größe«, beharrte sie. Jedes Mal, wenn sie versuchte, gewohnte Abläufe zu unterbrechen, war die Unterbrechung nur ein Tropfen im Ozean der Routine. Die schwere, belastende Bewegung der Zeit verleibte sich gelassen Ereignisse, Tage und Epochen ein, ließ Gras über sie wachsen, stopfte alles in eine Schublade und schlug die Klappe zu. Alles wurde weggespült, alles verging wie der morgige Tag. Und sie beide, waren sie immer noch Liebende?

Auch die Liebeszeit alterte: ein Jahr, zwei Jahre, fünf Jahre. Waren sie hier aus Liebe? Konnte man wissen, wirklich wissen, an welcher einsamen Stelle der Seele die einzige Liebe lebt, gelöst von Ängsten und Zwängen? Wohin mit der lähmenden Angst, man könne eines Morgens aufwachen, sich ansehen und klar erkennen, dass man sich nicht mehr liebte? Dass ein neuer Geliebter die alte Liebe zum Scheitern brächte? Sie hatten sich einst geliebt, wirklich geliebt, aber das würde sein wie nie gewesen. Diese Vergeblichkeit, diese verlorene Zeit, die flinken, geraubten und weggespülten Jahre, wie konnte man sich davon freikaufen?

Sie hatte die fixe Idee, nicht zu werden wie andere Paare, nicht die Träume zu verleugnen und die Erwartungen zu reduzieren. Sie hatte daran geglaubt, dass man darüber entscheiden konnte, dass man dem normalen Leben ein anderes mit eigenen Regeln entgegenstellen konnte. War das Überheblichkeit? Ihre Eltern und Schwiegereltern hatten etwas gemeinsam, sie hielten Ambitionen, auch wenn sie auf Leistungen beruhten, für überheblich.

Sie war die beste Schülerin der Schule gewesen, sie hatte eine Klasse übersprungen, an Schreibwettbewerben teilgenommen, und ihre Lehrer hatten ihr eine großartige Zukunft prophezeit.

Wie jemand, der unter dem Gerümpel des Dachbodens wertvolle Gemälde sucht, kramte sie in Lebensweisen, befragte die Paare, die Alleinstehenden und Einsamen ihrer Umgebung. Yuppis, Intellektuelle, Staatsbedienstete, Angestellte, Handwerker, Großbürger, Proletarier. Nirgends fand sie die Lebensform, die sie für sie beide erschaffen wollte. Kurz und gut, eine andere Welt gab es nicht. Die Suche traf jenseits des Gemenges aus fremden Biographien auf eine Wahrheit, die wie ein Leuchtturm strahlte: Die Zeiten ändern sich und vergehen.

Gestalten des Jugendwahns mit dem irreführenden Selbstverständnis, die Jugend werde nie enden, tanzten um sie herum wie eine Horde von Animateuren: in der Fernsehwerbung, auf Reklameschildern, auf Schultaschen, in olivfarbenen Uniformen junger Soldaten, in Sommerkleidern junger Studentinnen. Verglichen mit der fröhlichen Jugend schien die Welt stillzustehen. Für sie hatten junge Männer als Lustobjekte kein spezifisches Gewicht mehr, sie unterschied nicht mehr, ob sie noch Jungen oder schon Männer waren, ob sie noch in der Jugend steckten oder schon etwas erlebt hatten. Sie fand es eine widerwärtige Lüge zu sagen, die Alten sehnten sich nach der Jugendzeit. Die Sehnsucht der Alten ging in weite Ferne, in eine verlorene Welt. Nicht nur die eigene Jugend war tot, sondern auch die alte Welt.

Die Sehnsucht derer, die ihre Welt gerade gestern verloren hatten, die noch ihren Geschmack auf der Zunge spürten, die von der winzigen Entfernung noch irregeführt wurden, war bitterer. Sie hatten das Gefühl, die Türen stünden ihnen noch offen, die Welt sei noch dieselbe. Als sie an dem Punkt war, darüber zu resignieren, kam die Gelegenheit für eine andere Welt, für perfekte Rache an der alles fressenden Zeit. Die Begabung tauchte auf.

Zwar war die Begabung seit Jahren vorhanden, aber Joel konnte nichts damit anfangen. Er wollte sich integrieren, wollte sein wie alle anderen. Er war unglücklich wie alle, die ihre Talente nicht nutzen können.

Dennoch war es vielleicht voreilig gewesen, sich dem Talent zu überlassen und den Zauber zu verwirklichen. Ihre Welt trug seitdem nächtliche Farben, sie hatten einen Pakt geschlossen und das äußerliche Leben aufgelöst, eine leere Zeit daraus gemacht, die sie bis zur Nacht durchstehen musste.

Die Belohnung dafür war, außerhalb der Zeit durch endlose Räume zu schweben. Die Nachtwelt war ihr Lustgarten geworden. Wünsch dir was, und du bekommst es: Kindheit, Jugend, eine aufregende Geschichte, eine Reise ins Unbekannte. Da schwebt ein Zeigefinger und greift sich plötzlich einen Ort, ein Gefühl, ein Ereignis heraus – wahr oder unwahr, geliebt oder gehasst, lässt ein Jahr oder Jahrzehnt fallen. Er holt Moleküle der ureigenen Geschichte aus dem Orkus und bringt sie zum Tanzen, wirbelt sie auf, ordnet sie neu. Er versetzt eine Geschichte in eine andere Welt und denkt sich mit Vergnügen und Bosheit wunderbare Handlungen aus. Ihre nächtliche Welt setzte die Gesetze der äußeren, die sie gequält hatten, außer Kraft. Nun konnte sie die Zeit zwingen, nichts zu verschlingen, was ihr gehörte.

Anfangs hatte die Träumerin sich für die Nacht entschieden, weil sie so verlockend war. Später wurde ein durchdachter Entschluss daraus, ihre Seele seiner Begabung auszusetzen. Sie blickte durchs Fenster auf die Straße. Früher hatte ihr jede interessante Gestalt, die unten vorüberging, einen Stich versetzt. Sie war eine verpasste Chance und bestätigte eine allgemeine Regel.

Während der ersten, noch schönen Nächte rekonstruierten sie das Versäumte, hielten sich in den Depots des Verlorenen auf, berührten die vergehende Zeit und die Zukunft, die aus der Finsternis gemeißelt wurde, rissen vom verhüllten, eingeordneten Geschehen, das in der Einöde der Erinnerung starr geworden war, die Hüllen ab. Sie wollten es wieder sehen, ans Licht bringen, es berühren und befühlen, es verwirklichen, wollten darin sein, ihm neue Bewegung und Leben verleihen. Sie wollten nicht durch reine Erinnerung zurückkehren, sondern das Leben neu erleben, seine Einmaligkeit nicht akzeptieren.

Plötzlich wurden sie zu Träumern.

Der dicke Junge versteckt sich hinter einer Tribüne, duckt sich und verbirgt den kleinen Kopf zwischen den Knien. Das Sonnenlicht lässt seine üppige Mähne golden schimmern. Er trägt ein altes blaues Hemd, das viel zu eng für ihn ist, und die kurzen schwarzen Hosen lassen die dicken nackten Beine sehen, voll von kleinen roten Wunden. Er schaut sich erschrocken nach allen Seiten um. Ein anderer Junge, ein großer mit kurz geschnittenem Haar und hoher, braungebrannter Stirn, die ihn seltsam erwachsen aussehen lässt, beobachtet ihn. Die Träumerin sieht, wie er sich dem Kleineren leise bis auf einen Meter von hinten nähert. Der Dicke dreht sich um und stößt ein schreckliches Kampfgeheul aus, sein rundes Gesicht trieft vor Schweiß. Seine grünen Augen fixieren kühl den großen Hageren, als sähen sie sein Ende schon voraus. Scharfe, gelbe Krallen treten an seinen Fingern hervor. Er packt eine riesige Latte und rammt sie dem anderen mit einer einzigen starken Bewegung in den Hals. Der kreischt und steht einen Augenblick wie erstarrt, bevor er wegtaumelt und zu Boden geht. Die Latte in seinem Hals erhebt sich aus ihm hoch wie eine Fahnenstange. »Einen Arzt, einen Arzt«, ruft die Träumerin und eilt zu ihm. Sie traut sich nicht, die Latte direkt anzusehen, hat sie aber vor ihrem inneren Auge. Menschen versammeln sich um das Opfer. Niemand hilft ihm. »Man kann die Latte nicht herausziehen«, sagt jemand, »das Blut wird hervorschießen und er wird sofort sterben.« Als habe er die Stimmen gehört, rappelt sich der Junge hoch, aus grauen Augen mustert er belustigt die Umstehenden, als habe er erkannt, dass er von diesen Nieten nichts erwarten könne. Er steht so, etwas gebeugt, dann kehrt er ihnen den Rücken zu und humpelt nach Hause. Die Latte schaukelt vor ihm her. Vor der Sprechanlage bricht er zusammen, die Träumerin hört, wie seine Mutter ihn beim Namen ruft. Es gelingt ihm nicht einmal, etwas zu flüstern.

Im Schlafzimmer ihrer Mutter steht die Träumerin, sie hat keine Latte mehr in ihrem Hals. Ein tiefes, blutendes Loch bezeugt aber, dass es die Latte gegeben hat. Ihre Mutter richtet sich mühsam auf und lehnt sich zurück auf die Kissen. Sie hat noch

Tränen in den Augen, vorhin sind sie geflossen, wegen der Träumerin hat sie sie weggewischt. »Ja Binti, o meine Tochter, wo ist dein Vater?«, klagt die Mutter leise auf Arabisch. »Er ist weggefahren und nicht zurückgekommen, mach was, dass er zurückkommt.« Die Träumerin sieht den Schmerz, die feinen blutroten Äderchen in den Augen ihrer Mutter. Welch ein verlorener Blick, ärgert sie sich, Mütter dürften vor kleinen Mädchen nicht solche Augen haben. »Du weißt, Mama, dass ich ihn nicht zurückbringen kann«, murmelt die Träumerin und lässt die Finger knacken, wie immer, wenn alles verloren scheint. »Bitte mich nicht um sowas.« Ihre Mutter schließt die Augen und schnauft kräftig. »Ich bin krank und er ist weggefahren, plötzlich abgehauen, die Nachbarinnen erzählen, er sei in Tel Aviv, ich verstehe ihn nicht, hadda ssachtadji, so ein Betrüger, er hat eine Frau … Er macht kein Telefon … Mach, dass er Telefon macht.« Die Locken der Mutter fallen ihr ins Gesicht, das mit hart gewordener Avocadocreme überzogen ist, und ihre Lippen zittern, vielleicht vor Kälte. »Mama, ich weiß nicht, wo er ist. Ich flehe dich an, hör auf … Ich bin noch nicht mal zehn«, schreit die Träumerin. »Ich hatte eine Latte im Hals, hast du sie nicht gesehen?« Die Mutter betrachtet ihren Hals neugierig und ruft mit schwacher Stimme: »Bukra, Quatsch, du hast gar keine Wunde … Ich hab dir gesagt, du sollst dich mit diesen Verbrechern aus dem Stadtzentrum nicht herumtreiben. Wa'eysch eyna wayahum, was haben wir mit denen zu schaffen? Ich brauche ihn! Man muss so viel erledigen, den Arzt bezahlen, einkaufen, Schulden bezahlen, und wir haben kein Geld, nichts geht mehr … Wo ist er nur, dein Vater?« Die Träumerin verlässt das Schlafzimmer und setzt sich im dunklen Wohnzimmer auf den Fußboden, sie erinnert sich an den dicken Jungen und wird wütend: Wie konnte er so etwas tun, ohne bestraft zu werden … Undeutlich hört sie die Stimme ihrer Mutter und denkt an ihren Vater. Wo ist dieser Schurke? Wo soll sie ihn suchen? Sie stellt sich die Welt als eine endlose Wüste vor und ihren Vater als kleine Heuschrecke, verborgen in irgendeiner Höhle … Wo ist er nur?

Die Träumerin war erwacht. »Ich kann nicht atmen«, rief sie mit brüchiger Stimme und betastete ihren Hals. Der Wiederträumer stand nah bei ihr, die linke Körperhälfte ins Licht des Korridors getaucht, die rechte ins Dunkel. Sie war noch mitgenommen vom Schlaf, aber er richtete sich bereits vor ihr auf. Er kam ihr riesig vor, dieser Hexer. Sein Körper füllte das Zimmer. Sie war noch nicht recht wach, und schon stürmte seine nächtliche Gestalt an ihr Bett, stand über ihr wie ein Bär, der sich auf die Brust trommelte.

Er schwieg, als würde er etwas abwägen. Dann flüsterte er mit unschuldiger Stimme: »Ich wäre glücklich, damit aufzuhören. Aber du wirst in der Nacht noch mehr davon verlangen ...« In seiner Stimme hörte sie leichten Spott mitschwingen, als wolle er sagen, du kannst nicht aufhören, mach dir keine Illusionen. »Am besten gehst du wieder schlafen«, schlug er vor. »Du wirst einen traumlosen Schlaf haben und ich werde dich bis zum Morgen in den Armen halten.« An seinem Gehabe – er bewegte sich wie ein Vogel, mit abgehackten, unregelmäßigen Bewegungen, als seien es die eines Anderen – war ihm anzusehen, dass der Traum ihn aufgeregt hatte. Er atmete schwer. Wenn er in Panik geriet, fiel es ihm schwer, zu atmen. Der Sturm in ihr legte sich. Sie wurde nachdenklich: Wer ist es, der letzten Endes nicht aufhören kann?

Er legte sich neben sie aufs Bett und umarmte sie. Wie warmherzig seine Umarmung war. Sie atmete ihn ein, spürte den leichten, vertrauten Schweißgeruch, die zarten Stoppeln an seinem Hals, an denen sie gerne ihre Haut rieb. Die Stoppeln erinnerten sie an das Schmirgelpapier beim Werken in der Grundschule. Seit Jahren hatte sie nicht mehr daran gedacht. Im Gedächtnis fühlte sie es wieder und rieb sich damit über die Schultern und Arme. Wäre sie nicht so müde, dann hätte sie sich bestimmt gewünscht, sich an mehr aus dem Werkunterricht zu erinnern. Er fand im Keller statt, beleuchtet von kleinen Glühbirnen, die alle sieben Tage ausbrannten. Dann verbreitete sich große Finsternis im Keller, und die Mädchen weigerten sich, da hinunterzugehen.

Als sie am Morgen aufwachte, war er schon zur Arbeit gegangen. Von draußen hörte sie das Toben des Sturms und aus dem Wohnzimmer hörte sie das Rascheln von Zeitungsblättern. Sie schloss daraus, dass Lior bereits dort war. In den letzten zwei Aprilwochen hatte sie achtzehnmal Aufstehen gezählt, nicht mehr. Er hatte gelacht, sie habe sich da geirrt. »Ich habe dich mindestens zwanzigmal auf den Beinen gesehen.« Ihr schien es, als betrüge er sie beide, sie und den Schlaf.

Sie hatte kein Zeitgefühl mehr, verstand nicht, aus welchen Höhlen sie hervortrat, wenn sie erwachte, und wohin sie verschwand, wenn sie wieder in den Schlaf sank. Sie war nicht wach in dem Sinne, wie andere Menschen wach sind. Zwar wurde sie dann und wann aus dem Schlaf herauskatapultiert, doch ihr Körper war immer schläfrig. Vom vorherigen Schlaf noch nicht ganz frei, wurde er schon in den nächsten gesogen: Er lag ohnmächtig da. Giftige Erschlaffung verhinderte jegliche Bewegung. Zwischendurch fing sie flatternde Bilder auf, in einen Lichtstrahl getaucht, zerfallende Schemen: Das Nahe entfernte sich, das Ferne kam näher. Jeder Gegenstand, den ihre Augen sahen, führte sie in die Irre, stellte das Gesehene in Frage. Ihr Körper stumpfte ab. Sie befahl ihm, sich zu bewegen, zu zeigen, dass er dies noch konnte, aber er protestierte, versteinerte noch mehr. Alle Hausrezepte, die den Schlaf vertreiben sollten, nutzten nichts. Weder Kaffee noch das Waschen des Gesichts mit kaltem Wasser halfen. Neuerdings war sie dazu übergegangen, sich morgens zwei Hände voll Eiswürfel aus dem Gefrierschrank auf das Gesicht zu legen, vergebens. Die Bilder tanzten unscharf um sie herum. Die klaren Bilder, die sie früher wahrgenommen hatte, wenn sie ein Gemälde, eine Wand, einen Mann oder eine Straße betrachtete, wie fern schienen sie jetzt. Es kam ihr frustrierend vor, sich nach den Selbstverständlichkeiten von gestern zu verzehren. Was sie hörte, war ihr längst gleichgültig. Die Laute, die in ihr Zimmer drangen, ließen sie zweifeln, ob es in ihrer Umgebung klapperte und lärmte und musiziert wurde oder ob sie die vertrauten Töne nur wieder träumte. Die Grenzen zwischen Schlaf und Wachzustand verwischten sich.

Der Alltag außerhalb des Schlafs funktionierte nur noch provisorisch und mit Selbstbetrug. Sie konnte nicht einen Tag organisieren, nicht einen halben, nicht einmal zwei Stunden. Sie konnte einfach keine Ordnung reinbringen. Die meisten komplexeren Vorgänge, Vorgänge, die aus einigen Stufen bestanden, gab sie schon zu Anfang auf, zum Beispiel sich aus dem Bett befreien, waschen, schnell einkaufen gehen, kochen. Oder die Treppe hinabsteigen, zur Videothek gehen, einen Film aussuchen, nach Hause zurückgehen und den Film anschauen. Wenn sie etwas zu Ende führen wollte, durfte es nicht länger als fünf bis zehn Minuten dauern und musste eine einzige einfache Aktion umfassen: Fernsehen, Radio hören, Wasser trinken. Das war ihr bewusst. Selten verließ sie das Haus in der Hoffnung auf einen Bewegungsablauf, der den Schlaf fernhalten würde. Eher war anzunehmen, dass der Schlaf ihren Körper überflutete, sobald sie sich in ein Restaurant setzte, ins Taxi, ins Café. Der Schlaf, der sie mit Wärme umgab, würde den Körper schon bezwingen, während eine Stimme in ihr sich immer noch gegen ihn auflehnte. Angstvoll und wie schwebend ging sie durch die Straßen. Das Überqueren der Fahrbahn war ihr fast unmöglich. Jeder vorüberfahrende Wagen, jeder Mensch, der sich näherte, störte ihr Gleichgewicht und ließ ihre gefühllosen Beine erzittern.

Die Träumerin wusste, dass ihre Müdigkeit ihrer Pflegerin gerade recht war. Seit Mitte Februar arbeitete Lior in ihrem Haus, länger als zwei Monate, und hatte die Kranke schon satt. Der Wiederträumer hatte Lior als Wächterin mit doppelter Aufgabe eingestellt. Sie hatte streng darauf zu achten, dass der Träumerin einerseits nichts Schlimmes zustieß und dass sie andererseits nicht tobte und in der Wohnung Schaden anrichtete. Dafür entlohnte er Lior großzügig. Die Träumerin kannte die Vereinbarung zwar nicht, nahm aber an, dass die Bezahlung hoch war. Später sah er ein, dass sie wohl kaum etwas anstellen würde. Lior musste nun nur noch streng ihren Schlaf hüten und aufpassen, dass sie nicht gestört wurde. Sie selbst wollte sich aus dem Schlaf befreien, aber Joel und die Wächterin hatten nichts anderes im Kopf, als sie in den Schlaf zu zwingen.

Manchmal bat sie Lior, den Schlaf mit ihr zu teilen. Wenn Lior da war, kam ihr das Zimmer plötzlich verdreckt und vermodert vor: Zigarettenasche auf der Matratze, überall Kleidungsstücke, ihr eigener verschwitzter Körper. Für Lior hätte sie ihre Welt gern gereinigt und blank poliert.

Wenigstens wusch die Träumerin sich selbst. Sie tauchte in Wasser und Seife ein, pflegte eingehend ihr Haar und zog festliche Kleider an, die sie »Pyjama« nannte. Wenn sie aus dem Badezimmer zurückkam, legte sie sich an Liors Seite. Manchmal plauderte sie ein wenig, nichts Wichtiges, zog eine Erinnerung hervor, fabrizierte ein Erlebnis, improvisierte eine Affäre, in der sie eine andere Rolle spielte als die der Kranken, der Verdienstquelle, die Lior schon von ihr kannte. Die Sehnsucht nach Berührung machte sie schwindlig. Jedes Mal, wenn Lior ihr zufällig näher kam, änderte sie die Position ihrer Beine, ihrer Hände, schob ihr Haar aus der Stirn, erstickte das Verlangen, den Körper, der neben ihr lag, anzufassen. Einmal wurde die Situation unwillkürlich erhellt, das Begehren war klar und zugleich seine Vergeblichkeit. Wie gebannt machte sie Pläne für die Annäherung, zehn verschiedene. Kleine, zufällige Bewegungen des Körpers sollten die ersehnte Berührung erwirken, und sei sie noch so kurz. Jedes Mal, wenn die Träumerin versuchte, die steinerne Sachlichkeit zwischen ihnen zu erschüttern, wenn sie Lior beleidigte und sich sogleich entschuldigte, sich beschwerte und sich gleich wieder unschuldig stellte, wenn ihre Stimme erst hart und gleich wieder schmeichelnd wurde, stellte Lior sofort klar, dass eine hier krank und die andere die Pflegerin war. Kein Ereignis schien Lior wirklich zu berühren. In diesem Haus war sie ohne Eigenschaften, trug sie eine Maske. Sie war eine Fremde, die darauf achtete, ihre Fremdheit zu bewahren. Nicht einmal über das Schlafproblem der Träumerin machte sie sich wirklich Gedanken.

Wenn die Träumerin spazieren gehen wollte, weil der Sturm gerade nachgelassen hatte, weigerte sich Lior. Wenn sie wollte, dass sie gemeinsam ein Mittagessen zubereiteten, machte Lior ohne jede Begeisterung mit. Wenn sie vorschlug, gemeinsam einen Film anzusehen, machte Lior mitten im Gespräch einen Rückzieher. Wenn sie Lior nach ihren Eltern und Freunden befragte, antwortete sie wortkarg oder ironisch.

Einmal riskierte die Träumerin zu sagen, Lior verabscheue sie wohl. Lior antwortete steif: »Ich bin ein Zwilling und es gibt einen anderen Zwilling ...«, weiter nichts. Als beseitige die Erwähnung des anderen Zwillings alle Unklarheiten. Die Träumerin sah in Lior von da an eine Frau in einer engen, verschlossenen Welt. Sie sprach eine seltsame Sprache, die ihr selbst nicht geläufig war. In dieser Sprache reichte es offenbar aus, den Zwilling zu erwähnen, damit alles seine Logik hatte.

Nicht einmal die Leidenschaft für Lior machte sie wirklich wach. In den letzten Wochen hing sie am Schlaf wie an einer Nadel, die in einem völlig durchlöcherten Körper noch Einstichplätze fand, um ihm einen weiteren Schub zu verpassen, während er den vorherigen noch ausspie. In ihrer Verzweiflung versuchte sie, mit dem Schlaf verhandeln. Warte, verlangte sie, nicht jetzt, nicht gleich, bald ...

Während die Träumerin am Rand des Erwachens dahinvegetierte, schien der Wiederträumer wie neu geboren zu sein. Jeden Morgen nahm er sich etwas mehr Zeit, um sich schön zu machen. Er kaufte sich eine neue, dickrandige Brille für die Arbeit, eine glänzende, dünne Lederjacke und zwei Pullover, der eine bordeauxrot, der andere blau. Er bestellte im Internet neue italienische Schuhe, die der Generaldirektor der Gesellschaft ihm empfohlen hatte, und ein Paar Sneakers. Seine Haare tönte er rötlich. Er war erst in den Dreißigern, aber sein Haar wurde an den Schläfen schon grau. Er änderte auch die Frisur, der jungenhafte Stachelschnitt erforderte tägliche Sorgfalt. Das Kämmen am Morgen war für sie ein komisches Intermezzo. Sie hörte, wie er sein Haar mit Wasser anfeuchtete, danach wurde es still, dann wieder das Geräusch fließenden Wassers. Er war also mit der Frisur nicht zufrieden, und die ganze Prozedur wurde wiederholt. Und wofür das alles? Dafür, dass der Regen die Frisur ein paar Minuten später ruinierte. Sie lauschte den Geräuschen aus dem Badezimmer und dachte an Scha'uls schöne Augen, die sie stets mitleidig angeschaut hatten. Niemals war es ihr gelungen, diese mitleidigen Augen ausschließlich zu lieben oder zu verabscheuen.

Morgen für Morgen sah der Wiederträumer voller Vorfreude der Außenwelt entgegen, während sie seit Tagen oder schon seit Wochen in Einsamkeit gefangen war. Eine Einsamkeit, gegen die die Vorstellungskraft keine Geste der Menschlichkeit fand, die sie hätte vertreiben können.

22. April

Eine ganze Nacht lang tötet die Träumerin.

Schwerter, mit smaragdbesetzten schwarzen Griffen lässt sie in seinen Körper gleiten. Anfangs behutsam, um ihn nicht zu sehr zu irritieren. Die ersten zwei Schwerter gleiten den Bauch hinab, streicheln sein zähes Fleisch dicht am Schritt. Die Schwerter dringen leicht in die Tiefen der Haut ein – das eine rechts, das andere links –, und dumpfes Rauschen ist zu hören. Dann bleiben die Schwerter stecken, als seien sie auf hartes Fleisch gestoßen. Sie versuchen weiter vorzudringen und vollführen kleine Kreisbewegungen, wie Löffel, mit denen man Suppe im Topf umrührt. Während die Hände sie tiefer drücken, gleiten sie aus den Fingern und werden vom Körper verschluckt.

»Ibn Kalb, du Hundesohn«, flucht die Träumerin auf Arabisch.

Eine schlafende Gestalt liegt zu ihren Füßen. An den Seiten ihres Bauches sind winzige Löcher aufgerissen, die einem flüchtigen Blick entgangen wären. Der Blick der Träumerin sucht den besonderen Saft, der im Körper von Organ zu Organ zirkuliert. Sie will sehen, wie er aus dem Körper rinnt: Anfangs in dicken Tropfen, später schäumend wie Wildwasser. Warten. Sie lauscht und schärft den Blick, um das Erscheinen des Blutes nicht zu versäumen. Es hat sich wohl verspätet. Das einzige Rauschen, das die Ruhe des Zimmers stört, sind die ruhigen Atemzüge des Schläfers.

Die Träumerin stolpert einen schmalen Korridor entlang. Die

Zimmer, die sie zu sehen bekommt, sind ihr wohlbekannt, empfangen sie aber dennoch nicht liebevoll. Sie bekommt Hunger. Schwebt zum Eisschrank. Tastet im Dunkeln, ihre Finger befühlen eine Dose, dann eine Tüte und gleiten über etwas Rundes – wahrscheinlich Tomaten oder Pflaumen –, graben in einem Aluminiumtopf, der zu ihrer Enttäuschung leer ist, entfernen raschelnd eine Papierhülle und streicheln etwas Fettiges, Hauchdünnes. Sie greift danach, und die Nägel kratzen an rauen Mulden, sie faltet es eilig und schiebt es sich in den Mund. Sie denkt mit Missbilligung, dass sie, wann immer sie Lust hat, direkt aus dem Eisschrank frisst und dann bei den Mahlzeiten dabeisitzt und sich beklagt, sie habe keinen Hunger. Noch während sie die Wurst in ihren Rachen gleiten lässt, meldet sich schon der Hunger wieder. Sie hört die Atemzüge des Schlafenden, die sehr laut geworden sind, und weiß auf einmal: Der Tod, den sie zufügen wollte, trägt keinen Tod in sich.

Sie eilt zum Kosmetikschränkchen im Badezimmer, sucht tastend eine Tüte zwischen den kleinen Parfümfläschchen, dem Rasiergel von Gillette, den zwei Zahnbürsten, Zitronenseifen, den Neroxin-Kapseln. Reißt sie mit den Zähnen auf und zückt zwei neue Schwerter. Der Glanz der Smaragde spottet der Dunkelheit. Die Träumerin überlegt, dass es schade wäre, neue Schwerter mit Wurstgestank zu besudeln.

Im Schlafzimmer liegt schwer der schlummernde Körper wie ein neugeborener Säugling, die Beine zur Seite gebogen und die Hände über der Brust gefaltet. Wie ein erfahrener Arzt schiebt sie sie routiniert beiseite, nimmt ein Schwert und bohrt es dem Schlafenden ins Herz. Idiotin! Das Herz ist doch auf der linken Seite des Schläfers, von ihr aus also rechts! Sie hat einen Erstickungsanfall, als schnüre ihr jemand mit festem Griff den Atem ab.

Ihr Blick wandert zum Gesicht hinauf, doch sie sieht nur ein schematisches Fragment, den Schatten eines Kopfes auf einer Wand. Der Umriss kommt ihr bekannt vor, weiß der Teufel woher. Die Phantasie spielt mit ihr, wie sie will, sie haucht dem schlafenden Körper Leben ein, lässt ihn erwachen, ahmt ihn nach, wie er sich aufrichtet. Sie ist sehr aufgewühlt. Die durchlöcherte Brust scheint zu zittern. Sie ist in Panik.

Nun erfasst sie Reue. Könnte man doch bloß die Zeit rückwärts laufen lassen! Aber unter der Hülle der Reue leuchtet eine harte Wahrheit: Es gibt keine andere Möglichkeit, als das Begonnene zu Ende zu führen. Was sie dem Schlafenden angetan hat, lässt sich nicht mehr heilen. Jetzt kommt eine neue, viehische Mordlust in ihr auf, überschattet die erste. Wenn sie vorher töten wollte und nicht tötete, so muss sie jetzt, weil sie beim ersten Mal versagt hat, töten, ohne es zu wollen. Alles, was den Körper leben lässt, muss sie jetzt vernichten. Mit einem scharfen Hieb trifft das zweite Schwert die Brust und reißt eine klaffende Wunde. Diesmal beginnt das Opfer zu röcheln, die Augen sind immer noch geschlossen, doch die Lippen verzerren sich und Schweiß rinnt vom Gesicht den Hals hinab, über die Brust an den Wunden vorbei. Die Träumerin fleht verzweifelt darum, dass Blut fließen soll. Vergebens.

Sie wartet nicht auf ihn, zieht gleich ab. An der Tür hält sie inne, als warte sie doch noch auf eine Gelegenheit. Sie hört den Atem des Schlafenden. Ja, er geht schwer, eine Kette kurzer Atemzüge, von Erstickungsschüben unterbrochen. Er ähnelt mehr den Hustenanfällen eines Tuberkulosekranken als richtigem Atem, und dennoch hört er nicht auf. (Wer ist der Schlafende?, fragt sich der Wiederträumer.)

Sie ist wieder draußen. Der schlafende Körper hat die Wachende aus seinem Reich vertrieben und die Tür zugeschlagen. Der Schlafende, das Opfer des Bösen, hat die Wachende, die Träumerin, die Täterin, in die Einöde verjagt, hinaus aus dem verschlossenen Zimmer. Schon gibt sie zu, dass es hier keinen Tod gibt, vielleicht auch nicht geben wird. Dennoch kann man die offene Wunde in der Brust nicht verbergen, sie mit neuer Haut überziehen, so wie Wasser zu Eis gefriert. Er ist gefangen zwischen Tod und Leben.

Bald wird er kommen und die verwundete Brust sehen. Sie ist jetzt wie gelähmt, wie zersplittert in Schmerzen, die nirgends zu verorten sind. Jedes Mal, wenn sie die Quelle gefunden zu haben glaubt, ist der Schmerz schon woanders. Ihr Widerstand lässt nach – sie gibt sich den Schmerzen hin.

Wieder steht sie am Bett des Schlafenden, lehnt an der Wand, wirft noch einen Blick auf den schlafenden, vielleicht ohnmächtigen, aber dennoch atmenden Feind. Anfangs ist in ihr noch eine verschwommene Erinnerung daran, dass sie diesen Körper einmal wirklich geliebt hat. Jetzt verweigert sich die ferne, uralte Vergangenheit der Erinnerung, findet den Punkt nicht, wo sie einrasten müsste. Der schlafende Geliebte schießt aus seinem Schlaf hervor, Vergangenheit und Gegenwart fallen zusammen. Wer ist es, in dessen Körper ihre Schwerter eingedrungen sind? Aus welcher Zeit kommt er? Die Wände zwischen den verschiedenen Epochen sind gefallen. Da, jetzt steigt die Liebe zu diesem Körper in ihr auf, zu der verwundeten Gestalt, oder zu derselben, nur um einige Jahre jüngeren Gestalt. (Wer ist der Schlafende, stöhnt der Wiederträumer, der Schwertervernichter, der, dessen Blut nicht rot ist?)

Die Träumerin schreit, ihr Gesicht wild und verzerrt, sie sieht sehr krank aus. Sie bricht zusammen, liegt nah an der Wand und drückt ihr Gesicht zur Linderung an den kalten Fußboden. Sie hat den Punkt erreicht, an dem ihr Körper den Schmerz nicht mehr ertragen kann. Wie ein Wunder tritt aus den Schatten der Schlaf hervor, die Ohnmacht an der Schwelle des Todes, um sie von der Marter zu erlösen. Sie hat sich dem Feind angeglichen. Auch sie ist zur Schlafenden geworden.

Im Traum wacht sie aus der Ohnmacht auf, humpelt zum Schlafenden. Sie hebt seinen Kopf an und wickelt ihm einen schwarzen Ledergürtel um den Hals, Schlinge um Schlinge, bis es aussieht, als hätten sich zehn Schleier um seinen Hals gelegt. Sie zieht fest an den Enden des Gürtels. Mit letzter Kraft ist sie bereit zum Finale. Diesmal quält sich der Schlafende wirklich, sein Schmerz wird sichtbar. Fieberhaft schiebt er die Finger unter den Gürtel, doch die feste Schlinge lässt keinen Spielraum zwischen Gürtel und Hals. Seine Beine zappeln auf der Matratze, treten gegen die Wand, sein Kopf bebt. Er fletscht die Zähne und versucht, sie in Schultern und Arme zu beißen, doch sie hält ihren Körper auf Distanz. Sein Zähneklappern übertönt sein Stöhnen. Er zerbricht. Bevor er völlig verstummt, erwacht der Wiederträumer aus seiner Erstarrung und rüttelt an ihrem Körper. »Aufwachen«, murmelt er und hält sich dabei vorsichtig von ihr fern. Während er ihr seine Arme entgegenstreckt und mit den Händen ihre Schultern fasst, starrt er sie finster und verletzt an, als sei sie eine Tote, die eben dem Grab entsteigt.

Lior

20. Mai

Seit Tagen hielt sich Lior in ihrem Zimmer auf. Entsprechend ihren Anweisungen hatte man es vollkommen verdunkelt:

Dabei war sie in einem winzigen Raum gefangen, in einer Luft, die von Tag zu Tag modriger und schmutziger und unaufhaltsam dünner wurde. Zuweilen kam sie ihr so dreckig vor wie Rauch in einem Schornstein.

Dabei glühte ihr Körper im Fieber, triefend vor Schweiß, der vom Körper in die Laken und wieder in den Körper wanderte, der von Schüttelfrost gebeutelt wurde.

Dabei spuckte sie ununterbrochen in ein kleines Plastikschälchen, um ihre Lungen freizubekommen.

Dabei hatte sie das Gefühl, ihre Haut werde immer rauer und der Oberfläche eines Felsens immer ähnlicher – sie betastete sie und traf auf unzählige Unebenheiten. Tatsächlich waren rötliche Ausbuchtungen überall an ihrem Körper aufgekeimt, wie Mückenstiche, die dann trockneten und Hautfetzen hinterließen, die zu ständigem Kratzen zwangen.

Dabei wurden die Abstände zwischen den Atemzügen immer kürzer und jedes Einatmen in dem Raum bar jeder frischen Luft allmählich immer schwerer und im Hals immer brennender.

Dabei empfahlen zwei herbeigerufene Ärzte, sie in ein Krankenhaus einzuweisen.

Dabei kamen ihr die Gesichter ihrer Besucher, besonders die ihres Vaters und Alons (der nur kurz hereinschneite und dem es nicht gelang, seine Panik zu verbergen), völlig irre vor. Sie trugen winzige Köpfe auf dünnen langen Körpern. Die menschlichen Gestalten zerfielen in einzelne Körperteile und fügten sich neu zusammen: Ihre Phantasie malte surreale Bilder, Bilder von Menschen, deren Augen sich zu beiden Seiten des Halses befanden, die Brustwarzen an den Schultern, die Arme breiter als Fledermausflügel. Die Männer, die ihr näher kamen, hatten für sie etwas Beschädigtes und Angsterregendes, ihre Bewegungen erschienen ihr gewalttätig, riesenhaft, erschütterten ihre zerbrechliche Existenz.

Dabei hatte sich ihr Körper schon mit dem Bett verwoben, er klebte an der lila Bettwäsche, die seit dem ersten Tag ihrer Krankheit nicht mehr gewechselt worden war. Jeder Versuch, sie von der Haut zu trennen, endete in einem entsetzlichen Wehlaut.

Dabei wurden ihre Gliedmaßen steif und sie stellte sich vor, von Nekrose befallen zu sein. Dabei glaubte sie, während all diese Dinge geschahen, zu sterben.

Eine passende Zeit, sich an das Todesgerede des Biographen zu erinnern. (Wo war er überhaupt? Sie hatte schon mehrmals versucht, ihn anzurufen – ohne Antwort … Fast einen Monat war er schon weg.) Der Biograph hatte damals zugegeben, dass er der Herr des Todes sei. Sein Beruf war es, wie ein Rabe im Aas zu picken. Tausende Ereignisse-Verhaltensweisen-Standpunkte-Taten-Blamagen-Ehrungen notierte er in Heften und auf Zetteln. Dieses Gemisch aus Einzelheiten musste er neu organisieren. Wenn es sich um Gestalten handelte, von denen nach ihrem Tod selten die Rede war (das heißt, bei den meisten seiner Gegenstände), wurde er zu einer Art Schöpfer. Er war der Mann, der dieser Gestalt, mit der sich nur wenige vor ihm beschäftigt hatten, weil sie nicht ausreichend bedeutend war oder aus dem Gedächtnis verbannt, einen Stempel aufdrückte. Seine Sujets waren meistens Kollegen. Er studierte sie, nahm etwas von ihnen auf. Sie gefielen ihm, besonders die Geringeren, die den Schwung seiner Feder brauchten, um ihren Platz in der Geschichte einzufordern. Am Ende dieser Arbeit, wenn er sich in ihren Geheimnissen bereits auskannte, war er es, der den Schmerz um ihr Verscheiden aus dieser Welt empfand.

Eine gute Zeit, um die »Todeszeilen des Biographen« aus der Schublade zu holen. Ursprünglich sollten sie zur Niederschrift seiner Biographie benutzt werden. Als sie sechzehn Jahre alt war, träumte sie, so zu sein wie er. Jetzt hielt sie diese Seiten in der Hand, als habe sie eine neue Sprache entdeckt.

Machte es einen Unterschied, ob ein Mensch, der in einer illusionslosen Stunde meint, er atme bereits sein Ende ein, achtzehn oder achtzig Jahre alt ist? Hatte ein Mensch, bei dem die zurückgelassenen Jahre sich zu achtzig summierten, die Sprache des Todes besser gelernt als sein junger Gegenpart? War er ein würdigerer Schützling des Todes? Zweifellos hatte der Alte erheblich mehr Tode gesehen. Wenn einer der netten jungen Freunde Liors zufällig sterben würde, würde sie den Tod als einmaliges Ereignis sehen, als Gerücht aus einer anderen Welt, das sich zufällig als wahr entpuppt hatte. Bei einem Menschen, der so alt war wie der Biograph selbst, musste der Tod als absehbares, festgelegtes Ereignis gelten, schließlich war er erfahren in Trauerritualen und in Begegnungen mit dem Tod.

Je älter er selbst werde, so hatte er Lior eher scherzhaft erklärt, umso schwerer falle es ihm, beim Morgenspaziergang im Park einen Streitpartner zu finden, mit dem er gern das Eine oder Andere spitzfindig diskutiert hätte. Der Tod hatte ihm schon die meisten seiner Freunde geraubt, in Israel und in New York, aber ausgerechnet denen, die er weniger mochte, hatte er Lebenszeit im Überfluss geschenkt.

Es gebe zwei Sorten Tod und beide seien vollkommen verschieden voneinander, konstatierte der Biograph. Bedauerlicherweise neigten die Menschen dazu, sie zu vermischen. Die eine sei der Tod des Anderen – eines Freundes, den man lange nicht gesehen hat, eines geliebten oder gehassten Vaters, eines freundlichen oder grantigen Nachbarn. Jeder Tod werde mit verschiedenen Graden von Trauer, Schmerz, Verlustgefühl aufgenommen, und dennoch sei dieser Tod für unsere Sinne, für unser Bewusstsein der Tod draußen in der Welt.

Bei Louis Ferdinand Céline führen ausgelassenene Soldaten einen gewissen Père Burot zur Totenkammer. Er flüchtet entsetzt und bleibt für zwei Tage verschwunden, weil er »den Tod angeschaut« hat. Man müsse schlussfolgern, meint der ehrwürdige Autor, ein flüchtiger Blick in die Totenkammer sei dem Anblick des Todes gleichzusetzen. Aber, hatte der Biograph triumphierend ausgerufen, das genau sei das Ammenmärchen. Es gebe nämlich keinen Zusammenhang zwischen dem Tod des Anderen und dem eigenen Tod. Und je mehr wir den geliebt hätten, der da gestorben war, umso größer werde die Entfernung zwischen uns und dem Tod. Denn der Tod des Nahestehenden, des Geliebten, des Sohnes, des Vaters, belebe uns in vielerlei Hinsicht. Das Bewusstsein unserer Lebendigkeit bäume sich bei unserer flüchtigen Begegnung mit dem Tod mächtig auf. Unser eigener, persönlicher Tod, der, der uns noch aufsuchen wird, hat keinerlei Halt oder Bestand in der Sprache. Wenn wir vom Tod sprechen, schließen wir unseren eigenen Tod in diesem Wort nicht ein. Wenn wir nach vorne schauen, um Sterben zu lernen, wird unser Blick zurückgeworfen wie ein Schmetterball von der Wand. Wir verharren in demütigender Ungewissheit. Ob ein Mensch hundert Tode oder nur einen mit angesehen hat, sein persönlicher Tod wird ihm verborgen bleiben: Teufelswerk der Versuch, Ereignisse aus anderen Welten zu deuten.

Am zehnten Tag wachte sie auf, und es schien ihr besserzugehen. Zur Mittagszeit ging sie hinaus auf die Straße, eingepackt in einige Schichten Kleider, und, welch Wunder, angenehmes Wetter empfing sie. Zwar ließen zwischendurch kalte Luftzüge ihre Haut erschauern, doch das Wetter wirkte eher erfrischend als bedrohlich. Plötzlich bekam sie Lust, sich zu bewegen. Sie gab sich der Erleichterung, die sie überflutete, vollkommen hin, der Luft und der Welt, die kostbarer und reiner denn je erschien. Jede fremde Gestalt, die an ihr vorbeiging oder von weitem zu sehen war, ließ ein warmes Gefühl von Gemeinschaftlichkeit in ihr aufkommen. Sie richtete einen misstrauischen Blick zum Himmel: Das Blau dort kam durch ein Sieb aus dunklen Wolken, die das Licht zähmten und über die Stadt Flecken aus Helligkeit streuten. Spärlich verteilten sie sich über die Straße und die Häuserwände. Ihre Augen, die tagelang durch Dunkelheit geflattert waren, sehnten sich nach den Farben der Welt. Sie genoss die bunten Waren in den Schaufenstern, begeisterte sich an den Kleidern der Leute, den Nuancen der Hauttöne, den Bäumen in der Allee. Plötzlich wurden alle Bilder liebenswert, die in letzter Zeit trübe und eine üble Plage gewesen waren. Die Krankheit, die sie ans Bett gefesselt hatte, schien ihr nun unbegreiflich im Gegensatz zu der ursprünglichen Schönheit der Welt.

Auf der anderen Straßenseite erkannte sie Joel Kadmon, ihren Arbeitgeber. Obwohl ihm ihr Vater und Alon in allen Einzelheiten dargelegt hatten, dass sein Kindermädchen krank und zumindest in nächster Zeit verhindert sei, rief er jeden Morgen an, um zu fragen, ob es ihr bessergehe. »So eine langweilige Nervensäge«, spottete Alon, »hört sich geschniegelt wie ein Rechtsanwalt an … In welcher Lotterie hast du den denn gewonnen?«

Herr Joel hatte es offenbar eilig und stürmte mit gerecktem Kinn dahin. Seine Kleidung wirkte irgendwie übertrieben. Das Revers seines grauen Sakkos war mit schwarzer Seide überzogen. Darunter schaute ein weißes, frisch gebügeltes, geknöpftes Hemd mit einem Stehkragen hervor, dessen oberer Rand über die Ohrläppchen ragte. In einer Falte des Sakkos schimmerte eine goldene Nadel. Nur die nachlässig gebundene Krawatte mit Linksdrall störte sein Aussehen. Aber bei genauem Hinsehen war auch sein Haar nicht so ordentlich wie sonst, die Tolle war verrutscht. Und seine Hose war am Saum ausgefranst. Zu Liors Überraschung trug er keine Brille. Bei der Arbeit trug er immer eine, nur zu Hause nicht.

Ob er einen neuen Babysitter gefunden hatte? Sie heftete sich wie ein Schatten an die Fersen eines Alten in schwarzem Anzug und Hut, trippelte im Tempo seiner dösigen Schritte hinter ihm her, um sich vor einem unerwarteten Blick ihres Arbeitgebers zu verstecken. Als er verschwunden war, blieb sie stehen und musterte die Straßenkreuzung. Das Versteckspiel schien ihr Lust auf irgendeine jugendliche Geste gemacht zu haben, auf sorglose Fröhlichkeit. Sie zog für einen Säugling, der sie aus dem Rückfenster eines Wagens ansah, eine Grimasse. Das Babygesicht wurde breiter und die schwarzen Augen glänzten. Ihr war, als sei der finstere Raum, in dem sie in den letzten Wochen unaufhörlich versunken war, nur Nebenschauplatz des aufregenden Karnevals gewesen, in dessen Zentrum die Menschen sich bewegten. Die Welt ist nicht Himmel und Regen, dachte sie vergnügt, wir sind die Welt. Es gab doch mal so ein Lied, oder?

Durch einen Haufen unausgepackter Kisten zwängte sie sich in den Lebensmittelladen. Die Ansammlung von Milchkartons, Brotlaiben, Kakaotüten und Käse sah merkwürdig aus, dafür dass es schon Mittag war. Sie beschloss, eine Flasche Wein für den Biographen zu kaufen und ihn zu besuchen. Wenn sie wie immer einfach so tat, als ob er zu Hause wäre, wäre er es vielleicht wirklich. Sie stellte sich ihr Zusammensein vor: wie sie im Wohnzimmer sitzen und sich bis in die späten Abendstunden unterhalten würden. Wenn er erführe, wie sie sich in der letzten Zeit gequält hatte, würde er eines seiner speziellen Gerichte kochen, dachte sie voller Zuversicht. Sie erinnerte sich, dass er mittags zu schlafen pflegte, und beschloss, genau zwei Stunden später, um vier Uhr, bei ihm zu erscheinen. Die Tatsache, dass er in der letzten Zeit abgetaucht war, irritierte sie nicht sonderlich. Man muss die Tragödien nicht mit Kerzen suchen, brummte sie, vielleicht war er zu seinen Kindern gefahren und hatte es nicht geschafft, sie davon zu unterrichten. Bestimmt war er bereits in die Stadt zurückgekehrt.

Sie trat an die Ladentheke. Auf der abgenutzten Fläche hinter der Kasse hatte seit ihrer Kindheit der untersetzte Ladenbesitzer gestanden, ein Mann mit dickem, rotem Haar und grünen Augen, immer in amerikanische Wissenschaftsmagazine vertieft. Der Mann war bei seinen Kunden als widersprüchlicher Charakter bekannt. Mal behandelte er sie herzlich wie alte Bekannte, mal wie Störenfriede, die er noch nie gesehen hatte. Genau an seinem Platz rechts von dem Glas mit den gezuckerten Gummieidechsen stand nun eine Frau.

Liors Stimmung aus Erleichterung und Freude drohte zu kippen. Menschen, die nach längerer Abwesenheit an einen vertrauten Ort zurückkehren, möchten alles vorfinden, wie es war. Selbst kleinste Veränderungen ärgern sie.

Die Frau stand wie ein Turm. Sie trug einen blauen Kittel mit einem weißen Emblem in der Mitte: eine Furcht erregende Bulldogge, darunter die Aufschrift »Wächter-Team«. Ihr Haar war zu einem Zopf geflochten und von zwei miteinander verschlungenen Schleiern verhüllt. Sie blätterte nachlässig in einem Photoalbum. Ihre grauen Augenbrauen zogen sich düster zusammen, als sie Lior sah. Dann grüßte sie. Offenbar hatte sich die Frau daran erinnert, wozu sie hier war.

Eindrücke aus einem Sturm: Der Cowboyhut und Frau Marina

Wo ist der Herr des Hauses?« fragte Lior.

»Ist tot ... der Herr des Hauses«, triumphierte die Stimme der Frau. Es war ihr anzusehen, dass sie diese Antwort schon vielen gegeben hatte.

»Wann ist er denn gestorben?«, fragte die verblüffte Lior.

»Letzte Woche, am Sonntag«, antwortete die Frau. »Es gab Traueranzeigen. Der Regen hat sie weggewaschen. Ich kenne dich. Nicht wahr, du bist aus dem Haus dort?«

»Stimmt«, bestätigte Lior, zufrieden, erkannt worden zu sein. »Der Hausherr, ist er an einer Krankheit gestorben?«

Krankheit, ach woher«, sagte die Frau fröhlich. »Er war gesund wie ein Achtzehnjähriger. Sein Vater ist mit vierundneunzig gestorben und das auch nur durch einen Unfall! Und auch seine Mutter, Tzilla selig, spazierte bis 1996 Morgen für Morgen hier zwei Kilometer durch diese Straße, eine Alte von sechsundneunzig. War am ersten Tag von 1900 geboren, am 1. Januar.

Er hat nach dem Militärdienst in einer kleinen Bank gearbeitet.« Die Frau winkt Lior näher an die Ladentheke, als wolle sie ein Geheimnis mit ihr teilen. »Er war Wachmann, dann wurde er befördert und Bankbeamter. Die Direktoren waren sehr zufrieden mit ihm, er war sehr loyal und liebte die Bank. Sämtliche Konten seiner Verwandten hat er ihnen gebracht. Einmal beim Purim-Fest plauderte er vor einigen Direktoren, darunter dem Leiter der Rentenabteilungen, Herrn Kraus, aus dem Nähkästchen über seine Eltern. Er wollte mit ihnen prahlen, dass sie schon sechzig Jahre alt waren und lebten, als seien sie zwanzig! Und er brüstete sich damit, dass die durchschnittliche Lebenserwartung seiner Vorfahren 94 Jahre betrug.«

»Phantastisch«, sagte Lior.

»Ja, er liebte es, Jahre auszurechnen. Zehn Monate später wurde er entlassen, und noch Jahre danach sagte er gerne: ›Ein Mensch muss schweigen lernen!‹ Er glaubte, man habe ihn aus Furcht vor jahrzehntelangen Pensionszahlungen entlassen. Hätte er sich nicht dazu verleiten lassen, seine Geschichten zu erzählen, wäre er bis fünfundsechzig in der Bank geblieben. Da konnten wir, also ich und die Freunde und Onkels, ihm sagen, was wir wollten. Die Bank zahlt die Pension ja überhaupt nicht, dass sind separate Fonds. Aber er blieb hartnäckig dabei. Überhaupt war er so stur, wie nicht mal Satan ihn hätte erschaffen können. Wenn er über eine Straße ging und ein Lastwagen auf ihn zuraste, ihn anhupte, bis Gott selbst hätte taub werden können, überquerte er die Straße unbeirrt und wich nicht zurück. ›Ich war zuerst da‹, schrie er dann. Jedenfalls, nachdem man ihn hinausgeworfen hatte, hasste er Unterhaltungen. Er hasste es, wenn man in seiner Gegenwart plauderte, und er hasste die Plauderer!« Die letzten Worte kamen über säuerlich zusammengekniffene Lippen.

»Ist er bei einem Unfall gestorben?«, fragte Lior verwundert.

»Unfall… Unfall…« Die Lippen der Frau zogen sich zu einem Rechteck zusammen und ihre Innenseite, deren Röte stärker glänzte, wölbte sich nach außen. Hier ist von einer großen Angelegenheit die Rede, deuteten sie damit an.

»Menschen sterben hier neuerdings bei allerlei Unfällen. Liest du keine Zeitungen?«

»Eigentlich schon.«

»Na, seine Geschichte stand überall. Am Sonntagabend hat er hier dichtgemacht und ist die Straße rauf.« Sie deutet auf die Allee. »In letzter Zeit trank er manchmal was. Er war kein Säufer, war niemals betrunken, aber er trank am Abend immer ein Gläschen Arrak und schloss erst dann den Laden zu, um auf dem Weg nach Hause nicht zu erfrieren. Plötzlich flog ihm der Hut vom Kopf. Du sagst, du hättest ihn gekannt. Erinnerst du dich an diesen hässlichen amerikanischen Hut, den er immer trug wie einen Schutzhelm, den er sogar hier im Laden niemals abnahm?«

»Habe ich gekannt …«, nickte Lior.

»Das war an dem Abend, als alles durch die Luft flog und alle sich in den Häusern versteckten, nicht das Ende eines Fingernagels sah man auf der Straße. In dieser Nacht starb ein acht Monate altes Baby. Möge Gott Rache nehmen an den Leuten, die es haben sterben lassen. Man hat darüber in der Zeitung geschrieben, auf derselben Seite … Die Stadt hatte der Mutter und dem Baby den Strom gesperrt und Mutter und Kind schliefen ohne Heizung. Das heißt, wenigstens die blöde Mutter hat geschlafen. Verstehe diese Frau nicht. An ihrer Stelle hätte ich mich mit dem Baby in die Polizeistation gesetzt und mich nicht vom Fleck gerührt. Und dann noch das Motorrad von Frau Marinas Sohn. Kennst du Frau Marina? Die Russin vom ersten Stock?«

»Ich habe sie hier einige Male gesehen.«

»Sie ist nett, nicht? Egal … Sein Motorrad flog in die Luft und knallte an eine Wand … Der Mann von der Versicherung hat Marina erklärt, dass sie die Zusatzprämie für Tel Aviv nicht bezahlt hatte. Deshalb würde sie nur fünfundvierzig Prozent vom Wert des Motorrads erhalten und keine Lira mehr. Es gibt Gerichte, die Dame. Erkläre mal dem Richter, dass du die Police nicht gelesen hast. Aber sie jammert, sie schwört ihm, armes Ding, sie kann nicht mehr als hundert hebräische Wörter … ›Ich habe von der Post keinen solchen Zettel bekommen‹, Briefe nennt sie Zettel. Wenn du schon nach Marina fragst, dann hör dir an, wie krumm diese Welt in letzter Zeit geworden ist.«

Sie verstummte kurz, als wolle sie Lior klarmachen, sie gehe jetzt zu einem neuen Kapitel über.

»Letzte Woche beschließt Marina, für ein paar Tage nach Aschdod zu fahren, die Eltern besuchen. Außerdem will sie am Morgen die Sonne sehen, und auch das Kind ist wegen der Motorradsache noch ganz krank, ein bisschen Abstand täte ihnen gut. Nach ein paar Tagen kommen sie morgens zurück. In der Wohnung brennen die Lichter, der Fernseher ist auch an, die reinste Festbeleuchtung … Und die Wohnung sieht aus, als sei ein Tornado durchgefegt, alles durcheinander, schmutziges Geschirr überall und alles total verqualmt.«

»Man hat bei ihnen eingebrochen«, unterbrach Lior. »Auch bei unseren Nachbarn wurde die Woche eingebrochen … Es wurden hauptsächlich Möbel gestohlen.«

»Einbruch? Wegen eines Einbruchs würde ich dich hier nicht aufhalten«, sagt die Frau genüsslich. »Auch sie dachten das. Obwohl Räuber prinzipiell klauen und abhauen und nicht zum Feiern dableiben … Marina läuft ins Schlafzimmer und betet, die Einbrecher sollen die Schmuckschublade nicht gefunden haben und auch die Liras nicht, die sie beiseitegelegt hat. Hat nämlich eine ganz schöne Integrationsstütze bekommen, diese Christin. Da stößt das Kind einen Schrei aus, der den ganzen Block erschüttert … Ich schwöre: U-uuwaaa … U-uuwaaa … Herr Michael hat mir später gesagt: ›Nur die Toten geben solche schrecklichen Laute von sich.‹ Das Kind ist ins Schlafzimmer gegangen, und nun rate mal, was es gesehen hat? Zwei junge Männer mit Bärten, solchen Bettlerbärten, verschrumpelt wie die Exemplare, die hier dauernd auf der Straße rumliegen, schlafen selig in Marinas Bett. Einer hat sogar ein weißes T-Shirt vom Kind an. Und Marina, erschrocken, platt, halbtot, schleudert die Reisetasche gegen die beiden, denkt gar nicht nach … Du kennst doch diese Verrückten aus Kasachstan, Usbekistan, Afghanistan, alle diese -stane: Total unberechenbar, dieses Pack.«

»Ist Marina Kasachin?«

»Ja!«, befindet die Frau. »Jedenfalls aus einem dieser Kleinstaaten. Also die Jungs sind furchtbar erschrocken. Springen aus dem Bett, ziehen sich hastig an und bemühen sich, Marina nicht in die Quere zu kommen. Die steht in der Tür und starrt sie an wie Satan persönlich. Dauernd bekreuzigt sie sich, wozu ist sie Christin, und zwischendurch flüstert sie dem Kind zu, es soll schnell die Polizei anrufen! Die Jungs haben vermutlich mitgehört und flüstern nervös auf Russisch miteinander. Das macht Marina nur noch mehr Angst. Wenn sie jetzt gehört haben, dass sie die Polizei hat rufen lassen, werden sie sie angreifen oder, noch schlimmer, dem Kind etwas antun ... Schon stehen sie vor ihr. Jeder der beiden hält eine kleine Tasche in der Hand. Marina hat den Verdacht, die sind schon mit ihrem Schmuck und Geld gefüllt. Sie sind nun bereit, abzuziehen. Dankeschön. Sind übrigens beide sehr groß. Marina sagt, sie kann sich besonders an den einen erinnern. Ein Körper wie eine Statue. Ziemlich chinesische Augenbrauen, die braunen Augen breit und tief ... Sie nähern sich nun der Tür, aber da steht Marina. Und die weiß auf einmal, dass die beiden ihr nichts tun werden, sondern mehr Angst haben als sonstwas. Plötzlich schöpft sie Mut. So ist die Welt: Die Angst des Einen zieht den Mut des Anderen nach sich. Sie schreit sie an: ›Hooligans! Verrückte!‹ Sie antworten nicht, sie stehen vor ihr und warten, dass sie die Tür freigibt. Sie rühren sie nicht an, drohen nicht mal, aber sie wird nur noch wütender. ›Ihr wolltet mir das Haus leer klauen ... Banditen! Parasiten! Jetzt könnt ihr im Knast schlafen ...‹

Und plötzlich brennt ihr ein Blick aus braunen Augen in der Seele. Sie hat geschworen, sie sei diesen Augen verfallen: Die Augen des Liebhabers ... Rudolph Valentino ... Vor diesen Augen ist sie wieder sechzehn. Damals hatte der wahrscheinlich auch so einen stolzen und schmelzenden Blick. ›Verehrte Dame‹, sagt der Liebhaber. ›Vielleicht haben Sie noch nichts davon gehört, aber Menschen verlassen neuerdings die Stadt, fahren raus, um die Sonne zu sehen. Und wir, wir wollen auch etwas Sonne sehen. Vielleicht klingt das für die Dame merkwürdig, aber für Menschen ohne Haus ist der Sturm noch etwas gefährlicher als für alle anderen, besonders seit unser Zelt in Stücke gerissen wurde. Erinnern Sie sich an unser Zelt, das hier in der Allee gestanden hat? Aber jetzt sind wir draußen, kein Geld und keine Arbeit, kein gar nichts. Also haben wir in der Organisation zusammen gesessen, vielleicht haben Sie in der Zeitung gelesen, dass wir unlängst eine Organisation gegründet haben. Mich hat man zum Sprecher der Russen in der Organisation ernannt, und Roman hier, der ist für die Restaurants verantwortlich. Seine Aufgabe ist es, bei den Restaurants vorbeizuschauen und uns ein paar Reste zu bringen, und das, meine Dame ist nicht leicht!

Viele Restaurants geben schon anderen Organisationen und mit uns wollen die Besitzer ungern zu tun haben. Hundert von uns sind schon unter der Erde, und bevor die Epidemie noch mal hundert hinrafft … Kurzum, wir haben beschlossen, anstatt vor Kälte zu sterben für eine oder zwei Wochen in Wohnungen von Juden zu ziehen, die abgehauen sind. Das klingt vielleicht verrückt in Ihren Ohren, die Dame, aber für uns sah es so aus, dass wir in unserem Staat auf der Straße erfrieren, während direkt hier in der Umgebung eine Menge jüdische Häuser leer stehen!‹ Jüdisches Haus nannte er das Haus dieser Christin«, merkte die Frau an. »›Es stimmt, wir sehen tatsächlich kriminell aus, die Dame, aber das kommt vor allem davon, dass wir das nötige Geld nicht haben, um anständig auszusehen … Und das Chaos hier im Wohnzimmer? Wir hatten die Absicht, die Wohnung auf Hochglanz zu polieren, sie hübsch zu hinterlassen. Nur Sie, die Dame, sind einfach plötzlich zurückgekommen! Alle verreisen für Wochen und Sie – vier Tage. Wo waren Sie, die Dame? An unserem Tel Aviver Yarkon-Fluss? Das nennen Sie eine Reise? Einen Tag zum Organisieren, einen für die Rückfahrt, wie viel bleibt da überhaupt übrig? Es ist schon besser, zu Hause zu bleiben … Sie sind nicht nur überraschend zurückgekehrt, jetzt sind Sie auch noch sauer! Wenn Sie wohl die Güte hätten, den Durchgang freizugeben, wir sind schon weg. Sie können sich überzeugen, dass wir nichts gestohlen haben, außer ein bisschen Käse und ein paar Brötchen … Suppenextrakt haben wir auch verbraucht. Aber all diese Produkte wären bei Ihrer Rückkehr sowieso nichts mehr wert gewesen. Das heißt, wenn Sie wie normale Menschen zurückgekehrt wären … Was ist wohl besser, alles in den Müll zu schmeißen oder es uns zu geben? Über den Müll herrschen wir sowieso! Also, statt dass es erst im Müll gelandet ist und danach bei uns, haben Sie es uns direkt gegeben. Alle Achtung, die Dame! Sogar das eingefrorene Fleisch, dass Sie im Tiefkühlfach zurückgelassen haben, mindestens ein Kilo, nicht wahr? Wie haben kaum ein Viertel verwendet, zweihundert, vielleicht zweihundertundfünfzig Gramm! Den ganzen Rest haben wir übrig gelassen. Wir sind nicht stolz darauf, dass wir das Fleisch entwendet haben und wie sehr wir das, was wir übrig gelassen haben, übrig lassen wollten, weiß Gott allein. Schließlich haben wir schon zwei Monate lang kein Fleisch mehr gehabt. Also sagten wir uns, wir schließen einen Kompromiss, nehmen ein wenig, das ist vielleicht nicht so schlimm …‹«

Die Verkäuferin im Laden war erschöpft wie ein Medium am Ende der Seance. Sie hatte die Rede der Eindringlinge in dem schnellen Tempo wiedergegeben, in dem sie ursprünglich gehalten wurde. Jetzt beendete sie sie atemlos, ihre Stimme war heiser.

Lior fragte jetzt neugierig: »Und dann? War da noch was?«

»Nein. Marina ist eine gutherzige Frau, sehr gütig, sie hat sie vorbeigelassen, und sie sind wieder zurück auf die Straße. Diese Sache mit den Bettlern konnte ich noch verstehen, aber die Geschichte mit dem Hut macht mich bis jetzt noch verrückt … Er hat ihn immer sehr tief heruntergezogen, wie einen Helm, ein Feuerwehrhelm, besonders in den letzten Wochen, als die ganze Straße schon kurz davor war, in die Luft zu fliegen. Wenn er ihn zu Hause abnehmen wollte, kämpfte er damit wie mit einem Korken in der Weinflasche. Wir haben ihn im Schrank versteckt …« In der Stimme der Frau spielte wieder jugendliche Begeisterung mit, sie genoss die Gelegenheit, diese Geschichte mit noch mehr Details auszustatten.

»Der Hut fiel genau hinter die Polizeiabsperrung, aber nicht gleich in den Fluss, er blieb zwischen der Absperrung und einem Einkaufswagen hängen. Er will also den Hut retten, ja? Er kann ihn doch da nicht lassen! Springt hinter die Absperrung wie ein Kind, hebt den Hut auf, setzt ihn auf und zieht ihn schön zurecht. Übrigens, für ihn ist das ein besonderer Hut, ein Erbstück von seinem Vater, für ihn hatte er den Hut in Kairo gekauft, im selben Monat, in dem er starb. Und wie noch er so zufrieden ist, dass sein Hut nicht vom Fluss weggespült wurde, hört er das Knarren eines berstenden Baums. Das hört man oft in der letzten Zeit … Er nimmt wahr, wie etwas vom Himmel fällt. Er hat aber keine Adleraugen. Genau genommen ist er ziemlich blind, und eine Brille trägt er auch nicht. Seit zwei Jahren liegt man ihm schon in den Ohren, er soll sich eine Brille kaufen, aber er, der große Sturkopf, kann nicht zugeben, dass seine Sehkraft hin ist. Für ihn ist das ein schrecklicher Makel seiner Gene. Mit neunzig liegt sein Vater auf dem Sterbebett und schreit alle an, sie sollen die Staubkörner aus den Türscharnieren entfernen. In dieser Nacht herrscht ägyptische Finsternis, man sieht nicht das Geringste. Aber wie auch immer, hätte er überhaupt sehen können, ob der Baum in seine Richtung fällt oder in eine andere?«

Mit dieser Frage ebbte ihr Elan etwas ab. Nur nichts auslassen, so waren die Einzelheiten aus ihr herausgesprudelt. Aber Lior hatte den Eindruck, dass sie das letzte Bild nicht mehr so fröhlich wiedergeben konnte. Ihre Augen öffneten sich nachdenklich und Tränen glänzten darin. Es war ihr anzusehen, dass sie ihre ganze Vorstellungskraft aufbieten musste, um den Mann zu sehen, wie er dicht am Fluss hinter der Absperrung stand und das entsetzliche Kreischen hörte, das sogar den Tumult des Sturms übertönte: Ein Baumstamm zerbarst. Gleich wird ein riesiger Baum auf die Erde fallen, vielleicht in seine Richtung, aber er kann ihn nicht sehen. Er ist kurzsichtig, müde vom glanzlosen Tag im Laden, vielleicht ein wenig vom Arrak vernebelt. Seine Kleider sind vom Regen nass und seine Bewegungen gehemmt. Bestimmt hat er Angst, er braucht einen helfenden Arm, aber da ist keiner. Wie einsam muss einer sein, der diese Kreuzung mit ihrem Menschengewimmel kennt und sie jetzt öde und leer vor sich sieht. Vielleicht bereut er schon, dass er wie ein dummes Kind dem Hut hinterhergerannt ist. Schließlich war es nur ein Hut, den er hinter der Absperrung eingefangen hat. Jetzt überlegt er angestrengt, wie er sich retten kann. Wo bringt man sich vor etwas in Sicherheit, das man nicht sieht?

Instinktiv macht er einen Schritt nach hinten, einen kleinen Schritt für einen Menschen, einen großen Schritt für die Hölle.« Bitter beendete die Frau die Geschichte. »Aber ein Schritt reicht, um ein ganzes Leben in den Fluss zu werfen. Ein deutscher Journalist hat alles aus seinem Fenster gesehen, es aber nicht geschafft, um Hilfe zu rufen. Diese Deutschen: Das Umbringen schaffen sie immer … Inzwischen ist sein Kopf schon gegen die Absperrung gekracht wie der ganze Mist, den der Fluss sonst so mitreißt, bis er hier landet«, die Frau deutete auf die Kreuzung am Ende der Straße: »Genau hier! Der Hut hat perfekt auf seinem Kopf gesessen, hat ihn aber nun wirklich nicht geschützt. Er ist schon mindestens zweimal tot gewesen.«

Lior schwieg. Da, der Schmerz der Krankheit schlug wieder zu, spöttischer denn je. Sie wollte dableiben und zum Verlust dieses Mannes mitfühlende Trostworte aussprechen. Er wurde seiner Frau geraubt und die Erinnerung an seinen dicken Körper, der hier zwei Jahrzehnte lang tagtäglich herumhockte, ist aus dem Laden noch nicht geschwunden. Sie wollte außergewöhnliche Worte finden, um der fremden Frau, die jetzt hastig die Theke abwischte, einen Moment der Solidarität zu bieten. Aber jetzt spürt sie ein Reißen im Unterleib, als würde ihr dort glühende Flüssigkeit eingeflößt. Alle Sorgen kamen wieder.

Von den neuen Schwächeschüben erschöpft, presste sie ihre zitternde Hand auf den Bauch. »Ich bin übrigens Ruth«, raffte die Frau sich auf. »Er war mein Mann, mein Ex-Mann …« Die nicht unerwarteten Worte kamen trocken wie ein Wüstensturm. Lior wurde übel. Zu spät fiel ihr der Toast ein, den sie vorhin mit Appetit verschlungen hatte: zu viel Butter. Das Schwindelgefühl, das ihre Schwäche begleitete, schüttelte sie. Ihr Zuhause, das Bett, die Dunkelheit, kamen ihr kostbar und fern, sehr fern vor, als ob sie sich nie mehr dorthin zurückziehen könnte. Draußen war es jetzt abscheulich, manchmal grau, manchmal gelblich trüb. Sie versuchte, sich davor zu schützen. Das Wetter hatte sie doch vorhin nicht gestört, ihr sogar Vergnügen bereitet. Und wieso störte es sie jetzt doch? Sie halluzinierte, dass sie sich hinter dem Tresen zusammenrollte, im schattigen Raum zu Füßen der Frau. Es war so armselig, sich dort verstecken zu wollen. Verärgert schloss sie fest die Augen. Dunkelheit, Blindheit, das verschaffte ihr Erleichterung.

Zuckungen durchliefen ihren Körper. Ihr war, als ob sie

gleichzeitig die Zuckungen durch ihren Körper verfolgte und den Raum musterte, um im Laden nichts zu beschädigen, falls sie ohnmächtig wurde. Undeutlich hörte sie noch den Singsang der Frau, deren Stimme zum Schrei wurde. An mehr erinnerte sie sich nicht.

Zusammenbruch der Träumer

22. April

Die Träumerin schlug die Augen auf. Der Wiederträumer war nicht da, war von zu Hause abgehauen. Es war frühmorgens, vier Uhr dreißig. Aus dem Traum verbannt, lag sie im Dämmerzustand auf dem Sofa im Wohnzimmer, das wie nach einem Pogrom aussah: Ein Raum, an dem der Geist scharfer Bosheit haftet. Eine Luft zum Ersticken. Die Arena zurückgeholter Träume. Jede Nacht wird einer ausgewählt, für zwei ist kein Platz mehr. Wie Gladiatoren kämpften die beiden um ihre Träume.

Sie lag da, der Kälte preisgegeben, streckte die Arme aus und tastete nach der Wasserflasche. Teile ihres Traums kehrten zu ihr zurück. Anders als sonst blieben sie unklar. Das waren Bilder, die sich mit Teilen aus anderen Traumsequenzen vermischten. Der Träumerin kam es vor, als hätten sie Gestalt angenommen. Ein verborgenes Wesen flößte ihr Angst ein, es kam durchs Wohnzimmer auf sie zu gekrochen, ein Urtier, mit Trieben, die Menschen unbekannt sind. Der Traum kam ihr wieder zu Bewusstsein, Schwerter voll Blut. »Das ist nicht mein Traum«, wehrte sie sich, das ist sein Traum, sein Eigentum. Und doch quälte sie immer noch die Frage: Wer war der Schlafende?

Jetzt wachte sie auf. Im Kopf tanzten die Ereignisse aus den letzten gemeinsam verbrachten Tagen durcheinander. Wie sie ihn eines Nachts beschuldigt hatte, Träume eigenmächtig auszusieben. »Ich wollte diesen Traum und du hast ihn nicht zurückgeholt«, schrie sie. Er begründete seine Wahl: »Der Traum hat andere Träume nachgeahmt, die wir bereits zurückgeholt haben.« »Die *wir* zurückgeholt haben«, murmelte sie bitter. Einige Tage vergingen und ein Reisetraum wühlte sie auf. Ferne Landschaften: Wälder und Strände in Thailand, Indien, Birma. Mit einer Reisegruppe war sie auf dem Weg zum Zelt eines Schamanen, der den Reisenden ein Gebräu aus den Wäldern zu trinken gab und ihr Schicksal vorhersagen konnte. Als sie aufwachte und sich kaum an etwas erinnern konnte, war er auf seinem Posten eingeschlafen. Wieder beschuldigte sie ihn, Träume nur nach seinem Gusto zurückzuholen. An einem solchen Morgen ging ihr auf, dass ihr Vertrag Kleingedrucktes enthielt. Um sich ihre Nachtwelt zu erhalten, hatte sie darüber hinweggesehen. Es ließ sich nicht länger leugnen, dass er über ihre Träume herrschte wie ein Despot. Er bestimmte, welchen Traum er zurückholte und welcher verborgen blieb, welcher Teil ihrer Erinnerungen wurde und welcher im Abgrund verschwand. Der Alleinherrscher der Träume fällte das Urteil. Er konnte dem Ablauf des Traums Elemente hinzufügen oder sie daraus verschwinden lassen. Wieder überdachte sie ihren Traum mit Schaudern. Wellen von Eiswasser jagten durch sie hindurch. Nie hatte sie ein Schwert in der Hand gehabt, und der Schauplatz war ihr fremd. Sie hatte doch keine derartig schrecklichen Gelüste und kannte keine solche Grausamkeit. Welche Kontrollmechanismen standen ihr überhaupt noch zur Verfügung? Und wie sollte sie sich mit einem Mann messen, für den die Sprache der Träume eine zweite Sprache war?

Plötzlich hatte sie Mitleid mit ihm. Die Zeit und das Gewissen plagten ihn. Sie, die Frau, die neben ihm lag, konnte ihn nicht mehr ertragen. Ihre Körper hatten einander doch in den Nächten gewärmt und ihr gegenseitiger Anblick war doch der erste am Morgen gewesen. Was war das für ein Erwachen, wenn man gleich verstoßen wurde? Morgens schmeichelte er ihr, hing mit melancholischen Blicken an ihr, umwarb sie. Aber sie drängte ihn aus dem Bett, natürlich nicht mit Gewalt, sondern durch die Art, wie ihr Körper vor jeglicher, auch nur zufälliger Berührung zurückschreckte.

War es nicht andererseits ein Menschenrecht, das Maß selbst festzulegen, wie viel vom eigenen Seelenleben man preisgab? Welche Geheimnisse aufgedeckt und welche vor anderer Augen verborgen bleiben sollten? In letzter Zeit löste jeder Blick, den der Wiederträumer auf sie warf, ein ungutes Gefühl in ihr aus. Plötzlich kamen ihr sein Auftreten vor anderen Leuten eitel und verlogen vor. Denn er entzifferte doch die Geheimnisse hinter ihren Gesten und jonglierte damit nach Belieben. Er kannte die Diskrepanz zwischen Innenleben und äußerer Erscheinung. Sie konnte sich nicht tarnen, er konnte ja vergleichen und beides zusammenbringen. Mit Schrecken wurde ihr klar, dass sie in seiner Gegenwart keinen Ort des Rückzugs hatte. Jeder Mensch braucht doch einen verschlossenen Raum im eigenen Bewusstsein, eine innere Welt mit Gesetzen, die niemand anders kennt als er selbst. In diesem unzugänglichen Schrein nehmen Gedanken, Einsichten, Befürchtungen und Entschlüsse Form an. Und der Wiederträumer? Umging nicht nur äußerliches Verhalten, sondern überwand auch ihre inneren Barrieren. Wo würde er Halt machen?

Erst in dem Raum, der ihre Seele aufwühlte. Dorthin war ihr eigener Zugang begrenzt, zufällig und immer nur partiell. Es war der tosende, verborgene Raum, den sie nicht sehen konnte, »Schöpfer der Träume« könnte man ihn nennen. Wie jeder Andere war sie im Raum der Träume eine Fremde. Doch der Wiederträumer hatte sich dort eingenistet, hatte diesen Raum erobert und beobachtete ihre Träume, als ob er eine Landschaft besichtigte. Sie selbst konnte die Feinheiten ihrer Träume nicht erkennen. Deshalb holte er die Handlung, von der sie nichts wusste, zurück. Er war wie einer, der einem jungen Paar fröhlich ihr Baby zurückgab. Das Paar hatte das Baby nicht nur nicht verloren, es hatte gar nicht erst gewusst, dass es eines hatte. Er legte es ihnen in die Arme.

Der letzte Traum war der seine, klagte sie ihn an und hatte zugleich Zweifel an dieser Anklage. Wie sollte sie erkennen, wie viel Wahrheit in den zurückgeholten Träumen war? Er war der Herr, der nach Belieben sammelte und archivierte. Allmählich wurden Einzelheiten des Traumes klarer, der Tötungsimpuls, ihre Zähne, die in die Wurst bissen, die Risse in der glatten Haut des Schlafenden. Ja, der Traum stieg jetzt wieder auf mit all den kleinen Lügen, mit seiner Wollust, mit dem archaischen Wunsch, anderen Böses anzutun, mit dem Aufblitzen von Megalomanie, mit Neid, kurz, mit dem ganzen Gemisch, das in jedermanns Unterbewusstsein brodelt. Die Träumerin stand auf und floh aus dem Wohnzimmer. Bestimmt stoße ich gleich gegen irgendwas, dachte sie, wagte es aber nicht, das Licht anzumachen. Bedrängt von zahllosen Träumen, fischte sie aus jedem das Hässlichste und Armseligste heraus und suhlte sich darin. Aber obwohl er nicht in der Wohnung war, suhlte sie sich nicht allein. Der Mann, der Morgen für Morgen an ihrer Seite aufwachte, suhlte sich mit ihr. Zusammen wateten sie durch die Sümpfe ihrer Träume, eine Sünde, für die es keine angemessene Strafe gab. Verzeihen konnte sie das für eine begrenzte Dauer. Denn er war immer ein Eindringling, auch am Ende ihrer Traumtänze, auch dann wenn sie innehielten, um durchzuatmen, die Muskeln zu lockern oder sich zu fragen, wo sie überhaupt waren. Es genügte, dass sie sich in die Augen sahen. Schon sah er in sie hinein und erblickte ihre Geheimnisse. Sie erinnerte sich, wie sie neulich versucht hatte, Widerstand zu leisten, ihn zu vertreiben und ihre Geheimnisse mit Schutzwällen zu umgeben. Dafür brauchte sie so viel Willenskraft, dass es darüber Abend wurde und Nacht. Gegen Mitternacht kam das Bedürfnis, sich im Schoß eines neuen Traums zu wiegen. Da würde sie dann selber die Wälle niederreißen und dem Wiederträumer den Zugang erlauben. Nicht nur das, sie würde ihn anflehen, sich in den verbotenen Bereich zu begeben und dort einen Traum für sie zu holen.

Der Wiederträumer ging die Straße entlang, mit seltsamen Schritten wie aus dem Schlaf heraus. Er entfernte sich vom Wohnzimmer, wo mit Schwertern zugeschlagen worden war. Schwerter um Schwerter in den Bauch, in die Brust, in den Hals. Er entfernte sich von ihrem mordgierigen Gesicht. Müde und verschwitzt hielt er bei einem Baum an und umarmte ihn. Der Geschmack im Mund war bitter, er sammelte Speichel und spie ihn aus, spuckte immer wieder. Sah den gelben Auswurf an, atmete erleichtert aus und spürte neuen Schleim in Hals. Er hustete, wie sein Vater es ihm beigebracht hatte, muss alles raus, man muss die Krankheit ausspucken. Jetzt ging es ihm besser. Vor kurzem war in der Allee ein Zelt errichtet worden. Gut, gut. Er erinnerte sich an das dumme Gerede im Büro, eine Initiative, irgendetwas mit Bettlern sollte da sein. Alle waren begeistert. Ein paar junge Männer wollten sogar hundert Flaschen Cola spenden, der Vater von einem war mit einem Getränkehändler befreundet. Wie diese Mäuse mit den dürftigen Seelen, diese verwöhnten Kinder, ihr Mitleid genossen! Sie waren durchdrungen von diesem verdammt guten Willen. Jemand schlug gleich noch vor, auch einen Fernseher zu spenden. Er murmelte in sich hinein: »Vielleicht ist es ja der einzige Vorteil, den sie haben. Sie können den Mist nicht sehen, den wir produzieren …« Das hörte niemand, er war ja sehr vorsichtig in diesen Dingen. Außerdem produzierten sie nicht wirklich Mist. Er liebte seine Arbeit. Es gab einige ausgezeichnete Projekte.

Das Zelt war dunkel und sah von fern wie ein riesiges Segelschiff aus. Durch die Ritzen sah er schlafende Körper, um die zwanzig, vielleicht mehr. Er schaute zum Wohnzimmerfenster hinauf. War sie schon aufgewacht?

Es war ihm schon schwergefallen, sich an die Rolle des Dienstleisters zu gewöhnen. Nun sollte ihm auch die Montur eines Bösewichts passen. Man zieht einem Schlafenden fremde Kleider an, und sobald er aufwacht, behandeln ihn die Menschen diesen Kleidern entsprechend. Oft liegen zwei auf einem Bett, der Eine schläft, der Andere ist wach. Der tiefe Schlaf des Einen lässt alte Sünden des Anderen auferstehen, facht aktuelle Sünden an und produziert vor allem neue. Er erinnerte sich, dass sein zweiter Kommandeur in der Rekrutenzeit einmal gesagt hatte, wenn wir wüssten, wie viel Böses wir den Anderen beim Schlafen antun, wie viel Schuld, Ungerechtigkeit, Hass und Anklagen gegen unsere Lieben wir produzieren, während sie friedlich schlummern, hätten wir Schwierigkeiten einzuschlafen. Er hatte bemerkt, dass seine Rolle bei ihr neuerdings problematisch war. Sie stellte seinen Platz in ihrer Welt in Frage. Diese Veränderungen gingen vor sich, während er getreulich seine Pflichten erfüllte, seiner

Begabung und ihrem Willen gehorchend. Jeden Morgen wurde seine Identität neu definiert: grausamer Wiederträumer, guter Wiederträumer, unfähiger Wiederträumer, Dieb, der sie in den Wahnsinn trieb. Woher kam das Schlafvirus in ihrem Körper? Es gab kein Mittel dagegen, und er hatte es versäumt, auf die drohenden Gefahren rechtzeitig hinzuweisen.

Zwei, die ein Leben teilen, genießen in der Regel ihre Vertrautheit. Der Mensch, an dessen Seite du schläfst und aufwachst, der dir bekannt ist. Seine Gewohnheiten kennst du und sein Verhalten ist voraussehbar, unmöglich, dass er eines Morgens ein ganz Anderer geworden ist. Aber Joel wartete am Morgen nervös auf ihren ersten Blick. Jetzt kam ihm der Gedanke, sie könnte aus dem Fenster schauen und ihn suchen. Er sah nach rechts und links, suchte ein Versteck. Sein Blick fiel auf den Zelteingang. Während er noch überlegte, bewegte er sich schon auf das Zelt zu. Er überquerte die Straße, und je näher er dem Zelt kam, desto stärker und freier fühlte er sich. Das Zelt zog ihn an. Die schwach leuchtende Mondsichel oberhalb einer Wolkendecke tauchte es in fahles Licht. Plötzlich war das Zelt ein Tor zur Wirklichkeit. Er eilte darauf zu, etwas Unbewusstes wiedererkennend. Eine Erregung, wie sie einem großen Ereignis vorausgeht, erfasste ihn.

Im Zelt zirpten Grillen, und die Geräusche von Tieren klangen, als sei man im Wald. Der röchelnde Atem und das Räuspern von Kranken, ein kräftiges Schnarchen, als komme es aus allen Poren. Ein in weißes Bettzeug eingerollter Körper wand sich hin und her. Man schlief hier dicht gedrängt in einem Kreis, in Schlafsäcken, unter Laken und Wolldecken, auf Kissen. Es war modrig im Zelt: Es roch nach saurer Milch, Schweiß und Petroleum. Orangefarbene fluoreszierende Streifen an den Schlafsäcken markierten die Grenzen des Schläferkreises, um ihn herum führte ein schmaler Rasenpfad. Man sah kaum etwas. Der Wiederträumer ging leise, sah sich vor, keinen Schläfer anzurempeln. Auf die nassen Zeltplanen trommelte der Regen. Er ging in die Knie, legte sich hin und kroch auf dem Bauch weiter. Neben ihm lief eine Eidechse. Ich bin auch eine Eidechse, dachte er traurig.

Bei einem Schläfer, der so in seinen Schlafsack eingerollt war, dass nur sein braungebranntes Gesicht und ein Handteller zu sehen waren, erstarrte der Wiederträumer. Er sah ein großes Gebäude, eine mehrstöckige Ruine, und alle rennen. Großes Durcheinander, weißer Qualm. Ein Schrei auf Portugiesisch: »Im Fahrstuhlschacht steckt einer fest.« Der Träumende setzt sich an die Bar. Man serviert ihm ein Bier. Alle schauen auf den Mann, der in die Spalte zwischen Fahrstuhl und Schacht gefallen ist. Er ist kopfüber hineingestürzt, sein Körper ist im Schacht verschwunden, man sieht nur seine Schuhe und ein Stück von den Beinen. Der Träumende kann nicht hinsehen, er hofft, dass der Mann fällt und es aus ist mit ihm. Der Mann schreit aus dem Schacht, schreit, sie seien alle Hurensöhne, Schwule, menschlicher Abschaum. »Bei eurer verfickten Schwester … Helft mir doch, ihr Schweine.« Eine Frau, die er kennt, reißt verzweifelt die Arme hoch. Er fährt mit ihr im zweiten Fahrstuhl nach oben und starrt auf die zu ihm sprechende Spalte. Aus dem Schacht ruft ein Mensch seinen Namen. Sie steigen auf zu einem kleinen See auf der obersten Etage. Jemand ertrinkt dort. »Steckt mit dem Kopf im Grund …« Er blutet. Alle laufen zu ihm.

Der Wiederträumer sprang mit aller Kraft auf, die noch in ihm steckte. Er schlug an die Zeltplane, dass der Aufbau wackelte. Zitternd sah er sich um und triumphierte, als er sah, dass niemand aufgewacht war. Er hatte einen Traum in portugiesischer Sprache verstanden. Er wanderte im Zelt herum, sprachlos vor Erstaunen. Sein Wollpullover klebte ihm am Körper wie festgewachsen. Er kratzte sich am Rücken. Eigentlich wollte er nur raus, doch nun wurde er müde. Er war fest entschlossen, nicht in die Knie zu gehen. Er kam einem mageren Jungen zu nahe, der außerhalb seines Schlafsacks schlief. Er trug dicke Militärunterwäsche. Er sah, wie der Junge durch ein grünes Maisfeld läuft, kleine Bäume, am Himmel Wolken, wie zarter Wellenschaum, auch das Rauschen ist zu hören. Er sieht einen Pfad am Rand eines tiefen Abgrunds. Er geht diesen Pfad entlang. Weit, weit entfernt, hinter grünen Hügeln sieht er weinfarbene Täler, Flüsse und dicke Bäume. Auf einem verschneiten Felsen steht eine Bambushütte vor einem leuchtenden abendroten Himmel. Dorthin schaut der Träumende. Am Ende des Pfads steht ein Turm aus rauen Jerusalemer Steinen. Hinter dem Turm ist nichts. Da ist die Welt zu Ende. Leichtfüßig klettert der Träumende hinauf, bis unters Dach des Turms. Er hält sich am letzten Stein fest, als der Turm erzittert. Und dort, in dem Turm, sieht er Gegenstände, die seinem Vater gehören. Schallplatten, Regale, ein elektrisches Heizgerät und vor allem Zeitungen. Der Träumende nimmt die Platten, die Regale, das Heizgerät und alles andere und steigt vorsichtig hinab. In einem anderen Stockwerk findet er eine Tabakpfeife, Hausschuhe, Geldscheine, Zettel mit der Handschrift seines Vaters. Mit viel Mühe sammelt der Träumende auch das alles ein, kann aber nun nicht weiter hinabsteigen. Wie versteinert hängt er zwischen Himmel und Erde, die Dinge in seiner Hand, kann sich aber nicht rühren. Die Erde bebt, der Träumende fällt und hinter ihm stürzt der Turm ein. Er liegt auf dem Boden und die Gegenstände alle um ihn herum.

Joel hätte den Traum jetzt verlassen können, warum nicht? Aber der Traum war so schön, noch nie hatte er eine so zauberhafte Landschaft gesehen. Wieder und wieder holte er sich die Bilder wie im Rausch – woher hatte der all diese Farben? Er beneidete den Schlafenden, bestimmt war er nicht von hier.

Ihm wurde schwindelig. Ein flüchtiger Blick auf einen der schlafenden Männer reichte aus, um dessen Traum zu sehen. Der Wiederträumer breitete die Arme aus und pumpte seine Brust voll Luft. Er sah glücklich aus. »Gebt mir mehr«, flüstert er. Wie ein Hexer konnte er auf jeden der Schlafenden deuten und dessen Traum herbeizitieren.

Abendessen zu Ehren der »Freunde der Stadt Tel Aviv« im Gebäude der Stadtverwaltung. Zwei Männer und ein Dutzend alter Frauen. Die Tische sind voll mit rotem, mit gut durchgebratenem, mit zu stark gebratenem und mit verkohltem Fleisch. Im Saal wird es heiß, alle alten Frauen fliehen vor der schrecklichen Hitze. Zwei Jungen trinken Tequila mit dem Träumenden, der als Auftragsmörder auftritt. Sie sitzen in einer Laubhütte auf einem Zwillingsturm mitten in einer großen Wüste und erteilen den Auftrag, ein Kind zu eliminieren. Der Träumende ist ein Betrüger. Er verlangt einen großen Vorschuss. Einer der Jungen fragt misstrauisch, seit wann denn ein Auftragsmörder Zeitungsannoncen aufgebe. Dann merkt er noch an, der Turm sei traurig, weil der Zwillingsturm ihn verlassen habe.

Ein weiterer Träumender fährt durch die Meerestiefen. »Das ist der Kriegswagen des Inkubus«, hört er Kinderstimmen sagen. Der Wagen hält am Bett eines jungen Mädchens. Ihr Kleid leuchtet in den Farben der Sonne. Sie trägt eine Maske. »Du wirst Jehoschua, das Genie, genannt, ich liebe dich …« Jehoschua antwortet: »Alle großen Künstler wollten mehr vom Leben als für zwei Groschen Rationalismus. Sehnt sich die Seele etwa nicht nach mehr? Wir leben nicht, um an Pflichterfüllung zu sterben. Mein Selbst ist mir ganz und gar Erleben genug.«

»Ganz und gar«, wiederholte sie mit Entzücken.

»Die Menschen halten sich für normal, aber ihr Körper ist eine Strafzelle aus eiserner Logik. Ich selbst habe meinen Körper schon längst vernichtet, ihn mit Honig eingeschmiert und den Bienen überlassen. Später hieß es, ich hätte mich umgebracht. Aber ich bin wach, ich träume nicht. Ich reise in dieser Kutsche jenseits meiner Biographie. Ich verstehe alles. Jede Erdscholle, auf die ich trete, ist voller Bedeutsamkeit. Aber die Menschen fordern Beweise, dass es Gott gibt, sie wollen ihn sehen. Ich, Jehoschua, habe beschlossen, Inkubus zu sein und mit ihren Frauen zu schlafen. Dann werden sie schon sehen lernen.«

Die Frau mit der Maske streichelt sein Gesicht. Ihre Fingernägel sind rot lackiert. »Du hast es nicht nötig, Inkubus des Satans zu sein. Deine Worte allein sind wunderbar und klar. Ich habe jedes Wort verstanden. Du musst nur mit mir sprechen.« Jehoschua flüstert: »Jetzt bin ich ruhig.«

Ein anderer Träumender kriecht in einer engen Zelle herum, die Hände auf dem Rücken gefesselt. Ratten, die wie Tiger gestreift sind, rennen um ihn herum. Er versucht sie mit den Zähnen zu fangen. Von draußen sind lachende Stimmen zu hören. Das ist kein Gefängnis. Plötzlich packt den Mann eine schreckliche Angst, die Ratten könnten merken, dass er wehrlos ist, und ihn angreifen, statt zu fliehen. An einem Produktionsband in einer heruntergekommenen Hütte schuften Bettler. Vom Himmel fallen brotähnliche Gebilde auf das Band, die Arbeiter sammeln sie ein und verpacken sie in Plastiktüten. Der Träumende versagt. Es gelingt ihm nicht, die Brote zu fassen. Über ihm nimmt eine Wolkenformation die Form eines Gesichts an. Es ähnelt dem eines Freundes. Die Wolke hebt ihn in die Höhe. »Ich werde dir das Geheimnis des Überlebens verraten«, ruft die Wolke, der Freund, dem Träumenden zu. »Ich habe mich nach dir gesehnt. Wo warst du nur, du Arschloch?« »Du bist gestorben«, verteidigt sich der Träumende.

»Sieh mich an«, ruft das Wolkengesicht, »wir sind Staubkörner, wir sind Pferdescheiße.« Der Träumende befreit sich von der Wolke. Er ist im Himmel, er rudert mit Armen und Beinen, wie ein Kind in tiefem Wasser. »Ich glaube an nichts! Sag, kann man im Himmel untergehen wie im Meer?« Der Freund streckt ihm unzählige Arme entgegen und umklammert ihn. »Vergiss es, Jasser, vergiss den ganzen Mist. Wie heißt dieses Lied: ›Wir waren hungrig und das war vor langer Zeit …‹ Am Ende des Tages gehen alle Leute scheißen, stimmt's? Such dir kein Königreich auf Erden, wir stammen nicht vom Affen ab. Schau hin, Ungläubiger! Woher kommt das Brot, das auf euch gefallen ist?«

»Haben Sie sich genug amüsiert?«, flüsterte jemand Joel ins Ohr. Er hatte den Eindringling bemerkt. Joel spürte seinen Atem, so nahe war er. Er öffnete die starren Augenlider zu kleinen Schlitzen. Undeutlich nahm er eine kleine Gestalt mit Wollmütze wahr. Die Stimme hörte sich vertraut an. »Haben Sie sich genug amüsiert?« Es fiel Joel schwer, die Gesichtszüge auszumachen. Er erinnerte sich: Das war sein Bettler. Der Wiederträumer schwieg. Verlorene Träume rumorten in ihm. Zu ihnen wollte er zurück, was musste dieser Idiot sich da einmischen. »Auch ich sehe Träume in den Nächten. In der Nacht in Ihrem Haus hat mich Ihr Fluch ereilt [illegible]«

Er lügt, dachte der Wiederträumer. Er verabscheut mich, weil ich seine Dienste in Anspruch genommen habe, weil ich seinen Vater auf dem Friedhof zurückgeholt habe. Wir hatten eine Abmachung. Er hat sein Geld bekommen, sogar mehr als vereinbart. »Sie können nicht glauben, das ausgerechnet ich genau so bin, wie Sie«, flüsterte der Bettler, »aber gerade das ist logisch.« Er warf einen Blick auf die Schlafenden. Er war darauf bedacht, sie nicht zu wecken. »Jetzt hauen Sie aber ab. Kommen Sie bloß nicht zurück, kein Mensch will Sie hier haben.«

Der Wiederträumer holte zwei Scheine aus der Manteltasche und reichte sie dem Bettler mit zitternder Hand. »Da sind zweihundert Schekel, kein Aufsehen bitte … Sie sollen nur schweigen.« Der Bettler packte ihn fest am Handgelenk. Der Wiederträumer ekelte sich vor der rauen Hand. »Lassen Sie los«, zischte er wütend. Der Bettler verstärkte seinen Griff und drehte ihm die Hand um. »Stacheln« nannte man das in Beth-Hakerem. »Bettler geben Bettlern keine Almosen«, lachte der Bettler höhnisch. »Sie sind der größte aller Bettler. Sie schleichen sich in die Träume anderer, stehlen überall etwas, machen sich auf unsere Kosten eine Verwöhnstunde in ihrer schönen Wohnung mit der Gattin. Armseliger Parasit, hau ab.«

Der Wiederträumer versuchte, seinen Arm loszureißen. Wie von selbst ballte sich die freie Hand zur Faust. Der Schlag war nicht aufzuhalten. Seine spitzen Nägel stachen in die Haut des Bettlers, bis sie blutig wurden. Der Bettler sollte bereuen, jemals geboren worden zu sein. Während er den nächsten Schlag noch vorbereitete, wich der Bettler zurück. Er hatte die Veränderung im körperlichen Zustand des Wiederträumers wahrgenommen.

Der Wiederträumer stöhnte enttäuscht auf. Der Bettler schien zu staunen. Hatte er etwa erwartet, dass Joel sich verschämt entschuldigen würde? War er von der Attacke überrascht? Feigling. Schurke. Weicht einfach aus. Der will sein wie ich? Lügner! Plötzlich spürte er einen Stich in den Pupillen. Sein Blick sank in tiefe Finsternis. Riesige Schleier fielen auf sein Gesicht, legten sich vor die Augen. Sie waren gewoben aus unzähligen Farbtönen, aus Erde, Himmel, Asphalt, Beton, Menschen. Kalter Schweiß brach ihm aus, seine Augenbrauen sträubten sich und die Lider zuckten unablässig. Bilder stürmten auf ihn ein: Türme, eine graue Wüste mitten in einem Wohnviertel, eine Bambushütte stieg als Kutsche in einen brennenden Himmel, riesige Ratten rannten herum. Die Erde bebte. Er konnte sich nicht rühren. Wo war sein Sehvermögen geblieben? Würde es jemals zurückkommen? Der Wiederträumer blieb gebeugt stehen. Er wollte davongehen, aber er traute sich nicht. Der Bettler hatte ihn neugierig beobachtet. Etwas mokant sagte er schließlich: »Also gut, vielleicht wollen Sie ein wenig bei uns bleiben. Ich kann ihnen ja einen Traum wiederträumen.«

Als der Wiederträumer das hörte, erstaunte ihn gar nichts mehr. Seine Augen waren aber so rot geworden, dass der Bettler sich verunsichert zurückzog. Joel stieß einen Fluch aus und verließ hinkend das Zelt. Er hatte überall Schmerzen. Er schleppte sich über die Straße, durchquerte den kleinen Hof und stieg schwerfällig die Treppe hinauf. Die Stiche in seinem Rücken wurden stärker. Er rieb ihn zuerst mit den Fingern, dann kratzte er sich und als das Blut kam, machte er erst recht weiter. Auf der Schwelle seiner Wohnung wurde ihm klar, dass er nur ungern hierherkam. Er öffnete leise die Tür, zog den Mantel aus und stellte die Stiefel im Korridor ab. Ohne es zu wollen, hatte er eine neue Stufe seiner Begabung erreicht. Die fremden Träume gingen ihm nicht aus dem Kopf. Eine Ratte nagte am Gesicht eines Bettlers, ein Kind trauerte auf dem Turm um seinen Vater, Jehoschua als Inkubus schwang Reden von einer Kutsche herab, bergeweise brannte rotes Fleisch, eine Wolke, die Gott anrief.

Er legte sich zur Träumerin. Ihr Körper reagierte auf ihn mit Kälte. Er rückte an sie heran, drückte sich zärtlich an ihren Rücken. Sie schien den Hals etwas zu krümmen, als verlange sie nach seinen Lippen. Hatte er sich die kleine, bedeutungsvolle Bewegung nur eingebildet? Der Frost schien allmählich aus ihrem Körper zu weichen. Langsam, ganz langsam wurde die Haut lebendig. Er küsste sie sanft auf den Hals, wie ein Kind. Ein wohliger Seufzer entfuhr ihren Lippen. Als er sie berührte, war es eine Geste der Reue. Er hatte ihr den Schwertertraum verziehen. Der Vorhang der Nacht war nun beiseitegeschoben, das

Zimmer war voller Licht und ein Bild aus früherer Zeit war zurückgekehrt. Das Geräusch des Atmens, der Kuss auf die Haut, die Art, wie ihr Körper den seinen empfing, kamen aus der Zeit, die vor der Nachtwelt lag, als sie ihm noch schnell verzeihen konnte. Er wollte sie wecken und ihr erzählen, was geschehen war. Doch er befürchtete, sie würde seinen Anblick nicht ertragen. Er wollte nicht wieder abgewiesen werden. Nicht jetzt. Er konnte nur hoffen, dass der Schlaf die Schreckensszenarien begraben würde. Sie sollten schweigen, zurückweichen, verschwinden. Jerusalemer Stein? Warum tauchte so oft in den Träumen Jerusalemer Stein auf?

Die Weiße Nacht

Ende Mai

Es war zehn Tage her, dass Alon eine Vorladung erhalten hatte zur Klärung der Todesumstände des Bettlers. Lior war seitdem sehr krank. Vater hatte ihre Pflege übernommen und verließ selten das Haus. Er wanderte zufrieden in den Zimmern herum, suchte und fand, katalogisierte und verstaute. Er fand sich in die neue Ordnung der Dinge ein. Wo die Handtücher hingehörten, die Silbermesser, der Seifenvorrat, die Medikamente, der Zucker, der Reis, die Cornflakes, Pfannen und Töpfe. Zuweilen stellte er eine eigene Ordnung her. Er ging wie ein Gouverneur herum: Er hatte Entscheidungsgewalt, war Adresse für Beschwerden und übte sein Regiment mit großem Vergnügen aus.

Alon hatte seit dem Morgen, an dem der Verdacht ausgesprochen worden war und er darauf geantwortet hatte, seine Rechte als Mitbewohner verloren. Er durfte sich weiter dort aufhalten, aber er war nicht mehr Teil der Hausgemeinschaft. Ihm war klar, dass Vater und Lior von seiner Schuld überzeugt waren. Er hatte im Gespräch keine Zweifel daran wecken können, im Gegenteil. Er besuchte Lior in diesen zehn Tagen nur zweimal in ihrem Zimmer. Sie hatte sich ganz und gar der Krankheit hingegeben. Er vermutete schon lange, dass sie an der Epidemie erkrankt war, von der der Bettler und viele andere gemunkelt hatten. Weil man auf ihn nicht mehr hörte, wartete er im Treppenhaus auf die Ärzte. Er sagte ihnen, er sei der Bruder der Kranken, und bat sie zu untersuchen, ob sie ein Opfer der Epidemie sei. Einer der Ärzte reagierte spöttisch und ignorant, Alon fühlte sich gedemütigt. Ein anderer Arzt war freundlicher. Die Epidemie sei ein Straßenmärchen der Ärmsten der Armen, nichts als Geschwätz, aber er werde auch diese Möglichkeit untersuchen. »Komische Antwort«, dachte Alon. »Wenn es nur Geschwätz ist, was will er dann untersuchen?«

Vater war inzwischen zu Hause fest etabliert, nichts blieb ihm mehr verborgen. Er kannte jede Ecke und hinterließ Spuren in jedem Zimmer. Im Badezimmer lief sein Rasierwasser aus, Hausschuhe, die silberne Uhr, Brillen, alles lag irgendwo herum wie die Zigarettenstummel im Aschenbecher. Das Wohnzimmer war seine Kommandozentrale geworden. Tagelang saß er dort mit dem schnurlosen Telefon, einem Laptop, Haufen von Papier und einer Flasche »Enthral-de-Luxe Scotch Whisky« mit der schottischen und amerikanischen Flagge auf dem bekannten Etikett.

Jahrelang hatten seine Kinder ihn von dort verbannt und er hatte keinen Widerstand geleistet. Stillschweigend war alles geregelt worden: Von seinen Vaterpflichten wurde er weitgehend entbunden. Die Kinder hatten Verständnis dafür, dass er die Last nicht übernehmen wollte, die seine Frau ihm aufbürdete, als sie ihn verließ. Im Gegenzug durften die Kinder leben, als existiere er gar nicht. Davon hatten die beiden schon im Kindergarten geträumt, wenn sie sich ein Zuhause aus Knete bauten. Dort waren sie die Hausherren gewesen.

Jetzt war Alon dazu verdammt, zuzusehen, wie sein Vater alle Errungenschaften der letzten Jahre Schritt für Schritt beseitigte, seine Herrschaft wiederherstellte und sie vergnügt ausübte. Sie gewöhnten sich allmählich daran, ihn bei der Haushaltsführung gewähren zu lassen. Sie wurden um zehn Jahre zurückgeworfen. Deshalb hielt er sich mit Besuchen in Liors Zimmer zurück. Krankheit hin oder her, sie war schuld an der Rückkehr des Vaters. Ihr verdankte er die Möglichkeit, mit entwaffnender Sorglosigkeit in ihrer Festung umherzustolzieren. Lior hatte sich, was den Tod des Bettlers betraf, mit dem Vater verbündet. Sie hatte in einer einzigen Nacht die Zwillingssymbiose abgeschüttelt. Die Worte, mit denen sie ihn verleugnete, hatten sich ihm ins Gedächtnis eingebrannt. An diesem Morgen hatte er sein Gedächtnis beschworen, den Verrat nicht zu registrieren.

Dabei war ihm schon klar, dass jede Kränkung sich in der Erinnerung einnisten würde.

Die unaufhaltsame Reise des Sturms auf den Sommer zu riss immer mehr Tage mit sich. Ständig ging es um den Tod des Mannes, den niemand kannte. Wie konnte der Tod eines Menschen Lior und Vater so wichtig werden? Früher hätten sie nicht den Rand eines Fingernagels geschweige denn eine Münze in seinen Hut geworfen. Wie kam es, dass sein Tod das Innere dieses Hauses derartig aufwühlte? Wie kam es, dass jede Silbe, jedes Wort, egal, in welcher Angelegenheit ausgesprochen, immer auch den Tod des Bettler thematisierte, dass jeder Blick, wohin auch immer, mit diesem Tod zu tun hatte? Wie kam dieser Verstorbene dazu, in diesem Haus wiedergeboren zu werden?

21.00 Uhr

Der Himmel über der Stadt sah aus, als sei er erschrocken, dass die Massen aus den Straßen geflüchtet waren. Mit Regen und Frost hatte er übertrieben. Seine rasenden Böen hatten Äste abgerissen, Schaufenster zerbrochen und Wohnungen verwüstet. Eine Lokalzeitung in Tel Aviv schrieb: »Das ist das beste Jahr des Glaserhandwerks seit Gründung des Staates Israel. Hunderte haben sich bereits umschulen lassen.« Die Luftströme waren entfesselt. In Fahrtrichtung erzeugten sie einen Schub, dass man vom Boden abhob. In der Gegenrichtung kam man so wenig voran, dass man sein Ziel aufgeben musste. Der Sturm wirbelte die ganze Stadt herum wie die Brandung des tosenden Meers ein kleines Schiff.

Um neun Uhr hatte Alon sich mit dem Bettler an der Kreuzung Dizzengoff und King George verabredet, um Träume wiederzuträumen. Überraschenderweise schien der Sturm an diesem Abend eine Pause zu machen. Der Himmel verwöhnte die geschlagene Stadt mit gleißender Helligkeit. Am ganzen Horizont klarer Himmel, hellblau mit zartlila Lichtsäulen, Spiegelungen der Atmosphäre oder optische Täuschungen. »Göttliche Lichtsäulen in weißer Nacht«, hieß es poetisch in einer Wochenendausgabe. Wo war der Himmel aus Teer bloß hin, der die Stadt verdüstert hatte?

Es war eine Frühlingsnacht, die einem das Haar zerzaust, das Gesicht streichelt und die Rasenflächen parfümiert. »Wie ist das über uns gekommen?«, staunten alle. Die ganze Stadt atmete auf: Den Kaffeehausbesitzern in der Rothschild-Allee ging das Herz auf, sie schöpften wieder Hoffnung. Alle Einwohner, denen die Nächte zu Qual geworden waren, atmeten auf. Sie hätten die Helligkeit am liebsten festgehalten. Bis in die frühen Abendstunden tanzten Lichtstrahlen durch die Fenster, fielen auf Schaufenster und Vorgärten von Cafés und Restaurants. Die orangefarbene Straßenbeleuchtung glänzte mehr denn je. Die Stadt bot ein lange nicht mehr gesehenes Schauspiel. Menschenmassen überfluteten die Straßen, Paare aller Altersstufen, Kinder mit ihren Eltern, Gruppen von Kindern und Jugendlichen. Die Kinderwagen rollten und die Radfahrer jubelten. Die Menschen betrachteten die Stadt mit Erstaunen. Prächtige Lichter, die glänzende Streifen in allen Farben des Regenbogens auf die Blätter der Bäume warfen, auf Betonwände, Kleider und Gesichter, verzauberten sie. »Wie im Karneval«, sagten die Leute begeistert. Sie glichen Häftlingen, die plötzlich aus der dunklen Zelle zum Hofgang ins Sonnenlicht geführt wurden. Aber es gab auch furchtsame Blicke zum verräterischen Himmel hinauf.

Manche Flaneure sagten, diese Nacht sei wie der Doktor, der das Leben des Sterbenden rettete, um nicht arbeitslos zu werden. »Wenn wir hier alle abhauen«, behauptete der Lebensmittelhändler gegenüber Alon und Frau Marina, während er seinen Cowboyhut mit einem Taschentuch putzte, »verliert der Sturm das Interesse. Er braucht uns.«

Der Bettler und Alon betrachteten säuerlich die Menschenmasse in der Dizzengoff-Straße, die aussah wie ein buntes Laken. Vom Platz her schallte fröhliche Musik. Ein großes Publikum hatte sich dort versammelt. Über Lautsprecher ertönte das Versprechen, dass man bis zum Morgen feiern werde, Stars sollten noch auftreten. Auch auf kleineren Plätzen wurde improvisiert, Clowns, Pantomimen und Gitarristen wurden geholt, es wurde sogar gemeinsam gesungen. In jedem Hof spielten Kinder, in den Cafés, auf Parkbänken, Rasenflächen und vor den Schaufenstern saßen Grüppchen. Vom Greis bis zum Säugling war alles vertreten, redend oder singend. Es schien kein Fleckchen Erde zu geben, das nicht betreten wurde. Schon gab es Gerüchte, dass wunderbare Ereignisse bevorstanden. Über die Fassade des Opernhauses sollte eine Kinoleinwand gespannt werden, im Fußballstadion sollte es zu einer Massenparty kommen, die teuren Restaurants in der Vierer-Straße würden Spezialitäten verschenken, am Sheratonstrand sollten Tanz und Gymnastik angeboten werden und Cocktails zum Sparpreis bis zur Volltrunkenheit. Ausgerechnet heute Nacht, dachte Alon, brauchen wir einen ruhigen, abgeschirmten Raum, wo ich einschlafen und Träume produzieren kann. Die Hauptstraße war in beiden Richtungen blockiert. Hunderte von Autos kamen keinen Meter voran. Alon streichelte aufgeregt den Schlafsack, den er am Vortag extra für das Ereignis gekauft hatte. Er gab sich Mühe, den Bettler in der Menschenmenge nicht zu verlieren. Er fühlte sich vom Gewimmel eingeengt, vom Atem der Anderem belästigt: Sie husteten ihm ins Gesicht, berührten ihn, drückten ihre Körper an ihn. Kalter Schweiß brach ihm aus. Er musste stehen bleiben. Ihm wurde schlecht von einem Hamburger, den er vorhin auf die Schnelle gegessen hatte. Der Burger hatte vor Sauce getrieft und war angebrannt. Der Bettler hatte seine Fahne aus verbranntem Fleischgeruch sicher gerochen. Zunge und Gaumen waren ungewohnt trocken, er hatte Durst auf kaltes Wasser. Aber am meisten beschäftigte ihn die Frage: Konnte der Bettler tatsächlich Träume wiederträumen?

Schließlich ließen sie sich im obersten Stock eines Hauses in der Bar-Giora-Straße nieder. »Hier ist niemand, alle sind draußen«, sagte der Bettler. Alon rollte sich schnell in den Schlafsack ein und schloss die Augen. Die Anwesenheit des Bettlers störte ihn beim Einschlafen, so dass er ihn bat, wegzugehen und eine Stunde später zurückzukommen.

Seit er dem Bettler zum ersten Mal begegnet war (in der Nacht, als das Zelt »starb«, wie der Bettler zu sagen pflegte), interessierte er sich nur noch für das das Wiederträumen. Bilder um Bilder von Noa gingen ihm durch den Kopf, Erinnerungen an die Monate ihrer Liebe. Den Rest der Zeit vertrieb er sich mit Ratespielen. Welcher Traum würde in dieser Nacht Form annehmen? Mit allerlei Tricks versuchte er, den Traum im Voraus zu gestalten, bewusst eine Handlung zu entwerfen. Bald stürmten viele traumhafte Erinnerungen auf ihn ein. Er sehnte sich aber nur nach einem einzigen Traum, der ihn und Noa in eine andere Wirklichkeit, eine neue Handlung ihrer Liebesgeschichte tragen würde, jenseits der gemeinsam erlebten Geschichte, erlöst von ihrem Scheitern. Immer wieder sagte er sich das Versprechen des Bettlers vor. Im Wiederträumen würde er den Traum erleben wie Andere Ereignisse im Wachzustand. »Das ist das Geheimnis des Wiederträumens«, hatte der Bettler erklärt. »Das Empfinden ist ebenso wahr wie das Leben, manchmal noch stärker. Du erinnerst dich an den Traum, wie du dich erinnerst, dass du am Morgen im Laden Zigaretten gekauft hast. Der wiedergeträumte Traum wird in deinem Bewusstsein eine klare Erinnerung sein, auffallend, nachhaltig, klar und präzise bis ins letzte Detail.«

Auf diese Weise wollte er Noa berühren, ihre Haut streicheln, zu ihr sprechen und Antwort bekommen. Viel zu lange schon antwortet sie ihm nur noch in alten Erinnerungen, die allmählich etwas abgenutzt waren. Es fiel ihm schwer, mit ihr zu reden, wenn sie schwieg. Er brauchte neue Erlebnisse, damit die Quellen der Erinnerung nicht versiegten. Bald würden sie in der Welt vereint sein, die ihm der Bettler erschaffen wollte. Er wollte seinen Traum dem Bettler überlassen. Doch da tauchte plötzlich ein bärtiger Brillenträger in einem dicken, wollenen Hausmantel auf. »Haut ab!«, schrie er. »Das ist kein Asyl für die Elenden hier!« Da standen sie wieder auf der Straße.

22.30 Uhr

»Was ist das bloß für ein Bettler, der kein einziges Versteck kennt, wo man ein wenig dösen kann?«, dachte Alon mürrisch, als sie sich auf der Hauptstraße einen Weg durch die Menge bahnten. Obwohl es schon Nacht war, waren alle Läden geöffnet. Die Ladenbesitzer wussten, dass man in einer solchen Nacht die Verluste der letzten Zeit wettmachen konnte. »Grob geschätzt, befanden sich zwischen neun und ein Uhr nachts mehr als hunderttausend Menschen auf den Straßen«, stand in der Zeitung. Warteschlangen bildeten sich und niemand war ohne irgendeine Tüte oder einen Karton zu sehen. Der Konsumrausch übermannte und trieb die Menschen von einem Laden zum anderen. Den Kindern im Schlepptau gingen die Augen über, während sie ihre Wünsche herausquengelten.

Alon war verzweifelt. Tiefe Wünsche treffen stets auf tausendundein Hindernis. Er drängte den Bettler zur Eile, zog ihn am Arm, wenn er stehen bleiben wollte. Sie sprachen kein Wort miteinander. Unfreiwillig wurden sie von der Menge mitgezogen, der Musik nach, in Richtung Dizzengoff-Platz. Alon wurde wütend, schubste, schob und fluchte und zerrte den Bettler am Mantel aus dem Menschenauflauf heraus. Sie bogen nach rechts ab und liefen durch eine breite Straße in Richtung Meer. Der Bettler kannte einen Schuppen am Rand eines Hofs voller Müllhaufen. Er schob zwei Holzplanken beiseite und sie zwängten sich durch die enge Öffnung hinein. Alon schürfte sich die Schulter auf. Er fluchte. Das Innere des Schuppens war eine einzige große Staubwolke. Alon hatte von Kindheit an Atemprobleme. Er bekam einen schweren Hustenanfall, der seinem athletischem Körper zwar nichts anhaben konnte, aber den Bettler in Angst versetzte. Sollte Alon hier etwas zustoßen, würde man ihn dafür verantwortlich machen. Heftig trat er gegen die Holzplanken, bis sie zerbrachen. Alon kroch ins Freie und stürzte zu Boden. Er schrie vor Schmerz, aber sein Atem wurde wieder normal. Der Bettler baute sich vor ihm auf, starrte ihn mit dumpfem Blick an und zündete sich müde eine Zigarette an.

Kurz darauf standen sie wieder auf der Hauptstraße. Alons Gesicht war fahl geworden. Traurig schaute er seine Schuhe an. Seine Begeisterung war dahin. Seinen Traum würde er heute Nacht wohl nicht bekommen. Da schlug der Bettler aus Mitleid mit Alon vor, ein Zimmer in einem günstigen Hotel zu mieten.

23.15 Uhr

Ein schmales Viereck wie ein Eisenbahnabteil. An den nackten Wänden ein einziges Schwarzweißphoto. Zwei kleine Jungen in engen Badhosen und zwei Mädchen in Badeanzügen springen Arm in Arm zum Strand. Die Wände waren aus grauem Gips. Die Betten waren nachlässig gemacht, die Laken zerknittert und mit Zitronenduft parfümiert. Kein Badezimmer. Ein Fenster, das auf einen Hof vor der nächsten Gebäudewand hinausging. Das Bett nahm achtzig Prozent des Zimmers ein.

Der Bettler stellte sich ans Fenster und sah hinaus. Er bewegte sich vorsichtig, das enge Zimmer zwang einem zu viel Nähe auf. Alon zog die Schuhe aus und legte sich aufs Bett. »Vielleicht löschen wir das Licht?«, bat Alon nach ein paar Minuten. Seine Stimme klang schläfrig und überraschte den Bettler mit unerwartetem Wohlklang. Sie atmeten im Duett, jeder so leise wie möglich, um den anderen nicht zu stören. Der Bettler, der sonst jede Bewegung mit angestrengtem Schnaufen begleitete, hielt die Luft so lange in den Lungen zurück, bis er fast erstickte. Es sah aus, als sei er müde geworden. Das Schlafbedürfnis überwältigt den Menschen und beeinträchtigt seine Fähigkeit, Dinge zu verstehen. Um den Schlaf zu rechtfertigen, ist jede Ausrede gut, auch wenn man den Schlaf gerade gar nicht brauchen kann. Der Bettler erwog einen Augenblick lang, am Ende des Betts etwas zu dösen.

Minuten vergingen, bevor Alon einschlief. Sie kamen ihm vor wie Jahre. Schlaff und träge streckte er seine Glieder von sich. Die Schmerzen vom Sturz in den Schlamm ließen nach. In der Lakenhöhle war ihm warm und auch der Bettler am Fenster störte ihn nicht mehr. Das war der Zauber des Schlafs. Wo er sich einstellt, mag die Umgebung auch fremd und bedrohlich sein, ist der Schlaf immer ein alter Vertrauter. Der Mensch versinkt in ihm, wiegt sich in ihm, freut sich auf ihn. Der Mensch opfert auch alles für ihn, das wache Bewusstsein, die Gedanken, bricht Arbeiten ab und lässt seine Mitmenschen stehen. Er stürzt sich bereitwillig in Abgründe, setzt sich den Bosheiten irrlichternder Träume aus, ohne zu wissen, was ihn erwartet. Ohne Furcht vor dieser Unwissenheit betritt der Mensch die Gefilde des Schlafs.

Alon nahm den Bettler wahr, sehr nah. Anfangs war er sich nicht bewusst, was da in ihm entstand. Er war schläfrig und unfähig, das Geschehen zu verarbeiten. Geist und Körper waren verstummt. Es war ein Schlaf, der kein wirklicher Schlaf war. Der Bettler tauchte einen Finger in die Tiefen seines Bewusstseins, wanderte darin herum, bahnte sich Pfade in seine Seele. Der herrische, aggressive Finger bewegte sich frei an Stellen, an denen Alon schutzlos war. Er zeichnete eine Gestalt, fügte eine Eigenschaft zu anderen, eine Farbe zur anderen, ein Auge, einen Gesichtsausdruck zum anderen. Der Finger des Bettlers irrte sich in keinem Detail, fing jede flüchtige Krümmung des Körpers und jede Farbnuance ein, etwa solche, wie sie nur bei Sonnenuntergang sichtbar werden. Typische Lippenbewegungen, ein Lidschlag, ein paar Falten im Gesicht, der Finger des Bettlers legte alles bloß.

Alon fügte sich staunend dem Zauber. Die sinnliche Kraft der Gestalt, die da entstand, machte ihn sprachlos. An diesem Traumbild Noas fehlte nichts. Er war zutiefst erregt. Da war sie, wie er sie nie hätte rekonstruieren können. Da war die zerbrechliche Eleganz ihrer Bewegungen, die Art, wie sie die Augen schloss, während sie die Hände hob, da waren ihre Schultern, die sie träge sinken ließ, da war ihre Haut, die sich mit jugendlicher Glut auflud, lebenshungrig und ein wenig rosig um die Nase, da war der neugierige Blick, offen für die Wunder der Welt. Die Erscheinung der Geliebten war vollkommen. Als sei sie hier in sein Zimmer geraten, bewegte sie sich und erschütterte ihn.

Langsam bekam er Angst. Je länger er den Bewegungen der Gestalt folgte, in ungekannter Weise ihre hyperreale Form wahrnahm, desto mehr schwanden die Sinne aus seinem Körper. Er lag da wie ein Toter. Als er begriff, dass es das fesselnde, flammende Bild war, das all seine anderen Erinnerungen in den Schatten stellte, bekam er einen Schreck. Er war verzaubert und kapitulierte vor einer übermächtigen Schönheit, aber er erstickte daran. Er wollte den Bettler anschreien, genug, aufhören, wollte ihm befehlen, seinen vertrockneten, listigen Finger zurückzuziehen, aber seine Stimme war brüchig. Die Angst legte sich immer enger um seinen Körper. Sein Hals war voll Sand und seine stammelnde Zunge war ein Löffel, der darin grub. Er schaute den Bettler Hilfe suchend an und begriff noch immer nicht ganz, was geschah.

Noas Körper erstrahlte in seinem Bewusstsein in Vollkommenheit. Die Geliebte brachte Alon so sehr in Glut, dass er das Gefühl hatte, sie lasse ihn verbrennen. Ihr beängstigender Glanz erhellte die Dunkelheit. Monatelang hatte er sich abgerackert, um die Dunkelheit zu vertreiben, hatte Bruchstück für Bruchstück aufgehellt. Jetzt war die Dunkelheit verflogen und alles in Licht getaucht. Er hatte Noa wieder wie nie zuvor, seit sie gegangen war. Aber gerade jetzt, wo sie in seinem Inneren so lebendig war, machte der erlittene Verlust ihn sprachlos. Diese teuflische, strahlende Schönheit war der endgültige Verlust, den hatte er jetzt vor Augen. Er lag starr da und bewegte sich nicht, bis auf die Hand, die die Stoffbahn über die Bartstoppeln rieb. Das Kinn blutete schon. Er spürte den eingedrungenen Finger. Der machte mit ihm, was er wollte. Er beherrschte sein Bewusstsein, sammelte Erfahrungen, stellte Untersuchungen an und verhöhnte seine Geheimnisse. Verfluchter pickliger Finger, macht einen krank. Er wollte ihn ausstoßen. Wie hatte er sich nur darauf einlassen können? Ohne jedes Zögern hatte er seine Intimität vor einem Fremden ausgebreitet, einem Bettler, verfluchter Irrsinn.

Stattdessen hätte er nun liebend gern seine Rekonstruktionen wiederaufgenommen. Jeden Morgen war er mit Vorfreude darauf aufgewacht. Sie hatten ihn wie Schatten begleitet, Verbündete und Feinde zugleich. Immer konnte er ihnen etwas hinzufügen, einen Tag, eine Stunde, einen Gesichtsausdruck. Die Mängel der endlosen Rekonstruktion waren Teil ihres Wesens. An ihrer Stelle gab es jetzt diesen wilden, endgültigen Verlust und sonst gar nichts. Er berührte Noas Erscheinung wie ein Trauernder ein Denkmal, erstaunt darüber, dass der Tod wirklich fähig war, zu töten.

Er schrie den Bettler an: »Nimm den Finger weg, nimm ihn

weg!« Doch seine Stimme war nicht zu hören. Noas Erscheinung wuchs und wurde noch klarer. Der verfluchte, aufdringliche Finger des Bettlers fuhr fort, feilte an den Rändern des Bildes, vervollständigte es und hinterließ Narben in seinem Bewusstsein. Noa stand vollständig und leidenschaftlich in aller Schönheit in ihm auf. Es war vollbracht. Er hatte sie verloren. Der Bettler ließ ab. Der Traum war wiedergeträumt, es wurde hell im Zimmer.

Alon hatte verstanden: Das Urteil war gesprochen. Sobald sein Wunsch, Noa zu sehen, in Erfüllung ging, wurde ihr Verlust endgültig. Er schloss die Augen.

01.25 Uhr

Als er erwachte, fiel sein erster Blick auf das Photo: Kinder auf dem Weg zum Meer. In der Dunkelheit war das Photo grau, das Meer schwarz. Der Anblick der Kinder schmerzte ihn. Zweifellos ein altes Bild. Wo waren sie jetzt? Lebten sie überhaupt noch? Wo war die Welt dieses Bildes geblieben? Für seine Augen, die Augen des Betrachters, war diese Kindheit mumifiziert worden. Das waren nicht einfach Kinder, das war eine purifizierte Essenz von Kindheit mit all ihren Attributen: Schönheit, Fröhlichkeit, sorglose Unschuld. All das war in diesem einen Bild. Wer kann das ohne Trauer betrachten?

Jetzt merkte er, wie erschöpft er war. Er ließ das Kinderbild sein und rollte sich Wärme suchend in die Laken ein. In den letzten Sekunden vor dem Einschlafen hörte er lachende Stimmen im Zimmer nebenan. Zwei Männer summten griechische Lieder. Dann kreiste eine Mücke über seinem Gesicht. Waren Mücken nicht eigentlich tot im Winter, oder so? Plötzlich ein innerer Aufschrei, Erschrecken. Die Müdigkeit war weg, die angenehme Körperwärme wurde unvermittelt klebrig. Eben noch schien sein Schlafbedürfnis unüberwindlich, jetzt war es wie weggeflogen. Er schaute sich ängstlich um. Er hatte alles auf den Wiedertraum gesetzt, aber jetzt war er allein. Der Bettler war verschwunden, war einfach weg, und er hatte nichts in Händen. Die schreckliche Erkenntnis traf ihn wie ein Schlag. Mit ihr ließ sich nicht verhandeln, kein Gedanke, kein Kompromiss war in Sicht. Er musste sich ihr beugen: Es gab keine neue Noa, es gab überhaupt keine Noa! Der Sand im Hals hatte jetzt den Geschmack der Niederlage. Er strengte sich an, die Rekonstruktion sofort wieder aufzunehmen, eine Nacht auszuwählen, egal, welche. Aber sein Gedächtnis war so träge, als wollte es andeuten: mein Lieber, es gibt keinen Grund, sich zu beeilen. Er fühlte sich leer, ihm war zumute wie nach einer Katastrophe, als laufe er in einer zerstörten Stadt umher. Noch verstand er nicht, wie das alles passiert war. Er rieb seinen Körper ab, massierte die Muskeln und kämpfte darum, die Stumpfheit abzuschütteln. Weshalb blieb seine Rekonstruktion undeutlich wie im Dämmerlicht? Alle Tage und Abende, die er gesammelt und katalogisiert hatte: sie hatten ihre Farbigkeit eingebüßt, ihre Fülle, ihre Beweglichkeit, sie waren grau und stumm geworden wie das Photo der Kinder am Meer. Matt lag er im Bett und schaute es wieder an. Seine Rekonstruktion war genau so starr und endgültig geworden. Er fühlte, wie ihm die rekonstruierte Noa fremd geworden war, als hätte er sich meilenweit von ihr entfernt. Er sah sie von der Seite an wie ein unbeteiligter Zuschauer. Das Empfinden, sie zu besitzen, war weg. Wo war jetzt die umsichtige Fürsorge, die mächtige Liebe geblieben? Der Bettler hatte ihm die Rekonstruktion gestohlen. Wenn er das Gestohlene nicht zurückbekam, würde der Lärm wieder zurückkehren. Er schrie auf. Sein Schrei durchdrang die Wände und Fenster, flog in die Welt hinaus.

Seine Bewegungen eilten mechanisch seinen Entscheidungen voraus. Er stürmte los, sprang die Wendeltreppe hinab, stieß an das Geländer. Egal, was sich ihm in den Weg stellte, in Gedanken war er schon auf der Straße. Er packte den runden Knauf der Hoteltür auf der Terrasse, rüttelte daran, eine volle Minute lang, bis er begriff, dass die Tür abgeschlossen war. Er läutete heftig die messingfarbene Glocke, trat mit den Stiefeln gegen die Tür, schlug mit den Fäusten auf das kalte Metall ein und schrie den leeren Tresen an: »Ist jemand da? Seid ihr hier?« Er hörte die eigenen Schreie nicht, hörte alle Geräusche wie unter Wasser. Die ganze Zeit hoffte er, den Bettler zu finden. Alle Verwerfungen zwischen ihnen konnten geglättet werden. Der Bettler sollte die Spuren seiner Tat beseitigen, dann würde alles sein wie früher. Es gab keinen Grund, dass nicht alles wieder in Ordnung käme, warum denn nicht, es würde sein, als hätte er ihm niemals seinen Traum preisgegeben. Wenn er Träume wiederträumen konnte, konnte er sie auch verschwinden lassen, das war doch mehr oder weniger der gleiche Vorgang. Er bekäme sein Rekonstruktionen zurück, der Bettler konnte den Traum behalten und Friede über alles. Während er diese Hoffnung nährte, fiel sein Blick auf ein Photo in einem Zeitungsausschnitt an der Wand hinterm Tresen: der Ministerpräsident.

Mit schleppenden Schritten kam nun eine junge Frau in einem Frotteebademantel angeschlurft, ihr lockiges Haar nachlässig blauschwarz gefärbt, an der Kopfhaut waren die blonden Wurzeln zu sehen. Sie gähnte. »Vielleicht hören Sie mal auf, zu schreien«, rügte sie ihn mit verschlafener Stimme.

»Ich will weg! Checkout, verstehen Sie?«

»Das macht hundertundfünfzig Schekel.«

Er suchte im Mantel, in den Jeanstaschen nach Scheinen. Hatte er überhaupt Geld? Doch, sicher. Er erinnerte sich genau, dass er aus der Schublade in Liors Schrank vier Scheine genommen hatte, vierhundert Schekel, das Honorar des Bettlers. Da dämmerte ihm, dass ihm das Geld gestohlen worden war. Der Typ hatte nichts ausgelassen. Er hatte nicht nur seine Seele geraubt, sondern auch sein Geld mitgenommen. Verfluchter Bettler. Geh zur Hölle und versteck dich dort, ich krieg dich. »Man hat mich ausgeraubt«, schrie Alon und deutete auf die Welt draußen vor der Tür, die an allem schuld war. »Der Mann, der mit mir zusammen war.« Er fürchtete, die Frau könnte die Polizei rufen und der Bettler durch diese ganzen Scherereien Zeit gewinnen, um unterzutauchen. Überraschenderweise schien seine Not das Herz der Frau zu erweichen. Vielleicht war sie einfach auch nur sehr müde. »Dann zahlen Sie halt morgen«, murmelte sie. Er nickte eifrig. »Unterschreiben Sie hier.« Er unterschrieb. Er hörte den Summer der Tür und stürzte hinaus, zurück auf die Straße.

01.45 Uhr

Der Karneval in Tel Aviv war vorbei. Vom schwarzen Himmel bis zu den Straßen herrschte wieder Finsternis, die Böen schmerzten wie immer auf der Haut, und am Horizont baute sich ein bedrohlicher Wolkenfächer auf. Die Frühlingsnacht war in alle Winde verflogen. Alon bewegte sich zwischen Müllhaufen aus Papier, Fernseherkartons, Zigarettenkippen, Pizzatüten, MacDonalds- und Burger-King-Schachteln.

Die Straßen gehörten jetzt den Nachtmenschen, den Bettlern und Ausgestoßenen, die am Leben der Städter nicht teilhatten. Sie konsumierten nicht, machten keine Geschäfte, ließen sich selten bei Tageslicht blicken, benutzten die öffentlichen Verkehrsmittel nicht und hockten nicht in den Cafés, sie waren weder Arbeitgeber noch Arbeitnehmer. Schwarze und Weiße, Junge und Alte, Lautstarke, Vernarbte, Leute mit vom Suff aufgedunsener Haut, mit unsteten Augen, die immer nach brauchbaren Fundstücken forschten oder des Suchens schon müde waren. Ihr Murmeln und Flüstern war ein Sprachengemisch aus Hebräisch und Russisch, Portugiesisch und Arabisch. Sie verständigten sich auch in einem Englisch, das eigentlich keines war und doch funktionierte. Sie sprachen leise, weil ihnen ihr Status als Schattenmenschen wohl bewusst war. Ihre Randexistenz im öffentlichen Leben der Stadt sollte vor der Allgemeinheit verborgen bleiben, die ihnen als Gegenleistung die Gnade erwies, sich an den Abfällen gütlich zu tun. In dieser Nacht war die Gelegenheit außergewöhnlich günstig: Überall hatten die Menschenmengen Reste von Essen und Getränken hinterlassen.

Zwei Jungen rannten nach einer kleinen Tüte, die aus dem Gipfel eines Müllbergs ragte, um die Wette. In der Tüte war ein Schatz: ein halber Bagel. Sie rissen ihn in Stücke, ohne darauf zu achten, ob ihnen jemand zusah. Einer der beiden sah schließlich den mageren, weißhaarigen Mann, der eingerollt in eine blaue Decke zwischen einer Wand und einer Parkbank kauerte. Er wurde von Krämpfen geschüttelt. Sein Kumpel sah staunend zu, wie er zu dem Alten hinlief, sich zu ihm legte und ihn festhielt. Er riss ihm den Mund auf und schob einen Bagelhappen hinein, doch der Alte reagierte nicht, kaute nicht und schluckte den Bissen auch nicht herunter. Der Junge wartete einige Sekunden, fluchte leise, schob seine Finger dem Alten wieder in den Mund und holte das Bagelstück wieder heraus. Er sah nach links und nach rechts. Weil niemand ihn beobachtete, aß er das Stück genussvoll auf.

Alon rannte die Straße von einem Ende zum anderen auf und ab. Die Bettler lagen da mit Hüten oder Mützen auf dem Gesicht. Er beugte sich zu ihnen hinab, um ihnen besser ins Gesicht sehen zu können. Wenn sie herumliefen, trat er nahe an sie heran. Einer, ein großer, fülliger Mann mit einem glänzenden violetten Samtmantel, stieß ihn wütend zurück. In Alons Gesicht zuckte kein Muskel.

Wie die Menschen Bettler am Tag wie lästige Störenfriede behandelten, so behandelten die Bettler bei Nacht nun Alon. In seinem schlammbefleckten Mantel war er für sie ein Ruhestörer. Dennoch bewegte sich Alon unter ihnen ohne Furcht. Er hatte keine Hemmungen, sich einer Gruppe zu nähern, in der die Wodkaflasche kreiste. Sie grölten Lieder. Einer schleuderte einen Schuh nach ihm, aber Alon blieb unbeeindruckt stehen. Mit glasigen Augen musterte er einen nach dem anderen in der aggressiven Gruppe. Sein Bettler war nicht dabei.

Die vollständigste Erinnerung, die Alon geblieben war, war das schwarz-weiß Photo aus dem Hotel mit den Kindern, die zum Meer liefen. Das Photo war von hinten aufgenommen worden. Er erinnerte sich an alle Einzelheiten und hätte sie nachzeichnen können, außen die Jungen, Arm in Arm mit den Mädchen in der Mitte. Die Jungen in Badehosen mit nacktem Oberkörper, die Mädchen in Badeanzügen. Eine trug Zöpfe mit Bändern, die andere hatte wild gelocktes Haar. Der Junge rechts wirkte mädchenhaft mit seinen langen fliegenden Haaren, der Junge links überragte alle anderen in der Reihe.

»Suchst du wen?«, fragte ihn jemand. »Etwa unseren Vorsitzenden – seid ihr Freunde? Ihr verbringt wohl viel Zeit miteinander, hab euch vorhin gesehen.« Das Wort »gesehen« sprach er so schrill aus, dass Alon die Ohren klingelten. Alon betrachtete das bärtige Gesicht: Das rechte Auge war rot, wahrscheinlich eine Krankheit, von der Pupille war nur ein Rest zu sehen. Eine Kippe steckte ihm im Maul, und die Gesichtshaut war von weißen Rissen zerfurcht. Soll das etwa ein Scherz sein?, dachte Alon. Weshalb hat er sein Gesicht angemalt? Als ihm dämmerte, dass die Albinofurchen Teil der Haut waren, folgerte er, der Mensch müsse ein Opfer der Epidemie sein.

»Unser Vorsitzender ... ist sich wohl inzwischen zu gut für uns. Zieht nicht mehr mit uns rum, seit er im Fernsehen war.«

»Hast du ihn gesehen?«, fragte Alon.

»Man sagt ja auch, die vom Fernsehen haben Geld hingeblättert, mindestens zweitausend ... Ich hab nicht für ihn gestimmt. Ich hab dem alten Lasarow gesagt: ›Der ist ein Schlitzohr!‹ Aber besonders die Neuen, die sind blöd, die kapieren nicht, wo sie leben. Die wollen hier Demokratien, Abstimmungen, Organisationen ... Die haben gesagt: ›Er sieht respektabel aus, ein gelehrter Mann, er wird unsere Stimme sein, er wird was erreichen.‹ Ich hab zu Lasarow gesagt: ›Verkleidet uns nicht als was, was wir nicht sind.‹«

»Hast du ihn gesehen?«

»Ich habe ihnen gesagt: ›Dem ist alles egal ...‹ Das sieht Lasarow jetzt auch ein. Armer Kerl, der alte Lasarow. Hat an diesen Burschen geglaubt. Ich habe zu ihnen gesagt: ›Wir hätten einen Anführer wählen müssen, der nicht abhauen kann, für den das hier sein Schicksal ist.‹ Und das Schlitzohr, dein Freund«, der Mann presste die Lippen zusammen, »läuft rum und gibt Anweisungen ... Es wird Geld geben, Organisationen werden helfen. Inzwischen ist er im Fernsehen. Ich habe zu ihnen gesagt: ›Er lügt uns alle an.‹« Der Mann hustete und spuckte die Kippe auf die Straße. Dann blickte er Alon erwartungsvoll an, ob er seine Anschuldigungen verwarf oder bestätigte.

»Wo ist er?«, schrie Alon.

»Woher soll ich das wissen. Er macht halt seine Kapriolen.«

Während er weiter auf den Straßen umherirrte, klopfte Alon die Mauern seiner Rekonstruktionen ab, um zu sehen, ob irgendetwas die Vernichtung seiner Erinnerung überstanden hatte. Manchmal kamen da Bildreste von ihm und Noa auf, doch von seiner sorgfältigen Rekonstruktion war keine Spur mehr da. Es gab kein Gestern, Heute und Morgen. Es herrschte ein Chaos, wie es eine Umzugsfirma hinterlässt, die alle Gegenstände, alte und neue, kostbare und billige, wild durcheinander ins Wohnzimmer stellt. Von Alons Werk waren nur noch Splitter übrig, Spuren des einstigen Turmbaus.

Er kämpfte sich, hartnäckig mit den Armen rudernd, die Ben-Zion-Allee hinauf. Kräftige Böen erschwerten ihm das Gehen und brachten ihn aus dem Gleichgewicht. Er forderte ein Erlebnis mit Noa, einen Traum oder eine Erinnerung. Aber wo Noa sein sollte, war Leere. Das brandende Leben, das sie umgeben hatte, war verflogen, stattdessen albtraumhafte Stille. Zuweilen hörte er, wenn er an das Photo dachte, das Rauschen des Meers.

Noa war in den Kellern seines Bewusstseins verschwunden. Er ging ihren Spuren in Schluchten und Felsspalten nach und suchte nach einem inneren Bild von ihr, an das er sich halten konnte, während er seinen Körper zur Suche nach dem Bettler antrieb. Seine und Noas gemeinsame Welt ließ sich nicht festhalten. Er versuchte, Texte aufzusagen wie ein Kind ein auswendig gelerntes Gedicht. Die Worte zitterten und tanzten im Mund und fanden ihre Ordnung nicht. Er versuchte es mit den vertrautesten Erinnerungen. Die erste Nacht – wo waren sie sich begegnet? In welchen Straßen waren sie herumgelaufen? Wo hatten sie sich voneinander verabschiedet? Die zweite Nacht – was hatte sie an? Wie hatte sie die Haare frisiert? Die Schminke? Lippenstift, Lidstrich, etwas Glitzerpuder. Nein ... Plötzlich sah alles blass aus. Wo war die neue Noa, die der Bettler ihm versprochen hatte? Wo war die alte Noa? Der Bettler hatte ihm nichts gegeben, im Gegenteil: Er hatte sie ihm genommen. Er hatte Alon im Hotel übel mitgespielt. Nichts kehrte zurück. Er sah sich aus seinem dichten, gut organisierten Erinnerungsraum vertrieben. Dort hatte er in den letzten Monaten gelebt. Dieser Raum war nicht seine zweite, sondern seine erste Heimat gewesen. Ein Riss war durch ihn hindurchgegangen, und alle Erinnerungen waren wie Vögel hinausgeflogen.

Nun war nichts mehr selbstverständlich, nicht die kleinste Bewegung. Er bog nach rechts in die Rothschild-Allee ab. Auf der Kaffeehausmeile war noch Licht in einigen Lokalen. Die Angestellten stellten die Stühle zusammen, wischten Tische ab und putzten die Fußböden. Von dort näherte sich ein Wagen, hupte ihn an, erwischte ihn mit einem Schwall aus einer Pfütze. Seine Füße verloren den Halt, das Wasser stand in seinen Schuhen, die Socken waren durchnässt. Er war noch ein wenig schwerer geworden. Er hatte die Gewalt über seinen Körper verloren. Auf einmal war sein Körper ein übermächtiger, unbegreiflicher Feind. Abrupt hob sich die Schulter, er verlor das Gleichgewicht. Zum Glück fiel er nicht hin. Er beschleunigte seine Schritte und konzentrierte sich auf seine Bewegungen, einatmen, ausatmen. Mit jeder Sekunde löste Noa sich weiter auf. Er starrte auf die nächste Kreuzung, markierte sie als Ziel und erteilte dem Körper Befehle: Schneller, bitte, Beeilung … Bald wird er dem Bettler begegnen, er muss ihm begegnen.

Er stellte sich vor, er fiele hin. Die Aussicht zu stürzen beruhigte ihn, die Aussicht auf das Schwinden der Sinne, die Ohnmacht. An der Kreuzung Allenbi – Rothschild-Allee war es so weit. Die Welt geriet ins Wanken. Sein Körper neigte sich nach vorne, er streckte die Arme aus und sah den Asphalt auf sich zurasen. Er bereitete sich auf den Aufschlag vor. Wenige Augenblicke zwischen Sein oder Nichtsein waren geblieben, zwischen Lärm und Taubheit. Das Selbst, das sich erinnert und zugleich nicht erinnert, spürt, wie es fällt.

Die Träumerin

Ende Mai

Am Morgen erwachte die Träumerin. Bilder aus ihrem letzten Traum, bestechend lebendig, standen vorbildlich geordnet wie eine Packung neuer Spielkarten vor ihr. So eine ordentliche Abfolge war selten bei der Erinnerung an Träume, vielleicht hatte sie doch etwas von ihrem Partner gelernt. Melancholie stellte sich ein, wie immer, wenn Menschen aus einem zauberhaften Traum vertrieben werden, von dem sie glauben, er sei viel zu früh abgebrochen worden. Der Traum spielte in einem Badezimmer mit blauen Tapeten, die sich von den Wänden lösten. In der Mitte hing die Bleistiftzeichnung eines traurigen Drachens auf weißem Papier. Der Boden hatte außergewöhnlich breite, gefleckte Kacheln. Sie liegt in der Badewanne und ist siebzehn Jahre alt. Sie schöpft warmes Wasser und bringt es an ihr Gesicht. Plötzlich hört sie ein leichtes Knarren vom hohen Fenster her, das sich dicht unter der Decke befindet. Es lässt sich nicht richtig schließen und beunruhigt sie. Ihr Stiefbruder Adam beobachtete sie immer, wenn sie duschte. Wenn seine Augen abends lüstern ihren Körper taxierten, fühlte sie sich schuldig wie eine Verführerin. Sie verriet ihn nie, aber eines Tages erwischte ihn sein Vater. Durch Schläge und Drohungen fand er heraus, dass die Peepshow schon zwei Monaten lang stattfand, und jagte das Mädchen aus dem Haus.

Zwischen Tür und Toilettenschüssel sitzt Lior. Grauweiße Strähnen kräuseln sich in ihrem schwarzen Haar, das sie zu einem ordentlichen runden Knoten zusammengebunden hat. Sie trägt ein graues Kleid aus grobem Stoff, das ihre Figur nicht betont, sondern ihr lediglich als neutrale Hülle dient. Aufrecht sitzt sie dicht bei der Tür und sieht kühl und mürrisch der Träu merin zu, wie sie im Wasser planscht. Ihr stumpfer Blick bezeugt, dass sie sehr wohl weiß, dass sie sich als vorübergehende Erscheinung in der Welt der Träumerin aufhält.

Die Träumerin umwirbt Lior wie ein kleines Mädchen, bittet sie, näher zu kommen. Lior stellt sich neben sie, um zu erfahren, was die Träumerin von ihr will. Die Träumerin erfasst Schwindel erregende Lust, Liors Körper zu berühren. »Gib mir die Hand«, bittet sie und versucht, ihre Stimme locker klingen zu lassen. Lior soll nicht merken, wie aufgeregt sie ist. Lior setzt sich, der Tür zugewandt, auf den Wannenrand. Ihre Körperhaltung signalisiert Distanz. In der einen Hand hält sie ihr Strickzeug, mit der anderen trommelt sie auf die Wanne. Sie hält sie ihr hin, als ob es nicht ihre eigene sei. Hinter den Fingern lugen die schwarzen Augen des Voyeurs hervor. Die Träumerin taucht unter, um ihr lustvolles Verlangen zu beherrschen. Dann träufelt sie etwas warmes Wasser auf Liors Hand und ihre zarten Finger. Die Finger rühren sich, sie können sich dem Genuss der Wasserwärme nicht entziehen. Die Träumerin bemerkt, dass die Finger sich bewegen, und gießt ein wenig Wasser auf den Handrücken, massiert ihn leicht mit dem Daumen der linken Hand. Sie denkt an all die Tage, an denen sie stumm neben Lior gelegen hat, während sie sich nach größerer Nähe gesehnt hat und ihr die unmöglichsten Phantasien durch den Kopf gegangen sind. Allmählich vergeht ihre Scheu. Liors Handrücken färbt sich bereits glühend rot, im vollkommenen Gegensatz zu ihrer sonstigen Blässe. Das signalisiert Bereitschaft. Vom Fenster her ist starkes Knarren zu hören und danach ein Stöhnen. Sie schaute nicht einmal hin.

Sie küsst Liors Handrücken, kein Stück Haut lässt sie aus. Sie nähert sich den Fingern, an einem saugt sie. Wo die Finger mit dem Handteller zusammentreffen, hört sie auf. Sie legt sich Liors Hand auf den Bauch, bewegt sie behutsam auf und ab und stellt zufrieden fest: Endlich streichelt sie mich. Sie wagt nicht, Liors Körper anzusehen. Ihr umherirrender Blick trifft auf Adams weit aufgerissene Augen. Sie zieht eine Grimasse und streckt ihm die Zunge raus. Nur stumm die Lippen bewegend, sagt sie zu ihm: »Blödmann, benimm dich doch nicht, als hättest du Madame Bovary im Ghetto gesehen.« Je mehr Zeit verstreicht, desto unklarer wird, ob es die Träumerin ist, die die streichelnde Hand führt, oder ob Lior Lust auf ihren Körper bekommen hat. Die Träumerin will den Zauber, der jedem Anfang innewohnt, erhalten, den jungfräulichen Genuss der ersten Annäherung. Noch droht er zu verfliegen, man zweifelt an ihm und berauscht sich zugleich daran, dass er Wirklichkeit geworden ist. Die Traumreise geht zu Ende. Seltsam, während sie noch träumt, ist die Leidenschaft unerfüllt geblieben. Sehnsucht nach Lior – damit wacht sie auf.

War er zu dieser Zeit schon wach? Zwar benahm er sich so, als sei er gleichzeitig mit ihr aufgewacht, aber sie bezweifelte es. Sie betrachtete seinen Kopf und Hals. Die Details sahen abscheulich aus: die schwarzen Bartstoppeln am Hals, das fettige schlaffe Kinn, die Kältepickel in den Mundwinkeln, die glänzende Haut an der Nase mit den hässlichen schwarzen Punkten, die erweiterten Pupillen, der allwissende Hochmut in den Augen, die dicken Augenbrauen, die sich bis zu den Schläfen zogen und den oberen Rand der Augen fast verdeckten. Sie ekelte sich vor dem ganzen Gesicht. Auf einmal wusste sie, dass sie nicht zufällig aufgewacht war. Er hatte sie geweckt! Er hatte sie gestoßen oder in die Hüfte gezwickt, er kannte ja die Zerbrechlichkeit ihres Schlafs. Warum hatte er sie geweckt? Weil er den Traum gesehen hatte und ihn abbrechen wollte. Jetzt tat das Schlitzohr so, als sei es soeben aufgewacht. Wenn sie ihn beschuldigte, würde er alles entschieden in Abrede stellen. Wie sollte sie es ihm beweisen?

Auch diesen Traum, der ihr kostbarer wurde, je mehr seine Einzelheiten verschwammen, hatte er mit ihr geteilt. Sie teilten ja alles, das heißt, alles, was ihr gehörte. Was ihm gehörte, teilte er nicht mit ihr. Er schämt sich nicht einmal, Träume zu stehlen, er war ja von Kindheit an ein Meisterdieb. Sie ärgerte sich. Seit Wochen schon hatte er ihr keine Träume mehr zurückgegeben. Seit dem Tötungstraum hatten sie nicht mehr darüber gesprochen, eine stillschweigende Übereinkunft. Er arbeitete bis in die Abendstunden hinein. Wenn er heimkam, berichtete er von irgendeinem neuen Projekt, etwas mit drahtloser Kommunikation, und verkroch sich schnell ins Bett. Sie schlief meistens im Wohnzimmer ein. Sie hatte sich daran gewöhnt, dort einzudösen, es war nicht ihre Schuld, nicht sie hatte sich das ausgedacht.

Die Tage verstrichen im Flug. Lior tauchte auch nicht mehr auf, ohne sie machte sich trübe Leere breit. Er behauptete, Lior sei sehr krank. Als sie den Wunsch äußerte, sie anzurufen, um sich nach ihrem Befinden zu erkundigen, sagte er trocken, ihre Eltern stellten keine Anrufe zu ihr durch. Er habe den Eindruck, sie werde gut versorgt. Morgen wollte er sie anrufen, ihre Grüße ausrichten. Das mit den Eltern kam Lior merkwürdig vor. Wie sie wusste, lebte Lior doch mit ihrem Zwillingsbruder zusammen. Vormittags war sie ratlos. Fieberhaft rekapitulierte sie ihre gemeinsame Geschichte seit der Hochzeit. Nachts hielten sie einander manchmal fest. Da entstand Nähe, die die Einsamkeit vertreiben sollte. Sie wechselten ein paar Worte, aus denen Fürsorglichkeit sprach. Vielleicht geschah das in der ehrlichen Absicht, eine Verbesserung herbeizuführen, vielleicht auch nur, weil es nachts immer kälter wurde. Am Morgen wachten sie wieder als Fremde auf.

Jetzt wusste sie, dass die Pause nicht geholfen hatte. Den Beschluss, sich von ihren Träumen fernzuhalten, konnte er jederzeit umgehen. Er kannte den Zugangscode, und sie würde nicht einmal erfahren, welche ihrer Träume er sah und welche nicht. Jetzt, wo sie seit langem zum ersten Mal klar denken konnte, wurde ihr bewusst, auf was für eine Ungeheuerlichkeit sie sich eingelassen hatten. Dahinter hatte ein starker Wunsch gesteckt, an den sie sich nicht mehr erinnern konnten. Der Ursprung all dessen war verloren gegangen. Sie lehnte sich aus dem Bett und suchte die Wasserflasche am Boden. Ihr Ekelgefühl ging in trockenen, bitteren Zorn über. Die Ahnung seiner Mitwisserschaft entweihte den Traum. Sie schämte sich. Vermutlich fand er es lächerlich, wie sie Liors Finger geküsst hatte. Obwohl sie schon aus dem Traum erwacht war, wollte sie ihn vor dem Wiederträumer schützen. Hatte es seit dem Beschluss vielleicht schon andere Träume dieser Art gegeben? Entsetzlich, vielleicht hatte er ihre Leidenschaft für Lior schon längst entdeckt, in Träumen, die er ihr nicht zurückgegeben hatte und an die sie selbst sich nicht erinnerte. Wer weiß, welche geheimen Wünsche, die ihr im Gegensatz zu ihrer Leidenschaft für Lior nicht bewusst waren, noch in ihr steckten? Gut möglich, dass er sie kannte. Die Erinnerung an den genussvollen Traum machte sie jetzt krank.

Es gab Grund, zu bedauern, dass diese Nacht so schnell vergangen war. Nicht des Traums wegen, denn Träume würde es noch geben. Doch diese Nacht sollte ihre letzte gemeinsame Nacht sein.

Dritter Teil

Der Wiederträumer

Juni

Eines Tages kam der Wiederträumer nach Hause und die Träumerin war weg. Bevor sie gegangen war, hatte sie die Wohnung neu gestaltet. Ihr despotisches Vermächtnis bestand in allen Bereichen der Wohnung aus geraden Linien, sogar aus einer Art Quadratur des Kreises. Vierecke überall: Zeitungen und Zeitschriften auf einem Haufen, der wie ein kleiner Hügel aussah, zum Viereck zusammengelegte Kleidungsstücke, die Schuhe Paar für Paar parallel ausgerichtet, zehn viereckige Bücherstapel zwischen der westlichen Wand und dem Wohnzimmer, die beiden Sofas über Eck gestellt: ein halbes Quadrat neben dem viereckigen Esstisch, im Badezimmer alles auf viereckigen Tabletts – Zahnpastatuben, zwei Bürsten, ein runder Kamm, Haarwachs, Haargel, Rasiermesser, Seife, Schlaftabletten, Augentropfen, Nagelschere, Voltaren, blaue Handcreme. Die Milcherzeugnisse im Eisschrank waren im oberen Fach zum Quadrat geordnet – in der Mitte die Butter, in einem anderen Fach bildeten sechs Tomaten und vier Gurken ein Trapez – die Gurken als Begrenzung, die Tomaten in der Mitte, im dritten Fach waren acht verschiedene Nahrungsmittel zum Viereck zurechtgelegt.

In den ersten Tagen zog sich der Wiederträumer zurück. Er verbarg sich in der Wohnung und blieb stumm. Abends kehrte er zur gemeinsamen Geschichte zurück, die in Vierecken angeordnet war. Er wagte nicht, ein einziges mit den Fingern zu berühren. Auch im Kühlschrank respektierte er die neue Ordnung. Es war ihre gemeinsame Geschichte, die ihn aus der Geometrie anblickte, während er sich in der eigenen Wohnung wie ein Fremder bewegte. Er wohnte, ohne die Gegenstände zu berühren. Das Zuhause der Liebenden war zum Museum geworden, dessen Ordnung er nicht stören wollte. Nachts träumte er ihre Träume, vermischt mit den eigenen. Adam, der kleine Junge aus ihrem Traum, der im Kartendschungel verloren gegangen war, tauchte in seinen Träumen wieder auf. Die Träumerin hatte sich geweigert, über Adam zu sprechen. Er sei nicht wichtig gewesen und habe sich nur zufällig in ihre Träume gedrängt. Aber einmal hatte sie für ihn sogar gereimt und zwar nach der Melodie eines Liedes, das er aus der Jugendbewegung kannte. »Ein finstres Geheimnis hat jedermann / er faltet's zusammen und versteckt es fortan.« Im Traum fuhr er mit Adam nach Beerscheva. Adam sagte, er müsse das Bürgermeisteramt um einen Stempel für ein Stipendium »erleichtern«. Im Antrag schrieb er, er wohne in der Sozialbausiedlung.

Welches Stipendium?, fragte sich der Wiederträumer. Während des ganzen Traums bemühte er sich, den Jungen zu beschwichtigen. Der Junge hatte eine abgrundtiefe Abneigung gegenüber der Träumerin. Er glaubte, der Junge hasse ihn wegen seiner Nähe zur Träumerin auch. »Ein Stipendium für die Universität, du Idiot«, knurrte der Junge. Die Sonne schien ihm mitten ins Gesicht. Der Wiederträumer in seiner Einfalt versuchte ihn väterlich zu streicheln. Der Junge wich der Berührung aus. Auf den zweiten Blick sah er, was in ihren Träumen verschwommen geblieben war. Der Junge war sehr schön. In seinen schwarzen Augen lag eine Nüchternheit jenseits aller Kindheitsillusionen, und doch waren diese Augen kindlich. Diese merkwürdigen Augen, der süße mürrische Gesichtsausdruck, das glatte, vom Südwind zerzauste Haar verliehen dem Kind eine schmerzlich anrührende Schönheit. Sie klauten den Stempel aus dem Büro des Bürgermeisters. Zurück auf der Straße sahen sie ein Militärlager neben der Stadtverwaltung. Der Abend senkte sich herab. In einiger Entfernung hinter dem Zaun, zwischen den Pavillons und einer Reihe dicht stehender Bäume sahen sie Soldaten. Adam klagte, er sei hungrig. Der Wiederträumer erschrak und wachte verschwitzt auf.

»Wir sind eins geworden«, murmelte er. Bevor sie verschwand, hatte sie ihn mit ihren Dateien wie mit Viren infiziert. Der Bund war nicht mehr rückgängig zu machen. Er sah ein schreckliches Zukunftsszenarium vor sich: Nie mehr würde er seine Seele von ihrem Bewusstsein befreien können.

Im nächsten Traum lag er unter der Guillotine und wurde geköpft. Am Morgen untersuchte er seinen Kopf eingehend vor dem Spiegel, von vorn, von rechts, von links und mit Hilfe eines weiteren Spiegels auch von hinten. Sein Kopf kam ihm fremd vor, Dinge, die nicht seine waren, sondern die er mit Erlaubnis geborgt und dann geraubt hatte, gehörten jetzt dazu. Während der letzten gemeinsamen Nächte hatte er ihre Träume gestohlen und ihr nichts davon erzählt. Das hatte er vor sich selbst damit gerechtfertigt, dass es letzten Endes nichts Originales gab. Aber jetzt spürte er, wie ihr Bewusstsein ihm Gift einträufelte. Ihre Stimme grollte in ihm, unabhängig von der seiner eigenen Seele.

Jeden Tag, wenn er von der Arbeit kam, taumelte er geschlagen in ihre museale Behausung, die ihn zu verschlingen drohte. Er kapitulierte vor dem scheinbar stillen Raum, der ihm Erinnerungen aus gemeinsamen Tagen entgegenschleuderte. Seine einzige wirkliche Welt war darin begraben, die erste Welt, an deren Erschaffung er beteiligt, in die er nicht einfach nur hineingeraten war. Es war der Ort, wo er gelernt hatte, dass er geliebt wurde. Die Gewissheit, in Zukunft nicht mehr, nie wieder geliebt zu werden, quälte ihn. Die Erinnerung an Stunden voller Zärtlichkeit, in denen er ihre Liebe erfahren hatte, wollte er nun aus dem Gedächtnis streichen. Sie erschienen ihm jetzt als Abweichung von seinem Schicksalsweg. Denn von Kindheit an hatte er gewusst, dass Einsamkeit sein Schicksal war. Sein Leben lang hatte er sich dagegen gewappnet, die Eltern hatten ihn darauf vorbereitet, niemals hatte er erwartet, geliebt zu werden. Aber jetzt wollte er sich mit der Einsamkeit nicht mehr abfinden. Immer würde eine Stimme in ihm sich wehren, Erinnerungen abrufen, seine Sehnsucht wecken.

Angesichts all seiner Niederlagen hatte er eines Morgens plötzlich ein klares Bild vor sich, eine Vision. Er hatte sich von Scham und Schuld befreit. Es lag ihm nichts daran, einer wie alle Anderen zu sein, einfach nur zur Meute zu gehören. Er bemerkte nicht einmal, wie seine Pupillen sich weiteten, bemerkte das Feuer der Erleuchtung in seinen Augen nicht. Nur der Ausdruck boshaften Stolzes auf sein Sendungsbewusstsein blieb ihm. Seine Hände griffen wie von selbst nach einem weißen Blatt Papier und schrieben.

Jetzt fühlte er sich größer. Weshalb hatte er sich die ganze Zeit seiner Begabung geschämt? Weshalb hatte er sie tief in sich verborgen und nur für die Träumerin von ihr Gebrauch gemacht? Hatte er in all den Jahren, die er mit der Begabung lebte, nichts dazugelernt? War die Begabung nicht er selbst?

Er stürzte in kurzem Hemd und Jeans auf die Straße, ohne Mantel und Handschuhe, ohne Wollmütze. Er beachtete den Sturm nicht. Die Leute, in dicke Kleiderschichten eingepackt, erschrockene Wollbälle, waren verblüfft vom Wagemut dieses Menschen, der ohne Rüstung in die Schlacht zog. Er ging ins Café. »Schalom«, sagte er im Befehlston. Alle Augen waren auf ihn gerichtet, als er einen Zettel an die Pinnwand heftete, sich umdrehte und wieder hinausging. Aufrechten Gangs stieg er die Allee hinauf. Im Café hatte er eine Annonce hinterlassen:

> Wiederträumer gibt dir deine Träume wieder.
> Für Terminvereinbarungen Telefon: 5 37 76 91
> Zahlung nur in BAR.

Neu geboren zu werden ist göttlich.

Eindrücke aus einem Sturm: Der schwarze Juni

Je näher der Juni kam und mit ihm die Sommermonate, desto mehr glich Tel Aviv einer Geisterstadt. Die Stadt war vom natürlichen Ablauf der Zeit getrennt und wie versteinert. Sie glich einem verbannten Despoten. »Tel Aviv ist zum Venedig der Levante geworden.« (Überschrift in einer Zeitung) »Transfer der Erscheinungsbilder?« (Einladung zu einem eintägigen Seminar in der Fakultät für Kulturstudien der Universität)

Das Meer und seine Strände, die einst Stoff für Mythen, Märchen, Erinnerungen waren und unverzichtbar für die Identität der Stadt, wurden ignoriert. Das Meer tobte bis zum Wahnsinn, wie ein Betrogener, der nicht weiß, an wem er sich rächen soll. Fruchtlos schlug seine Brandung an den öden Strand. Zwischen Stadt und Meer schienen alle Verbindungen gekappt. Jeder war mit sich selbst beschäftigt.

Von der letzten Nacht im Mai bis zum ersten Morgen des Juni hatten siebenundzwanzig Menschen und neun Säuglinge ihren letzten Atemzug getan. Unter den Toten waren arabische Zwillinge aus Jaffa. Das Photo des armseligen Schuppens, in dem sie gehaust hatten, kam in den Abendnachrichten. Er war in fröhlichem Lila gestrichen, dank der Aktion »Streich ein Haus für Senioren« der kämpfenden Nachal. Die Kamera enthüllte, dass zwischen den dünnen Holzplanken große Spalten klafften. »Es reicht eine Faust, um den Schuppen ganz und gar zu zerstören«, hieß es. Mit Diagrammen machten die Zeitungen deutlich, wie der schreckliche Frost durch die Spalten gedrungen war und die Säuglinge getötet hatte. Die Arbeiter des Gesundheitsamtes, die die Toten einsammelten, trugen schwarze Plastikmäntel. Das Gerücht ging um, diese Mäntel machten gegen die Epidemie resistent. Außerdem trugen sie je zwei Paar Isolierhandschuhe und schützten sorgfältig ihre Gesichter. Anfang Juni hatte sich der Verdacht einer Epidemie verstärkt. Sogar die Anhänger eines säkularen Rationalismus, die nichts von Gerüchten hielten und Verschwörungstheorien verachteten, begannen mögliche Gefährdungen zu meiden. Die Arbeiter steckten die Toten in schwarze, undurchlässige Säcke, die sie auf Lastwagen luden. Sie brachten sie ins Pathologische Institut. Kinder sahen vom Fenster aus die Lastwagen mit den Leichensäcken vorbeifahren. Auch wurde davon erzählt, man habe die Wagen mit Steinen beworfen.

Die Anzahl der Sturmopfer wurde auf einer Pressekonferenz auf dem Platz vor dem Pathologischen Institut bekannt gegeben. Sie sollte um zehn Uhr beginnen, wurde dann aber verschoben. Der Leiter des Pathologischen Instituts war als pünktlicher Mensch gegen jede Verschiebung gewesen. Er erwartete, dass die Welt sich ihm gegenüber so benahm, wie er sich gegenüber der Welt. Aber um zehn Uhr morgens war der Himmel über der Stadt noch so schwarz wie das Fell der Katzen, die angeblich Pech bringen. Es war wie in der Nacht. Die Photographen waren auf Nachtphotos nicht eingerichtet und baten um Aufschub, um sich besser vorbereiten zu können. Der junge Sprecher des Instituts verfluchte sie. In der Zwischenzeit senkte sich auch noch Nebel auf die Stadt und verkürzte die Sichtweite noch mehr.

Am ersten Morgen des Monats Juni erwachte die Stadt nicht. Bis zehn Uhr waren nur einzelne Menschen zu sehen. Aus den Häusern drang kaum ein Laut. »Wir Kinder wollen strahlenden Sonnenschein, doch niemand hilft uns …« (Offener Brief an Serge Kerkden von den Kindern des »Frühlingskindergartens) Mancher wollte Kerkden gerne zurückholen. Ein anderer sprühte mit roter Farbe an das Gebäude der Stadtverwaltung: »Weckt uns, wenn das vorbei ist.«

Die »Sonnenlichtzentralen« hatten Zulauf. Die Idee stammte aus Skandinavien, das von der Sonne noch nie verwöhnt gewesen war. Scheinwerfer simulierten das Sonnenlicht eines Sommermorgens. Ein unvorsichtiger Blick in die Glühlampen, und die Augen tränten. Es gab auch Modelle aus Singapur: »Günstig zu haben«, schrieben die Zeitungen, »aber nicht allzu viel wert.«

Die Anzahl der Menschen, die an der »Winterdepression« erkrankten, die angeblich keine Epidemie war, ging längst in die Tausende. Schätzungen zufolge litt einer von 3,4 Stadtbewohnern an Depressionen und einer von 5,8 war handlungsunfähig. »Bei der Depression geschehen gleichzeitig zwei Dinge, eine Verringerung der Serotonin-Rezeptoren und eine Senkung des Kortisol-Spiegels. Am Morgen steigt der Kortisol-Spiegel und treibt die Menschen aus den Betten. Im Fall Tel Avivs, einer Stadt, deren Himmel am Morgen schwarz bleibt, wird nicht genug Kortisol ausgeschüttet. Die Menschen bleiben im Bett. Das ist eine Katastrophe, für die es keine Lösung gibt.« So antwortete der Psychiater, den die Regierung zum Krisenmanager bestellt hatte, in einem Internetforum. »Die Depression wird enden, wenn der Sturm verschwindet, keine Sekunde vorher«, sagte er voraus und erntete Lob für seine Geradlinigkeit. Den Depressiven wurde empfohlen, sich gleich morgens in die Sonnenzentren zu begeben. »Wem eine Depression bescheinigt wurde, sollte der Krankenkasse die Quittungen vorlegen, er kann mit Erstattung rechnen.« Die Zentren boten Monatsabos zu fairen Preisen an. In den großen Sälen wurde Kaffee getrunken und Zeitung gelesen. Fernseher liefen, es gab Spiele für Kinder. Die Unternehmer kamen günstig an Räume, weil die Immobilienpreise in den Keller gegangen waren. In einer zweiten Phase wurden weitläufige Vergnügungszentren mit Restaurants und Läden etabliert. Sie hießen »Sunplace« und »Morning« und »Shine«.

Die Massen kamen ausgerechnet nachts, man vermutete, aus Rebellion und Protest. Man wollte dem Himmel zeigen, dass auch Menschen die Weltordnung durcheinanderbringen können. »Der Himmel hat uns den Morgen geraubt, wir rauben ihm die Nacht«, war der Werbeslogan eines Sonnenzentrums. Die langen Warteschlangen vor den Zentren wurden zu einem vertrauten Anblick in der Stadt.

Laut Statistik starben bis zum 1. Juni 827 Menschen den »Tod durch Erfrieren«. In den psychiatrischen Abteilungen der Krankenhäuser und den Irrenanstalten stieg die Zahl der Eingelieferten erheblich an, offizielle Zahlen wurden nicht mitgeteilt.

Bei einer gut besuchten Versammlung in der Fakultät für Verhaltenswissenschaften der Universität Tel Aviv notierte der Verein WKGE – »Wissenschaftler für den Kampf gegen die Epidemie« – den Beitritt des zweihundertsten Arztes. Dieser war Doktor Vladimir Michaelowski, der sich schon in Russland mit der methodischen Untersuchung von Epidemien beschäftigt hatte. Bei der Versammlung wurde den Mitgliedern verkündet, dass endlich ein Treffen von Repräsentanten des WKGE mit dem Staatspräsidenten und dem Gesundheitsminister vereinbart worden sei. Der Sprecher des Gesundheitsministeriums hatte gegenüber der Presse erklärt: »Obwohl vollkommen klar ist, dass der WKGE die besonderen Umstände in Tel Aviv nicht versteht, seine Behauptungen bereits überprüft und für falsch befunden wurden, haben wir beschlossen, eine so große Zahl von Wissenschaftlern und Ärzten nicht zu ignorieren, die der Meinung sind, es wäre angebracht, die grundlegenden Standpunkte der israelischen Regierung zu überdenken ...«

Trotz des zur Schau gestellten Respekts gab es Gerüchte, dass die höhere Beamtenschaft den Machtzuwachs des WKGE mit wenig Wohlwollen zur Kenntnis nahm. Der WKGE forderte eine vollständige, unbefristete Quarantäne für Tel Aviv, Jaffa, Ramat-Gan und Givatayim. Aus unerfindlichen Gründen sollte Bat-Yam ausgenommen werden. Diese Forderung wurde von vielen Bürgermeistern anderer Städte unterstützt. Der WKGE forderte ferner einen Untersuchungsausschuss unter Vorsitz eines Richters des obersten Gerichtshofs, der die Versäumnisse der Regierung und der Stadtverwaltung Tel Avivs untersuchen sollte. »Bald werden hier Köpfe rollen wie in der Französischen Revolution«, rief einer der Redner unter dem Jubel des Publikums. »Jeder Beamte, der mit Unterlassungen in dieser Sache etwas zu tun hat, fliegt raus, wenn die Öffentlichkeit einmal begreift, wie sie hier im Stich gelassen wurde.«

Die Regierungsbeamten erklärten, der WKGE habe wie üblich die Frage nicht beantwortet, von was für einer Epidemie überhaupt die Rede sei. Alle Untersuchungen der WKGE-Ärzte von angeblichen Epidemiekranken und der Abgleich der Ergebnisse mit Laborproben in Europa und den USA habe nichts ergeben, es sei bei bloßen Vermutungen geblieben. Die Diagnose der WKGE, so die hohen Beamten, sei eine Luftnummer. Das Erscheinungsbild der Epidemie bleibe amorph, die Bezeichnung sei symbolisch. Insofern sei die WKGE selbst eine »Epidemie«, bestehend aus tiefsinnigen Mutmaßungen, Halbwahrheiten und bar jeder Tatsache.

Der Staatspräsident hörte sich die Argumente der WKGE an und erklärte umgehend, er werde niemals Quarantäne über eine Stadt verhängen, in der jüdische Kinder lebten. »Ganz Israel ist solidarisch.« Bei einer Meinungsumfrage am Wochenende unterstützten achtundsechzig Prozent der jüdischen Bevölkerung die Haltung des Präsidenten. In der arabischen Bevölkerung antworteten siebenundzwanzig Prozent der Befragten mit »interessiert mich nicht«. »Ganz Israel ist solidarisch und die Araber sind Araber. Die Welt geht ihren gewohnten Gang«, schrieb ein Publizist und rief in seiner Zeitung die Araber dazu auf, am Schicksal des Staates Anteil zu nehmen.

Die Regierung gewährte der Stadt Tel Aviv einen Sonderetat zur Bewältigung der Winterschäden. Trotz der staatlichen Großzügigkeit verließen fünfundzwanzig Prozent der Einwohner die Stadt. Die Anzahl der ausgeraubten Wohnungen konnte nicht mehr erfasst werden. Die Bewohner ganzer Blocks verschwanden spurlos. Vor reichen Häusern im Norden Tel Avivs standen bewaffnete Wachmänner. Auf Druck der Öffentlichkeit hatte die Polizei ihnen erlaubt, auf Diebe und Einbrecher zu schießen. Diese Regelung erreichte auch das Zentrum, wo es immer mehr Wachstationen gab, die wie Lotteriebuden aussahen.

Periodisch fanden Polizeiaktionen zur »Befreiung der Häuser von Dieben und Einbrechern« statt. Diese Aktionen führten zu Hunderten von Räumungen und Verhaftungen, ganze Banden wurden dingfest gemacht. Ihre Bedeutung war marginal. Es war gang und gäbe geworden, verlassene Häuser zu besetzen. An Phänomene, die die Einwohner anfangs erregt und in den Zeitungen zu Schlagzeilen wie »Sodom und Gommorrha« geführt hatten, hatte man sich längst gewöhnt, und die Zahl der Menschen, die ein Dach über dem Kopf brauchten, stieg immer noch an. Es waren Obdachlose, Bürger von Tel Aviv, deren Häuser vom Sturm zerstört worden waren, und die Bewohner der Armenviertel, die erkannt hatten, dass die verlassenen Häuser unendlich viel besser waren als die eigenen. Hinzu kamen Flüchtlinge aus anderen Städten, Kinder, die Wohngemeinschaften gründeten, fliegende Händler, Trödler und Geschäftemacher aller Art.

Schmuel Chaim Kirschenbaum war der Polizei als Kriminel ler wohlbekannt. In der ersten Juniwoche wurde er in Tel Aviv verhaftet. Weshalb hatte er seine Geschäftstätigkeit in eine Stadt verlagert, wo die Aktien so schnell fielen? Es stellte sich heraus, dass er und seine Bande mit verlassenen Wohnungen handelten. Sie vermieteten sie für Beträge, die nur ein Viertel ihres effektiven Mietwerts betrugen. »Man muss das mal so sehen«, sagte ein Wirtschaftsexperte. »Der Immobilienmarkt in Tel Aviv bricht sowieso ein, auch ohne Kriminalität. Die Flaute ist beispiellos. Ich bezweifle, dass die Konditionen der illegalen Makler besonders attraktiv sind.«

Auch Menschen, die bereits in den Wohnungen wohnten, wurden von den Kriminellen zur Kasse gebeten. Sie hielten den Leuten meist einen plump gefälschten Brief vor die Nase, der angeblich vom legitimen Besitzer stammte. Oder sie drohten einfach, es sei ungesund, zu viele Fragen zu stellen. Die meisten handelten und einigten sich mit ihnen. Wer darauf bestand, kein Geld für etwas zu zahlen, was den illegalen Immobilienbanden nicht gehörte, wurde aus der Wohnung verjagt. Einige Menschen wurden erstochen, einer erschossen. Kirschenbaum hatte die Unverfrorenheit, Annoncen in der Lokalzeitung zu schalten. »Vier Zimmer, Ussischkin-Straße – hell, Porzellanbadewannen! Riesiges Wohnzimmer, teilweise möbliert.«

Der erschossene Mann war eingetragenes Mitglied der Bettlerorganisation. Angeführt vom alten Lasarow, der frisch ins Amt gewählt worden war, erklärte diese der Bande den Krieg. Lasarow räumte ein, dass einige Mitglieder seine Organisation verlassen hatten, nachdem sie in leer stehende Häuser gezogen und ihre Wohnungsprobleme gelöst waren. Die Organisation existiere aber weiter und baue ihre Macht täglich aus. Die Organisation bewaffnete ihre Leute mit »kalten Waffen«, damit sie sich vor den zwielichtigen Krisengewinnlern schützen konnten. Unter der Überschrift »Courage gegen Kirschenbaum« veranstaltete der ausbildende Kommandeur der Armee einen Lerntag auf dem Platz vor der Stadtverwaltung: Elitesoldaten unterrichteten Bürger und Bettler im Nahkampf. »Kirschenbaums Bande ist eine existenzielle Gefahr«, erklärte Lasarow und diktierte dem Pressesprecher der Organisation ein kämpferisches Pamphlet, in dem Polizei und Behörden beschuldigt wurden, vor der organisierten Kriminalität die Augen zu verschließen. »Wir klagen an!«, nannte er, angeregt von seinen Beratern, das Pamphlet.

Das neue Tel Aviv lockte durchgeknallte Touristen aus aller Welt an. Untergangspropheten und Mystiker, Visionäre, Gurus, apokalyptische Pastoren und ihre Herden, Paranoiker, deren Albträume endlich wahr wurden, Anarchisten und linke Ideologen, die in Tel Aviv die Wiege des sich erneuernden Kommunismus sahen. Die Prediger rotteten sich besonders am Rabin-Platz zusammen. Er war zum Zentrum für Predigten und Reden geworden und wurde schon mit dem Speaker's Corner im Hyde Park verglichen. Leider war das ein ausgesprochener Low-budget-Tourismus, der nichts einbrachte als Schwierigkeiten. In die belastende Atmosphäre mischte sich jetzt Anarchie. »Die Stadt wimmelt vor zwielichtigen Gestalten«, klagte der Chef der Tel Aviver Polizei. Tatsächlich geschahen seltsame Dinge. Ein junger Mann aus Belgien namens Frederico Rochefort schoss vier Kugeln auf den Katzchar, den Oberbefehlshaber der Ausbildungsabteilung der israelischen Armee, ab, der nichts ahnend in einem Hafenrestaurant saß. Rochefort hatte sich beworben, in der israelischen Armee zu dienen. Mit dem Fallschirm wollte er an der Maginot-Linie hinter den deutschen Kampftruppen abspringen. Der Katzchar hatte ihm ein höhnisches Antwortschreiben geschickt. Ein anderer Kerl, Josh Atkins, hatte wegen bewaffneten Raubs in Chicago zehn Jahre im Gefängnis gesessen. Nach seiner Freilassung flog er in Israel ein und brannte den Unabhängigkeitspark bis auf den Grund nieder. Eine Gruppe Mormonen erklärte die Basel-Straße zu einem unabhängigen Territorium.

Ein Soziologe der Universität Haifa veröffentlichte eine Studie unter dem Titel »Der Tod der ersten hebräischen Stadt«. Er widersprach darin der Erwartung, Tel Aviv werde wieder so sein, wie es einst gewesen war. Einen Monat lang hatte er auf den Straßen Tel Avivs mehr als zweihundert Menschen befragt. Er hatte in verlassenen Wohnungen geschlafen, mit Mitgliedern der Maklerbanden gesprochen und in einer Wohngemeinschaft mit Jugendlichen gelebt. »Ich kaufte und verkaufte, ich schlug mich und vertrug mich, ich kroch und robbte durch die verborgenen Kloaken der ersten hebräischen Stadt.« Die Schlussfolgerung seiner Untersuchung lautete: »Alle Formen von Wahnsinn, die die menschliche Gesellschaft kennt und in der Regel von sich fernhält, erleben in dieser Stadt eine Blüte.«

Aufsehen erregte auch eine weitere Studie. Eine Sexualwissenschaftlerin kam unter dem Titel »Das Zucken des Tel Aviver Kusses« zu dem Ergebnis: In Tel Aviv küsst man sich nicht mehr. Die seit Monaten anhaltende große Kälte habe zu Lippenproblemen geführt. Die Menschen hätten trockene Lippen, Lippen, von denen die Haut sich löste, Lippenödeme. Die neueste Krankheit färbe die Lippen gelblichbraun, ein widerwärtiger Farbton wie die Zahnfarbe eines chronischen Rauchers. »Die Menschen von Tel Aviv bevorzugen heute Sex ohne Kuss, Sex ohne Romantik. Ist das das Ende des Vorspiels? Ist die Romantik für immer dahin?«

Alon

Juni

Lior bat Alon, den Biographen zu suchen. »Er ist verschwunden«, sagte sie. Sie schaute düster drein wie ein schmollendes Kind. Wochenlang hatte sie vergeblich versucht, den Biographen telefonisch zu erreichen. »Wenn er erfahren hätte, dass ich krank bin, hätte er mich nicht allein gelassen.« Nun war er kein junger Mensch mehr, sondern ziemlich alt. Viele Alte hatten dem Sturmchaos nicht standgehalten. Die Angelegenheit war Besorgnis erregend. Sie beschrieb den Biographen genau. Voller Zuneigung hielt sie sich bei den Details auf, dem Fedora-Hut, den Wangenknochen und der Stirn, den klugen Augen und dem losen Plappermaul. Makel erwähnte sie nicht. Seine Abwesenheit hatte seine Feindseligkeit und die Kränkung vergessen gemacht und ihre Liebe zu ihm wiedererweckt. Sie stellte sich sogar vor, welchen Gesichtsausdruck er haben würde, wenn er Alon begegnete. Obwohl sich die beiden noch nie getroffen hatten, kannten sie sich. Dann zeigte sie Alon ein kleines dunkles Photo des Biographen auf dem Einband eines jiddischen Buches. Alon hatte nichts dagegen, auf den Straßen nach dem Biographen zu suchen. Menschen nachzuforschen, existenten und nicht existenten oder verstorbenen, war eine Beschäftigung, die seinen Fähigkeiten entsprach. Neuerdings hatte er Angst, jeder Wunsch Liors könnte der letzte sein, den sie äußerte. Also erfüllte er ihn umgehend. Gestern hatte sie ihn gebeten, die seltsamen Sammlungen, die sie seit ihrer Kindheit hortete, in Kisten einzusortieren. Die Zettel, die sie einander als Kinder geschrieben hatten, jede Postkarte, die sie jemals erhalten hatten, Parfümflakons, Whiskyflaschen und Hotelshampoos, auch Gegenstände, die ihre Mutter hinterlassen hatte und die er zum ersten Mal sah.

Lior war schon einige Wochen krank. Auf ihrer blassgelben Haut zeigten sich einige rote Beulen. Ihr Fleisch wurde schwerer, hing schlaff herab, alterte. Wenn sie saß, krümmten sich Nacken und Schultern, als hätte sie einen Buckel. Deutlich war zu erkennen, dass die Epidemie ihren Körper erfasst hatte. Die Epidemie zerstörte heimtückisch alle Glieder. Sie sabotierte die Bewegungen. Der für Lior typische herrische Schwung war vergangen, jetzt schleppte sie ihren Körper missmutig dahin. Der vielleicht absichtliche Verzicht auf herrische Attitüden machte Alon melancholisch. Wie oft verspürte er jeden Tag den Drang, sie zu schütteln, ihr zuzureden, sie anzuschreien, dass man sich mit der Niederlage nicht abfinden dürfe. Ohne sie sei alles hier nichts. Ein kurzer Blick und er verstand, dass sie nicht mehr miteinander verbunden waren. In den letzten Wochen hatte sie offenbar den Glauben daran verloren, dass er ihr niemals Schaden zufügen würde. Deshalb hielt sie sich von ihm fern. Er selbst beherrschte sich, wahrte ebenfalls Distanz und sagte ihr nicht, wie sehr ihn dieses Unrecht quälte.

Auch im Wachzustand wirkten ihre Augenlider geschlossen. Wenn Alon dennoch etwas wahrnahm, war es nie der Funke, der für den Kampf eines Kranken gelegentlich typisch ist. Sei es die jähe Auflehnung nach einem Traum, sei es eine Erinnerung oder ein liebender Blick, der eine seelische Erregung hervorruft und den Wunsch, am Leben zu bleiben. Kein Zwiegespräch mit dem eigenen Körper, keine Selbstüberredung, dass man es schaffen könne, nichts von all dem war in ihr. Vielleicht war sie der Epidemie sogar dankbar. Ohne Zweifel konnte der Zeitpunkt nicht passender sein. Die Epidemie hatte sie von der Verwicklung in die Bettler-Affäre befreit – die durfte man in ihrer Gegenwart nicht einmal andeutungsweise erwähnen. Manchmal stellte Alon sich vor, wie sie sich nach dem Treffen am Morgen verhalten hätte, wenn sie nicht krank geworden wäre. Inzwischen aber wies er seinen Vaters zurück, der manchmal subtil andeutete, es könne zwischen dem Gespräch und der Erkrankung einen Zusammenhang geben. Jeder Mensch kann ein gewisses Maß an Schuld ertragen, was darüber hinaus geht nicht.

Ströme von Schweiß flossen unaufhörlich an ihrer glatten Haut hinunter. Ihre heisere Stimme trug nicht über die Grenzen ihres Zimmers hinaus. Wenn sie ihn rief, hörte er sie meist nicht. Ab und zu war ihre Stimme von der Heiserkeit befreit. Dann summte sie herzergreifend eine Melodie. Wenn danach die Epidemie wieder das Kommando übernahm und er wieder das heisere Rasseln hörte, übermannte ihn unbarmherzig die Trauer. Die verlorene Stimme und die verlorene Schönheit taten ihm weh. Er war dazu verdammt, mit anzusehen, wie ihre Schönheit verging.

Herr Schlomo, der »Vater des Jahres«, war nach St. Petersburg gefahren. Er rechtfertigte sich damit, dass er die Verschlechterung von Liors Zustand nicht habe voraussehen können. Schließlich habe er sich drei Wochen länger zu Hause aufgehalten als geplant. Außerdem wartet Arbeit auf ihn. Seine Teilhaber wurden ungeduldig. Nikolai, der Schurke, hatte ihn am Telefon angeschrien: »Wo, zum Teufel, ist die Mutter deiner Tochter, soll die sich doch kümmern!« Er hatte keine andere Wahl. Der globale Alkoholhandel folgte unerbittlichen Gesetzen. »Die Konkurrenzunternehmen blühen und gedeihen wie McDonalds.« Irgendwer musste Nikolai bei den Verhandlungen mit Händlern und Konzernchefs helfen, musste sie mit Geburtstagsgeschenken bei Laune halten, mit Schecks zur Hochzeit der Kinder gratulieren oder Anteilnahme am Tod von Eltern bekunden. Wie Nikolai so schön sagte: »Diese Arschlöcher müssen von ganzem Herzen daran glauben, dass wir und sie echte Freunde sind.« Der Vater kündigte an, er werde alles erledigen und genau nach einer Woche zurückkehren. Alon bezweifelte das.

Als der Vater Lior pflegte, wurde Alon von ihr ferngehalten. Von Zeit zu Zeit durfte er, als Hausgenosse war er ja nun mal da, für einen Dienst ans Krankenbett kommen. Dann bediente er Lior mit Hingabe. Mit seinem Vater redete er wenig und nur über Alltagsdinge. Manchmal führte er ein kurzes Zwiegespräch mit Lior. Sie fragte ihn, ob alles in Ordnung sei, ob er gut zurechtkam, ob er genug Bares hatte. Sie wagte sogar, ihn zu fragen, ob er sich nachts noch auf der Straße herumtreibe. Er sagte nein und wusste, dass er sich damit verdächtig machte. Dennoch war seine Antwort keine Lüge. Frühere Lügen standen schon zwischen ihnen, also hütete er sich, neue hinzuzufügen. Lior erwartete keine Beichte mehr von ihm. Wider besseres Wissen hoffte er auf ihre Zuneigung, aber sie enttäuschte ihn. Die Rechnung in diesem Fall war klar – er bediente sie und sie erleichterte ihm die Last seiner Schuld. Denn sosehr er auch mit dem Talent gesegnet war, Tatsachen zu leugnen, seine Mitverantwortung für Liors Krankheit konnte er nicht übersehen. Belustigt hatte er noch zur Kenntnis genommen, dass ausgerechnet Lior und der Vater nach dem Streit über den toten Bettler das Thema tabuisierten. Sie wollten die Mordfrage ignorieren, nicht mehr im Haus haben. Genauso wenig wollten sie sich mit Liors Krankheit auseinandersetzen. Der tote Vorsitzende einer fragwürdigen Organisation der Bettler, Lügner und Betrüger, der schon längst durch einen anderen ersetzt worden war, dieser hergelaufene Obdachlose, dessen Angedenken keine Sekunde weit reichte, war es ja auch wirklich nicht wert, dass Liors Krankheit sich verschlimmerte.

Sein Tagesablauf war nun klar geregelt: Nach dem Erwachen am frühen Morgen kümmerte er sich um den Haushalt und bediente Lior. Die vielen Pflichten, die auf ihn zukamen, irritierten ihn. Die Zeit lief ihm davon. Er teilte sie in kleinere Abschnitte ein, um alles nacheinander abzuarbeiten. Das war keine einfache Aufgabe. Mindestens einmal am Tag schleppte sich Lior im Bademantel durch die Wohnung und beschwerte sich: Er vernachlässige die Wohnung! Weshalb die Dinge nicht an ihrem Platz seien? Weshalb die Bilder voller Staub seien, das Spülbecken voller Kaffeetassen?

Schon am frühen Morgen überfiel ihn Erschöpfung, als läge der ganze Tag schon hinter ihm. Er lief wie ein Schatten in der Wohnung herum. Er murmelte vor sich hin, zauderte, konnte nicht zwischen wichtig und unwichtig unterscheiden und verschwendete viel Zeit auf irgendwelchen Unsinn. Kleine Pannen beunruhigten ihn sehr. Zum Beispiel als er die Telefonrechnung nicht bezahlt hatte und die Telefongesellschaft den Anschluss sperrte. Er zahlte am nächsten Tag und die Leitung wurde natürlich wieder freigeschaltet. Jeder kleine Schritt wurde für ihn zur großen Aufgabe: sich anziehen, sich waschen, für Lior Tee kochen, zum Lebensmittelladen gehen. Nichts konnte er als Teil des Alltagslebens selbstverständlich und nebenbei erledigen. Er verhielt sich wie ein Eremit, als ob sein früheres Ich in eine gut isolierte Kiste gepackt und in den Schrank geschoben worden wäre. Immer hatte er mit den Trieben gekämpft, mit dem Aufruhr und Lärm in ihm. Nun auf einmal eine nie gekannte Stille, schiere Existenz. Das war schlimmer als alles, was er je gekannt hatte. Wäre da nicht die Suche nach dem Biographen gewesen, sein Leben wäre völlig trostlos geworden.

Nachmittags trieb er sich auf den Straßen herum und suchte Jochanan, den Biographen. Er ging in alle Krankenhäuser, in Altersheime und Herbergen. Er sah auch die Todesanzeigen durch, aber hauptsächlich forschte er in und nach Gesichtern. Manchmal wählte er einen Menschen aus, der Ähnlichkeit mit dem Biographen zu haben schien, und folgte ihm. Auf den Straßen war sein depressiver Zustand durch diese Erwartungen etwas gemildert. Wenn er die Verfolgung eines vermeintlichen Biographen aufnahm, wurde er wieder lebendig, seine Reaktionen geistesgegenwärtig.

Eines Nachts wurde er von einem schrillen Schrei geweckt. Eine heisere, kranke Stimme rief seinen Namen. Der Schrei hatte etwas Endgültiges, signalisierte das Ende der Intrigen, der Andeutungen, des Zweifels und der heimlichen Schuld. Der Jüngste Tag klang in der Stimme an. Er eilte zu Liors Zimmer, zögerte vor der Tür, bis er sich endlich traute, einzutreten. Er sah gleich, dass sie nicht im Bett war. Tapfer schritt er in die Mitte des Zimmers. Lior stand vor dem Kleiderschrank und musterte ihr Gesicht im Spiegel. Im Zimmer war es dunkel. »Wie kommst du mit der Suche voran?«, fragte sie, während sie sich das Haar bürstete. Das Geräusch des Bürstens war ihm unangenehm. Er konnte keinerlei Fortschritt vermelden. Der Biograph blieb verschwunden. Lior empfahl ihm, in der Stadt Rechovot zu suchen und dort bei Nachmias nachzufragen. »Dort hat er doch früher gelebt. Wie viele Nachmiasse wird es dort schon geben?« Ihre Stimme klang schwach und gelangweilt und hatte nichts von dem Schrei von vorhin an sich. Vielleicht wusste sie gar nicht, dass sie geschrien hatte. Es ärgerte ihn, dass dieser Vorschlag von ihr kam, er versprach aber, es in den nächsten Tagen zu versuchen. Rechovot. Wieso war er nicht selbst darauf gekommen? Er blieb im Zimmer stehen. Lior hustete und flüsterte, als wolle sie ihm ein Geheimnis verraten. »Das macht sowieso keinen Unterschied mehr. Ich spreche jeden Tag mit ihm …« Er fragte: »Wie denn? Am Telefon? Willst du etwa, dass ich die Suche abbreche?« – »Blödmann, ich stelle mir vor, mit ihm zu sprechen, in Halluzinationen, in Träumen.« Sie quatscht nur herum, provoziert mich, dachte Alon. Seit wann hat sie Halluzinationen? Sie steht mit beiden Beinen auf dem Boden. Lior murmelte: »Ich phantasiere ihn ein wenig herbei. Aber du, such ihn, such ihn gründlich.«

Er setzte sich ans Ende ihres Betts und betrachtete sie sorgenvoll. Sie verschwand in der Dunkelheit, und er musste die Augen anstrengen, um sie zu sehen. Wahrscheinlich hatte sie Hintergedanken gehabt, als sie ihm auftrug, ihren mysteriösen Freund zu suchen, eine Beschäftigungstherapie für ihn. Vielleicht war ja auch jetzt alles vorbei, seine verloren gegangenen Rekonstruktionen, die Sache mit dem toten Bettler. Vielleicht stand nun nichts mehr zwischen ihnen beiden, vielleicht konnten sie aufatmen. Ich habe mich nach dir gesehnt, wollte er ihr sagen. Lior kramte in den Schubladen herum und hielt sich verschiedene Kleider an. »Eigenartig, wie sehr ich dich zu kennen geglaubt habe. Jetzt bist du für mich ein vollkommen fremder Mensch. Wir haben eine gemeinsame Geschichte, und Menschen kennen andere Menschen aufgrund ihrer Geschichte. Aber vielleicht ist das ein Irrtum.« Diese Worte ließen ihn verzweifeln. Was für ein Rückfall. »Ich bin jetzt nicht fremder, als ich es schon immer war«, sagte er. Lior setzte sich auf einen Stuhl und schaltete die Tischlampe an. Das schwach vom Lampenschirm gedämpfte Licht ließ ihr Gesicht rot erscheinen. Er erkannte den sehnsüchtigen

Ausdruck sofort. Immer, wenn ihre Kindheit zum Thema wurde, sah sie so aus. »Vielleicht kannst du dich noch erinnern. Wir beide hielten immer gegen alle anderen zusammen. Wir hatten keine Geheimnisse voreinander. Du hast mir sogar erzählt, wie du zum ersten Mal mit deinem Zauberer von Oz gespielt hast.« Genau daran erinnerte er sich wirklich – mit seinem Schuldgefühl war er sofort zu ihr gerannt, und sie hatte nur gesagt, du wirst in der Hölle enden. »Ja, ich erinnere mich. Das war doch nur ein Scherz«, sagte er. Er traute sich nicht, weiter an diese Kindheitserinnerungen zu rühren. Seit einiger Zeit schwieg er, wenn sie sich erinnerte. Ihre Erinnerungen entsprachen nicht ganz seiner Wahrheit. Lior lehnte sich zurück. Sie nahm einen Wattebausch und wischte sich Arme und Hals mit kaltem Wasser ab. »Jetzt sag mal, ganz unter uns: Wenn unser Vater sich wirklich so sehr um mich sorgt, warum hat er sich dann schon wieder aus dem Staub gemacht?« Ohne die Antwort abzuwarten, fuhr sie fort: »Aus demselben Grund, aus dem unsere Mutter uns verlassen hat. Deshalb hatten wir keine andere Wahl, als allein aufzuwachsen. Es gibt nichts Schlimmeres, als Erwartungen, die niemand erfüllen kann.«

»Es gibt Schlimmeres als das. Nicht, Liori?«

»Gibt es nicht!«, schrie sie. »Verstehst du denn nicht, dass ich dich nicht mehr beschützen kann?«

»Ich brauche keinen Schutz. Ich habe nichts angestellt.«

»Angenommen, du brauchst ihn doch?«

»Konntest du mich etwa früher beschützen?«

»Ich habe dich vor allem beschützt. Sogar vor der Anstalt … Erinnerst du dich an das Buch über Jona Pinkas? Ich habe es vor ihnen versteckt.«

Jona Pinkas! Seine Erinnerung wand sich aus dem Schlummer, schüttelte ihre verstaubten Flügel und überquerte im Direktflug die Ödnis der vergangenen Jahre. Schlagartig fiel ihm ein, dass dieses Buch schon vor langer, sehr langer Zeit seinem Gedächtnis entfallen war. Heillose Erinnerungen, letzte schwindende Schatten einer Abendsonne, verblasste Symbole untergegangener Herrschaft. Wenn sie es jetzt nicht zufällig erwähnt hätte, wäre es ihm bis zum Ende aller Tage nicht wieder eingefallen. Jona Pinkas war in der vierten Klasse, als alle von den Pfadfindern begeistert waren, von der Schule abgegangen. Er hatte sie geliebt. Den Rest des Schuljahrs erzählte Alon Geschichten von ihr. Jeden Morgen in der Schule erschuf er Jona Pinkas neu. Er kleidete sie ein, setzte fest, an welchen Unterrichtsstunden sie teilnehmen sollte, trug sie in Kurse ein und gab ihr eine Rolle in der Chanukka-Aufführung. Hunderte Seiten füllte er damit in seinem goldenen Heft. Ein ganzes Jahr lang hielt er sie in seinem Buch am Leben. Die Erinnerung daran drückte ihm das Gesicht an das raue Papier, er atmete das Papier ein, spielte sich das leise Rascheln bei jedem Umblättern vor, ließ seine Finger über die Tinte streifen.

»Du hast es Vater gezeigt, nicht wahr?«, stammelte er. »Das war der Hauptgrund für meine Einweisung. Nicht wahr?«

»Bist du verrückt geworden? Das hatte damit überhaupt nichts zu tun. Ich habe Vater von dem Buch erzählt, weil ich mir Sorgen um dich machte, aber ich habe es den Eltern nicht gezeigt.« Stolz richtete sie sich auf. »Sie hätten alles dafür gegeben ... Sie versuchten es mit Zuckerbrot und Peitsche. Ich habe zuerst gelogen, ich hätte es verbrannt, dann, dass es nur vierzig beschriebene Seiten gegeben hätte. Immerhin waren es in Wahrheit ja vierhundert.«

Da war wieder die Entfremdung, die mit den Jahren entstanden war. Er hätte nun sagen können: Ich will dich nicht ärgern, Liori. Aber ist es nicht etwas merkwürdig, dass du das Buch aus der Schublade genommen hast? Dass du es ohne Erlaubnis gelesen hast? Dass du Vater überhaupt davon erzählt hast? Und dann bist noch stolz darauf, dass du es ihnen nicht gezeigt hast? Aber das hatte keinen Sinn. Die Entschlossenheit, mit der sie sich die Vergangenheit schönredete, rührte ihn.

Er strich das Laken auf ihrem Bett glatt. Eine Bilderflut aus all den gemeinsam verbrachten Tagen stürzte auf ihn ein. Er sah Lior als kleines Mädchen, als Jugendliche und als Frau. Die Streitereien mit ihr kamen ihm plötzlich kleinlich und ungehörig vor. Er fühlte, wie er um sie bangte, er wusste, wie ernst ihre Erkrankung war. »Willst du etwas? Tee, Kaffee, etwas Süßes?«

»Gestern habe ich am Eisschrank eine Maus gesehen. Neben der Waschmaschine gibt es eine Mausefalle …«

»Ich werde die Falle aufstellen, Liori.«

»Gut. Jetzt will ich schlafen«, sagte sie im Tonfall des verwöhnten Kindes und wies ihn aus dem Zimmer.

Zwei Tage später träumte Alon. Eine riesige Rasenfläche vor einem geheimnisvollen Schloss. Er ist Teilnehmer eines Treffens der zionistischen Gewerkschaftsveteranen. Am Rand des Rasens veranstalten seine Freunde aus der Pfadfindergruppe zur Unterbrechung der Fastenzeit ein Grillfest mit den Eltern. Sie sind nackt und haben nur Laken um ihre Körper geschlungen. Die Kinder lassen Hühnerdärme brutzeln, die Laken triefen vom Fett. Ein Ausrufer kündigt an: »Zum Ausklang des Abends bereiten die Pfadfinder eine spezielle Feuerschrift vor.« Hinter dem See brennt ein Funken sprühendes Lag-Ba'Omer-Feuer. Junge Pogotänzer springen herum, »Heavy Metal« ist wieder im Kommen. Am Feuer steht ein bärtiger Mann in einem Hemd mit der Aufschrift »Free Tibet«. Seine Fischaugen umrahmt eine modische Brille. Er hält eine Rede. Kellner in schwarzem Anzug mit Fliege machen ihre Runden. Ein fülliger Kellner serviert dem Veteranenvorstand türkischen Kaffee. Alon kennt ihn. Das ist Dan mit der Diagnose Paranoiker. Jeden Freitag randaliert er, weil seine Feinde sich angeblich als Patienten der Anstalt verkleidet haben und das Photoalbum seiner Mutter verbrennen wollen. Ein Stück weiter steht Chemda Ben David bis zum Bauch im Wasser. Immer noch vierundzwanzig Jahre alt, wundert er sich. Sie ist als Kellnerin gekleidet und trägt ein Tablett mit Häppchen. Die Gäste nehmen sich fettige Teigröllchen vom Tablett und Chemda jammert fortwährend, ihr Vater habe ihre beste Freundin umgebracht. Der Generalsekretär, ein gebeugter Alter mit Hut und Holzbein, liest aus dem Buch »Der Zionismus nach Michel Foucault« vor. Seine Mutter beschimpft ihn als »Nationalisten« und zieht wieder ab. Lior sieht in ihrem Brautkleid wunderschön aus, einen solchen Stoff hat er noch nie gesehen. Sie sitzt gelassen da und scheint dem Vortrag aufmerksam zu folgen.

Der Alte hält eine Trauerrede auf Doktor Weizmann. Man habe sich sehr unschön ihm gegenüber benommen. Aus den Lautsprechern scheppern Eretz-Israel-Lieder. Der Anstaltsleiter, der ehemalige General Uzi Nachschoni, steigt auf die Bühne. Hinter ihm her schlendert Elisabeth, verschwitzt, mit wirrem Haar, in einer zerrissenen Kellnerkluft mit nackten Beinen. Sie erregt Alon. Die Lust, sie einfach fest zu packen und ihr Fleisch mit den Händen zu kneten, ist wieder da. Er will ihr gerne zeigen, dass er ein echter Mann geworden ist. Neben Uzi Nachschoni steht ein braungebrannter Abgesandter des Staates. Lior sagt: »Das ist Noas Vater.« Die Männer winken dem Publikum zu, umarmen sich und beginnen zu singen. Ihre großen Körper verstellen Alon die Sicht auf die Sitzreihe für geladene Gäste. Noa sitzt dort. Er hat es nicht gesehen. Er weiß es. »Mama ist jetzt im Schloss und sucht das Buch, verstehst du?«, sagt Lior. »Sie werden dich wieder einweisen.«

Er rennt durch die Korridore des Schlosses, während vor den Fenstern die Bäume auf den Rasen sinken und im Lagerfeuer verbrennen. Er findet den abgeschlagenen Kopf des Propheten, der in sein »Free Tibet«-Hemd eingewickelt ist. Auf der Bühne liegt Noa. Sie sieht genauso aus wie Jona Pinkas, nur älter. Lior hat recht, ihm wird schwindlig. »Hau sofort ab!«, schreit er, aber Lior hört ihn nicht. Dann muss sich eben wer anders um sie kümmern.

Er verliert sich in langen Korridoren, auf erschöpfend vielen Ebenen und Stockwerken, wo die Schatten seiner Eltern flink hin- und herlaufen. Sie tauchen mal hier und mal dort auf und sprechen eine fremde Sprache miteinander. Seine Muskeln werden schlaff, seine Vorstellungskraft lässt nach, er ist schon wieder in der Anstalt eingesperrt und versteht nicht, dass man ihn in seinem Alter immer noch einweisen kann.

Jetzt will er unbedingt das Buch in Händen haben. Wenn man ihm bloß das Buch über Jona zurückgeben würde. Er will nicht hier im Traum sein, er will sich nur erinnern. Zwei Leute nähern sich ihm mit dem Buch. Er weint und spürt, wie seine Ohnmacht ihm alle Gliedmaßen lähmt. Es gibt keine Hoffnung mehr. Draußen ist die Bühne verschwunden, das Feuer ist aufgegangen wie Hefeteig. Der Ausrufer beschwört das Publikum, zu bleiben, bis die Feuerschrift entzündet wird. Die Kampfrufe der Pogotänzer, Ho, Ho, Ho, hören nicht auf. Im Chor der Altersschwachen kommt es zum Streit. Einer der Leute sagt zu ihm, er solle in die Anstalt zurückkehren, und lässt dabei wie zufällig das Buch aus dem Fenster fallen. Alon rennt die Treppe zum ersten Stock hinab. Rettet das Buch! Er schiebt die schwere Tür des Schlosses auf. Er bleibt stehen. Draußen ist das Nichts. Kein Boden, auf dem man hätte gehen können, kein Raum, durch den man hätte schweben können. Nichts. Der Ausrufer schreit ihn an: »Jetzt siehst du dein Schicksal.« Alon versteht nicht, was er mit Schicksal meint, nur, dass er im Schloss eingesperrt ist. Er rauft sich die Haare und schlägt mit dem Körper gegen die Wand.

Er erwachte mit dem Gefühl, ein Unglück sei geschehen. Einige Stunden später war er wieder auf der Suche nach dem Biographen. Er hatte sich inzwischen das Telefonbuch von Rechovot besorgt. Die Vorstellung, sich in ein Café zu setzen und das Telefonbuch zu studieren, fand er reizvoll. Manchmal agiert die Seele auf seltsame Weise, überlegte er spitzfindig. Die Tatsache, dass ich mich an einen Traum erinnere und gleichzeitig weiß, dass es keine Erinnerung ist, deutet eigentlich darauf hin, dass der Mensch zwei Sorten Gedächtnis hat: eins für Ereignisse und eins für Träume. Vielleicht ist unsere ganze Traumgeschichte latent in der Seele vorhanden. Träume, die wir als Erstklässler und Jugendliche oder letztes Jahr erst hatten. Dies ist sicher nur ein sehr partielles Gedächtnis, ein eigensinniges, ein ganz anderes als das für die Ereignisse. Es ist eine äußerst diffizile Angelegenheit. Ich bin zum Glück kein Wissenschaftler, der sich mit diesem Thema beschäftigt. Ich muss keine Antwort auf die Frage wissen, woher dieser Traum kommt.

Zufrieden mit diesem Kompromiss schaute er sich nach der Kellnerin um. Da entdeckte er die Anzeige:

> Wiederträumer gibt dir deine Träume wieder.
> Für Terminvereinbarungen Telefon: 5 37 76 91
> Zahlung nur in BAR.

Er war wie vor den Kopf geschlagen. Er unterdrückte einen Schrei. Was für ein launisches Schicksal spielte ihm da so übel mit? Am liebsten wäre er stumm davongezogen, so sehr hing ihm all das zum Hals raus. War einmal nicht genug? Konnte er diese Anzeige nicht einfach ignorieren? Nein, sie wirkte mit Macht auf ihn ein. Als er am Spiegel vorbeikam prägte er sich schon die Telefonnummer ein: 5 37 76 91 … 5 37 76 91 … Er hielt an und sah in den Spiegel: Die Visage eines Schurken, das Bildnis eines Menschen, für den es keine Vergebung gab.

Die Träumerin

Juni

Plötzliche Nacktheit.

Eines Tages ging die Träumerin raus auf die Straße, und alles, was sie hatte, war weg. Alle Zuordnungen waren verloren gegangen: Das ist die Frau, die hier wohnt, das sind ihre Freunde, das der Stil ihrer Kleidung, das der Geliebte, mit dem sie zusammen wohnt, hierher kehrt sie zurück, von hier geht sie aus, hier isst sie, hier schläft sie, hier steht sie am Morgen auf. Sie stammt aus der Schicht A und ist übergewechselt in die Schicht B. Jetzt hatte der Verlust ihres Heims offenbar auch ihre Identität verschwinden lassen. Denn ein Heim, ein vorübergehendes oder ein festes, Kämmerlein oder Penthouse mit Blick aufs Meer, gibt dem Menschen die Möglichkeit, sein Leben zu beurteilen. Das Wissen, dass man auf jeden Fall ein Zuhause hat, in das man immer zurückkehren kann, gibt den Menschen Grundsicherheit.

Eines Tages schleppte die Träumerin sich die Allee hinab und kehrte ihrem Heim den Rücken zu. Je weiter sie sich entfernte, desto nackter kam sie sich vor. Nichts hatte sie mitgenommen, keinen Koffer, keinen Rucksack, nicht einmal ein kleines Bündel. Das Materielle hatte sie zurückgelassen, aber auch die Logik, nach der sie gelebt hatte, ihre persönliche Eigenart.

Sie hatte einen Ehemann verlassen, einen Liebhaber, einen Wiederträumer und Traumräuber. Sie hatte die gemeinsame Geschichte hinter sich gelassen und die gemeinsame Zukunft, die noch hätte kommen sollen. Wenn zwei ein Leben teilen, will die Zukunft inszeniert sein. All das war wahr und existierte bis zu dem Tag, als die Träumerin begriffen hatte, dass jeder Tag von morgens bis abends sein würde wie der gestrige, der nächste und der übernächste. Der Blick in die Zukunft zeigte ihr aus großer

Höhe eine Straße, wie mit dem Lineal gezogen. Sie führte durch die Einöde, durch endlose Ebenen, auf denen es keine Mulden und keine Hügel gab, ein Stück Land flach wie das andere. Noch ein Morgen und noch eine Nacht, noch und noch und noch. Sie fühlte sich wie von hundert Mittagessen überfüttert. Sie wollte das Morgen und Übermorgen nur noch auskotzen.

Sie hatte keinen Namen mehr. Hier draußen spielte er keine Rolle, gab einem keine Bedeutung. Hinter dem Namen standen keine Geschichten, die irgendwer hören wollte. Am Tag lief sie herum, nachts schlief sie in leer stehenden Häusern, allein oder mit anderen. Nach kurzer Zeit, gemessen am vorigen Leben, fand sie sich mit ihrer Nacktheit ab.

Sie legte sich hin, aber der Schlaf kam nicht. Sie befand sich in einem geräumigen Zimmer mit großen Bogenfenstern, in die runde Aluminiumkreise eingelassen waren. Richtung Stadt waren die Fensterscheiben zerbrochen, Stoffbahnen aus Persenning waren darüber gespannt. Das Zimmer war leer bis auf zwei Matratzen. Sogar die Bodenfliesen hatte man herausgerissen. Manchmal versuchte sie sich vorzustellen, wie die Wohnung früher ausgesehen hatte. Sie verfluchte die Plünderer, als ging es um ihr Eigentum. Wenigstens Heizstrahler gab es. Die neuen Bewohner, eine Gruppe von Jungen aus Yahud, hatten sie von den Vermietern erworben. Ein Blick auf die Reste der Porzellanfliesen in den Ecken und man wusste, dass hier einmal Menschen gewohnt hatten, die vehement gegen die menschliche Nacktheit gekämpft hatten. Sie hatten gearbeitet und viel Geld investiert, damit selbst der Fußboden ihren Status symbolisierte. Die Träumerin rollte sich auf einer kleinen Matratze zusammen, die viel zu weich war, im Rücken spürte sie den Fußboden. Auf der Matratze nebenan döste ein Mädchen aus einem Kibbutz im Norden vor sich hin. Die Träumerin konzentrierte sich auf die Lichtflecken an der Zimmerdecke. Sie genoss ihre sanfte, zweckfreie Schönheit und fühlte sich von allem gereinigt. Sie hatte nichts mehr als ihr zerfleddertes Bewusstsein. Mehr und mehr kam es ihr vor wie ein löchriges Gefäß, das unablässig Wasser verliert.

Und die wiedergeträumten Träume? Die Träume, die er ihr in den geschützten eigenen vier Wänden beschert hatte, auch die hatte sie zurückgelassen. Sie hatte alles dem Mann im Liebesnest hinterlassen, das sie sich in der harten Welt gebaut hatten; dem Mann, den sie angefleht hatte, er möge sie zum Einschlafen bringen, damit er Fetzen aus ihrem Bewusstsein reißen konnte. Alles, was er gegeben und genommen hatte, wieder genommen und wieder gegeben hatte, alles, was er ihr geraubt hatte, hatte sie ihm hinterlassen. Bei den Arrangements der Trennung hatte sie nicht einmal um ihren Teil der Seele, der bei ihm war, gefeilscht. Er bekam den Lohn für seine Mühe, und sie bekam ihre Freiheit: am Morgen aufzustehen, ohne sich vor seinen Blicken verstecken zu müssen.

Jetzt war es Nacht, die Träumerin war auf der Straße. Eines Morgens war sie aus der Wohnung verjagt worden. Den Jungen aus Yahud war das Geld ausgegangen, und ihre Eltern hatten sie überzeugen können, dass es besser war, nach Hause zu kommen. Das Mädchen aus dem Kibbutz hatte sich in einen aus Kirschenbaums Bande verliebt und war in eine Villa im Norden der Stadt gezogen. Die Hausbesitzer hatten ihr gesagt, sie müsse Miete zahlen oder sie würden die Wohnung an vier englische Journalisten vermieten. Sie hatte die Nächte, die sie schon auf der Straße verbracht hatte, nicht gezählt. Wahrscheinlich waren schon Wochen vergangen. Seit Stunden lief sie nun ziellos herum, doch ein dunkles Gefühl trieb sie nach Süden. Aus Pubs und Nachtlokalen, die längst schon geschlossen hatten, fiel fahles Licht. Auf der anderen Seite der Straße schossen schwarze Wasserfontänen in den Himmel, die Kanalisation schien beschädigt zu sein. Der dicke Bauch eines Wachmanns wölbte sich ihr entgegen. Er trug eine bunte Weste, gemustert mit gelben, grünen und roten Blättern. Sein nasses Haar war zu einem wilden Zopf geflochten, widerspenstige Strähnen fielen ihm ins Gesicht. An der Wand neben seiner Wächterbude schlugen ein paar Jungs Glasflaschen in Scherben. Wo bin ich hier nur?, fragte sie sich. Sie ging weiter. An einem Kiosk standen gut gekleidete Männer um die dreißig herum, die gierig ihre Käsetoasts mit Butter, Tomaten und Oliven herunterschlangen. Sie hatte Hunger.

»Die habe ich gestern bekommen, komplett echtes Krokodilsleder«, behauptet einer stolz.

»Von wegen Krokodil, von wegen Leder!« Der andere bückte sich zu den Stiefeln, betastete sie mit den Fingern. Er achtete auf das Geräusch, das das Reiben des Fingers am Leder erzeugte. Dann schnüffelt er am Leder wie ein ausgehungerter Hund. »Guck dir mal an, wie verkratzt die schon sind. Hundertprozent gefälscht. Riechen auch nicht nach Kroko.«

»Hier riecht alles nach vergammeltem Käse, blöder Arsch!« Der Besitzer der Stiefel war wütend: »Wie willst du da Kroko riechen?«

»Langsam, mein Kleiner, immer mit der Ruhe«, rief ihn der Kioskbesitzer zur Ordnung.

»Hör gut zu, Kleiner«, sagte der Zweifler verächtlich. »Wenn das echtes Krokoleder wäre, würde man, wenn man den Finger darüber zieht, so ein raues Reiben hören. Genauso, als ob man ein Krokodil streichelt. So, jetzt hör mal hin, hörst du irgendwas? Zu glatt, wie eine Gardine oder ein Laken. Vielleicht hast du Samtstiefel gekauft?«

»Avner Messika«, sagte der Mann in den Stiefeln, »es ist dringend! Geh zum nächsten Videoladen und tausch den Film um, in dem du lebst.«

»Zieh den Stiefel mal aus, damit wir ihn von nahem sehen«, verlangte der Kioskmann. Der Mann zog den Stiefel aus und stellte ihn mitten auf die Theke. Die vier jungen Männer, der Kioskmann, der junge Tellerwäscher und eine ältere Frau, die dem Kioskmann sehr ähnlich sah, beugten sich über den Stiefel, befühlten ihn und drückten ihre sieben Nasen dran.

»Das ist nicht nur Krokodilshaut, das ist die Mu-Mu-Mutter aller Krokodile!«, verkündete der Kioskmann. »Guck dir die Ritzen an den Seiten an, drück auf die Beulen da vorne … drück das Leder mal ganz fest. Es rührt sich nichts, hart wie Beton.«

»Hundert Prozent Krokodil!« Einer der Männer schlug auf die Theke. Alle außer dem Zweifler nickten brav.

»Da, Süße, hast du zehn Schekel ... Gönn dir mal ein kleines Sandwich!« Der Stiefelträger wandte sich der Träumerin zu, den triumphierenden Blick auf die Freunde gerichtet. »Den ganzen Tag lang kaufe ich schon Sandwiches für die Armen, die vermehren sich wie die Fliegen.«

Die Träumerin ging weiter, Richtung Süden. Gesichter trieben an ihr vorbei. Auf jedes warf sie einen kurzen prüfenden Blick, ob Gefahr drohte, und ging dann schnell weiter. Wenn sie ein Gesicht hinter sich gelassen hatte, näherte sich schon das nächste, vielleicht eine üblere Visage als die vorige. Die Gesichter verfolgten sie. Eine kurze Bewegung und schon fasste sie einer an, wollte er sie würgen? Hellwach von der Berührung sah sie, wie er abrupt stehen geblieben war. An jeder Straßenecke konnte einer ihr auflauern, jeder, der in ihre Nähe kam, konnte ein Angreifer sein, jeder Blick aus einem vorbeifahrenden Auto wirkte gierig und besitzergreifend auf sie. Sie war schon oft in der Vergnügungsmeile im Süden der Stadt gewesen, und nie hatte sie so ausgesehen wie jetzt. Was war da in ihr aufgebrochen?

Die Männer warteten auf eine Gelegenheit, auf einen Fehler der Anfängerin, ein Opferverhalten, mit dem sie sich zur Beute machte, einen erschrockenen Atemzug, ein Aufblitzen von Angst im Gesicht. Sie warf drohende Blicke zurück, als wollte sie ihre Krallen zeigen. Aber recht bald ermüdeten ihre Augen. Die Träumerin hielt keine Sekunde an, sie lief mit geschlossenen Augen weiter. Wenn sie sie wieder öffnete, hoffte sie, etwas Anderes zu sehen als giftige, hungrige Blicke. Auch die Schatten der Gebäude, die Fenster über ihr machten ihr Angst. Nahm diese Straße denn nie ein Ende? Windstöße schüttelten ihren Körper, doch sie hielt stand und rannte weiter. Ihre Feinde holten sie immer wieder ein. Betatschten sie und rannten weg. Das Laufen erschöpfte sie nicht, es befreite sie. Sie kollidierte mit einem Motorrad und warf es um. Der Lärm des Aufschlags hämmerte in ihren Ohren. Sie bog ab. Wieder führte eine innere Stimme sie südwärts eine menschenleere Straße hinab. Militärwagen, die wie kleine Panzer aussahen, fuhren schnell an ihr vorbei. Hier war es nicht ganz so schrecklich.

Wie viel Zeit war vergangen? Wie weit war sie gelaufen? Schreie und Fluchen auf Hebräisch und Arabisch, ein Menschenauflauf. Sie war neugierig auf den Grund für den Aufruhr. Sie war müde von der Flucht, doch das Geschrei lockte sie an. Die Leute standen im Kreis. Sie sah nur die Schultern, ein Hemd leuchtete orange in der Dunkelheit, sie sah einen Umhang, Sportschuhe. Es war ein tristes Menschenknäuel auf dem Sand, nahe beim Meer. Ihr Angstschrei übertönte das Palaver. Die Welt hielt für einen Augenblick inne. Ihr Schrei wurde schwächer, wich einem verblüfften Klagen, sie konnte Luft holen. Kurz darauf zog die Zuschauermenge ab. Die Träumerin war wieder allein. Sie zog ihre Beine hinter sich her und kroch zu einem Haufen Eisenrohre. Ein wenig schlafen. Sie war schrecklich müde. In den letzten Wochen war ihr Schlaf unruhiger denn je. Nachts schreckte sie immer wieder auf. Dann sah sie ihn. Mit seiner riesigen Hand hielt er ihre Träume fest. In seinen Augen war Blut.

Ihre Nächte brachen in Stücke. Sie wachte immer häufiger auf ohne ein Bild des eben noch geträumten Traums. Es gab nicht den geringsten Beweis, dass sie überhaupt geträumt hatte. Offenbar hatte sie ihre Träume dem Wiederträumer überlassen, der sie plünderte, ausschlachtete und wiederträumte. Deshalb waren vielleicht die Träume damals schon zurückgewichen, hatten sich dem Eindringling nicht mehr preisgeben wollen, obwohl sie zugestimmt hatte. Die Träumerin träumte nicht mehr.

»Wo kommst du her?«, fragte ein kleiner Junge in einem eleganten weißen Anzug. Weit offene Augen in einem zarten Gesicht. Die Füße hätten zweimal in die schwarzen Lederschuhe gepasst, so riesengroß waren sie. Er staunte sie an.

»Aus Tel Aviv«, antwortete sie. Wo immer sie jetzt sein mochte, sie beschloss, sich nicht mehr vom Fleck zu rühren. Sollte jemand sie wegzerren, wäre das seine Sache, sie trug ja einen Schutzmantel. Sie wusste, dass sie nicht mehr konnte. Sie hatte gekämpft, solange sie konnte, jetzt kam es auf sie nicht mehr an.

»Hier sind wir in Jaffa«, sagte der Junge, »vielleicht hat sich die Dame in der Adresse geirrt.«

»Ich schlafe«, murmelte sie.

»Sie sehen sehr krank aus.«

»Zieh ab, Jungchen«, fauchte sie.

»Ich bin Mouhannad, wie heißen Sie?«

»Rachel«, antwortete sie.

»Die Dame Rachel ist sehr klug«, spottete der Junge. »Wenn sie hier bleibt, wird sie den Morgen nicht mehr erleben.«

»Es gibt hier sowieso keinen Morgen mehr.«

»Hier bleiben Sie nicht!«, befahl er.

»Verschwinde, Junge ... Es ist schon schrecklich spät, flieg zurück in dein Nest, nach Hause, zu Mama.«

Mouhannads Mama

Oktober 1996

Eines Morgens im Oktober 1996 wachte Wudjdan auf und erfuhr, dass der Mann an ihrer Seite ein Verräter war. Sie war zweiunddreißig Jahre alt, eine hübsche Frau, die ihre Vorzüge kannte, die an Komplimente gewöhnt war, an Zitate aus den Gedichten von Darwisch oder Adonis, die Bewunderung für sie zum Ausdruck brachten. Manchmal ging das in eindeutige Angebote über. Sie hielt das keineswegs immer für eine Belästigung. Aus ihren Augen sprach untergründige Fröhlichkeit. Sie hatte bereits vier Kinder, aber ihre Jugend lebte in der Tiefe ihrer Augen. Das Verlangen war da, eine Abenteuerlust, die nie auf ihre Kosten gekommen war. Mit freundlich gemeintem Spott nannte man sie im Lager »die Krähe«, weil sie so mager war.

Dijbril, den Verräter, hatte sie eine Woche nach ihrem sechzehnten Geburtstag geheiratet. Die Eltern ihres Mannes waren 1948 aus Jaffa vertrieben worden. Bis zu diesem Jahr waren die meisten palästinensischen Aristokraten aus Jaffa verschwunden – kriegsmüde waren sie in andere Orte gezogen. Wudjdan hatte bis zur Hochzeit nichts vom arabischen Aufstand in den dreißiger Jahren gehört. Ihr Mann schloss diese Wissenslücken. Er erzählte vom Jahr 1938, dem gescheiterten Anschlag auf einen der Großgrundbesitzer Jaffas, der seine Ländereien an Juden verkauft hatte. Er erzählte von der Hinrichtung Hassan Sidki a-Dadjanis, des Bürgermeisters von Haifa. Er erzählte von Händlern und Honoratioren, die von den jungen Rebellen umgebracht worden waren, von Bomben und Tod in den Zentren Jaffas und Haifas. Er erzählte vom Kampf zwischen Landbewohnern und Städtern, von Drohungen gegenüber Städtern, die sich unterstanden hatten, von Juden und Briten Strom zu beziehen. Sie hörte vom Niedergang der Lebensqualität in den Städten Ende der dreißiger Jahre, als viele der Reichen begriffen hatten, dass es in Zukunft keine Ruhe mehr geben würde, und weggezogen waren. In Jaffa waren nur ein paar Palästinenser übrig geblieben, ganz wenige Aristokraten, ein paar Straßenhändler, Arbeiter und Handwerker. Sie hatten Ende der dreißiger Jahre im Aufstand gekämpft und Ende der vierziger alles verloren.

Asis, der Vater ihres Mannes, arbeitete als Schuldeneintreiber für reiche Händler, die an die Fellachen in den Dörfern Geld verliehen. Asis bekam allwöchentlich Prügel dafür, dass er den reichen Ausbeutern diente. Als die Händler Jaffa verlassen hatten, fand er keine Beschäftigung mehr. Erst mit dem großen Krieg Anfang der vierziger Jahre fand er Arbeit in verschiedenen Funktionen für die britische Armee.

Jaffa fiel nach Tiberias und Haifa. Im April begaben sich die Eltern ihres Mannes mit ihren zwei älteren Söhnen, ihr Mann war noch nicht geboren, auf ein Segelschiff, das sie im Hafen von Gaza wieder ausspuckte. Von Gaza zogen sie nach Beirut. Nach einigen Monaten dort beschloss Asis, den Ausgang des Kriegs in Europa abzuwarten.

Im Dezember 1948 liefen sie im Hafen von Marseille ein. »Im neunzehnten Jahrhundert sind Tausende jeden Sommer auf Dampfschiffen von Beirut nach Marseille gefahren, in Urlaub! Jetzt, 1948, haben wir nicht mal mehr Geld für Reis ...« Djibril klagte über die schreckliche Schiffspassage, als sei er dabei gewesen. In Marseille lebte ein entfernter Cousin. Er arbeitete in einem Restaurant und sagte, in dieser Stadt könne man zurechtkommen und sonst nichts. »Warten« nannten sie das, Warten auf den Tag, an dem die arabischen Staaten über die Zionisten herfallen und das Land befreien würden. Sie hatten ein paar Jahre zu überbrücken, so war es gedacht. Das Leben in der Hafen- und Industriestadt Marseille war schwer. Sie wohnten in der Altstadt, am Hafen, in einem stark bevölkerten grauen Viertel, dessen Bewohner überwiegend Algerier waren. Die Söhne jobbten im Hafen oder in Restaurants, die Töchter waren arbeitslos oder halfen in Einwandererläden aus. Zwar lernten die jüngeren Kinder, die in Marseille geboren wurden, die Sprache und fanden ihren Platz in der Einwanderergemeinde, doch die Armut lastete schwer auf ihnen und ihre Situation verbesserte sich im Laufe der Jahre nicht. Vater Asis wurde depressiv, als ihm allmählich klar wurde, dass er sein Haus nicht wiedersehen würde. Es war ein einstöckiges kleines Hofhaus in Jaffa, links vom Spielplatz der orthodoxen Kirchenschule. »Djahiliya«, die »vor-islamische Wirklichkeit«, nannte Asis Marseille mit mattem Spott und finsterer Stimme. Diese Stimmung machte sich in ihrem Haus breit, sie war nicht mehr zu beseitigen.

Sicher lag das Kinderzimmer schon in der Sonne, längst hätte sie eine Gardine kaufen müssen. Die Aufregung am Morgen: Mouhannad kreischte, Intizar jammerte. Sie wachte neuerdings jeden Morgen schweißgebadet auf, das machte ihr Sorgen. Aus Nadjchas Radio tönte Musik. Nadjcha weigerte sich, sich ohne Musik für die Schule anzuziehen. Wudjdan rührte sich nicht. Heute sollten sie mal ohne sie klarkommen. Sie war heute ganz woanders. Sie hörte zwar ihrem Mann zu, der von seinen Heldentaten berichtete, ihre Gedanken wanderten jedoch in ganz andere Gefilde, zu ihren Verwandten und Orte, dem Leben in der Vergangenheit, zu ihrem Vater und wie unglücklich der wäre, wenn er von Djibrils Verrat erführe.

Den Vater von Djibril, Asis, kannte Wudjdan nur von Photos. Sie sah einen Menschen, der sich weigerte, zu altern. Ausgerechnet als er die Siebzig erreicht hatte, wenn Marseiller Alte gewöhnlich gelb werden, wurde seine Haut herzergreifend rosig. Die auffallend breiten Schultern, die gute Figur und die starken Muskeln blieben ihm erhalten. Seinen Kopf umkränzte eine flachsfarbene Mähne und seine wachen Augen standen im Gegensatz zu seinem faltigen Gesicht. Bis zu seinem Tod hatte er sich geweigert, auch nur ein einziges Wort Französisch zu sprechen. Er las nur Arabisch oder Hebräisch, das für ihn ebenfalls eine Verbindung zu Jaffa bedeutete. Per Post oder von Bekannten und Trödlern bekam er regelmäßig Zeitungen und Zeitschriften, die sich mit palästinensischen Themen befassten. In den sechziger Jahren sympathisierte er mit der »Al Hadaf« Ghassan Kanafanis, dessen Tod er tief betrauerte. Nach dem Krieg 1967 schätzte er die »Muakkef«, die Adonis gegründet hatte. In den achtziger Jahren inspirierte ihn eine literarische Zeitschrift, »Al Fachr Al Arabi Al Muatzer«. Jedes Mal, wenn er eine Zeitung aus der »Region« bekam, las er Tage und Nächte darin. Er berührte zärtlich die Seiten und begutachtete die Zeitung mit liebevoller Genauigkeit, als suche er nach Schönheiten, die ihm beim ersten Lesen entgangen waren. Djibril schätzte die Schwäche seines Vaters für solche Lektüre nicht. Er war der Ansicht, dass das Warten das Schlimmste sei, was das Leben für einen bereithalten konnte. Das unterwürfige Warten auf etwas, was sich in einem, in vier oder zehn Jahren ereignen sollte, ekelte ihn an. Sein Vater war für ihn ein Träumer, der immer enttäuscht wurde. Von der Utopie einer syrischen Nation, die während des kurzen Aufstandes von Anton Sa'ada im Sommer 1949 so etwas wie das Römische Reich im zwanzigsten Jahrhundert werden sollte, von der Hoffnung auf einen modernen Irak nach dem Sturz Feisals des Zweiten im Jahre 1958. Er war fasziniert von wechselnden Ereignissen, Parteien und Persönlichkeiten. Es waren durchaus widersprüchliche politische Bewegungen, mit denen er sympathisierte: Nationalismus, Pan-Arabismus, marxistischer Internationalismus, westlicher Liberalismus. In Algerien verjagte die FLN die Franzosen, für ihn der Beweis dafür, dass man den Kolonialismus in die Knie zwingen konnte. Mit feierlicher Stimme las er seinen Kindern die Schriften des General Giáp, Mao Tse-Tungs und Che Guevaras vor, die ihren Ländern mit einem einzigen kühnen Schritt eine prächtige Zukunft eröffnet hatten. Ein Schritt nach vorn, zwei Schritte nach vorn, aber wo sind denn unsere, die Schritte der Palästinenser? Was war mit Nasser, der die arabische Welt erst wiedergeboren und dann im Krieg 1967 gleich wieder begraben hatte? Und du, Achmed Schukeiri? Du hast uns eine palästinensische Armee für den Krieg gegen Israel versprochen. Den nächsten Krieg werden wir selber führen, nicht die arabischen Brüder. Im März 1968, als Djibril zwölf Jahre alt war, versammelte Asis alle Kinder im Wohnzimmer und las ihnen die Zeitungsberichte über die glorreiche Schlacht bei Karameh vor. Jetzt stand der palästinensische Einmarsch von Jordanien aus bevor. Als 1970 die palästinensischen Kämpfer von ihren jordanischen Brüdern getötet und verjagt wurden, war diese Wunschblase geplatzt, man trauerte wieder. 1973, nachdem die Israelis endlich erlebt hatten, dass wir ihnen standhalten konnten, verwandelten sich alle Hoffnungen auf den Wänden zusammen mit den Bildnissen der palästinensischen Helden in Kalk. Man hatte sich dann mit dem Ruin abzufinden, mit dem ungeheuerlichen Verrat Sadats, der in seinem Besuch in Jerusalem gipfelte. Die letzte kleine Hoffnung kam zuerst mit dem Kongress von 1978 in Bagdad auf. Asis sprach stolz von den Palästinensern und ihrem »Zummud«, ihrem Zusammenhalt. Die Hoffnung wuchs weiter, als der verräterische Sadat 1981 eliminiert worden war. Mit Beirut sank sie in den achtziger Jahren endgültig in Schutt und Asche.

Asis starb 1986. Wäre er ein einziges Jahr länger am Leben geblieben, wäre er etwas zufriedener gestorben. »Es ist besser, in Marseille das Leben zu genießen, als unter Phantasien über ein Leben in Jaffa zu leiden«, hatte Djibril einmal im Streit seinen Vater angeschrien.

Voller Stolz reiste Djibril im Winter 1980 illegal in die Westbank ein. Er hatte einigen einflussreichen Leuten telegraphisch seine Ankunft angekündigt und erwartete, mit ranghohen Vertretern der Palästinenser die Heimkehr des verlorenen Sohnes zu feiern. Enttäuscht musste er erfahren, dass seine Bereitschaft, einen Beitrag zum Kampf zu leisten, diese Vertreter ziemlich kalt ließ. Er nahm es als böses Omen. »Ein böses Omen – und das Böse endet niemals«, klagte er Jahre später. Er hatte gehofft, in Ramallah, Tul-Karem oder Kalkilia wohnen zu können. Er wollte sich dort in das palästinensische Bürgertum integrieren. Er hatte gehofft, an der Universität zu unterrichten.

Das empfand man dort als Anmaßung, weil er keinen Magistertitel hatte. Er wurde abgewiesen. »Wir sind keine Horde Babbun-Affen, die auf einen französischen Herrn wartet«, sagten sie. Nach wochenlangem Wanderleben in der Westbank bekam er eine Stelle in einer Schule. Er ließ sich im Haus von Verwandten in Nur-A-Schams nieder. Schon nach zwei Monaten kündigte er. Erstens waren Tätigkeit und Entlohnung demütigend, zweitens wollte er als Lehrer ausschließlich die klassische Kultur Frankreichs, seiner zweiten Heimat, vermitteln. Wudjdans Ehemann war arrogant und ungesellig. Er sei nicht bereit, sagte er, sich wie ein Klotz vor die Klasse zu stellen und Geschwafel aus schlechten Büchern vorzutragen. Als er die Erfahrung gemacht hatte, dass Schule und palästinensische Gesellschaft ihn und seine Methoden ablehnten, begann er sich nach den Straßen von Marseille zu sehnen. Bei der Erinnerung an Marseille war er glücklich und zufrieden, und seine Augen glänzten voll Verlangen. Die unerreichbare Geliebte war immer woanders. In Nur-A-Schams sehnte sich Djibril nach Marseille. Als sie in Marseille gewesen waren, hatte sich die ganze Familie nach Jaffa gesehnt. Aber in Jaffa, das wusste er, auch wenn sein Vater es abstritt, hatte sich seine Mutter nur nach Beirut gesehnt. Mit zuviel Vergangenheit im Kopf konnte man nicht leben. Die Kronleuchter von einst beleuchteten ihre Tage. In den Fingerspitzen saß immer die Textur einer rauen Wand eines Hauses in Jaffa, einer Schlafzimmergardine in Marseille. Das Vergangene war immer besser als die Gegenwart. Das Leben, das man erhoffte, hatte längst stattgefunden, früher, vor langer Zeit.

Es klopfte an der Tür. Djibril sprang splitternackt aus dem Bett und drückte sich erschrocken an die Wand. Die spärlichen Haare auf seinem Kopf zitterten wie Espenlaub. »Sie sind hier«, flüsterte er und sah Wudjdan vorwurfsvoll an, als hätte sie ihn ausgeliefert. Er hob seinen Blick gen Himmel – murmelte er etwa ein Gebet? Er hatte die Muslime immer verspottet, ihre Riten verachtet, denn er hatte doch den Marxismus mit der Muttermilch eingesogen. Wudjdan lachte. Es war Nadjcha. Sie rief Nadjcha zu, sie solle sie in Ruhe lassen und sich um die Säuglinge kümmern: »Heute hast du schulfrei.« Nadjcha antwortete nicht, aber das Geräusch ihrer Schritte bezeugte, dass sie den Vorschlag angenommen hatte. Wudjdab sah Djibril an. Ein kleiner Händler großer Träume, ein Luftwesen, das seine Tage auf der harten Erde verbrachte.

Djibril war in seiner Jugend ein »homme des lettres« gewesen. Stendhal, Flaubert, Camus, Proust, Pascal und Huysmans waren seine Götter. Er sagte von sich, er schreibe Kurzgeschichten und arbeite an einem monumentalen Essay mit dem Titel »Die palästinensische Erziehung im künftigen unabhängigen Staat«. Mit den Jahren ließ sein Interesse am Lesen jedoch nach. Er war müde geworden, ein Mensch, der den Wirren seiner Existenz unterworfen war und Frau und ein »Regiment« Kinder zu ernähren hatte. So jung und schön seine Frau Wudjdan blieb, so unaufhaltsam alterte er.

Eines Tages bekam er die Stelle als Geschäftsführer eines Restaurants. Das war die Gelegenheit, um ausreichend Geld für ein Haus in Tul-Karem zu sparen und mit der Familie aus Nur-A-Schams wegzuziehen. Im Restaurant arbeitete er mit einem Fleiß, der Wudjdan überraschte. Er hatte sich vorgenommen, aus dem Restaurant die »erste französische Bar Palästinas« zu machen. Die Arbeit ließ ihm wenig Zeit für die Familie, aber seine häufige Abwesenheit störte Wudjdan und die Kinder nicht. Djibril pflegte keine wirklichen Beziehungen zu seinen Kindern. Er brachte sie mit Umarmungen und Küssen zu Bett und las ihnen Geschichten und Märchen vor. Mit Nadjcha las er sogar Gedichte. Diese väterlichen Rituale mochte er, solang er bestimmen konnte, wann sie stattfanden und wie lange sie dauerten. Manchmal überfiel ihn jedoch ohne Vorwarnung der Überdruss. Die Nähe der Kinder wurde ihm schlagartig zur Last, dann musste er sie sofort loswerden. Jedes Mal wenn er einen seiner düsteren Anfälle hatte und allein sein wollte, durften die Kinder ihm nicht nahe kommen. 1994 erlitt er zwei Schläge: Das Restaurant wurde geschlossen und die israelische Börse brach zusammen, mit ihr verschwand das Meiste von seinem Geld und damit das zukünftige Haus.

An dem erwähnten Morgen im Jahr 1996 erfuhr Wudjdan, dass ihr Mann, »der französisch-palästinensische Intellektuelle«, der ehemalige Geschäftsführer eines Restaurants und Besitzer eines nebulösen Aktienpakets an der israelischen Börse, bereits seit vier Jahren Agent der Juden war. Djibril hatte sich aufs Bett gesetzt und sie um Rat angefleht. Er gab vor, nicht zu wissen, wie er in diese tödliche Situation geraten war. Draußen hörte sie, wie Nadjcha Mouhannad anschrie. Die zwei kamen nicht klar miteinander. Ihr Mann sprach von ihrer Zukunft. Seine heftige Körpersprache bezeugte, dass er überleben wollte, unbesiegt und hoffnungsvoll. Es machte Wudjdan zu schaffen, dass sie Hinweise auf seine Agentenrolle übersehen hatte. Vor allem aber bedauerte sie diesen jämmerlichen Mann, dieses hartnäckige Stehaufmännchen, dessen Leben aus Misserfolgen bestand. Sie liebte ihren Ehemann schon lange nicht mehr, aber er war immerhin der Vater ihrer Kinder. Djibril teilte in ungewöhnlich kurzen Sätzen mit, dass die Juden ihn gestern darüber informiert hatten, dass er aufgeflogen war. Er musste Nur-A-Schams sofort verlassen.

Scheu fragte er sie, ob sie mit ihm ginge. Er entschuldigte sich nicht. Zwar wusste er, dass er eine unverzeihliche Sünde begangen hatte, aber die Einsicht war von Aggressionen getrübt. Während er auf Antwort wartete, dachte sie über die beste Lösung für die Kinder nach. Sie fragte sich, welche Antwort er wohl lieber hätte. Er sah aus, als sei er unter eine Dampfwalze geraten. »Wenn du mitkommst«, sagte er, »geben uns die Israelis eine Luxuswohnung, vier Zimmer mindestens.« Er hatte den Israelis das Haus seines Vaters in Jaffa genau beschrieben, das er nie selbst gesehen hatte. Er hatte darum gebeten, dort wohnen zu dürfen. Die Israelis versprachen, über die Bitte mit allem gebotenen Respekt zu beraten. »Wenn wir nicht durch Krieg zurückkehren können, dann eben durch List. Wenn Vater bloß noch am Leben wäre«, flüsterte Djibril mit todtraurigem Blick. »Er könnte sehen, wie ich in sein Haus zurückkehre.«

»Er hätte sich noch mal umgebracht.«

»Wir haben keine Zeit. Du musst dich bis morgen früh entscheiden.«

Die ganze Angelegenheit war besonders beschämend, weil ihre Sippe in Nur-A-Schams hoch angesehen war. Wudjdans Vater und ihre Onkel zählten im Flüchtlingslager zur Führungsriege der Fatah. Omran, ihr Onkel, war persönlicher Referent eines Ministers, einige der jüngeren Cousins gehörten zur neuen Polizei oder zum Nachrichtendienst, andere waren kleine Beamte in Behörden, die eben aufgebaut wurden. Samir, der älteste Sohn des persönlichen Referenten, war Anführer der Jugend von Nur-A-Schams, und man sagte ihm eine glänzende Zukunft in der palästinensischen Politik voraus. Die PLO-Führer, die aus dem tunesischen Exil in die Westbank zurückgekehrt waren, beherrschten alle Finessen der Macht. In jeder Stadt und in jedem Flüchtlingslager setzten sie Verwandte in alle Verwaltungsstellen. Wudjdan wusste, dass die Angst ihres Mannes berechtigt war. Sie würden ihm seinen Verrat nicht verzeihen; ihre Gegner, und das waren nicht wenige, würden sich auf die Chance stürzen und eine Untersuchung darüber verlangen, ob es weitere Verbindungen zwischen dem Clan und den Israelis gab. Dadurch würden die Positionen des Clans im Regierungsapparat und den Nachrichtendiensten ins Wanken geraten. Vor allem ihre militanten Cousins würden fordern, den Verräter zu bestrafen. Bestenfalls würde er im Gefängnis landen. Schlimmstenfalls würde man ihn eliminieren, um einen Prozess zu vermeiden, der den Schaden nur noch vergrößern würde.

Er rollte sich unter den Laken zusammen und schloss die Augen. »Ich bin derartig müde, seit einer Woche schlafe ich nicht mehr.« Er drückte sein Gesicht auf ihren Bauch, wartete auf eine Antwort, eine Umarmung. Sie dehnte ihre eingefrorenen Gliedmaßen, die die Lage nicht wahrhaben wollten. Sollte irgendwer anders das Problem lösen, nicht sie. Sie war doch nur die verwöhnte Tochter ihres Vaters. Jetzt sehnte sie sich nach dem Elternhaus, wollte im alten Bett liegen und sich von Vater Rat holen. »Binti, meine Tochter, auch wenn du tausend Kinder hast, du darfst dich in unserem Haus immer verwöhnen lassen.« Das hatte ihr Vater bei ihrer Hochzeit gelobt. In ihrer Jugend war sie in Kassem verliebt, von dem man sagte, er sei dem Abu Djihad wie aus dem Gesicht geschnitten. Dann erfuhr sie, dass er sich für Politik gar nicht interessierte und nur Ingenieur werden wollte. »Ich bin ein Kind, ein Kind«, flüsterte sie. Alles war so schnell gekommen, konnte man die Zeit nicht zurückdrehen? Sie wurde zornig. »Nehmt mir doch meinen Mann und meine Kinder.«

Gleich musste sie darüber lachen. Sie beugte sich herab und lachte ganz nah am Kopf ihres Mannes. Ihre Lippen spannten sich, sie riss den Mund auf, als wolle sie ihn verschlingen. Er kam ihr wie ein seltsames Geschöpf vor, nicht wie ein Ehemann. Er öffnete die Augen sah sie an und fragte mürrisch: »Was soll das Gelächter?« Zwei Minuten später hatte sich sein Ärger gelegt, er konnte beim Anblick seiner jungen Frau nicht gleichgültig bleiben. Zwischen ihnen war längst noch nicht alles abgestorben. Damit waren die ersten Randbemerkungen zum Verrat gemacht.

Der Wiederträumer

Juni

Sie kamen in Scharen zu dem Wundermann, der sich in einer neuen Penthousewohnung niedergelassen hatte, in einem der hohen Türme der Stadt. Es war ein schmaler Turm, der von weitem aussah wie ein Leuchtturm, der zum Himmel reicht. Ein Rätsel, wie man eine große Menschenmenge in einem so schmalen Turm unterbringt. In Aufzügen mit Geigenmusik und viel zu grellem Licht fuhren sie ins oberste Stockwerk. Dort klingelten sie scheu an der Tür, von der Linse einer Kamera erfasst.

Die Wohnung des Geheimnisumwitterten war gesichert wie ein Burg. Alle redeten über den Mann, der Träume lesen konnte. Wer seine Wohnung betrat, sah keine Möbel. Im Wohnzimmer gab es jede Menge technische Geräte: einen großen Fernseher mit einem System gegen Spiegeleffekte und für ein klares Bild, ein schmales DVD-Gerät, einen Receiver und acht Lautsprecher. Auf einer Theke stand eine transparente Kaffeemaschine mit einer Vorrichtung zum Milchaufschäumen und einem Tassenwärmer, daneben der Sockel eines schnurlosen Telefons und ein kleiner Computer. In der Mitte des Wohnzimmers stand eine elektrische Massageliege mit einem Stahlmechanismus aus fünfundzwanzig elastischen Federn. Sie war von einer Büffelhaut bedeckt. Unter der Decke hing ein gläserner Kronleuchter mit diamantähnlichen Steinen. Die Kreation trug die Signatur des italienischen Künstlers K. Cavallino.

Darüber hinaus gab es nichts, keine Stühle, keine Schränke, keine persönlichen Gegenstände. Auch keine Kaffeetassen im Wohnzimmer, keinen Mantel auf einem Sessel, keine Schuhe neben der Tür, keinen Kamm, keine Pillen auf einer Anrichte, keine Zigarettenstummel in einem Aschenbecher, keine CD-Hüllen, keine Bücher, keine Zeitungen, nicht ein einziges Bild. Die Wohnung des Wiederträumers war außerdem sehr still. Geräusche hatten keinen Platz in diesem Reich, sie gehörten zur Außenwelt. Mehr als alles andere besteht die Welt aus Lärm. Hier erzeugten schon die Schritte der Besucher einen Hall, man hörte jeden Atemzug. Der Besucher, der nicht auffallen wollte, hörte seine Kleidung am Körper scheuern, wurde hellhörig für das kleinste Schnaufen, Räuspern, Kratzen und Schnarchen und nicht zu vergessen für quietschende Schuhsohlen.

Von der Turmspitze aus konnte man die Illusion haben, die Welt sei wie eh und je. Tief unten in den kleinen Straßen tummelten sich die Menschen wie Ameisen. Die Häuser, Türme und öffentlichen Gebäude, die Straßen und Tunnel, die Theater und Einkaufszentren, die Zebrastreifen und Leuchtreklamen der Restaurantketten, die Einsatzwagen von Polizei und Feuerwehr, die Ambulanzen: alles das, was eine Stadt ausmachte. Trotz aller Grabreden lebte sie noch. Herrlich war es, den Blick von hoch oben umherschweifen zu lassen, den Blick, der vieles auf einmal erfasst und viele Einzelheiten übersieht. Da unten könnte eine Revolution stattfinden mit allen Veränderungen, die man sich nur vorstellen kann. Würde man vom siebenundzwanzigsten Stock aus Veränderungen im Stadtbild überhaupt registrieren?

Die Nacht verbrachten die Träumer im Dormitorium. Zwischen ihnen sollte es keine engen Kontakte und Gespräche geben, das hatte ihnen Herr Katzenelsson im Namen des Wiederträumers gesagt. Gruppenbildungen sollten vermieden werden. Das große Schlafzimmer befand sich im nördlichen Flügel der Wohnung. Es verfügte über keine Beleuchtung, die Wände waren grün tapeziert, der Fußboden war aus hartem Holz. In gleichem Abstand voneinander lagen vier Matratzen auf dem Boden, an der Seite jeder Matratze gab es eine Wasserflasche, zwei Kissen und eine Wolldecke. In der Ecke, rechts von einem großen Fenster mit Panoramablick auf Stadt und Meer, standen zwei schwarze Sessel.

Der Wiederträumer ging von Schläfer zu Schläfer, von Träumer zu Träumerin, von einem Traum zum anderen. Immer hatte er das Gefühl, der wunderlichste Traum bliebe ihm verborgen. Der Wiederträumer war hochkonzentriert und gab sich nicht leichtfertig einem bestimmten Traum hin. Sobald er die Sprache eines Traums erlernt hatte, begab er sich in einen anderen. Wenn er einen Traum fand, der es wert war, zurückgeholt zu werden, war er erleichtert. Dann blieb er bis zum Ende dabei. Das war eine willkommene Unterbrechung des ermüdenden Wanderns von Traum zu Traum. Heute Nacht war er mit einem Träumer namens Ben-Gal beschäftigt. Der Wiederträumer schätzte diesen alten Mann, weil es in seinen Träumen die herzergreifende Sehnsucht nach der verlorenen Jugend gab.

Ben-Gal steuert sein Auto durch eine breite Allee. Neben ihm sitzt seine legitime Ehefrau, ganz rechts hat sich ein dickes, schwarz gekleidetes Mädchen zusammengerollt. Er erkennt in ihr seine erste Geliebte. Die legitime Ehefrau spielt an seinen Haaren herum und küsst ihn demonstrativ auf den Hals. Er sieht, dass seine Geliebte die Zärtlichkeiten ignoriert. Das Mädchen wickelt Fäden zu roten, blauen, violetten und grünen Knäueln auf. »Hör auf«, sagt er und wirft einen besorgten Blick auf die Geliebte. Doch die starrt in die Allee hinaus. Ihre Haut ist gelb geworden, sie sieht schwach aus. Im Zorn über seine Frau verliert er die Herrschaft über den Wagen. Das Auto kommt von der Spur ab und kollidiert mit einem anderen.

Ben-Gal ist mit dem Auto in einer Reparaturwerkstatt. Die Autofenster sind alle zerbrochen. Er sucht jemanden. Da scheint jemand in den Büroräumen zu sein. Er geht hin, doch die Bürotür wird ihm vor der Nase zugeschlagen. Draußen taxiert ihn der Wächter des Parkhauses mit einem respektvollen Blick. »Viel Glück, der Herr«, sagt er. Da stellt sich heraus, dass Ben-Gal zum Leiter der städtischen Kulturabteilung ernannt worden ist. Er sucht verzweifelt nach einem Freund aus der Kindheit, der Scha'aja heißt. Ben-Gal hat nämlich keine Ahnung vom Leiten der Kultur, und Scha'aja war der Klügste der ganzen Klasse gewesen. »Sei du so wie Scha'aja«, hatte man immer zu ihm gesagt. Er trifft Scha'aja, der als Barmann in einer Diskothek arbeitet. Scha'aja sieht wie ein junger Mann Ende zwanzig aus, obwohl sie beide doch bereits sechzig Jahre alt sind. Sie können einander nicht hören. Nach einigen Fehlversuchen, mit Scha'aja ins Gespräch zu kommen, begreift Ben-Gal, dass Scha'aja ihn überhaupt nicht erkennt. Er kehrt heim, nicht in die Wohnung in Ramat-Hascharon, sondern in sein erstes Zuhause in Haifa. Er ist allein zu Hause und verschlingt Weißkäse mit der Gabel. Da ruft eine Frau namens Tal an, die er von früher kennt. Er erzählt ihr die Geschichte und sie sagt, etwas daran sei unlogisch: »Wenn der Wagen kaputt ist, wie bist du dann nach Haifa gefahren?« Er geht die Treppe bis zur Parkebene hinunter. Das Auto steht auf dem reservierten Platz. Wahrscheinlich ist die ganze Geschichte mit dem Unfall und dem Leiter der Kulturabteilung nur ein Traum gewesen, denkt er. Auf dem Balkon, von dem aus der alte Mann ihn immer beschimpft hatte, wenn er im Hof spielte, steht sein Vater mit seiner zweiten Frau. Sie winken ihm zu. »Träumst du verrückte Träume?«, schmunzelt der Vater. »Übrigens, wo ist Scha'aja?« Die zweite Frau seines Vaters schaut ihn mitleidig an. Im Flur des Mehrfamilienhauses sieht er eine Traueranzeige. »In tiefer Trauer« wird mitgeteilt, seine erste Geliebte sei bei einem Unfall umgekommen. Das Glück, ihren sechzehnten Geburtstag zu feiern, sei ihr nicht mehr zuteil geworden. Ben-Gal wachte auf.

Der Wiederträumer gab Herrn Katzenelsson ein Signal mit einer kleinen Taschenlampe. Katzenelsson ging zielstrebig zu Ben-Gal und rüttelte ihn unsanft. Er stellte Ben-Gal auf die Beine und führte ihn an den Träumern vorbei zu einem der Sessel. Der Wiederträumer setzte sich zu ihm und erledigte sorgfältig die restliche Arbeit mit ihm. Am Ende der Zeremonie sah Ben-Gal etwas enttäuscht aus. Er dankte dem Wiederträumer mit schwacher Stimme. Katzenelsson war in der Nähe geblieben, um den Wiederträumer vor unerwarteten Reaktionen zu schützen. Es war nämlich schon vorgekommen, dass Träumer behaupteten, der Traum sei überhaupt nicht ihr eigener Traum gewesen, und dem Wiederträumer Prügel androhten. Katzenelsson führte Ben-Gal rasch hinaus.

Der Wiederträumer ging zu Tehila Ben-Amotz. Sie steckte

mitten in einer Traumgeschichte. Der Wiederträumer begab sich hinein.

Tehila kommt gerade aus der Bank nach Hause. Achtzehn Kinder springen ihr entgegen. Sie sehen wie Katzen aus. Ihr Nachbar David hat ihr unter dem Siegel der Verschwiegenheit anvertraut, dass es menschliche Wesen sind, »wenigsten potenziell«. David hat Tehila beauftragt, den Katzen das Sprechen, das Essen mit Messer und Gabel und das Lesen von Büchern beizubringen. Tehila säugt die Kinderkatzen. Einige nehmen menschliche Gestalt an. Die anderen steckt sie auf Anweisung des Nachbarn in ihre beiden Tiefkühlschränke. Zur Belohnung schenkt er ihr eine Kubareise. Die Kinderkatzen nimmt sie im Koffer mit. Am Abend macht sie einen Strandspaziergang. Der Sand ist warm. Da wachte sie auf.

Tehila Ben-Amotz nahm den Traum an. Sie wusste ja nicht, dass der Wiederträumer ihn ihr nicht vollständig zurückgegeben hatte, und verließ den Schlafraum.

Dem Wiederträumer waren noch zwei Träumerinnen geblieben: die eine war Danit Alfassi. Sie hatte eine bestimmte Art von Traum verlangt, deshalb ging er zuerst zu ihr. Eine Dreiviertelstunde verbrachte er in Danits Träumen, ohne einen geeigneten zu finden. Gegen drei Uhr in der Nacht wurde die Zeit allmählich knapp, und er entschied sich für irgendeinen.

Danit ist in zwei Personen gespalten, weil die katholische Kirche sie als Ketzerin entlarvt hat. Sie hat den kleinen Sohn von Onkel Avner unzüchtig berührt. Onkel Avner ist Armeegeneral und Waffenhändler mit guten Verbindungen nach Uganda und Zaire. Ihr Vater ist Onkel Avners Fahrer. Ihr Vater behauptet, dass er gar nicht ihr Vater ist. Sie fahren los, um nach dem verschwundenen Teil ihrer Persönlichkeit zu suchen. »Geh in den Vatikan und bitte um Vergebung«, sagt der Vater. In Italien können sie nicht an Land gehen, sie landen immer wieder woanders. Onkel Avner trägt jetzt ein Menjoubärtchen und erzählt, er habe in Zaire das Gerät gefunden, das ihre Persönlichkeit gespalten hat. Ihrer bösen Taten wegen verlangt er, dass sie mit ihm schläft. »Ich werde dich vergewaltigen, so wie Dina vergewaltigt worden ist.« Während er noch auf ihr liegt, gibt Onkel Avner ihr das Gerät und flüstert: »Jedes Mal, wenn du meinem Sohn das wieder antust, werde ich dich vergewaltigen. So wie Chamor Dina vergewaltigt hat.«

»Festgefahren«, knurrte der Wiederträumer genervt. »Andauernd Onkel Avner, gibt es denn außer dem Waffenhändler nichts anderes auf der Welt? »Der Traum war langweilig, ich empfehle, es noch einmal mit anderen Träumen zu probieren.« Danit nahm den drohenden Unterton der Empfehlung durchaus wahr. Sie nickte gehorsam. Vielleicht ist mein Träumen wirklich das Geld nicht wert, das ich hier lasse, dachte sie traurig. Sie hatte immer geglaubt, ihre Träume seien die faszinierendsten überhaupt.

Bald vier Uhr früh. Der Wiederträumer setzte sich zur letzten Träumerin. Ihr Traum mochte sein, wie er war, sie würde ihn zurückbekommen.

Die Träumerin kauft eine Tankstelle an der Golani-Kreuzung. Am Tag des Vertragsabschlusses sieht sie im Fernsehen einen Freund aus dem Kindergarten. Er ist Fernsehstar geworden. Sie will nun auch ein Star werden. Sie richtet in der Tankstelle ein Schauspielstudio ein. Schauspieler aus dem ganzen Land kommen zu ihr. Gerüchte gehen um, der Schauspiellehrer sei ein unehelicher Sohn Stanislawskis. Ihr Vater landet mit einem Privatflugzeug neben der Tankstelle und lädt sie zu einer Reise ein. Er will einen Friedhof in Texas sehen, wo Soldaten aus dem Bürgerkrieg begraben sind. Er möchte herausfinden, wie die Menschen in anderen Ländern sterben. Sie glaubt ihm nicht und vermutet, dass er seinen wirklichen Plan verheimlicht. Als sie in der Luft sind, erzählt er ihr, er sei an Lungenkrebs erkrankt. Die Träumerin beschließt sofort, die Tankstelle zu schließen und sich gegen Luftverschmutzung zu engagieren. Stanislawskis Sohn verkündet ihr, ihr Vater sei gestorben. Er sei an der gleichen Stelle begraben worden wie der unbekannte Soldat aus dem Western »Zwei glorreiche Halunken«. Er sei jetzt glücklich, damit in einem Film für immer verewigt zu sein. Stanislawski junior verspricht ihr, Sergio Leone zu engagieren. Sie solle die Tankstelle nicht schließen.

Die letzte Träumerin hatte ihren Traum bekommen und war gegangen, die Arbeit des Wiederträumers war getan. Nach jeder solchen Nacht bekam er einen Schwächeanfall am Rand einer Ohnmacht. Manchmal blieb er vollkommen ausgepowert und unfähig zu reden im Sessel sitzen. Katzenelsson brachte ihn dann ins Bett. Je näher das Ende der Nacht kam, umso mehr röteten sich seine Augen, gegen Morgen waren sie blutunterlaufen. Die nächsten zwei Tage und Nächte hütete er das Bett, für niemanden ansprechbar, auch für Herrn Katzenelsson nicht. Katzenelsson bestellte für ihn Mahlzeiten in den besten Restaurants der Stadt, ein Service, den der Wiederträumer schweigend akzeptierte. Denn egal wie krank er sich fühlte, essen konnte er immer mit größtem Genuss. Stundenlang badete er in sehr heißem Wasser, um dann matt auf das Sofa im Wohnzimmer zu sinken. Außer der Unterhose trug er ein Angoraunterhemd, das Katzenelsson ihm besorgt hatte. Selten rauchte er eine Zigarette. Er hielt sich von den Geräuschen der Außenwelt fern, als sei er auf der Flucht vor ihr. Keine Bücher, keine Musik, kein Film, kein Fernsehen und keine Zeitungen. Sein ureigener Raum war der Raum der Stille. Der Körper ruhte, die Seele schwieg und die ganze Wohnung beugte sich dem Verlangen des Maestros nach Stille. Ohne diese Pause hätte er die kommende Arbeitsnacht nicht bewältigen können.

Beschwerden, Empfehlungen, die Auswahl der Träumer durch persönliche Interviews, ihre Reihenfolge, ihre Gruppierung, Akten der Träumer und Buchführung über die Träume, das Finanzwesen und sämtliche der unentwegt anfallenden Pflichten erledigte, wie gesagt, ein gewisser Herr Schimon Katzenelsson. Er war der Wiederträumergehilfe. Er war schon siebenundsechzig und musste noch weitere sechs Jahre arbeiten. In den siebziger Jahren Büroleiter im öffentlichen Dienst, ließ er sich in den achtziger Jahren dazu verleiten, in die freie Wirtschaft zu gehen, als Büroleiter einer Steuerberatungsfirma in Tel Aviv. Zwei Jahre später wurde ihm gekündigt. Die jährliche Direktionskonferenz kam zu dem Ergebnis, er habe sich in die Privatwirtschaft nicht einfinden können. Dort seien nunmal andere Fähigkeiten gefragt, als in einem Regierungsbüro. Diese Kränkung konnte er nie verwinden, sie brannte ihm in der Seele wie am ersten Tag. Bei dieser Kündigung war er bereits fünfzig Jahre alt. Er hatte sich dann im »Verein zur Wahrung von Golda Me'irs Erbe« engagiert, war Vorstandsassistent der Rentnersektion der Arbeitspartei geworden und wie überall mit geringer Aufwandsentschädigung auch Vizekassenwart bei Hakibbutz Ha'artzi, dem linksgerichteten Flügel der allgemeinen Kibbutzbewegung.

Katzenelsson redete nicht viel, aber sein Wortschatz war groß und sein Sprachstil gepflegt. Er antwortete absichtlich wortkarg, und zwar gerade dann, wenn Ausführlichkeit angemessen gewesen wäre. Wenn man ihn bedrängte, verlegte er sich darauf, Geschichten zu erzählen. Dabei machte er einen zufriedenen Eindruck. Man durfte ihn nicht kritisieren, er sah sich immer im Recht. Schon die Andeutung einer Kritik brachte ihn auf die Palme. Wochenlang konnte er Beweise und Belege dafür sammeln, dass die Kritik unberechtigt war, an die sich außer ihm längst niemand mehr erinnerte. Katzenelsson war mittelgroß, seine Haut war rau und sein Gesichtsausdruck ernst und unbeteiligt. Er brachte seine Tage teilnahmslos und routiniert hinter sich und hatte sich mit dem Altern abgefunden. Nur manchmal wirkte er so spitzbübisch, als ob er zu altem Leben erwacht sei und sich die Frage nicht verkneifen könne: »Herr Katzenelsson, wollen wir denn vor dem Ende nicht noch mal richtig was erleben?«

Mehr als alles andere fürchtete er die Freizeit. Seit der Kindheit interessierte er sich für Fußball. Das half ihm, lange Winterabende zu überstehen. Die meiste Zeit war er allein. 1999 war seine Frau gestorben, seine einzige Tochter lebte in Berlin. Sein ältester Sohn war in Jerusalem zusammen mit sieben anderen Menschen ums Leben gekommen.

Der rechte Arm Katzenelssons war von der Schulter bis zu den knochigen Fingern gelähmt. Er hing am Körper als überflüssige Last. Die Lähmung war eingetreten, als er erfuhr, dass sein Sohn tot war. Das war 1978 und längst schon Geschichte geworden. Der Arm war gelähmt, seit er wusste, dass ihn der frühe Tod des Sohnes bis an die eigene Bahre begleiten würde. Der Sohn war, für immer jung, auf vielen Photos festgehalten, in einigen Videofilmen und natürlich in der Erinnerung. Der Tod des Sohnes beendete Katzenelssons Beziehung zur Welt. Die Autos fuhren weiter, die Leute gingen einkaufen und die Verliebten liefen Arm in Arm herum. Er konnte von der Welt ja nicht erwarten, dass sie stillstand. Aber er hielt sich fern vom lebendigen Alltag der Stadt. Er stimmte kein Klagelied an, gab keine Grundsatzerklärung ab und leistete keinen Eid. Sein Zerwürfnis mit der Welt wurde schlicht zur unumstößlichen Tatsache. Er wollte langsam sterben, seinen Tod vorzuverlegen hatte er nicht den Mut, aber was draußen geschah, ging ihn nichts mehr an. Er würde sich immer an den Bruchteil der Sekunde erinnern, als er die verweinten Augen zur Sonne hob. Am Morgen hatte ihm noch der Busfahrer zugerufen: »Herr Katzenelsson, ein schlimmer Tag heute. Wieder diese Araber.« Da wusste er noch nicht, dass sein Sohn unter den Opfern der Explosion war.

Vier Jahre lang bat seine Frau um noch ein Kind. Erst dann willigte er ein. Seine Tochter liebte er mit einer gewissen Zurückhaltung. Denn das wilde Verlangen nach dem Glück, ein Kind zu haben, die Unschuld eines Vaters, der im Kinde wiedergeboren wird, war nicht mehr wiederholbar.

Herr Katzenelsson war der Verbindungsmann zwischen dem Wiederträumer und den Träumern.

Es gab Beschwerden. Ein Träumer beschwerte sich, er sei bereits zweimal mitten aus zauberhaften Träumen erwacht. Lange Zeit habe er auf diese Träume gewartet, die ans Innerste seiner Seele rührten. Zu seiner Enttäuschung sei der Wiederträumer gerade mit einem anderen Klienten beschäftigt gewesen. Am Ende der Nacht sei ihm ein Traum zurückgegeben worden, der dem verloren gegangenen weit unterlegen war. Solche Beschwerden gab es ziemlich häufig. Ein Teil der Träumer verlangte sogar eine Traumskala mit unterschiedlichen Preisen. Ein viertklassiger wiedergeträumter Traum dürfe nicht so teuer sein wie ein erstklassiger.

Obwohl Katzenelsson und der Wiederträumer viel Zeit zusammen verbrachten, Fragen klären und Beschlüsse fassen mussten, wurden sie keine Freunde, sie lernten sich höchstens zu respektieren. Katzenelsson musste überrascht feststellen, dass der Wiederträumer ausschließlich kommerzielle Motive hatte. Er sprach viel von Effizienz, neigte dazu, die Preise zu erhöhen, verlangte Kalkulationen des zu erwartenden Jahresgewinns. Ansonsten sparte er nicht beim Essen. Elektrogeräte und die entsprechenden Kataloge hatten es ihm angetan. Wenn er in Verschwendungslaune war, waren kritische Bemerkungen unangebracht. Katzenelsson musste seine Begeisterung teilen, sonst wurde er zornig. Aber zwei Tage später war er im Stande, Katzenelsson zu tadeln, weil er die Verschwendung nicht verhindert hatte. Widersprüchliches Verhalten des Chefs gehörte zu den Schwierigkeiten dieser Stellung.

Katzenelsson hielt sich täglich einige Stunden im Penthouse auf und kümmerte sich um die laufenden Angelegenheiten. Freitags planten sie die darauf folgende Woche. Der Gehilfe leitete das kleine Unternehmen, wie er jedes andere geleitet hätte. Er konnte gut auftreten und kannte alle Stellen gut, mit denen sie zu tun hatten: Banken, Lieferanten, die Turmverwaltung, die Elektrizitätsgesellschaft, die Stadtverwaltung und die Mietervertretung. Träumer, die sich häufig beschwerten, Träumer, deren Träume den Wiederträumer langweilten, Träumer, die sich nicht an die Regeln hielten oder in Zahlungsverzug waren, bekamen keine Termine mehr. Katzenelsson führte eine Warteliste, in der sich jeder Träumer eintragen lassen musste. Dank seiner hingebungsvollen Arbeit konnte der Wiederträumer sich ganz auf die nächtliche Arbeit im Dormitorium konzentrieren.

Katzenelsson war der Einzige, der alle Träumer kannte. Er begegnete ihnen schon bei den Auswahlinterviews. Da versteckten sie sich noch in ihrer Kleidung, lachten, nannten ihren Beruf, berichteten von ihre Erfolgen und gaben mit ihren Kindern an. Leute mit Stellung und Selbstwertgefühl, so saßen sie aufrecht da. Wenn sie später in Schlafanzügen um die Ecke humpelten, wo die Träume zurückgegeben wurden, sahen sie verschwitzt aus, blinzelten und stöhnten. Er hört sie klagen und schwärmen, sie nannten den Wiederträumer »Gott« oder »Satan«, »Mann der Wahrheit« oder »Trickser«. Er hörte sie immer wieder anklopfen und um einen Platz im Dormitorium betteln. Jeder von ihnen behauptete, seine Vergangenheitsverluste seien größer als die der Anderen. Katzenelsson hatte keinen Respekt vor ihnen. Das waren armselige Gestalten, die sich mit dem Selbstverständlichen nicht abfinden konnten. Aber immer wenn er einen Träumer begleitete, der das Dormitorium strahlend vor Glück verließ oder angenehm erregt eine Melodie vor sich hin pfiff, war Katzenelsson klar, dass sein Spott ins Leere traf. Es gab hier eine Verlockung, der man nicht widerstehen konnte.

Rachel

Mitte Juni

Ein kleines Mädchen mit Schultasche steht neben Rachels Matratze. Die Schuhe des Mädchens sind auf Höhe von Rachels Augen. Rachel liegt zusammengerollt, Brust und Bauch dem Zimmer zugewandt. Das Mädchen schlägt die Absätze ihrer Schuhe in unregelmäßigem Rhythmus aneinander. Rachel bewegt sich und öffnet erstaunt die Augen. Ist es jetzt Morgen oder Abend? Das Mädchen lutscht geräuschvoll ein Bonbon. Rachel starrt die Schuhe an: an den Seiten schwarz, in der Mitte verlieren sie die Farbe. Man sieht, dass die Seiten neu eingefärbt wurden. Ein altes Kaugummi klebt an der rechten Sohle. Rachel hebt ihre Augen. Das Haar des Mädchens ist zu einem Zopf geflochten. Es wirkt auf sie sehr groß, sein Körper füllt Rachels Blickfeld. Wasser fließt am grauen Plastikmantel des Mädchens herab, die Matratze wird schon nass. Rachel schreckt zurück und drückt sich an die Wand. Die Lippen des Mädchens sind rosa geschminkt, sie ist mit dem Lippenstift öfter abgerutscht. Das Mädchen sieht Rachel aufmerksam an. »Was plant sie, sie steht hier schon viel zu lange«, denkt Rachel. Sie ignoriert den intensiven Blick des Kindes und hofft, dass es bald verschwindet. Das Kind schlägt wieder die Hacken zusammen wie ein salutierender Wachsoldat. Dann verschwindet es.

Aus der Dunkelheit des Raumes tritt ein Skelett hervor. Es trägt ein Tablett und hat lodernde Augen. Rachel hört das Summen einer vertrauten Melodie, sie kommt erstaunlicherweise von den Augen her. Rachel spürt, wie die Angst vom Bauch her in ihr pulsiert. Statt aufzuspringen, drückt sie ihr Gesicht ins Laken. Sie hofft, gleich zu träumen. Stattdessen hört sie in der Dunkelheit nur die Schritte des Skeletts, das immer näher kommt. Die selbst gewählte Blindheit vergrößert die Angst nur. Jetzt schaut sie wieder hin und beruhigt sich. Bei genauerer Betrachtung hat das Skelett die Gestalt einer Frau angenommen, endlich eine Wendung zum Guten. Ein Umhang oder Hauskleid verhüllt den mageren Körper, der Rachel auf den ersten Blick nackt vorgekommen war. Die Frau stellt das Tablett neben den Fernsehapparat und schaut Rachel verstohlen an. Ihre Blicke kreuzen sich. Als habe sie sich an etwas erinnert, dreht die Gestalt sich weg und geht zur Tür hinaus.

Jetzt ist eine andere junge Frau da. Auffallend elegant ist sie in einen weißen Pullover unter einem schwarz-violetten Kostüm gekleidet. Sie bückt sich und tastet nervös herum. Sie sucht etwas und nimmt keine Rücksicht auf Rachel, die doch schlafen will. Sie kriecht hinter die Sessel und wirft Blusen, Bücher und einen Kamm in den Raum. Sie schreit. Von weitem ruft eine Stimme, dass sie aufhören soll damit. Plötzlich ist die Geräuschkulisse komplett. Laute Stimmen, arabische Musik: ein Duett zwischen Mann und Frau, ein Junge und ein Mädchen schreien. Von der Straße kommen die schwächeren Geräusche spielender Kinder. Eine Tür wird zugeschlagen, dann noch eine. Der Regen schlägt gegen die Hauswände. Er ist lauter und länger zu hören als gewöhnlich und klingt, als würde er in die Wand hineingepeitscht. Ein Mädchen schreit, ein Junge heult, ein größerer Junge flucht. Zum Pfeifton eines Wasserkessels kommt das Schimpfen einer Frau, die immer wieder einen Namen ruft. Ein Telefon klingelt. Die junge Frau setzt sich weit weg von der Matratze hin und bindet ihre Schnürsenkel zu. Ihre Körpersprache ist anders als die der beiden Gestalten von vorher. Sie bewegt sich, als kenne sie sich in diesem Raum genau aus. Die Frau wirkt bedrohlich und unfreundlich, sie nimmt keine Notiz von der Matratze. Nimmt sie Rachel gar nicht wahr? Die Frau stellt sich vor den Spiegel und probiert etwas an, einen dünnen schwarzen Stoff, den sie um ihr hartes Gesicht schlingt, und das dahinter verschwindet. Schnell lässt sie den Stoff wieder los und stopft ihn in ihre Tasche. Dann ist sie weg.

Durch einen Spalt der Schiebetür fiel ein Lichtstrahl in die

Mitte des Zimmers. Rachel sah ein schwarzes Sofa, eine Kommode, auf der ein großes Fernsehgerät stand, eine Vase mit Plastikrosen, einen Lampenschirm mit Muscheln und Sand und in der Mitte eine Pyramide aus Steinen. Menschen liefen durch das Zimmer. Erst eine ältere Frau, wahrscheinlich das Skelett von vorhin, dann eine jüngere, dann ein kleines Mädchen und ein kleiner Junge, dann ein etwas älteres Mädchen mit einem zweijährigen Kleinkind in einem weißen Pyjama im Gefolge. Sie hörte Besteck gegen eine Schüssel schlagen, irgendwo lief Wasser aus der Leitung. Stille, Kau- und Schlucklaute und kurze Bemerkungen, Klirren von Löffeln und Gabeln. Ein vertrauter süßlicher Geruch machte sich breit, vielleicht wurde im Ofen Brot gebacken. Rachel bekam Appetit. Seufzend stellte sie sich einen braunen, an den Rändern etwas angebrannten Schabbat-Hefezopf vor, frisch aus dem Ofen, noch etwas klebrig. In ihrer Vorstellung riss sie ein Stück davon ab. Das Geräusch machte sie traurig. Wann hatte sie zuletzt so einen Hefezopf gesehen? Sie konnte sich nicht erinnern. Die Hausbewohner waren in eine Beratung vertieft. Anfangs verstand sie kein Wort. Plötzlich sagte das Mädchen ein Gedicht auf. »In schweren Fesseln mein Liebster liegt, / von Sehnsucht nach meiner Nacktheit besiegt, / auf allen Wegen mein Herz zu ihm fliegt. / Mein Herz ist verloren, so sinke ich nieder, / mein Herz, mein Liebster, wann hab' ich euch wieder.«

Rachel summte mit. »In schweren Fesseln mein Liebster liegt, von Sehnsucht nach meiner Nacktheit besiegt, auf allen Wegen mein Herz zu ihm fliegt.«

Der Junge verspottete die Dichterin. »Da gibt es ja anfangs ein paar Reime, Intizar, aber dann hast du das Reimen aufgegeben und schwingst Reden.« Da verlor Rachel den Sinn der Worte und die Sprache war so unverständlich wie am Anfang. Sie sprach die Worte wieder und wieder aus, doch bevor sie ihre Bedeutung erfassen konnte, waren sie wie ausgelöscht.

Am Ende der Mahlzeit kam der Junge zu ihr. Er sah aus wie ein sattes zufriedenes Kätzchen.

»Intizar will dich gegen Nawaf austauschen.«

»Wie lange bin ich schon hier?«, fragte Rachel.

»Ein paar Tage«, sagte der Junge stolz. »Ich habe dich nachts am Strand gefunden, keine Sekunde zu spät. Du wärst gestorben. Kannst du dich nicht erinnern?«

Jetzt erinnerte sie sich.

»Intizar will dich gegen Nawaf austauschen«, verkündete der Junge düster.

»Uawaf kenne ich nicht.«

»Nawaf ... Nawaf! Bist du taub oder was?«

»Den kenne ich auch nicht.« Rachel lehnte sich auf.

»Sch ... sch ...«, beschwichtigte sie der Junge, »nur ich weiß, dass du reden kannst. Die anderen halten dich für stumm.«

»Wo bin ich?«

»Nawaf ist schon seit zwei Jahren im Gefängnis. Er ist unser Cousin. Intizar ist in ihn verliebt. Sie hat ihn zuletzt gesehen, als sie zwei Jahre alt war. Aber letztes Jahr wachte sie eines Morgens auf und beschloss, dass er ihr Geliebter sei. Sie ist in seine Photos verliebt. Sie hat ihm im Zimmer einen Schrein errichtet. Er ist siebzehn und sie wird im Sommer erst zehn. Jetzt will sie dich nach Nur-A-Schams bringen lassen, vielleicht in einem Taxi ...«

»Wohin?«

»Ich habe zu Intizar gesagt, bist du blind, sie ist Araberin! Man kann eine arabische Gefangene nicht gegen einen gefangenen Araber austauschen. Sieh doch ihre Haut an, die ist genau wie unsere. Aber sie glaubt das nicht, sie hat mich angeschrien, ich sei ein Lügner und Verräter wie unser Vater. Sie sagte, heute haben alle Juden dieselbe Hautfarbe wie wir, bald wird man uns nicht mehr unterscheiden können. Sie behauptet stur, dass du Jüdin bist. Mutter und Nadjcha mischen sich nicht ein ... Verstehst du? Du schläfst, bist ohnmächtig oder manchmal halb wach. Du bist stumm wie ein Fisch. Du hast kein einziges Papier bei dir, also kann Intizar nicht beweisen, dass du keine Araberin bist.«

»Dieser Ort, Nur-A ...«

»Ein Lager bei Tul-Karem«, antwortete der Junge«, aber das ist alles egal, weil Intizar nichts zu sagen hat. Sie ist ein Mädchen und Mädchen fliegen dauernd von einem Traum zum anderen. Solange ich hier bin, wird dir nichts passieren … Von wo in Tel Aviv bist du?«

Bei dieser einfachen Frage blieb Rachel stumm – die war nicht neu, diese Frage, klang aber dennoch seltsam ungehörig. Sie blickte zur Zimmerdecke. Sie war immer noch hungrig. Der Junge knetete die Enden des Lakens durch und wartete auf eine Antwort. »Ist doch egal«, murmelte sie.

Jeden Morgen wachte sie in einer Leere auf, die sie in den Schlaf zurückstieß. Zerschlagen oder nicht, schlafbedürftig oder nicht, das war egal. Ohne Wissen über sich selbst konnte man nicht bestehen. Jeden Morgen wurde sie neu geboren, um sich gleich zu fragen, wer sie war und an welche Bruchstücke sie sich erinnern konnte. Wenn sie wach war, kostete es Stunden mühsamer Bewusstseinsübungen, damit ihr das Gedächtnis gnädig Zugang gewährte. Eine ermüdende Arbeit. Nichts war selbstverständlich. Sie rackerte sich ab, um wieder in eine schlichte Existenz zurückzufinden. Manchmal schien das Gedächtnis nach dem Erwachen zu funktionieren wie früher. Es gab Tage, da war sie nur einen Atemzug weit von ihrer Erinnerung entfernt. Sie hatte das Gefühl, dass die Lücken sich schlossen. In den Nächten war sie den Träumen ausgeliefert. Hatte sie nicht viel Erfahrung in Sachen Träume? Sie waren ihre ärgsten Feinde geworden. Sie suchten sie während des Schlafs zwar heim, hinterließen ihr aber kein einziges Bild. Sie war verraten worden. Die Herrschaft über die Bilder hatte der Wiederträumer. Manchmal spielte sie mit der Idee, Mouhannad zu ihm zu schicken, um ihre Träume zurückzufordern.

Wie viele Tage war sie schon da? Mouhannad behauptete, eine Woche. Mouhannad schlief in den Nächten nicht. Er trieb sich im Haus oder draußen herum. Immer bereit zur großen Tat, bereit, die bösen Pläne des Feindes zu vereiteln. Sein Gesicht war verschlossen, seine forschenden Augen wirkten alles andere als zufrieden. Im Zimmer bewegte er sich wie ein Schatten. Er kam zur Matratze, saß dicht bei der Wand und ließ seine weißen Sportschuhe baumeln, ging mit quietschenden Schuhsohlen ans

Fenster, klopfte gegen die Scheibe und machte Zeichen mit dem Finger darauf. Alles sei in Ordnung. Man müsse sich nur vor Intizar hüten, erklärt er. Intizar hatte sich eben einen Plan ausgedacht. Die Stumme für Nawaf. Sie hatte ihm bereits mitgeteilt, alles sei klar, das Schicksal habe entschieden, er könne seine Kranke nicht endlos hüten. Bald würde er müde werden, einschlafen, sich mit anderen Dingen befassen. Ihre Stunde würde kommen. Intizar mochte wie ein versponnenes, verträumtes Kind aussehen, mochte eitel sein und schöne Kleider lieben, Nadjcha die Schminke klauen und kindliche Liebeslieder schreiben, aber in Wirklichkeit war sie gefährlich.

Als ihr Vater betrunken auf Nadjcha losgegangen war und sie mit dem Gürtel verdroschen hatte, erschien die Polizei, um ihn zu verhaften. Intizar bot sich sofort als Zeugin an. Schreibt alles auf, sagte sie. Zwei Tage später verriet sie Mouhannad, dass sie es gewesen war, die die Polizei gerufen hatte. Als man ihrem Vater die Handschellen anlegte, stand sie daneben und lutschte an ihrem Lutscher. Ihr Bruder Walid, der sich im Badezimmer versteckte, hatte es gesehen. Intizar hatte sich angezogen wie eine Braut für die Hochzeit. Zwischen Intizar und Djibril herrschte ewiger Hass. Von dem Tag an, an dem sie zu sprechen gelernt hatte, nannte sie ihn »Schaitan«. Als sie letztes Jahr erfuhr, weshalb sie von Nur-A-Schams nach Jaffa gezogen waren, nahm sie das als offizielle Bestätigung. Er war ein Teufel. Gleich darauf verliebte sie sich in Nawaf.

An dem Tag, als Djibril verhaftet wurde, war das Haus ziemlich leer. Nadjcha war zu Untersuchungen ins Krankenhaus eingewiesen worden, Mutter noch während der Schläge davongelaufen, Mouhannad selbst war am Meer. Die anderen Kinder waren in der Schule oder sonst wo. Nur der kleine Walid hatte sich im Badezimmer versteckt. Intizar war geblieben, um das Schauspiel zu genießen. »Rab el Bait! Der Herr des Hauses!« Ihr Vater stand schon gefesselt zwischen den beiden Polizisten, als sie mit ihrer kindlichen Stimme loslegte. Anfangs hörte sich das für die Polizisten wie ein Klagelied an. Sie waren schon drauf und dran, das kleine Mädchen mit dem Lutscher zu trösten.

»Rab el Bait!« Ihr fröhlicher Spott erstaunte alle. »Einen Verräter kann man nicht verraten.«

In den Nächten übernahm Mouhannad die Rolle des Erzählers. Er überschüttete Rachel mit unzähligen Details, aber meistens hörte sie ihm willig zu. Seine Geschichten brachten die anderen Stimmen in ihr zum Schweigen. Die Rolle der Zuhörerin, der unbeteiligten Zuschauerin beruhigte sie. Sie genoss es eigentlich, wenn er die Lebensknäuel anderer vor ihr entwirrte. Aber manchmal wurde sie von dieser Fülle überfordert, vom Gemisch der Namen und Ortsnamen, der Feindschaften und Irrwege. »Zu viele Menschen, denen zu vieles passiert ist«, murmelte sie. Sie lag in einem fremden Pyjama – wann hat man sie bloß aus- und wieder angezogen? – auf ihrer Matratze, und aus den Geschichten kroch eine Figur nach der anderen zu ihr ins Bett und rollte sich unter den Laken ein. Wenn ihr die Geschichten, mit denen sie nichts zu schaffen hatte, zu viel wurden, bat sie ihn inständig, er möge aufhören. »Genug für heute, mehr geht nicht.« Er verstand das nicht. »Das sind doch nur Geschichten.« Sie war verzweifelt, Mouhannad war ein kleiner Junge, der nicht verstehen konnte, dass man an Geschichten ersticken kann.

Mouhannad breitete auch Nadjchas Geschichten vor Rachel aus. Das war kein Zufall, denn Intizar bewunderte Nadjcha und eiferte ihr nach. Wenn man Nadjcha verstünde, könnte man die Pläne Intizars vielleicht voraussehen.

Nadjcha war gerade vierundzwanzig Jahre alt geworden und noch immer nicht verheiratet. Einige Monate lang war sie mit einem jungen, gebildeten Mann aus Nur-A-Schams verlobt gewesen. Einige Male hatte er sie in Begleitung seines Vaters, eines angesehenen Antiquitätenhändlers, besucht und der Mutter als Gastgeschenk ein römisches Tongefäß mitgebracht, in dem man Kaffee servieren konnte. Der künftige Bräutigam war ein magerer, zarter Mann. Während die stürmische Nadjcha vom Vater die Redseligkeit geerbt hatte, war der junge Mann eher schweigsam. Als Paar sahen sie aus wie ein Schüler mit seiner jungen Lehrerin. Djibril war zu diesen Treffen nicht eingeladen worden und hatte mit den Hochzeitsvorbereitungen nichts zu tun, darum kümmerte sich der Großvater. Djibril sah den Verlobten seiner Tochter nur zufällig. »Der sieht aus wie aus Plastik. Sind denen in Palästina die Männer ausgegangen?« Djibril konnte an einem Bräutigam, der aus dem Lager kam, in dem er selbst als Verräter galt, nichts attraktiv finden. Er hätte einen Mann aus dem Ort vorgezogen. »Möglichst aus Jaffa oder Galiläa«, sagte er eines Tages. Nadjcha entlobte sich mit einem kurzen Brief und verursachte große Empörung im Lager.

Früher waren Nadjcha und Djibril sehr vertraut miteinander gewesen. In den ersten zwei Jahren in Jaffa bekamen sie Geld von den Juden. Djibril und Nadjcha saßen tagelang zu Hause, nur um Bücher zu lesen. Nadjcha schrieb Aufsätze, Geschichten und Gedichte, die Djibril korrigierte. Einmal ließ er sogar Texte zu einem Buch binden und schenkte es ihr. Er brachte ihr auch etwas Französisch bei. Doch dann spürte er, dass sie ihn nach und nach im Stich ließ. Sie entfernte sich immer weiter von ihm, und ihre Beziehung war keine Selbstverständlichkeit mehr.

Nadjcha veränderte sich. Zuerst kam die muslimische Phase. Die Eltern unterstützten sie nach dem Motto, dass es schlimmere Hobbys gebe. Jeden Tag saß sie in der Moschee. Abends lief sie im Haus herum und zitierte voller Bewunderung die Fatwas junger Gottesmänner. Von Haus zu Haus sammelte sie Spenden für Wohltätigkeitsvereine. Sie verließ die Universität und erklärte sich zur Schülerin Az-a-din Al-Kassems, des Predigers mit dem Schwert, des ersten palästinensischen Märtyrers.

Wochenlang predigte sie die Rückkehr zu den alten Werten. Dann beschloss sie überraschend, ins Säkulare zu konvertieren. Niemand erfuhr, warum. All ihre Schleier verbrannte sie, für Traditionen hatte sie nur noch Hohn übrig. Ihr »rebellischer« Vater und ihre Mutter konnten viele Jahre nach der Übersiedlung nach Israel nicht mehr als zehn hebräische Wörter und versuchten gerade in Jaffa, ihre arabischen Sitten und Gebräuche zu achten. Nadjcha lehnte sie nun ab. Sie kleidete sich modern, trug Kostüme, hochhackige Schuhe und Nylonstrümpfe. Sie schminkte sich. Ein Jahr lang war sie als Kulturreporterin einer arabisch-israelischen Zeitung tätig, dann bei einem lokalen Fernsehsender. Sie las viel postmoderne Philosophie, die Djibril von ganzem Herzen verabscheute. Die französische Klassik nannte sie despotisch, und für die kämpferische Lyrik Nazzar Kabanis hatte sie nur Spott übrig. Kabani war der Dichter, den Djibril in seiner nationalistischen Phase angebetet hatte und immer noch verehrte. Nadjcha leierte die Verse, die ihrem Vater heilig waren, herunter, wie man Zugfahrpläne vorliest.

Da Mouhannad die Stumme ein wenig mehr kennenlernen wollte, bat er sie um ihre Geschichte. Sie waren schon Freunde, vielleicht konnten sie eines Tages mehr als das werden. Rachel erzählt ihm, ihr Stiefvater habe sie zwei Monate nach ihrem siebzehnten Geburtstag aus dem Haus gejagt. Das war vor langer Zeit, ungefähr vor zwanzig Jahren. Sie war dann zwischen Verwandten und Bekannten hin und her gewandert und irgendwo untergekommen. All die Jahre hatte sie nur lockeren Kontakt zu ihrer Mutter, die jetzt schon seit langem tot war. Ihren Stiefvater und seine zwei Kinder, Scha'ul und Adam, hatte sie bis zum heutigen Tage nicht mehr gesehen. Ihren eigenen Vater, der sie verließ, als sie zehn war, hatte sie einige Male in Tel Aviv getroffen. Er tauchte gelegentlich auf, verschaffte ihr Jobs und verschwand wieder. Sie hatte nicht studiert, dafür war einfach kein Geld da gewesen. Das Leben war so schon schwer genug. Als sie Joel begegnete, war es zum Studieren zu spät, der Zug war abgefahren. Dabei hatte sie in der Grundschule als Genie gegolten. Sie las pro Tag ein Buch, schrieb Aufsätze wie eine Zwanzigjährige und glänzte in Mathematik. Alle sagten, sie sei das größte Talent gewesen, das die Schule je hatte. Bestimmt würde sie ein Studium früh abschließen und Wissenschaftlerin oder Schriftstellerin werden. Alle hatten das gesagt. Sogar ihr Stiefvater. Alle.

»Das ist wirklich nicht gut«, sagte Mouhannad erschrocken. Damit kam er überhaupt nicht zurecht. »Vielleicht wäre es gut, solche Sachen auszulassen. Erinnere dich gar nicht erst dran.«

Sie verstummte. Er nahm das als Aufforderung, auf seine Geschichten zurückzukommen. Er erzählte, dass Nadjcha bis zur

Intifada den Großvater mindestens alle zwei Wochen besucht hatte. In den Sommerferien blieb sie sogar wochenlang im Lager. Nach Jaffa brachte sie romantische Eindrücke von einem anderen Leben mit, einem Leben, das sie sehr liebte, aber nicht leben wollte, wie sie sagte. Wenn sie nach Nur-A-Schams fuhr, trug sie den Chidjab-Schleier und die traditionelle schwarze Galabieh. Natürlich wagte sie nicht, sich anzumalen wie sonst jeden Morgen vor der Arbeit. Vor allem Um Chalil, die Großmutter, die sie über alles liebte, hielt sie bei guter Laune. Bei jedem Besuch schwor Nadjcha ihr, dass sie bald heiraten werde. Um Chalil würde sie noch als treue Ehefrau erleben, und Kinder werde es auch geben. Das ging jahrelang so weiter, bis sie eines Tages nach Hause kam und behauptete, Um Chalil habe ihr ins Ohr geflüstert: »Lass doch das Heiraten sein, das ist nichts für dich.« Keiner glaubte ihr.

Djibril tobte, wenn er die Geschichten aus Nur-A-Schams hörte. Er nannte Nadjcha eine verlogene Romantikerin. Er zitierte Zeilen aus den Gedichten Nazzar Kabanis, die gegen den faulen Frieden der Feiglinge und Händler gerichtet waren. »Warst du an der Riviera oder in einem Flüchtlingslager?«, fragte er sie. Nadjchas Übertreibungen quälten ihn nicht wirklich. Djibril war ein großer Angeber, der immer im Mittelpunkt stehen musste. Ob man ihn liebte oder hasste, war beinahe egal. Durch Nadjcha erfuhr er, dass niemand nach ihm fragte, niemand über ihn fluchte, niemand ihn verleugnete. Es gab ihn einfach nicht mehr, er war aus dem Gedächtnis verbannt, ein erfolgloser Verräter, der nicht wirklich geschadet hatte. Ein einziges Mal kam er vor. Da wurde über die Juden, diese Esel, gespottet. Die hätten tatsächlich den Geschäftsführer eines Restaurants für Geheimnisse bezahlt, die man in der Zeitung lesen konnte. Auch die Jüngeren des Clans dachten nicht mehr an Rache. Vermutlich konnte er ruhig eine Runde im Lager drehen, es würde ihn keiner erkennen.

Mouhannad schwieg. Rachel war empört. Sie packte ihn frustriert am Hemd. »Immer dieser Aufruhr!«, heulte sie. »Muss denn jeder Mensch ein Problem sein? Gibt es denn keinen einzigen Normalen? Einen, der morgens aufsteht, zur Arbeit geht, zurückkommt, etwas isst, ein bisschen fernsieht und dann schlafen geht? Müssen alle so zerrissen sein? Was sind wir denn? Sind wir Menschen oder Epochen …?«

»Ruhig … Sei still, du Verrückte …« Mouhannad erschrak und schüttelte sie verärgert. »Wenn Intizar dich hören könnte, kämen wir ganz schön in Schwierigkeiten. Ich habe allen gesagt, dass du stumm bist und man dich nichts fragen kann. Verstehst du, wie schön das ist?«, fragte er stolz. Plötzlich wurde ihr warm ums Herz. Der Kleine war rührend als ritterlicher Beschützer. »Du bist stumm und Intizar kann nicht rausfinden, ob du Araberin oder Jüdin bist. Ich sage, Araberin, sie sagt, Jüdin. Keiner weiß, was stimmt.«

Alon und Herr Katzenelsson

Mitte Juni

Zwei Wochen lang jagte Alon Phantomen nach, den Wiederträumer fand er nicht. Er vernachlässigte Lior. Ihre Wünsche konnte er ohnehin nicht erfüllen: Der Biograph blieb verschwunden. Der Telefonanschluss des Wiederträumers war stumm. Im Haus, in dem Joel Kadmon gelebt und gearbeitet hatte, war es ziemlich turbulent zugegangen. Die Nachbarn erzählten es wie ein altes, amüsantes Märchen. Menschen kamen und gingen mitten in der Nacht. In den letzten Nachtstunden gab es Menschenansammlungen vor der verschlossenen Tür. Die Leute lagen in ihre Mäntel eingerollt auf den Stufen, rauchten und verschlangen Fast Food. Wenn es nur Jugendliche gewesen wären, hätte man sich einen Reim darauf machen können, aber im Treppenhaus warteten Männer und Frauen in den besten Jahren, in gediegenen Anzügen und Kleidern. Auch Siebzigjährige, denen man ihr Alter durchaus ansah, waren dabei und sogar einige Prominente. Letzteres begeisterte den Videokünstler im ersten Stock so, dass er mit der Zunge schnalzte. Er lud Alon in seine kleine Wohnung ein und bewirtete ihn großzügig. »Dieser Schauspieler aus Wachsmanns Film ›Transit‹, der von Brando den rebellischen, melancholischen Gesichtsausdruck abgekupfert hat und seit vierzig Jahren zur Schau stellt, der saß hier vier Stunden lang wie ein Penner und blies Kaugummiballons auf. Und der Ex-Minister von Schamirs Regierung damals, mit dem gab es Ärger, die Nachbarn haben die Polizei geholt. Er hat mindestens zwei Stunden gewartet und dann hat man ihn auch noch abgelehnt.« Alon hatte auf die Nachbarn einen energischen Eindruck gemacht. Sie hatten ihm glatt abgenommen, dass er für eine Zeitung recherchierte. Alon hatte herausgefunden, dass sich hinter dem spöttischen Lächeln der Nachbarn große Wut verbarg. Es ging um mehr als Unzufriedenheit über die gestörte Nachtruhe. Es gingen Gerüchte um über magische Rituale, Voodoo, Hexerei, Hypnose, Seancen und Unzucht. Das Gebäude war in Verruf gekommen. Eltern verboten ihren Kindern, sich in seiner Nähe aufzuhalten. Der Videokünstler war der Einzige, der offen darüber sprach. Das Maß war voll. Es kam zu einer außerordentlichen Mieterversammlung. Die Mieter formulierten einen wütenden Brief und entwarfen eine Schadensersatzklage, die sie dem Hausbesitzer ins Jackett steckten. Am folgenden Morgen war Joel nicht mehr da.

Alon staunte darüber, dass all dies in seiner nächsten Nachbarschaft stattgefunden hatte. Am Ende der Straße, in der er sein ganzes Leben verbracht hatte. Doch einer wie er ließ sich davon nicht bremsen. Das Fahnden war ihm schon zu zweiten Natur geworden. Wenn er Spuren verfolgte, wurde er innerlich ruhig. Das war schon in der Kindheit so gewesen. Damals hatte er seine Nachforschungen im Schutz der Kinderspiele angestellt, immer in Angst vor dem Ende des Spiels. Er kannte jetzt den Namen des Wiederträumers. Der Hausbesitzer hatte ihm gesagt, der Mann sei in Jerusalem gebürtig. Es kostete wenig Mühe, Esther Kadmon ausfindig zu machen, die Mutter des Wiederträumers. Sie lebte in einem Seniorenheim der »Mischan-Kette«. Sie war ungeduldig. Ihre Flüsterstimme war derartig welk, dass er Schwierigkeiten hatte, sie zu verstehen. Sie erzählte ihm, sie habe mindestens seit zwei Monaten nichts mehr von Joel gehört, das sei aber nicht ungewöhnlich. Er rufe manchmal monatelang nicht an. Sie war von der Tatsache, dass ihr Sohn seine Wohnung verlassen hatte, nicht überrascht. Er wechsle ständig die Wohnung. Sie interessierte sich dafür, ob Alon Joels Ehefrau begegnet war. Ihre Stimme drückte Abscheu aus, als sie die Frau erwähnte. Alon antwortete ausweichend. Wieso hatte keiner der Nachbarn die Existenz einer Ehefrau erwähnt? Der Bettler hatte über sie gesprochen, aber Alon war überzeugt gewesen, er habe sie erfunden, um die Spuren des Wiederträumers zu verwischen. Esther Kadmon hatte Alons Erstaunen wahrgenommen und beendete sofort das Gespräch. »Ich muss mich auf die Bestrahlung vorbereiten«, flüsterte sie. »Sollten Sie meinen lieben Sohn sehen, sagen Sie ihm bitte, dass seine Mutter stirbt. Sagen Sie ihm nur das.«

Zu Alons Überraschung waren die Leute in der Produktionsfirma, in der der Wiederträumer gearbeitet hatte, sehr gesprächig. Sie berichteten, Joel sei in den letzten zwei Wochen vor seinem Weggang ein anderer Mensch geworden. Ein Mysterium. Zur Arbeit kam er immer zu spät und seine Aufgaben erledigte er lustlos. Verlassen? Vernachlässigt? In tiefer Trauer? Ein schmerzerfüllter Joel mit Liebeskummer? Nicht ganz, aber was für eine Veränderung war in ihm vorgegangen? Schon in der Vergangenheit war Joels Verhalten fragwürdig gewesen. Auf den ersten Blick konnte man erkennen, dass er eine zerrissene Persönlichkeit war, ein Charakter voller Widersprüche, die er nur mühsam verbarg.

Zuletzt war er in der Firma in völlig neuem Outfit erschienen. Er trug Anzüge von Calvin Klein, Gershon Bram und Versace. Die Markennamen sprachen für sich. Wo, zum Teufel, hatte er das Geld dafür her, fragten Freunde und Feinde. Er lachte über das Getuschel. Neuerdings konnte er das heimliche Gerede genießen, die abfälligen Kommentare, die Verleumdungen. Auf Fragen gab er hochnäsige Antworten. Er riss sogar Witze auf Kosten der Kollegen. In der Vergangenheit hatte er oft um Überstunden gebeten, besonders an Samstagen. Zuletzt delegierte er seine Aufgaben an andere. Mit einer neuen Brille war der verträumte Blick dahin. Angst und Nervosität waren Kraft und Energie gewichen. Er war auch kein Umstandskrämer mehr. Er war direkt, sagte kurz und bündig, was er wollte. Er hatte offenbar seinen Platz im System gefunden. Das hektische Zucken im Gesicht und die Überforderung waren weg, er strahlte Besonnenheit aus. Wenn er in einen Bürostreit verwickelt wurde, hatte er den lauernden Blick eines geübten Jägers.

Zuletzt begann er zu predigen, sprach mit einer Art Anmaßung, die niemand verstand. Er ließ sie seine Verachtung für die Büroarbeit spüren. Er redete davon, dass die ständigen Besprechungen nichts gebracht hätten. Er machte sich über die Motivation der Kollegen lustig. Er lästerte über die Speichellecker, die die Stars beim Spitznamen anredeten. Er machte sich über den englischen Fernsehjargon lustig. Alle Machtspielchen der kleinen Angestellten, die bis vor kurzem seine Welt waren, ließen ihn kalt. Ständig trug er ein maliziöses Lächeln vor sich her. Er hatte sich abgeschottet wie mit Stacheldraht. Einer, der versucht hatte, diese Barriere zu überwinden und die alte Kumpelhaftigkeit wiederherzustellen, musste einen hohen Preis zahlen. Joel machte ihn vor versammelter Mannschaft fertig. Er schien nichts dagegen zu haben, das Scheusal zu geben.

Es gab aber auch Momente, da kam seine neue Rolle ins Wanken. Die Regisseurin Hilit Braunstein reagierte heftig auf seine Arroganz. Sie standen im Korridor und Joel wurde von Hilit Braunsteins Beleidigungen kalt erwischt. Er versuchte seine Scham mit einem gleichgültigen Lächeln zu kaschieren. Es gelang ihm nicht. Auf rührende Art wirkte er mit einem Mal ganz kindlich. Hätten sie ihn gesehen, hätten selbst seine erbittertsten Widersacher ihn an die Hand genommen und auf festen Boden geführt.

Keiner seiner Kollegen wusste, wohin er verschwunden war. Alon sammelte unverdrossen weitere Informationen. Er stieß auf unsinnige Gerüchte und viele Märchen. Einmal sah er im Vorübergehen einen jungen Mann, der sich in Qualen am Boden wand. Alon notierte, es sei logisch anzunehmen, dass er ein Opfer der Epidemie sei. In Tel Aviv gab es eine Atmosphäre der Angst und des Misstrauens. Jeder zweite war wahrscheinlich an der Epidemie erkrankt. Auf den Straßen wurde vom Wiederträumer gemunkelt. Der magische Meister manipuliere die Elite der Stadt. Geschickt nutze er die Suche der Menschen nach der verlorenen Zeit. Seine Kräfte, hieß es, hingen mit dem geheimnisvollen Mechanismus zusammen, der den Morgen ausgelöscht hatte. Der Magier sei Mitglied eines mysteriösen christlichen Ordens und Adept des Lügenpropheten Schabtai Zwi, der den Juden weismachen wollte, sie bräuchten nur ins Meer zu springen, um ins gelobte Land Israel zurückzukehren. Der Wiederträumer bringe die Menschen so weit, dass sie auf den Spuren ihrer Träume vom Dach sprangen. Menschen, die bei ihm waren, wurden verrückt, nahmen sich das Leben oder verkauften all ihre Habe und kamen immer wieder zu ihm zurück. Einer erzählte, er sei im Irrenhaus einem Mann begegnet, dem der Wiederträumer ein Bild seines Vaters gezeigt hatte. Der Wiederträumer hatte dem Mann das Sterben und den Tod des Vaters gezeigt, so plastisch wie in einem Hologramm. Der Mann wurde von einer Lähmung befallen und verlor den Verstand. Er war bereit zu morden, nur um zum Wiederträumer zurückzukommen. Dieser Riese mit den blutunterlaufenen Augen schlug alle in seinen Bann, Reiche und Arme, Starke und Schwache, Dumme und Gebildete. Er übte ungeheure Macht über sie aus, versetzte sie in Trance, in hündischen Gehorsam. Es gab keine Bosheit, die dem Wiederträumer nicht angedichtet wurde.

Erinnerungsdämonen suchten Alon heim. Die Weiße Nacht nagte noch immer an ihm. Noas Gestalt stand zerstückelt in seiner Seele, an einem falschen Ort in seinem Innern. Das bedrückte ihn. Er erinnerte sich an den toten Bettler und verstand die Bilderflut nicht, die über ihn kam. Die Traumereignisse in dem Schloss, alles wirbelte durcheinander. Die Gerüchte über den Wiederträumer verstärkten den Wunsch, ihn zu finden. Er wollte sich ihm zu Füßen werfen und um Antwort auf seine Fragen bitten.

Mit der Zeit wurde die Suche hektisch und irrsinnig. Er entwickelte groteske Pläne. Er wollte alle Bettler respektvoll behandeln, dann würde sein Wunsch in Erfüllung gehen. Er würde einen ganzen Tag lang kein Wort sprechen und auf die Stimme in seinem Inneren warten, die ihm sagen würde, wo sich der Wiederträumer aufhielt. Aber er hörte nur fremde Stimmen. Nicht den verhassten feindlichen Lärm von früher. Es waren jetzt Flüstertöne unbekannter Herkunft, die leise und listig Befehle erteilten. Der Wiederträumer war der einzige Mensch, der dem vielleicht ein Ende machen konnte.

Eines Morgens fand er beim Zeitungslesen eine Kleinanzeige. Sie bestand aus einem einzigen Wort und einer Telefonnummer: »Traumdeuter«. Offenbar war sie an Eingeweihte gerichtet.

Im Hauseingang empfing Alon ein älterer Herr in grauem Anzug. Die Ärmel seiner Jacke waren voller Schlamm und die gestreifte Krawatte war an den Rändern ausgefranst. Den braunen Augen des Mannes konnte Alon nicht entgehen, in ihnen lag ein Ausdruck von Endgültigkeit.

Ansonsten war der Alte sachlich. Etwas manieriert führte er Alon nicht etwa in ein Wohnzimmer, sondern in eine fensterlose ehemalige Vorratskammer neben der Eingangstür. »Dieser Alte soll der Wiederträumer sein?«, dachte Alon. Der Alte schien seine Irritation zu genießen. »Der Bettler hatte doch gesagt, der Wiederträumer sei so Mitte dreißig. Da muss er ja einen hohen Preis für seine Begabung zahlen.« Aus der Wohnung drang ein sonderbares Blöken, wie ein schwaches Echo eines Jammerns. Der Alte entschuldigte sich. Nach einigen Minuten kam er zurück und erzählte, er sei der Gehilfe des Mannes, dessen Dienste Alon in Anspruch nehmen wollte. Als er seinen Herrn erwähnte, stand er stramm wie ein Soldat beim Befehl. Danach sah er tieftraurig aus. Unter Alons neugierigem Blick riss er sich ärgerlich wieder zusammen. Ein Mann wie er bewahrte Haltung. »Erzählen Sie, wo haben Sie von uns gehört?«, fragte er. Aalglatt antwortete Alon, es sei reiner Zufall, dass er die Zeitungsannonce entdeckt habe. Er interessiere sich schon seit Jahren für Träume. Der Alte stellte sich als Herr Katzenelsson vor und reichte ihm eine Verschwiegenheitserklärung. Der Unterzeichner verpflichtete sich, alles, was er in diesem Hause erlebte, geheim zu halten. Alon unterschrieb. Danach legte Herr Katzenelsson Alon einen vierseitigen Vertrag vor. Wortreich erläuterte er die einzelnen Paragraphen. Den Vertrag hatte er selbst formuliert und er war sehr stolz darauf.

§ 1

1.a. Die Dienstleister sind in keiner Weise für die Phänomene verantwortlich, die der Klient im Wachzustand, im Traum und bei der Rückholung des Traums erlebt.

1.b. Der Klient ist verpflichtet, seine Eignung für die Dienstleistung selbst zu prüfen.

1.c. Müdigkeit ist eine Begleiterscheinung der Dienstleistung, deshalb empfehlen die Dienstleister nur einen Besuch pro Woche.

§2

2.a. Die Dienstleister tragen keine Verantwortung für mögliche Schlafstörungen des Klienten.
2.b. Ein Klient, der nicht einschlafen kann, muss den vollen Preis entrichten.

§3

3.a. Pro Nacht wird dem Klienten nur ein Traum zurückgeholt.
3.b. Der Klient verpflichtet sich, so viele Traumarten wie möglich zu nennen, die er sich zurückholen lassen möchte. Dies geschieht, damit die Dienstleister nicht genötigt sind, eine beliebige Wahl zu treffen.
3.c. Wenn kein Traum der erwünschten Art zurückgeholt werden kann, wird ein anderer Traum nach Entscheidung der Dienstleister zurückgeholt.
3.d. Sollte der Klient mit dem zurückgeholten Traum unzufrieden sein, weil er nicht der gewählten Traumart entspricht, erhält er 25% Nachlass auf den Gesamtpreis.

Katzenelsson verließ den Raum. Alon füllte einen Fragebogen aus, der dem Vertrag beigefügt war. Er schrieb eine ganze Seite voll. Er brauche jeden Traum, der sich mit der Weißen Nacht beschäftige und mit dem Bettler, den er ausführlich beschrieb, ohne dessen Rolle als Wiederträumer zu erwähnen. Er erwähnte Noas Gestalt, das geträumte Schloss und seine Rekonstruktionsarbeit. »Ich benötige die Dienstleistung äußerst dringend!«, schrieb er am Ende der Seite. Katzenelsson las das Blatt schnell durch. »Viele Forderungen für einen so jungen Mann«, knurrte er, verärgert über die pedantischen Details. Der Wiederträumer benötige keine »Schriftrollen«, sagte er, ein Hinweis reiche. Den Rest werde er sowieso beim Wiederträumen des Traums sehen.

Katzenelsson heftete den Fragebogen in einem Aktenordner ab, auf dem bereits Alons Name stand. Den Ordner schob er in einen überfüllten Schrank. Katzenelssons abfälliges Verhalten schüchterte Alon ein. »Sieht aus wie der Teufel als Ehrenmann«, dachte er, ließ sich aber nichts anmerken.

Katzenelsson führte Alon zur Tür und verabschiedete sich mit einem Kopfnicken. Alon fragte erstaunt, ob das schon alles gewesen sei. Katzenelsson richtete sich auf und verzog seine dicken Lippen zu einem spöttischen Lächeln. Katzenelsson sagte: »Wir werden Kontakt mit Ihnen aufnehmen, mein Herr. Ich hoffe, schon bald.«

Lior

Juni

Manchmal wachte Lior nachts mit Erstickungsgefühlen auf. Für Augenblicke setzte ihr Atem aus und sie entfernte sich aus der wirklichen Welt. Sie schwebte in die Höhe und betrachtete neugierig ihr zappelndes Ebenbild, das versuchte, ins Leben zurückzukehren. Sie verstand diese verzweifelten Bewegungen nicht, identifizierte sich aber durchaus mit der Person da unten. Wenn der Atem wieder einsetzte, schlief sie ein, als sei nichts geschehen.

Die Krankheit wurde immer schlimmer und breitete sich im ganzen Körper aus. Ein unsichtbares Skalpell schnitt von den Schenkeln bis zu den Füßen in die Beinmuskeln. Ihre Muskeln gehorchten kaum noch ihren Befehlen, dafür verkrampften sie sich spontan. Unterschenkel, Hintern und die Schultern gespannt wie ein Bogen. Morgens war ihr Bauch voll blutiger Pickel. Mittags verschwand die Rötung der Haut, um am Abend wieder da zu sein. Die Krankheit lachte wie ein Kind, das stolz ist auf seine Tricks. Ihre Arme waren schwach wie Insektenflügel. Über die Anforderungen an sie musste sie mehrmals am Tag verhandeln. Lohnte sich die unsägliche Mühe noch, den Körper auf den Bauch zu drehen? Lohnte es sich, den Arm auszustrecken, um eine Tasse vom Fußboden aufzuheben, oder war es besser, auf Alon zu warten?

Sie brauchte Alon, mochte ihn aber nicht sehen. Es wäre gut, wenn er sich verkleiden würde. Er trat mit knapp bemessenen Schritten näher, als ob er für jeden eine Einladung brauchte. Nichts war mehr selbstverständlich. Nur wenn er weit genug weg war, bei der Tür zum Beispiel, hatte sie den Impuls, seinen Blick, der um Zuneigung bat, zu erwidern. In dieser Entfernung und außerhalb des Lichts konnte er wieder zum Zwillingsbruder von einst werden. Auf Fremde wirkte er vielleicht eher mürrisch, aber Lior kannte die Zartheit, die sich hinter seiner abweisenden Miene verbarg. Von weitem war er ihr Zwillingsbruder mit der langen gemeinsamen Lebensgeschichte. Wenn er dann ermutigt näher kam, wich ihre Zuneigung mit jedem seiner Schritte wieder dem Misstrauen. Das Licht, das auf ihn fiel, dementierte Kindheit und Jugend und beleuchtete einen zum Bösen fähigen Erwachsenen. Seine Haut schien rauer geworden zu sein, und die Bartstoppeln, die sie früher gestört hatte, passten gut zu ihm.

Jetzt lag Ruhe in seinem Gesicht. An den Augenwinkeln zeigten sich feine neue Fältchen. War er nicht sogar ein Stück gewachsen? Seine Schritte demonstrierten Selbstbewusstsein. Er kam näher und seine massive Präsenz bedrohte sie, forderte sie heraus. Sie lag im Bett und betrachtete seinen Körper, der bis an die Zimmerdecke zu reichen schien. Es ließ sich nicht leugnen, dass sie in verschiedenen Welten lebten. Sie wurde ungeduldig, fühlte sich von ihm belagert. Wenn er die Hand ausstreckte, um ihr einen Kaffee oder Wasser zu reichen oder um ihr beim Aufrichten zu helfen, erschrak sie. Seine Finger wurden zu Schlangen, die sie bedrohten. Sie drückte sich abweisend an die Wand.

Wenn sie einmal ihr Zimmer verließ, sah sie, wie fremd ihr die Wohnung geworden war. Die Möbel und die Wände wirkten kühl und schroff, als wollten sie ihr sagen, dass sie für sie schon nicht mehr vorhanden war. Kälte und Misstrauen hatten sich in ihrem Zuhause breit gemacht. Aber irgendwie war ihr die Fremdheit auch recht. Der Gedanke, hier nur ein vorübergehender Gast zu sein, gefiel ihr. Das morgendliche Erwachen als Kranke war mal der schlimmste, mal der süßeste Augenblick des Tages. Jeder Mensch ist jeden Morgen für einen Moment ein Neugeborener. Diese Augenblicke zwischen Schlaf und Wachzustand geben dem Menschen die Unschuld zurück, sind Augenblicke der Gnade. Wenn sie dann wach war, kamen die Schmerzen zurück. Sie weinte dann und schrie. Die tägliche

Wiederkehr der Krankheit konnte sie nicht ertragen. Beim ersten Mal war Alon schnaufend und erschrocken in ihr Zimmer gekommen. Sie hatte ihm gesagt, dass sie eine Schmerzattacke hatte. »Sind das besondere Schmerzen?«, hatte er gefragt.

»Nein, nein.«

»Andere als sonst?«

»Nicht unbedingt.«

»Ist etwas passiert?«, beharrte er.

»Es tut eben weh. Einfach weh!«, sagte sie verärgert.

Er hatte sie fragend und missbilligend angesehen, wie ein berühmtes Bild, das nicht hielt, was es versprochen hatte. Sie hatte sein Erstaunen wahrgenommen, den Blick, der sie fragte, warum beruhigst du mich nicht wie immer? Warum schürst du meine Ängste? Wortlos hatte sie ihm zu verstehen gegeben, dass die Weltordnung eine andere geworden war. Seitdem weinte sie jeden Morgen, übersetzte den Schmerz in Gesang und schrie, bis sie heiser wurde. Sie schrie und hörte Alon im Wohnzimmer hin und her laufen. Schon lange hatte sie kein solches Gefühl der Befreiung erlebt. Zwar brachte das Schreien keine wirkliche Erleichterung, manchmal wurden die Schmerzen nur schlimmer, aber das nackte Gebrüll war lebensnotwendig. Es drang aus ihrem Zimmer in die Welt hinaus, enthielt keine Botschaft und war kein Hilferuf, sie schrie für ihre eigenen Ohren. Es war ihr egal, ob er es hörte oder nicht, ob es ihn bis auf die Straße verfolgte, ob es ihm gleichgültig war oder ihn quälte. Es war ihr Geschrei, sie liebte es. Die Krankheit, vielleicht die Epidemie, wie Alon hartnäckig behauptete, war ihre ureigene Schöpfung. Er hatte keinen Anteil daran. Gegen Abend, wenn die Schmerzen ein wenig nachließen und sie etwas erleichtert vor sich hin döste, rekelte sie sich manchmal wohlig wie eine Katze. Dann war sie innerlich mit allem einverstanden. »Gesegnet sei der, der mich zur Kranken gemacht hat.«

Einige Wochen waren vergangen, seit sie im Lebensmittelladen ohnmächtig geworden war. Ihr Vater hatte sie die Allee und die Treppe hinaufgetragen, in seinen Armen war sie wieder zur Besinnung gekommen. Seitdem war sie nicht mehr auf die

Straße gegangen. Mit der fahlen Morgendämmerung hatte sie sich längst abgefunden. Durch ihr Fenster sah sie auf die Bäume der Allee, die den Böen standgehalten hatten. Manchmal überkam sie das Verlangen, in die Weite hinausschauen zu können, aber die Dächer der tristen Häuser mit ihren Sonnenboilern und Stromleitungen standen dem Blick im Weg. Manchmal betrachtete sie die Allee, die zum Strom geworden war, der alles mit sich riss. Auch der Regen beschäftigte sie. Sie konnte ihn in der Totale ansehen, wie er den ganzen Horizont ausfüllte. Sie konnte sich auf einen Punkt konzentrieren, wo die Tropfen eine Parkbank oder einen Blumentopf trafen oder am Mantel eines Menschen abperlten. Aber generell war ihr die Neugier abhanden gekommen. Sie wollte Menschen nicht mehr durchschauen, nicht mehr aus ihren vorsichtigen Worten das Nichtgesagte heraushören. Sie wollte keine Puzzles mehr zusammensetzen, um eine verborgene Wahrheit aufzudecken. Das ging alles auf Alon und den toten Bettler zurück. Die Art, wie dieser Albtraum wahr geworden war, hatte ihren ständigen Nachfragen jeden Sinn genommen. Alles, was in den letzten Jahren geschehen war, hatte für sie beide zum Scheitern geführt. Sie konnte es sich jetzt eingestehen. In Wahrheit war ihre Welt schon seit Jahren ein Albtraum gewesen. Geduldig hatte er auf eine Gelegenheit gewartet, zuzuschlagen. Wenn sie ehrlich war, musste sie zugeben, dass sie das Scheitern in all den Jahren erwartet hatte. Rückblickend erwies es sich als Befreiung. Hatte sie wirklich den toten Bettler als Anlass gebraucht, um Alon ein für allemal aus ihrer Seele zu verbannen?

Neulich hatte sie nachts die Eingangstür zuschlagen gehört. Er war wieder auf die Straße gegangen. Es vergingen keine zwei Minuten, und sie schlief ein. Friedlich schlief sie bis zum Morgen …

29. Juni

Die fünfzigste Nacht ihrer Krankheit, sie wachte zu später Stunde auf. Sie warf den Wärmelüfter an, ging kurz im dunklen Zimmer hin und her und lauschte dem Rauschen des Stroms draußen. Sie blickte feindselig auf das Bett, das sie einlud, zurückzukommen. Sie spürte ein großes Verlangen, sich zu bewegen. Die Kerze im Wohnzimmer brannte hell und spendete goldenes Licht. Ihr Körper war immer noch schockiert von der Entschlossenheit, mit der sie sich durch die Wohnung bewegt hatte, folgte aber überraschenderweise ihren Befehlen. Sie rieb ihre verschlafenen Fußsohlen am weißen Sofa. Dann stellte sie sich abrupt in die Mitte des Sofas, trampelte vergnügt auf dem teuren Leder herum und sprang auch noch auf das zweite Sofa. Sie hatte das schöne alte Gefühl, das gleich die Eltern auftauchen und schimpfen würden. Der Geruch nach Spiegeleiern lockte sie zum Herd. Alon hatte Eier in der Pfanne übrig gelassen. Während sie noch beim Herd stand, hörte sie hinter sich ein Summen. Sie wandte sich um. Das Summen störte sie nicht, es gab der düsteren Wohnung sogar eine lebendige Note. Die Entfremdung der kranken Hausherrin von der Wohnung ließ nach. Ihr Blick ins Wohnzimmer war fast schon mitleidig.

Die Wanduhr zeigte Viertel nach zwei. Sie entledigte sich ihrer Kleider und ließ den Haufen auf dem Fußboden liegen. Nackt lief sie im Wohnzimmer herum und genoss die Kälte. Es war sowieso egal, wie dick sie ihren Körper einpackte, er würde immer den Frost spüren. Im Badezimmer hängte sie frische Kleider auf einen Kleiderbügel und wusch sich. Das kühle Wasser floss belebend an ihr hinab. Dann hörte sie Geräusche aus der Toilette hinter der Wand. Sie verstand sofort.

Früher hatte ihr Vater die Toilette oft in ein Arbeitszimmer verwandelt. Er schloss sich dann für zwei volle Stunden in dem schmalen Raum ein, um seinen Geschäften nachzugehen. Er hatte Aktenordner, eine Mobiltelefon, eine Packung Zigaretten, mindestens zwei Bleistifte und einen Taschenrechner dabei. Ihre Mutter beschwerte sich, dass er die Welt vom Klo aus regierte. Durch die Klotür konnte man ihn ins Telefon brüllen hören: »Niiikolai, my dear friend!«, »Merry Christmas, indeed, Mister Selinkow.« Manchmal redete er auch Klartext mit Kunden: »As I told you before, we can't change the arrangements every Monday!« Er machte Eintragungen in seine Hefte, klapperte auf die

Tasten des Laptops, las sich laut die Zahlen vor und unentwegt fiedelte das Mobiltelefon seine Erkennungsmelodie. Einmal in Fahrt, konnte er auch rufen: »Lior, Süße, hol mir bitte mal das erste Blatt aus meinem roten Ordner!«

Nackt näherte sie sich der Toilettentür, hüpfte über den Fußboden wie eine Tänzerin. Ihre Bewegungen waren ungeahnt kraftvoll, sie musste nicht mehr verhandeln, sie hatte die Herrschaft über ihren widerspenstigen Körper wieder. Verschiedene Gedanken schwirrten ihr durch den Kopf. Die unangenehmen verscheuchte sie, mit den erfreulicheren spielte sie ein wenig: Ihr Gedächtnis produzierte unendlich viele Erinnerungsbilder. Sie sprang von einem zum anderen und betrachtete jedes liebevoll. Nach der langen Zeit der Gefangenschaft im Schlafzimmer und im kranken Körper war sie erfüllt von Glückseligkeit. Das war ein Durchbruch. Sie atmete die Stadtluft, hörte die Wellen des Meers im Westen.

Der Raum der Erinnerung öffnete sich wie ein Fächer. Aber alles in allem war es dennoch eine traurige Geschichte. Sie hatte eine bessere verdient. All die Erinnerungen, die schrecklichen, die vergnüglichen, die zentralen und die nebensächlichen, waren der Mühe nicht Wert, die dahinterstand. Sie hatte ihr Herz an viel Nutzloses gehängt, das sich, je weiter es zurücklag, ersatzlos verflüchtigte. Viele Jahre lang hatte das für sie gezählt, was Schwerstarbeit für sie bedeutet hatte. Sie wusste damals nicht, woher ihr Unbehagen kam. Jeden Abend fiel sie früh ins Bett, wollte nur noch schlafen. Die ganze Mühe nur, um weiterzukommen, um sich vorwärtszubewegen, manchmal mit verletzten Füßen vorwärtszustolpern, nur um am nächsten Morgen wieder da zu sein. Das war die eiserne Logik, das Gesetz des Daseins. Jetzt, wie seltsam, hatte sie sich damit abgefunden.

Anfangs verstand sie ihre Empfindungen nicht. Die Fröhlichkeit, die plötzlich über sie gekommen war, verwirrte sie. Aber schon als sie zur Toilette ging und erkannte, dass sie sich den Vater nur herbeiphantasiert hatte, ahnte sie, dass etwas Elementares in ihr vorgegangen war. Noch einmal bäumte ihr Schuldgefühl sich auf. Sie stellte sich den kommenden Morgen düster vor.

Sie beschimpfte sich dafür, dass sie nackt durch die Wohnung tanzte, als ob sie die Rechnung dafür nicht mit Schmerzen begleichen müsste. Würde die Fröhlichkeit nicht morgen früh verschwunden sein?

Da verbreitete sich auf einmal Gewissheit in ihrem Körper, eine selten süße Wärme in allen Gliedern. Eine mütterliche Gewissheit, wie sie sie noch nie erfahren hatte.

Ein ›Morgen früh‹ würde es nicht geben.

Der Wiederträumer und Alon

29. Juni

Ich gebe dir einen Traum zurück, ich mach dir einen Reim auf eine Erinnerung, ich erzähle dir eine Geschichte.

Sie gehen zur Allee. Alon ist patschnass. Er hinkt, stützt sich auf den Mann an seiner Seite. »Wie sind wir hierhergekommen?«, fragt er. Der Mann antwortet, er habe in der Rothschild-Allee gelegen. Er habe ihn gefunden und bringe ihn nach Hause.

Ein schwerer Sturm peitscht auf die Stadt ein. Hagelschlag breitet einen weißen Fächer über die Allee aus. Böen krachen. Alle Lichter sind ausgegangen, nur das Weiße vom Himmel leuchtet ihnen. Diese Stadt gehört nicht mehr den Einwohnern, sie ist zum festen Wohnsitz des Sturms geworden, denkt Alon. Seine erneute Herrschaft ist unberechenbar, ohne Logik und Erbarmen. Ihm geht sogar der Untergang durch den Kopf. Die Stadt kann in die Tiefe sinken wie antike Städte, die es einmal gegeben hat. Vielleicht wäre es besser, sich zu verstecken.

Der Mann neben ihm scheint ratlos. Warum hat er ihn nicht besinnungslos auf dem Bürgersteig liegen lassen? Das ist nicht klar. Ein netter Mann, der Gutes tut, vielleicht. Oder hat er verborgene Beweggründe? Bestimmt hat er vor, ihn auf eine der Bänke in der Allee zu setzen. Am Morgen würde er dann schon zurechtkommen. Der Mann versucht, Alon zum Reden zu bringen, aber der stellt sich taub. Er ist in einer Welt verfangen, zu der es keinen Zugang gibt. Er spürt die Hand des Mannes an seinem Arm, er will ihn festhalten. Alon reißt sich los.

Er sitzt auf einer Bank in der Allee. Neben ihm sitzt ein Mann. Der Mann verschlingt fettige, stark gesalzene Chips aus einer schwarzen Tüte. Er schiebt sie sich in den Rachen und kaut heimlich hinter vorgehaltener Hand. Die Geräusche erschrecken Alon. Sie rufen in ihm die Vorstellung hervor, dass der Mann sich mit kannibalischer Lust menschliche Gesichter in den breiten Rachen schiebt. Undankbar, sich vor dem Mann zu ekeln, der einen in einer Sturmnacht gerettet hat.

Plötzlich kommt Alon der Mann vertraut vor wie jemand, den er kennen sollte. Er sucht in seinem Gesicht nach Anhaltspunkten. Vielleicht kann dieser Mann ihm einen Weg in seine Erinnerungslandschaft weisen. Wenn sie sich tatsächlich von früher kennen, gehört er ja auch dorthin.

Für ein paar Minuten hellt der Himmel sich auf.

In der Einöde des Himmels glänzt Gold, vielleicht ein Licht von vielen fernen Sternen. Es nimmt der Nacht die Düsternis. Das Photo aus dem Hotel ist immer noch eine brennende Erinnerung, die Kinder und das Meer. Und dieser Mann? Die Weiße Nacht taucht aus dem Vergessen auf in wilden, unsortierten Bildabfolgen. So kommt sie zu ihm zurück. Noch einen Blick auf diesen Mann, diesen Bettler, den Vereinsvorsitzenden Jonathan. Alons Blick wird zu dem eines Raubtiers auf seine Beute.

Der Bettler bemerkt die Veränderung. Alons Blick fängt ihn ein. Er soll mit der Verstellung aufhören, verlangt Alon, er soll seine Schuld zugeben. Der Bettler gibt gar nichts zu. Er schaut nur. Alon genießt, dass der Bettler sich vor ihm fürchtet. Jetzt liest der Bettler etwas. Sie können einander nicht hören.

Wo ist der zurückgegebene Traum? Wo ist die neuerschaffene Noa, die er ihm versprochen hatte? Wo ist die Noa der Rekonstruktion? Auch die sieht er jetzt nicht. Die Rekonstruktion ist ein bis auf den Grund niedergebrannter Wald. Ihm bleiben verkohlte Reste, die das Feuer übrig gelassen hat. Bruchstücke der Rekonstruktion, die Farbe und Leben verloren haben. Der Bettler hat ihm in dem Hotel Schreckliches angetan. Er hat nach ihm gesucht, doch wie sind sie hier auf dieser Bank in dieser Allee gelandet? Egal! Seine Erinnerung kehrt noch einmal zum Hotel zurück, zur Wendeltreppe, zur Rothschild-Allee. Wie kann er sich an diesen Mann wenden, der die Erinnerung an Noa geraubt hat? »Wiederträumer«, sagt er bitter, »betrügerische, gemeine

Spinne. Was für Wieder, was für Träume?« Die Gestalt des Bettlers verzerrt sich vor seinen Augen. Erst sieht er wie zusammengefaltet aus, dann dehnen sich seine Glieder wie Gummi, dann wird er zu einem Mann aus Knete. Die Arbeit des Wiederträumers zahlt sich wohl nicht aus. Er gibt den Träumern, was sie suchen, doch die Träumer verlieren vor seinen Augen den Verstand. Der Bettler ist ein Chamäleon. Ein Betrüger wie aus dem Bilderbuch. Alon schließt die Augen und schlägt dem Gedächtnis ein Abkommen vor. Gib mir Noa zurück, die gemeinsamen Tage wohlgeordnet, dann kehrt wieder Frieden ein. Er warnt sein Gedächtnis, es könne sonst ein Unglück geschehen, aber das Gedächtnis willigt nicht ein. Vielleicht ist sein Gedächtnis gar nicht sein Gedächtnis. Vielleicht regiert es der Mann, der neben ihm sitzt. Der neben ihm sitzt, aber nichts versteht, der sich wundert, dass Alon ihm nicht dankbar ist. Er hat Alon alles geraubt, die Rekonstruktion und vierhundert Schekel. Aber er sieht unschuldig drein, als sei zwischen ihnen nur Freundschaft. Alon schaut zum Himmel, die Augen brennen ihm, als habe er zu lange in die Sonne gesehen. Er heult auf. Schon wälzen der Bettler und er sich im Schlamm hinter der Bank. Das Gesicht des Bettlers steckt im Schlamm. Alon hört, wie er Schlamm schluckt. Seine Arme ragen in die Luft und zittern wie gebrochene Flügel. Hilfe suchend bewegt er die Hände und seine schwarzen Finger. Alon reitet auf seinem zerbrechlichen Körper. Es sieht aus wie ein Liebesakt.

Alons Riesenarme brechen den Widerstand des Bettlers. »Der Bettler versteht nicht, was du ihm antust«, denkt Alon und gleich darauf denkt er: »Der Bettler ist ein ausgekochter Betrüger, ein Profi.« Plötzlich wird der Körper des Bettlers schlaff, er bewegt sich nicht mehr. Alon drückt ihm den Hals zu, biegt ihm den Hals in den Nacken. Der Bettler hustet und Speichel rinnt ihm über die Lippen, das Kinn und den Hals hinab. Alon starrt in einen kleinen eingezäunten Hof, auf Tomatensträucher, die schon beim ersten Frost schwarz geworden sind. Sträucher aus seiner Kindheit, er mag sie sehr. Dem Bettler gelingt es, seinen Kopf aus Alons Umklammerung zu befreien. Er schlägt mit den

Händen in den Schlamm, der Alon ins Gesicht spritzt. Alon drückt seine Stirn an die des Bettlers, als könne er so sein gestohlenes Gedächtnis wiederbekommen. Der Bettler hustet. »Also, er will nicht hören … Will nichts zurückgeben … Gibt nichts zu! Hat wohl noch nicht genug.« Er spannt die Muskeln an und legt dem Bettler die Arme um den roten Hals. Mit einer mächtigen Bewegung wirft er ihn nach hinten.

Alon bemerkt den Schmerz des Bettlers nicht. Der Bettler ist für ihn nur ein Gegenstand, in dem seine Rekonstruktion versteckt ist. Der Bettler ächzt und stöhnt. Er versucht verzweifelt, seinen Hals aus der unbarmherzigen Dehnung zu befreien, die den Hals vom Körper zu trennen scheint. Seine fahrigen Bewegungen erwecken Alons Mitleid. Er beugt sich über den Bettler und seine glühende Gesichtshaut schmiegt sich an die kühle raue Haut des Bettlers. Er soll ihm doch nur sein Gedächtnis zurückgeben. Tränen kindlicher Verzweiflung stehen ihm in den Augen. Auch jetzt widersetzt der Bettler sich. Alon ist müde, seine Muskeln schmerzen. Er lässt den Bettler los, der wie ein Stein kopfüber in den Schlamm fällt. Die Allee liegt unter dem dunklen Schleier der Nacht, einer weiteren Sturmnacht. Der falsche Glanz ist erloschen. Der Regen hat Alon bis auf die Haut durchnässt. Seine Augen sind müde, kein bisschen irre. Erstaunt sieht er den Körper des Bettlers an.

Wärst du fähig gewesen, zu töten? Du? Mitten in der Allee der Bürger, in der du aufgewachsen bist? Hättest du getötet, wenn ihr euch in deine Phantasie begeben hättet, du und der Bettler, weit entfernt vom vertrauten System? In einen Raum immerwährender Gegenwart, in dem es kein »Morgen« gibt, das uns zwingt, für unsere Sünden gradezustehen? Um Mörder zu werden, bist du in andere Gefilde geflogen, in denen, wie du glaubtest, das Töten legitim sei. Später musstest du einsehen, dass es keine solchen Gefilde gibt und kein legitimes Töten.

Alon erwachte zusammengerollt zu Füßen des Sofas. Er riss Lederfetzen vom Unterboden ab und knetete sie mit den Fingern. Vom Leder ging ein kräftiger Geruch nach Johannisbrot aus.

Plötzlich erinnerte er sich, dass seine Finger so auch die Ränder des Lakens im Hotel geknetet hatten. Eine Begleiterscheinung der Traumrückgabe? Über ihm saß eine Gestalt mit gespreizten Beinen, schwarz gekleidet, ihr Gesicht in Dunkelheit. Er konnte aber die Form des Kiefers, die Lippenkonturen und eine zerzauste Haartolle vor der Stirn sehen. Tel Aviv, was für eine Stadt: Immer noch leuchtete in ihren tiefsten Höhlen ein Licht.

Statt der Augen waren da zwei rote Mulden. Alon sah sie an, es gab kein Leben in ihnen. Sie waren erstarrt. Er verstand. Über ihm auf dem Sofa saß der Wiederträumer. Da war er, der berühmte Mann, den er seit Wochen gesucht hatte. Er hatte sich den Wiederträumer nicht als Menschen mit Kopf, Körper und Gliedmaßen vorgestellt, sondern als körperloses, hexendes Wesen, das sich in andere Körper einnisten konnte. Er hatte keine menschliche Gestalt erwartet. Er hoffte, dass sie nicht allein im Raum wären, aber die anderen Träumer hatten ihre Träume schon erhalten und waren gegangen.

»Auch du hast erhalten, was du wolltest, nun geh und komm nicht wieder«, sagte der Wiederträumer. Es klang mechanisch, wie die Stimme aus einem Computer. Das Ende seines Traums ließ Alon schaudern. »Es war doch nur ein Traum«, sagte er. »Der Mensch darf doch träumen, das ist kein Verbrechen.«

»Dummer Junge! Ich handle schon lange nicht mehr nur mit Träumen.«

»Bist du kein Wiederträumer?«

»Ich bin Wiederträumer, Erinnerungssammler und Bewusstseinsräuber. Überrascht dich das? Man muss halt weiterkommen im Leben«, sagte der Wiederträumer fröhlich. Alon erschrak über die plötzliche Veränderung. »Ich bin auch ein Sünder«, die Stimme des Wiederträumers wurde jetzt tief und feindselig. »Kleine Lügen, große Raubüberfälle und überhöhte Preise kenne ich. Aber ich habe niemals einen Menschen umgebracht.«

Alon verstand. »Diese Weiße Nacht eben, die habe ich nicht geträumt?«

»Du hast genau die Dienstleistung erhalten, für die du bezahlt hast und etwas mehr als das«, sprach der Wiederträumer, diesmal melodisch wie ein Reklamesprecher. »Du hast das einfach aus meinem Gedächtnis geschöpft?« Alon geriet in Panik, die Muskeln schmerzten und der Raum schien sich um ihn zu drehen. Seine Zunge klebte am trockenen Gaumen. Er konnte jeden Moment zusammenbrechen. In den Hoden spürte er ein quälendes Brennen. Zu lange hatte er sie schon ans kalte Parkett gedrückt. Unauffällig drehte er sich zur Seite und stützte sich mit dem Arm ab.

»Du bist hierhergekommen, um dich an die Weiße Nacht zu erinnern, wirklich zu erinnern und nichts zu leugnen«, fuhr der Wiederträumer fort. »Also habe ich dir diese Nacht zurückgeholt. Wir hier glauben, dass ein zahlender Kunde Anspruch auf die volle Leistung hat. Wir gehen mit unseren Klienten seriös um. Aber unter uns gesagt, da gibt es noch etwas sehr Sonderbares.«

Der Wiederträumer beugte sich förmlich zu Alon herab und sah ihm mit seinen blutigen Augen direkt ins Gesicht. »Du hast den Mann umgebracht, der dir das gegeben hat, was du wolltest. Der dich auch noch aufgehoben hat, als du wie ein Betrunkener besinnungslos auf der Straße gelegen hast. Er hat dich nach Hause geführt. Menschen wie du …« Er hob die Arme in einer theatralischen Geste, um die abgrundtiefe Jämmerlichkeit solcher Menschen zu unterstreichen: » … sind Sklaven ihres Selbstbewusstseins. Ihr glaubt, dass ihr euer Gedächtnis beherrscht und Herren der eigenen Seele seid. Ihr denkt immer, ihr hättet alles im Griff.« Er schwieg einen Augenblick lang und hüstelte. Der letzte Satz war natürlich etwas salopp und unpassend. »Aber eines Tages wacht ihr als Rosinen im großen Kuchen auf, und kapiert, dass ihr gar nichts verstanden habt. Dann ist das Geschrei groß.« Der Wiederträumer stand auf, räumte den Aschenbecher weg und setzte sich wieder aufs Sofa. »Du rauchst zuviel. Du bist schon ganz verfault. Traurig, einen jungen Mann zu sehen, der seine Lungen ruiniert.«

»Der Bettler hat nichts geliefert, sondern alles kaputtgemacht«, rief Alon verzweifelt. Er hatte Angst vor dem Wiederträumer und appellierte an sein Mitleid. »Und deshalb hast du den armen Wicht umgebracht?«, fragte der Wiederträumer unbeeindruckt.

»Daran erinnere ich mich nicht«, sagte Alon, als habe er sich damit abgefunden, dass alle ihn für den Mörder hielten.

»Dann erinnerst du dich halt nicht. Dein Gedächtnis erinnert sich.«

»Also gut, dann sprich mit meinem Gedächtnis.«

»Werd nicht kindisch!«, schnauzte der Wiederträumer Alon an. »Mit dem habe ich schon gesprochen. Ich spreche mit dem Gedächtnis von Leuten. Verstehst du, alle pilgern zu mir, alle.« Er wurde pathetisch. »Flehen mich an um ihre Träume, bitten mich um Gnade … Sogar die Alten benehmen sich wie kleine Kinder. Ich produziere ihre Träume und kann mit ihnen tun, was mir gefällt.« Er verschwand hinterm Sofa und tauchte mit einer Flasche Wasser in der Hand wieder auf. Er ließ sich das Wasser genüsslich in den Mund laufen. »Ja, der Geschmack des Lebens«, sagte er. Alon hätte ihn fast gebeten, ihm einen Schluck abzugeben.

»Die Menschen brauchen dich nicht wirklich.« Alon wandte seine Augen angewidert von den Blutaugen ab. »Du bist ein Geschäftemacher. Wenn Menschen ihr Bewusstsein trainieren würden, könnten sie solche Dinge selber machen.«

»Nenn du mich nicht Geschäftemacher«, sagte der Wiederträumer beleidigt. »Von was für Menschen sprichst du denn, Jüngelchen? Solchen wie dir? Der Kleine mit dem großen Erinnerungsprojekt? Wirklich eine Wundermethode, unglaublich, dass niemand vor dir darauf gekommen ist. Ein kleines Minutenalbum, mit dem du dein Gedächtnis trainiert hast. Kleiner, du hast die Welt verändert. Niemals war der Verlust als solcher so in Gefahr.« Er lachte Alon aus. Das Lachen klang wie ein abgewürgter Motor. »Jungchen, Jungchen, es gibt schon merkwürdige Arten, der Gesellschaft zu dienen.« Zufrieden lehnte er sich zurück. »Du und deine Geliebte, Nacht für Nacht hast du gerackert. Hast wirklich geglaubt, dass du den Verlust besiegen würdest? Und am Ende? Ein einziges wahnsinniges

Erlebnis und puff: alles verbrannt und bedeutungslos. Herr Rekonstrukteur, an was von ihrer Rekonstruktion erinnern Sie sich noch? An nichts!«

»Das ist wahr.« Mehr hatte Alon dazu nicht zu sagen. Wie konnte er es mit einem Menschen aufnehmen, der all seine Geheimnisse abgeschöpft hatte und mit ihnen spielen konnte, wie er wollte?

»Seht mal, plötzlich regt ihn das nicht gar mehr auf«, wandte der Wiederträumer sich belustigt an ein imaginäres Publikum. Er schnalzte mit der Zunge und sprach mit rollendem R: »Wie eine zirrrpende Grrrille hast du deine Verluste besungen. Du warst bestimmt stolz auf deine Leistung, du Genie deiner Generrration. Du hast übersehen, dass du ein kleinerrr Käferrr bist bist, der sich ein wenig errrinnert, ein wenig wieder verrrgisst, nichts verrrsteht und nichts weiß.«

Der Wiederträumer schwieg und rutschte auf dem Sofa herum. Alon hörte ihn Worte vor sich hinmurmeln, während sein Kopf auf die Lehne des Sofas sank. Er roch das Eau de Cologne, mit dem der Wiederträumer sich eingesprüht hatte, eine ordentliche Ladung, die vermutlich den sauren Schweißgeruch überlagern sollte. Diese Wahrnehmung beruhigte ihn. Letzten Endes war der Wiederträumer auch nur ein Mensch. Jetzt wurde er zornig. Die Art, wie der Wiederträumer sich über sein Unglück lustig gemacht hatte, war widerlich. Zwischen der Botschaft und dem Boten war da wirklich kein Unterschied. Er nahm den mageren Mann ins Visier und bereitete sich auf die Rhetorik vor, mit der er es ihm heimzahlen wollte, seinen »A propos-Ton«. Albtraumartige Bilder einer schrecklichen Reaktion des Wiederträumers schossen ihm durch den Kopf. Er wartete einige Sekunden. Plötzlich fiel schwaches Licht von einem nahe gelegenen Balkon ins Zimmer. Das machte ihm Mut. »Dieser Mann verdient meine Ängste nicht«, dachte er. »A propos Neuigkeiten. Mal wieder was von Esther gehört?«, fragte er, und dachte sofort: Gott, ich habs vermasselt. Wie blöd muss man sein, um das als Frage zu formulieren. Der Wiederträumer schnaufte und verlor seine aufrechte Haltung. Er ließ die Schultern sinken. Doch nicht so schlecht, die Frageform, dachte Alon, Ich hab ihn voll erwischt. Ja, jeder Hexenmeister hat irgendwo eine Mama. »Die Bestrahlungen sind fehlgeschlagen, sagt sie. Sie stirbt.« Zufrieden sah Alon, wie der Wiederträumer in sich zusammensank. Die Nachricht hatte seinen Hochmut gebrochen. Er lag mit herabhängender Hand auf dem Sofa und rang um Haltung. »Ich will nichts hören«, sagte er und hielt sich die Ohren zu. »Wir sind keine Freunde!«

»Was heißt hier Freundschaft. Aber es wäre vielleicht angebracht, sie mal zu besuchen.«

»Geht nicht. Ich habe den Wagen verkauft«, antwortete der Wiederträumer und kratzte sich.

»Und ich will nicht mit dir darüber sprechen.« Kindlicher Trotz lag in seiner Stimme. Alon schien, der Wiederträumer hätte gern gehört, dass er gesagt hätte: Doch, wir sind doch Freunde.

»Lass den Quatsch mit dem Wagen. Deine Mutter liegt im Sterben und du willst sie nicht besuchen?«

»Ich bin mutterlos, verstehst du, verdammtes Bübchen?«, zischte der Wiederträumer. Er kam wieder auf die Beine. Seine Stimme dröhnte im Raum, er gewann wieder an Statur. Wo nahm er diese Kraft her?, fragte sich Alon.

»Schau nach unten! Da werden Gerüchte über mich verbreitet, da werde ich verleumdet, da erzählen sie Märchen von mir. Katzenelsson berichtet alles. Weißt du, wie man mich auf der Straße nennt? ›Kaiser der Träume‹, ›Mann mit den tausend Gesichtern‹. Keiner versteht mich wirklich ... Wenn ich wollte, könnte ich die ganze Stadt in den Wahnsinn treiben. Ich kann mich an die Frau nicht erinnern, von der du redest. Sie interessiert mich nicht mehr. Wenn du mir zehn Bilder von zehn Frauen zeigen würdest, und sie wäre dabei, ich würde sie nicht erkennen!«

»Du machst dir was vor. Du bist kein Kaninchen, das aus dem Hut gezaubert wurde ...«

Alon dachte an die todkranke Alte und ärgerte sich über die Gleichgültigkeit des Sohns. Er dachte an seine eigene Mutter. Seit zwei Jahren hatte er sie nicht mehr gesehen. Anrufe und

E-Mails konnten die Trennung nicht ungeschehen machen. Plötzlich verstand er den Grund seines Ärgers. Auch er würde eines Tages von sich sagen, er sei mutterlos.

Der Wiederträumer lief im Dunkeln herum. Nur manchmal leuchteten seine Augen wie kleine Feuer. Einmal beleuchtete hereinfallendes Licht sein schmales Gesicht. Alon hörte den Hall seiner Schritte, viel zu laut für so einen mageren Körper. Alon nahm die Wasserflasche und trank mit gierigen Schlucken. Die Flasche hielt er zwischen den Händen versteckt. Das verschaffte ihm Erleichterung. Jetzt störte ihn, dass er immer noch lag, während der Wiederträumer aufrecht ging. Er wagte noch nicht, aufzustehen.

»Bin ich es, der sich mit Illusionen abgibt?«, rief der Wiederträumer spöttisch, als spreche er mit einem alten Freund. »Du hast überhaupt nichts verstanden. Auf Geschwafel habe ich verzichtet. Ich verstand die Welt nicht, die Welt verstand mich nicht. Das war eine klare Rolle, für die ich mich jahrelang hasste. Stimmen flüsterten mir zu: Wenn du nur eine Persönlichkeit hättest, die Kinder, die Menschen würden dich lieben oder wenigstens respektieren. Jahr für Jahr habe ich mich mit diesem Mistzeug gequält.«

»Jetzt geht es dir viel besser, was?«

»Jetzt wechsle ich die Gesichter. Das kleine ABC des Wiederträumers. An einem Tag bin ich der, am anderen ein Anderer. Im Panoptikum bin ich eine Stufe höher gestiegen. Vielleicht kannst du das auch, Jungchen.« Er wurde jovial. »Auf Indisch nennt man das ›Mukscha‹. Ich habe für meine Firma mal an einem Dokumentarfilm über Buddhismus gearbeitet …«

»Machst du dort noch was?«

»Jetzt mache ich die Leute dort zum Gespött«, lachte er. »Aber wir haben damals auch lauter gute Sachen gemacht. Sag nicht, du hast die Serie ›1967–1973: Die schöne Epoche‹ nicht gesehen. Sogar die Wiederholung lief zur Hauptsendezeit. Das hat's vorher noch nie gegeben.«

»Ich mag Fernsehen nicht. Lior schaut viel.«

»Den Typ kenne ich«, sagte der Wiederträumer besserwisserisch. »Du lässt dich nicht von billiger Unterhaltung zumüllen, du bist ein ›hochkultivierter Mann‹, wie man so sagt. Solche Typen wie du sind mir haufenweise über den Weg gelaufen. Von eurer Sorte gibt es reichlich, aber jeder von euch denkt, er sei ›the one and only‹. So welche kamen zu mir ins Büro, damit ich ihnen Dollars für irgendein Feature oder eine reißerische Reality-Show hinblättere. Die habe ich hochkant wieder rausgeschmissen.« Großes Gelächter seinerseits, aber ohne den Mund zu verziehen. Er lachte aus vollem Hals mit wutverzerrtem Gesicht. »Nonkonformisten, Individualisten, Leute, die sich ihre Meinungen selbst bilden, Leute mit Grips. Dann schlagen sie Bettler tot und können sich an nichts mehr erinnern.«

»Ich glaube an meine Träume. Du machst sie …«

»Glaube ist nicht nötig«, unterbrach ihn der Wiederträumer. »Du musst dich nur in deine Erlebnisse versenken, so bizarr sie auch sind.«

»Jedes Erlebnis endet doch irgendwann, oder nicht?«

»Dann schlaf doch und träum davon. Hör mal zu, Jungchen! Du willst wissen, ob du das mit dem Bettler geträumt hast oder ob es eine Erinnerung ist. Du willst das endgültig geklärt haben, stimmt's? Ist das wirklich die Alternative? Ich habe ihm mal einen Traum wiedergeträumt, er hat dir einen zurückgeholt, jetzt hast du wieder einen bekommen, diesmal von mir. Was für ein Wirbel, was für eine Harmonie. Ich spreche aus meiner Laborerfahrung. Alles, was nicht hier draußen, sondern nur im Kopf vorhanden ist, ist eine Traumangelegenheit.

»Sag endlich, worauf du hinaus willst«, schrie Alon.

»Auf nichts!«, rief der Wiederträumer begeistert. »Das ist ja der Punkt. Du verstehst es einfach nicht. Ich will auf gar nichts hinaus, ich will nichts erreichen, nichts, absolut nichts. Ziele sind was für Leute wie dich.« Kurze Zeit herrschte Stille, nur der schwere Atem des Wiederträumers war zu hören. »Ich sehe, das gefällt dir nicht. Du hast was Gewaltigeres von mir erwartet. Du bist ein ziemlich jämmerliches Geschöpf, das sich einbildet, dass es die Romantik erfunden hat. Du bist nur ein ehrgeiziger Apologet. Lass die Finger davon.«

»Wenn du einer bist wie jeder Andere, warum hast du dann deinen Job aufgegeben und dich hier eingeschlossen?«

»Ich habe mich von meinem alten Leben verabschiedet. Eines Tages hat sich die Begabung durchgesetzt, ich wusste schon immer, dass es so kommen würde. Seitdem bin ich ihr Sklave. Vorher hatte ich mit einer Frau ein Bündnis geschlossen. Aber sie ist verschwunden, hat sich in Luft aufgelöst. Wenn sie überhaupt noch lebt, treibt sie sich irgendwo in der Stadt rum. Sie wird jetzt wohl nachts schlafen. Deshalb ist sie jedenfalls abgehauen, um ruhig zu schlafen. Für sie würde ich hier alles stehen und liegen lassen.« Der Wiederträumer ging schnell vom Klageton zu sachlichen Feststellungen über.

»Sie spielt keine Rolle mehr, ich beschäftige mich nicht mehr mit ihr. Sie hat einmal gesagt: ›Die Erinnerung spricht die Sprache des Todes. Das Erlebte ist das Gegenteil des Lebens.‹« Der Wiederträumer hatte gemerkt, dass er Alon nicht ohne weiteres loswerden konnte. Er ging ans Fenster. Er zitterte und schaute hinaus, als wollte er sie da draußen ausfindig machen.

»Vielleicht wäre es gut, sie zu suchen.« Alon wollte dem Wiederträumer Mut machen. Er stand auf und stellte sich neben ihn. Seine Wange berührte die Fensterscheibe. Beide schauten auf die Stadt und sehnten sich nach ihren verlorenen Lieben. Dann sah Alon, dass der Wiederträumer gar nicht die Stadt betrachtete, sondern sein eigenes Spiegelbild im Fensterglas. Er brachte seine Frisur in Ordnung.

»Eine Nadel im Heuhaufen«, spottete der Wiederträumer. »Wenn ich meine eigenen Träume wiederträumen könnte, würde ich so vielleicht manchmal zu ihr zurückkehren. Aber ich habe gar keine eigenen Träume. Ich bin auch der Einzige, der keine Träume zurückbekommen kann. Der Schuhmacher läuft barfuß.«

»Das ist doch kein Leben, so alleine hier?« Der Wiederträumer schien Alon jetzt leid zu tun. Selten hatte er Mitleid mit anderen Menschen, schon gar nicht, wenn sie ihn anwiderten. Trotzdem fand er es herzergreifend, wie der Wiederträumer große Reden schwang, die nur seinen Schmerz betäubten. Wie er verzweifelt Spielregeln erfand, um den Verlust seiner Liebe und seine Einsamkeit zu kompensieren.

»Sie kommen zu mir«, sagte der Wiederträumer nachdenklich. »Wenn ich will, kann ich in ihre Tiefen vordringen. Trotzdem bin ich in Wahrheit wie sie. Wir sind alle gleich. Ich war nie etwas Besonderes. Wenn ich mich anstrengte, zu glänzen, gingen die einfachsten Sachen schief. Ich suchte nach einem Charakter, verstehst du, was ich meine? Ich war mal so, mal so. Die Suche hörte nicht auf. Eines Tages begriff ich, dass ich nur diese Begabung hatte … Und man bekommt das Licht nicht kostenlos.« Als er dies sagte, sah er traurig aus, als wolle er seine Geschichte beklagen.

Sie schwiegen. Nach einer Weile führte der Wiederträumer Alon durch die Wohnung. Die schmalen Korridore führten in Dunkelheit und verzweigten sich. Alon behielt den mageren Mann im Auge, um sich in diesem Labyrinth nicht zu verirren. Es war warm und stickig. Der rote Punkt einer Stereoanlage blinkte an einer Wand. Es roch nach Luftreinigungsspray und Desinfektionsmitteln. Sie erreichten einen Balkon mit vier Plastikstühlen und einem weißen Tisch, auf dem ein Tablett mit süßem Gebäck lag. Der Wiederträumer ging ans Geländer und schaute in die Ferne. Lichtblitze erloschen weit im Norden. Hoch am Himmel waren vereinzelt Sterne zu sehen. Die Stadt lag im Schlaf. Die kleineren Gebäude sahen aus, als könne man sie mit einem Finger zu Fall bringen. Alon zündete sich eine Zigarette an, der Wiederträumer streckte genüsslich seine Glieder. Sie schauten zur Himmelskuppel hinauf, als gäbe es dort Antwort auf alle Fragen. Wo die Wolkendecke aufriss, schimmerte es wie weißer Staub. Der Wiederträumer nahm sich ein Stück Gebäck, hauchdünn und mit Zucker bestreut. Er strich mit den Fingern darüber und sagte: »Katzenelsson kauft das beste Gebäck in der Stadt. Eine österreichische Bäckerei, klasse!« Er schob sich ein Stück in den Mund und kaute genüsslich. Alon registrierte, dass er glänzende schwarze Stiefel trug, schwarze Hosen mit hoher Taille und einen Ledergürtel mit vergoldeter Schnalle, dazu einen weichen Designerpullover. Sein Haar glänzte, es hatte etwas zu viel Pomade abbekommen. Die Augäpfel waren immer noch blutig, die hauchdünnen Äderchen waren dauernd in Bewegung, manchmal platzten sie. Alon sah es mit Ekel.

»Ich liebe diesen Blick vom Balkon«, sagte der Wiederträumer. »Ich habe sowieso nicht vor, diese Wohnung je wieder zu verlassen!«

»Mache keine Witze«, sagte Alon. »Am Ende wirst du dich mit all diesen Träumen nur langweilen. Du wirst hier nicht noch Jahrzehnte verbringen, oder?«

»Ich habe keine Jahrzehnte mehr vor mir! Sonst ist was dran. Als ich nur Wiederträumer war, habe ich mich manchmal gelangweilt. Neuerdings fabriziere ich aber Träume für Andere selbst. Ich entnehme den Fragebögen, welche Träume sie wünschen, und gebe sie ihnen. Ein gutes Geschäft.«

»Das glaube ich dir nicht!«, rief Alon.

»Doch, doch, sogar mehr als das.« Der Wiederträumer kratzte sich genüsslich die Bartstoppeln am Kinn und grinste. »Manchmal krame ich in ihrem Bewusstsein herum, suche interessantes Material, lese ihre Erinnerungen und verkaufe sie ihnen als Träume. Wenn ich mich wirklich amüsieren will, tausche ich ihre Träume auch aus.« Er hielt inne und taxierte Alon mit einem listigen Blick. Er war neugierig, welchen Eindruck seine Worte gemacht hatten. »Nett, nicht? Hört sich schon weniger langweilig an? Menschen sind ihren Träumen gegenüber blind und lassen sie schnell verschwinden. Sie kommen zu mir herauf, um Träume zurückzubekommen, dafür zahlen sie gut. Aber in Wirklichkeit wollen sie die Träume gar nicht. Weshalb sonst erinnern wir uns nicht an unsere Träume? Angenommen, wir sind morgens aufgewacht und können uns an einen Traum erinnern. Nach einer Woche ist er doch wieder weg. Stimmt's? Wie kommt es, dass die Erinnerung an Träume so kurz ist? Wohin verschwindet das alles?«

»Ich kann mich aber an Träume aus verschiedenen Jahren erinnern«, antwortete Alon.

»Vielleicht an einzelne, solche, die immer wiederkamen. Was

ist dir in den vergangenen Jahren von Träumen geblieben, die du am Morgen noch wusstest? Vielleicht zwei Prozent.«

»Ich erinnere mich auch nur zu zwei Prozent an Dinge, die sich in der Wirklichkeit ereignet haben.«

»Hör schon auf damit«, sagte der Wiederträumer verächtlich. »Ich verstehe von diesen Dingen etwas mehr als du. Niemand war an den Orten, wo ich war, und niemand hat die Szenen gesehen, die ich gesehen habe. Ich bewahre in meiner Seele Unrat, Schmutz und Mistzeug von etlichen Träumern auf, während die zufrieden nach Hause gehen. Nachts, wenn ich die Augen schließe, fallen Hunderte von Träumen über mich her. Nur deshalb bin ich ein unverbesserlicher Sünder.«

Alon sah ihn an und schwieg. Dann bemerkte er gelassen: »Die Gesellschaft liebt reuige Sünder.«

»Du redest ja wohl nicht von mir«, lachte der Wiederträumer. Er schüttelte Zigarettenasche von seinem Pullover und gab Alon ein Zeichen, seine Zigarette auszudrücken. »Du bist ja wohl der Sünder, der Vergebung sucht.«

Nach kurzem Schweigen fügte er hinzu: »Ich bin kein Richter. Diesem Bettler, den du umgebracht hast, habe ich sowieso nur Schlechtes gewünscht. Dass er angefangen hat, mit der Begabung Geld zu machen, habe ich erst durch dich erfahren. Aber schon im Zelt hat er sich mir gegenüber niederträchtig benommen. Er hat mich verleumdet und mir den Ruin prophezeit, der Lump.« Die Lippen des Wiederträumers zitterten. Auf seiner hohen Stirn erschien eine Falte. Er wischte sich mit dem Ärmel die Lippen ab. Auf einmal lachte sein ganzes Gesicht, ein mechanisches Lachen wie auf Knopfdruck. »Nimm dir das nicht allzu sehr zu Herzen. Im Gegenteil! Der Lump hat es verdient, zu sterben. Er hat uns beiden sehr geschadet. Außerdem hat jeder atmende Mensch den Tod verdient.«

»Gab es im Zelt Streit zwischen euch?«

»Aber nein. Wieso Streit?«

»Eben hast du gesagt, dass es Streit gegeben hat.«

»Es war ein kurzes Zusammentreffen, nicht mal eine Begegnung«, sagte der Wiederträumer und schloss Daumen und Zeigefinger zu einem Kreis, um die Bedeutungslosigkeit des Ereignisses anschaulich zu machen. »Willst du den ulkigen Traum hören, den ich heute diesem Schauspieler zurückgegeben habe? Du würdest nicht glauben, welche Leute hier heraufkommen, die Creme, Bankdirektoren, Fernsehstars, Millionäre, sogar ein Botschafter ist dabei. Wenn ich Namen nennen würde …« Der Wiederträumer sprach ohne Ironie, er war auf seine Kundschaft wirklich stolz. »Du wirst es nicht glauben, selbst die Freunde von Katzenelsson aus der Vereinigten Arbeiterbewegung bitten mich um Rabatt …«

Alon antwortete nicht. Der Wiederträumer lehnte sich mit vorgebeugtem Körper an das Geländer. »Du hättest nicht herkommen sollen«, sagte er schließlich, als ob er Alon bedauerte.

»Ich musste kommen, ich musste verstehen.«

»Erinnern soll Verstehen sein? Das ist reichlich dumm. Jeder läuft mit seinen Märchen in der Welt herum, und wenn es keinen guten Grund gibt, sie in Frage zu stellen, dann stellt man sie eben nicht in Frage. Sieh uns an, wir leben doch nicht dort draußen wie alle anderen. Gebe Gott, dass wir es könnten. Wir sind aber zu ängstlich. Wir verstecken uns hinter seltsamen Projekten und das ist absolut in Ordnung.«

»Was, wenn ich wirklich für den Tod dieses Bettlers verantwortlich bin?«, fragte Alon tonlos. Wieder schoss ihm der Gedanke durch den Kopf, dass er ein Mörder war. Aber jedes Mal, wenn er glaubte, dem nicht entrinnen zu können, ließ das Gefühl nach.

»Du hättest nicht herkommen sollen, siehst du das jetzt endlich ein?«, fragte der Wiederträumer. »Wenn du ihn umgebracht hast und dich nicht daran erinnern kannst, heißt das nicht, dass du ein unmoralischer Mensch oder besonders niederträchtig bist. Bei dir war schon alles in Ordnung. Aber du wolltest dieser Sache unbedingt auf den Grund gehen. Ich verstehe dich. Du konntest nicht anders. Konntest nicht einfach weiter dort draußen existieren ohne deine Rekonstruktionen, du musstest was Neues beginnen.«

Unten auf der Straße ging eine Gruppe von Leuten vorbei.

Der Wiederträumer winkte und schrie etwas hinunter. Dann sagte er: »Wenn ich springen sollte, halte mich bitte nicht auf. Aber seltsam, es ist ganz nett mit dir. Ich habe mich schon lange mit niemandem mehr unterhalten außer mit dem alten Katzenelsson über Rechnungen und so was. Jetzt hör mal, wir sind doch Verbündete, oder? Hast du es nicht eilig?«

»Vielleicht.«

»Wenn du mir woanders begegnet wärst, hätten wir da Freunde werden können?«

»Eine etwas verfrühte Frage.«

»Leute wie dich habe ich schon immer beneidet«, sagte der Wiederträumer bewundernd, fast anbiedernd. »Du bist wirklich einsam … Als du schliefst und ich mich in deinem Inneren herumtrieb, hat mich deine Einsamkeit schockiert. Sie ist schrecklich, das stimmt. Ich bin auch einsam. Aber ich wollte es nicht sein! Ich bin, im Gegensatz zu dir, ein geselliger und neugieriger Mensch. Ich habe mir immer Mühe gegeben, mich bei anderen beliebt zu machen. Ich bin damit immer gescheitert. Willst du eine einfache traurige Wahrheit wissen? Bis heute verstehe ich nicht, weshalb. Das Schicksal entscheidet sich in der Kindheit. Du bist der Erste, der diese Lebenslügen kennt, von denen wir nicht lassen wollen.« Alon hörte zu. Er wollte den Wiederträumer nicht kränken. Aber er hätte sich nie an ihn wenden sollen. So jemanden hätte er normalerweise belogen. Stattdessen hatte er ihm sein Unterbewusstsein geöffnet.

»Willst du mir helfen?«, fragte der Wiederträumer plötzlich. »Katzenelsson hat für den Balkon eine Hollywood-Schaukel gekauft. Er hatte als Kind so eine Schaukel. Er sagt, es ist schön, im Frühling darauf zu schaukeln.« Der Wiederträumer verzog die Lippen über Katzenelssons Marotte. »Ich brauche jemanden, der sich damit auskennt.« Er verschwand und kam kurz darauf mit einem großen Karton zurück. Auf dem Karton war ein Bild mit einem Landhaus auf grünem Rasen. Ein Familienvater schob Frau und Sohn auf der Schaukel an. Als sie die Plastikstangen herausholten, wunderte sich der Wiederträumer, dass sie nicht aus Stahl waren. Dann legten sie den gepolsterten

Sitz und die Schrauben auf den nassen Boden. Der Wiederträumer ließ Alon die Schaukel zusammenbauen. Vorwurfsvoll fragte er Alon, wo denn das Sonnendach sei, ohne Sonnendach sei die Schaukel nichts wert. Alon arbeitete schweigend. Der Wiederträumer sprach begeistert von Kindern, die immer wussten, wie man Zelte baute, Stricke zusammenknotete und Schlafsäcke zusammenrollte. Ab und zu nahm er eine Plastikstange und sah sie liebevoll an. »Wir arbeiten gut zusammen«, sagte er. Alon sah ihn an. Offenbar hatte er sich nie damit abgefunden, dass die Kindheit vorbei war. Seine Begeisterung für Kinderkram schien sich jedenfalls nicht gelegt zu haben. Alles, was draußen nicht existierte, sondern nur im Kopf, war eine Traumangelegenheit. Wirklich, Herr Wiederträumer? Als das Gerüst der Schaukel stand, machte der Wiederträumer ein enttäuschtes Gesicht. »Sie ist so klein«, beklagte er sich. Er hatte etwas ganz anderes erwartet. Während Alon die Seile an den Haken festmachte, dachte er, dass der Wiederträumer vergessen hatte, dass die Schaukel für Katzenelsson gedacht war. Jeder kann lügen, aber der begabte Lügner vergisst seine Lügen nicht. Der Wiederträumer lehnte sich ans Geländer, betrachtete verzweifelt die Schaukel und jammerte, das sei ja eine Kinderschaukel, die sofort zusammenbrechen würde, wenn er sich draufsetzte. Jetzt sah er wirklich alt aus mit seinem faltigen Gesicht und den grauen Haarsträhnen. »Mir brennen die Augen, sie sind heiß«, klagte er und schaute sich suchend um.

»Du musst Eis drauflegen«, sagte Alon.

Der Wiederträumer ignorierte den Vorschlag. »Du fragst dich vielleicht, was für ein Mensch ich bin, seit ich meine Begabung einsetze.« Mit den Händen an den Hüften stand er, ohne sich festzuhalten, da. Vielleicht wollte er zeigen, dass er das Risiko nicht scheute, über das Geländer zu stürzen, aber Alon rührte sich nicht. »Ich lasse mich vom Blick der Träumer verführen. Warum auch nicht? Der Blick beruhigt mich. Wir beide haben den liebenden Blick verloren ... Du suchst ihn immer noch.«

Er senkte die Stimme. »Brauchst du als Profi den Blick der

Träumer wirklich, könntest du fragen. Ich muss den Raum in mir schaffen, um Träume aufzunehmen. Es gibt keine andere Wahl. Das ist die Abmachung. Ich gebe ihren Träumen Raum in meiner Seele und verliere mich selbst dabei. Es ist manchmal beängstigend, das will ich nicht leugnen … Im Schlaf liegen dann immer noch viele Andere mit einem im Bett.«

»Vielleicht ist es Zeit, damit aufzuhören«, antwortete Alon. Wieder spürte er eine seltsame Nähe zum Wiederträumer, die ihn beunruhigte.

»Ich konnte mich nur langsam mit meiner Rolle identifizieren … der werden, der jetzt zu dir spricht. Ich konnte es nur aus der Perspektive der Träumer. Es spielt keine Rolle, wie glaubwürdig die Figur ist, die sie aus mir machen. Wiederträumer, Hexer, Hauptsache, die Figur ist vollständig.«

Alon hörte nicht mehr zu. Er hatte verstanden. Er setzte sich auf die Schaukel, die beinahe zusammenbrach. Die Seile spannten sich, die Plastikstangen zitterten, die Sitzfläche berührte den Boden. Der Wiederträumer schaute Alon ärgerlich an. Alon sagte: »Du erfindest und vertauschst also auch Träume. Ich kann mich immer noch nicht erinnern, dass ich den Bettler getötet habe.«

»Du willst dich nicht erinnern, das ist aber egal. Schau dir die Schaukel an. Zum Glück ist sie nicht zusammengebrochen.« Er lehnte sich weit über das Geländer und summte eine wehmütige Melodie. Alon hörte die Windböen gegen die Fensterscheiben schlagen. Im Wohnzimmer ging irgendwas zu Bruch. »Wieder eine Vase«, grummelte der Wiederträumer. »Ich hasse Dinge, die zerbrechen.«

Alon spürte die scharfe Kälte. »Du hast mir diese Erinnerung eingepflanzt!«, rief er und während er sprach, wurde ihm klar, dass er keine Antwort hören wollte.

»Ich garantiere dir, dass alles wahr ist«, sagte der Wiederträumer teilnahmslos. »Klar, dass du diese Möglichkeit vorziehst. Meinetwegen, macht mir nichts aus.«

Alon sprang wütend von der Schaukel auf und ging auf den Wiederträumer los. Der erschrak, nahm aber sofort den Kampf auf. Er ging vom Geländer weg. Aufrecht, mit erhobenem Kopf und gerecktem Kinn trat er Alon entgegen. Von Angesicht zu Angesicht standen sie sich gegenüber. Alon schrak vor den blutigen Augen zurück. Er hatte nicht den Mumm, sich mit dem Wiederträumer zu prügeln. Er schlug mit dem Rücken gegen die Wand und fiel hin. Der Wiederträumer triumphierte. »Ich wollte ein besseres Verhältnis zwischen uns. Jetzt hau ab. Von jetzt an kenne ich dich nicht mehr. Wir werden uns nie wiedersehen. Ich werde deine Geheimnisse hüten, und du meine.«

Der Wiederträumer humpelte vom Balkon in die Wohnung. Alon blickte ihm nach. Sein Ärger war verflogen, er bedauerte den Wiederträumer. Welche Stimmen hörte er, während er in sein Zimmer ging? Er war die Wegkreuzung, an der alle Träume und Bewusstseinswelten kollidierten. Fremde Träume fielen beständig in seine ein. War sein Schlaf noch die Zuflucht vor dem Wachzustand oder der Wachzustand die Zuflucht vor dem Schlaf? Und was war der höchste Preis, den er für seine Begabung entrichten musste? Es war sein eigenes Schweigen, das Schweigen der Stimme von einst, der Stimme, die ihn seit seiner Kindheit begleitet hatte, die seine eigene Geschichte erzählte und seine eigenen Argumente vorbrachte. Die Begabung forderte den totalen Ausverkauf des Menschen, der er einmal war. Seine Lebensgeschichte war jetzt den Splittern anderer Lebensgeschichten preisgegeben. Der einsame Wiederträumer, der Räuber, der Administrator der Nachtwelt, der die Träume aus der Nacht der Aufbewahrung holte, war nichts als ein Schwamm. Er sog Stimmen auf wie Seife, schwarzes Wasser, Schmutz und Schweiß. Ein Mensch, der Eigenes und Fremdes nicht mehr unterscheiden konnte.

Alon ließ den Turm hinter sich und lief Richtung Stadtzentrum. Sirenen heulten, Blitze zuckten am Horizont. Die Böen hatten nachgelassen und in der Stadt wurde es etwas wärmer. Irgendwo wurde ein Fenster zugeschlagen, aus einer der Parallelstraßen kam ein Schrei, auf der Hauptstraße fuhr ein Lastwagen vorbei. Die Nacht war vorüber. Ein Mann legte Zeitungsbündel vor dem Eingang eines Lebensmittelladens ab. Die Stadt fiel in den Rhythmus des nahenden Morgens.

Als der Turm, die andere Welt, außer Sichtweite war, erwachten seine Gefühle für die Stadt. Es war die Stadt seiner Kindheit und Jugend, er konnte ihre Aura spüren und hatte einen Blick für die sympathischen Einzelheiten. Eine tückische Stadt, aber liebenswert, auch wegen der Erinnerungen, die jeder Gang durch sie in ihm wachrief. Es war eine Sucht, die Fülle der Bilder aus der Vergangenheit heraufzubeschwören. Waren das nicht nur mumifizierte Leichen? Hatte der Wiederträumer nicht recht, dass jedes Bild zugleich ein Begräbnis war?

Erst jetzt spürte er Müdigkeit. Die Augen fielen ihm zu. Bergauf taten ihm die Waden weh, die Rückenschmerzen, die er lange ignoriert hatte, meldeten sich zurück. Er hatte das ungute Gefühl, die Signale des Körpers zu lange missachtet zu haben. Er wusste, dass es nach all den Monaten auf der Straße an der Zeit war, sich auszuruhen und zu pflegen. Er näherte sich seinem Zuhause. Da fiel ihm der Biograph wieder ein. Dieses Rätsel war gelöst.

Am Tag zuvor hatte er im Haus, in dem der Biograph gewohnt hatte, einen Brief gefunden und zwar im Briefkasten Nummer acht, dem Briefkasten von Dafna Misrotzki, der Börsenmaklerin mit dem Hund. Sie hatte die Wohnung zwar aufgegeben, doch niemand hatte sie dann gemietet, und Alon hatte sich bereit erklärt, sich um die Post zu kümmern. Als er sah, dass der Brief vom Nachbarn Aharon Nachmias war, konnte er der Versuchung nicht widerstehen und öffnete ihn kurz entschlossen:

»Verehrte Freundin, wie geht es Dir? Ich bin nun von meiner Krankheit genesen. Den Entschluss, ins Haus meiner Tante in Rechovot zu ziehen, habe ich nicht bereut. Ich hätte den Winter sonst nicht überlebt. Ich bin dort einigen alten Freunden aus meinen Tagen als Betriebratsvorsitzender begegnet. Sonntags und mittwochs treffen wir uns nun in einem Kaffeehaus im Stadtzentrum. Tel Aviv hat mir gefehlt, Jochanan und Du haben mir besonders gefehlt. Aber es ist wohl für Jochanan das Beste, dass er wieder in New York lebt. Ein Mensch muss in einer Umgebung leben, die ihn anerkennt und die ihn lesen kann. Wie oft habe ich ihm deshalb zum Hebräischen geraten, aber er hat das immer abgelehnt. Jiddisch war für ihn die einzige Sprache, in der er schreiben wollte.

Schade, dass er sich nicht ordentlich verabschiedet hat, aber Jochanan ist halt ein Mensch, der sich seiner Misserfolge schämt! Das Weggehen war für ihn das Eingeständnis einer Niederlage. Er hing auch nicht wirklich an seinen Freunden hier. Ich bezweifle, dass wir ihn jemals wiedersehen. Dennoch, meine Liebe, wir hatten nette Zeiten. Das sollte uns trösten, jetzt, wo wir in alle Winde verstreut sind. Wir werden uns nie wieder abends im Treppenhaus begegnen, nie wieder Kaffee bei Kerzenlicht trinken, wenn der Strom ausfällt, und die Männer werden nicht mehr auf dich warten, beunruhigt wie Eltern auf ein ungezogenes Mädchen. Wir, deine beiden Verehrer, waren notgedrungen immer im Warten vereint. Wenn die Angebetete kam, wurden wir sofort zu Nebenbuhlern. Wir hockten im Wohnzimmer und erzählten uns Geschichten, wahre und erfundene, und hofften, dass du gleich nach Hause kommst und nicht zu müde bist, auf einen Sprung vorbeizukommen und ein Gläschen mit uns zu trinken. Wir saßen da und starrten auf unsere schwarzen Schuhe und fragten uns, wer die älteren hatte. Wenn er sich abfällig über meine Haare äußerte, erinnerte ich ihn an seine rote Nase. Er behauptete, meine Haut sei ganz gelb geworden, ich solle einen Hautarzt aufsuchen. Ich antwortete, es sei nur das Licht, das meine Haut gelb färbte, während er immer ein Bein nachzog und sein Schluckauf klang wie ein krepierender Esel im Winter. Nach zehn wurden wir immer müde, der Cognac brannte im Bauch. Jochanan dachte schon unangenehm berührt ans Ausziehen, daran, seine Klamotten in den Schrank hängen zu müssen, wie er es als Kind gelernt hatte, genauso wie Waschen und Zähneputzen. Für alte Männer wie uns ist das alles anstrengend, das Zahnfleischbluten, die tausend Handgriffe für das bisschen Schlaf. Wenn man bestenfalls noch bis fünf in der Frühe schläft, fragt man sich, ob es nicht besser ist, im Sessel sitzen zu bleiben. Vielleicht kommst Du, liebe Dafna, ja doch noch vorbei.

Schreib mir, meine Liebe. Aus der Ferne kann ich offen zu Dir sein, wie ich es sonst nie gewagt hätte. Wenn unser Freund wüsste, was ich auch in seinem Namen hier enthüllt habe, wäre er bestimmt erschüttert. Meinst Du nicht auch, dass die Erinnerungen an unsere gemeinsame Zeit uns trösten können? Vielleicht hast Du keinen Trost nötig. Ich brauche ihn leider sehr.«

Alon machte das Licht an. Als Lior krank war, war er nachlässig mit der Wohnung umgegangen. Er war einer anderen Logik als Lior gefolgt, hatte andere Schwerpunkte gesetzt. Nun sah er, dass plötzlich kein Geschirr mehr im Waschbecken oder auf der Ablage aus weißem Marmor stand. Alles war wieder in den Schränken verstaut, auf den Sofas lagen die weißen Kissen genau da, wo sie hingehörten. Sein Korb mit Zeitungen, Büchern und Zeitschriften war verschwunden. Das konnte nur Lior getan haben!

Den Aschenbecher hatte sie von seinem Platz auf dem Teewagen beim Fernseher entfernt. Das schnurlose Telefon hatte sie wieder neben dem Eisschrank statt im Wohnzimmer platziert, und auch die schwarze Vase mit den acht Plastikrosen, die er auf den Balkon gestellt hatte, weil er ständig darüber stolperte, hatte sie zurückgeholt. Daneben hatte sie eine rote Kerze auf den grauen Kerzenständer gestellt. Das waren nur kleine Änderungen, aber sie provozierten ihn. Sie waren Zeichen der Herrschaft über ihr Zuhause. Vor dieser neuen Ordnung stand er wie vom Donner gerührt. Sie musste herumgelaufen sein und ihre alte Handschrift vermisst haben. In der Wohnung, wie sie vor ihrer Krankheit war, galten kleinste Veränderungen als ungehörig. Er erinnerte sich an alle Kräche, die sie als Kinder gehabt hatten. Sie hatte ihn Schmutzfink und Chaot genannt. Erst später hatte sie ihn in seinem Chaos bestärkt, nur um die Mutter zu ärgern. Der Kampf hatte sich noch zugespitzt, als die Eltern das Haus verlassen hatten und Lior allein als Hausfrau zurückblieb. Sie brauchte eher eine Festung als ein Heim. »Unser Zuhause«, erklärte sie, »muss immer perfekt sein. Bei allem Anderen kann man schon mal Kompromisse machen.«

Sie ähnelten sich nicht, sie beide, und diese Wohnung brachte es auf den Punkt. Der Kampf zwischen ihm und ihr ging ihr ganzes Leben lang. Jetzt war die Wohnung ein Ausdruck von Liors Persönlichkeit. Übermorgen würde sie vielleicht wieder ein Ausdruck Alons sein. Es gab nur wenige Phasen, in denen sie sich wirklich nahe waren und ihre Kampflust erlahmte. In solchen Phasen verkörperte dieses Heim sie beide.

Auf dem Fußboden zwischen dem Elternschlafzimmer und dem Bad lag Lior. Als er auf sie zuging, fiel ihm auf, dass er sie noch nie so nackt gesehen hatte.

Rachel und Intizar

29. Juni

Rachel wachte abrupt auf. Ihr Körper wurde von heftigen Stößen geschüttelt. Sie brauchte Mouhannad. Sie sah sich um. Die Gardinen waren zugezogen, die Tür war geschlossen. Im Zimmer war es so dunkel, dass sie völlig orientierungslos war. Während sie sich erhob und zum ersten Mal seit langer Zeit aufrecht stand, klopfte es an der Tür.

Was war das? Sie war eine Stumme, sie hatte niemanden in ihr Zimmer eingeladen. Wo war Mouhannad hin? Sie war völlig abhängig von ihm. Die Tür ging auf. Weißes Licht aus dem Korridor floss herein. Eine Gestalt stellte sich vor den Kleiderschrank. Rachel starrte sie an. Sie war klein, der Kopf überragte kaum die Türgriffe des Schranks. Rachel hörte ein provokatives Pfeifen und lautes Lutschen: Sogar nachts zergingen Bonbons auf Intizars Zunge.

»Mouhannad hat einem Menschen gedroht, ihn zu erstechen«, sagte Intizar, »einen Zwanzigjährigen, der Nadjcha beleidigt hat. Mouhannad wollte ihn schon umbringen, im letzten Moment haben sich alle eingemischt.« Feindseliges Schweigen. Rachel wich zurück, sie war hellwach und vereitelte schon in Gedanken Intizars Intrige. »Du bist nicht stumm«, stellte Intizar fest und zerdrückte ihr Bonbon mit der Zunge. Rachel hörte, wie die Brocken zwischen den Zähnen knirschten. »Ich habe dich im Traum schreien gehört.« Intizars Stimme war leise, aber sie sprach deutlich. Rachel erinnerte sich, wie sie diese zarte Stimme von weitem gehört hatte: »In schweren Fesseln mein Liebster liegt, / von Sehnsucht nach meiner Nacktheit besiegt, / auf allen Wegen mein Herz zu ihm fliegt. / Mein Herz ist verloren, so sinke ich nieder, / mein Herz, mein Liebster, wann hab' ich euch wieder.«

Intizar sagte: »Mouhannad erzählt herum, dass er die Stumme liebt, wie ich Nawaf liebe. Mouhannad und die Stumme sind das neuste Liebespaar! Für Mouhannad und die Stumme ist der Weg ja frei. Für mich und Nawaf nicht. Mouhannad ist es egal, ob er ein Verräter ist wie sein Vater. Hauptsache, er muss sich von der Stummen nicht trennen, die er auf der Straße aufgelesen hat. Mama beteiligt sich an dem Streit nicht. Sie ist sowieso für Mouhannad, weil er der älteste Mann im Hause ist. Sie spricht nicht viel und hat in solchen Dingen keinen Standpunkt. Nachdem Vater Nadjcha verprügelte, verhaftet wurde und verschwand, beschäftigt sich Mutter nur mit den kleinen Kindern und Geld. Wir haben jetzt nichts. Ein bisschen gibt der Staat. Keiner weiß, wo Djibril jetzt ist, er versteckt sich vor dem ganzen Flüchtlingslager, vor seinem Verrat. Keiner sucht ihn, aber er versteckt sich. Ruft manchmal an, möchte mit Nadjcha sprechen, sagt, er liebt nur Nadjcha allein, jammert, dass er wieder arbeitslos ist, will dauernd sterben, und dass er nur noch die Lyrik Nazzar Kabanis hat.«

Nadjcha fühlt sich von der Stummen nicht gestört, obwohl sie wegen der Stummen mit vier anderen Kindern zusammen in einem Zimmer schlafen muss. Nadjcha ist mit Mouhannads neuem Hobby sogar ziemlich zufrieden. Statt sich auf den Straßen herumzutreiben und sich wie ein Verbrecher zu benehmen, pflegt er eine kranke und stumme Frau. Vielleicht wird er jetzt erwachsen. Nadjcha zweifelt aber an Mouhannads Pflichtgefühl, das sollte die Stumme sich besser einprägen! Nadjcha meint, in zwei Wochen wird er sich mit seinem neuen Spielzeug bestimmt schon langweilen und dann werden sie sie ins Krankenhaus oder zur Polizei bringen.

Seitdem man Samir letztes Jahr umgebracht hatte – und er war der König der Jugend im Lager –, hatte Nadjcha von allem die Nase voll. Samir und sie waren im Abstand von einem Jahr geboren. Während der ganzen Kindheit waren sie ein Paar. Der Verräter nannte sie »Bonnie and Clyde«. Seitdem sie 1996 nach Jaffa gezogen sind, als Nadjcha vierzehn Jahre alt war, hatte Samir kein einziges Wort mehr mit ihr gesprochen. Dieses Baby dachte, es sei eine Frage des Stolzes, sich zurückzuziehen, Nadjcha sitzenzulassen. Damit wollte er Eindruck schinden. Was hatte er ihr denn vorzuwerfen? Aber so sind die Männer, sogar Mouhannad. Sklaven ihres seltsamen Stolzes. Samir hat auch Um Chalil mitgeteilt, das einzige Geschenk, das er Nadjcha noch mache, sei, ihren Vater und ihren Hund am Leben zu lassen. Wenn Nadjcha in Nur-A-Schams zu Besuch war, kam Samir dem Haus von Um Chalil nicht nahe. Briefe hat er nicht beantwortet. Eines Tages feiert Nadjcha ihren einundzwanzigsten Geburtstag. Am Abend klopft jemand an der Tür und gibt ihr ein graues Päckchen mit einem Kupferarmband. Kein Brief, keine Erklärung, nichts. Nadjcha glaubt, dass es ein Geschenk von Samir war und dass er die Trennung bereut hat. Die Raketen der Juden haben Samir zerfetzt, samt dem weißen Cabriolet, das er und seine Freunde aus Wrackteilen zusammengebaut hatten. Samir ist tot und begraben und Nadjcha ist keine, die von Toten Antworten verlangt.

Sie, Intizar, hat vor, die Stumme nach Nur-A-Schams bringen zu lassen, Mouhannad hat es ihr bestimmt schon verraten. Hoffentlich hat die Stumme nichts dagegen. Schon einige Tage denkt sie darüber nach. Sie hat jetzt einen Plan, der allen gerecht wird. Es ist doch so: Die Stumme hat keine Identität, kein Zuhause, keine Freunde und kein Geld. Es ist auch ganz egal, ob sie stumm ist oder nicht. Sie, Intizar, hat ihren Nawaf nicht. Wenn die Freunde von Nawaf sie zu ihrer Gefangenen erklären und verlangen, dass man sie gegen Nawaf austauscht, eine für den anderen, sind die Juden sicher einverstanden, warum denn nicht. Sie hat ein bisschen herumgefragt, bei anderen Tauschgeschäften haben sie sogar zweihundert Leute für einen freigelassen. Danach kommt die Stumme in die Zeitung und ins Fernsehen. Dann kommt der Präsident mit den Ministern und so. Die Juden werden sie für eine Heldin halten. Sie hat die Gefangenschaft bei den Arabern, den Schurken, überlebt. Sie werden sie bewundern und lieben. Man kann sie nicht wieder auf die Straße setzen. Man wird ihr eine Wohnung und Geld geben, vielleicht sogar Arbeit. Sie werden der Stummen schon eine kleine Ecke in der Welt zuweisen. Und sie, Intizar? Sie würde ihren Nawaf wieder bekommen, sie hat doch sonst keine ruhige Minute ohne ihn. Nach der Befreiung werden sie und Nawaf sich gleich verloben und nach sieben Jahren werden sie heiraten. Sie will Journalistin werden wie Nadjcha, und auch Nawaf wird irgendetwas werden, bestimmt. Sie wird die Stumme sogar zur Hochzeit einladen. Das Problem ist nur, dass sie alles den Freunden Nawafs geschrieben hat, vier Briefe, aber die Hunde haben bis jetzt nicht geantwortet. Vielleicht sind sie ja mit anderen Dingen beschäftigt.

Nach kurzem Schweigen empfahl Intizar der Stummen, sich den Plan durch den Kopf gehen zu lassen und ihn zu unterstützen. Sie war äußerst zufrieden damit, wie die Stumme ihren Plan aufgenommen hatte. Vermutlich hatte sie sich nichts dabei gedacht, als sie hinzufügte: »In den nächsten Tagen sprechen wir noch mal darüber.« Als Verantwortliche für die gemeinsame Angelegenheit fügte sie hinzu, Mouhannad solle nichts davon erfahren. Er sei zwar ein kluger Junge, jedenfalls im Vergleich zu seinen Freunden, aber sie habe den Eindruck, er liebe die Stumme tatsächlich. Und die Stumme liebe Mouhannad. Sie ist aber doch schon mindestens fünfunddreißig und für Mouhannad viel zu alt, oder? Mouhannad hat sich das alles aus Neid auf sie und Nawaf ausgedacht. Man kann mit ihm nicht vernünftig reden. Immer will er den Helden spielen.

Sie leide schon monatelang und niemand reiche ihr die Hand. Außer Mama oder Nadjcha, aus Mitleid. Sie wollen sie nur von der Liebe kurieren. Auch in der Schule verspottet man sie: »Das Mädchen, das ein Bild heiraten will«, nennt man sie. Wenn die wüssten, wie einsam sie ist. Könnte sie doch etwas von ihrem Schmerz und ihrer Einsamkeit abgeben. Mama und Nadjcha und die Freundinnen ziehen sie auf. Sie sagen, sie sei eine Träumerin, die zwischen Wahrheit und Illusion nicht unterscheiden kann, zwischen einem Bild und einem Menschen. Auf sowas antwortet sie nicht mal. Die Stumme würde das nicht verstehen. Wenn ihre Phantasien, die den andern so absurd vorkommen, für sie eben die einzige Wahrheit sind, was gibt es da zu lästern?

Alle zweifeln an ihr, Nawaf und ihrer Liebe und wollen dauernd Beweise. Kennt die Stumme vielleicht Liebende, die Beweise für ihre Liebe haben?

Herr Katzenelsson bittet um einen Traum

2. Juli

Eines Tages bat Herr Katzenelsson den Wiederträumer um einen Traum. Er verlange keine Sonderbehandlung. Er sei ja schon immer gegen Vetternwirtschaft und Ellbogenstrategien gewesen, sogar als er unter Ben Gurion noch in der Mapai gewesen war. Er wollte sich einfach nur zu den anderen Träumern ins Dormitorium legen und auch den vollen Preis zahlen. In Wahrheit erwartete Herr Katzenelsson vom Wiederträumer doch eine Vorzugsbehandlung. War er nicht der höchste Angestellte der Firma? Seine Professionalität stand nicht in Zweifel, alle respektierten ihn. Herr Katzenelsson erwartete eine Privataudienz beim Wiederträumer als respektables Geschenk, wie man es in Regierungsbüros an hohen Feiertagen bekam. Die Leute vom Luna-Park durften manchmal auch kostenlos Geisterbahn fahren, oder nicht?

Der Wiederträumer saß auf dem Boden und spielte mit der Fernbedienung des Fernsehers. Er war voll auf die Fernbedienung konzentriert und drückte mehrere Knöpfe gleichzeitig, als sei das ein Videospiel. Der Fernseher lief zwar, doch die Kanäle wechselten nicht. Der Wiederträumer war so auf die schwarze Fernbedienung fixiert, das ihm das gar nicht auffiel. Er trug ein Unterhemd mit der Aufschrift »Chicago Bulls« und rote Boxer Shorts von Calvin Klein. Trotz der leichten Kleidung stöhnte er: »Es ist furchtbar heiß hier.« Herr Katzenelsson stellte unwillig die Heizung ab und öffnete die Balkontür. Ein Schwall kalter Luft schwappte ins Wohnzimmer. Kalter Wind strich Katzenelsson über den nackten Kopf und trieb ihm Tränen in die Augen, die Kälte kroch ihm in alle Gelenke. Da haben wir eine Abkühlung, sagte er mit unterdrückter Wut. Innerlich kritisierte er den Geiz des Wiederträumers seinen Bediensteten gegenüber. In den letzten vier Wochen war er viermal erkältet gewesen. Da, schon wieder Husten, schon wieder brauchte er ein Taschentuch. In den letzten Wochen hatte er mehr Vitamine eingenommen als Versuchsmäuse in einer pharmazeutischen Fabrik, aber nichts hatte geholfen. Morgen, dachte Katzenelsson, kündige ich. Mir ist jetzt alles egal. Die Eiseskälte im Wohnzimmer ließ Katzenelsson erstarren, seine Glieder wurden steif und sein Atem bestand aus einem Stöhnen und Räuspern, für das er sich schämte. Auf den nackten Schultern des Wiederträumers tauchten Kälteblasen auf.

Herr Katzenelsson merkte, dass der Wiederträumer ihn gar nicht gehört hatte. »Ich würde gerne meine Bitte noch einmal vortragen …« Der Wiederträumer mochte es nicht, wenn man ihn mit seinem Namen ansprach. Katzenelsson durfte auch nicht sagen, hören Sie mal, Wiederträumer. Katzenelsson grollte. Minister und hohe Beamte hatte er immer mit Namen angesprochen, aber zu dieser Kreuzung aus Selbstherrlichkeit, Unglück und Schauspielerei durfte er einfach nur »Sie« sagen. »Ich verstehe, dass es etwas ungehörig ist, aber in Anbetracht der Umstände …«, sagte er umständlich und leicht indigniert.

Der Wiederträumer wandte sich von der Fernbedienung ab und hob die Augen. Als Katzenelsson sein Gesicht sah, stöhnte er erschrocken. Selbstbeherrschung und Zurückhaltung, die er bei Hunderten von Begegnungen erworben hatte, kamen ihm jetzt zugute. Wann eine klare Botschaft bei einem unredlichen Arbeitgeber oder faulen Vorgesetzten nicht ankam, wusste er. Er wusste auch, wann ein Zeitpunkt der falsche war, um Kritik zu äußern.

Die Augen des Wiederträumers bluteten. Von der Iris waren nur noch kleine Inseln im Rot zu sehen. »Die Suppe muss verdorben gewesen sein«, klagte er. Katzenelsson konnte diese Augen nicht ansehen. »Wenn ich richtig verstanden habe«, sagte er, »gibt es in der Stadt keine Essenslieferungen mehr. Die Restaurants haben sie eingestellt. Ein Lieferant starb auf seinem Motorrad und die Eltern verklagten das Restaurant. Jetzt haben sie Angst.« Er fügte hinzu, in Anbetracht der Umstände sei es vorzuziehen, eine Köchin anzustellen. Das sei auch wirtschaftlicher. Katzenelsson hielt sich absichtlich länger beim Wirtschaftlichen auf, weil er hoffte, der Wiederträumer werde den Wink verstehen und ihn von der Zahlung eines Honorars befreien. Schimon, sind Sie verrückt geworden? Sie müssen nichts bezahlen, Sie doch nicht. Das Honorar entsprach immerhin der Hälfte seines Monatslohns.

Der Wiederträumer legte sich aber gleich wieder flach und döste vor sich hin. Neben ihm stand die Suppentasse mit gelber dickflüssiger Suppe. Das Sofa hatte Flecken davon. Katzenelsson sah den Wiederträumer ratlos an. Sein Zustand war nicht zu übersehen. Seine Schultern hingen herab, er hielt sich krumm, auf der Haut tauchten täglich neue Falten auf, er schien Zentimeter um Zentimeter zu schrumpfen. Er bewegte sich wie mit Glasknochen, als könne er jeden Moment fallen und in tausend Scherben zerspringen. Herr Katzenelsson spürte manchmal den Impuls, ihn zu packen und zu schütteln. Schließlich war er der einzige Mensch, der dem Wiederträumer nahe stand. Von den Träumern konnte man nichts erwarten, außer dass sie nach immer mehr Träumen verlangten. Er wollte ihn schütteln und rufen: »Mein Herr, Sie sind doch noch ein junger Mann. Hören Sie mit all dem auf, gehen Sie auf die Straße, tauchen Sie in die Welt ein.« Vielleicht würde er das morgen tun.

Einstweilen legte Katzenelsson das Schweigen des Wiederträumers als Zustimmung zu seinem Anliegen aus. Über das Geld würden sie gelegentlich noch sprechen. Sofort stornierte er zu seinen eigenen Gunsten den Termin einer Träumerin. Diese erste Unkorrektheit in seiner professionellen Laufbahn quälte ihn. Lange hatte Katzenelsson sich verhalten, als arbeite er für ein Unternehmen wie jedes andere. Er hatte zwischen den Träumern und dem Wiederträumer zu vermitteln und dafür zu sorgen, dass alles seine Ordnung hatte. Aber neuerdings war ihm eingefallen, dass er selbst ja auch träumte. Er konnte seinen eigenen Träumen nicht mehr entgehen. Plötzlich wurden sie Teil seines Lebens und nahmen in seiner Gedankenwelt mehr Raum ein. Wenn er im Bett lag und auf den Schlaf wartete, dachte er darüber nach. Welche Geschichten würden heute Nacht in ihm aufsteigen? An wie viel würde er sich erinnern? Mehr als einmal war er von seiner Fähigkeit begeistert, aufregende Handlungen zu träumen. Entzückt bezweifelte er, dass andere Träumer so logisch träumen konnten wie er. Er hatte den starken Wunsch, dem Wiederträumer einen seiner Träume zu erzählen, damit er sah, dass er es nicht nur mit einem pedantischen, strengen Alten zu tun hatte. Wenn er im Dormitorium saß und die Träumer beobachtete, dachte er oft an seinen Sohn Josef. Jedes Mal, wenn einer der Träumer mit glänzenden, liebevollen Augen von Erlebnissen erzählte, die der Wiederträumer zurückgeholt hatte, bröckelte sein Widerstand ein wenig mehr. Immer noch betrachtete er die Träumer als Narren. Trotzdem hatte er Sehnsucht nach dem unwirklichen Leben an der Schwelle der Wiederträume im Dormitorium. Diese Menschen begegneten ihren verstorbenen Eltern, trafen verschwundene Partner wieder, flogen in unermesslichen Höhen. Wollte er etwa nicht gerne seinen Sohn einmal wieder berühren? Katzenelsson, der den ganzen Zauber organisierte und seine Spuren später beseitigte, Katzenelsson, der den Schlafsaal lüftete, Geld kassierte, den Wiederträumer auf seine nächste Arbeitsrunde vorbereitete, Katzenelsson wollte nicht länger draußen bleiben.

An dem großen Tag war Katzenelsson sehr aufgewühlt und erledigte seine Aufgaben recht nachlässig. Er war mit dem Entwurf des kommenden Traums beschäftigt. Es sollte ein guter, reichhaltiger Traum werden, nicht wie die, über die der Wiederträumer spottete und deren Träumer immer am Ende der Liste landeten. Er dachte an seine Verstorbenen, Sohn und Frau, die viel Raum in seinen Träumen einnahmen. Die Aussicht, mit seinem Sohn wieder zusammen zu sein, begeisterte ihn in nie erlebter Weise. Das sollte der Schlussakkord seines Lebens sein. Sein Josef war gestorben, als er die Ausbildung zum Buchhalter beenden und heiraten sollte. Mit seinem Tod gefror die Zeit. Jahrzehnte waren vergangen, seit er gestorben war, aber nicht für seinen Vater. Heute Nacht wollte er ihm wieder nahe kommen. Katzenelsson zog seine besten Kleider an. Er packte den Pyjama und dicke Wollsocken ein, die er in Winternächten zum Schlafen trug. Wann hatte er zum letzten Mal außerhalb seiner Wohnung geschlafen?

Die anderen Träumer wunderten sich, als er sich ihnen anschloss. Sie ließen ihn aber in Ruhe. Still waren sie mit sich selbst beschäftigt. Sie wirkten wie Sportler vor dem Wettkampf. Jeder hatte den Ehrgeiz, die anderen zu überbieten, jeder wollte als Erster die Aufmerksamkeit des Wiederträumers gewinnen. Katzenelsson erinnerte sich, dass in letzter Zeit vermehrt Beschwerden über eine allzu oberflächliche Rückgabe des Traums vorgekommen waren, vor allem von Träumern, die gegen Ende der Nacht an die Reihe gekommen waren. Eine Träumerin hatte behauptet, der Wiederträumer verliere nach einem oder zwei Träumen an Intensität. Ein Mann hatte bezweifelt, dass der wiedergeträumte Traum sein eigener war. Noch am Vortag hatte der Juwelier, ein Dauerträumer, sich beschwert, sein Traum sei so schwach und armselig gewesen, dass er ihn schon nach zwei Tagen wieder vergessen hatte. Katzenelsson hatte dem Wiederträumer dieses Problem nicht vorgetragen. Zuletzt hatten sie fast gar nicht miteinander gesprochen. Der Wiederträumer verbrachte ganze Tage schlafend. Auch den Träumern war sein Besorgnis erregendes Aussehen aufgefallen. Einige wollten auf eigene Kosten den besten Arzt Tel Avivs rufen.

Pünktlich um Mitternacht erschien der Wiederträumer.

Er ging schwerfällig an den Träumern vorbei zum Sofa. Nach einer Stunde war Katzenelsson noch nicht eingeschlafen. Er probierte alle Tricks aus: Schafe zählen, dem Schlaf Liebeserklärungen machen, einfach zu sagen: jetzt schlafe ich – nichts half. Da legte der Wiederträumer sich bäuchlings neben ihn auf den Boden. Er bewegte sich wie eine Eidechse. Katzenelsson hörte seine langen Fingernägel auf dem Fußboden scharren. Plötzlich sprang der Wiederträumer auf und stellte sich auf Höhe von Katzenelssons Kopf. Katzenelsson hielt die Augen fest geschlossen. Nach einiger Zeit tauchte der Wiederträumer auf der rechten Seite Katzenelssons auf und drückte seine Augen an dessen

Schläfe. Sein Schweiß tropfte auf Katzenelssons Gesicht. Er hörte, wie der Wiederträumer geräuschvoll über den Holzfußboden kroch und zuckte. Katzenelsson wusste, dass der Wiederträumer um die Träumer herumkroch, aber diesmal trieb er es besonders toll. Normalerweise umkreiste er den Träumer einige Minuten lang und konzentrierte sich dann mit geschlossenen Augen auf den Traum. Jetzt schlängelte er sich schon eine halbe Stunde um Katzenelsson herum. Dem war der Wunsch, Träumer zu werden, schon gründlich vergangen. Er hätte sich an dieser verdammten Sache nicht beteiligen sollen. Sie war unvereinbar mit seinem Alter und unter seiner Würde. Er traute sich aber nicht, sich vom Fleck zu rühren. Katzenelsson erkannte an den schnellen Atemzügen, wann der Wiederträumer bei ihm war und wann er sich wieder entfernte. Er fühlte sich von ihm belagert. Der Wiederträumer beugte sich über seinen Kopf. Katzenelsson drehte sich nach rechts und kehrte ihm den Rücken zu. Er öffnete die Augen. Er sah einen Träumer, der den Kopf heftig in den Nacken warf. Er sah den Wiederträumer, dessen Körper hart auf das Parkett schlug. Er atmete in großer Not. Katzenelsson sah, das etwas nicht stimmte. War das vielleicht seine Schuld? Auch die anderen Träumer schienen erwacht zu sein. Er traute sich nicht, sich zu bewegen. Fest schloss er die Augen. Er hatte das ungute Gefühl, von allen beobachtet zu werden. Katzenelsson stand ungern im Mittelpunkt und hoffte, dass alles bald vorbei sein würde. Doch der Wiederträumer kroch hartnäckig weiter um ihn herum, belagerte ihn von allen Seiten. Er murmelte vor sich hin und stieß seltsame Rufe aus. Weshalb ließ er nicht von ihm ab? Er war doch fähig, im Bewusstsein anderer wie in einem Buch zu lesen. Wieso merkte er nicht, dass Katzenelsson wach war und überhaupt nicht träumte?

Vater

30. Juni

Je weiter das Taxi sich vom Flughafen entfernte, desto düsterer wurde die Luft um ihn herum. Sie war ein grausamer, Licht fressender Raubvogel, der zwischen Himmel und Erde seine riesigen dunklen Schwingen über den ganzen Horizont ausgebreitet hatte.

Schlomo war besorgt und fühlte sich auch im Auto nicht sicher. Böen erfassten das kleine Fahrzeug und wummerten geräuschvoll gegen die Scheiben. Ein Wirbel zu viel und sie konnten zu Bruch gehen. Die Räder verloren hin und wieder die Bodenhaftung und der Wagen sprang etwas aus der Bahn. Für jeden Meter, den sie vorankamen, waren sie dankbar: Er dem Fahrer und der Fahrer Gott.

Sie fuhren auf der Schnellstraße nach Tel Aviv in immer tiefere Dunkelheit hinein. Die Stadt lag unter einem schwarzen Umhang, der nach oben hin immer dichter wurde und dessen Fransen auf die Straßen fielen. Die Grenzen zwischen Himmel und Stadt verschwammen. Das Taxi, ein weißer Mercedes, fuhr unbeirrt in die schwarze Hülle hinein, die hoch wie ein Berg über die Stadt ragte, und verschwand darin.

Es war elf Uhr zwanzig. Der Fahrer setzte Schlomo an der Peripherie ab. »Ab hier ist die Weiterfahrt verboten.«

Ohrenbetäubendes Sirenengeheul und viele Geräusche, die gleich wieder vom Sturm verschluckt wurden. Er ging zu Fuß weiter, auf einer Hauptstraße. Welche war das? Wo führte sie hin? Die Stadt war nicht wiederzuerkennen. Manches wirkte vertraut, anderes völlig fremd. Die kleinen Straßen hatte sich in Flüsse verwandelt, das schmutzige Wasser schwemmte den Abfall mit. Schlomos Kleidung war völlig durchnässt. Das Gehen war mühsam und kostete viel Kraft. Manchmal schossen Fontänen mitten auf der Straße in die Höhe. Die Autos waren aus dem Stadtbild verschwunden. Vorsichtig ging er weiter. Jederzeit konnte eine große Welle ihn erfassen und in den Abgrund reißen. Einmal fuhren Feuerwehr-, Rettungs- und Polizeiwagen vorbei, ihr Blaulicht spiegelte sich in Schaufenstern und Häuserwänden.

Weit vor ihm tauchte etwas wie ein goldener Ballon auf. Er hörte Schreie und Rufe. Als er näher kam, sah er, dass die Farben in Bewegung waren, dass Rot, Orange, Gold und Blau in die Nacht hineintanzten. Es brannte in der Umgebung. Das Feuer beleuchtete den ganzen Horizont. Menschen sahen mit verstörten schlaftrunkenen Augen auf die Flammen. Das Schauspiel hatte etwas Faszinierendes. Um das Zentrum des Brandes herum loderten weitere, kleinere Feuer. Der Brand musste schon auf die meisten Stadtteile übergegriffen haben. Das Krachen des Feuers klang, als verrate es ein schreckliches Geheimnis. Der Sturm warf jetzt schweren Hagel auf die Stadt, und die Gaffer suchten Schutz in den Hauseingängen. Der Hagel trommelte auf den Asphalt ein und rasierte den Baumstämmen die Borke ab. Menschen hielten Mäntel über die Köpfe, um sich vor dem Hagel zu schützen. Blitze rissen das Schwarz des Himmels auf, und die Menschenmenge wurde still und andächtig.

Die wilden Feuerfarben wuchsen. Flammen loderten an immer mehr Orten, hinter den Türmen und Häusern, vielleicht am Meer. »So beginnt die Apokalypse«, dachte Schlomo. »Das Ende ist nahe.« Diesem Sturm würde die gebeutelte Stadt nicht mehr standhalten. Der Horizont brannte und die Straßen versanken in den Fluten.

Zwölf Uhr Mittags und tiefe Nacht. Überall auf der Straße wurde Schlomo angesprochen: »Zigaretten, der Herr?« »Hast du mal ein paar Schekel?« »Bin krank, sehr krank, der Herr … vielleicht könnten Sie mir helfen.« »Der Mensch ist das Problem, der Mensch ist das Problem!« »Brauchen Sie vielleicht Schuhe? Ihre sehen ganz abgenutzt aus.«

»Have you seen my boy?«, schrie ein Mann in Schlomos Alter, der mit einer großen Taschenlampe herumlief. Seine Haut war so weiß, als wäre er schon seit Tagen tot, seine Augen sahen Schlomo durch die verschmierten Brillengläser ganz irre an. Wie kann er seinen Sohn suchen, wenn er gar nichts sieht? fragte sich Schlomo. »Töte mich unverzüglich. Das ist ein Befehl! Jemand? Sie? Sie! Kleiner Feigling!«, schrie eine Frau in Morgenmantel und Duschhaube in einem der Höfe. Ein kleiner, fast nackter Mann packte ihn am Mantel und hielt ihm einen Wasserkessel hin. »Der Herr, kaufen Sie bitte.« Jeder Mensch auf dieser Straße hatte etwas zu verkaufen.

Er kam in einen Basar voller sterbender Menschen. Sie boten zum Verkauf an, was sie noch am Leib hatten: Mäntel, Schuhe, Wollmützen, Armee-Pullover. Ein junger Mann, der sein Gesicht fast vollständig mit einer Wollmütze verhüllt hatte, zerrte Schlomo am Mantel hinter sich her. Er heulte und schrie und zeigte dauernd auf seine Uhr. Schlomo versuchte ihn abzuschütteln. Die Augen des Jungen blitzten rebellisch, fast fröhlich. Schlomo hatte Lust, ihm etwas Gutes zu tun. Gerade jetzt, wo die Welt unterging, wollte er einem anderen Menschen einfach etwas geben, nur weil sie beide jetzt hier waren. Sein professioneller, unverbindlicher Gesichtsausdruck, den er sich in den Jahren der Einsamkeit zugelegt hatte, als er von einem Flughafen zum anderen und von einem Hotel zum nächsten unterwegs war, verschwand mit einem Schlag. Plötzlich war er wach und offen für seine Umgebung. Er nahm sich Zeit, diese Stunde zu erleben, denn der Abend fand vielleicht schon jenseits dieser Welt statt. Das war ja seine ureigene Lebenszeit. Er hatte sie mit bedeutungslosen Dingen verplempert. Deshalb war für ihn nach der Scheidung, dem letzten bedeutenden Datum in seinem Leben, kaum Zeit vergangen. Er war immer noch mitten in diesem Prozess. Manchmal wachte er als erschreckter reuiger Ehemann auf. »Ich habe sie schon tagelang nicht angerufen … Bestimmt ist sie verärgert.« Aber in Wirklichkeit hatten sie schon acht Monate nicht mehr miteinander gesprochen.

Der Junge fiel nach hinten und blieb bewegungslos neben einer Pfütze liegen. Jemand rannte zu ihm und legte sich neben ihn, vielleicht um ihn zu retten, vielleicht um ihn auszurauben. Schlomo sah nur die beiden Gestalten, eine in Bewegung, die andere reglos. Das Bild verschwamm ihm vor den Augen. Alles war wieder wie immer. Er war nicht von hier. Es war Zufall. Er mischte sich nicht ein. Es war sowieso zu spät, um Hilfe zu holen.

Alle konnten sehen, dass er hier fremd war. Sie erwarteten Hilfe von ihm oder wenigstens eine Geste des Privilegierten. Er wurde angefasst, er schüttelte die unsichtbaren Körper und Hände ab, die Finger, die in seine Manteltaschen gesteckt wurden. Man riss ihm den Koffer aus der Hand. Macht nichts, der war sowieso zu schwer. Er tastete nach Pass und Portemonnaie. Er atmete auf, sie waren noch da. Er hielt die Hand drauf.

Die Übergriffe waren nicht wirklich gewalttätig: Anfassen, betteln, loslassen. Diese Menschen waren nicht wirklich gefährlich. Auf dem Weg ins Nichts waren sie schon weit vorangekommen. Sie hatten vielleicht noch einen Tag zu leben, zwei Tage oder eine Woche. Es waren die letzten Obdachlosen, die den Sturm bis dahin überlebt hatten. Keiner von ihnen glaubte noch an Rettung. Sie versuchten ihn aufzuhalten, weil es sie noch gab, weil sie noch nicht ausgelöscht worden waren. Sie suchten kein Dach über dem Kopf, keinen Teller Hühnersuppe. Sie hatte den Überlebenskampf aufgegeben. Sie lagen fiebernd, von Hustenanfällen geschüttelt, mit stockendem Atem da. Ihre Gesichter waren voll von roten Geschwüren oder schon leichenblass. Es waren auch Kinder dabei, mit glatter Haut und eindringlichen Blicken. Es war ihnen anzusehen, dass sie sich in ihr Schicksal ergeben hatten. Straßenmenschen im Delirium deklamierten Monologe oder sagten Reime auf, taumelten herum, ein Teil von ihnen in viele Schichten eingepackt, andere fast nackt. Schlomo ging weiter. In der Ferne sah er das Haus, in dem er wohnte. Er war erleichtert. Jetzt gab es nichts Besseres als dieses Haus, auch wenn es nicht sein wirkliches Zuhause war.

Lior

30. Juni

Welch ein Trank ist der Tod für die Lebenden. Das Leben ist eine mysteriöse Harmonie des Körpers, das Herz pocht, die Lunge atmet, die Glieder bewegen sich, Augen, Ohren und Nase sehen, hören und riechen, von einer Zauberformel zusammengehalten. Wie ein Weizenfeld im Licht der Sonne kräftig und märchenhaft aufleuchtet, so ist das Leben ein Wunder der Einheit all seiner Elemente.

Hier im Basar der Sterbenden lag ein Körper erstarrt. Um ihn herum die Lebenden, Poeten des Fließens. Wo Tote waren, musste das Leben die Leichenstarre mit ihnen teilen. Die Bewegungen wurden langsam, die Worte sorgsam gewählt, um die Totenruhe nicht zu stören. Das Leben ließ sich aber nicht völlig verbannen. Das Atmen war immer noch hörbar, ein leichtfüßiges Kind, das demonstrativ über einen Zaun springt. So provoziert die Bewegung die Starre, das Leben die Toten.

Zwei zwischen Leben und Tod, und Lior stand zwischen ihnen.

Einer umging den Tod von Süden, der andere von Norden. Der Vater war später als Alon eingetroffen. Er spürte, dass er das Tor zum Untergang durchschritt, folgsam als dessen Untertan. Er war nur ein winziger Punkt auf dem riesigen Erdteil, der Untergang hieß. Unter den Flügeln des Untergangs wird er ein anderes Leben führen. Er wird noch glühende und diesige Sommer erleben. Der Frühling wird den Untergang mit schönen Splittern aus dieser Welt schmücken und wie eine Postkarte aus einem fernen Land sein. Dunkle Winter werden kommen und gehen wie der bunte Herbst. Alles wird weiter stattfinden im Reich des Untergangs. Er hatte nur eine bescheidene Bitte: Er brauchte das

Versprechen, dass ihm eines Tages Gnade zuteil werden würde. Nicht in den kommenden Jahren, das sah er ein. Aber irgendwann wollte er morgens aufwachen und von diesem schrecklichen Todesbewusstsein wieder frei sein. Sein wie er letztes Jahr noch war, letzte Woche, gestern. Der Ignorant, der frei durch die Welt wanderte, bis der Untergang ihn sich unterwarf.

In der ganzen Stadt fiel der Strom aus. Kerzenlicht fiel auf Liors Gesicht. Das Gesicht trug die Kunde vom Sterben. Schlomo fragte seinen Sohn, ob es noch mehr Kerzen gäbe. »Vielleicht«, murmelte Alon, der Lior nicht noch mehr mit Licht blenden wollte. Der Vater bestand jedoch darauf, seine Tochter noch einmal ganz zu sehen, bevor der Körper zerfiel. Er verließ das Zimmer und wühlte auf der Suche nach Kerzen in den Schränken herum. Überall sah er seine Tochter. Jede Minute seiner Liebe zu ihr zerrte an ihm, es gab kein Entrinnen. Er verfluchte Alon, der sich in der Wohnung auskannte und ihm nicht half. Er trat in eine Mausefalle. Die Zeit verflog und jede Sekunde ließ seine Tochter dem Tod zufallen. Plötzlich rastete er aus. Er warf Gläser und Geschirr, Flaschen und Gewürze auf den Boden, dass es durch die ganze Wohnung schepperte. Er räumte die voll gestellten Schränke wütend aus. Mit dem Krach wollte er Alon wecken und herbeilocken. Alon kam nicht.

Er rannte ins Zimmer zurück, riss die Gardinen auf und öffnete die knarrenden Fenster. Das Feuer hatte bereits verschiedene Stadtteile erfasst, war aber noch nicht in ihrer Nähe. Man sah nicht mehr als die Feuerballons am Horizont, die Flammen der Brände zwei oder drei Kilometer entfernt. Die Feuertürme sahen aus wie Monster aus der Urzeit, die mit der Moderne abrechneten, mit der neuen Geschäftsstadt, die aus Beton, Stahl und Glas in den Himmel ragte. Das Feuer war so groß und stark, dass es aussah, als habe es sich verselbstständigt und brauche keine Nahrung: weder Türme noch Holzhäuser. Das Feuer, dessen Ursprung und Ziel unbekannt waren, schien aus sich selbst heraus zu brennen. Sie rochen und atmeten die verkohlte Stadt ein, sie zogen den Rauch ein, der von Bäumen und Gebäuden herüberwehte. Das ganze Zimmer lag jetzt im Feuerschein.

Und so mussten sie sich wahrnehmen, ob sie wollten oder nicht. Schlomo und Alon hatten jeder das Gefühl, mit dem Tod allein zu sein. Jeder von ihnen dachte, die Trauer sei ungerecht verteilt, der andere sei besser vorbereitet als er selbst. »So werden wir alle hier enden …«, flüsterte Alon. Er starrte mit irrem Blick, mit krankem Grinsen in das Feuer. Das Grinsen verschwand erst, als er hörte, dass die Behörden die Evakuierung vorbereiteten. Was sollten sie tun? Die Treppe hinabsteigen und die tote Lior durch die Straßen tragen?

Einige Zeit starrten sie beide auf die Stadt. Sie hörten in der Ferne das Sirenengeheul, die Lautsprecherdurchsagen und das Dröhnen der Helikoptermotoren. Es waren Geräusche eines vergeblichen Kampfs gegen den Brand. Der Vater drehte sich um und ging auf die Leiche zu. Im Feuerschein sah sie glänzend aus und herzzerreißend schön. Der Körper lag im Zwielicht, die Hände leuchteten auf, der Hals war ganz in Rot getaucht. Das Gesicht war wie das Gesicht einer Lebenden. Schlomo stiegen Tränen in die Augen. Er beugte sich zu Lior hinab und flüsterte ihr etwas zu. Er küsste sie auf die Stirn, und seine Stimme wurde noch leiser. Er wollte nicht, dass Alon zuhörte. Alon erinnerte sich, wie einig die beiden sich gewesen waren, als sie mit ihm wie mit einem alten Widersacher verhandelten. Danach hatten sie immer miteinander über ihn getuschelt. Jetzt fand das letzte Flüstergespräch statt. Er hörte, dass Vater Lior in allen Einzelheiten seine Verspätung erklärte. Er war ja nur einen Tag zu spät dran … Nikolai war in Urlaub gefahren, auf dem Anrufbeantworter war eine Nachricht von ihm, die Marianne nicht verstand. Sie erzählte Jimmy, dass Nikolai auf dem Sprung nach London war, und Jimmy hatte nichts Besseres zu tun, als nach Monte Carlo zu fliegen, um auszuspannen. Er wollte Nikolai nicht begegnen, er war etwas depressiv … Nikolai hatte schon lange den Verdacht, dass Jimmy mit Firmengeldern an der Börse spekulierte … Schlomo hatte Nikolai überzeugt, dass Jimmy nur seinen Anteil am Gewinn in seine Börsengeschäften investierte, außerdem lieh er sich bei der Gesellschaft einen Betrag in Höhe seiner voraussichtlichen Gewinne … Die Einzelheiten waren eigentlich egal, aber Nikolai zweifelte alles an und tobte wie ein Kolchosbauer. Schlomo wusste, das solche Dinge Lior Sorgen gemacht hatten, als sie noch lebte. Er versuchte, sie zu beruhigen: Jetzt ist wieder Frieden!

Alon wollte ihn von Lior wegstoßen. Er war ihr so nahe, als wollte er sie verschlucken. Einer ihrer Arme sank herab und baumelte in der Luft. Vater sah das nicht. Schämte er sich nicht, sie mit alldem zu behelligen, mit diesen unwichtigen Einzelheiten seiner Verspätung? Konnte er nicht einmal etwas Bedeutungsvolles sagen? Er war ein jämmerliches Geschöpf, das sein Leben lang Ablasshandel trieb. Alon wurde klar, dass er sich die Tote als jemanden vorstellte, dem man immer noch Unrecht tun konnte. Er sah seine Zwillingsschwester als Kind im weißen Kleidchen vor sich. Sie tanzte mit ihrer Mutter am Nachmittag am Strand hinter dem Hotel Bernard, im goldenen Kreis der Nachmittagssonne. War es tatsächlich ein Tanz gewesen? Am Strand des Hotel Bernard hatten sie sich in den Ferien immer gesonnt. Den Tanz hatte er wohl nur geträumt.

Er ging auf seinen Vater zu. Sein Groll war verflogen. Er entwickelte Verständnis für den Vater. Auch er wollte die Verstorbene um Vergebung bitten. Er stellte sich dicht neben seinen Vater, der verstummte. Er sah Alon vorwurfsvoll an, um anzudeuten, dass er sich gestört fühlte. Alon fühlte die ganze Last des Verlustes. Ging diese Nacht nie vorüber? Wie sollte er ohne Lior überhaupt weiterleben? Sein Vater wandte sich ihm zu, der Feuerschein gab seinem Gesicht einen Anstrich von Verderbtheit. Er sah Alon jetzt bittend an: »Siehst du nicht, dass du störst … Noch ein, zwei Minuten und ich bin hier fertig.« Alon, der ihn nicht vertreiben, sondern nur neben ihm vor der Leiche stehen wollte, um gemeinsam mit ihm zu trauern, kam sich vor wie ein Waisenkind. Wenn es keinen Menschen gibt, in dessen Seele du einen Platz hast, schwindet dein Gewicht in der Welt. Er schwor sich, seinem Vater diesen abweisenden Blick an Liors Totenbett nie zu verzeihen. Er hatte das Gefühl, er müsse gehen, um seinem Vater nichts anzutun.

Er verließ das Zimmer und ging im Korridor auf und ab. Er

drückte sich ratlos an die Wand. Dann legte er sich auf das Sofa im dunklen Wohnzimmer. Die Fensterläden waren gut verschlossen. Er phantasierte darüber, was geschehen wäre, wenn sie sich gleich zu Beginn des Sturms in ein Flugzeug gesetzt hätten oder wenn die Epidemie rechtzeitig erkannt worden wäre. Er richtete sich auf und lauschte dem Rauschen der näher kommenden Feuerwalze. Das brachte ihn wieder ins Hier und Jetzt zurück. Es war heiß, er schwitzte und zog den Pullover aus. Er war müde, nur noch müde. Dumpfer Hunger plagte ihn. Er stellte sich ein kurzgebratenes blutiges Steak vor mit dünnen, goldenen Pommes frites und eine kleine Schüssel Gemüsesalat mit Olivenöl und Zitrone.

Seit zwölf Stunden war er schon bei der Leiche. Morgens um sieben hatte er den toten Körper in Laken gehüllt und versucht, die zuständige Behörde anzurufen. Wenn jemand aufgetaucht wäre, wäre alles anders gelaufen. Er wäre dann allein zu Hause geblieben. Vier geschlagene Stunden hatte es gedauert, bis eine Frau ans Telefon ging und ihn auslachte. »Die ganze Stadt brennt! Wen soll ich da schicken? Im Fernsehen wurde doch mitgeteilt, man solle nicht anrufen, außer es gebe Leben zu retten. Und hier kann ja wohl von Leben nicht mehr die Rede sein.« Stunden später hatte Alon das Laken um ihren Körper entfernt und sie mit Kissen unter dem Kopf aufgebahrt. Er hatte ihr Haar gekämmt, die aufgeplatzten Lippen eingefettet, ihre Arme geradegezogen und ihre Beine ein wenig gespreizt, damit sie nicht zu verkrampft aussah. Stundenlang hatte er über alles nachgedacht. Wie er das Haar ordnen sollte, ob er die Hand mit der Handfläche oder dem Handrücken auf das Sofa legen sollte, ob beide Beine gerade oder eines angewinkelt liegen sollten. Er hatte sie immer erst angefasst, wenn sein Entschluss feststand. Irgendwann hatte er gemerkt, dass er das alles für sich, nicht für sie, getan hatte.

Schließlich schlief Alon ein. Als er erwachte, wusste er sofort, das Lior nebenan lag und tot war. Dieses schockartige Erwachen machte ihn fertig. Sein Körper forderte eine Auszeit, er blieb wie erschlagen liegen. Das Erwachen ins Nichts hinein führte ihm glasklar vor Augen, das man bei jedem Erwachen auf der Hut sein musste. Wieso war er überhaupt eingeschlafen? Wie lange hatte er geschlafen? Er schaute auf die Uhr, es waren nur wenige Minuten gewesen. Plötzlich kam ihm der schreckliche Gedanke, dass sie die Leiche so lange im Haus lassen mussten, bis die Katastrophe vorüber war. Würde sie überhaupt je vorüber gehen? Die Leiche würde im Schlafzimmer verwesen. Da begann er hemmungslos zu weinen wie ein Kind. Er sah die verweste Leiche vor sich, das Bild wurde er nicht mehr los. Solche Bilder kannte er gut, sie trieben in seinem Inneren schon mehr als zehn Jahre ihr Unwesen. Sie verschwanden nur während der Rekonstruktionen. Ach was, Rekonstruktionen. Es gab keine Rekonstruktionen mehr. Auch der Gedanke, dass man Lior begraben musste, erschreckte ihn. Wo hatte er je miterlebt, dass Menschen einen Menschen begraben hatten? Nur in Filmen! Trotz seiner Falten im Gesicht wurde er jetzt wieder zum Kind. Er fühlte sich viel zu jung, jemand anderes musste diese Bürde tragen. Sein Vater und er waren armselige Figuren, die die nächsten zwei Wochen nichts zustande bringen würden. So lange würden sie sich scheuen, Lior auch nur einen Zentimeter von der Stelle zu bewegen. Ein richtiges Begräbnis war nötig. Er wollte ein würdiges Begräbnis für Lior, damit sie die Welt nicht verließ, als sei nichts gewesen. Mindestens hundert Menschen sollten an ihrem Grab stehen, es sollten Trauerreden gehalten werden. Sie würden einen schwarzen Grabstein kaufen, der auf dem Friedhof auffallen sollte. Sonst könnte es solche Probleme geben, wie bei der Gedenkfeier für Großvater Immanuel. Niemand erinnerte sich, wo sein Grab war, alle suchten nach der Parzellennummer. Als sie das Grab endlich gefunden hatten, waren sie verschwitzt und schlecht gelaunt und wollten nur noch nach Hause. Jetzt brauchte er jemanden, der sich um all das kümmerte. Er hörte die Schritte seines Vaters, der sich in sein Schlafzimmer schlich. Ging er schlafen?

Schlomo wollte am liebsten seinen verdreckten Körper waschen. Seine Haut war voll Regenwasser und Schweiß. Er sehnte sich nach einer heißen Dusche. Vielleicht morgen, aber nicht jetzt. Er musste immer Termine machen. Sie stellten eine Abfolge her, die ihn quasi definierte. Der Mensch brauchte eine Schablone, um auf die Frage antworten zu können, wer sind Sie, Verehrtester? Was haben Sie in den letzten Jahren getrieben? Eigentlich gab er diesen Schurken ungern Auskunft. Zum Beispiel den Leute von der Grundschule, die immer wissen wollten, ob man verheiratet sei oder geschieden, Kinder habe oder nicht und welchen Beruf, bitteschön. Nichts deprimierte ihn mehr als das Zusammentreffen mit unbedeutenden Leuten aus seiner Vergangenheit. Weshalb überhaupt, dachte er gerade jetzt an so etwas? Ein eigentümliches Bild kam ihm in den Sinn.

Er geht bei Dämmerung die Dizzengoff-Straße entlang, und lauter unbedeutende Leute, die er kaum kennt, stürmen auf ihn zu. Sie trösten ihn wegen des Verlustes, den er erlitten hat. Er beschleunigt seinen Schritt, aber der Chor der Unbedeutenden bestürmt ihn von allen Seiten. Orna Kowarski aus der Grundschule, die er nie beachtet hat, flüstert ihm zu: »Ich weine viel um das Mädchen.« Amnon Schärf aus der Parallelklasse, mit dem er in der Jugendmannschaft des »Hapoel Tel Aviv« Fußball gespielt hatte und dessen Vater im Krieg 1956 gefallen war, klopft ihm auf die Schulter und flüstert: »Mögest du nie wieder … Und das Mädchen? Jetzt ist sie im Paradies …« Der Mathematiklehrer, der goldgelockte Zwerg Jewgenij Tschernabajek, bittet ihn, stark zu sein für den Sohn: »Der Vater ist jetzt wichtig für ihn.« Eine junge, schwarz gekleidete Frau mit Brille, der er nur einmal begegnet ist, erkundigt sich in pädagogischem Tonfall, ob es möglich sei, dass er und seine Frau sich nun wieder näherkämen. Sie hat in einer anthropologischen Abhandlung gelesen, dass siebenunddreißig Prozent aller geschiedenen Ehepaare sich nach einer Familientragödie wieder näherkommen. Sogar Zecharja, der Militärrabbiner, kommt auf ihn zu und reicht ihm einen jungen Palmenzweig. »Sprich den Kaddisch der Waisen«, rät er ihm. »Meiner Seel, sprich den Kaddisch der Waisen … Mehr als du ihr Vater warst, war sie deine Mutter.«

Wo, zum Teufel, kamen diese Bilder her? Wahrscheinlich war

er krank! Vielleicht hatte er sich bei den Wanderungen durch die Straßen, bei diesen Leuten, die ihn belästigt hatten, die Epidemie eingefangen. Die Unbedeutenden verschwanden. Auf Wiedersehen, Frau Kowarski, seien Sie gegrüßt, Herr Rabbiner, lieber Schärf, wie sehr hatten wir doch geglaubt, wir würden berühmte Fußballer werden. Für kurze Zeit war er erleichtert, aber dann fiel ihm seine kleine Tochter wieder ein. Sie lag auf ihrem Bett. Er wollte sie rufen. »Liori«, flüsterte er.

Seine Tochter war tot.

Immer wenn er sich die Frage stellte, wo er denn dieses ganze Leben lang gewesen war, versuchte er Ordnung in seinen Lebenslauf zu bringen. Verglichen mit den vielen Jahren, die vergangen waren, konnte er sich an viel zu wenige Ereignisse erinnern. Die Jahre waren vorübergegangen, aber er konnte sich nicht mehr erinnern, wo er sie im Einzelnen verbracht hatte. Er bekam Durst. Er wollte zum Eisschrank gehen, vielleicht gab es dort noch eine Flasche Wasser. Aber Alon hielt sich im Wohnzimmer auf und er traute sich nicht, an ihm vorbeizugehen. Ihre Blicke würden sich kreuzen und es würde nichts Neues darin sein. Er dachte an die Wendepunkte in seinem Leben, zwischen denen die kleineren Ereignisse lagen. Wendepunkte sind wie Schilder auf einer Schnellstraße, Tel Aviv und Haifa, die großen und die kleineren Städte Natania, Hedera und Caesarea lagen natürlich dazwischen.

War das Jahr 2001, in dem er Bekanntschaft mit Alexandra und ihrem zarten Körper gemacht hatte, ein Wendepunkt? Von heute aus betrachtet, nein. Er erinnerte sich an Alexandra und zugleich daran, wie kleinlaut er damals das Scheitern ihrer Beziehung hingenommen hatte. Erwachte die unterdrückte Leidenschaft für sie nun etwa wieder? Er erinnerte sich an die Nächte im Hotel, die Lust, wenn seine Zunge über ihren Körper glitt. Prompt wurde ihm übel, er rannte aufs Klo und kotzte mitten in die Schüssel, damit nichts an die Ränder kam und er den Tadel seiner Tochter hören musste. Er spie die ganze Alexandra und ihre gemeinsamen Liebesnächte aus, die plötzlich, zum falschen Zeitpunkt hier aufgetaucht waren. Er spie den Geschmack des Hagels aus, den er noch auf der Zunge hatte, die lebenden Toten, denen er auf der Straße begegnet war, und die Epidemie, an der er sich hoffentlich nicht auch noch angesteckt hatte. Er musste ein für allemal alles loswerden, was nicht direkt mit Lior zu tun hatte, damit nichts mehr ihn davon abhalten konnte, sie uneingeschränkt zu betrauern. Er atmete schwer und fühlte sich ein wenig gestärkt, nachdem er allen Unrat ausgespien hatte.

Und so klärte sich auch die Frage der Wendepunkte. Es war ihm klar, dass er sich an einem Punkt befand, der sich nicht nahtlos in die Reihe der anderen einfügen würde, sondern dass eine neue Zeitrechnung begonnen hatte. Wie ein Weltkrieg in der Geschichte einer Nation, so bedachte er Liors Tod mit einem monströsen Vergleich. Ihr Verlust riss sein Leben in zwei Teile, vorher und nachher. Daran musste er beinahe ersticken. Denn das besagte ja, dass er von jetzt an und bis zum Ende seiner Tage nur noch um sie trauern würde. Das hätte sie bestimmt nicht gewollt … Nie und nimmer!

Vor dem Schlafzimmerfenster schienen die Bäume in der Allee zu brennen. Vierzig Minuten hatte er hier verloren. Im Treppenhaus dröhnte eine Lautsprecherstimme. Es war die Stimme Be'ers, des Vorsitzenden des Hauskomitees. Als die Zwillinge noch klein waren, waren sie oft bei ihm geblieben, wenn Schlomo und seine Frau in Urlaub fuhren. »Sie deponieren uns wieder bei Be'ers«, sagte Lior dazu. Be'ers hatten keine Kinder, liebten die Zwillinge, besonders Lior. Eines Tages wurde ihnen ein Mädchen geboren und sie nannten es auch Lior. Seitdem waren sie glücklich und hörten auf, sich für Schlomos Kinder zu interessieren. Schlomo erinnerte sich an seine Frau. Sofort sah er sie vor sich, wie sie dastand und ihn vorwurfsvoll bezichtigte, seine Kinder zu vernachlässigen. Wie ehrlich würde sie wohl um Lior trauern? Ja, das war ein gemeiner Gedanke, aber ohne böse Absicht, er fragte sich wirklich, wie viel Herzenswärme sie für Lior noch übrig hatte. Soweit er sich erinnern konnte, hatten die beiden schon über ein Jahr nicht mehr miteinander gesprochen. Dennoch hatten weder seine Frau noch Lior geglaubt, dass das bereits das Ende vom Lied war. Das Leben ging verschlungene Wege. Vielleicht gab es noch einen Tag und einen Ort und sie hätten irgendeine Beziehung aufnehmen können. »Vielleicht wird sie mich verstehen, wenn sie selbst Mutter ist«, hatte seine Frau gehofft. Er hatte keine Telefonnummer von ihr, da sie sich ständig auf Reisen befand. Später würde er ihr eine E-Mail schicken und sie bitten, Kontakt mit ihm aufzunehmen. Er wollte sie respektvoll behandeln und nicht in ihrem Leid herumstochern.

»Verehrte Hausbewohner! Verehrte Hausbewohner!«, dröhnte die Stimme Be'ers. »Ich stehe in Verbindung mit der Polizei! Po- li- zei! In ihrem Auftrag teile ich mit: Vorerst gibt es keine Evakuierung. Ich wiederhole: keine Evakuierung. Die Bäume in der Allee stehen nicht mit der Feuersbrunst in Verbindung. Ich wiederhole: Sie haben nichts mit dem großen Brand zu tun … Ein rein lokales Geschehen … lo- kal. Morgen früh: dringende Sitzung in Lindenbergs Wohnung. Ich wiederhole: Morgen früh um acht Uuuhr, in der Wohnung Lindenberg.«

Leise ging Schlomo in den Hausflur, als wolle er geheim halten, dass er da war. Die Stimme Be'ers hallte in den oberen Stockwerken weiter. Irgendwo brüllte noch einer, wahrscheinlich Schulmann, Be'ers Rivale. Er ging in die Wohnung zurück und blieb vor Liors Zimmertür stehen. Durch den schmalen Spalt sah er Alon im Schneidersitz zu Füßen des Betts sitzen. Seine Augen starrten auf die Flammen, die als Schatten über die Wand tanzten. Seine Finger spielten verträumt mit dem Saum von Liors Nachthemd. Er hatte ihr ein Nachthemd angezogen, der Verrückte. Einen Augenblick lang war er wütend. Warum störte ihn alles, was sein Sohn tat? Er hielt inne. Zum ersten Mal sah er seine beiden Kinder als Einheit. Der Anblick kam ihm vertraut vor. Wie oft war er schon durch den Korridor gelaufen und hatte kurz in ihr Zimmer gesehen: Lior auf dem Bett liegend und Alon ihr zu Füßen? Wie ein Schwarm Vögel am Himmel schwirrten ihm die Bilder durch den Kopf. Zufällige Ereignisse, kurze Begegnungen, er ging vorbei, sah hinein, ging weiter. Der Anblick seiner Kinder verdrängte den Sturm und die Flammen, verdrängte Leiche und Tod. Sein Sohn: Wie wird dem Menschen plötzlich der Abgrund gegenwärtig, vor dem der andere steht? Wann tauchte ein Trauernder in die Trauer eines anderen Trauernden ein?

Er stand bei der Tür und konnte den Blick nicht von seinem Sohn abwenden. Bis ihrer beider Blicke sich wieder trafen, wollte er bleiben. Schließlich wandte sich Alon zu ihm um. Sein bitterer, misstrauischer Blick wurde vom mitleidigen Blick des Vaters überwältigt. Es lagen kein Trost und keine Hoffnung darin, nur Mitleid. Als wollte er seinem Sohn sagen: »Lass los jetzt, ja? Sie braucht unser Mitleid nicht, auch nicht unsere Schuldgefühle. Wir sind am Leben geblieben. Wahrscheinlich werden wir morgen auch noch leben. Wir haben uns über sie gebeugt, sie gekämmt und gestreichelt, ihr Worte ins Ohr geflüstert und geweint. Wir haben getrauert, bis wir müde wurden. Wir haben stundenlang ihren Tod gesehen. Haben wir wirklich etwas gesehen? Nur unser eigenes Leben.«

Rachel

4\. Juli

Rachel wird wachgerüttelt. Die Freunde Nawafs in Nur-A-Schams haben endlich Intizars Brief erhalten. Nun hat sich ihr Name, der Triumph bedeutet, gewissermaßen erfüllt. Die Freunde überwinden Straßensperren und Zäune. Rachel stellt sich ihren Lieferwagen vor. Er ist grün, wie in dem Kinderlied, das ihr jetzt in den Sinn kommt, ebenso wie die Wasserfarbbilder, die ihn darstellten. Mouhannad erscheint und sie erschrickt. Sie hat sich nach ihm gesehnt, aber ein seltsamer heißer Glanz liegt auf seinem Gesicht. Etwas schießt ihr in die Augen, die sich gerade öffnen wollen. Sie spürt ihre Tränen, Wärme streichelt ihre bloßen Arme. Jetzt versteht sie plötzlich. Die Sonne ist aufgegangen.

Weit im Osten, wo Jerusalem lag, zwischen Steinhäusern und Nadelbaumwipfeln ging die Sonne vor einem blauen, wolkenlosen Morgenhimmel auf. Das Meer war ruhig. Die kleinen Wellen rauschten und ihr weißer Schaum traf träge auf den leeren Strand. Die Sonne streute goldene Flecken aus, die wie Diamanten funkelten. Durch das Fenster sah die Sonne klein aus, doch ihr Licht spielte über der ganzen Straße. Der Arabische Flieder im Hof lag halb im Schatten, halb in zartem Licht. Es fiel sanft auf Blätter und Zweige, die ihre feinen Schatten auf die Steine des Hauses warfen. Alle paar Minuten änderte sich das Licht über der Straße, fiel auf zarte grüne Blätter und betonte das Rot und Rosa der Blüten. Stoßstangen glitzerten, und Autos waren von einer blendenden, sprühenden Aura umgeben. Die Welt hatte wieder Licht und Schatten.

Auf dem Feld hinter dem Haus sah Rachel Intizar. Auf ihrem Kleid prangte eine rote Sonne über einer Aufschrift aus lateinischen Buchstaben. Durch die sonnige Straße ging sie langsam in Richtung Meer, winkte jemandem zu und verschwand in dem blendenden Glanz. So schnell ist sie draußen, dachte Rachel neidisch. Mouhannad ging vom Fenster weg und hockte sich auf den Fußboden neben der Tür. Er sah traurig aus. Wie kam es, dass er wusste, was los war? Er klammerte sich schweigend an eine schwache Hoffnung. Rachel konnte seinen Kummer nicht ertragen. »Mouhannad, ich gehe nach Hause«, flüsterte sie. Jetzt beherrschte Trauer sein Gesicht. Er hatte es schon geahnt. »Du gehst zu deinem Mann zurück. War er nicht der Grund, dass du hier bist?« Seine Stimme war heiser.

»Er ist schon lange nicht mehr dort«, erwiderte sie. Sie wusste, dass er nicht mehr dort war.

Mouhannad meinte, es sei vielleicht besser, wenn sie gleich ginge, da Djibril am Sonntag erwartet werde. Einmal im Jahr tauchte ein Staatsvertreter im Haus auf, um nachzusehen, ob alles in Ordnung war, und um sich Beschwerden anzuhören. Araber klagen unentwegt, Juden hören manchmal zu. Djibril bekam etwas Geld für die Kinder und fürchtete, dass das rauskäme. Sie sollten nicht sagen: Werter Herr, wir sind Ihnen allein verpflichtet, nicht dem ganzen Clan. Deswegen kam er und wartete in Morgenrock und Badesandalen auf den Mann vom Staat. Manchmal legte der Mann vom Staat Djibril Portraitphotos vor und bat ihn, etwas über die Leute zu erzählen. Wo ihr Geld herkam, welches ihrer Kinder sie besonders liebten. Djibril konnte sich dann nicht an viel erinnern, nach all den Jahren habe sich im Lager vieles geändert. Der Mann vom Staat war nett, er schrie Djibril nie an. Er war heiser und rauchte viel, und manchmal rauchte Mouhannad seine Kippen aus. Der Mann vom Staat sagte Djibril, er solle einfach alles erzählen, sie würden es dann schon prüfen. Wenn der Mann vom Staat im Wohnzimmer saß, schlossen sich alle anderen in ihren Zimmern ein, hörten Musik und kein Wort des Gesprächs. Wenn er dann weg war, schrie Djibril: »Diesen Dreck wollt ihr nicht hören, das überlasst ihr mir, aber das Geld, das sie für den Dreck geben, nehmt ihr gerne … Gott möge euch vergeben.«

Zum ersten Mal, seit sie hier war, zog Rachel ihre alten Kleider an. Wudjdan hatte sie gewaschen und gefaltet auf den Stuhl gelegt. Mouhannad saß an der Tür, zündete einen Papierbogen am Rand an und pustete das Feuer gleich wieder aus. Er dachte an die gemeinsamen Nächte, die er mit Rachel in diesem Zimmer verbracht hatte, wenn Jaffa in Schlaf gesunken war, wenn sie berieten, wie sie Intizars Pläne vereiteln könnten. Die Enttäuschung stand ihm ins Gesicht geschrieben. Ab und zu zeugte es von seiner fiebrigen Suche nach einem Ausweg. Wenn er eine Idee dann verwerfen musste, wurde es wieder grau. Sie wusch sich im Badezimmer das Gesicht. Mouhannad hörte das Wasser plätschern. Nach ein paar Minuten wurde es still. Mouhannad fand, dass Rachel sich mechanisch bewegte, kalt, ohne Zuneigung für dieses Haus. Als sie ins Zimmer zurückkam, strich sie ihm durchs Haar, ihre Finger kratzten an seiner Kopfhaut. Sie behandelte ihn wieder wie ein Kind. Mouhannad sprang auf. Sein Stolz war verletzt. Er spielte noch einmal »Beschützer der Stummen«. Sie müsse sich beeilen. Wenn Intizar zurückkam, würde sie die Stumme nicht gehen lassen. Die Nacht war vorbei, der Sturm war vorüber, die Böen hatten sich gelegt, das Zimmer war sonnendurchflutet. Draußen fuhren Autos vorbei, und es fiel Mouhannad schwer, gegen ihren Lärm anzukommen. Er trat gegen die Tür, so dass sie an die Wand knallte. Rachel erinnerte sich an das kleine Mädchen, das im Sonnenglanz verschwunden war. Der Schatten eines Lächelns zog über ihr Gesicht. Sie hockte sich hin, legte ihre Hände in seine und neigte besorgt den Kopf. »Mouhannad, lass nicht zu, dass Intizar mich aufhält«, flüsterte sie. Mouhannad hielt ihre Hände fest und schwor, er werde sie hier rausbringen. Er war doch stärker als Intizar.

Straßen ohne Häuser und Bäume, nichts, was sie vor der Sonne schützte. Sie bog nach links ab und kam an eine Reihe verbrannter Bäume vorbei. Sie trat mit voller Absicht auf verkohlte Äste, das mussten ihre Füße aushalten, sie genoss die Berührung und das Geräusch des zerbrechenden verkohlten Holzes. Es war scharf und präzise. Sie näherte sich Ruinen, in denen Kinder nach verwertbaren Resten suchten. Jedes Kind hatte ein eigenes Häufchen gesammelt. Schwarzer Staub wurde aufgewirbelt. Eine Alte im schwarzen Kleid schulterte eine kleine Kommode. Seltsam ist das Feuer, dachte Rachel, es hat ganze Gebäude verbrannt, aber die Kommode ist heil geblieben. Hinter Schutthaufen sah sie ein offenes Fenster im übrig gebliebenen Erdgeschoss. Auf dem Fußboden lagen zwei Leichen, eine große neben einer ganz kleinen. Das zarte, kleine Gesicht war vom Feuer nicht verbrannt. Rachel lief in Richtung des Zentrums von Tel Aviv weiter. Mehrere Tage nach dem großen Brand lag immer noch Rauch in der Luft. Sie sah verkohlte Skelette und verbrannte Autos.

Wo mochte er jetzt sein? Zu viele Rechnungen waren zwischen ihnen offen geblieben, ihr Erinnerungsvermögen war zu klein, um sie alle zu fassen. Anfangs dachte sie gar nicht an ihre gemeinsame Vergangenheit. Was war aus ihm geworden, als sie wegging? Er tat ihr leid. In seinem ganzen Leben von der Kindheit in Jerusalem und bis zu ihrem letzten gemeinsamen Tag war er nicht einen Schritt vorangekommen. Eines Tages war sie weggegangen, hatte sich geweigert, auch nur einen Augenblick länger in seiner Gegenwart zu bleiben, so wie er es immer vorausgesagt hatte. Vielleicht sollte sie ihn jetzt suchen. Er sollte wissen, dass sie ihm immer noch nahestand, ihn immer noch spürte. Sie erinnert sich an Mouhannads Gesicht. Er war an der Tür stehen geblieben und auf ihre Bitte, sie zu begleiten, nicht eingegangen. Als sie ihn umarmt und auf Augen und Mund geküsst hatte, hatte er sie gefragt, ob sie nicht doch noch ein paar Tage bleiben konnte. Intizar hatte er nicht erwähnt. Sie hatte nicht geantwortet. Er ist noch ein Junge, und wie hätte er verstehen können, dass es nichts im Leben gab, dass nicht vorüberging.

Eine Allee schützte sie vor der Sonne wie ein dichter Gürtel aus Bäumen. Sie standen da wie Wächter. Zwischendurch schoss die Sonne goldene Salven hindurch, die auf den Asphalt fielen. Die Sturzbäche waren versiegt. Auf der Straße lagen gebrochene Äste, Laub und Unrat. Rachel ging auf das Ende der Allee zu, die direkt in die Sonne zu führen schien.

Auf der Hauptstraße sah sie einem Bus hinterher und der Abgaswolke, die er ausstieß. Die Straße füllte sich langsam mit Menschen. Die Sonne fiel auf die Uniformen lärmender Soldaten und auf die weißen Häupter von alten Männern. Für das Spiel der Sonne hatte sie früher keinen Blick gehabt. Sie trödelte ein wenig, um zu sehen, was es alles gab. Es war angenehm hier. Die Streifenwagen der Polizei waren überall. Sie sah Transportwagen für Häftlinge, vollgestopft mit Leuten in Handschellen. Aus allen Wohnhäusern wurden Hausbesetzer abgeführt. »Man fackelt nicht lange mit ihnen«, sagte ein Mann an einem Kaffeehaustisch. »Man schafft sie einfach aus der Stadt. Schmeißt sie an der Autobahn raus und sagt ihnen, sie sollen es nicht wagen, zurückzukommen.«

Ein elegant gekleideter Mann mit weißem, sorgfältig frisiertem Haar wollte gehört haben, dass die Straßen des Landes von den Autos der Rückkehrer verstopft seien. Seit den frühen Morgenstunden zogen die Karawanen von Norden nach Süden. Einer verkündete lautstark, »aus Eilat, aus Griechenland, aus der der Türkei und ganz Europa« kämen in den nächsten zwei Tagen mindestens achtzig Flugzeuge mit Rückkehrern, das wollte er von einem hohen Beamten des Verkehrsministeriums erfahren haben. »Es ist die Rede von zigtausend Rückkehrern.« Der elegante Wortführer der Gruppe strich sich über seine weiße Haartolle und knurrte: »Immer übertreibt er, Rafael muss immer übertreiben.« Dann diskutierten sie die Frage, wer für den ganzen Schaden aufkommen sollte. Tausende von Wohnungen waren total ausgeräumt worden, außer den Wänden war nichts geblieben. »Nach Einschätzung der Behörden sind einige hundert Gebäude schwer durch den Brand beschädigt worden, ein Teil ist vollkommen zerstört, andere brauchen umfassende Sanierung«, merkte einer an, der bis dahin geschwiegen hatte. »Wird der Staat Entschädigungen zahlen? Die Stadt? Wie will man den Schaden bewerten? Zählen die Klimaanlage im Kinderzimmer und Fliesen auf der Sonnenterrasse mit?« Die Polizisten schafften noch mehr Hausbesetzer auf den Bürgersteig. Sie warteten schweigend auf den Häftlingswagen. Einer der Invasoren rief den Polizisten etwas zu und deutete auf die sengende Sonne. Rachel glaubte einen der Jungs aus Yahud zu erkennen, mit denen sie in dem verlassenen Haus gewohnt hatte. Er trug einen Wollpullover, feinste Direktorenschuhe und einen weißen Pelzmantel. In den geklauten Kleidern des Hausherrn und mit Handschellen sah er irgendwie ulkig aus. »Die Straße Haifa – Tel Aviv ist gesperrt worden«, hatte einer von seiner Frau erfahren. »Von Haifa bis Tel Aviv eine einzige Blechlawine, pro Stunde ist sie eineinhalb Kilometer vorangekommen.«

Sie wandte sich ab und stand vor einem Abgrund. Dort, wo ein Haus gestanden hatte, war eine silberne Aluminiumwand hochgezogen worden. Die aufgehende Sonne strahlte sie an. Die großen Aluminiumsegmente sahen von weitem wie Lichtsäulen zwischen Himmel und Erde aus. Ein bärtiger Mann stand am Zaun und rief auf Hebräisch mit amerikanischem Akzent: »Juden, der Fluch ist von der Stadt genommen.« Sie blieb schwer atmend stehen und wischte mit der Hand den Schweiß ab. Immer stärker fühlte sie, dass Joel in Not sein musste. Jetzt sah sie, dass das Dach ihres Wohnhauses über die Wand ragte. Das Haus war offenbar vom Feuer verschont geblieben. Ein paar Schritte weiter konnte sie es sehen. Ihre Wohnung stand bestimmt leer. Hoffentlich hatten keine Besetzer sie verwüstet. Aber ihre Befürchtungen konnten ihr gutes Gefühl nicht erschüttern. Sie kehrte heim.

Das Ende des Wiederträumers

Wenn die Stadt sich in der Abenddämmerung von den Zaubertricks der Sonne erholte und die Luft die feuchte Schwüle der Mittagsstunden durch angenehme Trockenheit vergessen machte, konnte man erleben, dass dieser geringfügige Unterschied eine unerträgliche Stadt in eine Stadt der leichten Bewegungen verwandelte.

Wenn die Stadt in der Abenddämmerung lebendig wurde, wenn welke Blätter an den Bürgersteigen klebten, Zigarettenkippen und Papierfetzen aufgewirbelt wurden, die Fahnen vor den Hotels flatterten, wenn der Saum eines Frühlingskleides den Blick der Männer auf sich zog und die Leute durch die Straßen flanierten, dann ging auch Herr Katzenelsson aus dem Haus.

Welchen Weg er ging, hing von seinem Befinden und vom Wetter ab oder ob er Einkäufe und medizinische Angelegenheiten zu erledigen hatte. Wenn seine Pläne ihm zu anstrengend wurden oder er in Gedanken war, kam er bald zu Füßen des Turms an. Dort endete jeder seiner Spaziergänge. Katzenelsson brauchte nur durch die Straßen zu schlendern, immer tauchte irgendwann der Turm zu seiner Rechten auf, überragte die Reihe der Mehrfamilienhäuser, die unter ihm wie Hütten wirkten. Katzenelsson versuchte den Anblick loszuwerden, indem er die Straße überquerte und in einer anderen anhielt, aber diesmal sah er den Turm etwas weiter vorne. Er stand zwischen Stadt und blauem Himmel, wuchs aus dem Baumdickicht des Parks hervor. Verärgert bog Katzenelsson links ab, doch er wurde den Turm nicht los, das obere Drittel war immer noch zu sehen. Herr Katzenelsson konnte einfach nicht spazieren gehen, ohne den Turm zu sehen. Längst hatte er es aufgeben, sich zu überlegen, wo der Turm beim nächsten Mal auftauchen müsste. Der Turm schien wie die Sonne keinen bestimmten Platz zu haben, er war überall. Katzenelsson war neugierig, welche Form er heute annehmen würde. Würden die Dunstschleier ihn verhüllen? Würde er irgendwann in einem Sandsturm untergehen und aus dem Blickfeld verschwinden? Seine silbernen Säulen würden bleiben, anders als die verkohlten Gebäude, von denen die Stadtverwaltung nicht wusste, ob man sie sanieren oder abreißen sollte. In seinen Träumen warf Katzenelsson Steine auf den Turm. In einem dieser Träume war er wieder Soldat. Seine Einheit erhielt den Tagesbefehl: »Den Turm aus der Stadt schaffen.« Er sollte nicht abgerissen, sondern befehlsgemäß nach Beerscheva gebracht werden. Die Stadt, der Turm und Katzenelsson. Er fand sich langsam damit ab, dass der Turm ihn überleben würde.

Der Turm stand geschliffen und formvollendet da. Arkaden führten zur Haupthalle. Er war umgeben von grünem Rasen und üppigen Wiesen, bunte Blütenkelche fingen die Tropfen der Sprenganlagen auf. Rechts vom Turm lag ein niedergebrannter Park. Katzenelsson erinnerte sich, wie er früher vom Turm aus auf Spaziergänger in diesem Park geschaut hatte, wie er Väter und Großväter mit Kindern auf den Armen beneidet hatte. Herr Katzenelsson war ein Mann mit dezidierten moralischen Ansichten. Er bekam Schuldgefühle, weil ihn das Schicksal des Parks nicht bekümmerte.

In den Monaten nach der letzten Nacht im Turm hatte Katzenelsson tausendmal auf den Balkon geschaut und nie ein Lebenszeichen erblickt. Die Tür war nie geöffnet worden, keiner der gestapelten Stühle fehlte, keine Kaffeetasse, kein Aschenbecher war aufgetaucht. Auf der Straße verging die Zeit, auf dem Balkon des Wiederträumers war sie stehengeblieben.

Der Abend breitete seine Flügel aus, der Himmel war grau, die Straßenbeleuchtung warf Licht auf den Asphalt, und die vorüberfahrenden Autos strahlten den grauen Beton an. Herr Katzenelsson kam auf einer Bank zur Ruhe. Er erinnerte sich, wie er sich zum letzten Mal der Eingangshalle genähert hatte. Tags zuvor hatte er um die Rückgabe seines Traums gebeten. Im Briefkasten erwartete ihn ein Kündigungsbrief, geschrieben in einer entgleisten Handschrift. Die Buchstaben rangen miteinander, einer überschrieb den anderen. Ein Kündigungsbrief, ein Scheck für zwei Monate Arbeit und den Befehl, es nicht zu wagen, jemals wiederzukommen.

Manchmal liefen lärmende Kindern vorbei. Ein junger Mann stoppte mit quietschenden Reifen hinter dem Gebäude. Eine Frau in prächtiger Abendrobe und ein etwa vierzigjähriger Mann im Anzug mit einem belegten Brot in der Hand blieben sogar bei ihm stehen. Sie tauschten nur schweigend einen enttäuschten Blick. Wozu fragen, die Antwort kannten sie schon: »Nein, nichts von ihm gehört.« Weil sie es nicht eilig hatten, setzen sie sich zu ihm, um eine Zigarette mit ihm zu rauchen. Es wurde bald Nacht. Katzenelsson las den Wunsch in ihren Gesichtern. Irgendwann musste sich auf dem Balkon etwas verändern. »Wir haben ihn in die Erschöpfung getrieben«, hatte einmal einer der Träumer gesagt. »Wenn er zurückkommt, müssen wir ihn umsichtig behandeln wie einen Säugling. Wir müssen Spielregeln und strenge Einschränkungen einführen.«

Von Träumern, die in der letzten Nacht beim Wiederträumer waren, hatte Katzenelsson erfahren, dass die meisten insgeheim ihm die Schuld gaben. Alles sei gut gelaufen, bis der Gehilfe des Wiederträumers Klient werden wollte. Vielleicht hatte das den Wiederträumer in Angst und Schrecken versetzt? Vielleicht hatte Katzenelsson vom Wiederträumer geträumt, schließlich waren sie befreundet? Jedenfalls war in dieser Nacht etwas Schreckliches passiert. Der Wiederträumer war gescheitert, als er wie ein Besessener um Katzenelsson herumtanzte, sich schließlich zitternd an der Wand hinlegte und auf das knarrende Parkett starrte. Alle Träumer hatten still ihre Sachen genommen und den Raum verlassen.

Nun kamen sie immer noch hierher, aber nicht um zu trauern. Mit glänzenden Augen suchten sie den Balkon ab. Die kleinste Veränderung dort, und die Hoffnung auf Erlösung stünde ihnen wieder ins Gesicht geschrieben. Würde es je dazu kommen? Wenn die Nacht herabsank, gingen im Turm die Lichter an, nie aber ein Licht in der Wohnung, auf die sie ihre Hoffnung richteten. Sie schauten hinauf zum Archiv ihrer wunderbarsten Träume. Es fiel nicht sonderlich auf, aber das war nicht wichtig. Denn ganz gleich, wo sie sich befanden: Nacht für Nacht folgten Träume anderen Träumen, Erinnerungen anderen Erinnerungen. Beim Erwachen mit armseligen Erinnerungen an ihre Träume hatten sie den Turm vor Augen, das Dormitorium und den Wiederträumer. Die Nacht, in der sie aufhören würden, auf die Rückkehr des Wiederträumers zu hoffen, wäre die Nacht, in der sie aufhören würden zu träumen.

Glossar

Seite 35 Haschomer Hatza'ir – eine internationale sozialistisch-zionistische Jugendorganisation, die der Pfadfindermethode folgt.

Seite 42 Minister Aridor – Joram Aridor wurde 1981 Informationsminister und stellte sofort das Farbfernsehen wieder her, was ihn so populär machte, dass er zwei Wochen später unter Begin zum Finanzminister aufstieg. Er senkte die Steuern für Kraftfahrzeuge und Haushaltsgeräte. Seine Zeit als Finanzminister nennen die Israelis »die glücklichen Aridor-Zeiten«.

Seite 89 Etzel – Abkürzung für Irgun Zwa'i Leumi, eine radikale, rechtsgerichtete Untergrundorganisation vor der Gründung des Staates Israel, die später in dessen Militär einging

Seite 95 Golem – Geschöpf aus einer jüdischen Legende böhmischen Ursprungs; stummes, aus Lehm und Ton künstlich gebildetes Wesen von menschenähnlicher Gestalt, das besondere Kräfte besitzt und Befehlen folgen kann

Seite 165 Templerorden – nach 1100 gegründeter Ritterorden in der Folge des ersten Kreuzzugs. Er vereinigte als erster Orden Rittertum und Mönchtum und hatte auf dem Höhepunkt seiner Macht seinen Sitz in den Heiligtümern der Juden und Muslime, dem Salomonischen Tempel und der Al Aqsa Moschee in Jerusalem. Am Ende geriet der Templerorden in die Mühlen der Inquisition und wurde 1312 aufgelöst.

Seite 165 Jacques de Molay (1244–314) – war der letzte Großmeister des Templerordens und setzte sich dafür ein, das Heilige Land im Bündnis mit den Mongolen zu erobern. Dieser Plan scheiterte. Nach Auflösung des Templerordens wurde de Molay 1314 zusammen mit weiteren Templern in Paris als Ketzer verbrannt.

Seite 192 Golda Me'ir (1898–1978) – langjährige Außenministerin und von 1969 bis 1974 erster weiblicher Premierminister Israels

Seite 192 Mosche Dajan (1915–1981) – israelischer General und Politiker, Kommandeur der israelischen Truppen an der ägyptischen Südfront im Nahostkrieg 1973 (Jom-Kippur-Krieg). Er und die anderen Generäle Schmuel Gorodisch und Elie Se'ira wurden ebenso wie der hier erwähnte im Swimming Pool ertrunkene David »Dado« Elazar (1925–1976) wegen ihres Versagens von Ariel Scharon abgelöst.

Seite 207 Aschkenasi – ursprünglich aus Europa stammende Juden

Seite 210 Bar Mitzwa – Feier zur religiösen Mündigkeit jüdischer Jungen

Seite 226 Gazoz Sunsation – Brause mit Fruchtzusatz; in Tel Aviv so beliebt, dass die Stadt auch den Spitznamen Tel Gazoz trägt

Seite 227 Romema – jüdisches Viertel im Nordwesten Jerusalems, erstes jüdisches Viertel, das unter dem Britischen Mandat erbaut wurde

Seite 232 schwarze Käppchen – werden von den orthodoxen Juden getragen, die bunten, gehäkelten Käppchen von den etwas weltlicher und nationaler eingestellten. Im Allgemeinen deklarieren Träger der Käppchen im Alltag ihre Zugehörigkeit zum religiösen Teil der jüdischen Bevölkerung.

Seite 290 Purim – Wie im biblischen Buch Esther beschrieben, ist Purim ein Fest, das an die Errettung des jüdischen Volkes aus drohender Gefahr in der persischen Diaspora erinnert.

Seite 343 Kämpfende Nachal – Abkürzung für »Noar Chalutzi Lochem« oder »kämpfende Pionierjugend«, aus Abkömmlingen der linkeren Jugendbewegungen bestehender Teil des israelischen Militärs

Seite 358 Chanukka – jüdisches Lichterfest zur Erinnerung an die Wiedereinweihung des zweiten jüdischen Tempels in Jerusalem

Seite 359 Lag-Ba'Omer – sechsunddreißigster Tag der Omer-Zählung des jüdischen Kalenders, die Mitte der Periode zwischen dem Pessach-Fest und dem Wochenfest, eine Art Fastenzeit, die nur an diesem Tag unterbrochen wird. Während dieses Festes werden zu Ehren des Bar-Kochba, des galiläischen Anführers eines Aufstandes gegen die Römer, überall Lagerfeuer gezündet, und es ist der einzige Tag, an dem während dieser Periode geheiratet werden darf.

Seite 360 Eretz-Israel-Lieder – hebräische Lieder, die vor Gründung des Staates Israel gesungen wurden

Seite 405 Schabtai Zwi – (1626–1676), Religionsgelehrter und selbsterklärter Messias aus Smyrna (heutiges Izmir)

Seite 446 Mapai – eine der drei Arbeiterparteien zur Zeit der Staatsgründung unter der Führung Ben-Gurions, Israels erstem Ministerpräsidenten